INFILTRA★DA

D. B. JOHN

INFILTRADA

novela
salamandra

Traducción del inglés de
Javier Guerrero

Título original: *Star of the North*

Ilustración de la cubierta: Compañía
Mapa de la página 8: © Peter Palm, Berlín / Alemania

Publicaciones y Ediciones Salamandra, S.A.
Almogàvers, 56, 7º 2ª - 08018 Barcelona - Tel. 93 215 11 99
www.salamandra.info

ISBN: 978-84-9838-881-7
Depósito legal: B-13.790-2018

1ª edición, junio de 2018
Printed in Spain

Impresión: Romanyà-Valls, Pl. Verdaguer, 1
Capellades, Barcelona

En memoria de Nick Walker, 1970-2016

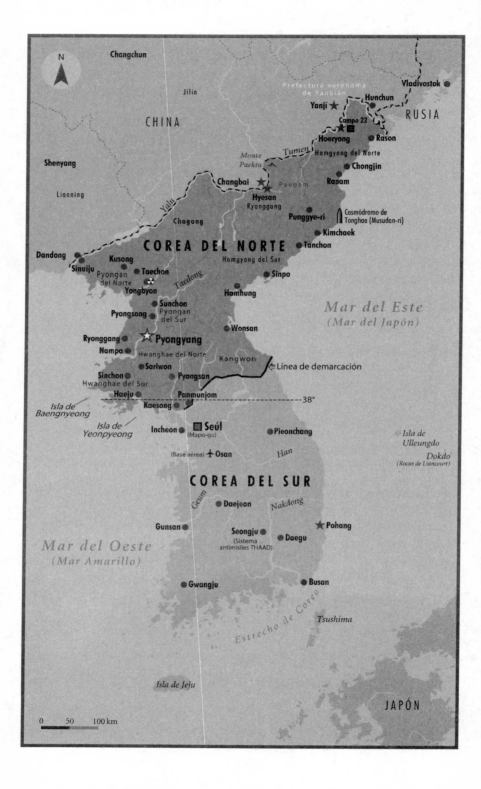

En Corea del Norte muchas cosas son más extrañas que la ficción. Es una monarquía marxista hereditaria cuya población está encerrada, aislada del mundo exterior. Se les dice a sus habitantes que viven en una tierra de abundancia y libertad, pero mandan a los niños a campos de prisioneros por los «crímenes de pensamiento» de sus padres y el régimen utiliza las hambrunas como medio de control político. Dado que a lo largo de los años el Estado norcoreano se ha comportado de un modo que los extranjeros pueden encontrar muy difícil de creer, y aún más difícil de comprender, tal vez los lectores estén interesados en conocer qué elementos de la novela se basan en hechos reales.

Con este fin, hay una nota del autor al final del libro, aunque sólo debería leerse una vez terminada la novela, ya que contiene algunos *spoilers*.

Prólogo

Isla de Baengnyeong, Corea del Sur
Junio de 1998

El mar estaba en calma el día en que Soo-min desapareció.

Observó al chico, que preparaba una fogata con maderas arrastradas por el mar. La marea estaba subiendo y llegaba acompañada de nubes altas que empezaban a adquirir un tono rosado pálido. Soo-min no había visto ni un solo barco en todo el día y en la playa no había nadie más. Tenían el mundo para ellos solos.

Enfocó con su cámara y esperó a que el chico volviera la cabeza.

—¿Jae-hoon...?

Después, la fotografía que tomó Soo-min mostraría a un joven de diecinueve años, de miembros fuertes y sonrisa tímida. Tenía la piel oscura para ser coreano y una capa de sal le cubría los hombros, como si fuera un pescador de perlas. Soo-min le pasó la cámara y el chico le hizo una foto a ella.

—¡No estaba lista! —protestó la joven, riendo.

En esta fotografía, Soo-min aparecería apartándose la larga melena de la cara, con los ojos cerrados y una expresión de pura alegría.

El fuego se avivaba ya, la madera crujía y se quebraba. Jae-hoon colocó una sartén abollada encima del fuego, la equilibró sobre tres piedras y le echó un poco de aceite. Luego se tumbó al lado de su amiga, donde la arena estaba blanda y caliente, justo por encima de la marca de la marea alta. Se apoyó en el codo y la miró.

El collar de Soo-min, que más tarde habría de suscitar tanto sufrimiento y tantos recuerdos, le llamó la atención. Era una fina cadena de plata con un pequeño colgante, también de plata, que representaba el tigre coreano. Jae-hoon tocó la figura con la yema del dedo. Soo-min le cogió la mano y la apretó contra su pecho, y empezaron a besarse con las frentes muy juntas, acariciándose con las lenguas, con los labios. Él olía a océano y a hierbabuena y a sepia y a Marlboro. Su barba rala le rascaba la barbilla. Ella le estaba contando ya a su hermana esos detalles, todos y cada uno de ellos, en la carta que iba redactando de manera inconsciente en su cabeza, y que pensaba enviarle por correo aéreo.

El aceite empezó a chisporrotear en la sartén. Jae-hoon salteó una sepia y se la comieron con salsa de guindillas y bolas de arroz, mientras contemplaban cómo se hundía el sol en el horizonte. Las nubes se habían convertido en puro humo y llamas, y el mar era una extensión de cristal carmesí. Cuando terminaron de comer, Jae-hoon sacó su guitarra y empezó a cantar *Rocky Island* con su voz clara y tranquila, mirándola con la luz de la hoguera reflejada en los ojos. La canción replicaba el ritmo de las olas, y Soo-min supo que recordaría esa maravillosa escena toda la vida.

De pronto, Jae-hoon interrumpió la canción.

Estaba mirando hacia el mar con el cuerpo tenso, como un gato. Dejó la guitarra a un lado y se levantó de un salto.

Soo-min siguió la línea de su mirada. A la luz de la hoguera, la arena parecía cubierta de cráteres lunares. No veía nada. Sólo las olas que rompían en una tenue espuma blanca que se derramaba por la arena.

Y entonces lo vio.

En una pequeña zona más allá de la rompiente, a un centenar de metros de la orilla, el mar estaba empezando a agitarse y a burbujear, el agua se convertía en una espuma pálida. Estaba brotando un surtidor, apenas visible bajo aquella luz agonizante. Luego, un gran chorro de espuma salió propulsado hacia arriba con un bufido, como el aliento del espiráculo de una ballena.

Soo-min se levantó y buscó la mano de Jae-hoon.

Las aguas agitadas empezaron a separarse ante sus miradas, como si el mar estuviera partiéndose, y apareció un objeto negro y brillante.

A Soo-min se le revolvieron las entrañas. No era supersticiosa, pero su intuición le decía que algo maléfico estaba a punto de manifestarse ante ellos. Todos sus instintos, todas las fibras de su cuerpo le decían que echara a correr.

De pronto, una luz los cegó. Un foco rodeado por un halo naranja estaba saliendo del mar y su luz caía directamente sobre ellos, deslumbrándolos.

Soo-min se volvió y tiró de Jae-hoon. Trastabillaron en la arena suave y profunda y dejaron atrás sus posesiones, pero no habían dado más que unos pocos pasos cuando otra visión los dejó paralizados.

De las sombras de las dunas emergían unas figuras con pasamontañas negros que corrían hacia ellos con cuerdas en las manos.

Fecha: 22 de junio de 1998. Ref. Caso: 734988/220698

TRANSMITIDO POR FAX

INFORME de la Policía Metropolitana de Incheon, a petición de la Agencia de Policía Nacional, Seodaemun-gu, Seúl.

Las órdenes recibidas consistían en determinar si las dos personas desaparecidas, vistas por última vez a las 14.30 h del 17 de junio, habían salido de la isla de Baengnyeong antes de su desaparición. El inspector Ko Eun-tek manifiesta lo siguiente:

1. Las imágenes de las cámaras de seguridad proporcionadas por la terminal del ferry de la isla de Baengnyeong establecen con un elevado grado de certeza que nadie con el aspecto de las personas desaparecidas subió al transbordador durante ninguno de sus viajes dentro del período indicado. Conclusión: las personas desaparecidas no salieron de la isla en transbordador.

2. La guardia costera no informó de ningún otro barco en la zona en el momento en que las personas desaparecidas fueron vistas por última vez. Debido a la

proximidad de la isla con Corea del Norte, el tráfico marítimo se encuentra sumamente restringido. Conclusión: las personas desaparecidas no salieron de la isla en ningún otro barco.

3. Un residente local encontró ayer, junto a los restos de un fuego de campamento en la playa de Condol, una guitarra, calzado, prendas de ropa, una cámara y dos carteras que contenían dinero en efectivo, billetes de regreso en transbordador, documentos de identidad y carnets de biblioteca pertenecientes a las personas desaparecidas. Los documentos de identidad de ambas personas coinciden con los datos proporcionados por la Universidad Sangmyung. Correspondían a:

    Park Jae-hoon, varón, 19 años, con residencia permanente en el distrito de Doksan de Seúl, cuya madre vive en la isla de Baengnyeong.

    Williams Soo-min, mujer, 18 años, ciudadana de Estados Unidos llegada al país en marzo para matricularse en la universidad.

4. A las 7.00 h de hoy, la guardia costera ha empezado una operación de búsqueda marítima en helicóptero en un radio de cinco millas náuticas. No se ha encontrado rastro alguno de las personas desaparecidas.

Conclusión: ambas personas se ahogaron de forma accidental mientras nadaban. El mar se hallaba en calma, pero las corrientes eran inusualmente fuertes según la guardia costera. Los cadáveres podrían haber sido arrastrados hasta una distancia considerable.

Con su aprobación, suspendemos a partir de ahora la búsqueda por helicóptero y recomendamos que se informe a las familias de las personas desaparecidas.

PRIMERA PARTE

«La semilla de los faccionalistas o enemigos de clase, sean quienes sean, debe ser eliminada durante tres generaciones.»

Kim Il-sung, 1970
Año 58 de la Era Juche

1

Georgetown, Washington D.C.
Primera semana de octubre de 2010

Jenna se despertó sobresaltada por el sonido de su propio grito.

Respiraba con dificultad, con los ojos muy abiertos y la visión distorsionada por el prisma de la pesadilla. En los segundos de confusión entre sueño y vigilia nunca podía mover el cuerpo. Poco a poco, las dimensiones borrosas de la habitación cobraron forma. El vapor silbaba con suavidad en los radiadores, y las campanas distantes de la torre del reloj anunciaron la hora. Suspiró y cerró los ojos otra vez. Se llevó una mano al cuello. Seguía allí, el fino collar de plata con el pequeño tigre, también de plata. Siempre lo llevaba puesto. Apartó el edredón y sintió que el aire gélido se tendía como un velo de lino sobre su cuerpo sudado.

El colchón se hundió silenciosamente a su lado en la cama. Unos ojos de un tono verde ambarino reflejaron como espejos la tenue luz. *Cat* había aparecido de la nada, desde otra dimensión, como convocado por las campanadas.

—Hola —dijo Jenna, acariciándole la cabeza.

En el reloj de la radio saltó un dígito.

«...cretaria de Estado ha condenado el lanzamiento como "un claro acto de provocación que amenaza la seguridad de la región..."»

Las baldosas de la cocina estaban heladas bajo sus pies descalzos. Le sirvió leche al gato, calentó en el microondas el café que quedaba en la cafetera y bebió un sorbo, preparándose para

17

oír los mensajes pendientes en el buzón de voz de su teléfono. El doctor Levy había llamado para confirmar su cita de las nueve de la mañana. El editor del *East Asia Quarterly* quería hablar de la publicación de su artículo y preguntaba, en un tono inquietante, si había oído las noticias de la mañana. Los mensajes más antiguos eran en coreano y todos los había dejado su madre. Los pasó hasta llegar al primero de todos: una invitación a comer en Annandale el domingo. En el mensaje, la voz de su madre sonaba muy digna y dolida, y Jenna sintió el ascenso de la culpa por su garganta como un reflujo ácido.

Con el café entre las manos miró hacia la penumbra del patio, pero sólo vio el reflejo en la ventana del interior iluminado de la cocina. Tuvo que obligarse a aceptar que aquella mujer demasiado delgada y de ojos hundidos que le devolvía la mirada era ella misma.

Localizó sus zapatillas y sus pantalones de correr debajo del taburete del piano, se recogió el pelo en un moño y salió al frío de O Street, donde se cruzó con la mirada seria del cartero. «Así es, colega, soy negra y vivo en este barrio.» Empezó a correr en la penumbra de los árboles, hacia el camino de sirga del canal. Aquella mañana, Georgetown parecía contagiarse del ambiente de *Sleepy Hollow*. Un viento frío del nordeste acarreaba las hojas por un cielo del color del acero pulido. Las calabazas miraban con malicia desde las ventanas y los portales. Jenna empezó a esprintar sin haber calentado siquiera, y la brisa del canal le sacudió del cabello la pesadilla.

El hombre le sonrió con un punto de hastío.

—Si te niegas a hablar conmigo, no llegaremos a ninguna parte.

Por debajo del tono persuasivo, Jenna percibió el trasfondo de su aburrimiento. El hombre dibujaba garabatos distraídamente en la libreta que tenía apoyada en la rodilla. Ella no podía apartar la mirada de una miga de hojaldre alojada en la barba del doctor, justo a la derecha de su boca.

—¿Dices que es la misma pesadilla?

Jenna soltó el aire, despacio.

—Siempre hay pequeñas variaciones, pero es básicamente lo mismo. Lo hemos repasado muchas veces.

De manera inconsciente, se tocó el collar en la garganta.

—Si no llegamos al corazón del asunto, seguirás teniéndola.

Jenna recostó la cabeza en el diván. Miró al techo buscando las palabras adecuadas, pero no encontró ninguna.

El doctor se frotó el puente de la nariz por debajo de las gafas y la miró con una mezcla de exasperación y alivio, como si, alcanzado ya el borde del mapa, se dispusiera a abandonar el viaje con la conciencia tranquila. Cerró su libreta.

—A veces pienso si no te iría mejor con un psicólogo especializado en la pérdida. ¿Quizá sea eso lo que está fallando? Todavía sufres por tu pérdida. Han pasado doce años, lo sé, pero a algunos el tiempo nos cura más despacio.

—No, gracias.

—Entonces, ¿qué hacemos hoy?

—Se me ha acabado la prazosina.

—Ya hemos hablado de eso —dijo él, armándose de paciencia—. La prazosina no soluciona el trauma original que está causando tu...

Jenna se levantó y se puso la chaqueta. Llevaba una blusa blanca y pantalones negros ajustados, su ropa de trabajo. Se había recogido la melena negra y brillante en un moño suelto.

—Lo siento, doctor Levy, tengo clase en unos minutos.

Él suspiró y volvió a coger la libreta de su escritorio.

—Todos mis pacientes me llaman Don, Jenna —dijo, garabateando—. Ya te lo he dicho.

La imagen apareció como a través de una ventana en el espacio. China era un millón de puntos de luz; sus nuevas ciudades, racimos chillones de halógeno y neón. Ciudades y pueblos innumerables brillaban como diamantes en antracita. En la parte inferior derecha de la pantalla del proyector, los astilleros y depósitos de contenedores de Nagasaki y Yokohama resplandecían como lámparas de sodio en la noche. Entre el mar del Japón y el mar Amarillo, Corea del Sur estaba bordeada de relucientes arterias costeras; su inmensa capital, Seúl, relucía como un crisantemo. El centro de la imagen, en cambio, era una faja de oscuridad. No se trataba de ningún océano; era un país, una tierra montañosa de oscuridad y sombra, donde sólo la capital emitía una tenue incandescencia, un ascua entre las cenizas.

La clase, sentada en gradas semicirculares en torno al atril, contemplaba en silencio la imagen del satélite.

—Como todos habéis oído esta mañana —dijo Jenna—, los norcoreanos lanzaron ayer otro cohete Unha-3. Si, como aseguran, la tecnología es pacífica y el satélite *Kwangmyongsong* está en órbita para monitorizar cultivos, entonces ésta es la visión que tendrán de su país por la noche...

—¿*Kwangmyongsong*, «estrella brillante»?

Jenna encendió la lámpara del atril. Lo había preguntado una chica coreano-estadounidense. El nombre sonaba paradójico. En la galaxia de luces de la pantalla, Corea del Norte era un agujero negro.

—Sí, estrella reluciente o estrella guía —contestó Jenna—. Ese nombre es muy simbólico en Corea del Norte. ¿Alguien sabe por qué?

—Por el culto a los Kim —dijo un chico con una gorra de los Red Sox; otro coreano, un desertor al que ella había recomendado para una beca.

Jenna se volvió hacia la pantalla y fue pasando imágenes de los bulevares sin tráfico de Pyongyang, de arcos triunfales y festivales gimnásticos de masas, hasta que encontró la que estaba buscando. Un temblor de risas se extendió por el aula, pero a juzgar por sus rostros los estudiantes estaban absortos. En la fotografía se veían hileras grises de ciudadanos en formación inclinándose ante una imagen sobredimensionada de un hombre corpulento y sonriente, con una chaqueta ocre ajustada y pantalones a juego. Estaba rodeado por un despliegue de begonias rojas, y debajo de él un eslogan en escritura coreana de color rojo rezaba: «¡KIM JONG-IL ES LA ESTRELLA GUÍA DEL SIGLO XXI!»

—Según la mitología oficial del Estado —explicó Jenna—, el Amado Líder nació en mil novecientos cuarenta y dos en una base secreta de la guerrilla, dentro de la Corea ocupada por los japoneses. La aparición de una nueva estrella brillante en el firmamento por encima del monte Paektu predijo su nacimiento.

Él mismo es llamado en ocasiones Estrella Guía, *Kwangmyong-song*.

Desde el fondo del aula, alguien dijo:

—¿Su madre era virgen?

La clase se echó a reír.

En ese momento, las luces cenitales parpadearon y el decano entró en el aula. El profesor Runyon, jefe de Jenna, tenía cincuenta y tantos años, pero los hombros encorvados y su vestimenta —pajarita y chaqueta de pana— le hacían aparentar setenta, y su voz, apergaminada y débil, lo acercaba más a los ochenta.

—¿Me he perdido algún chiste? —preguntó, mirando a la clase por encima de sus gafas. A continuación, inclinándose hacia Jenna, le dijo al oído—: Lamento interrumpir, doctora Williams. ¿Puede acompañarme, por favor?

—¿Ahora?

Una vez en el pasillo, Runyon dijo:

—El rector acaba de llamarme. Ha venido a vernos un representante de... no sé qué cuerpo «opaco» del gobierno. —Le dedicó una sonrisa de perplejidad—. Quiere verla. ¿Sabe algo de esto?

—No, señor.

La Biblioteca Riggs era una cámara gótica abovedada que albergaba los libros antiguos. Estaba vacía, salvo por un hombre de traje gris oscuro al que vieron de perfil al entrar. Sostenía una taza de café y contemplaba un partido de fútbol improvisado que se estaba disputando en el césped del campus.

El profesor Runyon carraspeó y el hombre se volvió hacia ellos. Sin esperar una presentación, dio un paso adelante y estrechó afablemente la mano de Jenna.

—Charles Fisk —dijo—, del Instituto de Estudios Estratégicos.

Era alto, de constitución fuerte, y aparentaba unos sesenta años. Tenía una nariz ligeramente bulbosa con un pequeño hoyuelo en la punta, y el cabello plateado y ondulado como una alfombra de cuerda.

—La doctora Williams es profesora adjunta en nuestra Escuela del Servicio Exterior —aclaró Runyon, todavía con un rastro de perplejidad—. Tenemos personal más experto que podría ser de mayor...

—Gracias señor, es todo —lo interrumpió el hombre, entregándole la taza.

Runyon miró la taza un momento antes de inclinar la cabeza como si le hubieran hecho un cumplido, y se retiró hacia la puerta sin darse la vuelta, como un cortesano mandarín.

Cuando cerró la puerta tras él y se quedaron solos, el único pensamiento de Jenna fue que se había metido en algún lío. El tal Fisk estaba observándola con una intensidad extraña. Todo en él, el porte caballeroso, el apretón de manos que casi le había hecho crujir los huesos y su formal cordialidad, decía a gritos la palabra «militar».

—Discúlpame por sacarte de clase. —Su voz era profunda y estaba bien modulada—. ¿Puedo llamarte Jenna?

—¿Puedo preguntar de qué se trata?

Fisk sonrió y frunció el ceño al mismo tiempo.

—¿Mi nombre no te resulta familiar? ¿Tu padre nunca me mencionó?

Jenna mantuvo su mirada neutral, serena, pero se sintió levemente alarmada, como le ocurría cada vez que alguien revelaba incluso el conocimiento más trivial de su familia.

—No. No recuerdo que mi padre mencionara nunca a ningún Charles Fisk.

—Serví con él en inteligencia de señales. En el Octavo Ejército de Estados Unidos en Seúl. Eso fue... bueno, hace ya muchos años, antes de que tú nacieras. Él era el afroamericano de más alto rango del regimiento. ¿Lo sabías?

Jenna no dijo nada y se limitó a sostenerle la mirada. Un recuerdo se estaba removiendo en el fondo de su mente. La imagen de su tío Cedric, el hermano de su padre, echando tierra en el ataúd cuando lo bajaban a la sepultura, mientras ella sujetaba con fuerza a su madre, que sollozaba. El aire estaba cargado de un olor a hojas húmedas y, de pie, a una distancia respetuosa, junto al cortejo, había una fila de hombres con largos abrigos militares y las cabezas descubiertas bajo la lluvia mientras sonaba una corneta. Luego volvieron a colocarse las gorras, con las viseras casi tapándoles los ojos. Con la certeza que la intuición podía darle, Jenna supo que ese hombre había estado entre ellos.

Sonó una campana en la torre del reloj. Jenna miró el suyo.

—No tienes más clases hasta las tres —dijo Fisk—. He pedido al rector que reorganice tu horario.

—¿Qué?

—Le he dicho que necesitaba tu consejo sobre una cuestión de seguridad nacional.

Jenna estaba demasiado sorprendida para contenerse.

—¡Venga ya!

Fisk la miró con benevolencia, como miraría un tío abuelo sabio a una sobrina rebelde.

—Te lo explicaré durante el almuerzo.

Jenna siguió la ancha espalda de Fisk mientras el *maître* los conducía a su mesa. El restaurante, en la calle Treinta y seis, se hallaba en una mansión de estilo federal decorada con antigüedades ecuestres y con platos de porcelana de Limoges. Los retratos de los Padres Fundadores dirigían las miradas hacia un comedor con paredes recubiertas de paneles de madera, donde bullía un murmullo de conversaciones masculinas. Jenna estaba incómoda y se sentía fuera de lugar. El hombre que afirmaba haber conocido a su padre, ese completo desconocido que le había secuestrado el día, había eludido sus protestas con la facilidad de quien sabe que, invariablemente, va a salirse con la suya.

—El bogavante de Maine es muy bueno —dijo, abriendo su servilleta y sonriéndole como si la comida fuera su regalo de cumpleaños.

—La verdad es que no tengo hambre...

—Pidamos una docena de ostras para empezar.

Tras interrogar al camarero a propósito de los méritos de algunas salsas en particular, pidieron una botella de Saint-Émilion, la probaron y les llenaron las copas (una vez más, las protestas de Jenna quedaron descartadas con una sonrisa). Era una ostentosa muestra de categoría, y Jenna se preguntó en qué medida se trataba de una exhibición destinada a ella. Poco a poco, después de tomar un sorbo cauteloso de vino y de reconocer la futilidad de resistirse a tan abrumadora cortesía, Jenna sintió que su enojo daba paso a la curiosidad.

—Mi padre nunca hablaba de sus amigos o colegas del ejército. Siempre supuse...

—Era un hombre reservado, como bien sabes.

A Jenna se le pasó por la cabeza que tal vez todo aquello fuera un timo sofisticado.

—¿Lo conocía muy bien?

—Lo bastante para ser el padrino de su boda.

Eso la pilló por sorpresa. La mente de Jenna evocó de inmediato la miserable iglesia luterana de ladrillo rojo de Seúl donde se habían casado sus padres. Siempre había imaginado que estaban sólo ellos dos y un pastor. La familia de su madre ni se había acercado, y se había negado a ofrecerle una segunda boda coreana, como era costumbre, llegando incluso al extremo de renunciar a verla durante años.

—Cuando llevó a tu madre a Virginia seguí en contacto con él. Después, servimos juntos de nuevo en Fort Belvoir...

Fisk empezó a rememorar, recordando leyendas y anécdotas sobre el padre de Jenna de antes de que ella naciera, o de cuando era muy pequeña. Algunas las conocía, de otras nunca había oído hablar, pero cada vez resultaba más evidente que aquel hombre sabía muchas cosas. Incluso estaba familiarizado con la historia más reciente, el declive de la fortuna de su familia: la afición a la bebida de su padre y su baja del ejército, el modesto negocio que había puesto en marcha su madre como planificadora de bodas para llegar a fin de mes... Fisk relató esos detalles en el tono amable de un viejo amigo que recordaba la saga familiar, mirándola a ella ocasionalmente cuando echaba vinagre y zumo de limón en una ostra antes de llevársela a la boca. Y, de pronto, Jenna empezó a ver, con pánico creciente, adónde conducía todo aquello. Fisk se estaba acercando, patinando en círculos lentos y cada vez más cerrados, al tema del cual ella no pensaba hablar, un abismo al que no iba a asomarse.

El hombre se dio cuenta de su turbación y se detuvo con el tenedor en alto. Suspirando, se recostó en el asiento y le ofreció una sonrisa derrotada, como para anunciarle que se disponía a abandonar toda pretensión. En un tono amable, dijo:

—Temes que mencione a tu hermana.

Las palabras cayeron de su boca como piedras. Jenna se quedó muy quieta. El zumbido de la conversación y el tintineo de la plata contra la porcelana se desdibujaron en un segundo término. Podía oír su propia respiración.

Sirvieron el siguiente plato, pero Jenna no dejó de mirar a Fisk.

—Mira —añadió él con suavidad—, a veces creo que las cosas de las que la gente no quiere hablar son precisamente las que importan de verdad.

Jenna intentó que su voz sonara firme al preguntar:

—¿Quién es usted?

La expresión de Fisk cambió ligeramente, tornándose más fría, más seria.

—Soy un espía, y es cierto que conocí a tu padre. Hace tiempo que te observo de manera profesional. No hace falta que te muestres tan sorprendida. —Partió un trozo de pan y untó un poco de mantequilla, mirándola. Sus ojos eran de un gris de piedra pómez y habían adquirido una franqueza inquietante—. Te licenciaste con notas excelentes. Obtuviste una mención de honor nacional y cuentas con el mayor coeficiente intelectual registrado en Virginia. Tu tesis doctoral fue tan excepcional que te garantizó una carrera académica por la vía rápida. «La evolución del Partido de los Trabajadores como instrumento de poder de la dinastía Kim, de 1948 a la actualidad.» Sí, la he leído. Creciste bajo la influencia de dos culturas y eres bilingüe. El año pasado estuviste tres meses en la provincia de Jilin, China, perfeccionando tu conocimiento del dialecto norcoreano. Estás en forma y eres atlética. Fuiste finalista en la liga júnior de taekwondo. Corres. Eres reservada y sabes guardar un secreto. Eres muy independiente. Un conjunto de talentos y virtudes que no podíamos pasar por alto.

—¿Quiénes?

—Somos la Agencia, Jenna. La CIA.

Jenna soltó un pequeño gemido. Tenía la sensación de haber sido engañada, y se sentía estúpida por no haberlo visto venir. Este sentimiento se vio seguido por un destello de rabia al darse cuenta de que habían utilizado el recuerdo de su padre como un cebo.

—Señor... —Dejó los cubiertos al lado del primer plato, que apenas había tocado—. Está desperdiciando su tiempo y el mío.

—Tocó el teléfono en su bolsillo, preguntándose si era demasiado tarde para deshacer los cambios que aquel hombre había hecho a su programa de clases—. Debería volver a mis clases.

—Relájate —dijo en tono cordial—. Sólo estamos hablando.

Jenna se colgó el bolso del hombro y empezó a levantarse.

—Gracias por la comida.

El registro grave de la voz de Fisk se impuso fácilmente a los sonidos del restaurante, a pesar de que habló en voz baja.

—Ayer a las seis en punto, hora de Corea, se disparó el cohete *Kwangmyongsong* desde la base de lanzamiento de satélites de Tonghae, en el noreste de Corea del Norte. Fue una clara violación de múltiples resoluciones del Consejo de Seguridad de las Naciones Unidas. El cohete no transportaba ningún satélite. Su tecnología era completamente hostil.

Jenna se quedó paralizada.

—Seguimos el lanzamiento. El tercer segmento del cohete cayó en el mar de Filipinas, de donde fue recogido por nuestra Séptima Flota antes de que los norcoreanos pudieran recuperarlo. Estaban probando el escudo térmico para un misil termonuclear de largo alcance, que pronto apuntará a nuestra costa oeste. Se te está enfriando la comida. —Fisk había empezado a comer—. Róbalo a la parrilla con salsa de champán... —Cerró los ojos—. ¡La perfección!

La mente de Jenna estaba repasando hipótesis. Apenas era consciente de que había vuelto a sentarse.

—Dios mío —susurró. Tuvo una imagen repentina de una estrella fugaz sobre el Pacífico. *Kwangmyongsong*—. Eso significa...

—Quiero que trabajes para mí. —Fisk hablaba con la boca llena de comida humeante—. En el servicio clandestino.

Jenna parpadeó dos veces.

—Yo no... Yo no estoy hecha para la CIA. Usted creerá saberlo todo sobre mí, pero ignora que voy al psiquiatra una vez por semana. Tomo medicación para las pesadillas.

Fisk respondió con una sonrisa amable y ella se dio cuenta de que eso también lo sabía.

—Llevo décadas reclutando agentes y en cierto modo eso me ha dado un don para la psicología. Tú, doctora Williams, podrías ser una de las candidatas más prometedoras que he conocido nunca. —Se inclinó hacia ella como si fuera a revelarle una confidencia—. Y no sólo eres lista, tienes una poderosa motivación personal para servir a tu país.

Jenna lo miró con cautela.

—Ya sabes a qué me refiero. —Su voz estaba de nuevo llena de compasión—. No tengo respuestas para ti. Puede que nunca conozcas la verdad de lo que le ocurrió a tu hermana en aquella playa. Pero yo te ofrezco secretos. Te ofrezco la posibilidad de que un día pueda abrirse una puerta y llegues a saber algo. Su desaparición te persigue. Tengo razón, ¿no? Te ha vuelto fría y solitaria. Ha hecho que no confíes en nada ni en nadie, sólo en ti.

—Soo-min se ahogó —susurró Jenna con un hilo de voz—. Eso es todo lo que hay que saber.

La voz de Fisk se redujo a un murmullo. Ahora se mostraba cauteloso.

—No se encontró ningún cadáver. Tal vez se ahogara... —Estudió a Jenna, interpretando su expresión—. Pero no puedes descartar la otra posibilidad...

Jenna cerró los ojos. Estaban cuestionando su más íntimo artículo de fe.

—Se ahogó. Sé que se ahogó... —Suspiró con tristeza—. Si supiera cuántos años me ha costado decir estas palabras...

Se detuvo y respiró hondo. De repente, estaba luchando por contener las lágrimas y tuvo que apartar la mirada.

Se marchó del restaurante antes de que Fisk pudiera detenerla. Salió a la calle y, respirando grandes bocanadas de cielo, echó a andar de nuevo hacia la universidad lo más deprisa que pudo, con el viento agitándole el pelo y el abrigo y arremolinando hojas a su alrededor.

2

Condado de Baekam, provincia de Ryanggang
Corea del Norte
La misma semana

La señora Moon estaba buscando setas en el pinar cuando cayó el globo. Lo vio deslizarse entre los árboles y aterrizar en un sendero sin producir el menor sonido. El cuerpo del globo resplandeció y la luz brilló a través de él, pero la señora Moon sabía que no era un espíritu. Al acercarse vio un cilindro de polietileno de unos dos metros de longitud que se estaba deshinchando y una bolsa de plástico unida a él por varias cuerdas. «Qué extraño», pensó, arrodillándose con dificultad. Y, sin embargo, casi había estado esperando algo así. Durante las últimas tres noches había visto un cometa en el cielo, al oeste, aunque no estaba segura de si eso auguraba algo bueno o algo malo.

Aguzó el oído para cerciorarse de que estaba sola. Nada. Sólo el crujido del bosque y una tórtola que aleteó y levantó el vuelo de repente. La señora Moon abrió la bolsa de plástico con su cuchillo de buscar setas y palpó el interior. Para su sorpresa, sacó dos pares de calcetines nuevos de lana muy gruesos, luego una pequeña linterna eléctrica con una dinamo de manivela, y después un paquete de encendedores de plástico. Pero había algo más: una caja roja de cartón con la imagen de una galleta de chocolate en la tapa. Dentro había doce galletas con chillones envoltorios rojos y blancos. Cogió una y entrecerró los ojos: «Choco Pie», leyó, moviendo los labios, «Producido en Corea del Sur». La señora Moon se volvió y miró hacia la zona de la que había llegado el globo. ¿El viento había impulsado ese objeto desde el Sur? ¡Unos *ri* más allá y habría aterrizado en China!

En el este, el cielo se desangraba con su luz rojiza a través de las copas de los árboles, pero la señora Moon no vio más globos, sólo una bandada de gansos en formación que llegaban para pasar el invierno. Eso sí era un buen presagio. El bosque susurraba y suspiraba, advirtiéndole que era el momento de irse. Miró el Choco Pie que sostenía en la mano. Incapaz de resistirse, abrió el envoltorio y dio un bocado. Sabores de chocolate y malvavisco se fundieron en su boca.

«Ah, mis queridos antepasados.»

Se llevó la galleta al pecho. Era muy valiosa.

Temblando de excitación, enseguida volvió a meterlo todo en la bolsa; luego la escondió en su cesta, debajo de la leña y de los brotes de helecho. Enfiló renqueante por el sendero del bosque, lamiéndose los labios, y cuando ya casi había alcanzado el camino que discurría a lo largo de los campos de cultivo, oyó a varios hombres que gritaban.

Tres figuras iban corriendo por los campos en dirección al bosque: el mismísimo director de la granja, uno de los boyeros y un soldado con un rifle a la espalda.

«Mierda.»

Habían visto caer el globo.

Trabajó todo el día en el campo sin decir nada, arrancando tallos de maíz con las mujeres de su cuadrilla de trabajo y avanzando por los surcos marcados por estandartes rojos. Se habían visto globos del enemigo en el cielo al amanecer, dijo una de las mujeres. Los soldados los bajaban a balazos y la radio había advertido de que nadie debía tocarlos.

Un viento cortante llegaba de las montañas. Los estandartes se agitaban. A la señora Moon le dolía la espalda y las rodillas estaban matándola. Mantuvo su cesta cerca y no dijo nada. Aquella mañana, en el otro extremo del campo sólo había un guardia, que fumaba aburrido. Se preguntó si los otros estarían buscando globos.

Cuando a las seis sonó la sirena en la torre de vigilancia, se apresuró a volver a casa. La cima distante del monte Paektu estaba adquiriendo un tono carmesí, con sus peñascos perfilándose en el cielo del atardecer. Las casas del pueblo, en cambio, al abrigo de una ladera del valle, estaban ya sumidas en las sombras. El rostro del Partido estaba en todas partes: en letras grabadas en placas de piedra; en un mural de cristal coloreado que mostraba al Amado Líder en medio de un campo de trigo dorado; en el alto obelisco que proclamaba la vida eterna de su padre, el Gran Líder. El humo del carbón salía de las chimeneas de las chozas, que formaban una larga y ordenada hilera blanca con sus techos de teja y sus pequeños cultivos de hortalizas en la parte trasera. Había tanto silencio que la señora Moon podía oír a los bueyes mugiendo en la granja. La temperatura estaba descendiendo con rapidez. Tenía una dolorosa hinchazón en las rodillas.

Abrió la puerta y se encontró a Tae-hyon sentado en el suelo con las piernas cruzadas, fumando tabaco negro liado. Bajo la bombilla desnuda, su rostro exhibía tantas arrugas y surcos como un campo marchito.

Se notaba que no había hecho nada en todo el día. Sin embargo, como para ella era importante evitar el bochorno de un marido, sonrió y dijo:

—Qué contenta estoy de haberme casado contigo.

Tae-hyon apartó la mirada.

—Me alegro de que uno de los dos esté contento.

Ella dejó la cesta en el suelo y se quitó las botas de goma. Sabiendo que la electricidad se cortaría en cualquier momento, encendió una lámpara de queroseno y la colocó en la mesa baja. Su suelo de cemento estaba impecable, las esteras de dormir enrolladas; los tarros de *kimchi* fermentado formaban una hilera junto a la cocina de hierro, y los rostros aerografiados de la pared, los retratos de los Líderes, Padre e Hijo, estaban inmaculados. Les había quitado el polvo con un trapo especial.

Tae-hyon estaba mirando la cesta. La señora Moon no había encontrado ni un solo champiñón en el campo y no tenía nada más que brotes de helecho y tallos de maíz para agregar a la sopa, pero esa noche, al menos, su marido no se sentiría decepcionado. Sacó la bolsa de plástico de la cesta y se la mostró.

—En un globo —explicó, bajando la voz—. Del «pueblo de abajo».

Tae-hyon abrió los ojos de par en par al oír el eufemismo para referirse a Corea del Sur, y su mirada siguió la mano de su esposa mientras ella iba sacando cada uno de los objetos y los colocaba en el suelo, delante de él. Entonces la señora Moon abrió la caja de galletas y le dio la mitad que le quedaba de su Choco Pie. Tae-hyon movió la boca con lentitud mientras comía y degustaba los sabores celestiales, y, en un gesto que a ella le partió el corazón, alargó un brazo para tocarle la mano.

La señora Moon dijo que al día siguiente esparciría sal como ofrenda a los espíritus de las montañas y viajaría a Hyesan para vender las galletas. Con el dinero que ganaría podría...

Se oyeron tres fuertes golpes en la puerta.

Ambos sintieron un escalofrío de terror. La señora Moon lo metió todo debajo de la mesa baja y abrió la puerta. En el umbral había una mujer de unos cincuenta años, sosteniendo un farol que funcionaba con pilas. Llevaba la cabeza envuelta en una pañoleta sucia y lucía un brazalete rojo en la manga del mono. Su rostro era inexpresivo como un muro.

—Han encontrado un globo del enemigo en el bosque y falta el paquete —dijo—. El Bowibu nos advierte de que no los toquemos. Llevan sustancias químicas venenosas.

La señora Moon inclinó la cabeza.

—Si lo vemos informaremos de inmediato, camarada Pak.

La dura mirada de la mujer se desplazó de la señora Moon a la habitación que quedaba a su espalda; sus ojos se entrecerraron con desdén al ver a Tae-hyon sentado en el suelo.

—Todo el mundo en el salón a las ocho —dijo, dándose media vuelta. La luz de su farol danzó por el sendero—. ¡El tema de esta noche son las actitudes revolucionarias correctas en el puesto de trabajo...!

La señora Moon cerró la puerta.

—Sustancias químicas venenosas, y un cuerno —dijo entre dientes.

Encendió la cocina para preparar la cena, mientras Tae-hyon estudiaba cada uno de los objetos del globo, sosteniéndolos cerca de la lámpara de queroseno.

Tae-hyon palpó los calcetines y se acercó la lana a la mejilla, giró la pequeña manivela de la linterna eléctrica e iluminó con ella el techo, y pasó el dedo por encima de las etiquetas y marcas registradas de aquel misterioso universo paralelo, el Sur. Entonces la bolsa de plástico le llamó la atención.

—Aquí hay algo más —dijo mientras la abría.

En su prisa por salir del bosque aquella mañana, la señora Moon no se había fijado en el manojo de octavillas sueltas al fondo de la bolsa. Sostuvo una bajo la luz.

—«¡A nuestros hermanos y hermanas del Norte, de vuestros hermanos del Sur! Siempre os tenemos presentes en nuestras oraciones. Os echamos de menos y compartimos vuestro sufrimiento. Esperamos con gozo el día en que el Norte y el Sur se reúnan amparados por el amor de Nuestro Señor Jesucristo...»

Tae-hyon miró la octavilla con los ojos entrecerrados. Su voz reflejó una extrema cautela.

—«Acelera la llegada de ese día. Levántate contra el mentiroso que asegura que sois prósperos y libres, cuando en realidad vivís en la miseria y encadenados. Hermanos y hermanas, ¡Kim Jong-il es un tirano! Su crueldad y ambición de poder no tienen límites. Mientras morís de hambre y frío, él vive en palacios como un empe...»

La octavilla fue arrancada de su mano antes de que pudiera acabar de pronunciar aquella palabra. La señora Moon oyó el sonido entrecortado de su propia respiración. De repente, recogió el resto de las octavillas del regazo de su marido y, en un solo movimiento, cruzó la habitación, abrió la portezuela de la cocina y las arrojó a las brasas.

Tae-hyon se quedó mirando los retratos de la pared con la boca abierta, y en ese momento se fue la luz. Bajo el parpadeo de la lámpara, los ojos de los líderes parecían brillar, y una expresión funesta apareció en el rostro de Tae-hyon.

—El Bowibu... —susurró.

Empezó a mesarse el cabello, como hacía siempre que ocurría algo que no deseaba.

—Lo sabrán... —Su voz era ronca—. Sabrán que hemos leído esas palabras. Lo verán en nuestros rostros. Nos harán confesar... —Miró a su mujer con un temor animal—. Devuelve todo eso. Déjalo donde lo encontraste...

Pero la señora Moon estaba mirando las llamas detrás del pequeño cristal de la cocina económica, viendo cómo las octavillas se ennegrecían y se rizaban.

Algo en aquellas palabras la había hecho retroceder en el tiempo. Una vida entera había pasado desde que había oído ese nombre, cincuenta años al menos.

Nuestro Señor Jesucristo... Un nombre borrado de la historia. De repente, el recuerdo se abrió como un cajón secreto: su madre y un grupo de adultos en una sala con la puerta y las ventanas cerradas, un versículo leído de un libro grande y pesado, una vela encendida y palabras entonadas al unísono... Y cantadas. Un canto suave y dulce.

«Un cordero avanza, resignado, cargado con la culpa de todos los hombres...»

Siguiendo una vieja costumbre, la señora Moon empujó otra vez el recuerdo a la oscuridad y lo encerró con todos los demás. Se volvió hacia su marido, que se había tapado la cara con las manos.

—Nadie lo sabrá —le dijo.

Abrió la puerta y salió al frío. Las estrellas brillaban en lo alto, y allí, en el cielo bajo del oeste, por encima de las montañas, estaba el cometa con sus dos colas brillantes.

3

Annandale, Virginia

La madre de Jenna aún vivía en la misma casa en la que se habían criado ella y su hermana. La hilera de bungalós de tablones desvaídos estaba al final de una calle bordeada de castaños de Indias. El césped delantero se veía descuidado y sembrado de hojas, pero la bandera colgaba de su asta: el orgullo de una estadounidense de primera generación.

La figura regordeta de Han estaba en la puerta cuando el coche de Jenna se detuvo delante del sendero. Llevaba puesto su delantal, recuerdo de la isla de Jeju, y un nuevo lápiz de labios fucsia, que, junto con sus ricitos de permanente, la hacían parecer una flor en una maceta. Jenna se inclinó para besarla y notó el olor a franchipán.

—Estás delgada como un palillo —dijo Han, sujetando la cara de Jenna con las dos manos.

Examinó a su hija de arriba abajo, como si buscara pistas —un vestido nuevo, una mayor atención al peinado, un poco de maquillaje— que pudieran revelar si era feliz o, puestos a llamar a las cosas por su nombre, si estaba saliendo con alguien.

Los complejos aromas de la carne de buey a la parrilla y de algo caramelizado y con jengibre inundaban la casa.

—*Omma*, huele de maravilla —dijo Jenna mientras cruzaba el pequeño comedor—. No deberías haber trabajado tan...

De repente, todas sus alarmas se dispararon.

La mesa estaba puesta para tres. Con la mejor vajilla, el mejor mantel y una docena de coloridos cuencos de *banchan* con brotes de alubias, *kimchi*, rábanos amarillos macerados, algas tostadas y pescadito frito, todo colocado en una bonita disposición. Cuando vio la botella congelada de *soju* en el aparador —el alcohol se permitía en la casa sólo muy de tanto en cuando—, Jenna supo que se había metido en una encerrona.

—¿Cariño...? —Han acababa de quitarse el delantal, revelando una blusa elegante y una falda demasiado ajustada.

Había alzado la cara con su mejor sonrisa de anfitriona y estaba mirando al salón por encima del hombro de su hija. Jenna se volvió.

Había un hombre de unos cuarenta años en el otro extremo de la sala, junto a la mesa de cerezo con las fotografías familiares. La saludó con una leve inclinación, revelando una coronilla calva.

—Es un placer conocerla, Jee-min *yang* —dijo.

Jenna se estremeció.

—Es Sung Chung-hee —explicó Han con voz aguda y afectada—. Tiene una agencia inmobiliaria en Fairfax. —Tomó la mano de Jenna y la condujo hacia él—. Ha sido muy amable y ha venido a tasar la casa hoy.

—¿En domingo?

—Le he dicho al doctor Sung que, si quiere quedarse a comer, será bienvenido. —Han siempre recurría al uso del «doctor» cuando le parecía conveniente dorarle la píldora a alguien. En un falso susurro, añadió—: Conozco a la respetable tía de Sung en Seúl; su hermano menor es un ejecutivo contable de Samsung Electronics.

—Me encantaría —dijo el hombre—, siempre que a Jee-min *yang* le parezca bien.

Hablaba el coreano de su país natal, no el lenguaje torpe de segunda generación, salpicado de inglés y jerga. Sólo su madre la llamaba Jee-min.

Se oyó un chisporroteo de grasa caliente procedente de la cocina.

—Disculpe —dijo Han, acentuando un poco más su sonrisa de anfitriona—. Tengo que ocuparme de la comida. Jee-min, ¿por qué no le muestras la casa al doctor Sung?

«Lo ha sincronizado todo a la perfección», pensó Jenna.

En medio de un silencio que ella no hizo ningún esfuerzo por romper, el hombre movió los dedos con nerviosismo, como si necesitara fumar. Los ocupó quitándose las gafas y limpiándolas con un pañuelo.

—Su madre me ha contado que tiene un apartamento en uno de esos sótanos ingleses típicos de Georgetown. Se paga un alquiler muy alto por esas viviendas tan pequeñas.

—Me gano la vida, señor Sung, y mi gato ocupa muy poco espacio.

No había usado la forma honorífica requerida, pero Sung pareció no notarlo. Al contrario, sonrió como si le dieran pie.

—Tal vez pronto necesite una casa con mucho espacio. Los niños ocupan más que los gatos.

A Jenna aquella idea le pareció de lo más deprimente.

—Ahora mismo estoy más bien centrada en la enseñanza.

Los ojos del señor Sung se endurecieron muy levemente, y de nuevo se hizo el silencio entre ellos.

Si alguien le hubiera preguntado cuál era su tipo ideal, Jenna no habría sabido describirlo con precisión, pero tenía muy claro que no era uno de los señores Sung del mundo, un emigrante con todo el bagaje familiar patriarcal tras él. Muy pocos hombres la atraían, pero, por alguna deprimente ley de proporción inversa, muchos se sentían atraídos por ella. Pretendientes que evaluaban los posibles atractivos y defectos de la frígida chica mestiza que ya tenía treinta años.

Desde una de las fotografías enmarcadas que había en una mesa, la mirada de su hermana se encontró con la suya, como si le enviara un aviso. En torno al cuello de la joven, la cadena de plata resplandecía sobre su piel, que era de un hermoso tono jengibre, del color de los gofres y el sirope, mucho más oscuro que el rostro de porcelana de su madre, Han, que aparecía a su lado en la foto.

El señor Sung siguió su mirada.

—Su graduación del instituto —dijo, inclinándose para examinar la fotografía.

Jenna pensó en corregirlo, pero se le calentó la boca.

—Mire, señor Sung, mi madre tiene buenas intenciones. Se preocupa por mí y se siente obligada a... organizar citas. Pero no quisiera hacerle perder el tiempo.

Una expresión de sorpresa apareció por unos instantes en el rostro de Sung, y Jenna casi pudo ver cómo se obligaba a recordar que ya no estaba en Corea. El hombre reaccionó y asintió, listo para negociar.

—Habla usted con claridad conmigo, y eso me gusta. No tengo ninguna paciencia con las señoras que se tapan la boca con la mano cuando sonríen y toleran cualquier cosa que dicen los hombres. Pero Jee-min *yang*, si puedo ser franco con usted...

El teléfono de Jenna sonó en el bolsillo de sus tejanos. Sabía que responder delante de él sería una grave falta de respeto. Respondió.

Reconoció la voz de Charles Fisk de inmediato.

—Ponga el canal NewsAsia... ¡ahora! —Y colgó.

—No quisiera ser poco delicado —seguía diciendo el señor Sung—, pero en cuanto concierne a establecer una relación deseable con una familia de buena posición, me perdonará si digo que hay factores que deben pasarse por alto...

Jenna levantó el mando a distancia de la tele y fue cambiando de canal hasta que lo encontró.

—No es una coreana de pura sangre...

En la pantalla, una señora asiática de cabello gris con traje azul claro estaba dando una conferencia de prensa. Filas de micrófonos, el destello de los flashes, ni una sola sonrisa.

Un presentador estaba diciendo: «La señora Ishido presentará pruebas mañana ante el Consejo de Derechos Humanos de las Naciones Unidas, aquí, en Ginebra. Se espera que cuente a los investigadores que, entre las víctimas, hay centenares de extranjeros de al menos doce países, e instará al Consejo a incrementar la presión sobre el régimen de Kim para que proporcione información a las familias de las víctimas...»

La señora sostenía una fotografía de un niño en uniforme escolar y empezó haciendo una declaración en japonés. La voz de un intérprete iba traduciendo sus palabras en un inglés con acento francés.

«Mi hijo tenía catorce años cuando desapareció de una playa cerca de nuestro pueblo... Ahora sabemos que fue secuestrado... y llevado a Corea del Norte...»

La señora Ishido levantó la mirada y la fijó en las cámaras.

«...en un submarino.»

El aire en torno a Jenna pareció difuminarse. De pronto, no existía nada más, salvo ella y la mujer de la pantalla, cuyo esfuerzo por contener las lágrimas estaba provocando otra andanada de flashes de las cámaras.

Percibió algunos ruidos, pero parecían llegar de muy lejos: un tintineo cuando su madre llegó con una bandeja con tres copitas, la puerta delantera al cerrarse, un motor de coche arrancando.

—*Omma*... —susurró Jenna, sin apartar los ojos de la pantalla. El intérprete continuó, con una voz extrañamente aséptica.

«Creo que mi hijo... está vivo... en Corea del Norte...»

—¿Qué ha pasado? —preguntó Han—. ¿Por qué está encendida la tele?

Han se volvió hacia la ventana y vio alejarse el coche del señor Sung.

Jenna oyó que su madre dejaba la bandeja y se derrumbaba en el sofá. Cuando habló, su voz sonó distante, agotada:

—Yo sólo pretendo ayudar. A tu edad, la mayoría de las chicas coreanas están casadas. Lo único que quiero es que encuentres a un hombre de primera... Que tengas la clase de boda que yo no tuve...

Jenna seguía mirando la pantalla, demasiado conmocionada para moverse. La noticia llegaba a su fin. De pronto, la mujer, la señora Ishido, ya no estaba.

—...Una recepción en el hotel Shilla, un banquete al estilo imperial, limusina, vestido *hanbok* tradicional, máquina de hielo seco, toda la parafernalia.

—*Omma.* —Se volvió hacia su madre. Toda la fuerza se había desvanecido de su voz—. Cuando Soo-min desapareció...

Han levantó la mirada y, por primera vez, Jenna vio lo avejentada que estaba bajo el maquillaje.

—A Soo-min la acogió Dios en su seno. ¿Por qué me atormentas?

Más tarde, ya en su apartamento, Jenna cogió la vieja lata de galletas de debajo de la cama. No la había abierto en años. Lo sacó todo y lo dispuso sobre el edredón: el bolso de Soo-min, que contenía su carnet de biblioteca, monedas sueltas coreanas, el billete de regreso en transbordador y una foto de pasaporte de las dos juntas, a los dieciséis años, haciendo muecas en una cabina de fotos. Miró el estuche de la cámara de Soo-min, que aún tenía restos de arena blanca en su interior, y la cámara, de la cual la policía había recuperado dos fotografías.

La de Soo-min estaba ligeramente desenfocada. Su hermana tenía los ojos cerrados y sonreía. Por encima del escote de su camiseta se vislumbraba apenas la cadena plateada, la que Jenna llevaba en ese momento. Al fondo, las dunas brillaban con un dorado rojizo, y en lo alto, a la derecha, la luna estaba ascendiendo. La segunda fotografía mostraba al chico, que, según le habían dicho, se llamaba Jae-hoon. Estaba arrodillado en la arena, en bañador, levantando la mirada mientras cortaba un pescado. Su rostro estaba medio en sombra, medio bañado por la luz indirecta del sol. A la izquierda de la imagen se adivinaba el mástil de una guitarra posada en la arena, y detrás de Jae-hoon se veía el océano, oscuro y en calma.

Poco después de que se tomaran esas fotos —¿cuánto tiempo?, ¿una hora?, ¿media hora?, ¿unos minutos?—, su hermana y ese chico habían desaparecido de la faz de la tierra.

Jenna enterró la cara en el edredón. «Oh, Dios mío...» ¿Se había equivocado todos esos años?

No habría podido precisar por qué, pero sabía con certeza que la opción que iba a tomar podía ser decisiva, definitiva, y que no tendría vuelta atrás.

La voz de Fisk se elevó por encima del ruido de lo que parecía una fiesta. Jenna oyó las notas de un piano y el zumbido de voces y risas. Esperó un momento mientras Fisk se desplazaba a un lugar más silencioso.

—¿Lo has visto? —preguntó.

—Esa mujer en Ginebra, la señora Ishido... ¿Qué ha dicho para que usted...?

—De los centenares de informes de secuestros norcoreanos, su historia es la única que menciona un submarino. Eso explicaría cómo pudo ocurrir... Me ha parecido que debías saberlo.

Jenna sintió que el teléfono le ardía en la oreja.

—Cuando haya prestado su testimonio ante las Naciones Unidas, mañana por la mañana —añadió Fisk con cautela—, podría enseñarte el archivo del caso.

—No —repuso Jenna con aire ausente.

Su mente estaba lejos, en la isla de Baengnyeong, en aquella playa remota orientada al oeste y a merced de las olas. En doce años, ése era el primer susurro de un indicio relacionado con Soo-min, como una brisa marina que soplaba a través de la rendija de una puerta cerrada mucho tiempo atrás. Ardería en el infierno antes de permitir que lo filtrara y lo redactara para ella una agencia de espías.

—Tengo que ver en persona a la señora Ishido... —dijo con firmeza—. Tengo que oírlo directamente de ella.

4

Plaza Kim Il-sung, Pyongyang, Corea del Norte
*Sexagésimo quinto aniversario de la fundación
del Partido de los Trabajadores
Domingo, 10 de octubre de 2010*

Un aire viciado de polución china flotaba sobre la ciudad, volviendo la luz tan difusa que la Torre de la Idea Juche, que solía imponerse en el paisaje visto desde la plaza, apenas se adivinaba como una silueta amarillenta.

Cho Sang-ho había supervisado el panorama desde los asientos reservados a su familia en el lado sur. Su rango en el Ministerio de Asuntos Exteriores equivalía al de un teniente coronel, y su uniforme almidonado, que raras veces utilizaba, le hacía sudar de un modo incómodo. A su izquierda tenía una buena vista del Gran Palacio de Estudios del Pueblo y de la terraza en la que los dirigentes recibían los saludos. Podía ver hasta la calle Sungri, desde donde venía el desfile, ya densamente flanqueado por una masa silenciosa. Al otro lado de la inmensa plaza, miles de tropas de las fuerzas de tierra, de la defensa aérea y de la Guardia Roja esperaban en rígidas formaciones, como compañías en un mapa de batalla. Detrás de las tropas, en campos de rojo y rosa que se extendían hasta la orilla del río Taedong, cincuenta mil ciudadanos, de pie en líneas rectas perfectas, sostenían ramitos de flores de papel que representaban la kimilsungia, la flor del Gran Líder, cuyo espíritu perduraba eternamente, y la kimjongilia, la flor de su amado hijo.

Cho notó un golpecito en el hombro y, al volverse, vio el rostro amplio del general Kang, arrugado en una enorme sonrisa empastada en oro. Estaba sentado con sus dos hijas adolescentes. En un inglés con mucho acento, susurró:

—Buenos días, teniente coronel Cho, ¿cómo está hoy?

Las hijas se taparon la boca para disimular sus risitas. Kang, uno de los diplomáticos veteranos del ministerio, había estado practicando inglés con Cho, preparándose para una misión de alto nivel en Occidente.

—Gozo de buena salud, camarada general. Gracias por preguntar.

El brazo de Cho se apoyó en los pequeños hombros de su hijo de nueve años, que era conocido por todos como «Libros» por alguna vieja broma que Cho no podía recordar. El niño llevaba el pañuelo rojo de los Jóvenes Pioneros. Iba moviendo los labios mientras contaba las formaciones de la plaza, hasta que se le escapó ruidosamente el hipo. Eso hizo que Cho y su mujer compartieran una risa silenciosa. De entre las mujeres presentes, todas ellas ataviadas con su colorido vestido nacional *chima jeogori*, Cho pensó que su esposa era la más bella. Su rostro empolvado era un óvalo perfecto; se había aplicado pintalabios granate, que ocultaba en parte la ironía de su sonrisa, y en el pelo llevaba un pasador de madreperla que Cho le había comprado en Pekín.

—Veinticuatro destacamentos —susurró Libros, levantando el rostro hacia su padre—, pero no he contado la banda. ¿Dónde está el tío Yong-ho?

Cho miró el asiento vacío a su derecha. ¿Dónde estaba Yong-ho? Había elegido una mala ocasión para llegar tarde.

El silencio se estaba volviendo opresivo. Una bandada de palomas alzó el vuelo de repente y su aleteo resonó en el espacio. En lo alto, seis grandes globos que portaban la estrella de la bandera nacional, amarrados a puntos situados en torno a la plaza, se mecían con suavidad. En el tejado del cuartel general del Partido, justo encima del retrato del Gran Líder, agentes de paisano del Bowibu observaban a la multitud a través de prismáticos.

Se oyó un pequeño alboroto a la derecha de Cho, y allí estaba Yong-ho, disculpándose con una abuela uniformada y engalanada con medallas, la matriarca de una gran familia que ocupaba la mayor parte de la fila y cuyos miembros se estaban levantando para dejarlo pasar. Fue avanzando hacia Cho como un invitado que llega tarde a una boda, exhibiendo su sonrisa a cada uno de los individuos de la fila.

—Perdóname, hermano menor —dijo al sentarse—. No vas a creer la noticia...

Yong-ho estaba pálido y le temblaban las manos, lo cual podría haber alarmado a Cho de no haber sido por la irreprimible alegría que mostraban sus labios. Se inclinó para acercarse y Cho captó un atisbo dulce de *soju* en su aliento.

—Van a darme el cargo más alto.

—¿En serio? ¿Subdirector?

Yong-ho se rió por lo bajo.

—Mejor que eso. —Se inclinó hacia la oreja de Cho y le susurró—: Estás mirando al nuevo jefe...

Una tensión instantánea recorrió a la multitud. El director de la banda había levantado la batuta en el centro de la plaza. Dos pantallas de LED gigantes se iluminaron en la orilla del río; la izquierda proclamaba: «¡LARGA VIDA AL PARTIDO DE LOS TRABAJADORES DE COREA!» Y la de la derecha: «KIM JONG-IL ES LA ESTRELLA GUÍA DEL SIGLO XXI.» Se alzaron las cornetas: la banda tocó los primeros acordes de *El general de Corea*, que llegaron a la multitud desde todos los edificios gracias a los altavoces, y los espectadores se pusieron en pie, fila tras fila. Una ola gradual de aplausos que había empezado por debajo de los aleros del Gran Palacio de Estudios del Pueblo estaba llegando a la plaza en una ovación creciente cuando hombres, mujeres y niños se pusieron a aplaudir con las manos por encima de sus cabezas y a gritar a pleno pulmón. *Man-sae! Man-sae! Man-sae!* El estruendo era colosal.

—¡Lo veo! —gritó Libros, agarrando la manga de Cho—. ¡Lo veo!

Los cincuenta mil ciudadanos ondearon sus flores de papel rítmicamente, creando un resplandeciente espejismo de rojo y rosa, y centenares de palomas blancas volaron en círculos por el cielo al ser liberadas.

La figura distante de Kim Jong-il estaba emergiendo en la terraza, seguida por un cortejo de miembros del politburó, cuadros veteranos del Partido y generales con guerreras de color arena con ribetes dorados. El ruido se transformó en un rugido electrizante. El gran hombre saludó a las multitudes con un suave movimiento de la mano, como si las bendijera, y Cho sintió su poder como una flecha del sol. «Amado Líder, Amado General.» ¡Qué humilde era ese hombre con su ropa sencilla de trabajador! Qué frágil, por culpa de las penurias que había soportado por la felicidad del pueblo.

Cho notó el escozor de las lágrimas en los ojos y, casi en el mismo momento, todo el mundo a su alrededor empezó a llorar. Los vítores se mezclaron con llantos. El rostro amplio del general Kang estaba contraído por los sollozos mientras aplaudía, y sus hijas lloraban en pleno arrebato de histeria.

Cho se agachó y Libros se subió a sus hombros. Levantarlo por encima de todas las cabezas no le supuso ningún esfuerzo, el chico pesaba muy poco. Con una voz ahogada, Cho gritó:

—¿A quién das las gracias por tu infancia feliz?

—¡Al Gran Líder Kim Il-sung y su bendito hijo Kim Jong-il, el General de Corea! —gritó el niño.

La mujer de Cho aplaudió, y lágrimas de rímel se deslizaron por sus mejillas.

—*Man-sae!* —gritó.

El sol, filtrándose a través de la neblina, brilló en las guerreras distantes de los generales y atrajo la atención de Cho hacia la oscura figura que estaba ligeramente apartada de ellos en la terraza, un joven fornido con un traje Mao negro, el hijo menor del Amado Líder. Las multitudes también se habían fijado en él, porque los susurros se esparcieron en todas direcciones, haciendo que el aplauso remitiera. El pueblo se estaba fijando en el jovencito, cuyo rostro era tan regordete y sereno como el del Buda. Era como si se les estuviera revelando un nuevo dios.

—*Appa*, ¿quién es? —preguntó el hijo de Cho.

—Una gran persona, fruto del cielo —respondió Cho—. Un día, cuando seas mayor, será tu maestro y guía.

Yong-ho se inclinó otra vez hacia el oído de Cho.

—Me van a hacer jefe de gabinete del secretariado privado del chico —dijo en un susurro, señalando con la cabeza hacia el hombre fornido de la terraza, el hijo del Amado Líder—, con el rango honorario de coronel...

Cho se volvió hacia él, estupefacto. Dejó a Libros en el suelo.

—El nombramiento se anunciará dentro de unas semanas —añadió Yong-ho.

La banda tocó *Levanta la bandera roja*, y la primera formación de tropas con cascos que portaban estandartes del regimiento —una unidad de artillería del frente— empezó a marchar hacia el Gran Palacio de Estudios del Pueblo a paso de desfile. El golpeo de las botas hacía retumbar el suelo. Los tambores marcaban el ritmo. El aplauso se elevó hasta el paroxismo.

—No estás de broma, ¿no? —dijo Cho por encima del ruido. Soltó una carcajada y agitó violentamente la mano de su hermano—. Es un honor para todos nosotros. ¿Se lo has dicho a *appa*? Creo que podría morirse de orgullo.

Pero, antes de que Cho pudiera inclinarse hacia su mujer y transmitirle la noticia, Yong-ho lo agarró del brazo.

—Sólo hay una cosa, hermano menor, y te lo digo ahora porque no quiero que te preocupes... —Su sonrisa vaciló—. Un nombramiento a ese nivel está condicionado, y mi historial de clase debe ser intachable. El Bowibu hará una investigación detallada.

—Por supuesto... —Cho no pudo ocultar su desconcierto, pero reaccionó de inmediato—. Tendrán que hablar con *omma* y *appa*...

Y entonces lo comprendió.

No sería a sus amados padres adoptivos a quienes investigaría el Ministerio de Seguridad del Estado, el Bowibu. Los padres con un historial de clase ejemplar que habían adoptado a dos niños desdichados y los habían educado como propios. Era a sus padres reales a los que descubrirían. Los padres que él y Yong-ho nunca habían conocido. Un miedo frío le subió desde la boca del estómago.

Volvió a mirar el desfile. Un destacamento de la Armada Popular pasaba con guerreras y gorras blancas, presentando sus AK-47 con bayonetas fijadas al extremo del cañón y gritando «¡Kim Jong-il! ¡Kim Jong-il!». Las multitudes se unieron a sus gritos.

—Calma —dijo Yong-ho—. No hay mucho riesgo.

—No sabemos nada de nuestros padres y abuelos verdaderos. No sabemos qué sangre tenemos. —Cho no podía creer que estuviera diciendo eso—. Hermano mayor, esta investigación no debe llevarse a cabo. Debes rechazar el nombramiento.

—Vamos. Míranos. ¿De verdad crees que venimos de la semilla de capitalistas o colaboradores o traidores que lucharon para el Sur?

—No lo sabemos.

—Nuestro Amado Líder en persona dijo el año pasado en Mangyongdae que la Revolución se lleva a cabo mediante nuestros pensamientos y acciones, no por el historial familiar. Los tiempos están cambiando. Además, el Partido está tremendamente agradecido por lo que he hecho y sabe que me he ganado este...

La voz de Yong-ho se fue perdiendo, y su rostro se nubló de repente. Era un hombre alto, con pequeños cráteres en la piel; de mirada dura, inteligente, y uñas mordidas hasta la carne. El corte de su traje chino ocultaba una constitución delgada como el alambre, propia de un metabolismo rápido. Le temblaban los dedos. Necesitaba un cigarrillo. Cho sabía que su hermano era una pieza clave en el complejo paisaje político de Pyongyang, aunque nunca le hablaba de su trabajo. Si alguien preguntaba, se describía a sí mismo como recaudador de fondos.

—¿Hace falta que te diga qué ocurrirá si estás equivocado? —dijo Cho con frialdad.

El buen humor de Yong-ho parecía haberse evaporado, y Cho detectó algo de ansiedad en su voz.

—Uno no rechaza sin más una oferta de trabajo del Líder, hermano menor. Te he dicho que no te preocupes. Estoy protegido.

Cho pensó en ello. Era cierto que Yong-ho había sido uno de los Admitidos, un grupo de élite de cuadros protegidos. Pero dudaba que nadie, ni siquiera a ese nivel, estuviera protegido del delito de tener sangre manchada.

La banda estaba tocando *Diez millones de ciudadanos se convertirán en balas y bombas*. Una unidad de la Brigada Femenina desfilaba bajo la terraza de autoridades. Las piernas, enfundadas en medias de nailon, se movían como si se tratara de un solo autómata. Un hecho extraño, pensó Cho, que los cuerpos de las mujeres estuvieran mejor preparados para el paso de desfile que los de los hombres. Detrás de ellos, en la calle Sungri, un variado surtido de material militar —tanques, lanzamisiles y transporte blindado de personal— permanecía en formación, listo para incorporarse al desfile.

La mujer de Cho captó su cambio de humor y dejó de vitorear.

—Toma. —Yong-ho buscó en su chaqueta y le entregó a Cho una caja de regalo hecha de cartulina blanca de buena calidad—. Algo con lo que puedes impresionar a los diablos blancos. En tus viajes al extranjero.

Pero Cho estaba sumido en sus preocupaciones. Olvidó sus modales y se guardó la caja en el bolsillo sin darle las gracias a su hermano.

Cuando la ceremonia terminó, el chófer de Cho quedó atrapado en una larga fila de coches gubernamentales que esperaban, de modo que él, su mujer y Libros tuvieron que dar un paseo de veinte minutos para volver al complejo residencial, en Joong-gu. Las principales avenidas estaban llenas de ciudadanos y tropas que regresaban a sus lugares de origen; en la ciudad aún reverberaba el tumulto del desfile. Delante de ellos, marchando por el centro de la calle Somun, centenares de estudiantes con camisas blancas se dirigían de nuevo a la Universidad Kim Il-sung. Portaban altos estandartes que ondeaban al viento, y cantaban:

¡Gloria a Corea! Tu estrella tiene un brillo eterno.
Seguimos a nuestro Amado General, que nos conduce
en la batalla.

Bajo la luz neblinosa del otoño, todos los edificios parecían sumidos en una atmósfera triunfal. Libros iba charlando con su madre sobre los héroes infantiles que habían combatido contra los japoneses, pero Cho permanecía en silencio, con la mente plagada de imágenes en las que veía a los agentes del Bowibu abrir un expediente, desenterrar viejas partidas de nacimiento, exponer a la luz nombres y rostros que nunca había conocido... Su verdadera familia. ¿Cuánto tardarían? No tenía ni idea. Lo estremeció un escalofrío de terror.

Al llegar a casa, Cho cerró la puerta de su estudio, respiró hondo y se dijo a sí mismo que debía tranquilizarse. Yong-ho era uno de los Admitidos. Ninguno de los órganos del Estado, ni los agentes secretos del Bowibu, ni la policía regular ni el ejército podían tocarlo sin el consentimiento expreso del Líder en persona. Además, ¿qué podían encontrar en el pasado de su verdadera familia? Sus abuelos habrían sido campesinos paupérrimos que se dedicaban a rebuscar entre excrementos de cerdo, como cualquiera que hubiera nacido dos generaciones antes. Se sirvió un coñac del decantador que tenía en el escritorio y puso una cinta en el reproductor estéreo. Girando la copa en la mano, se recostó en su sillón y tarareó el estribillo de *Hey Jude*. Existía una breve lista de canciones pop occidentales clasificadas como inofensivas, y Cho había sobornado al curador de música del Gran Palacio de Estudios del Pueblo para que le grabara esa cinta. Sintió que empezaba a relajarse. El nombramiento de Yong-ho aportaría honor y un gran prestigio a la familia. Se estaba preocupando en vano.

De repente, recordó el regalo de Yong-ho. Lo sacó del bolsillo de su chaqueta y lo abrió. Dentro de la caja, envuelta en papel tisú, había una cartera de piel suave, con una etiqueta en inglés: «HAND-STITCHED IN ITALY.» Era un objeto hermoso. ¿De dónde había sacado su hermano semejante lujo? Pasó los dedos por los inútiles bolsillos para tarjetas —ningún norcoreano tenía tarjetas de crédito— y abrió el compartimento de billetes. Dentro encontró tres billetes de cien dólares estadounidenses, tan planchados como si hubieran salido de la imprenta aquella misma mañana. Como nuevos, pensó, y cuando levantó uno a la luz, percibió un leve aroma a tinta fresca.

5

Hôtel du Lac, Orilla Izquierda, Ginebra, Suiza
Mediados de octubre de 2010

Cuando Jenna llegó a su hotel ya empezaba a ser la hora punta. El edificio se alzaba en la Orilla Izquierda, a unas manzanas de la Promenade du Lac y de la brillante extensión del lago de Ginebra, una porción del cual se atisbaba a través de un hueco entre los sólidos y lujosos edificios residenciales. Su habitación disponía de un pequeño balcón con vistas a una calle comercial y a una parada de tranvía. Si estiraba el cuello, Jenna incluso podía ver los Alpes, de un blanco brillante al sol de la mañana. Agotada, se tumbó en la cama, escuchó el rumor de los tranvías y pensó que con tanto ruido no podría descansar. Casi al instante, cayó en un sueño profundo.

Durante toda la semana, Soo-min había estado presente a su lado, como un genio salido de una lámpara. La había visto en el espejo del cuarto de baño, a su espalda, observándola a través del vapor. Y al sentarse al piano había imaginado, en un instante lleno de emoción, que veía un segundo par de manos a su derecha, acompañándola. También se había despertado sobresaltada en plena noche, convencida de que acababa de oír a Soo-min susurrar su nombre. Sus sueños se habían poblado de imágenes de su hermana, reproducidas en un color intenso, saturado, en el que lo soñado parecía tan real como el mundo apagado en el que se despertaba, si no más. De manera inevitable, las imágenes se escurrían al instante a través de una grieta en la corteza del sueño para descender a un nivel más oscuro, al infierno subacuático de la pesadilla. Pero hacía ya mucho tiempo que Jenna se había acostumbrado a eso.

Jee-min fue la primera en nacer. Soo-min había salido del útero treinta y dos minutos después, y por esa razón, cuando hablaban en coreano, siempre se dirigía a ella como «hermana mayor». La mejor amiga de Jee-min era su réplica en el espejo: Soo-min tenía la misma sonrisa, pensaba lo mismo, estaba fabricada con el mismo ADN. Los tics y debilidades de ambas eran indistinguibles. Cada una era una extensión de la otra. Compartían la costumbre de no terminar las frases. Las dos inclinaban la cabeza y se retorcían un mechón de cabello cuando les hablaban. Les encantaban las listas y llevaban cintas de colores para el pelo en las muñecas como recordatorios. No tenían ningún sentido de la orientación y se perdían con frecuencia, incluso en un centro comercial. Ninguna de las dos comía verdura hervida, y ambas torcían el gesto si alguien la mencionaba. Se ponían de mal humor si no conseguían dormir al menos nueve horas...

La educación de las gemelas en Annandale no fue nada fuera de lo común. Los ingresos de la familia bastaban para ir tirando. Su padre las mimaba; su madre era estricta. Estudiaban más que los hijos de los vecinos, aunque no tanto como los niños chinos. Destacaban en deporte y música, e incluso tomaban clases conjuntas de piano. Los domingos asistían con su madre a la congregación coreana de la Iglesia metodista unida. Seguían las mismas modas y novedades que todas las otras niñas que conocían.

Y, sin embargo, Jee-min y Soo-min Williams sobresalían en todos los sentidos. Y ello no se debía sólo a su deslumbrante inteligencia. Caían bien a la gente de inmediato por su actitud alegre y su temperamento, al mismo tiempo tímido y extravertido. En la escuela, las dos gemelas, Jenna y Susie —así se hacían llamar—, eran famosas. Mitad coreanas, mitad afroamericanas, con la melena atada en una larga cola y un rostro audaz lleno de pecas, podían presumir de un porte elegante y atlético. A los trece años, eran las estrellas del equipo de hockey sobre hierba y las chicas más altas del instituto. A los dieciséis, fueron finalistas en los Campeonatos

Escolares de Virginia de Taekwondo. Cuando entrenaban, practicaban juntas. Los chicos temían enfrentarse con cualquiera de las dos. No les faltaban amigas, pero ambas sabían que cada una tenía sólo una verdadera amiga, y cuando tenías una amiga así, no podía haber ninguna otra. El suyo era un club exclusivo, un club de dos miembros, y las pequeñas diabluras eran su única forma de escapar del estricto régimen que les imponía su madre.

La señora Han les colgaba los boletines de notas en la puerta de su dormitorio para que empezaran el día con un recordatorio de que debían esforzarse. Quedar segunda en algo era un fracaso en el manual de su madre, aunque las gemelas rara vez quedaban segundas en algo.

Hacia los dieciséis años, cuando empezaron a entusiasmarse con las revelaciones compartidas de sus cuerpos en desarrollo, se maquillaban y se peinaban mutuamente, cada una convertida en espejo de su hermana. Durante la cena, escupían en silencio el *kimchi* en sus pañuelos cuando su madre no miraba: el aliento a ajo tenía un efecto disuasorio para los besos. Han les tenía absolutamente prohibidas las citas con chicos, pero con las excusas adecuadas —ir a taekwondo, a ver a una amiga, a la biblioteca— la ley de su madre era fácil de sortear. Cuando las luces se apagaban, Jee-min se metía en la cama de Soo-min para hablar de chicos entre susurros, entrelazando las piernas y juntando los dedos, con las cabezas en la almohada, mirándose muy de cerca, respirando cada una el aliento de la otra.

Sus padres siempre les decían que la separación se produciría tarde o temprano, aunque las gemelas nunca tuvieron muy claro por qué se trataba de algo inevitable o necesario. Poco después de cumplir los dieciocho, ambas se tomaron un año sabático antes de empezar la universidad. Soo-min se apuntó a un curso de fundamentos musicales en la Universidad Sangmyung de Seúl. Jee-min empezó a hacer prácticas en la oficina de un senador en el Capitolio.

En la despedida en el Aeropuerto Internacional Dulles de Washington, se abrazaron y lloraron. Jee-min le dio a su hermana un amuleto de la buena suerte, una cadena de plata con un pequeño tigre plateado como símbolo de Corea. Era la única cosa que había comprado en toda su vida sin que su hermana estuviera presente. Soo-min se ajustó la cadena en torno al cuello en cuanto Jee-min se la dio. Anunciaron su vuelo, y cuando llegó el momento de la separación pasaron por un auténtico suplicio. Las gemelas no se soltaban las manos, y también sus padres se angustiaron. En la expresión de Han se percibía el peso de la culpa, como si estuviera viendo los efectos de algún experimento innecesario y cruel. Jee-min empezó a echar de menos a su hermana en el mismo instante en que subió al ascensor y la perdió de vista.

Estaba en casa leyendo en el patio trasero cuando lo notó: un temblor en la madeja genética que la conectaba con Soo-min, estuvieran donde estuviesen. Primero sintió una contracción visceral en el estómago. Al cabo de unos instantes, experimentó un horror abrumador que creció en su interior y luego se fue apagando, dejándole un poso de saliva en la boca. Telefoneó a la residencia de Soo-min en Seúl, pero ella no estaba allí, ni siquiera había aparecido a la hora del desayuno. Durante los dos días siguientes, el silencio de Soo-min confirmó lo que Jee-min ya sabía. Se sentía agitada e inquieta, paseaba por la casa tirándose del pelo y perdió el apetito. Sus padres le preguntaban qué le ocurría, pero lo único que ella pudo decirles era que Soo-min estaba en peligro. Con el paso de los días, observó que el desconcierto de sus padres crecía poco a poco, hasta que finalmente se convirtió en pánico al ver que no les devolvía las llamadas.

La noticia llegó por teléfono. Jee-min supo que ésa era la llamada porque Douglas, su padre, se quedó en silencio mucho tiempo escuchando la voz del otro extremo de la línea y luego buscó la mano de Han. Un tal inspector Ko, de la Policía Metropolitana de Incheon, en Corea del Sur, les preguntaba si habían tenido noticias de su hija. No había regresado a la residencia universitaria en tres días.

El inspector Ko les explicó que una mujer que vivía en la isla de Baengnyeong había informado de la desaparición de su hijo de diecinueve años, que había ido a la playa con una chica coreanoestadounidense y no había vuelto. La mujer estaba convencida de que su hijo había huido con Soo-min. El inspector admitió que cabía esa posibilidad. Según dijo, a esas edades los adolescentes enamorados en ocasiones huyen de la presión de sus familias, pero en casi todos los casos se ponían en contacto al cabo de uno o dos días.

Un periódico sensacionalista de Seúl consiguió las fotos de los carnets universitarios de la pareja, el de Soo-min y el de Jae-hoon, y publicó un artículo bajo el titular «¿Ha visto a Romeo y Julieta?», con el número de una línea directa a pie de foto. La policía colgó en todas las estaciones de autobús y tren un cartel oficial que anunciaba su desaparición. En la fotografía, Soo-min aparecía con su cadena de plata, y Jee-min proporcionó una descripción detallada de la pequeña joya. Era el único objeto que sabía con seguridad que Soo-min siempre llevaría. Al cabo de una semana, algunos testigos aseguraban haber visto a la pareja en Busan, Incheon, Sokcho, Daegu y hasta en la lejana isla de Jeju. El inspector Ko advirtió a Douglas y a Han que no se hicieran ilusiones. Ninguno de aquellos posibles avistamientos pudo ser corroborado ni facilitó ninguna pista.

Han se desmoronó. Pasaba de una histeria llorosa, insistiendo en que Soo-min llamaría en cualquier momento, a una extraña languidez de mirada perdida que Jee-min nunca le había visto. Fue Douglas quien se hizo cargo de la situación. Confinó a su hija en casa, temeroso de que acabara haciéndose daño a sí misma o intentara marcharse a Seúl, y durante días le suplicó que le contara lo que sabía: ¿había algún secreto de Soo-min que deberían conocer? ¿Estaba preocupada por algo que había ocultado a sus padres? ¿Qué era tan terrible en su vida como para desear huir con un chico al que apenas conocía? Sus padres se aferraban a esa esperanza, que Soo-min había actuado como una estúpida romántica y que pronto regresaría.

Jee-min sabía que su hermana no se había fugado. Era inconcebible que tomara una decisión así sin contárselo a ella. También suponía, acertadamente según se supo después, que Soo-min acababa de conocer a ese chico, Jae-hoon, y por eso aún no le había escrito para hablarle de él, lo que sin duda habría hecho en una carta larga e íntima.

A Douglas le concedieron una baja en Fort Belvoir y emprendió el triste viaje a Corea del Sur. Durante un mes, investigó y buscó sin descanso. Peinó las playas de la isla de Baengnyeong, mostrando la fotografía de su hija a cualquiera que quisiera mirarla y atrayendo miradas: el hombre alto y negro en busca de una hija perdida. Visitó a la madre de Jae-hoon, que sabía tan poco y estaba tan consternada como él. Se cogieron de la mano y lloraron y rezaron juntos.

—Mi hijo era un chico fuerte —dijo ella.

Se negaba a aceptar que se hubiera ahogado. En el distrito Itaewon de Seúl, ella y Douglas repartieron octavillas impresas con fotografías de la pareja, y luego buscaron en los restaurantes de *galbi* y los bares de *noraebang*, donde los jóvenes que se fugaban iban a buscar trabajo. Conocieron al inspector Ko, quien amablemente les contó que la explicación más simple era por lo general la correcta. Las posesiones abandonadas en la playa sugerían que la pareja había tenido dificultades mientras nadaba. Cuando Douglas regresó a casa, ya no era el mismo hombre.

Un profundo vacío se apoderó de los padres de Jee-min. Si se hubiera encontrado el cuerpo de su hija, habrían podido llorar por ella y enterrarla. Y tal vez, con el tiempo, su dolor se habría atenuado un poco. Pero Soo-min había desaparecido sin dejar rastro, y eso empezó a devorarlos por dentro. Han pasó de ser una mujer que lo sabía todo a ser una mujer que no sabía nada. Siempre había tenido tanta energía que no podía quedarse quieta. Ahora tomaba sedantes y dormía toda la tarde. Una mañana salió de casa y no regresó hasta la hora del desayuno del día siguiente, cuando ya habían llamado a la policía. Tenía la cara hinchada y manchada, y llevaba la ropa sucia. Cuando Jee-min le preguntó dónde había estado, ella se limitó a mirarla con ojos vidriosos. Douglas empezó a beber. Seis meses después de la desaparición de Soo-min, lo expulsaron del ejército.

Jee-min echaba tanto de menos a su hermana que su ausencia le causaba un dolor físico. Ella y Soo-min siempre se habían movido una en la estela de la otra, cada una vivía en el calor y la luz de su hermana. De repente, estaba sola, expuesta a un viento frío y sin refugio. El vacío era un concepto que ni siquiera se acercaba a describir lo que sentía. Y, sin embargo, no podía llorar por su hermana. Algo dentro de ella, una luz que no se apagaba, le decía que Soo-min seguía viva. Las dos se habían entendido sin palabras en muchas ocasiones, momentos de desesperación o de felicidad transmitidos a distancia —no por teléfono o carta, sino por alguna clase de magnetismo genético—, y Jee-min podía sentir ahora la presencia de su hermana gemela. Cuando todos los demás empezaron a dar por muerta a Soo-min, ella se reconfortó en el poder vital de ese vínculo, pese a que era consciente de que iba contra los hechos y la lógica. Si Soo-min no estaba muerta, ¿adónde había ido? ¿Por qué se había ido?

Jee-min dio muchas vueltas a estas preguntas, construyendo y descartando infinitos escenarios sobre lo que podía haber ocurrido en esa playa. Apenas dormía, y una mañana se dio cuenta de que si no seguía su corazonada se volvería loca. Tenía que ir a Corea del Sur. No mencionó sus sospechas a sus padres, porque no quería que volvieran a pasar otra vez por el mismo suplicio si se equivocaba, aunque creía estar en lo cierto. Soo-min estaba viva. Lo sabía. Se limitó a decirles que se reconfortaría viendo esa playa con sus propios ojos, y Han accedió a acompañarla. Aun así, Jee-min se las arregló para encontrarse a solas con el inspector Ko.

Le abrió la puerta la mujer del inspector. La casa se hallaba en una calle residencial arbolada, en una colina con vistas al puerto de Incheon, no muy lejos de donde partían los transbordadores que hacían el trayecto hasta la isla de Baengnyeong. Hicieron pasar a Jee-min a una galería en la que se mezclaban las fragancias de los jazmines y las tomateras. El color morado de un hibisco destacaba como una extravagancia contra el cielo azul. El inspector Ko estaba sentado en un sillón de mimbre. Jee-min lo saludó con una reverencia.

El inspector expresó sus condolencias y se mostró compasivo. Había sido su último caso antes de su jubilación.

—Tu pobre hermana y ese chico —dijo—, con todo el futuro por delante...

Le sirvió una taza de té de azufaifa. Tenía un rostro firme, melancólico. Su cabello era fino y blanco, y lo llevaba muy corto, tieso como el césped después de una helada temprana.

—Y ahogarse así... Aunque... —Hizo una pausa, revolviendo el té con la cucharita—. Admito que incluso yo tuve mis dudas en ese momento. El mar estaba en calma. Los dos eran fuertes y estaban en forma.

—No se ahogaron —dijo Jee-min con firmeza—. Creo que están vivos. Puedo sentir la presencia de mi hermana. No me lo estoy imaginando. Quiero que se reabra el caso.

El inspector Ko la observó por encima del borde de su taza.

—¿Crees... que podrían haberlos secuestrado?

Una sombra cruzó el rostro de Jee-min. Era una posibilidad en la que había tratado de no pensar.

El inspector guardó silencio unos instantes, observando su té frío, sopesando lo que estaba a punto de decir.

—Por desgracia, no puedo siquiera ofrecerte esa esperanza, el pequeño alivio que eso supondría. Tu hermana y ese chico nunca subieron al transbordador que los llevaría de regreso a Incheon. Y tampoco se marcharon en otro barco. La isla de Baengnyeong está en zona sensible, a sólo veinte kilómetros de la costa de Corea del Norte. Muy pocos barcos obtienen permiso para navegar por esa zona, y la guardia costera no informó de ningún avistamiento la noche en que tu hermana desapareció.

Dio un sorbo al té y miró al horizonte entrecerrando los ojos. El puerto de Incheon, destellando bajo el sol de mediodía, estaba salpicado de cargueros con contenedores.

—Si alguien secuestró a tu hermana y al chico, tuvo que hacerlo delante de las narices de la guardia costera. —Miró a Jee-min con compasión—. Y creo que eso es improbable. Lamento mucho decirlo, pero mi conclusión no ha cambiado. Se ahogaron.

Antes de que Jee-min pudiera decir nada, se abrió la puerta corredera de la galería. La mujer del inspector Ko le entregó un sobre.

—Ah, sí. —Ko le pasó el sobre a Jee-min. Estaba cerrado y marcado con un número de expediente—. El pastor de la isla descubrió esto en la playa Condol la semana pasada. Lo encontró entre los montículos de algas que el mar arrastra hasta la orilla, y lo entregó en la comisaría. Coincide con la descripción que diste.

En el interior del sobre había una bolsa de pruebas transparente y dentro, una fina cadena de plata. El agua de mar había corroído el minúsculo tigre hasta dejarlo verde. El cierre estaba roto.

Cuando Jee-min volvió en sí, el inspector Ko estaba abanicándole la cara con un periódico. Sentía la dureza del suelo de madera de la galería contra la oreja, y lo único que podía ver desde ese ángulo era una maceta vidriada. Se tumbó lentamente boca arriba y miró al inspector. Un gemido ascendió de su garganta y emergió a través de su boca como un aullido. Su cuerpo empezó a temblar y se negó a calmarse. El dolor que sentía era como una herida abierta, devastadora, como si le hubieran partido el corazón en dos y le hubieran arrancado una mitad. Nada la había preparado para el infinito dolor que sufría en ese momento.

Su hermana gemela estaba muerta.

Jee-min regresó a casa vacía por dentro, completamente cambiada. Ver ese collar sin su propietaria había hecho añicos sus esperanzas y la obligaba a enfrentarse al hecho de que se había engañado para creer en lo imposible.

Separada de su gemela, carecía de identidad. Soo-min era la mitad que completaba el ser de Jee-min. El «nosotras» que formaba su yo acababa de ser destruido. No había ningún concepto real de «yo». Se había convertido en una sola mitad, sin ninguna idea de cómo navegar por el mundo. Soo-min estaba muerta, pero permanecía impresa en el cuerpo de Jee-min, en su corazón, en su alma. Viviría para siempre con un fantasma.

En septiembre del año siguiente, se matriculó en su primer semestre en la Universidad Johns Hopkins de Baltimore, pero se sentía desgajada de su propia vida y de quienes la rodeaban. Superada por el cansancio, era incapaz de relacionarse con nadie o de preocuparse por nadie. Se quedaba en la residencia y se saltaba clases y comidas. Nunca la veían en la cafetería ni en las salas comunes. La gente que trataba de entablar conversación con ella sólo veía a una joven cuya mente estaba muy lejos, navegando en las onduladas superficies de algo oscuro e insondable. Jee-min no tenía nada a lo que aferrarse. Era ingrávida, flotaba en un espacio vacío y negro. Aquella personalidad abierta y cordial, que hacía que la gente sonriera al instante cuando la veía, había desaparecido para siempre. Había perdido su curiosidad, sus maneras amables, su actitud positiva. Se recluyó en lo más profundo de sí misma. Sus amigos se fueron distanciando de ella. Había dejado el hockey. Había cerrado la tapa del piano y no volvería a levantarla en años. Incluso su nombre, Jee-min, parecía desvanecerse como un recuerdo, hasta que dejó de identificarse con ese nombre. Para el mundo exterior, y para ella misma, era sólo Jenna.

En el primer semestre, al llegar la Navidad, su tutor la derivó a una consulta psiquiátrica.

Jenna pasó dos meses en una institución, encerrada entre las colinas y los robledales de Virginia Occidental. El psiquiatra le diagnosticó un trastorno de estrés postraumático. La insensibilidad, la incredulidad y la culpa del superviviente que estaba sintiendo, le explicó el hombre, eran una parte vital del proceso de duelo, y tenía que experimentarlo fase a fase.

—Repasar una y otra vez un hecho que escapa a tu control es una reacción normal. Demuestra que tu mente intenta adaptarse a un cambio profundo.

Cada noche, Jenna estaba junto a Soo-min en aquella playa. La cogía de la mano y repasaba cada momento con ella con exhaustivo detalle. Cada latido, cada parpadeo, cada pisada en la arena hasta el borde del agua... Jenna cambiaba las palabras, el momento, los ángulos, pero no importaba cuántas veces le diera al botón de reproducir y lo repasara todo una y otra vez, el final era siempre el mismo: Soo-min se ahogaba.

—Tal vez pasen muchos años, pero el tiempo lo curará —le explicó el psiquiatra.

Y, cuando decía eso, Jenna lo miraba con frialdad. Sabía que era mentira. El tiempo era sólo una condena que le tocaba cumplir hasta la muerte.

Su supervisor académico se sorprendió de verla otra vez antes del final del semestre de primavera, pero Jenna ya había decidido que trabajar sería su estrategia para afrontar la situación. La perspectiva de una larga excedencia —tiempo libre para que su mente implosionara— la llenaba de terror. El trabajo iba a ser su refugio y su salvación. Empezó a aislarse del dolor a través del estudio, sin hacer caso del mundo exterior a menos que concerniera a sus investigaciones. Estudiaba desde que se sentaba a desayunar hasta que los libros y papeles se le escurrían de las manos y se quedaba dormida en la cama. Se alisó el pelo y perdió peso. Su imagen cambió, apenas se parecía a su antiguo yo, Jee-min. Cuando le señalaron que estaba descuidando su forma física, empezó con la carrera de resistencia, que no requería ningún equipo ni compañía alguna, y se compró un nuevo *dobok* blanco suelto para practicar taekwondo. Se entrenaba sola a primera hora de la mañana, cuando el gimnasio estaba desierto. Practicaba los golpes de palma en el saco, y no dejaba de dar patadas laterales y realizar giros hasta que el sudor la empapaba. Se concentraba en cada movimiento y estudiaba las posiciones. Le gustaba lo que ella entendía como el *tao* del taekwondo, donde la potencia procedía de la velocidad y la estrategia, no de la fortaleza y la agresividad.

Cuando se licenció *cum laude*, ya había sido aceptada para una investigación doctoral. Su tesis estaba tan organizada que, cuando la completó antes de tiempo, ya había publicado varios trabajos sobre la geopolítica del este de Asia en distintas revistas académicas. Sus colegas estaban tomando nota de su talento. Al presentarse a un puesto docente en Georgetown, la facultad le dio a entender, sin llegar a decirlo abiertamente, que no tenía competencia real para el puesto: era suyo.

Aquel año, Douglas murió de cáncer de hígado. No había hecho caso de los avisos para que dejara de beber: su salud había caído en picado sin que pareciera importarle.

—Sólo quedamos tú y yo —le dijo Han con aquella voz extrañamente infantil que había adoptado.

Ella y Jenna habían intercambiado los papeles. Las pérdidas habían infantilizado a la madre. Le tocaba a Jenna cuidar de ella, ir a verla cada semana. Han se obsesionó con encontrarle pareja, como si ése fuera el último deber maternal que debía cumplir antes de desaparecer también ella.

Aquel día en la galería del inspector Ko había marcado un límite que dividía la vida de Jee-min de manera tan señalada como el tiempo geológico en los estratos sedimentarios. Antes, los sucesos tenían una secuencia y una claridad; después, todo se desdibujaba. Poco a poco, Jenna se labró una nueva existencia. Veía al doctor Levy una vez por semana. Visitaba a su madre una vez por semana. Las estaciones cambiaban; los semestres y los estudiantes iban y venían. Tomaba prazosina para aliviar las pesadillas, pero las pesadillas seguían ahí: el mismo sueño una y otra vez, en una sucesión interminable. El chico toca la guitarra para su hermana. Los dos están bañados en una luz dorada. Cae la oscuridad y caminan de la mano hacia el mar. Las olas se elevan, negras y viscosas, y entonces llega una ola enorme, monstruosa, aplastante. Soo-min abre la boca para gritar, pero el sonido que surge es un timbre. Suena otra vez, y cuando Jenna se despierta se da cuenta de que es el teléfono del hotel que está junto a la cama.

Por un momento, no tiene ni idea de dónde se encuentra. Desconcertada, responde a la llamada.

—¿Doctora Williams? ¿He llamado en mal momento?

—No.

—Soy la señora Akiko Ishido. —La voz es japonesa, y tan clara y fina como la porcelana—. ¿Le parecería bien que nos viéramos en el Hôtel Beau-Rivage en veinte minutos? No quisiera molestarla, pero no dispongo de mucho tiempo, y sé que ha viajado desde lejos para hablar conmigo.

6

Hyesan, provincia de Ryanggang, Corea del Norte

Todavía estaba oscuro cuando la señora Moon salió del pueblo. El camión descubierto iba repleto de mujeres envueltas en capas de ropa para protegerse del frío, y parecía atascado en la primera marcha. El trasto era de fabricación soviética y más viejo que la señora Moon. La anciana apretaba los dientes cuando el camión descendía renqueando por las curvas de herradura y cerraba los ojos cuando se asomaban a precipicios cubiertos de pinos. La carretera serpenteaba a través de empinadas laderas salpicadas de tumbas que proyectaban largas sombras a la luz del amanecer.

Tomaron otra curva y la señora Moon tuvo una repentina visión en escorzo de Hyesan, que se extendía a lo largo del valle como un inmenso cementerio. Centenares de casas bajas separadas por callejones de tierra y calles oscuras. El humo de las estrechas chimeneas se mezclaba con una neblina blanca procedente del río Yalú. La señora Moon se estremeció. Al norte, distinguía la colosal estatua de bronce del Gran Líder, de espaldas a China. Lo miró con los ojos entrecerrados por la luz del sol matinal. «Desde aquí no eres más grande que mi dedo pulgar.» Sus cataratas estaban empeorando.

Hyesan era la única ciudad que había visitado en años, y parecía el culo del mundo incluso para ella. Carreteras bacheadas, un buey tirando de un carro, unos pocos edificios de apartamentos descuidados que se alzaban por encima de casas bajas con las paredes resquebrajadas. Hombres sentados al estilo campesino en el borde de la carretera sin hacer nada, sin esperar nada. Una fábrica, célebre en otros tiempos, silenciada.

Recorrió la última manzana hasta el centro de la ciudad y se detuvo a lavarse en una acequia al lado de la carretera para quitarse el polvo de la cara. Se estaba secando con su delantal cuando vio un movimiento repentino con el rabillo del ojo. Dos niños, uno de ellos con un abrigo harapiento del ejército que le quedaba varias tallas grande, estaban justo detrás de ella.

—¡Largo de aquí! —gritó, agarrando su cesta antes de que pudieran robársela.

Tendría que mantenerse atenta. En todas las esquinas había *kotchebi*, niños vagabundos que acudían en manada como golondrinas en tiempo de siembra, y que solían robar carteras y bolsos al menor descuido. Para protegerse, se unió al final de la fila de obreros de la fábrica que se dirigían al trabajo.

En el centro de la ciudad se abría una plaza ancha que albergaba la principal estación de tren, el banco estatal, un salón de belleza, una farmacia, una tienda de cambio donde los cambistas de moneda ilegales se apostaban como moscas, y un imponente edificio con columnas, la sede local del Partido, adornada con un eslogan en inmensas letras rojas: «¡KIM JONG-IL ABRAZA A TODO EL PUEBLO COMO LOS CIELOS!»

La señora Moon cruzó las puertas de la estación de tren y de inmediato se encontró en otro mundo. El improvisado mercado hervía de actividad. Comerciantes que gritaban en mandarín mientras cargaban con enormes sacos de mercancías, las *ajumma* con la piel estropeada por las inclemencias del tiempo que gesticulaban durante el regateo... Dos soldados jovencitos patrullaban con rifles a sus espaldas entre los cerca de cincuenta puestos —algunos con toldos hechos de sacos azules de arroz yanqui— ubicados en largos pasillos; los chillidos de las aves que aleteaban en sus jaulas se unían a los de centenares de mujeres comerciantes.

—*Sassayo!* —«Acércate y compra.»

La señora Moon se tapó la nariz y la boca. Sus botas chirriaban en el cemento. Pasó ante las esteras de lona que brillaban con la carne de perro, los trozos de cerdo y las aves de corral. Los montículos de patatas le llegaban a la cintura, y todo lo que no era comida estaba cubierto de letras chinas: detergente, vajilla, pequeños electrodomésticos cuyos nombres desconocía... Los billetes cambiaban de manos allí donde miraba. El dinero iluminaba los rostros. Se respiraba cierto nerviosismo, una urgencia, como si todo ese ajetreo pudiera prohibirse en cualquier momento por un capricho de Pyongyang. Un par de informantes de calle deambulaban observando a la gente y escuchando las conversaciones. La señora Moon los calaba a un kilómetro de distancia.

Al final de un pasillo, encontró una ruidosa cantina abierta al aire libre, donde los clientes se sentaban encorvados sobre cuencos de sopa de arroz caliente. Un vapor amarillo se elevaba de las ollas que hervían en quemadores de gas portátiles, y de pronto la señora Moon se dio cuenta de que tenía hambre. Comería algo primero, luego encontraría un comprador para las Choco Pies.

Una voz detrás de ella dijo:

—*Ajumma*, ¿algo para esas arrugas?

Se volvió y se encontró con una abuela que gesticulaba con un abanico de papel hacia una muestra de remedios de medicina tradicional multicolores. Frascos de hongos secos, pasta de placenta de ciervo, todo tipo de mejunjes inútiles. «Arrugas, sí.»

—¿Cuánto cuesta alquilar un puesto? —preguntó la señora Moon.

—Cinco mil wones, querida —dijo la mujer, apartando con el abanico el humo de la cantina.

—¿Un mes?

—Una semana. —Se burló de la cara de sorpresa de la señora Moon—. Hay sitios más baratos cerca del altavoz.

Mientras esperaba su estofado de pasta de alubias, la mente de la señora Moon iba carburando. ¡Cinco mil wones! ¿Quién tenía tanto dinero? Tae-hyon ganaba más que ella, pero su salario era de dos mil wones al mes, y eso cuando le pagaban. Además, no había trabajado desde que la mina de carbón se inundó, y la ración de cupones que le daban no valía ni un pedo de pájaro.

Con gestos bruscos le dejaron enfrente un bol humeante. La señora Moon lo olisqueó. Un aroma intenso y fresco. Probó un bocado. Estaba bueno. Se fijó en que, al otro lado del mercado, había otras dos cantinas improvisadas como aquélla, dirigidas por comerciantes que competían por la clientela. «Aquí encontrarán buena comida...» Una niña pequeña con harapos se metió debajo de la mesa, agarró un trozo de cartílago y salió corriendo.

Una mujer joven con un cinturón-monedero se acercó y recogió el cuenco vacío de la señora Moon.

—Ciento cincuenta wones, *ajumma*—dijo la joven. La señora Moon palpó el bolsillo del delantal y se quedó de piedra.

Su dinero había desaparecido.

Buscó desesperadamente en el otro bolsillo. Vacío.

—*Kotchebi*—susurró la mujer, compadeciéndola—. Esos niños están en todas partes...

La señora Moon miró en su cesta, levantando la tela con el corazón en un puño, pero entonces respiró aliviada: su tesoro seguía allí.

—Puedo pagar con esto —dijo, sacando un Choco Pie.

Los ojos de la mujer joven se ensancharon al ver el envoltorio rojo. Bajó la mano de la señora Moon, para que nadie pudiera ver la galleta.

—¿Está segura? —preguntó, aceptando furtivamente el Choco Pie y guardándoselo en el cinturón. Bajó la voz—. Si tiene más de esos, *ajumma*, le daré veinte yuanes por cada uno.

¿Divisas? Sin pestañear, la señora Moon dijo:

—Estaba pensando en treinta yuanes cada uno.

En realidad, no tenía una idea clara de cuánto valía un yuan chino. Pero la mujer joven tenía un rostro sincero, y la señora Moon, talento para leer las caras.

—¿Cuántos tiene?

—Diez.

La mujer dejó los cuencos vacíos, ignoró a un hombre que pedía comida e hizo cuentas en un trozo de periódico. Era pequeña y delgada, con ojos grandes y atractivos estropeados por un ligero estrabismo en uno de ellos. Su cabello lucía una permanente ondulada, cubierta parcialmente por un pañuelo amarillo girasol. Tenía los pies tan pequeños que llevaba zapatos de niña.

—Necesitaré unos minutos para conseguir el dinero. Espere... —Se volvió hacia la cocina y regresó con una porción de *soondae* envuelta en periódico. Sonrió con dulzura a la señora Moon y le hizo una pequeña reverencia—. Tenga, tómese esto mientras espera, *ajumma*. Me llamo Ong, pero todo el mundo me llama Rizos.

La señora Moon abandonó su sitio en el banco y se sentó al sol, recostándose en la columna de hierro del puente. Se dio cuenta de que aquél era el lugar más barato del mercado: los comerciantes no tenían puestos y disponían sus artículos en esteras de paja en el suelo. Se comió el *soondae* con lentitud, saboreando el picante de la guindilla que hacía un poco más comestibles las vísceras. Por encima de ella, una voz trémula salió de los altavoces con un fondo de música emotiva: «...luchando contra miles de enemigos, enfrentándose a la nieve y al hambre, con la bandera roja ondeando ante las tropas...». A su derecha, la señora Moon vio que la gente se reunía en el andén para subir a un tren de Kanggye, que entraba repiqueteando, entrechocando los enganches y dejando un rastro de chispas en los cables de la catenaria y un hedor de letrinas y cobre quemado.

Rizos regresó, sin aliento, y le puso tres billetes rojos en la mano. Los Choco Pies estaban vendidos.

—Si tiene algo más del «pueblo de abajo» —susurró—, ya sabe dónde encontrarme. —Le guiñó un ojo y se marchó.

La señora Moon miró los billetes que tenía en la mano.

Cruzó la plaza hacia la tienda de divisas, donde pululaban los cambistas. No tenía intención de cambiar el dinero. Quería saber lo que tenía. Uno de ellos la condujo a una esquina para hacer el negocio, y fue entonces cuando la señora Moon recibió la mayor sorpresa de todas. A cambio de sus trescientos yuanes, le ofrecía más de cuatro mil wones en billetes hechos añicos y medio podridos. Contuvo un grito de incredulidad. ¿Dos meses de trabajo de su marido equivalían a diez galletas de chocolate de Corea del Sur? Tuvo ganas de llorar y reír al mismo tiempo. Con una punzada de vergüenza, pensó que lo mejor sería ocultarle ese detalle a Taehyon. No podría soportar verlo abochornado.

Se alejó del cambista, aferrando los yuanes en el puño.

—Eh, *ajumma*. Está bien, una tarifa especial para usted...

La señora Moon regresó al mercado y caminó con la cabeza alta más allá de la abuela que vendía remedios tradicionales.

«La vida te da tres oportunidades —pensó—. Ésta es una de ellas.»

Al cabo de una hora había hecho sus compras. Un saco de cinco kilos de arroz y otro de fideos secos, un litro de aceite de cocina de buena calidad, una bolsa de harina de arroz, tarros de sirope, salsa de mostaza, caldo de pescado y pasta de alubias de soja. Y la mayor inversión de todas: una sartén de acero nueva.

«Están los que se mueren de hambre, los que piden y los que comercian.»

El negocio estaba en marcha.

7

Hôtel Beau-Rivage, Quai de Mont-Blanc, Ginebra, Suiza

—Desapareció al final de nuestra calle, cerca de la playa. Se había despedido de un amigo, después de un entrenamiento de fútbol, e iba de camino a casa para terminar los deberes antes de cenar. Las farolas acababan de encenderse. Tenía catorce años. Nos dejó destrozados.

La señora Ishido removió el contenido de su taza y dio un sorbo. Ella y Jenna eran las únicas clientas en la humildemente llamada Sala de Té, un salón estilo *belle époque* de techos altos, con sillas doradas y cortinas de encaje. Los ventanales ofrecían una vista de postal del lago y del chorro de agua que se elevaba como un géiser. El cielo alpino bañaba la sala con una luz cristalina que se reflejaba en el cristal de las arañas. En el extremo de la sala, un hombre demasiado grande para el traje que llevaba y con la cabeza afeitada estaba sentado vigilando la puerta. Las autoridades suizas habían insistido en proporcionarle un guardaespaldas, explicó la señora Ishido, para protegerla de asesinos norcoreanos mientras prestaba testimonio ante las Naciones Unidas.

—Si quisieran silenciarme, ya me habrían matado hace tiempo. No les importa lo que el mundo piense de ellos.

La mujer, de unos sesenta años según calculó Jenna, vestía un elegante traje azul marino con hermosas perlas japonesas. Tenía el pelo de un blanco ceniciento y el rostro marcado por la pena, pero había algo imponente en ella, los restos de una incuestionable belleza. Se sentaba tiesa como una reina, una postura en la que

Jenna veía la decidida dignidad de una madre que había soportado lo peor que podía ocurrirle: que le robaran a su hijo. Hablaba un poco de coreano, explicó, de sus días como colaboradora del presidente de Hyundai Heavy Industries, en Tokio, y llenaba sus lagunas con el inglés. En la mesa situada entre ellas había colocado la fotografía escolar de su hijo Shuzo. Aniñado, de cara redonda. Era un muchacho guapo.

—Mi marido denunció su desaparición de inmediato. La prefectura de policía lo buscó día y noche. Después de una semana, publicaron esta foto en los periódicos locales. No encontraron ni una sola pista. Fue como si se lo hubiera tragado la noche. Por supuesto, nos preguntamos si se había fugado, como hacen los adolescentes a veces. Siempre dejábamos la puerta sin cerrar y las luces encendidas, por si acaso regresaba cuando no estábamos.

»Un año se convirtió en cinco; cinco años se convirtieron en diez, y aunque nunca llegamos a decirlo abiertamente, los dos lo dimos por muerto. Vivir en ese pueblo junto al mar se volvió insufrible. La empresa de mi marido le ofreció un traslado a Osaka, y eso era precisamente por lo que habíamos estado rezando.

»Y entonces, once años después de la desaparición de Shuzo, recibimos la llamada telefónica que puso nuestras vidas patas arriba. Era un periodista del *Tokyo Shimbun*. Me contó que un agente norcoreano había sido capturado durante una fallida misión secreta en Seúl. Ese agente fue interrogado por oficiales de inteligencia surcoreanos. Reconoció formar parte de un comando que había secuestrado a decenas de personas a lo largo de los años, y aseguró que las habían llevado a Corea del Norte. Uno de los secuestrados era un chico de catorce años de nuestra ciudad.

Negó levemente con la cabeza antes de continuar.

—¿Nuestro hijo en Corea del Norte? Ni en sueños habíamos considerado semejante posibilidad. Pero todo encajaba. El tiempo, la fecha... Era Shuzo. Ese comando lo había raptado en plena calle...

La señora Ishido se tomó un momento de pausa y tragó saliva.

—...Lo ataron y lo amordazaron en la playa, lo metieron en una bolsa para cadáveres y se lo llevaron en una lancha inflable... a un submarino que esperaba.

A Jenna se le erizaron los pelos de la nuca.

—Lloró y gritó hasta que llegaron a Corea del Norte, donde lo pusieron a trabajar de inmediato. Imagíneselo, un chico de catorce años enseñando costumbres y jerga japonesa a espías norcoreanos entrenados para infiltrarse en Japón. Tal vez también pensaron que podían lavarle el cerebro y convertirlo en un espía. Los jóvenes son maleables.

»Exigimos su inmediata puesta en libertad. Después de mucha presión por parte de nuestro gobierno, el régimen de Corea del Norte reconoció por fin que se había llevado a Shuzo. Entonces nos informaron de que se había vuelto loco y se había ahorcado cuatro años atrás, a los veintiuno.

La voz de la mujer se quebró. El esfuerzo por mantener la compostura había sido colosal, y Jenna pudo ver lo frágil que era el barniz de la señora Ishido.

—No les creo —dijo, con la voz todavía temblorosa—. ¿Por qué tendría que creer nada de lo que digan? Creo que Shuzo sigue vivo...

Sacó un pañuelo del bolso y se dio unos toquecitos en los ojos. Jenna apartó la mirada. Quería tomarle la mano, pero la señora Ishido no invitaba a tal familiaridad. Se hizo un pequeño silencio entre ellas, que se llenó con el zumbido del tráfico en Quai de Mont-Blanc y con el sonido de una sirena: el transbordador de Lausana se acercaba al espigón. Jenna era reacia a insistir, pero no pudo contenerse.

—Ha dicho... un submarino.

La señora Ishido se aclaró la garganta y, cuando habló, su voz sonó firme de nuevo, una vez contenida la emoción.

—Un submarino espía, de clase Sango, en una misión desde la Base Naval de Mayangdo, en Corea del Norte. Una embarcación bastante grande, según el agente norcoreano. —Dedicó a Jenna una sonrisa triste—. Nadie se esperaba un submarino. Probablemente fue la misma nave que se llevó a su hermana. Eso explicaría por qué desapareció de una forma tan fulminante, sin que nadie viera nada.

Una corriente eléctrica recorrió a Jenna, una sensación de euforia mezclada con una dolorosa contracción en la boca del estómago.

Así que se trataba de eso. Al fin alguien lo había dicho.

—Siempre me dijeron que un secuestro era imposible... —murmuró.

El guardaespaldas se levantó e hizo un gesto, señalando su reloj.

—Discúlpeme —dijo la señora Ishido al levantarse—. Tengo que tomar el avión a Osaka. —Hizo una pequeña reverencia y tendió la mano a Jenna para que se la estrechara—. Espero que un día pueda reunirse de nuevo con su hermana. —Y empezó a caminar hacia la puerta.

—Ese agente norcoreano capturado... —dijo Jenna—. ¿Cómo se llama?

Incluso desde atrás, Jenna pudo ver que la señora Ishido se tensaba.

—Sin Gwang-su —dijo en voz baja, y se volvió—. Se llama Sin Gwang-su. Está retenido en la prisión de Pohang, en la costa oriental de Corea del Sur. —Su rostro se oscureció.

—¿Lo ha visitado?

—No creo que... —Dudó—. Es un prisionero de categoría A y está en una unidad de alta seguridad. No se permiten las visitas. Pero con el permiso del gobierno de Corea del Sur he hablado con él... No es una experiencia recomendable. Y tampoco creo que pueda ayudarla mucho en su búsqueda. Pero a veces... A veces, es posible extraer algo de verdad de las falsedades que cuentan los miserables.

Cuando la señora Ishido se hubo marchado, Jenna caminó arriba y abajo por el salón de té. La conmoción, la rabia y la euforia que sentía llegaban a tal extremo que no sabía qué hacer consigo misma. Los momentos de su vida en los que había sentido que necesitaba un trago eran tan escasos que podía contarlos con los dedos de una mano. Aquél era uno de ellos.

Entre el parloteo en francés y en alemán oyó la voz de algunos estadounidenses en el bar del vestíbulo. Les dio la espalda y fue a sentarse en un taburete en la barra de zinc, cerca del piano. Miró asombrada las filas de licores europeos tras el cristal traslúcido y pidió un vaso largo de Jack Daniel's con Coca-Cola. El pianista pareció reparar en ella, y la melodía que estaba tocando se moduló en un tono más triste. Colocaron el vaso delante de Jenna. Dio un sorbo generoso. Le temblaba la mano.

«Se la llevaron en un submarino...»

Dijo que no con la cabeza, como si fuera algo simplemente increíble, como si alguien le hubiera dicho: «Tu hermana se convirtió en sirena y se fue nadando.» En ninguna de las funestas hipótesis que había imaginado a lo largo de los años, ni ella ni nadie se había planteado la posibilidad de un submarino.

Desde lo más profundo de su ser surgió una rabia dirigida contra sí misma: «¿Perdiste la esperanza demasiado pronto? ¿Te negaste a escuchar a tu instinto en todo este tiempo? ¿No estás avergonzada de ti misma...?»

El camarero, que sacaba brillo a las copas, la miraba con cautela. Jenna tomó otro trago largo de la bebida, sintiendo que el temblor empezaba a calmarse, y exhaló un lento suspiro.

«Está viva. Oh, Dios mío, está viva...»

Se le puso la carne de gallina, y algo oscuro desplegó las alas dentro de ella. Si la señora Ishido había conseguido permiso para contactar con ese secuestrador norcoreano en prisión, también ella lo lograría. Hablaría con el desalmado que se llevó a Soo-min y Jae-hoon. Iría...

—Oye, hay sitios más baratos para emborracharse en esta ciudad —dijo una voz profunda y familiar a su espalda.

Jenna cerró los ojos. «Tiene que ser una broma.»

Se volvió en el taburete.

—Por favor, no me diga que se trata de una coincidencia.

Charles Fisk le dedicó una sonrisa paternal. Llevaba traje, pero se había quitado la corbata, como si acabara de salir de una larga reunión.

—Señora Ishido no sé cuántos, ¿no? —Se sentó en el taburete de al lado—. Como una Meryl Streep japonesa.

—¿Qué hace aquí? —preguntó Jenna, incapaz de disimular su incomodidad.

—Sólo he pasado a saludar, nada más. El Foro Económico Mundial está a punto de comenzar. —Bajó la voz—. Entre tú y yo, es una gran oportunidad para sacar información de inteligencia a los aliados. ¿Sabes que a este hotel lo llamaban Beau-Espionage durante la guerra? El bar estaba repleto de espías de la Gestapo y de rubias agentes dobles que llevaban cápsulas de cianuro en los ligueros.

Jenna suspiró.

—Mire, señor Fisk, le agradezco que me pusiera en contacto con la señora Ishido, de verdad, pero ahora mismo me vendría bien estar sola un rato...

—Hay alguien aquí a quien quiero presentarte.

A Jenna se le ocurrió que, en otra vida, tal vez le habría gustado ser una joven atractiva en el bar de un lujoso hotel junto al lago de Ginebra y estar acompañada de un hombre encantador y educado, pero ahora mismo se sentía acosada. No quería alentar esa progresiva relación con Fisk. Él, sin duda, estaba tratando de manipularla por su propio interés. Y, aun así, parecía tan obvio que ella le gustaba y que disfrutaba de su compañía que sonrió a su pesar. Jenna sopesó aquella nariz grande y aquel cabello plateado y, al observar el rostro de Fisk, se dio cuenta de que tenía una expresión firme e inteligente, aunque no podía decirse que fuera guapo. Su encanto tenía algo seductor, supuso Jenna, cediendo a su voluntad, y ella no era tan inmune como había creído.

Cuando Fisk la condujo por el espléndido vestíbulo estilo Habsburgo, Jenna entendió qué era lo que tanto la había inquietado desde su llegada al hotel. Había vigilantes de seguridad por todas partes. Hombres con gafas de sol Oakley hablando a través de micrófonos en las solapas, de pie en las esquinas, observando. Al llegar a la quinta planta, salieron a un vestíbulo con una gruesa moqueta, donde había otros dos hombres con auriculares de radio. Fisk la llevó por un pasillo, donde colgaban pinturas iluminadas del siglo XIX, y se detuvo ante una puerta lacada con un sistema de apertura de seguridad. Fisk llamó, y abrió la puerta una mujer de aspecto enérgico que sostenía un calendario de escritorio.

—Adelante —dijo la mujer—, pero, por favor, sólo cinco minutos.

Estaban en una *suite* grande y suntuosa, llena de ramos de flores. Había sillones estilo Segundo Imperio y divanes de seda dispuestos en los rincones. Una enorme chimenea napoleónica, flanqueada por altas lámparas de mesa con pantallas de borlas, dominaba una pared completa.

Desde detrás de una puerta, a Jenna le llegó la voz de una mujer que hablaba con alguien. Pensó que le resultaba familiar, pero estaba demasiado desconcertada para situarla. La puerta se abrió y un hombre negro, joven y elegante, con un traje de tres piezas, les hizo una seña para que entraran.

La mujer tenía los pies encima de un sofá y les daba la espalda: estaba hablando por el móvil. Su voz, profunda y más bien grave, parecía demasiado estridente y brusca para esa sala. Jenna miró a Fisk, que le hizo una señal con el dedo para que guardara silencio. La luz solar que se reflejaba en el lago trazaba formas luminosas en el techo de la estancia. Jenna oyó el zumbido y los chasquidos de una máquina de fax. La mujer llevaba un peinado muy rígido. Una joven peluquera con uniforme rosa terminó de recoger un secador y unos cepillos y se marchó de la habitación. Finalmente, la mujer acabó la llamada exclamando «¡Dios todopoderoso!», y lanzó el teléfono al joven negro del traje. Jenna olió su perfume, que era cítrico e intenso.

La mujer se levantó y se volvió hacia ellos con una sonrisa radiante y perfecta, y Jenna se encontró estrechando la mano de la secretaria de Estado de Estados Unidos.

8

Ministerio de Asuntos Exteriores
Plaza Kim Il-sung, Pyongyang, Corea del Norte

Para el teniente coronel Cho, el día había empezado de manera bastante rutinaria. Un par de aburridas reuniones de comité, y bolas de arroz y calamar para comer en el despacho de su superior, el general Kang. Durante el almuerzo, el general había continuado practicando empecinadamente la conversación en inglés con Cho: *I did hike of a mountain with my two daughters and afterward we eat some pruits in a lestaulant.* La tarde le deparó una conferencia de logística con la Sección Primera de la Guardia Suprema, para planear la visita oficial del Amado Líder a China: una comitiva de tres trenes blindados; una docena de horarios cancelados para despejar la línea; destacamentos armados del Ejército Popular de Corea desplegados en cada estación por las que pasaría; aviones que le llevarían pescado fresco y piezas de caza, y que volverían con la basura... No era de extrañar que el gran hombre saliera poco del país. (La Guardia Suprema también quería que se recogieran la orina y las heces del Líder y que se devolvieran a Pyongyang para impedir que potencias extranjeras obtuvieran su ADN. Cho había sugerido con cautela que resolvieran ese asunto por sí mismos, porque la labor era un privilegio demasiado elevado para alguien de su rango.)

A las seis estaba en su lugar de trabajo en el grupo de estudio político —su clase de esa tarde era sobre los principios revolucionarios de la poesía Juche—, concentrando toda la energía que le quedaba en no bostezar. Se sentía exhausto, agotado. Era como si su cerebro estuviera envuelto en lana, y tenía la sensación de que sus ojos irritados eran demasiado pequeños para sus cuencas.

No había dormido bien desde el día del desfile, hacía ya casi una semana, y su humor daba un vuelco cada vez que pensaba en el inminente ascenso de Yong-ho, algo que ocurría varias veces cada hora. En un momento dado, sentía una avalancha de excitación de tal magnitud que apenas podía respirar. Al momento siguiente, se ponía casi histérico de preocupación. ¿Una investigación de los antecedentes de su familia real? Su familia real... ¡El riesgo era enorme! ¿Cómo podía Yong-ho exponerse a algo así?

Aquella mañana se había despertado cuando todavía era de noche, empapado en sudor. Aguzó el oído esperando distinguir golpes de botas en la escalera, una llamada atronadora en la puerta... Las desapariciones se producían por la noche, siempre por la noche. Imaginó a agentes del Bowibu entrando en su dormitorio, enfocándolo con sus linternas a los ojos, dispuestos a detenerlo porque su familia, sus verdaderos parientes, cuyos nombres y rostros desconocía, habían sido traidores de clase, saboteadores, enemigos de la Revolución, y él y Yong-ho, hermanos cuyos genes portaban restos de aquella criminalidad ancestral, habían traicionado la confianza del más noble Líder vivo. Se frotó la cara, tomó una profunda bocanada de aire y la soltó. Sus padres no habían hecho más que sembrar arroz y echar mierda a paladas. No había nada de lo que preocuparse.

Cuando terminó su grupo de estudio, a las siete y media, Cho se fue a casa a cenar con su mujer y su hijo y se sentó un rato con Libros para ayudarlo con los deberes. Luego consiguió echar una siesta intermitente de media hora en su estudio antes de volver al ministerio alrededor de las diez, junto con sus colegas, para la parte más importante de la jornada laboral: hacer borradores de informes y comunicados, analizar información de inteligencia y, por encima de todo, permanecer allí hasta muy tarde. Las horas de la noche eran las más productivas del Amado Líder, que podía telefonear a sus burócratas en cualquier momento. Aquélla era una estrategia de Kim Jong-il que se les escapaba a los capitalistas: el miedo era tan motivador como la avaricia.

Cuando, a las diez en punto, Cho volvió a entrar en el ministerio por la puerta principal, el supervisor de su departamento estaba esperándolo en un rincón del inmenso vestíbulo. El hombre apagó su cigarrillo en cuanto vio a Cho.

—Han preguntado por usted en la planta superior.

—¿Qué? —El miedo se coló por el cuello de Cho junto con una ráfaga de aire helado—. ¿Por qué?

Los ojos de su supervisor estaban observándolo de arriba abajo.

—Enderécese la corbata. Tengo que llevarlo arriba ahora mismo. —Puso una mano en la parte baja de la espalda de Cho y empezó a empujarlo por el vestíbulo—. Deprisa. Velocidad de *Chollima*.

Cho se sintió casi ahogado por el pánico, como si alguien le hubiera puesto una soga en torno al cuello. «Se acabó. ¿Qué habrán descubierto?»

El supervisor siguió a Cho al montacargas; la reja se cerró y el zumbido de un motor acompañó el lento traqueteo de su ascenso. El supervisor no dijo nada hasta que se hubieron alejado del vestíbulo; entonces empezó a susurrar.

—Han detenido a Kang. En su casa, esta misma tarde. —Su voz tenía una nota ronca de pánico—. Acusado de espionaje. Todo el departamento está patas arriba.

—¿El general Kang? —Cho lo miró—. ¿Con qué pruebas?

El hombre negó con la cabeza.

—¿Qué importa eso? Ha sido acusado. Está acabado.

La débil bombilla eléctrica del ascensor brilló con la corriente y se atenuó otra vez.

La mente de Cho se disparó. Las acusaciones de espionaje eran siempre vagas e inespecíficas, pero también muy contagiosas. El tipo de crimen que rápidamente conduce a círculos y facciones, que infecta departamentos enteros.

¿Estaba a punto de ser acusado de espionaje, de ser cómplice de Kang? «Oh, mis amados putos antepasados...» Culpa por asociación, culpa hereditaria. ¿Habían desenterrado algo en el pasado de su verdadera familia... y ese algo servía como prueba de cargo...?

El montacargas se detuvo con una sacudida en el último piso. En cuanto Cho salió, la reja se cerró tras él con un chirrido ferroso.

Se volvió para ver cómo el supervisor descendía a la planta baja, con el rostro iluminado como un demonio del *kabuki*.

—No reconozcas nada —susurró Cho para sí mismo.

El pasillo blanco y silencioso conducía a una antesala. Había visitado la zona de dirección del Ministerio de Asuntos Exteriores en muy pocas ocasiones, y siempre en compañía del general Kang. Empezó a caminar despacio, dejando atrás una serie de pinturas al óleo en las paredes. Obras grandes, clásicas, que databan de las Tres Revoluciones: campesinos saludándose unos a otros a través de cosechas abundantes; un obrero de altos hornos secándose la frente... Los zapatos de Cho resonaban como disparos en el parquet calefactado, y sintió que su pánico daba paso a una extraña calma, casi una aceptación, como la profunda resignación que había visto en los rostros de los condenados en las ejecuciones públicas. El amor que sentía por su esposa y su hijo daba más profundidad y patetismo a esa sensación. ¿Quién se ocuparía de ellos a partir de ahora?

Una secretaria de uniforme estaba esperándolo de pie ante su escritorio cuando él se acercó. Le sonrió y Cho sintió una lastimosa gratitud. La mujer levantó el dedo, indicándole que esperara un momento, llamó con discreción a la puerta de paneles y la entreabrió.

—Señor, el teniente coronel Cho Sang-ho está aquí para verlo.

Se oyó un gruñido procedente del interior y la secretaria abrió las dos puertas que daban a un despacho grande y profusamente iluminado, que olía a madera pulida. Tras un gran escritorio, un hombre de unos cincuenta años estaba hojeando papeles.

—Adelante, camarada Cho, adelante —dijo el viceprimer ministro, sin levantar la mirada.

La bandera roja del Partido de los Trabajadores se alzaba a un lado del escritorio como el telón de un teatro, y los retratos de Padre e Hijo observaban desde la pared que quedaba a su espalda. En una vitrina de cristal, a la izquierda, estaban los sagrados textos revolucionarios, encuadernados en inmaculados volúmenes; a la derecha, desde tres altas ventanas con cortinas y visillos, se divisaban las escasas luces de la plaza Kim Il-sung.

Cho entró despacio, consciente de que a ambos lados de su mirada quedaban puntos ciegos.

El viceprimer ministro señaló vagamente con la cabeza hacia una mesa lateral, donde había un viejo samovar de plata y tazas de porcelana.

—Sírvase un poco de té.

Había otros dos hombres en la sala, sentados en pesados sillones orientados al escritorio. Ninguno se volvió a saludarlo, pero Cho reconoció el traje Mao a medida del primer secretario del partido, que estaba sentado con las piernas cruzadas. Sostenía un cigarrillo en posición oblicua cerca de la cara, como un capitalista japonés de película. El otro hombre era el ministro en persona, y su cabeza parecía el caparazón de una tortuga entre las charreteras de sus hombros. De manera instintiva, Cho hizo una valoración rápida. Estaba casi seguro de que podía olvidarse de los dos hombres que ocupaban los sillones, incluido el ministro, que sólo aparecía para cuestiones de Estado. El verdadero poder en la sala lo ostentaba el hombre de detrás del escritorio, el viceprimer ministro. Llevaba una sencilla guerrera marrón sin insignias, pero era depositario de la autoridad absoluta de Kim Jong-il.

Cho se sirvió un poco de té y sintió los ojos de todos aquellos hombres posados en su espalda. La estancia entera parecía impregnada de una intensa concentración. Intuyó que habían estado hablando de él.

—Tome asiento.

En cuanto Cho se hubo acomodado, el viceprimer ministro rodeó el escritorio y se sentó en el borde, directamente frente a él, tamborileando con los dedos en la madera y dedicándole una dura mirada escrutadora. Tenía el rostro de un burócrata del Partido, un *apparatchik*: cabello ralo, cejas gruesas y gafas de montura metálica que magnificaban su mirada, como un búho astuto.

—Su superior, el general Kang, ya no está con nosotros —dijo con resolución; Cho sintió un escalofrío en la espalda—. Por consiguiente, hemos decidido confiarle a usted su misión en Occidente.

Cho debió de poner cara de tonto por la sorpresa, porque el viceprimer ministro frunció el ceño.

—No es una misión que asignemos a la ligera, eso se lo garantizo. —Su voz traslucía una pizca de cinismo—. Se trata de un asunto grave, de importancia nacional. No hay espacio para el error. La cuestión es si está usted preparado para la tarea.

Cho estaba sentado muy recto en el borde de la silla y mantenía la taza de té en equilibrio en la rodilla. Habría preferido estar de pie. Se oyó a sí mismo decir:

—Sería para mí un honor y un deber servir hasta el máximo de mis capacidades, señor.

El viceprimer ministro ignoró la fórmula de cortesía. Soltó aire y cruzó los brazos.

—Mis colegas aquí presentes piensan que usted está demasiado verde y que, con treinta y tres años, es demasiado joven. Nunca ha tratado con occidentales.

—Mi nivel de inglés podría calificarse de decente, señor.

—Sí, sí. —Se volvió y miró los papeles en el escritorio, y Cho atisbó una foto de sí mismo del revés.

Se dio cuenta de que se trataba de su propio expediente, recuperado del Complejo Central del Partido, donde se conservaban los archivos secretos de todos los ciudadanos. Sus vidas enteras estaban allí: nombres de amigos de infancia, adicciones al alcohol o al juego, infidelidades, cualquier comentario que pudiera ser considerado desleal...

—El inglés le dará cierta ventaja con esos chacales cabrones... Además, debo añadir que sus conexiones familiares han sido un factor importante a la hora de considerar su candidatura...

—¿Mi familia? —Cho sintió que el corazón se le derretía como mantequilla.

El viceprimer ministro volvió caminando a su silla, cogió un cigarrillo de una caja de nogal del escritorio y lo encendió con un enorme mechero de sobremesa de bronce.

—Sabemos que su hermano está destinado a ser jefe de gabinete del hijo menor de nuestro Amado Líder —dijo, dando una fuerte calada al cigarrillo. Clavó en Cho sus ojos oscuros. El humo salió con las palabras, que pronunció cuidadosamente—: Con el tiempo, aunque esperamos que sea en un futuro todavía lejano, nos resultará útil tener un contacto de confianza cerca del Sucesor...

Un leve hormigueo recorrió el cráneo de Cho, como si se hubiera desvelado un misterio. Nunca había oído a nadie hablar de la sucesión. La mera mención de semejante idea era peligrosa, porque llevaba implícito un reconocimiento de que el Amado

Líder era mortal, cuando el Partido enseñaba que la vida del Líder era una serie continuada de milagros benditos que no encontraban parangón en la suma de las vidas de todos los mortales de su pueblo. Ni siquiera en la muerte moriría.

Daba la sensación de que el silencio marcaba la admisión de Cho en un círculo secreto.

Entonces el viceprimer ministro dijo:

—Vamos a enviarlo a Nueva York para abrir negociaciones con los yanquis.

Cho sintió una punzada de dolor en la rodilla al salpicarse con unas gotas de té casi hirviendo.

—Su objetivo será sacarles la mayor cantidad de dinero y material de ayuda que pueda conseguir.

—La dirección necesita divisas —añadió el primer secretario del partido, inclinándose hacia delante para volcar su ceniza en un grueso cenicero de cristal—. Con urgencia.

Finalmente, el propio ministro intervino para decir cuántas divisas se necesitaban. Cho pensó que no había oído bien al viejo. Su mente estaba pugnando por mantener el ritmo. Sumas astronómicas de dólares. Números inimaginables. ¿Cómo demonios iba a convencer a los estadounidenses para que aceptaran algo así?

—¿Preguntas? —dijo el anciano ministro.

La mente de Cho estaba en blanco.

—¿Con qué instrumentos contaré? —preguntó por fin.

El viceprimer ministro miró a los otros dos, transmitiéndoles algún tipo de información secreta.

—Le daremos algo con lo que pueda negociar. Por ahora no necesita saberlo.

Los hombres apagaron los cigarrillos. Se levantaron los cuatro. Cho se puso firme. El viceprimer ministro rodeó la mesa —de manera que los tres hombres quedaron en una fila de cara a Cho— y con gran ceremonia levantó una hoja de papel.

—La orden de nuestro querido general se comunicará ahora...

En voz alta y sonora, la orden escrita de Kim Jong-il para negociar con los norteamericanos fue formalmente comunicada a Cho. La Palabra se había pronunciado y Cho sintió que su vida había cambiado.

—¡Larga vida al General! —gritó.

Le dieron permiso para retirarse.

Cuando ya estaba saliendo, el viceprimer ministro añadió:

—Por cierto, Cho, ha sido ascendido a coronel. Enhorabuena.

Mientras se dirigía a su casa, Cho contempló las calles sin iluminar de la capital desde la ventanilla del asiento trasero. Estaba experimentando tantas emociones contradictorias que le costaba concentrarse en un solo pensamiento. Sentía una mezcla de opresión y euforia. El encargo de la misión en territorio americano implicaba un excepcional nivel de confianza política en él. Hasta tal punto era así que sintió una inyección de esperanza: no tenía nada que temer de la investigación del Bowibu acerca de sus orígenes.

«Pobre Kang. Todas esas cargantes conversaciones en inglés para nada. ¿También se habrán llevado a sus hijas?»

El coche giró en una calle que bordeaba las torres gemelas del hotel Koryo. Tras unos pocos metros, alcanzó la barrera de la entrada principal del complejo. Dos policías con cascos del Ministerio de Seguridad Popular enfocaron con sus linternas la matrícula y el interior del coche, y saludaron sin más demora al ver al coronel Cho. La verja corredera se abrió y el coche ronroneó a lo largo de un sendero semicircular iluminado por pequeños focos instalados en los bordillos de piedra. Las orquídeas de florecimiento tardío brillaban a la luz de los faros. El coche se detuvo en el Patio 5 y Cho dio las buenas noches a su chófer. Un ruiseñor trinó en las ramas de los gingkos. El coronel vio en su Nokia que eran poco más de las doce de la noche.

Subió saltando los escalones de dos en dos, con la adrenalina disparándose en su pecho. Cuando le contara la noticia a su mujer, no le importaría que la hubiera despertado. Abrió la puerta de su apartamento y se le heló la sangre. Había un par de botas pulidas en el suelo del vestíbulo, y oyó un murmullo de voces procedente del salón. Con el pánico elevándose en su interior como gas a través de un líquido, Cho se quitó los zapatos en silencio y se adentró en la oscuridad del pasillo, intentando identificar las voces. Cuando por fin abrió la puerta del salón brillantemente iluminado, vio a su hermano Yong-ho en el centro de la estancia, de pie y con el abrigo militar colgando de los hombros. Sonrió a Cho y abrió los brazos para abrazarlo.

—Imaginaba que querrías saberlo enseguida, hermano menor...

Sostenía una botella de coñac Hennessy Black y acababa de entregar unas azaleas rosas a la mujer de Cho, que tenía los ojos hinchados por el sueño y sostenía el ramo junto a la nariz, tratando de parecer complacida. Yong-ho sacó dos copas del armario lacado.

—Fue el propio oficial a cargo de la investigación quien me llamó —dijo mientras descorchaba la botella y llenaba las copas—. Es mejor de lo que podíamos haber imaginado.

—¿El qué?

—Nuestro apellido real es Hwang. Los registros muestran que nuestro abuelo biológico murió en septiembre de mil novecientos cincuenta en la batalla de Busan. Fue condecorado a título póstumo por contener a los yanquis hasta la última bala mientras sus camaradas escapaban... —Yong-ho golpeó el pecho de Cho y soltó un hurra—. ¡Hasta la última bala! ¡Somos nietos de un mártir! Eso prácticamente nos convierte en semidioses, hermano menor. Y la cosa mejora. Nuestro verdadero padre fue un general sumamente respetado en la fuerza aérea hasta su fallecimiento hace diez años. —Puso una copa en la mano de Cho y la entrechocó con la suya.

Cho vio que su hermano ya iba bastante entonado.

—¿No te dije que eso no sería un problema? —continuó Yong-ho, y apuró la copa con un guiño.

Tras la euforia inicial, Cho sintió que su sonrisa flaqueaba. Aquello no tenía sentido.

—Hermano mayor... si nacimos en una familia así, ¿por qué nos llevaron a un orfanato?

Yong-ho se encogió de hombros.

—Tal vez nuestro padre tuviera una amante... Eso no sería inusual. Y nosotros somos sus descendientes. ¿Quién puede saberlo? Sea como sea, ya no tiene importancia. Nuestra sangre está limpia. Y procede de un héroe de primera.

Cho dejó que su mirada se perdiera por la habitación mientras asimilaba esta segunda bomba de la noche. Conservaba una imagen vaga, probablemente imaginada, de su madre real. Cuando la evocaba no podía verle la cara, pero sabía que ella estaba allí, en la periferia, en las sombras de un bosque de bambú al amanecer. Una figura mítica. De pronto, la imaginó sollozando mientras entregaba a sus bebés al orfanato estatal. ¿Qué terribles decisiones se había visto obligada a tomar?

Yong-ho se acomodó en uno de los sillones, tirando de los pliegues de las perneras de su pantalón.

—El oficial de la investigación está cerrando el informe. El Partido está a punto de anunciar mi nombramiento. Y escucha esto: nos ofrecen una pequeña celebración para presentarnos a los hermanos y hermanas que nunca conocimos.

—¿Tenemos hermanos y hermanas? —preguntó Cho, desconcertado.

De pronto, una sensación de alivio lo bañó como agua caliente de manantial. Levantó la mirada a los retratos de Padre e Hijo en la pared, y sus rostros le devolvieron la mirada, llenos de poder y de una enigmática calma. El alivio lo hizo sentirse generoso.

—¿Tienes hambre? Tenemos queso suizo en la nevera y también un tarro de caviar iraní.

Sin decir una palabra, la mujer de Cho se volvió y se dirigió a la cocina.

Yong-ho sirvió otro coñac para ambos. Siempre llevaba una botella cuando iba de visita, y Cho se preguntó por enésima vez cuánto ganaba su hermano. Una sola de esas botellas costaba cien dólares americanos en el mercado negro.

—Yo también tengo noticias para ti —dijo Cho, sintiendo de repente la necesidad de complacer a su hermano mayor.

—Te vas a encender una hoguera debajo del culo de los yanquis —se adelantó Yong-ho, soltando un eructo después de dar otro trago—. Eres más valiente que yo.

—¿Ya lo sabías? —Cho dejó su copa.

—Me he enterado esta tarde. Enhorabuena. Pero, entre tú y yo, hermano menor, hace ya mucho tiempo que nuestro general Kang había perdido la confianza de sus superiores. Tarde o temprano iba a caer.

Cho estaba estupefacto. En cierto modo, no podía entenderlo, y se sentía estúpido y ofendido en nombre de Kang.

Yong-ho se comió el queso y las galletas con voracidad, sin apenas dar las gracias a la mujer de Cho, que se excusó enseguida diciendo que tenía que volver a la cama. Para ser un hombre tan delgado, Yong-ho siempre tenía buen apetito. Se limpió las migas de la boca y entonces pareció recordar algo. Buscó su maletín y sacó un gran paquete acolchado, cerrado con gruesa cinta aislante.

—Te doy esto para que lo guardes bien. Ponlo en un lugar seguro hasta que llegue el momento de tu viaje. Cuando aterrices en Nueva York, dáselo al embajador Shin en persona.

Cho lo miró con expresión perpleja.

—Es sólo burocracia. —Yong-ho se aclaró la garganta—. Y algunos fondos. Lo está esperando.

Cogió el paquete que le ofrecía su hermano. Era extrañamente pesado. Como un saco de arroz. Yong-ho estaba rehuyendo su mirada con habilidad, y un atisbo de preocupación pasó por la mente de Cho, pero una vez más el secretismo del trabajo de Yong-ho se interponía entre ellos. No podía insistir.

Cuando Yong-ho se levantó para marcharse y se dieron las buenas noches, se abrazaron con fuerza. Por debajo de aquella muestra de afecto, sin embargo, Cho sintió que, de alguna forma que no habría sabido explicar, se abría una brecha entre ellos.

En la puerta, casi como una ocurrencia de última hora, Yong-ho dijo:

—Ese paquete, hermano menor, va en la valija diplomática, no en tu maleta. ¿Entendido?

9

Hôtel Beau-Rivage, Quai de Mont-Blanc, Ginebra, Suiza

—Doctora Williams, hola. —La secretaria de Estado tomó a Jenna del brazo y le clavó una imponente mirada azul, como si estuviera siendo amistosa con un gran poni—. Fisk habla maravillas de su pericia. Es fantástico tenerla a bordo.

Jenna sonrió con timidez.

—No recuerdo haber accedido...

—¡Un poco de café! —gritó la secretaria de Estado por encima del hombro de Jenna. Su voz era realmente potente, y sin apenas bajar el volumen, añadió—. Siéntense los dos.

Jenna se fijó en las zapatillas blancas de hotel que llevaba puestas la secretaria de Estado. Lucía un peinado inmaculado, pero no había terminado de maquillarse y llevaba una sudadera descolorida del Wellesley College Athletics. Para Jenna, aquel rostro tan célebre resultaba al mismo tiempo desconcertantemente familiar y extraño por completo, como si no lo hubiera visto antes. La imagen que transmitían los medios no reflejaba en absoluto el magnetismo personal de la secretaria de Estado, ni tampoco su baja estatura.

La ayudante de aspecto enérgico les llevó una bandeja con una cafetera de plata y tres tazas, y la secretaria de Estado insistió en quitársela de las manos para servir ella misma el café. Jenna sabía que aquél era un truco de los muy poderosos: exhibir su informalidad. «Tal vez sea un ser superior —parecía decir—, pero, fíjate, me comporto como vosotros.»

Fisk sonrió a Jenna con un aire travieso.

—Nadie tiene ni la más remota idea de qué hacer con Corea del Norte —dijo la secretaria de Estado, repartiendo las tazas—, y eso incluye al presidente.

Les había servido un café fuerte sin ofrecerles leche o azúcar.

—Sanciones, aislamiento, amenazas, recompensas, sobornos... Nada de eso ha funcionado. Nos hemos quedado sin ideas. Ese hombre de Pyongyang se está riendo de nosotros. Francamente, nada me gustaría más que olvidarme de él, pero la semana pasada lanzó otro cohete, y eso no puedo pasarlo por alto.

Tomó un sorbo de café y lanzó una mirada inquisitiva a Jenna, que a su vez miró a Fisk en busca de ayuda.

—No... sabía que la tecnología de Kim había avanzado tan deprisa... —respondió Jenna, evasiva.

—Sí, ¿verdad? —La secretaria de Estado negó vagamente con la cabeza, como si le maravillara comprobar en qué se había convertido el mundo—. Una pequeña potencia comunista criminal con armas nucleares, que se ha quedado atascada en la maldita Guerra Fría, ahora plantea una amenaza directa a Los Ángeles.

—No soy experta en cuestiones militares, señora.

La secretaria de Estado se inclinó hacia Jenna y pareció dudar, como si estuviera valorando la posibilidad de hacerle una confidencia. Otro truco de los poderosos, pensó Jenna: hacerle sentirse la persona más importante de la sala.

—Necesito saber cómo lidiar con un psicópata que gasta toda la riqueza de su nación en cohetes y deja que su pueblo se muera de hambre. Necesito... —abrió las manos en una muestra de impotencia— un poco de perspectiva con respecto a su forma de pensar. Algo de psicología. No estamos tratando con una mente racional.

—No es cierto —repuso Jenna—. De una manera paranoica y retorcida, Kim Jong-il es sumamente racional. Es un superviviente que juega una mala mano con mucho talento. Sus armas lo mantienen a salvo de nosotros. El hambre lo mantiene a salvo en casa. Al pueblo sólo le preocupa de dónde saldrá su siguiente comida, y de ese modo no piensa en la rebelión. Y Kim está dispuesto a matar a todos los que tenga que matar para mantenerse en el poder.

La secretaria de Estado suspiró.

—La cuestión se reduce a esto: muy pronto tendremos que apretarle las tuercas todavía más, o darle lo que quiere. Pero ¿qué demonios quiere?

Jenna había olvidado el resentimiento que había sentido en el bar. Su mente chispeaba a toda velocidad. Estaba pensando en Kim Jong-il. Regordete, cerebral. De habla suave, con un leve tartamudeo, que era la razón de que nunca hiciera discursos en público. Caprichoso y paranoico. Frío, carente de empatía. Tenía la torpeza física de aquel cuyo desprecio de sí mismo se había transmutado en poder...

—¿Qué quiere en realidad...? —Jenna se volvió hacia la ventana. En los picos distantes de Chamonix, resplandecientes de blanco, el sol no terminaba de disolver la niebla—. En el fondo... diría que quiere que el mundo reverencie a su difunto padre Kim Il-sung como un dios-rey carismático, y a él mismo como el hijo del Mesías. Creo que quiere reunificar Corea y vengar a la raza pura e inocente que ha sido invadida y mancillada durante siglos, por China, por Japón, por Estados Unidos. Una guerra de reunificación sería su contribución más sublime a la Revolución. Un logro en honor a su padre. Un regalo a su hijo. Sabe que sólo tendrá éxito si su poder es abrumador. Cuando accede a hablar con nosotros, es sólo para ganar tiempo e incrementar su arsenal. No tiene sentido negociar con él.

La secretaria de Estado soltó una risa de desprecio.

—¿De verdad cree que puede conquistar Corea del Sur por la fuerza?

—Con los estandartes ondeando. Y tengo la sospecha de que actuará pronto. Ahora está doliéndose y pensando en su lugar en la historia. Ese misil con el que quiere apuntar a Los Ángeles es para asegurarse de que no interferiremos. Sabe que el estadounidense de a pie no querrá arriesgarse a un ataque nuclear por el bien de una península lejana.

—¿Lo haría?

A Jenna le sorprendió darse cuenta de que nunca había pensado en si realmente pulsaría el botón, pero no le cabía duda.

—Sí.

La secretaria de Estado guardó silencio. Ahora daba la impresión de haber abandonado su personaje público, y Jenna pensaba que parecía cansada y disminuida, con el peso de las desgracias del mundo sobre ella.

—¿Tenemos opciones? —preguntó por fin.

—No hacer nada podría ser nuestra única opción —contestó Jenna.

—Imposible. El Congreso se me merendaría.

—Un ataque preventivo está descartado —intervino Fisk—. Seúl está a sólo sesenta kilómetros de la frontera con Corea del Norte. La venganza contra nuestro aliado sería terrible.

Los tres estaban de pie de cara a las ventanas, pensando. La neblina de los Alpes estaba tachonada de rayos de luz.

—Podría haber una forma —dijo Jenna.

—Soy toda oídos, doctora Williams. —La voz de la secretaria de Estado sonó hastiada, cínica.

Jenna la miró a los ojos.

—Matar a Kim Jong-il.

La secretaria de Estado soltó una risita culpable.

—No podríamos ni acercarnos a él.

Treinta y seis horas más tarde, de nuevo en Washington e incapaz de dormir, con el cuerpo todavía en el horario de Europa central, Jenna llamó a Fisk. Temía cambiar de opinión si esperaba a la mañana siguiente.

Al final de la reunión en el hotel, mientras él la acompañaba al ascensor, estaba tan ensimismada en lo que habían discutido que apenas había respondido a su apretón de manos cuando se despedían.

—Confío en que reconsidere mi oferta —le había dicho Fisk—. Me vendría bien su ayuda. Urgentemente.

Jenna se había vuelto a mirarlo justo cuando las puertas del ascensor se estaban cerrando.

No tenía razones claras o convincentes para aceptar, y sí muchas en contra: abandonaría su carrera académica, perdería su puesto en Georgetown, que nunca recuperaría. Pero sentía que se estaba abriendo una puerta para ella, y una intuición profunda y no formulada le decía que esa puerta conducía a Soo-min.

Saltó el buzón de voz en el teléfono de Fisk.

En el silencio de su apartamento, la voz de Jenna sonó suave y calmada.

—Si aún me quiere... cuente conmigo.

10

Hyesan, provincia de Ryanggang, Corea del Norte

Años atrás, en los tiempos del Gran Líder, la señora Moon había sido cocinera. Preparaba sus propios fideos con fécula de boniato y hacía *naengmyon*, sopa fría con cerdo marinado y salsa picante de mostaza. Sus rábanos *kimchi*, fermentados todo el verano en tarros de loza y aromatizados con jengibre, eran tan sabrosos que incluso su suegra, que estaba incapacitada en una estera y vivía en la casa familiar, se había sentido obligada a alabarlos.

El Gran Líder los bendecía como el sol maduraba el trigo. Era el Padre de todos ellos, un profeta en cuya presencia los campos florecían y la nieve se fundía. «Arroz significa socialismo», les decía, y durante años de cosechas abundantes y campos de banderas rojas ondeantes, sus palabras parecían una verdad evidente.

Pero el Padre murió y el mundo cambió. El poder pasó al Hijo, el Amado Líder, y la señora Moon aprendió que hambre también significaba socialismo. El sistema de racionamiento que había proveído a todos, dos veces al mes como un reloj, se volvió irregular, y, finalmente, se derrumbó. El director de la granja llamó al ejército para que protegiera el grano del almacén, y los mismos soldados que lo custodiaban acabaron robándolo. La mina de carbón en la que trabajaba Tae-hyon dejó de pagar salarios. La producción se redujo cuando los cortes de energía se hicieron más frecuentes, y luego se detuvo.

En las peores semanas no se encontraba ni una mazorca de maíz en el pueblo ni en Hyesan, donde las fábricas de acero y las madereras dejaron de echar humo, y las calles quedaron en silencio durante el día. La ciudad se llenó de muerte y de muertos vivientes que padecían alucinaciones a causa del hambre. La señora Moon iba a diario hasta el bosque, aunque le colgaba la piel de los brazos y le dolían tanto las articulaciones que el mero hecho de poner un pie delante del otro la dejaba agotada. En esos tiempos su mente la traicionaba, atormentándola con recuerdos de platos cocinados años atrás. Un *bulgogi* de ternera asado a la perfección... Una almeja al vapor con jengibre fresco... Cuando se mareaba, la señora Moon se tumbaba en el musgo entre los pinos, invocando a los espíritus de su madre y su padre, que se le aparecían. La luz brillaba a través de ellos, y sus palabras no se sincronizaban con el movimiento de sus bocas, pero sus voces eran tan claras como el sonido de las campanas. Le decían que no cerrara los ojos; le decían que no se quedara dormida.

Aprendió qué raíces podían comerse y cuáles hinchaban la lengua. Añadía tallos de ortiga y hojas de frambuesa al caldo para que diera la impresión de que tenía verduras, y minúsculos caracoles para que pareciera que tenía carne. Hervía los fideos durante una hora para que parecieran más grandes. Hacía una pasta de bellotas endulzada con sacarina, y con ella preparaba pastelitos pequeños y amargos.

La hambruna se recrudeció, y ya no le bastó con aquellas comidas improvisadas. El día que vio niños en el pueblo revolviendo entre excrementos de buey en busca de semillas no digeridas para comer, algo cambió dentro de ella de manera permanente. Toda su vida había sido una mujer decente y honesta, pero entonces empezó a robar herramientas de la granja y a venderlas por unas pocas tazas de maíz. Se metía en los patios de los vecinos por la noche, desenterraba sus tarros de *kimchi* fermentado y se lo comía con Tae-hyon. Mendigaba grano a amigos que también estaban al borde de la inanición... Se dio cuenta de que el hambre estaba enloqueciendo a la gente del pueblo. Se excavaban las tumbas recientes y los cadáveres desaparecían... Los padres les quitaban la comida a sus propios hijos... La señora Moon estaba contenta de no tener ya hijos que cuidar. La reconfortaba decirse eso. Aliviaba el dolor del recuerdo. Ni un bebé en su espalda, ni otro corriendo a su lado...

«No te conoces a ti mismo hasta que tienes hambre.»

El Amado Líder sentía el sufrimiento de su pueblo y lloraba por él. «Estoy con vosotros en esta ardua marcha —les decía—. El que soporte estas duras pruebas será un auténtico revolucionario.» Las noticias de la televisión lo mostraban tomando unas sencillas patatas, en solidaridad con la situación de su pueblo, pero a ojos de la señora Moon el tesoro que albergaba aquella barriga parecía mayor que nunca. En la entrada del pueblo apareció un nuevo eslogan en un gran cartel rojo.

SI SOBREVIVES A MIL KILÓMETROS DE SUFRIMIENTO,
RECIBIRÁS DIEZ MIL KILÓMETROS DE ALEGRÍA.

La señora Moon lo leyó y supo que era una estupidez. Levantó la mirada al mural de cristal coloreado del Amado Líder, que se alzaba en un campo de trigo dorado, y en ese preciso instante se hizo un juramento: «Nunca más contaré contigo para nada.» Si la hambruna retornaba, estaría preparada.

Los aldeanos empezaron a eludir su jornada laboral cuando tenían algo con lo que sobornar al director de su sección. Cultivaban patatas y habichuelas en las miserables parcelas de detrás de sus casas, y buscaban setas y bayas en el bosque. La señora Moon plantó calabazas encima de su tejado, y hacía acopio de lentejas y arroz en pequeños tarros. Cultivaba ajos y cebollas detrás de su casa y, en época de cosecha, dormía bajo las estrellas para custodiar su producción. Su confianza en el sistema había desaparecido. Aquellas almas amables que habían puesto a otros por delante de ellos mismos habían sido los primeros en morir de hambre. El Amado Líder no había hecho nada por ayudarlos. Cuando centenares de miles murieron con hierba en la boca, el problema de escasez de comida se resolvió simplemente por sí mismo.

Decidió hacer pastelitos de arroz, algo simple para ver cómo iban las cosas el primer día. Los endulzó con sirope, los redondeó en bolas gelatinosas y puso un arándano y una almendra encima de cada bola. Dispuso los pastelitos como flores en su cuenco de níquel y los cubrió con una tela. Lo preparó todo en silencio, a la luz de la linterna de manivela del globo. Y, de pronto, cuando estaba a punto de salir de casa, sonó una llave en la cerradura y la puerta se abrió. Dos funcionarios con guantes blancos estaban en el umbral. La camarada Pak estaba con ellos, sosteniendo un gran aro con varias docenas de llaves colgadas de él.

Acostumbrada a esas sorpresas, la señora Moon adoptó una expresión de optimismo alegre.

—No despierten a mi marido —susurró.

Los dos funcionarios fueron directos a los retratos de Padre e Hijo de la pared, los descolgaron y pasaron sus guantes sobre el cristal y los marcos; luego los sostuvieron a contraluz, buscando motas de polvo. La señora Moon los limpiaba cada día —brillaban incluso en temporada de lluvias, cuando podían formarse puntos de moho bajo el cristal—, pero siempre observaba esta inspección con temor. Los hombres volvieron a colgarlos en la pared con extremo cuidado y la saludaron con una leve reverencia. Cuando ya se estaban marchando, uno de ellos vio la linterna de manivela en la mesa.

«Maldición...»

El hombre la miró un momento y salió. La señora Moon vio horrorizada que susurraba algo al oído de la camarada Pak. El rostro de la mujer se endureció y, acto seguido, entró en la casa sin quitarse las botas. Cogió la linterna con dos dedos como si fuera algo repugnante. La anciana recordó en ese momento que llevaba impresas las palabras «FABRICADO EN COREA DEL SUR», y sintió que el corazón le daba un vuelco.

—¿De dónde has sacado esto, ciudadana? —El tono de la mujer era neutro, pero sus ojos tenían un brillo de malicia.

—De Hyesan —mintió—. Por favor, no la tire. La cambié por medio kilo de champiñones.

La camarada Pak la miró con fría suspicacia y se marchó.

«¡Malditos sean esa mujer y todos sus antepasados!»

La señora Moon corrió para llegar a Hyesan antes de que el camión se marchara. El viento que soplaba del monte Paektu era lo bastante frío para helar los corazones, pero la anciana sudaba profusamente. ¿Por qué no le había ofrecido un soborno a esa vieja perra? No, era demasiado peligroso. Ella sabía cuándo la gente veía con buenos ojos recibir un pequeño estímulo y cuándo no. Mientras el camión avanzaba y salía del pueblo, sintió que el miedo crecía en su interior como un tumor.

Las manecillas del reloj de la estación marcaban las nueve en punto. El rostro del Gran Líder sonreía con un amor paternal sobre la multitud que llegaba para coger los trenes de la mañana. Un rumor de energía estática anunció la partida del tren a Musan.

El cielo estaba azul eléctrico y el frío era cortante. En el extremo más humilde del mercado, justo debajo del puente de hierro, la señora Moon vio la misma docena de mujeres en cuclillas detrás de sus esteras. Dos o tres mantenían la comida caliente en sus minúsculos hornillos humeantes, hechos de latas de pintura, y los clientes ya se estaban congregando a su alrededor, dispuestos a desayunar cualquier cosa que estuviera caliente. Por el altavoz se oían los coros del ejército: las voces atronaban sobre un fondo de botas que marchaban.

La señora Moon buscó con la mirada el pañuelo amarillo girasol de la mujer joven que le había comprado los Choco Pies —¿no la llamaban Rizos?— y se sorprendió cuando ella la localizó antes y la saludó calurosamente.

—Qué bonita mañana, *ajumma*.

Por encima del abrigo llevaba un delantal estampado con flores de colores, y se había sujetado los rizos bajo el pañuelo con una horquilla. Parecía irradiar calor, una especie de satisfacción interior que la hacía destacar entre todas las demás mujeres, que eran mucho mayores y se protegían como podían del frío.

—¿A quién pago el alquiler de un puesto? —preguntó la señora Moon.

Rizos rió.

—Ya la encontrará él, no se preocupe.

Aun así, en cuanto la señora Moon dejó su cuenco y se inclinó dolorosamente de rodillas para sentarse en el andén de cemento, sintió que las otras mujeres la miraban con hostilidad. Cuando estuvo todo lo cómoda que podía estar sentada en su estera de paja, llenó los pulmones y se unió a las llamadas de las mujeres.

—*Tteok sassayo!* —«Acércate y compra pasteles de arroz.»

Casi de inmediato, un soldado con un abrigo verde largo se acercó a la estera de la señora Moon arrastrando a su colega por la manga.

—Dos —pidió el muchacho.

—Cincuenta wones cada uno —dijo ella, poniendo los pastelitos en un envoltorio de papel de periódico.

Los soldados parecían muy jóvenes, tipos duros con severos rostros morenos y rifles colgados a la espalda. Le pusieron en la mano unos billetes sucios y se alejaron.

—¡Muy bueno, *ajumma*! —dijo uno de ellos por encima del hombro, con la boca llena.

La señora Moon miró los billetes que tenía en la palma de la mano. No le habían dado lo suficiente. Las mujeres seguían observando.

—Busca otro sitio mañana —dijo una voz a su lado—. No queremos que piensen que aquí se pueden salir con la suya.

Su vecina en el andén era una abuela envuelta en tantas capas que sólo dejaba ver una nariz amarillenta. En su estera había botellas de whisky chino y una pirámide de cigarrillos liados en casa.

Menudo montón de mujeres tristes. Vendían hierbas secas o bolsas de pescadito frito, pilas y juguetes de plástico o discos plateados que la señora Moon sabía que eran ilegales por la forma en que los sacaban de debajo de las esteras. Pero incluso esos viejos cuervos esbozaban una sonrisa cuando Rizos hablaba con ellas. Esa mujer era un rayo de pura luz del sol. Cuando no estaba ayudando en la cantina, tenía su propia estera para vender bolas de masa. Su hija, una niña de unos doce años, se sentaba a su lado, custodiando los ingresos.

La señora Moon pasó la primera prueba de fuego a la hora de comer. Los clientes empezaron a revolotear como abejas en torno a las esteras, y ella era lenta contando el cambio —«Vamos, *ajumma*, ¡parece que estemos en la costa!»—, pero enseguida hizo un descubrimiento interesante. Sabía vender.

—*Tteok sassayo!*

Caía bien a los clientes, que se paraban a charlar con ella. «Debo de tener una cara honesta», pensó la señora Moon. Sin embargo, para su consternación, eso no hizo más que incrementar su aislamiento entre las mujeres. A media tarde, había tratado varias veces de romper el hielo ofreciéndose a custodiar sus productos mientras ellas iban a hacer encargos o dándoles cambio cuando se les agotaba, pero aquellas mujeres seguían hablando en voz baja y cuchicheando a su alrededor. Se había tejido un cordón de desconfianza en torno a ella, y la señora Moon podía adivinar a qué se debía. No las culpaba. Hasta el vecino más amable podía acabar siendo un informante del Bowibu.

La multitud aumentó de nuevo con la entrada de un tren de Hamhung que llegaba con cuatro días de retraso. Un hedor de aceite y acero llenó el aire de la estación. La señora Moon observó una fila de pequeños pioneros con pañuelos rojos que seguían a su profesor. De vez en cuando, su mirada localizaba a mujeres que aparecían de la nada cuando la estación estaba repleta y que se comportaban de una forma extraña. Paseaban entre la multitud o buscaban rincones, y sonreían a los hombres solteros. La señora Moon apartó la vista y no juzgó. Durante la hambruna, incluso algunas de las chicas del pueblo habían hecho eso. Las únicas figuras que la asustaban eran las de los adolescentes de más edad. Algunos eran matones que daban vueltas por el mercado en sombríos grupos, pero otros se tambaleaban como aletargados, chocando con la multitud o mirando con sus rostros demacrados cosas que no estaban ahí. Otros se sentaban con la espalda apoyada en la pared, murmurando y con una expresión que parecía atrapada entre el éxtasis y la desesperanza.

A última hora de la tarde, la policía fue a por ella.

Eran dos y llevaban las gorras del Ministerio de Seguridad Popular. Cuando se detuvieron delante de su estera, la señora Moon hizo una reverencia y casi tocó el suelo con la cabeza. Una vez más, las mujeres la observaban.

El más joven tenía una sonrisa grosera y un rostro liso, plano como una pala; el otro, que según sabría más tarde se llamaba sargento Jang, era el más veterano y parecía conocer a todas las mujeres por su nombre. Puede que hubiera sido guapo alguna vez, y creía que todavía lo era.

—¿Eres residente de Hyesan? —preguntó.

—Del condado de Baekam, señor —dijo la señora Moon en un susurro.

Sintió que todas las mujeres sentadas a su alrededor se ponían tiesas. El policía más joven dejó de sonreír.

—¿Tienes permiso para salir del condado de Baekam? —preguntó el agente más veterano.

—Sí, señor.

Ella le pasó su documento de identidad. El permiso de viaje aprobado por el director de la granja le había costado una botella de licor de maíz, aunque su mirada le había dejado claro que la próxima vez tendría que aportar un soborno mejor.

El sargento examinó el documento, pasando cada una de las páginas, y la señora Moon sintió que se le hacía un nudo en la garganta. «No me pregunte delante de todas estas mujeres por qué trabajo en...»

—¡La Granja Colectiva Dieciocho de Octubre! —exclamó, levantando las cejas.

La señora Moon sintió que le ardía la cara.

El sargento se agachó para ponerse a la altura de sus ojos y la miró, pero con más curiosidad que amenaza.

—¿Cuál fue tu crimen, eh?

La señora Moon bajó la mirada a su estera.

—Está bien, *ajumma* —dijo, levantándose. Tiró el documento de identidad en su regazo—. Dos mil wones a la semana por tu sitio. Me pagas al final del día.

En cuanto los policías se alejaron, la señora Moon sintió que las mujeres que la rodeaban se relajaban ligeramente. El miedo que parecían tenerle se había disuelto tras lo ocurrido. Ya no le rehuían la mirada.

Al atardecer, el cielo se estaba poniendo de un naranja profundo y un viento del norte que helaba los huesos soplaba desde Manchuria, arremolinando torbellinos de polvo de carbón en los rincones del apeadero. Aun así, las multitudes permanecían en las sombras de los andenes sin iluminar, esperando trenes que circulaban sin horario. En el reloj de la torre, se encendió una luz eléctrica sobre el rostro del Gran Líder.

Al otro lado del mercado, los haces azules de las linternas danzaban sobre los artículos y el dinero. La señora Moon había vendido todos sus pastelitos de arroz menos tres, y empezó a enrollar su estera. Tenía los dedos entumecidos de frío y las rodillas hinchadas y doloridas. En su delantal había algo más de dos mil wones. Se hubiera sentido eufórica por el éxito de su primer día, pero su fracaso en hacer amigas la inquietaba. La única que había hablado con ella era Rizos.

Incapaz de resistirse a echar una mirada al dinero, entreabrió un poco el bolsillo y empezó a contar los billetes con las yemas de los dedos.

Una sombra cayó sobre su regazo.

Uno de los chicos adolescentes estaba de pie ante ella, tapándole la luz. La señora Moon se echó atrás como si el chico fuera un jabalí, y se cerró el abrigo sobre el bolsillo del delantal.

—Me han dicho que hace los mejores pastelitos de arroz —dijo el chico en voz baja.

La luz de una lámpara que pasaba le iluminó el rostro por un segundo. Tenía la mirada desenfocada y le faltaban algunos dientes. Era delgado como un insecto, y sus pálidos dedos parecían hechos de coral.

Su expresión era tan triste que el corazón de la señora Moon se ablandó.

—Toma —dijo ella, dándole sus últimos pastelitos de arroz envueltos en papel de periódico.

El chico sonrió y la señora Moon vio lo joven que era.

—Puedo pagar con esto. —Y le mostró un cuadrado de papel doblado en su palma, del tamaño de un sello postal.

—¿Qué demonios es eso?

—*Bingdu* —contestó el muchacho sin más.

La señora Moon lo miró sin comprender.

—Vete —le dijo.

El chico tomó la comida y salió corriendo.

Un sonido ronco hizo erupción a su lado. Tardó un momento en darse cuenta de que la Abuela Whiskey, en la estera vecina, estaba riendo.

—Idiota —dijo a través de una risotada cargada de flema—. El chico ha perdido el juicio con eso. Con una papelina de *bingdu* se puede comprar un saco de veinte kilos de arroz.

La risa cedió el paso a una tos líquida, y la señora Moon cerró los ojos cuando la mujer expectoró un globo de moco y lo escupió en el cemento.

—¿Qué es *bingdu*? —preguntó sin poder ocultar su repulsión.

—Ya lo descubrirás.

En ese momento sonó un silbato alto y agudo, y el mercado quedó en silencio. La señora Moon pensó que el sonido anunciaba la llegada de un tren, hasta que vio que los últimos clientes que quedaban empezaban a dispersarse en todas direcciones como conejos. De pronto, de todas partes se elevó un siseo de voces urgentes, mientras las mujeres maldecían y gruñían.

—Yo en tu lugar no me movería —le advirtió la Abuela Whiskey.

—Que todas las comerciantes permanezcan donde están —dijo una voz férrea que salía de los altavoces—. Quédense donde están.

Alrededor de una docena de hombres uniformados y dotados de potentes linternas empezaron a recorrer el mercado.

Todo el mundo apilaba apresuradamente los artículos y el dinero, y los ingresos pasaban de mano en mano hasta llegar a cómplices y ayudantes que salían disparados hacia las sombras, bajo el puente y por las vías.

La policía avanzaba a través del mercado, enfocando con sus linternas las caras de los comerciantes. Los dos hombres que la señora Moon había conocido por la mañana —el sargento Jang y Cara de Pala— estaban entre ellos. Parecían escoltar a un funcionario, un hombre calvo con unas mejillas tan huesudas que dejaban en sombra la mitad del rostro. Llevaba la guerrera marrón del Partido. Uno de los policías lo ayudó a subirse a una caja de madera. Sus ojos barrieron los pasillos. Todas las comerciantes lo miraban.

—Por orden del Comité Central del Partido de los Trabajadores —dijo en voz alta—, a ninguna mujer de menos de cincuenta años se le permite comerciar en ningún mercado. Esta regla entra en vigor de inmediato.

Las mujeres se volvieron y se miraron unas a otras.

—¿Otra vez cambian las reglas? —murmuró la Abuela Whiskey.

—¿A qué chiflado se le ha ocurrido eso? —susurró otra.

La señora Moon levantó la mano para protegerse los ojos de los haces de las linternas. Oyó que el sargento Jang le susurraba al funcionario que ninguna de las mujeres de ese mercado se veía afectada por la nueva regla, pero entonces el funcionario se fijó en Rizos. Levantó la mano para señalarla. Los policías la apuntaron con sus linternas en un solo rayo brillante. Centrada en el resplandor, Rizos parecía pequeña y frágil, un ciervo pillado en la trampa de un cazador.

—Ciudadana, levántate.

Uno de los policías se acercó a ella y tomó su documento de identidad.

—Se llama Ong Sol-joo —leyó—. Edad, veintiocho.

—¿Cuál es tu lugar de trabajo oficial, Ong Sol-joo? —preguntó el funcionario.

La sonrisa encantadora de Rizos había desaparecido. Buscó la cara del funcionario, como si esperara poder razonar con él, pero las luces la cegaban.

Su voz sonó débil cuando contestó:

—Fábrica de Vinalón Quince de Abril.

—¿Eres una trabajadora textil?

—Sí, señor.

—¿Y por qué una trabajadora textil estatal vende comida para obtener ganancias privadas en un andén de la estación?

Detrás de ella, la hija de Rizos estaba mirando a su madre con ojos brillantes y horrorizados. Rizos se había puesto muy pálida y tenía la cabeza ladeada, como si le hubieran dado un bofetón.

—Te he hecho una pregunta sencilla —insistió el hombre.

El aire se tensó. Nadie se movía.

La señora Moon sintió que le hervía la sangre. Había visto eso muchas veces en la granja. Alguna pobre mujer acusada de desertar del socialismo, cuando lo único que estaba tratando de hacer era llevar algo de comida a su mesa. Antes de que se diera cuenta, aquella mujer se vería sometida a un juicio popular con una soga al cuello.

—Ciudadana, si no respondes...

El oficial se interrumpió al ver a una señora mayor que se ponía en pie con dificultad, estirando dolorosamente las rodillas después de un día sentada en el cemento. Entonces todas las miradas se fijaron en ella. En los rostros de sus compañeras de andén se reflejaron el miedo y la alarma.

—Quiero ahorrar al respetado camarada su valioso tiempo —empezó la señora Moon—. La señora Ong es una amiga de la familia que ha dedicado abnegadamente su tiempo a ayudarme a mí, una mujer mayor que no puede cargar peso y que apenas puede valerse por sí misma. El negocio en el que ayuda es mío, señor. La señora Ong no comercia.

Con las luces brillantes apuntándola, la señora Moon sólo podía ver al funcionario con el rabillo del ojo. Tenía la cabeza calva como un trasero. Antes de que pudiera contestar, el sargento Jang dijo:

—Camarada secretario, debemos acompañarlo a los otros mercados antes de que cierren...

Durante unos segundos, en el andén no se oyó sonido alguno. Finalmente, el funcionario descendió de la caja con un gruñido de exasperación, y las mujeres quedaron otra vez en sombras cuando los policías bajaron las linternas y se marcharon. Un instante después, todo el mundo resopló al unísono.

El sonido de una palmada rompió el silencio. La señora Moon miró a su alrededor. El ruido sonó otra vez. Una de las mujeres del fondo estaba aplaudiendo. Al principio despacio y con timidez. Entonces se le unió otra. Después, la Abuela Whiskey. De pronto, todas las mujeres estaban aplaudiendo y ovacionándola. Alguien gritó: «*Man-sae!*» y las mujeres vitorearon. Rizos se acercó y entrelazó sus manos con las de la señora Moon, pero estaba muy seria.

—Qué bonitas palabras, *ajumma*. ¿Cómo puedo agradecértelo?

De repente, todas las vendedoras se reunieron en torno a la señora Moon, y una tras otra le hicieron una reverencia y se presentaron.

—Soy la señora Yi, *ajumma*. Si necesitas azúcar o harina de arroz, ya sabes a quién preguntar...

—Señora Lee, *ajumma*. Puedo cambiarte ese viejo abrigo cuando quieras...

—Señora Kim, *ajumma*...

—Señora Kwon...

—Señora Park...

—Soy la señora Oh —dijo la Abuela Whiskey—. Tengo buenos contactos chinos al otro lado del río...

Era como si se hubiera activado un interruptor, como si la amabilidad y la amistad iluminaran de repente todos sus rostros. Sólo Rizos estaba mirándola con extrañeza, con una expresión que parecía atravesarla, como si buscara algo en el corazón de la señora Moon. Le provocaba un desconcierto absoluto.

Una de las mujeres estaba sirviéndole cerveza de una botella en una taza de plástico, pero la señora Moon sonrió y rechazó la bebida, diciendo que lo que ella valoraba era su amistad. Otra le ofreció un par de guantes nuevos. La señora Moon empezó a rechazarlos también, pero entonces se los probó y vio que eran chinos y estaban hechos del nailon más basto. Le habían dado una idea.

—¿Quién los vende? —preguntó.

Al llegar al pueblo, la señora Moon estaba exhausta. El cometa todavía se alzaba en el oeste y su brillo azul verdoso proyectaba luz suficiente para ver el camino. Por encima de ella, el cielo estaba tachonado de millones de estrellas minúsculas. La rigidez de sus rodillas, que se veían obligadas a soportar el peso de las dos voluminosas bolsas de viaje que había comprado, le provocaba dolorosas punzadas, pero ya casi había llegado. La puerta de su casa quedaba sumida en las sombras. Cuando alargaba la mano hacia el pomo, algo se removió en el escalón y la hizo gritar. La pequeña figura de un niño se levantó de un salto y se alejó corriendo entre las casas.

Cuando la señora Moon vio la cara de Tae-hyon, todos sus miedos cobraron vida bruscamente. Su marido la esperaba fumando en la mesa. La luz de la lámpara de queroseno le daba un aspecto demacrado, casi cadavérico.

—La camarada Pak ha estado aquí —explicó Tae-hyon. El cigarrillo enrollado tembló en sus dedos—. ¿Qué hay en esas bolsas?

—Uno de los chivatos de Pak estaba en el umbral —dijo ella.

Dejó caer las bolsas al suelo y empezó a abrir las cremalleras. Tenía que explicar su plan a Tae-hyon antes de que...

Se volvieron hacia la ventana. Se acercaban pisadas por el callejón, entre las filas de casas, y a través del cristal vieron el brillo amarillento de las linternas danzando en la pared opuesta.

La llamada fue tan violenta que la señora Moon pensó que iba a partir la puerta.

Se levantó deprisa y abrió.

—Pasen, por favor —dijo, como si hubiera estado esperando invitados, e hizo una profunda reverencia de noventa grados.

Tres hombres uniformados entraron pesadamente en la habitación sin quitarse ni las botas ni las gorras. La camarada Pak se deslizó detrás de ellos y se quedó en el umbral. Uno de los hombres revisó una lista que llevaba en la mano.

—Moon Song-ae, vienes con nosotros. Y tu marido, también.

—¿Estamos detenidos? —dijo la señora Moon.

El hombre no dijo nada, pero la camarada Pak, que estaba intentando reprimir una expresión de júbilo, no pudo contenerse.

—Por supuesto que estás detenida, vieja zorra. Encontraste un globo enemigo y no lo denunciaste. Abandonaste la granja en una clara violación de tu sentencia y... —Entonces se fijó en las dos grandes bolsas al lado de la pared y los ojos se le ensancharon.

La voz de la señora Moon fue firme cuando se dirigió a los hombres.

—Es cierto que no me he presentado a trabajar hoy. Estaba comerciando en Hyesan...

—Oh... —La camarada Pak chascó los dedos, decepcionada al ver que la confesión había llegado demasiado pronto.

—...Y el beneficio que he conseguido está en estas bolsas para su oficial al mando.

La señora Moon hizo otra profunda reverencia.

Los hombres miraron las bolsas, desconcertados y molestos, pero claramente interesados. La sonrisa se apagó en el rostro de la camarada Pak.

La señora Moon se inclinó para terminar de descorrer las cremalleras y abrir las bolsas. Una estaba llena de cientos de pares de guantes de nailon de fabricación china; la otra contenía otros tantos pares de calcetines de nailon.

—Por favor, entregue esto a su superior, para que él los distribuya libremente entre la gente del condado de Baekam, como regalos de nuestro Amado Líder.

Con el rabillo del ojo, vio el desconcierto en el rostro de Taehyon.

11

Camp Peary, centro de entrenamiento de la CIA
Williamsburg, Virginia
Tercera semana de octubre de 2010

Pocos días después de su regreso de Ginebra, Jenna llegó en su coche a la barrera de seguridad del cuartel general de la CIA, en Langley. La Universidad de Georgetown, le había contado Fisk, había accedido a liberarla de su empleo, no sin antes presentar una pequeña protesta por el hecho de que estuvieran en mitad del semestre y expresar su asombro por que un miembro del equipo con tan poca experiencia pudiera tener conocimientos relacionados con la seguridad de la nación. Todo tenía el sello del profesor Runyon. Jenna vio reforzada su sensación de estar haciendo lo correcto.

En su primera mañana la conectaron a un polígrafo en una sala sin ventanas e insonorizada, y respondió sí o no a preguntas sobre su pasado; por la tarde completó una evaluación psicométrica en la que le plantearon preguntas un tanto peculiares de respuesta múltiple sobre temas de integridad y honestidad personal, que se valorarían según un sistema secreto de puntuación. En los siguientes días la fotografiaron y le tomaron las huellas dactilares, le escanearon los iris, le tomaron muestras de saliva para establecer su ADN, buscaron drogas en su orina... Jenna descubrió que la verificación de su pasado ya se había llevado a cabo. Todo se hizo con rapidez y sin demora, su candidatura iba por el carril rápido. Fisk incluso hizo una excepción para eximirla del período de preparación en las oficinas del cuartel general. Diez días después de su primera visita a Langley, Jenna prestó el juramento de proteger y defender la Constitución de Estados Unidos, y recibió una pequeña lista de las prendas de ropa y los productos de aseo personal que se le permitían llevar a Camp Peary, conocido por los iniciados como la Granja, el centro de entrenamiento secreto de la CIA en Williamsburg.

No se puso nerviosa hasta que subió al autocar con ventanillas tintadas y se vio entre sus once compañeros en formación del servicio clandestino, tres mujeres y ocho hombres. Todos parecían proyectar una imagen similar: seguridad, vigilancia, formidable forma física... Algunos de sus compañeros la miraron con recelo —la nueva que iba directamente a formación clandestina—, y Jenna sintió que una corriente subterránea de temor incrementaba su ansiedad. Sólo el tipo sentado al otro lado del pasillo la miró de un modo distinto. Era alto, de piel aceitunada, labios gruesos y brazos fuertes y musculosos. Latino o de Oriente Próximo. Jenna apartó la mirada.

Una bruma baja de otoño se extendía desde el río York cuando el grupo bajó del autocar delante de una vieja casa de campo de dos plantas. A lo largo de la finca inmensa que la rodeaba, los silos y graneros que disimulaban aquella gran instalación se iban desdibujando en tonos grises a medida que anochecía. Los reclutas habían pasado por dos niveles de seguridad en el perímetro. Después de entregar sus móviles y demás objetos personales, cuando se presentaron ante Fisk —que los recibió en las escaleras de la casa— todos tenían la sensación de que estaban entrando en una orden clandestina y habían dejado atrás todo vínculo mundano. El rostro grande y curtido de Fisk se hallaba parcialmente sumido en las sombras. Levantó la mano hacia ellos a modo de saludo, aunque también podría haber sido alguna especie de bendición.

Un zumbido repentino de motores de turbina les hizo levantar la mirada. Las alas en ángulo de un dron Reaper surgieron entre las nubes y descendieron hacia una pista de aterrizaje oculta.

Fisk los hizo pasar, alejándolos del ruido. La casa, al parecer, era poco más que un decorado, una garita que ocultaba lo que había debajo. Un gran montacargas los llevó a un nivel inferior, donde un *pad* escaneó la palma de Fisk y un láser le leyó el iris. La puerta presurizada se abrió con un silbido y el grupo se encontró en un pasillo subterráneo con aire purificado, con puertas macizas de tungsteno que se abrían a su paso sin el menor ruido y lleno de servidores que zumbaban.

Los reclutas siguieron a Fisk en silencio. Jenna miraba a todas partes, asimilando el entorno. Llegaron a una zona que parecía una especie de sala de emergencias. Había otros seis reclutas con auriculares sentados delante de pantallas con imágenes muy granuladas que parecían proceder de vídeos de seguridad, hasta que Jenna se dio cuenta de que era la filmación nocturna de un dron en movimiento.

Fisk se sentó al borde de un escritorio de cara a ellos y cruzó los brazos. Llevaba vaqueros y una chaqueta negra informal que lo hacía parecer mayor de lo que era, un abuelo listo para ir a la bolera. Los miró durante unos segundos sin decir nada. Tenía una expresión serena, protectora.

—¿Qué os ha decidido a alistaros?

Hablaba en voz baja, pero cada palabra era audible, como si estuviera a solas con cada uno de ellos, en privado. El barrido de sus pupilas los cubría a todos.

—Os unisteis a nosotros porque creéis en la libertad. Creéis en los ideales fundacionales de nuestra nación, ideales que, durante un tiempo, parecieron extenderse por el mundo como el amanecer. Hoy, esos ideales se encuentran en retroceso en todas partes. Puede que penséis que nuestra libertad nos hace fuertes. No seáis ingenuos. Lo único que nos hace fuertes es la vigilancia. En cinco mil años de civilización, la suerte de la Humanidad ha sido sobre todo la tiranía, no la democracia. En esos breves períodos en los que la democracia floreció, fue un animal raro con muchos depredadores. Su vida fue tan fugaz como violenta su muerte. Una vez más, las fuerzas de la intolerancia se han reunido y urden sus planes contra nosotros. Están envalentonadas, creen que nuestra libertad nos deja desprotegidos, que nos vuelve decadentes y nos llena de contradicciones. Nosotros, unos pocos afortunados, somos los guardianes de la libertad. Somos los buenos. Somos nosotros los que estamos en la línea del frente. Por eso os habéis unido. Habéis elegido la luz y no la oscuridad.

Sus ojos brillaron como si estuviera comunicando una verdad trágica y profunda.

—Sin embargo, es en la oscuridad donde se libra la batalla, a menudo sin escrúpulos ni conciencia. Si nuestros enemigos se imponen, su tiranía será más fuerte y más temible gracias a la tecnología. Pero, si ganamos nosotros, nunca se cantará nuestra gloria, nunca se escribirá nuestra historia. Esperamos sólo el honor, no la fama.

Asintió mirándolos a todos uno por uno, y se levantó.

—Durante los próximos diez meses, una serie de pruebas os llevarán al límite de la vida. De algunas de ellas se os informará; de otras, no, a menos que fracaséis y seáis expulsados de aquí. No todos vais a conseguir graduaros como oficiales de operaciones. Aquellos que lo consigáis seréis la élite de la Agencia. Bienvenidos a la Granja. Dad lo mejor de vosotros mismos.

A Jenna y a las otras tres mujeres de su clase las condujeron a un módulo estrecho lleno de literas. Una de las reclutas, una mujer de origen iraní con un corte de pelo militar, se acercó a ella.

—Hola —dijo levantando la barbilla—. Soy Aisha.

Jenna sabía que no era su verdadero nombre, porque el día anterior le habían proporcionado también a ella una nueva identidad para que la memorizara, junto con un carnet de conducir. Su nombre en clave era Marianne Lee, una periodista *freelance* del distrito de Mission Hill, de Boston. El dosier incluía una biografía de diez páginas, en la que se incidía en su educación, en los nombres y fechas de nacimiento de sus padres, su número de la seguridad social y su currículum. También había enlaces a artículos que ella había escrito para el *Boston Globe*.

Jenna sonrió y le tendió la mano.

—Soy Marianne.

Al amanecer del día siguiente, las mujeres se reunieron con los hombres para una carrera de resistencia de once kilómetros y todos se presentaron.

—Menéndez —dijo con una sonrisa el latino alto que la había mirado en el autocar.

Su jornada empezaba a las seis en punto. El entrenamiento de combate y los ejercicios de campo ocupaban la mayor parte del día. Las tardes las pasaban en clase aprendiendo lo básico del espionaje, empezando por la criptografía. El espionaje casaba bien con el carácter disciplinado y metódico de Jenna, aunque su propósito principal la inquietaba. El papel más importante de un oficial de operaciones era el reclutamiento secreto de activos: individuos sometidos a chantaje, soborno o persuasión para que traicionaran a su país desvelando secretos a la CIA. Jenna pasó gran parte de su primera semana sopesando esta cuestión y tratando de imaginarse haciendo algo así: en una habitación de hotel, tal vez, observando cómo la expresión de un desdichado diplomático extranjero se ensombrecía al enfrentarlo con las pruebas de sus actos corruptos, de los cuales su embajada no sabía nada: sus deudas de juego, su debilidad por la prostitución masculina... Esperaría a que la amenaza calara y, en el momento oportuno, sacaría el cebo del dinero —un montón de dinero—, o la oferta de asilo en Estados Unidos, o un caro tratamiento para su hijo enfermo, costeado por la CIA. Podría no verlo nunca más, pero sería suyo. Lo dirigiría, recogería su información de inteligencia mediante un sistema acordado de señales y entregas...

Aquello le parecía de lo más sórdido; iba en contra de su personalidad, pero sus recelos se desvanecían cada vez que pensaba en Soo-min. Estaban preparándola para enfrentarse a un Estado criminal; la prisión que retenía a su hermana. Y para liberarla estaba dispuesta a aprender todas las malas artes que la Granja pudiera enseñarle. Y eso también significaba soportar el castigo del entrenamiento de campo, porque le estaba resultando un infierno.

Los instructores la llevaban cada vez más al límite de su resistencia, abandonándola en una ciénaga distante sólo con una brújula, obligándola a hacer flexiones cuando no acertaba a la diana en el campo de tiro con cualquiera de las armas que usaban, Beretta, Glock, AK-47... Luego la presionaban más todavía, y lo que antes era el límite pasaba a convertirse en lo normal. Por las tardes estaba magullada, exhausta, humillada. Suponía que su puntuación estaría entre las peores de la clase —algunos de sus compañeros eran ex marines—, salvo por la única faceta en la que los superaba a todos: en las clases de técnicas para desarmar a agresores con pistola y cuchillo, sabía cómo dirigir la energía del arma que la apuntaba lejos de ella, y era capaz de girar la muñeca del atacante de manera que el arma lo apuntara a él, o incluso de derribarlo por encima de su hombro. La clase H observaba asombrada.

—¿Dónde demonios aprendiste eso? —preguntó Aisha.

Jenna se encogió de hombros. No mencionó el taekwondo. Su pasado era asunto suyo.

Los instructores no desalentaban las relaciones personales —los reclutas eran libres de reunirse para tomar cervezas y jugar al billar en el bar de la Granja—, pero todos sentían que no debían confiar en nadie y hablaban poco con sus compañeros. Cualquier cosa podía formar parte de una prueba. Una noche, cuando Jenna estaba sola en la cantina leyendo un cuento de Chéjov del que había disfrutado muchas veces, Menéndez puso su bandeja delante de ella y se sentó.

—¿Dónde te habías metido, Marianne Lee?

Todo su lenguaje corporal le estaba diciendo a su compañero que se marchara.

—En la Rusia del siglo diecinueve.

—Tenía la esperanza de verte en el bar.

Ella cerró el libro. Menéndez parecía disfrutar de las restricciones a las que estaban sometidos. Incapaces de hablar abiertamente, su conversación cayó en un largo silencio en el que Jenna no pudo pasar por alto el atractivo de aquel tipo. Cabello negro grueso y brillante, una nariz recta con un remate elegante, manos enormes...

Lamentó enseguida que se hubiera sentado con ella. Después sólo podía pensar en el sexo.

Poco a poco, gradualmente, aprendió a protegerse de las emociones matinales y canalizó su frustración para controlarse mejor. Apaciguaba la mente y se concentraba. Y, al pasar el primer mes, empezó a hacerlo bien. Su puntería mejoró, hasta que fue capaz de acertar a múltiples objetivos en movimiento y de cambiar el cargador de su Beretta con una sola mano. También se ganó el respeto de sus compañeros al ser la única alumna que recibió elogios en las pruebas de conducción y fuga a alta velocidad. Entre ella y sus compañeros de clase empezaba a formarse una camaradería relajada, y Jenna se sorprendió al darse cuenta de que no echaba de menos el mundo de Georgetown; el mundo que había ahí fuera, más allá de la Granja. Sin embargo, justo cuando sentía que empezaba a encajar, la realidad la mordió otra vez.

Ocurrió en un ejercicio de vigilancia en Williamsburg. La clase H formó en dos equipos. La operación consistía en seguir a un objetivo allí donde fuera, relevándose en las vigilancias a intervalos para que la presa no pudiera detectarlos o huir de ellos.

Cuando llegó el turno de Jenna, había anochecido. Tenía que sustituir a Menéndez. Él estaba sentado en un banco del parque observando al objetivo —un hombre con un prominente bigote como el de Saddam—, que estaba tomando un café en un Starbucks a unos cien metros, al otro lado de la calle.

—El tipo lleva ahí media hora —le dijo.

Para sorpresa de Jenna, Menéndez sacó una pequeña botella de whisky del bolsillo, la abrió y tomó un trago. Luego dejó caer el rostro entre las manos.

—La Granja me está volviendo loco —susurró—. Siento que me estoy convirtiendo en un puto android. —La miró con tristeza y sonrió—. Es que necesito hacer algo un poco humano, ¿sabes?

Jenna no habría podido explicar cómo ocurrió, pero de pronto se estaban besando con las lenguas entrelazadas: el aliento caliente del whisky en sus labios, su barba abrasándole la piel... La mano de Jenna estaba dentro de la camisa de Menéndez. Entonces se apartó de él, recuperando el aliento, y vio que su mirada ya no era triste, sino enérgica y plenamente centrada.

Un presentimiento la llevó a mirar de nuevo hacia el Starbucks. El objetivo había desaparecido.

Menéndez no estaba sonriendo.

—Mis órdenes eran impedir que cumplieras las tuyas —dijo en voz baja. Luego se alejó caminando e hizo una seña con la mano a alguien a quien ella no podía ver.

Jenna se quedó sentada en el banco durante mucho tiempo, abrazada a sus rodillas y acunándose en su soledad.

«¿De verdad estoy hecha para esto?»

· · ·

Tres semanas después de llegar a la Granja, a los alumnos de la clase H les dijeron que podían irse a casa durante el fin de semana. Jenna quería visitar a su madre. Se organizó un autocar para llevarlos a Washington. Sólo hacía dos minutos que habían cruzado la barrera del perímetro, cuando una furgoneta blanca que iba a gran velocidad superó al autocar y frenó violentamente delante de ellos, bloqueando la estrecha carretera. La puerta corredera de la furgoneta se abrió antes incluso de que el vehículo se detuviese, y de ella saltaron tres hombres enmascarados de negro, gritando. Sonó un chirrido de neumáticos en la parte trasera y los reclutas se volvieron alarmados y vieron otro vehículo idéntico que se detenía tras ellos, atrapando al autocar en medio. Uno de los enmascarados subió a bordo blandiendo una Glock.

—Las manos en la nuca. ¡Todos abajo!

Salieron del autobús como rehenes.

Jenna fue introducida violentamente en una de las furgonetas, junto con otros cuatro compañeros. En cuestión de segundos, el vehículo arrancó a toda velocidad con ellos tirados en el suelo, con las manos esposadas a la espalda y las cabezas cubiertas con capuchas, bajo la vigilancia de uno de los hombres.

—¡Silencio! —gritó el hombre cuando uno de los reclutas se atrevió a hacer una pregunta.

Jenna imaginaba lo que iba a ocurrir. La clase H acababa de hacer un curso sobre interrogatorios y técnicas para resistirlos. Iban a someterlos a una prueba de resistencia infernal.

Cuando le quitaron la capucha estaba sola en un sótano oscuro con paredes mohosas y olor a alcantarilla. Aún tenía las manos esposadas a la espalda y la silla estaba atornillada al suelo. A su lado había una gran mesa de madera vacía.

Se abrió una puerta y entró un hombre rubio entrado en años que estaba empezando a perder pelo. Llevaba el cuello de la camisa abierto.

—Eres espía de la CIA. —El acento era de Europa del Este o ruso—. Esto no es una prueba.

Muy bien, pensó ella.

—Soy periodista.

—¿Cómo te llamas?

—Marianne Lee.

—Eso dice tu carnet de conducir. Eres una espía americana. ¿Cuál es tu verdadero nombre?

Jenna alzó la mirada hacia él, impasible.

—He dicho que me llamo Marianne Lee. Soy periodista *freelance* y trabajo en Boston.

El hombre inclinó ligeramente la cabeza y, con voz neutra, le susurró:

—Como quieras.

La puerta se abrió otra vez y entraron dos hombres con camisetas negras. Le quitaron las esposas y la pusieron en la mesa de madera. A continuación, los dos subieron a la mesa con ella. Uno de ellos le sujetó la cabeza entre las piernas; el otro se sentó encima de las piernas de Jenna y le agarró los brazos para que no pudiera moverse. Le echaron una toalla sobre la cara. Eso no se lo había esperado. De pronto, la invadió el pánico. Oyó el sonido de agua cayendo en un cubo de metal.

—Volvamos a empezar —dijo el mismo hombre de antes—. ¿Cuál es tu verdadero nombre?

Jenna se debatió y gritó, pero le resultaba imposible moverse. El agua empezó a empapar la toalla y a entrarle por la boca. Segundos después, cuando ya apenas podía respirar y sentía que se ahogaba, se detuvieron. Jenna tosió entre arcadas, jadeando para tomar aire. «Bueno, no es un "submarino" auténtico, pero... ¡joder!» Si hubieran aguantado un poco más, habría empezado a ahogarse. Cuando le quitaron la toalla, estaba temblando. El tipo rubio la observaba, esperando una respuesta.

Jenna lo miró, con los pulmones trabajando al máximo.

—Marianne Lee.

Al día siguiente la aislaron en una celda con luces brillantes. Después estuvo encerrada en un cuarto minúsculo sumido en la más absoluta oscuridad. Tenía mucho frío —la celda, sin duda, estaba refrigerada— y sólo le daban pan y un poco de agua. Las cámaras la observaban día y noche, y Jenna reaccionó de la única forma que sabía: se aisló de todo lo que la rodeaba, escondiéndose en lo más profundo de su ser, y se sumergió en largas conversaciones imaginarias con Soo-min. Buscó consuelo en su hermana y lo encontró. Eso la ayudó a resistir. Aunque durante mucho tiempo había sido perfectamente autosuficiente en su aislamiento voluntario, aquel vínculo con su hermana gemela le resultaba reconfortante. De vez en cuando oía un grito y dio por hecho que todos sus compañeros estaban en su misma situación, encerrados en celdas en el mismo edificio.

La interrogaron una y otra vez, y las distintas capas de la falsa identidad de Marianne Lee fueron cayendo una a una como piel de cebolla, hasta que sólo quedó su nombre. Poco a poco, la frontera entre simulacro y realidad fue desdibujándose, y ya no estaba segura de si se trataba o no de una prueba.

El cuarto o quinto día, cuando volvieron a llevarla a la sala de interrogatorios y estaba sentada con las manos esposadas delante de ella, el hombre rubio la llamó puta y la abofeteó. Los dos gorilas con camisetas negras estaban de pie detrás de ella, observando. Sabía que sólo estaban allí para añadir un aire de amenaza y humillación, o eso imaginaba, al menos. No la había golpeado con mucha fuerza, pero Jenna no pudo aguantar más. Había llegado al borde de la desesperación. Aquella bofetada hizo que algo profundo y salvaje explotara en su interior, y el efecto fue instantáneo. Ni siquiera pensó en lo que hacía. Se levantó de un salto, pivotó noventa grados sobre un pie, extendió la pierna derecha y lanzó una patada brutal contra la parte superior del pecho del interrogador. El rubio salió volando de la silla hacia atrás, patas arriba, y se golpeó la cabeza con el radiador. Con otro salto hacia el hombre que tenía detrás de ella y a su derecha, Jenna ganó impulso para asestarle una patada frontal debajo de la barbilla. Un instante después, se volvía a la velocidad del rayo y lanzaba otra furiosa patada llena de rabia al de la izquierda. Su bota impactó justo en el plexo solar, esa delicada franja del torso que los músculos abdominales no cubren del todo. Tres movimientos básicos de taekwondo.

Uno de los gorilas se estaba aguantando la mandíbula; el otro estaba doblado, gruñendo. Jenna se plantó junto al rubio y extendió las manos hacia él.

—Quítame las esposas.

—Maldita loca. —Los ojos del hombre se cerraron y se llevó una mano a la nuca—. La idea era ver cuánto podías aguantar, no que nos mandaras al jodido hospital. —Había perdido el acento ruso—. ¡Hemos terminado! —gritó a la cámara.

Momentos después, Fisk entró en la sala. Fruncía el ceño, pensativo. Jenna bajó los hombros cuando lo vio.

—Lléveme a casa, por favor. He terminado.

—Vamos a volver a la Granja.

—¿Para qué? —Se le hizo un nudo en la garganta y notó que se le llenaban los ojos de lágrimas—. La he vuelto a cagar. Me largo de aquí.

Fisk metió las manos en los bolsillos y la miró con una sonrisa extraña.

—Todos acaban diciendo su nombre, pero tú no lo has hecho. La verdad es que... es la primera vez que veo a una alumna librarse del interrogatorio peleando.

Jenna se secó las lágrimas.

—Acabas de reescribir el manual... —De pronto, Fisk se sonrojó y empezó a reír sin poder parar—. Tengo que conseguir el vídeo.

—Ni lo sueñes —dijo el rubio—, voy a borrarlo ahora mismo.

Esa noche, Jenna se tumbó en su litera. Estaba completamente exhausta, pero su mente seguía zumbando, conectada. Por alguna razón, pensó en su padre: «el afroamericano de más alto rango del regimiento». Esa leyenda había cubierto el resto de su biografía con una sombra que Jenna no había examinado por completo. Su padre, el capitán Douglas Williams, tan reservado y amable, había sido alguien a quien ella no había llegado a conocer de verdad. Y, sin embargo, él, Han, Soo-min y Jee-min habían sido una familia estrechamente unida durante el tiempo en que estuvieron juntos: lo más valioso que había tenido. Nada iba a devolverle esa vida.

Se dio cuenta de que iba más allá de Soo-min. La razón de que ella estuviera allí. ¿Qué era? ¿Una venganza?

Se le abrió alguna válvula en el corazón y notó una gelidez que le recorría las venas hasta las puntas de los dedos de las manos y de los pies, con la respiración casi detenida y carne de gallina en todo el cuerpo. Las pupilas se le ensancharon en la oscuridad. Sí, era una venganza. Estaba lista para enfrentarse de forma implacable con quienes habían destruido a su familia. Estaba lista para dejar de lado todos sus escrúpulos y ajustar las cuentas por Soo-min a quien correspondiera.

Estaba cambiando, podía sentirlo. Después de doce años, se estaba volviendo... sólida, determinada. Toda su voluntad se concentraba en un único propósito. Se estremeció, se cubrió los hombros con la colcha, se volvió hacia un lado y clavó la mirada en la oscuridad de la pared.

Fisk tenía razón. Jenna Williams tenía un poderoso motivo para servir.

La chica estaba estudiando una pantalla con imágenes de distintas noticias. De vez en cuando, ponía una marca junto a un nombre en una lista. Mirando por encima del hombro de la agente, Jenna reconoció el desfile de masas del mes anterior en la plaza Kim Il-sung. La cámara hizo una pausa en el joven y corpulento hijo de Kim Jong-il, su heredero ungido, que aplaudía embelesado ante el paso de un lanzamisiles. La joven de la CIA, con el pelo recogido en unas trenzas de colegiala de manga, aparentaba unos catorce años.

—Estoy tratando de descubrir quién goza de favor y quién está fuera... —dijo, mirando a Jenna—. Eso depende de lo cerca que están de Kim. Con el tiempo, más o menos se aprende a determinar quién es importante.

Los analistas de Corea del Norte en Langley —todos ellos estadounidenses de origen asiático licenciados en las universidades más prestigiosas— ocupaban un cubículo de una inmensa sala muy luminosa, de diseño abierto y circular, compartida por un centenar de analistas. Jenna y su grupo estaban haciendo una visita de veinticuatro horas. La clase H había empezado el curso de espionaje analítico. Al otro lado del enorme espacio, vio a Aisha presentándose al equipo que se encargaba de Irán, y la figura enorme de Menéndez hablando con analistas de Cuba.

En el cubículo de al lado había un joven con el pelo de punta, sentado, hojeando ediciones del *Rodong Sinmun*, el diario nacional de Corea del Norte.

—Estoy buscando cambios en la retórica del Partido —explicó, apretando los labios para reprimir un bostezo—. Cambios de énfasis en la propaganda, esa clase de cosas...

Jenna estaba desconcertada. «¿Esto es análisis de inteligencia?»

El director era la única persona no asiática del equipo. Era un hombre anodino llamado Simms, con un gran trasero y mirada de miope, que saludó a Jenna con un pegajoso apretón de manos mientras la repasaba de arriba abajo a través de sus gafas sin montura. La corbata que llevaba hacía juego con sus ojos, del color del agua del canal.

La llevó a una de las salas de conferencias de Langley —una sala segura, con detección de micrófonos— y la sorprendió al dirigirse a ella en un coreano fluido. Dejó caer la bomba en cuanto se sentaron.

—La Agencia no tiene activos sobre el terreno en el interior de Corea del Norte.

Su voz era monocorde.

—¿En serio? Yo... —Jenna se colocó un mechón de pelo detrás de la oreja—. Supongo que me sorprende que la organización de inteligencia más grande del mundo no tenga ningún...

—Quizá has visto demasiadas películas —la interrumpió Simms con una sonrisa triste—. No tenemos fuentes allí. No hay ningún oficial de alto rango en el Ejército Popular de Corea que trabaje para nosotros. Ningún científico desencantado que filtre secretos nucleares. Ninguna belleza infiltrada en la brigada de placer de Kim Jong-il. Nada. —Se quitó las gafas, las limpió y las sostuvo a la luz. Sin ellas, su rostro carecía de cualquier interés topográfico—. Eso no quiere decir que no hayamos intentado reclutar a nadie. Pero supongo que no necesito contarte que el régimen somete a su propia gente a una vigilancia absoluta. Las llamadas y el correo están monitorizados. Los aparatos de radio y televisión están trucados para recibir sólo canales gubernamentales, los viajes están estrictamente controlados, los pensamientos de la gente se moldean y controlan. Un paso desacompasado, cualquier pequeño error, y la persona cae bajo sospecha. Las redes de informadores llegan a todos los niveles de la sociedad, desde el Politburó hasta el gulag de la prisión.

Jenna se sentó.

—Los desertores aportan información...

—Claro que sí, pero sus rutas de fuga suelen ser muy largas. Cuando la información que pueden aportar llega hasta nosotros, está totalmente desfasada. Y a menudo no se trata sólo de meses, sino de años.

—Tiene algunos de los chicos más listos del país haciendo cábalas de la Guerra Fría —dijo Jenna—. ¿Estudiar las posiciones en un desfile? Eso qué es, ¿kremlinología? ¿No es tan inútil ahora como lo era con la Unión Soviética?

Simms suspiró.

—Corea del Norte está aislada del mundo. La interceptación de comunicaciones aporta poco. La gente no hace ningún ruido. No hay tráfico en internet, apenas llamadas de móvil, pocas señales de radio... No hay ruido de fondo. El país está en silencio. Y a oscuras. —Se recostó en su silla y entrelazó las manos en la nuca. Jenna se fijó en las manchas de sudor en sus axilas—. Te han dado la misión imposible, Marianne Lee. Diría que tus posibilidades de conseguir un activo en el Norte son menos que cero. —Le sonrió de un modo casi desagradable—. Lo único que puedes hacer es interpretar señales... y observar desde arriba.

—¿Desde arriba? ¿Quiere decir como Google Earth?

—No, Marianne. No es como Google Earth.

En una brillante sala de control en lo más profundo del nuevo edificio del cuartel general, unas pantallas enormes de ordenador iban mostrando, una tras otra, series de imágenes de satélites.

—Tenemos un montón de *hardware* ahí arriba —dijo Simms, apuntando con un dedo al techo—. Telescopios espaciales orientados a la Tierra, Lockheed U2 que vuelan a veintiún mil metros, imágenes de radar de satélites espías... Esos chicos malos pueden ver a través de las nubes...

Sentados ante las pantallas estaban los «fisgones», los analistas de satélites espías, unos veinte agentes, todos ellos hombres. Por encima del hombro de uno de ellos, Jenna vio una cenital de satélite de alguna ubicación de Asia: cordilleras marrones punteadas con nubes como bolas de algodón, una manta de retazos de arrozales verde lima...

—¿Me permites? —dijo Simms.

Se inclinó por encima del analista para poner el dedo en un panel táctil. Lentamente, la imagen se expandió. Jenna observó con creciente asombro cómo un campo y una montaña iban ganando definición hasta convertirse en bosquecillos de acacias atravesados por una larga carretera de tierra; finalmente, la imagen se centró en un jeep militar con un oficial en la parte de atrás. Podía ver las estrellas en sus charreteras, el teléfono en su mano. Simms se echó atrás y cruzó los brazos.

—Tomada desde una órbita baja de la Tierra en tiempo real. A unos doscientos kilómetros de altura. La lente se ajusta a las distorsiones causadas por el calor y las corrientes de aire. —Se volvió hacia ella con una tenue sonrisa—. Tecnología militar clasificada.

Jenna continuó mirando la pantalla. Corea del Norte era una fortaleza amurallada... pero con el techo abierto al cielo.

Esa noche, en la Granja, Jenna entregó una solicitud para pasar el curso de espionaje analítico especializado en GEOINT, la inteligencia de satélites geoespaciales. Quería que fuera el campo más relevante de su formación en esa área. Al día siguiente le enviaron un enlace encriptado para acceder al servidor seguro de los fisgones de Langley.

Nunca había visto tanto detalle. Era como si la hubieran dotado de un superpoder, y Jenna jugó con él durante un rato, aprendiendo a usarlo. La resolución de imagen espectral era formidable. Al hacer zoom, la imagen conservaba su precisión hasta un encuadre de un metro cuadrado. En un silo de misiles en construcción, localizado y captado por los fisgones, vio a los soldadores en su pausa para el cigarrillo. Pudo leer el eslogan en letras rojas grabado en la ladera del monte Tonghung: «¡SI LO MANDA EL PARTIDO, LO HACEMOS!» Un zorro corría por un sendero salpicado de piñas, una mujer mayor servía estofado de una olla en el andén de una estación... Deslizándose hacia la Zona Desmilitarizada del sur —la franja llena de minas que formaba la frontera con Corea del Sur—, Jenna vio los campamentos con tiendas para enormes cantidades de tropas. En dirección este, hacia la costa, encontró una ciudad fantasma, oscurecida por el óxido y el hollín. Al hacer zoom otra vez, pudo ver grupos de niños harapientos deambulando por las calles.

Se sentía omnisciente, podía verlo todo, como un ángel vengador en esa tierra oscura. En una imagen tomada en una mañana soleada pero gélida, miles de prisioneros hacían fila para pasar lista, con sus cuerpos demacrados proyectando largas sombras en el suelo. Era el Campo 15, el campo de concentración de Yodok, adonde los condenados eran enviados con tres generaciones de su familia a trabajar en canteras y campos de maíz. «Os estoy viendo —pensó mientras examinaba las figuras como hormigas que empujaban carretillas de rocas—. No os olvidamos.» Buscó el Campo 22, cerca de Chongjin, pero la imagen no era completa. Ese campo era tan enorme que albergaba granjas, minas de carbón, fábricas... Todo el trabajo lo realizaban los presos, que vivían sometidos a un régimen de esclavitud. Esclavos e hijos de esclavos nacidos allí mismo, para quienes ese campo era todo el universo.

Jenna se fijó en que los fisgones casi nunca analizaban o documentaban estas pruebas de los crímenes del régimen. «Los objetivos militares son prioritarios», le había dicho Simms.

Eso le dio una idea.

Envió por correo electrónico una solicitud de análisis de satélites espías de la base naval de Mayangdo, en la costa noreste. En cuestión de minutos, recibió un enlace seguro a imágenes de alta resolución llenas de anotaciones, con flechas que señalaban diques secos, cobertizos de mantenimiento y refugios para submarinos ocultos bajo hormigón a prueba de bombas. Algunos de los buques incluso eran visibles en el agua al entrar y salir. «Submarino: clase Romeo (1.800 toneladas)»; «minisubmarino: clase Yono (130 toneladas)...», y el que le causó un escalofrío: «Submarino: clase Sango (180 toneladas).»

Parecía un pez depredador regresando a su guarida. Un submarino clase Sango, había dicho la señora Ishido. En una misión desde la base naval de Mayangdo. Si no fuera por la espuma blanca que se formaba en la proa, su casco verde oscuro sería casi invisible.

Y, desde Mayangdo, ¿adónde se habrían llevado a Soo-min? Pero, cada vez que se ponía a buscar otras regiones enlazadas con el litoral del noreste por carretera o por tren, aparecía algo totalmente distinto que la distraía.

Las imágenes que seguían captando su atención, casi contra su voluntad, como chismes en una revista sensacionalista, testimoniaban el estilo de vida de Kim Jong-il. Los niños mendigaban grano en sus calles, pero la Estrella Guía del Siglo Veintiuno mantenía diecisiete casas palaciegas por todo el país. Prados que colindaban con hipódromos privados, pistas de baloncesto e infinidad de piscinas junto a terrazas llenas de flores, cerradas y aisladas de las masas... Kim Jong-il poseía casas que eran palacios de verano con tejados de baldosas verde jade, casas rodeadas de jardines ornamentales con fuentes y cotos de caza llenos de alcanforeros... Una era una moderna mansión de playa con una flota de coches deportivos y motocicletas. En su residencia principal, al norte de Pyongyang, protegida por cuatro plataformas lanzamisiles tierra-aire (señaladas por los fisgones), Kim disfrutaba de una piscina con toboganes, campo de tiro y un embarcadero fluvial donde amarraba un yate Princess. Cochecitos de golf atravesaban sus fincas rurales —Jenna hizo zoom desde doscientos kilómetros y vio las huellas que éstos dejaban en el rocío—, los aspersores regaban el césped... Una estación de ferrocarril privada albergaba su lujoso tren blindado. Y por la noche, cuando el país yacía bajo una negrura de tinta de calamar por la falta de electricidad, todos los palacios de Kim contaban con personal propio y permanecían iluminados —formando una constelación en la oscuridad—, para despistar mejor a los satélites espías en relación con su paradero.

Sin embargo, fue su mansión cerca de las playas de Wonsan la que incendió la imaginación de Jenna. En aquella finca amurallada había invernaderos, pastos para el ganado y zonas de flores silvestres donde las gallinas se alimentaban rodeadas de arroyos de montaña. Hileras de palosantos lucían con sus frutos de un naranja encendido, y Jenna distinguió los famosos huertos, que según el rumor se fertilizaban con azúcar refinado para que las manzanas fueran enormes y dulces. Imaginó esas manzanas servidas en bandejas en festines epicúreos, donde las chicas bailaban y se desnudaban para el entretenimiento de los amigotes del Amado Líder, quien, siempre vigilante, sin duda escudriñaba los indicios de los crímenes de pensamiento en aquellas caras sonrojadas por la bebida.

Todo el país a la vista de Jenna. Todos sus contornos, estructuras, campos y redes se ofrecían desnudos para que ella los viera. Montaña y bosque, prisión y palacio.

El emperador, los soldados, los ciudadanos, los esclavos.

«¿Dónde estás, Soo-min?»

12

Espacio aéreo sobre Nueva York
Tercera semana de noviembre de 2010

Tres figuras se acercaban flotando hacia él. El general Kang y sus dos hijas.

—*He teach me Engrish* —decía Kang, señalando a Cho, y la risa de sus hijas resonaba en las paredes de mármol.

El pecho de Kang estaba acribillado a balazos y su cuerpo empezaba a descomponerse: sus grandes mejillas se estaban separando del rostro como si fueran las mitades de un aguacate. Ahora flotaba sobre la cabeza de Cho, y Cho estaba de pie en una cinta como las de aeropuerto, que se deslizaba a lo largo de una galería interminable. Libros iba a su lado, sosteniéndole la mano. A lo lejos veían un brillo blanco azulado como la luz de una estrella, que se volvía más brillante a medida que se acercaban, más y más brillante, hasta que llenó la galería con sus rayos. Cho agarró la manita de su hijo con fuerza, con amor, pero Libros estaba debatiéndose para liberarse.

—*Appa!* —gritó—. Tenemos que irnos.

—Si estamos demasiado lejos, nos congelaremos —le dijo Cho.

—¡Si estamos demasiado cerca, nos quemaremos!

Cho se despertó sobresaltado. El zumbido de la presión en sus oídos amortiguaba los sonidos. Se frotó los ojos mientras oía a medias la melodiosa voz que anunciaba en mandarín el descenso final del aparato hacia el Aeropuerto Internacional John F. Kennedy.

En las filas de delante de Cho, los miembros de su delegación pegaban las caras a las ventanillas. Él levantó la persianita y miró, pestañeando y desorientado, a la luz rosada que bañaba las masas de algodón de azúcar sobre las que se deslizaba el avión. Luego sonó un chirrido hidráulico y la aeronave descendió a un mundo gris. La cabina se estremeció al encontrar una turbulencia, y poco después las nubes se separaron de repente y Cho tuvo una visión en ángulo de las casas de las afueras, como cajas de cerillas con coches en miniatura moviéndose entre ellas. El coronel las miró, atónito. Nunca en su vida había imaginado que entraría en el vientre de la bestia imperialista yanqui.

En la sala de llegadas para diplomáticos, la delegación fue recibida por el embajador Shin, representante permanente de Corea del Norte ante las Naciones Unidas, y su ayudante, el primer secretario Ma. Después de las reverencias de rigor y del intercambio de saludos socialistas, fueron escoltados a la salida. Shin era un hombre huraño, bajo y fornido, con un tajo recto por boca y el cabello gris peinado hacia atrás. Sus modales toscos e insolentes dejaron claro enseguida que estaba asumiendo el mando del grupo. A Cho le desagradó al instante. El primer secretario Ma era un hombre delgado y vigilante, con una curiosa verruga en la mejilla izquierda que parecía una pequeña sanguijuela negra. Cho le sostuvo la mirada y reparó con recelo en que había inteligencia en aquellos ojos.

Había otras cuatro personas en el grupo del coronel. Dos diplomáticos subalternos que eran un poco más jóvenes que él, ambos hijos de miembros del Comité Central, y dos comisarios de la Oficina de Seguridad Política del Partido, que compartirían una habitación doble con ellos. Estos últimos eran hombres grises y suspicaces, y apenas habían hablado en todo el trayecto. Ni Cho ni ninguno de ellos habían visitado Occidente antes.

La lluvia caía en chispas anaranjadas bajo los focos de sodio. El chófer, un coreano hosco que esperaba en un monovolumen Toyota, abrió la puerta corredera. Cho vio versiones en miniatura de los retratos de Padre e Hijo montados en el salpicadero, colocados de manera que estuvieran orientados a los pasajeros. El chófer cargó el equipaje en el maletero y, mientras los demás estaban subiendo, el embajador Shin se volvió hacia Cho.

—Creo que tiene un paquete para mí. —El hombre había encendido un cigarrillo nada más salir del edificio de la terminal.

—Está en la valija diplomática —dijo Cho, y vio que Shin exhalaba una mezcla de nervios, alivio y humo.

Se abrocharon los cinturones y emprendieron el viaje hacia la ciudad. El coronel se sentía revitalizado después de haber dormido en el avión y observó con entusiasmo las filas de taxis amarillos y autobuses, sintiendo que la adrenalina le bombeaba en el pecho y asimilando cada detalle. Había infinidad de vehículos, de distintos modelos y colores.

«Sólo piensa dónde estás...»

El embajador Shin se volvió en su asiento y empezó a dirigirse al grupo para explicar los detalles del itinerario y cómo deberían comportarse ante los yanquis, que sin duda tratarían de acorralarlos invitándolos a algún acto social comprometedor y desagradable, que ellos debían evitar a toda costa. Shin tenía los ojos audaces de un hombre suspicaz y de mal talante. El grupo escuchó con respeto, pero las miradas se veían repetidamente atraídas hacia las ventanillas. En pocos minutos llegaron a la autovía. Las nubes negras a lo largo del horizonte, al oeste, se estaban levantando, y cuando los grandes rascacielos de Nueva York se hicieron visibles, con sus cimas brillando en un dorado rojizo bajo la luz agonizante de los rayos del sol, a Cho le pareció una ciudad legendaria. «Esto es magia pura», pensó. Era un mundo que jamás había visto, ni siquiera imaginado. Algunas de las torres eran majestuosas y antiguas, y parecía que llevaran en pie un siglo, o más. Había imaginado una ciudad futurista de cristal como Shanghái. Se puso a pensar cómo iba a describir esas vistas a su mujer y a su hijo.

Los carriles de tráfico se ensancharon: un río de acero parsimonioso. El monovolumen cruzó el río East y se unió a las filas de faros traseros que avanzaban a paso de tortuga. «Esto es Manhattan.» Las aceras hervían con una marea de oficinistas que se derramaba por las bocas del metro. En la siguiente travesía, una multitud estaba saliendo del teatro y su charla y sus risas formaban nubecillas de vapor en el aire frío. El nombre del espectáculo centelleaba sobre ellos, con miles de lucecitas blancas. El embajador

Shin continuó hablando, como si quisiera distraerlos del impacto emocional que estaban experimentando. El vehículo avanzaba muy despacio por la cuadrícula del centro de la ciudad, detrás de una larga limusina blanca. Salía vapor de las rejillas en la calzada. Shin estaba hablando de la cobertura del lanzamiento de misiles por parte de la prensa, pero Cho ni siquiera simulaba escuchar. Su ventanilla se empañó. Pulsó el botón para bajar el cristal y vio a un hombre sacando dinero de una máquina instalada en la pared y a un grupo de trabajadores con chalecos fluorescentes. Una hilera de números y fracciones de números digitales recorría el lateral de un rascacielos. Cho respiró profundamente. Los olores de comida se mezclaban en el aire: cerdo frito y cebollas. Un coche pasó emitiendo una música grave y palpitante, y tres caras negras con gorras de béisbol pasaron sin apenas mirar a Cho. Él levantó la mirada y vio un cartel altísimo de una modelo en ropa interior.

Viniendo de Pyongyang, donde las calles eran oscuras y estaban desiertas por la noche, esas imágenes eran mucho más impactantes. En su país, a los visitantes extranjeros los sacaban directamente del aeropuerto para ir a ofrecer flores a los pies de la estatua del Gran Líder en la colina de Mansu. Pero allí... ¿dónde estaban las estatuas? ¿Dónde estaban los monumentos? Los yanquis dejaban que Nueva York se representara a sí misma.

El monovolumen quedó encajonado en la masa de tráfico en un paso de peatones justo cuando el semáforo se puso rojo, y la gente fluyó en torno al vehículo en ambas direcciones. Los ojos de Cho saltaban de una cara a la siguiente, fascinados. Nadie llevaba uniforme militar. Los negros y asiáticos no llevaban librea de lacayo. Sintió un intenso deseo de hablar con alguno de ellos. ¡Podía hablar en su idioma! Pero casi al instante supo que no iba a hacerlo. No estaría solo con nadie, ni un minuto. Ofrecería una fría expresión de virtud revolucionaria a todas horas. Nunca haría amigos allí.

El semáforo se puso verde y el monovolumen avanzó con lentitud. Había un hombre con una gorra con orejeras sentado en la acera sosteniendo una taza de plástico, y Cho recordó que había dado por hecho que vería traficantes de drogas, prostitutas y colas de desempleados en todas las calles.

En el asta del hotel Roosevelt ondeaba una enorme bandera de barras y estrellas por encima del pórtico dorado. El monovolumen aparcó, y el grupo salió del vehículo como si estuviera en trance. Cho vio la misma mirada perdida en todos los rostros de su grupo. Tenía la sensación de estar borracho. Su vista era incapaz de abarcar el espléndido vestíbulo que lo rodeaba. El primer secretario Ma estaba registrándolos en recepción y, mientras el embajador Shin continuaba hablando —el tajo de su boca iba soltando una retahíla de sonidos apagados, planos—, Cho cobró conciencia de la gente bien vestida y bien alimentada que se movía a su alrededor, cuyos rostros caucasianos lanzaban miradas a su extraño grupo como si fueran enviados de una civilización extraterrestre. Cho observó a su pequeña comitiva, viéndolos ahora a través de ojos extranjeros, y de repente se sintió avergonzado de ellos, de los dos gorilas de la policía política con sus trajes brillantes de vinalón, de los zapatos de goma repartidos por el Estado y del pin que todos llevaban en las solapas con el rostro sonriente del Gran Líder.

El embajador Shin propuso que se tomaran una hora para asearse en sus habitaciones antes de cenar. Los comisarios políticos subieron primero para retirar los mandos a distancia de las teles y las biblias Gideon de las mesitas de noche, y Cho y los dos diplomáticos subalternos los siguieron. En el ascensor, Cho les dijo:

—Mientras estemos aquí, en este hotel... podrían quitarse el pin de las solapas.

Los dos diplomáticos no respondieron y bajaron la mirada.

—No deberíamos atraer las miradas de los yanquis —añadió, con la desasosegante sensación de que ya había dicho algo irreparable.

Su habitación era espaciosa y tenía una cómoda cama de matrimonio. Había también un cuarto de baño con paredes de mármol y una pila de toallas blancas y gruesas que parecían ser para su uso exclusivo. Caminó hasta la ventana. El cielo era un caldo naranja que oscurecía las estrellas. Mucho más abajo, en Madison Avenue, un camión de bomberos emitía destellos rubí y zafiro acompañados por un lamento que subía y bajaba como una curva resonante a lo largo de un cañón iluminado.

Llamaron a la puerta.

Cuando el coronel la abrió, se encontró con el primer secretario Ma acompañado por un adolescente negro que llevaba una gorra de plato. El chico estaba empujando un carro cargado hasta arriba de equipaje. En su aturdimiento, Cho se había olvidado por completo del equipaje. El corazón le dio un vuelco.

«¡La valija diplomática!»

Localizó su maleta, y el chico la recuperó de la pila, pero no vio la valija por ninguna parte. Tratando de eliminar el pánico de su voz, dijo que estaba seguro de que había otra pieza más y, con la ayuda del primer secretario Ma, el chico descargó el carro entero hasta que Cho la distinguió: una bolsa gris, sellada, que parecía de deporte, aplastada al fondo de la pila. El primer secretario Ma miró a Cho con el ceño fruncido. El coronel le dio las gracias al chico en inglés. Como le habían explicado que dar propina era una costumbre capitalista degradante, le regaló al joven una edición de bolsillo en inglés de *Anécdotas de la vida de Kim Il-sung*, de la que había llevado una decena de ejemplares.

Cerró la puerta y apoyó la espalda en ella. ¿Cómo había podido ser tan estúpido? Dejó la valija en la cama y deshizo el sello. Le llevaría el paquete al embajador de inmediato... Entonces, al sacarlo de la valija, el estómago se le cerró otra vez. Una abertura en su costado exponía el envoltorio de burbujas debajo del sobre. Pasó el dedo por la abertura. No lo habían cortado. Se había abierto bajo el peso de aquel maldito equipaje. Encendió la lámpara de la mesita y palpó suavemente el interior. Su dedo tocó celofán. Notó... un objeto como un ladrillo... Varios iguales... envueltos en celofán...

Se abrió la puerta. Cho dio un salto y tumbó la lámpara de tal manera que la bombilla iluminó al embajador Shin desde abajo y proyectó su sombra en la pared. Por lo visto, se había olvidado de echar el cerrojo.

—El paquete, por favor, coronel —dijo Shin, alargando la mano.

Por un instante, se miraron los dos con manifiesta hostilidad.

—Me gustaría preguntarle qué hay dentro.

—Burocracia, fondos... —contestó Shin vagamente. La voz sonaba calmada, pero en los ojos había una advertencia. Tomó el paquete de manos de Cho.

• • •

—Vamos a ir a un restaurante tradicional coreano —anunció el embajador Shin cuando se reunieron todos de nuevo en el vestíbulo—. El personal y el propietario son... simpatizantes —añadió al oído de Cho, como si fuera a llevarlos a un piso franco en una zona de guerra—. Allí podremos hablar.

El monovolumen dobló a la izquierda en la calle Cuarenta y cinco e inmediatamente quedó atrapado en otro atasco de tráfico. En cuestión de minutos, el vehículo estaba detenido ante una fila de luces de freno rojas envueltas en el humo de los tubos de escape. Parecía un flujo de lava solidificándose. Un taxista hizo sonar su claxon, lo cual desencadenó otro centenar de bocinazos. El embajador Shin empezó a hablar en susurros con el primer secretario Ma.

El asunto del paquete había inquietado a Cho. No confiaba en Shin y, en ese momento, atrapado en el monovolumen bajo aquella algarabía de cláxones, con *jet-lag* y desorientado, sintió una frustración creciente por el hecho de estar en manos de ese hombre.

—¿No podemos salir y caminar hasta el restaurante? —dijo por fin.

El embajador Shin vaciló.

—Debemos permanecer en el vehículo hasta que alcancemos el destino programado.

Estuvieron otra media hora sentados en silencio, observando un enorme rascacielos coronado con un mástil que cambiaba de color. Rojo, blanco, azul. Cho se inclinó hacia delante.

—No podemos quedarnos toda la noche aquí sentados, camaradas. Sugiero respetuosamente que dejemos el vehículo con el chófer y que comamos allí...

Por encima de los coches se veía un restaurante con el exterior chapado completamente en acero inoxidable. Un letrero que decía «ABIERTO 24 HORAS» centelleaba en un neón de color rubí. Detrás de una gran ventana con vistas a la calle había mesas dispuestas en reservados, como si se tratara del vagón-restaurante de un tren. El interior proyectaba un brillo seductor. Las camareras iban y venían con sus uniformes rosas, cargadas con enormes bandejas de comida.

—El restaurante coreano está preparado para nosotros... —insistió el embajador Shin.

—Tal vez, pero hace rato que no nos movemos de aquí —replicó Cho.

Los componentes del grupo se miraron. Uno de los diplomáticos subalternos se encogió de hombros mirando al otro, que parecía estar de acuerdo con la idea del coronel, pero Shin, el primer secretario Ma y los dos comisarios políticos permanecieron en silencio, calculando las consecuencias.

Cho abrió su puerta.

—¡Espere! —dijo Shin con la voz tensa por la alarma—. ¡Está olvidando dónde se encuentra, coronel!

Cho miró a los clientes en los reservados del restaurante. Cuatro adolescentes, dos chicos y dos chicas que parecían estudiantes de instituto, tomaban Coca-Cola con una pajita; un niño pequeño puso una cara de curiosidad que parecía sacada de un cómic al ver las bolas de helado multicolor que le ponían delante. «Los niños tienen las mismas reacciones en todas partes», pensó Cho. Un hombre de aspecto cansado con uniforme de vigilante de seguridad comía a solas con una cerveza y bromeaba con la camarera... Nadie se parecía a los yanquis tan fáciles de identificar en las películas: villanos delgados y larguiruchos con nariz aguileña y cabello rubio.

—No parece que haya nada que temer —contestó Cho—. A no ser que esté insinuando que la ideología de nuestro gran Partido no puede protegernos de un par de niños glotones y un poco de comida insulsa...

El interior tenía un suelo a cuadros blancos y negros y un largo mostrador de cromo pulido, desde el que las camareras gritaban los pedidos. La cocina se encontraba detrás de un par de puertas batientes con ventanitas redondas. Al otro lado de la barra había una exhibición de copas de cristal y botellas, y encima de ellas una imagen de un batido espumoso formada con luces de neón amarillas y rosas. Su luz se reflejaba en una vitrina llena de pasteles y tortas dulces cubiertas de fruta confitada, que daban vueltas en estantes giratorios.

Una camarera los condujo a una mesa y les entregó las cartas con el menú.

—¿De dónde son? —dijo mientras limpiaba la mesa que habían escogido. El nombre en su tarjeta decía «PAM».

—De la República Popular Democrática de Corea —contestó el embajador Shin en tono monocorde.

—¡Vaya! —La camarera les dedicó una sonrisa reluciente y se alejó.

Cuando ya se habían sentado todos, otra camarera pasó con dos grandes bandejas de platos calientes que entregó a la familia sentada en el reservado contiguo. Tras ella dejaba una estela que arrastraba el aroma de la carne asada y el queso fundido.

Temiendo quizá que su determinación revolucionaria se viera debilitada, uno de los comisarios políticos presentó una tímida protesta. A pesar de ser grande y de aspecto aburrido, Cho sabía que era perniciosamente ortodoxo.

—Coronel, no estoy seguro de que la comida de aquí sea apropiada. Como nuestro Gran...

—Tomo nota de su objeción, comisario político Yi. —Cho tenía hambre y no estaba de humor para escuchar una cita, pero se le ocurrió una idea maliciosa—. ¿No ha reconocido la comida de esa bandeja? El camarada Kim Jong-il en persona inventó el panecillo abierto con carne, como solución para alimentar a nuestros estudiantes universitarios. En un artículo en el *Minju Choson* se lo veía dando instrucciones *in situ* a los trabajadores de la fábrica que preparaban la carne picada. Los yanquis son capaces del engaño más vil. Debe admitir que es muy probable que nos robaran la idea.

El comisario político Yi frunció los labios, tomando nota mentalmente.

Cho y el embajador Shin hicieron lo posible por traducir el menú al coreano para los otros, y al hacerlo descubrieron que el bollo abierto con carne se ofrecía con una desconcertante variedad de salsas y quesos, y con la opción de pollo o alubias especiadas en lugar de ternera. Cuanto más leía Cho en voz alta, más aprobación expresaba su grupo, cada vez más convencido de que el plato se había originado en la mente del Genio de los Genios. En homenaje a su líder, cada uno de ellos eligió una variedad diferente, con patatas fritas y ensalada, y todos optaron por una cerveza

Budweiser, porque su propia cerveza Taedonggang, que sabían que era apreciada en muchos países como una de las mejores del mundo, no estaba en la carta.

Durante la comida, Cho se encontró discutiendo las banalidades y los aspectos prácticos de la visita con el resto del grupo. Todos ocultaron en lo posible lo mucho que estaban disfrutando de la comida, que sin duda era fresca y venía en porciones más que abundantes, y después de dar buena cuenta de sus platos y de aceptar la recomendación de Pam de pastel de queso y fresas seguido de café, hasta el embajador Shin parecía en paz con el mundo. Cuando llegó la cuenta, el embajador la tomó para pagar, pero Cho se la arrebató con una sonrisa tranquilizadora. Lo invadió una sensación de orgullo. Abrió la cartera italiana cosida a mano con los billetes nuevos de cien dólares, el regalo que le había hecho Yong-ho el día del desfile, y pagó. Pensó en entregarle a Pam un ejemplar de las *Anécdotas de la vida de Kim Il-sung*, pero cambió de opinión y dejó una generosa propina.

Salieron a la calle. La noche era fría y despejada y la ciudad no daba ninguna señal de irse apagando. Las calles seguían repletas de tráfico y peatones. Y de luces: luces encendidas por todas partes, incluso en los escaparates de las tiendas, a pesar de estar cerradas, y, como pudo comprobar Cho al levantar la mirada, también en cada planta del edificio de oficinas de enfrente, pese a que los trabajadores se habían ido a casa. Cho se frotó las manos, anticipando la aventura de caminar por una manzana de la ciudad hasta el hotel, y justo en ese momento un hombre de mediana edad con un fino bigote salió del restaurante de manera apresurada. La etiqueta con su nombre decía «GONZALO». Llevaba el dinero de Cho en una mano y sostenía lo que parecía un pequeño dispositivo de escáner con una luz azul.

—¡Eh, señor! Soy el encargado. ¿Tiene otro método de pago, por favor? Creemos que estos billetes son falsos.

13

Estación de tren de Hyesan
Provincia de Ryanggang, Corea del Norte

El día era lo bastante frío como para congelar el aguardiente de arroz, pero la señora Moon nunca había visto el mercado tan concurrido. Un corte de luz había cerrado las dos líneas a Hyesan, y había dos trenes parados en la estación.

Y trenes parados significaba viajeros estancados.

Los bancos estaban llenos de comensales y había una cola de personas que esperaban sitio. El vapor se elevaba, el humo se extendía, los palillos resonaban. Pocos hablaban. La sopa caliente se sorbía directamente del cuenco. Hacía demasiado frío para quedarse sentado demasiado rato. El cielo era una lámina de platino y amenazaba nieve.

El cinturón-monedero de la señora Moon se estaba engrosando por momentos con wones mugrientos y hechos jirones. Su hornillo de gas funcionaba al máximo; las cuatro grandes ollas hervían en los fogones, y tan sólo le quedaba un último saco de carbón.

Rizos y su hija estaban sirviendo, y la Abuela Whiskey, a la que había contratado para que la ayudara a cocinar, revolvía un aromático estofado de pescado que se vendía a cien wones el cuenco. El único miembro que faltaba de su equipo era Kyu.

—Sirve a la policía primero —le susurró a Rizos. Le preocupaba que no hubiera suficiente.

Un ligero aplauso sonó en el edificio de la estación, seguido por un chirrido del altavoz que hizo que todo el mundo se tapara los oídos. La electricidad había vuelto.

La señora Moon divisó por fin a Kyu. El chico avanzaba penosamente entre las esteras y la fila de clientes, callado y estoico como un gato. Dio una última calada al *bingdu* de su pipa, inhalando desde el fondo de los pulmones, y soltó un penacho de humo blanco en dirección a China.

—No fumes delante de mis clientes —lo reprendió la señora Moon.

—Pronto necesitaremos otra mesa —dijo él, ocupando su posición encima de los sacos de arroz.

El sonido de una sirena causó una pequeña conmoción en el otro extremo del andén. Un todoterreno de la policía con el techo descubierto avanzaba despacio hacia la cantina, obligando a los comerciantes del mercado a apartar sus esteras. La fila de clientes de la señora Moon se abrió para dejarlo pasar. El sargento Jang bajó y caminó hacia la cocina de la señora Moon con aire protector, saludando a los clientes con una inclinación de cabeza y frotándose las manos. Cara de Pala empezó a descargar el arroz de la parte posterior del todoterreno. Iba en sacos de arpillera de color azul pálido, con las palabras «PROGRAMA DE ALIMENTACIÓN MUNDIAL DE LAS NACIONES UNIDAS» impresas en los laterales.

—*Ajumma*. —El sargento Jang sonrió, revelando unos buenos dientes amarillos—. Tienes la cara más colorada que un cuenco de *mandu guk* caliente.

—¿Qué quiere?

—Me pregunto si hoy me pagarás en yuanes...

—Si pago en divisas, hágame un cinco por ciento de descuento. Los cambistas me lo cobran.

No había usado los términos honoríficos que correspondían al rango del sargento, pero ella era mayor que él y sabía que el arroz que vendía era un regalo yanqui robado.

—Si tú lo dices...

De repente, el sargento frunció el ceño al fijarse en Kyu, que había encendido otra vez su pipa, y se dirigió al chico chasqueando los dedos. Kyu le pasó la pipa, que él limpió antes de llevársela a la boca y dar una profunda calada. Cuando soltó el humo, la señora Moon se fijó en que sus ojos adquirían un brillo desagradable.

—Y, eh, otra cosa... —Se inclinó hacia su oído y ella presintió que venían problemas—. El Bowibu ha detenido a cuatro personas en un tren en la estación de Wiyeon esta mañana... —su voz se redujo a un susurro— por posesión de biblias. Malditas biblias de bolsillo, *ajumma*. —Su aliento contenía un rastro dulce de alcohol—. Tener al Bowibu husmeando por la estación y aterrorizando a todo el mundo me conviene tan poco como a ti. —Le clavó una mirada elocuente—. Alguien las reparte a los pasajeros cuando suben a los trenes. Asegurémonos de que nadie hace eso aquí.

La señora Moon suspiró. Quería que ella se encargara de eso.

—Avisaré a las mujeres. Si ven algo, será el primero en saberlo.

—Era lo único que quería oír —dijo el sargento, enderezándose—. El Bowibu se está poniendo muy nervioso con este asunto. —Hizo un movimiento rápido con los dedos—. Ven espías y saboteadores por todas partes...

La señora Moon lo observó alejarse.

—Menudo imbécil —dijo Kyu.

Apenas habían transcurrido seis semanas desde el día en que la señora Moon había puesto por primera vez su estera en el andén para vender pastelitos de arroz, recién llegada del campo y sin conocer las reglas.

Su soborno de los centenares de pares de guantes y calcetines había servido para calmar la situación con la policía del condado. No sólo tenía libertad para desertar de su trabajo en su unidad de la granja, sino que había convertido a los policías en aliados. Ellos habían hecho lo que la señora Moon había propuesto, y habían distribuido los guantes y calcetines como regalos para los aldeanos del condado de Baekam. Tal como ella les había dicho, la iniciativa les había valido los elogios del partido local y algunos ascensos.

Lo que había ocurrido al día siguiente, cuando regresó al mercado, la convenció de que su fortuna estaba fluyendo en una muy buena dirección.

Las mujeres se habían reunido en torno a su estera formando un círculo. Rizos estaba entre ellas, ocultando la sonrisa de su rostro con la mano. La señora Moon presintió que lo que iba a ocurrir era idea suya.

—Te invitamos a unirte a nuestra cooperativa —dijo la señora Yang, que vendía pescado seco y pilas.

La señora Moon se levantó del suelo con dificultad e hizo una reverencia a la señora Yang. Sabía que aquello era una muestra de agradecimiento por haber salvado a Rizos de las manos de aquel funcionario durante la redada de la noche anterior en el mercado, pero no comprendió a qué se refería con eso de la cooperativa hasta que la señora Kwon, que vendía juguetes de plástico y caramelos sin fecha de caducidad, le explicó que era un club informal formado por las mujeres para prestarse dinero si alguna de ellas lo necesitaba para hacer una inversión o pagar un soborno. Entonces le hicieron una profunda reverencia y volvieron a sus esteras.

—La oferta está hecha, *ajumma* —dijo Rizos—. Acéptela.

—¿Qué aportaría yo? —preguntó—. No soy una gran comerciante.

—Dijo que sabía cocinar.

Eso puso en marcha la mente de la señora Moon.

—Es cierto... Pero los ingredientes que quiero no se encuentran en Hyesan. Ofrecería el mismo estofado de fideos y pasta de alubias que sirven todos los demás.

De nuevo, Rizos le dedicó una de sus luminosas e intensas miradas. Tenía unos ojos grandes, de mirada limpia, y el ligero estrabismo en uno de ellos le daba un aura de vulnerabilidad que la hacía aún más atractiva. Sus labios eran del color del cuarzo rosa y solía tenerlos entreabiertos, como si estuviera siempre al borde de una confidencia. Fuera cual fuese la fuente de su felicidad, la llevaba en el corazón, como el calor dentro de la tierra. El pañuelo amarillo girasol que lucía le sentaba bien. «La luz brilla en ti», pensó la señora Moon.

—¿Qué ingredientes necesita, *ajumma*? Se los conseguiré.

La señora Moon sonrió y pellizcó la mejilla de la joven.

—¿De dónde sacarás carne de ternera fresca y cerdo de buena calidad? Aquí no hay nada de eso.

Rizos bajó la voz para responder en un susurro:

—De China.

La sonrisa de la señora Moon desapareció.

Fue así como aprendió que Rizos había estado en Changbai, en el lado chino del río Yalú, más de una vez. Cruzaba de noche por cierto punto boscoso de la orilla del río, cerca de su casa, sobornando a guardias que conocía y pasando por encima del hielo.

Los ojos de la señora Moon se abrieron como platos.

—¿Y qué hacías tú en China?

Rizos respondió algo vago y evasivo sobre negocios con mercaderes chinos.

—¿Y si te pillan?

—Tengo protección —dijo con cautela, y bajó la mirada.

Al amanecer del día siguiente, la señora Moon esparció una ofrenda de sal a los espíritus de las montañas y dio gracias a sus antepasados por bendecirla con buena fortuna. Unas pocas estrellas todavía titilaban con un brillo claro y congelado, pero el cometa al oeste había desaparecido. Fuera cual fuese el curso de los acontecimientos que había predicho, ya estaba en marcha. Estaba segura de eso. En sus sueños, había preguntado a sus padres por el significado del cometa, pero ellos respondieron con acertijos y versos que no había comprendido.

«Un cordero avanza, resignado...»

—...Cargado con la culpa de todos los hombres —murmuró al volver a entrar en la casa.

—¿Eh? —Tae-hyon se revolvió debajo de la manta y sacudió una pierna—. ¿Qué te están diciendo tus malditos antepasados ahora?

Más adelante, aquel mismo día, la señora Moon usó un préstamo de la cooperativa de mujeres para comprar un nuevo hornillo de gas fabricado en China y dos ollas extragrandes de acero, una gran bandeja de hierro colado para el carbón y una parrilla. Rizos insistió en hacer ella misma el viaje para conseguir las provisiones, rechazando la oferta de la señora Moon de contratar contrabandistas. Esa noche, Rizos cruzó a Changbai, en China, y regresó al día siguiente con todo lo que había en la lista de la señora Moon. Pescado blanco y almejas. Cerdo fresco de buena calidad y lomo de ternera que podía marinarse y cortarse en finas tiras. Huesos de buey. Una docena de especias diferentes. Azúcar blanco.

Raíz de jengibre, ginseng, salsa de guindilla y —algo imposible de obtener en Hyesan en noviembre— lechuga dulce y fresca. Todo lo demás —pasta de soja, ajo, *kimchi* y fideos secos— lo compró ella misma en los puestos vecinos. El arroz tuvo que conseguirlo en el mercado negro local, controlado por la policía. Finalmente, encontró un carpintero para que le hiciera una mesa de pino barata y dos bancos con madera de cajas de embalaje.

Al día siguiente, mientras observaba cómo le montaban la mesa, estaba tan nerviosa que iba al retrete cada diez minutos.

Las verduras ya estaban peladas y cortadas, el arroz lavado y la carne marinada. Tenía un amplio suministro de carbón. Rizos y su hija estaban cerca, y la Abuela Whiskey llevaba puesto su delantal más limpio, lo cual tampoco era decir mucho. A las ocho de la mañana, la señora Moon encendió los quemadores de gas y prendió el carbón. Una hora más tarde, la Barbacoa de Moon estaba abierta.

El día empezó tranquilo, con una venta modesta a media mañana y un número preocupantemente bajo de clientes a mediodía. Pero algo extraño ocurrió después de eso. Se corrió la voz desde la estación hasta la plaza de la ciudad, igual que se extendían los olores de la carne asada, el humo dulce del carbón y el vapor de dos ollas que borboteaban con estofado de pescado y sopa de hueso de buey, y a primera hora de la tarde sus bancos estaban casi llenos.

A mediodía del día siguiente, los bancos estaban repletos y había una pequeña cola de clientes esperando, una cola que creció a lo largo de la tarde, incluso cuando empezaron a caer lentamente algunos copos de nieve que flotaban como gansos.

Al final de su primera semana, la Barbacoa de Moon era la comidilla de Hyesan. Tenía una cola permanente de clientes, entre los que se contaban las distintas autoridades de la ciudad y sus familias. La gente pagaba las comidas en wones, yuanes, euros o dólares —el rey de las divisas del mercado negro que la señora Moon no había visto antes— y, ocasionalmente, en Choco Pies. La señora Moon ya se conocía las tasas de cambio al dedillo. Se negaba a aceptar *bingdu* como pago, aunque se dio cuenta de que había *bingdu* en todas partes. La droga se había convertido en una moneda.

En dos semanas, la señora Moon había devuelto todo el dinero prestado por la cooperativa. Había contratado a otros contrabandistas para obtener artículos de Changbai y estaba negociando con la policía para incrementar el suministro de arroz. A partir de ese momento, se convirtió en la directora no oficial del mercado.

Sin embargo, el éxito conllevó nuevas preocupaciones. Tenía siempre encima a los funcionarios del Partido, que la importunaban con leyes de comercio que cambiaban cada dos por tres. Y allá adonde miraba veía una cara sucia vigilando: *kotchebi*, niños tan hambrientos que comían maíz crudo del suelo. Ella les había dado comida en una ocasión. Ahora eran una amenaza diaria, robando comida y llevándose carteras. Necesitaba protección.

Fue entonces cuando recordó al adolescente que parecía perdido en el mundo cuando intentó pagar los pastelitos de arroz con *bingdu* semanas atrás, en su primer día en el mercado. Al describírselo —el jovencito delgado como un insecto con los ojos de un chamán—, los niños supieron enseguida a quién se refería. Dormía en una planta de embotellamiento tapiada en las afueras. Se llamaba Kyu.

La señora Moon lo encontró en la fábrica en ruinas, fumando *bingdu* con una banda de niños que apestaban como bayas podridas.

—Este sitio no es seguro, *ajumma* —dijo el muchacho, observándola a través de una neblina blanca.

—Te ofrezco un trabajo. —Se tapó la boca y la nariz con el pañuelo—. Y un baño.

A Kyu, de catorce años, bajito y raquítico, lo había abandonado en el mercado a la edad de cinco años su madre para irse a China en busca de comida. Era un luchador de la calle con la intuición de un gato para el peligro, un auténtico *kotchebi*. Cuando no iba colocado de *bingdu*, la señora Moon percibía en él una profunda amargura. Si algún día volvía a ver a su madre, le dijo en una ocasión, la obligaría a verle comer arroz blanco. Aunque ya no recordaba qué aspecto tenía su madre. La señora Moon entendía su pesar. Sabía qué se sentía al buscar en el vacío a los que había perdido. El recuerdo era demasiado doloroso para soportarlo, aunque ellos la visitaban en sueños. Kyu, al que había tomado bajo su protección como si lo hubiera conocido toda su vida, tendría la edad de un nieto.

La señora Moon le daba a Kyu todo lo que pudiera comer, aunque sospechaba que aquel muchacho habría sobrevivido sólo con amor y afecto. Kyu se convirtió en el protector de la señora Moon, en su vigilante y en su soplón. Nada ocurría en el mercado sin que Kyu lo supiera. En las siguientes semanas, su pequeño cuerpo se llenó, hasta que fue lo bastante fuerte para dominar a los *kotchebi*. Cualquier niño que quisiera sustraer carteras o robar en la estación de tren de Hyesan necesitaba el permiso de Kyu. Sin su permiso, lo único que podían hacer era mendigar.

Cuando el sargento Jang recorrió el andén marcha atrás en su todoterreno, a la señora Moon se le ocurrió que, si alguien sabía quién manejaba biblias ilegales, ése sería Kyu. Estaba a punto de preguntárselo cuando de pronto llegó una oleada de clientes, cadetes del ejército atraídos por el aroma de los chisporroteantes *bulgogi*. Los pasajeros de los trenes atrapados en la estación desayunaban, comían y cenaban en su cantina por mucho frío que hiciera. Había sido el día más ajetreado y provechoso, pero al atardecer la temperatura había bajado más y el mercado se estaba vaciando. La señora Moon apagó el hornillo de gas y dio las brasas sobrantes a los *kotchebi*.

La luna colgaba distante y sedosa como un huevo de araña. En las ventanas de las casas de Hyesan sólo habían aparecido unas pocas lámparas de luz tenue, pero el cielo sobre Changbai, en la orilla china del río, brillaba ambarino por la luz de farolas y neones. La señora Moon había oído que en China había ciudades que no existían un año antes. Torres de cristal que alcanzaban las nubes, decían.

Las mujeres estaban recogiendo. La señora Moon se sentó delante del brasero con Kyu para calentarse antes del viaje a casa. Observó el rostro de viejo del muchacho, mientras él echaba polvo blanco de un papel a su pipa.

—¿No puedes dejar eso?

En el brasero chisporroteaban pequeñas lenguas de fuego que se reflejaban en los ojos nublados y vidriosos de Kyu. El muchacho encendió su mechero de plástico, lo sostuvo bajo la cazoleta de la pipa y dio una fuerte chupada.

—El *bingdu* te quita el dolor... Te quita el hambre y el frío. —Le ofreció la pipa.

La señora Moon la rechazó.

Justo entonces sonó el silbato de un tren, tan alto que hendió el aire y resonó en las montañas. Una tensión instantánea recorrió la estación mientras la gente cogía el equipaje y a los niños pequeños y corría a través de las sombras hacia el andén, gritando. El tren de Hamhung, que había estado parado en la estación todo el día, iba a seguir su camino, y la señora Moon se acordó de pronto de que quería preguntarle algo a Kyu.

—¿Quién reparte las biblias?

Hubo un alboroto de puertas de tren que se cerraban y un crepitante anuncio procedente del altavoz. Bajo las luces dispersas de la estación, la señora Moon vio a las familias reunidas al borde del andén para la despedida.

El espectáculo la distrajo un momento de Kyu y, cuando se volvió hacia él, el chico estaba evitando su mirada.

—Si de verdad quieres saberlo, *ajumma*...

A los pasajeros con contrabando los ayudaban a subir al tejado, donde no les registrarían la carga. Sonó un silbato, agudo y claro en el aire frío, seguido por las voces de los que deseaban buena fortuna a los suyos, y el tren empezó a moverse muy despacio, avanzando ruidosamente por la estación. Las manos de la multitud que permanecía en el andén seguían pasando paquetes de comida y objetos a la gente por las ventanillas abiertas.

—...La respuesta está delante de ti.

Durante una fracción de segundo, un destello de chispas en los cables de la catenaria iluminó toda la escena con la claridad de un flash fotográfico.

La señora Moon ya empezaba a sentir el frío en los huesos, y se movió para levantarse. Cuando estuvo de pie, se detuvo y se quedó completamente quieta. Sin saber muy bien por qué, miró en dirección al andén, de nuevo sumido en las sombras. No sabría decir el motivo, pero un impulso estaba haciéndola retroceder hacia algo que acababa de ver un momento antes. La escena iluminada por ese destello de chispas persistía en su retina, y su impacto era demasiado vívido para que se apagara de inmediato.

Un color había destacado en medio de los caquis y grises.

Amarillo girasol... En la multitud del andén había visto un pañuelo para el pelo amarillo brillante. Una mujer joven pasaba un pequeño paquete a alguien en el tren... después de que empezara a moverse.

El corazón le dio un vuelco.

La vivienda se hallaba en el extremo de una calle de tierra de casitas bajas con cercas de plancha metálica, y los perros ladraron a la señora Moon al pasar por delante de cada puerta. Una zanja de desagüe relució a la luz de la luna; el agua residual fluía hacia el río, cuyo burbujeo resonaba bajo el hielo, a un centenar de metros del final de la calle. Llamó a la puerta y aguzó el oído. A su derecha estaba el camino que discurría junto al río, la frontera misma, donde los guardias patrullaban por parejas. Desde la otra orilla se alzaban árboles oscuros. El río era tan estrecho en aquel punto que, si lanzaba un guijarro, aterrizaría en China.

Oyó un crujido en la puerta de la casa y una llave resonó en la cerradura. Se entreabrió un poco y luego del todo.

—*Ajumma* —dijo Rizos, sorprendida.

Sostenía una lámpara de aceite que proyectaba una luz pálida. Todavía llevaba el pañuelo amarillo atado a la cabeza, cubriéndole los rizos. Antes de que pudiera decir nada más, algo en la forma de mirarla de la señora Moon hizo que la expresión de la joven cambiara. No era una expresión de desconcierto o culpa, sino de reconocimiento, una aceptación de un momento largamente esperado. En esa expresión, se confirmaron todos los temores de la señora Moon.

Rizos se apartó para dejarla pasar.

La cena borboteaba en el hornillo. La estancia estaba impecable, con sólo unos pocos muebles y los retratos de Padre e Hijo en la pared. La hija de Rizos, Sun-i, estaba sentada en una estera en el suelo, desenvolviendo un paquete a la luz de una vela. El lomo de un libro de bolsillo se adivinaba detrás de una rasgadura en el papel marrón.

—Biblias... —dijo la señora Moon.

Rizos cerró la puerta y se apoyó en ella, con la cabeza baja.

Sin levantar la voz por encima de un susurro, la señora Moon preguntó:

—¿En qué estás metida?

La joven levantó la mirada y habló con callado desafío.

—Leemos los versículos del libro en voz alta... en nuestra iglesia.

La señora Moon sintió un cosquilleo en la nuca. Ésa era una palabra que no había oído pronunciar en años.

La respiración de Rizos pareció serenarse.

—Somos ocho. Cambiamos de lugar cada vez, nos reunimos en casas distintas, pero hay otras, *ajumma*, en Hamhung, Chongjin, incluso en Pyongyang. Veneran a Dios en secreto. Leen versículos copiados a mano en trocitos de papel. Por la gracia de Nuestro Señor, sé que les llegaran algunas de estas biblias.

La señora Moon sintió un escalofrío. Podían ejecutarla simplemente por haber escuchado esas palabras.

—¿De dónde vienen... esas biblias?

Rizos seguía mirándola. Sus ojos brillaban ligeramente, conteniendo las emociones que se ocultaban tras ellos.

—De misioneros del otro lado del río... Me reúno con ellos en Changbai. Me dan unas cuantas cada vez que los visito.

La señora Moon sintió que la bola de miedo que tenía en su interior finalmente explotaba y se extendía por sus tripas.

—Esos misioneros te exponen a un terrible peligro —dijo en voz baja—. ¿Sabes lo que hace el Bowibu con cualquiera que haya contactado con cristianos en China?

—Dios protege a los cristianos en China. También me protegerá aquí.

Una brecha en el tiempo se abrió en la mente de la señora Moon. Las voces remotas de sus padres, leyendo de un libro en una habitación cerrada y cantando en voz baja.

Sus palabras sonaron ahora más insistentes:

—El Bowibu te está rondando. El sargento Jang me ha dicho esta mañana que han detenido a gente que llevaba ejemplares encima. Lo ven todo. Te encontrarán.

El aplomo de Rizos se desvaneció, como si se le hubiera caído una máscara. Una expresión de éxtasis y terror le cruzó el rostro y, por un instante, la señora Moon pensó que estaba loca.

—Si me pillan, moriré, y estoy dispuesta a morir... —Le temblaba la voz—. El mero hecho de pensarlo me tranquiliza y me da la fuerza suficiente para soportar el sufrimiento de este mundo, tal como lo hizo Él. Sufrió para que pudiéramos vivir...

La mente de la señora Moon era un motín de recuerdos fragmentados y confusos.

—¿El Gran Líder?

—No, *ajumma*. —Rizos sonrió con amargura. Su voz sonó más segura y contenida—. Él no. Él trató de reemplazar a Dios en nuestros corazones. Trató de obligarnos a amarlo a él en lugar de a Cristo...

La señora Moon llevó una mano a la cara de Rizos para silenciarla, consciente de los oídos de sus vecinos, que estarían alerta y escuchando en las casas oscuras y silenciosas. En el silencio, podía oír su propia respiración, agitada y trabajosa.

—¿Y que será de Sun-i? —susurró la señora Moon, señalando a la niña sentada en el suelo—. ¿Quieres que también ella muera en un campo de trabajo? Porque eso es lo que ocurrirá si te detienen.

La confianza desapareció del rostro de Rizos. Su altivez se había agotado y parecía triste y exhausta. Se echó a llorar.

—No —dijo entre lágrimas—. Por supuesto que no quiero eso.

La niña se levantó del suelo y abrazó a su madre.

—Escúchame —susurró la señora Moon—. Tenéis que cruzar las dos a China esta misma noche. Conseguid ayuda de los misioneros y no volváis nunca.

Madre e hija se miraron con una extraña expresión de fatalidad en los ojos.

—No tienes tiempo para pensarlo —la acució la señora Moon.

Abrió un poco la ventana y miró al exterior, pero no pudo ver nada más allá de la verja de plancha metálica y el patio oscuro. La calle estaba en calma.

No tardaron nada en recoger sus cosas. Tenían muy poco que llevarse. Rizos pasó unos minutos en su patio, cavando en el suelo duro para recuperar una olla enterrada en la que había escondido yuanes chinos, y ya casi estaban listas para irse.

—Deja las biblias —dijo la señora Moon—, yo las destruiré... —Se corrigió a sí misma—. Las distribuiré.

Rizos estaba temblando y Sun-i no dejaba de mirar a su madre con temor. Empezaban a darse cuenta de las implicaciones de lo que estaban a punto de hacer.

—Toma, llévate también esto. —La señora Moon le dio un grueso fajo de dinero de diversas divisas que se sacó del cinturón—. Por si tienes que sobornar a un guardia de frontera que no conoces.

Rizos tomó el dinero casi sin pensar.

—Es mejor que salgamos por separado —propuso la señora Moon—. Un grupo levantaría sospechas.

Rizos apagó el hornillo y luego hizo lo mismo con la lámpara de aceite y la vela. Entreabrió la puerta delantera y escuchó. La noche congelada entró en la casa. El único sonido que llegaba hasta ellas era el rumor del río bajo el hielo. Ni siquiera una ligera brisa agitaba los árboles, y las estrellas brillaban como cristales de hielo por encima de los tejados de las casas. El aire era tan frío que quemaba en la garganta, de modo que madre e hija se envolvieron la cara con sus bufandas.

Sun-i salió primero. Se deslizó por el patio hasta la cancela de madera y la verja de plancha metálica. La luz de la luna apenas era suficiente para verla. La niña abrió despacio, pasó y cerró la puerta tras ella.

Esperaron dos minutos y llegó el turno de Rizos. Hizo una reverencia a la señora Moon y le dio las llaves de la casa.

—Cuando esté a salvo con los misioneros, le mandaré un mensaje con uno de los contrabandistas.

La señora Moon se oyó decir:

—Que Dios te acompañe.

Mantuvo la puerta de la casa entornada para observar a Rizos cruzando el patio y abriendo la cancela lentamente.

De pronto, la cancela se abrió del todo, un gran perro ladró y la luz resplandeció en el patio desde la calle.

Se oyó la voz de un hombre. Un movimiento violento, desdibujado, y Rizos chilló.

La señora Moon se metió en la casa de un salto y cerró la puerta.

Sólo había captado un atisbo de lo que acababa de suceder en la calle, pero lo bastante para saber que la catástrofe era completa. El Bowibu, cuatro o cinco agentes con largos abrigos oscuros. Un perro policía. Manos enguantadas sujetando a Sun-i y tapándole la boca para impedir que diera la alarma.

14

Cuartel general de la CIA
1000 Colonial Farm Road, Langley, Virginia

Los reclutas de la clase H estaban muy animados cuando subieron al autocar con destino a Washington. Les habían dado una semana completa lejos de la Granja por Acción de Gracias, su primer descanso desde que empezó la formación un mes antes. Jenna se despidió de ellos, diciendo que tenía que hacer unos recados en Williamsburg. De hecho, Fisk le había ordenado asistir a una reunión de alto secreto en Langley, porque un agente de inteligencia de Corea del Sur había ido a verlos desde Seúl.

Era un hombre elegante de cuarenta años con un traje de Dior, que hablaba inglés con acento californiano.

—Llámenme Mike —dijo, sonriendo a sus anfitriones como si fuera una estrella de cine.

Había varios analistas presentes en la sala, entre los que se encontraba Simms, y cinco militares del Pentágono con muchas medallas en los uniformes. Jenna se había sentado a la derecha de Fisk.

Todos prestaban atención a la imagen proyectada en una pantalla de la pared. Mostraba la parte del cohete Unha-3 recuperada por la Marina de Estados Unidos en el mar de Filipinas.

—Estamos viendo el morro del cohete y la sección del tercer segmento —dijo un joven analista, señalando con un cursor—, lo bastante grande para llevar una carga de doscientos kilos, la capacidad adecuada para una cabeza nuclear táctica. La altitud que alcanzó indica un rango de misil de cinco mil kilómetros. El escudo térmico reingresó intacto en la atmósfera. Señores y señora, ésta fue una prueba sumamente exitosa. Por supuesto, los norcoreanos aún no lo saben, porque recuperamos la única prueba que podía dar fe de ello en el mar de Filipinas antes de que pudieran hacerlo ellos, pero la cuenta atrás ha empezado. Sabemos que están construyendo dos más y, que no nos quepa duda, el objetivo somos nosotros.

Se sentó, y el agente especial surcoreano Mike Chang tomó la palabra.

—Tienen la tecnología para fabricar los cohetes —dijo, exhibiendo su sonrisa y guiñándole un ojo a Jenna—. Lo que no han conseguido es la cabeza nuclear, y éste es el dato de espionaje más valioso que poseemos. La CIA tal vez no disponga de activos sobre el terreno en el Norte, pero mi agencia sí los tiene. Todas mis fuentes informan de lo mismo: el régimen está atascado en la segunda base en su intento de construir una bomba nuclear lo bastante pequeña para armar un misil. Pueden pasar dos, cinco o diez años, antes de que cuenten con esa clase de tecnología.

—No lo entiendo —dijo uno de los generales, un hombre con papada y voz áspera—. ¿Por qué están gastando millones de dólares en probar cohetes, si no tienen con qué armarlos?

—Es un farol —intervino Simms, cruzando los brazos—. El momento del lanzamiento no es casual, sólo unas semanas antes de que la delegación norcoreana llegara ayer a Nueva York. Pueden estar seguros de que lo usarán para presionarnos y conseguir una tonelada de ayuda...

Jenna volvió la mirada hacia la ventana, pensativa. Hectáreas y hectáreas de aparcamientos y, más allá, bosques de castaños y abedules hasta donde alcanzaba la vista. Las colinas de Virginia se teñían de ámbar, rojo y dorado.

«Algo se nos escapa.»

Estaba pensando en todas las imágenes de satélites espías que había examinado en los últimos días. La mayor parte de ellas habían sido descartadas por los fisgones porque no mostraban nada de interés militar, pero los norcoreanos eran maestros del subterfugio y la ocultación... Se rumoreaba que algunas de las casas de Kim eran completamente subterráneas, con entradas y salidas a lo largo de kilométricos túneles. Si podían esconder algo en un lugar donde ningún espía sobre el terreno lograra descubrir nada, donde ningún fisgón pudiera verlo, tal vez tuvieran algo con lo que armar sus cohetes. Pero ¿dónde...?

Trató de pensar en la mentalidad del régimen. «Un arma sólo puede ocultarse de verdad... en un agujero negro de información.»

Y fue entonces cuando se le ocurrió. Lo sintió como un cubito de hielo deslizándose por su espalda.

—Mis fuentes descubrieron otro detalle curioso —estaba diciendo el agente especial Mike Chang—. El propio Kim Jong-il estuvo presente en Tonghae para asistir al lanzamiento en compañía de su hijo menor y sucesor. Sin cámaras ni propaganda. Una visita secreta...

Los ojos de Jenna se abrieron de par en par.

Cuando la reunión se interrumpió para un pequeño receso, Jenna tomó a Fisk del brazo y lo condujo hacia las ventanas, lejos de los demás, que se habían levantado para servirse café y comentaban la situación.

Jenna se situó de espaldas a la sala y habló en voz baja.

—Pueden armar sus cohetes. Creo que la información de inteligencia de Mike Chang es incorrecta.

Fisk miraba al horizonte frunciendo el ceño, como si ella hubiera verbalizado un temor que él albergaba desde hacía mucho.

La voz de Jenna sonó como un susurro frenético.

—¿Un sofisticado lanzamiento en el que han invertido millones de dólares? ¿Y con Kim y su heredero presentes? Han de tener algo... Una cabeza nuclear desarrollada en secreto, algo fuera del alcance de los espías de Mike Chang.

—¿Dónde? —Fisk se volvió hacia ella—. Tenemos todos los ojos del cielo vigilando ese condenado lugar.

—Un agujero negro. Uno de los lugares que los fisgones nunca miran... Charles, necesito permiso para solicitar barridos de satélites espía en ciertas coordenadas.

Fisk hizo una mueca divertida y se volvió otra vez hacia la ventana.

—Es una solicitud que está fuera de la escala salarial de un agente en formación...

Jenna miró hacia la sala. Simms estaba hablando en su tono monocorde con el general de la papada.

—Necesito acceso a la sala de control del satélite espía, aunque sea en el nivel más bajo...

—A ver si lo he entendido... —dijo Simms.

Jenna pensó que, con aquella cabeza tan pequeña y el diámetro de su cadera, aquel hombre parecía un tentetieso. No podía interpretar su expresión —el brillo de las pantallas se reflejaba en sus gafas, formando dos óvalos inescrutables en su rostro—, aunque su voz transmitía un tenue pero inconfundible sarcasmo.

—¿Estás diciendo que quieres desviar la órbita de un satélite espía de imagen espectral para conseguir una mejor óptica de... una prisión?

Todos los analistas se habían dado la vuelta para escucharlos.

—El Campo Veintidós —dijo Jenna con frialdad—. Tiene cincuenta kilómetros de largo por cuarenta de ancho, una zona casi del tamaño de Los Ángeles. Espacio más que suficiente para ocultar un programa de armamento.

—Allí no hay nada. Es un campo minado.

—Y eso lo hace impenetrable, salvo para el satélite. Pero las imágenes que he visto hasta ahora son incompletas.

Simms se quitó las gafas y se frotó los ojos.

—¿Por qué ese campo, Marianne Lee? ¿Por qué no cualquiera de los otros?

Jenna sabía que era sólo una corazonada, pero respaldada por los datos que había ido recopilando. Desertores y antiguos prisioneros habían testificado con detalle sobre el funcionamiento interno de todos esos otros infiernos, salvo uno. El Campo 22, en el extremo noreste del país, era un lugar del que nunca se había liberado a ningún preso. Y del que nunca se había escapado ningún preso.

A las 6.51, hora estándar de Corea, la imagen espectral del satélite espía KX-4B, en órbita de geosincronía sobre el mar del Japón, ajustó su trayectoria. La visión desde doscientos kilómetros de altitud reveló un amanecer ambarino que se propagaba hacia el oeste, convirtiendo las playas de Wonsan en una mondadura dorada. Por unos instantes, Jenna disfrutó de su belleza. Entonces las coordenadas que había solicitado se activaron, y su carpeta empezó a llenarse de fotografías. Respiró profundamente.

Su primera visión le produjo un escalofrío. Era una zona inmensa de ceniza y sombra, rodeada de montañas altas y boscosas y de valles de laderas oscuras. En el universo del gulag, el Campo 22 era un agujero negro vedado a toda persona ajena. Lo poco que se sabía de él se debía a dos guardias que habían desertado diez años antes. Lo que habían descrito aquellos hombres era casi un mundo en sí mismo; un mundo con dos clases de ciudadanos: guardias y esclavos. Cincuenta mil prisioneros que se morían de hambre trabajando en minas y granjas. Guardias en permanente pie de guerra a los que se les permitía golpear y matar a voluntad. Un campo de control total con leyes propias. Una zona de no retorno.

Jenna cerró los ojos un momento y se imaginó otra vez como académica: «Sé metódica, objetiva. Sé racional... y mantén la calma.» Sin embargo, al hacer zoom le fue difícil mantener la calma.

Empezó justo en el exterior de las puertas más meridionales, viendo el ferrocarril que sacaba carbón del campo. Una larga trinchera formaba un perímetro de seguridad lleno de estacas metálicas. Un poco más allá, una valla electrificada y una tierra de nadie sembrada de ratas electrocutadas. Jenna pasó el dedo por el panel táctil y el encuadre superó la valla y se adentró en el campo. Torre de vigilancia, nido de ametralladoras, edificio de administración... El sol apenas había salido. Todo se hallaba sumido en las profundas sombras proyectadas por las montañas. Unos cuantos guardias patrullaban con perros. No había rastro de preso alguno. El inmenso patio en el que debía de practicarse el recuento matinal, del tamaño de diez campos de fútbol, estaba vacío. Pequeñas hileras de humo se alzaban por doquier, saliendo de grietas y rejillas: fuegos de carbón que ardían muy por debajo de la superficie, quizá. Jenna siguió moviéndose. Fosas sépticas, estación de tren, vagones de carbón, crematorios... Una bola de fuego como un crisantemo naranja brillante. Fundiciones, fábricas, pueblos de prisioneros... Cabañas minúsculas dispuestas en cuadrículas perfectas, como manzanas de ciudad. Jenna abrió el foco. Las cabañas se extendían durante kilómetros en la negra superficie, miles de ellas. Siguió desplazándose... Prisión interna, vertedero, patíbulo, tumbas, tumbas, tumbas... Prisioneros. Enormes columnas de prisioneros, como ejércitos, marchando a trabajar bajo la custodia de guardias armados, algunos en dirección a los campos negros, otros rodeando montículos cónicos de desechos de carbón hacia las entradas de las minas. Una columna quedaba medio borrada por el humo en movimiento. Era una visión del infierno, un cuadro del averno pintado por El Bosco. Para entonces, Jenna había olvidado el objetivo de su búsqueda.

Oyó un movimiento detrás de ella. El último fisgón de la sala estaba subiéndose la cremallera de su chaqueta acolchada. Era el final de la jornada laboral.

—¿Puedo configurar esto para tener imágenes en directo? —le preguntó Jenna.

El hombre se acercó a la pantalla.

—Claro, pero la imagen no será tan nítida. —Se inclinó por encima de ella y tecleó las instrucciones—. Joder... ¿qué estás mirando?

Ahora las columnas se movían en tiempo real. Era más un arrastrar los pies que un paso de marcha, una legión de muertos vivientes vestidos con grises harapos. Los guardias a su lado movían largos palos mientras caminaban. La imagen era mucho más borrosa. Entre los adultos había niños de cabeza grande que se desplazaban sin energía, tropezando; otros prisioneros tenían el cabello blanco. Todos se arrastraban o cojeaban. Un guardia se metió en la columna con la porra levantada y los presos fluyeron en torno al que había caído como la corriente de un río alrededor de una roca. Cuando la columna hubo pasado por fin, Jenna vio lo que parecía un pequeño saco de tela en el camino de ceniza. Pasó a modo fotografía y tomó una imagen de alta resolución. Medio encogido de costado, como un fardo de trapo y hueso, se veía el cuerpo raquítico de una niña. El rostro blanco como la porcelana estaba en parte oscurecido, el cabello ondeaba tras ella. Jenna sintió que la fina membrana que separaba su objetividad del horror se rompía por fin. Se llevó la mano a la boca.

El fisgón que estaba detrás de ella parecía estar conteniendo el aliento, y Jenna comprendió por qué sus colegas rara vez estudiaban esos lugares. Hacerlo los exponía al estrés de los testigos. Se arriesgaban a ver cosas que jamás podrían olvidar.

Desde que había regresado de Ginebra con la convicción de que Soo-min no se había ahogado, Jenna se había sorprendido a sí misma muchas veces tratando de proyectar a su hermana gemela en el aquí y el ahora, en el presente. Sin embargo, cuando lo hacía, siempre veía a la Soo-min de dieciocho años. Intentó sentir una vez más la presencia de su hermana, el vínculo genético que las unía, pero ahora era fino y tenue, como la luz de una vieja estrella. Si su mente buscaba a una Soo-min viva, en el presente, el rostro de su hermana aparecía desdibujado, en sombra, como si estuviera detrás de un cristal esmerilado... o de humo. Un miedo aterrador se adueñó de su corazón. ¿Había sido aquél el destino de Soo-min? ¿Un lugar como ése?

Era casi medianoche en su reloj cuando finalmente lo encontró, en un oscuro y angosto valle lateral en el extremo septentrional del campo. Jenna supo de inmediato que era lo que estaba buscando. Destacaba como una nave espacial y dio por hecho que aún no habían tenido tiempo de camuflarlo o cubrirlo. Una vía de ferrocarril llevaba materiales hasta su entrada y, delante de la entrada, había... ¿un huerto? Las filas parecían de árboles frutales, aunque probablemente no crecía fruta alguna allí. En ese momento, Jenna estaba tan agotada y aturdida por los horrores del campo que su trascendental hallazgo le parecía un mero detalle más.

Simms respondió al teléfono después de muchos tonos. Jenna oyó un carraspeo y el sonido de una cisterna vaciándose.

—Es muy tarde, Marianne Lee. Más vale que sea bueno.

—Está dentro del Campo Veintidós.

—¿El qué?

—Un complejo grande y moderno con unidades de refrigeración de última generación en el tejado, una antena satelital y un edificio anexo que podría albergar un generador independiente, conductos de ventilación de acero inoxidable... Todo rodeado por una doble valla electrificada.

—Estoy seguro de que esto puede esperar a maña...

—Corea del Norte está gastando parte de sus escasos recursos en construir una instalación de alta tecnología en un valle cerrado que está en lo más profundo de un gigantesco campo de concentración. Está situado a sólo veinte kilómetros del puesto de lanzamiento de cohetes de Tonghae. Supongo que no es una piscina interior climatizada. Será mejor que ponga a todos los fisgones de la Agencia en esto mañana por la mañana, antes de que le diga al director de la CIA que lo hemos tenido todo el tiempo delante de nuestras narices.

¿Cómo podía pensar siquiera en ir de compras? La tranquilidad de la mañana en O Street la impactó por lo que tenía de surrealista. Casitas de color pastel en medio de mansiones de ladrillo con jardín, un equipo de hockey universitario que cruzaba la calle con sus *sticks* y su equipamiento... En lo alto, un avión plateado dejaba una estela blanca en el azul. Le había resultado imposible dormir. Incluso cuando se frotaba los ojos, quedaba en ellos la impronta del Campo 22, como si fuera un negativo fotográfico. Era agradable estar en casa por primera vez en un mes y volver a ver a *Cat*, al que había cuidado su vecina, pero algo en su percepción de la casa había cambiado. El salón cubierto de polvo representaba su vida anterior congelada en el tiempo. Su vida antes de la Granja. El maletín que llevaba cada día a su trabajo en Georgetown parecía abandonado por un desconocido al lado del piano.

Esa semana se celebraba el día de Acción de Gracias. Jenna se había obligado a centrarse y pensar en lo que tenía que comprar. Además de a su madre, había invitado a Cedric, el hermano de su padre, y a su familia.

—Nunca has cocinado para nosotros —le había dicho Han al teléfono. Y entonces, en ese tono de complicidad que a Jenna le daba ganas de clavarse lápices en los ojos, añadió—: ¿Has conocido a alguien?

Una de las razones de Jenna para hacer de anfitriona era frustrar cualquier intentona de su madre de presentarle a otro pretendiente en Annandale.

Empujó su carrito por el pasillo de los lácteos pensando que nunca se había sentido tan fuera de lugar. Una mañana de día laborable en la tienda de comestibles, rodeada de niños con sus madres que empujaban su carrito de la compra, todos desconcertantemente ajenos a los peligros del mundo, a la precaria seguridad que ella pretendía mantener con su trabajo. Lo que antes había sido normal y rutinario ahora parecía trivial y extraño.

Al volver a casa se encontró a *Cat* paseando hambriento por las teclas del piano.

Jenna estaba metiendo el pavo en el congelador cuando sonó su teléfono.

El truco del número oculto de su madre.

—*Omma*, Acción de Gracias es tu única comida americana del año. No voy a servirla al estilo coreano.

—Eh, he puesto el altavoz, Marianne —dijo Simms con frialdad—. Los fisgones están conmigo en la sala de conferencias...

Jenna sintió que se ponía colorada.

—Estamos seguros al noventa por ciento de que tu objeto de interés es un laboratorio —continuó Simms.

—¿Qué clase de laboratorio?

—Probablemente químico. Tiene un suministro de agua de un lago de montaña y varios depósitos para almacenar gases. Podrían ser narcóticos. Las drogas duras son una de sus exportaciones principales...

—¿Y por qué construirían un laboratorio de drogas en un sitio como ése? —Se volvió hacia la ventana. La condensación estaba formando diamantes con la luz de la tarde—. Si están trabajando en un arma secreta, situar el laboratorio en un campo de control total tiene sentido. No se filtraría nada.

—Estamos poniendo más ojos en eso. Informaremos a Mike Chang...

Después de una pausa en la que Jenna pensó que habían colgado, uno de los fisgones dijo:

—Buen trabajo, Marianne Lee.

Y siguió un murmullo de aprobación por parte de los otros.

Después de pasar toda una noche sin dormir, Jenna se sentía un poco extraña. No siempre tenía un efecto desagradable. En ocasiones, la mente le ardía con más brillo al día siguiente, y, como un cabo de vela que chispea al acercarse a su fin, establecía nuevas e inusuales conexiones. Se hizo una cola y eligió música para salir a correr. Dvořák, *Novena sinfonía*, último movimiento.

Jenna corrió junto a los raíles del viejo tranvía hacia el campus de la universidad, con la mente despejada por el aire frío. Cuando notó que los músculos ya se le habían activado, subió el volumen de los cascos y aceleró el ritmo.

«Corea del Norte construye un laboratorio químico nuevo de alta tecnología dentro de un campo de concentración...» Corrió una vuelta en torno al campo de hockey, luego tomó un sendero que subía por la colina hacia los campos de atletismo y el observatorio.

«En los laboratorios se llevan a cabo experimentos. El campo preserva el secreto... O...»

Frenó el ritmo hasta detenerse. En la distancia, el río Potomac, de un tono verde mirto a la luz del débil sol de noviembre, bajaba revuelto.

«Los experimentos requieren prisioneros humanos.»

15

Edificio del secretariado de las Naciones Unidas
Calle Cuarenta y tres Este y Primera Avenida, Nueva York
Lunes, 22 de noviembre de 2010

—¿Listos para enfrentarnos al enemigo?

El embajador Shin, al lado de Cho en el asiento de atrás, le dio un pequeño apretón en el hombro. Para mostrar su confianza en él, supuso Cho. O para advertirle que no metiera la pata. Después del bochorno sufrido en el restaurante, Shin había adoptado un aire de divertida familiaridad con él, y eso le resultaba sumamente irritante.

Su hermano Yong-ho sin duda sabía que esos billetes de cien dólares eran falsos, y Cho se sintió desconcertado cuando comprendió que se los había regalado sin mencionarle aquel detalle tan importante. Aquello le había hecho ver a Yong-ho de un modo diferente, como si de pronto se hubiera convertido en alguien completamente distinto del hermano que amaba. Aun así, se recordó a sí mismo que poner en curso esas falsificaciones era una de las medidas contra el poder yanqui en las que todos habían estado trabajando, y Cho trató de verlo como un acto patriótico y no juzgar a su hermano por ello.

Los estadounidenses habían enviado un Lincoln Navigator negro y dos escoltas de seguridad diplomática en motocicleta a recogerlos al hotel Roosevelt. Cho dio por hecho que se trataba de un gesto para honrarlo, pero al ver la pequeña caravana motorizada al otro lado del pórtico —a la vista de todo el mundo, con las luces azules de las motocicletas parpadeando y atrayendo a un pequeño grupo de curiosos—, sintió que el miedo le revolvía las tripas.

No había dirigido ni una sola palabra a los dos diplomáticos subalternos que tenía a su lado. Las rodillas le temblaban, y lo único que le preocupaba era que su inglés lo traicionara.

El día era gris y caía una suave llovizna. La caravana dobló en la Primera Avenida y Cho vio la silueta del edificio de las Naciones Unidas desdibujándose entre las nubes bajas, como si fuera un esbozo inacabado. Las banderas que rodeaban el recinto colgaban flácidas. El primer secretario Ma salió a recibir la limusina a la entrada principal y los escoltó a través del inmenso vestíbulo hacia los ascensores. Al llegar al decimoctavo piso los condujo por un pasillo directamente a una sala de conferencias. Cuatro estadounidenses se levantaron de sus asientos al otro lado de una mesa de madera pulida, en la que habían colocado vasos, agua embotellada, libretas y flores frescas.

Chris O'Brien, el representante estadounidense ante las Naciones Unidas, era el más alto de todos los presentes en la sala. Se acercó a paso lento hacia ellos, mostrando una sonrisa agradable y con la mano extendida como si estuviera recibiendo a los nuevos miembros de un club deportivo.

—Coronel, me alegro de verlo aquí —dijo mientras daba un fuerte apretón de manos a Cho.

Tenía la cabeza minúscula, rosada y de color arena; los hombros, demasiado anchos para un intelectual.

«Igual que un chacal no puede convertirse en cordero...»

—El Amado Líder Kim Jong-il extiende sus cordiales deseos para el éxito de nuestras conversaciones —dijo Cho sin sonreír.

Ocuparon sus asientos. La ventana enmarcaba un mundo anodino de nubes arremolinadas, una dimensión vacía. O'Brien abrió la sesión con un laberíntico discurso que declaraba la posición de Estados Unidos. No tenía una buena voz para la oratoria, pensó Cho. Estrangulada y nasal. Sus palabras no contenían sorpresas, salvo por el hecho de que O'Brien hablaba como si lo que decía fueran simples pensamientos y opiniones que compartía con sus colegas, y no las palabras de un texto revisado y autorizado. La arrogancia habitual, envuelta en una capa de rectitud y afabilidad. «El lanzamiento de un cohete el mes pasado ha causado una profunda preocupación... La violación de múltiples resoluciones del Consejo de Seguridad de las Naciones Unidas... Los abusos de los derechos humanos...» La misma falta de respeto de siempre hacia el deseo soberano de Corea de vivir y entender el socialismo a su manera. La presunción de que su país no tenía ningún derecho a armarse contra los enemigos que tenía a sus puertas. Cho observó a los colegas de O'Brien mientras él hablaba. El discurso era tan tedioso que apenas parecían estar escuchando, y Cho reconoció en sus expresiones una complacencia imperialista, una seriedad fingida. Uno de ellos incluso se dedicaba a frotar una mancha de café en su corbata. Los nervios que había sentido Cho al entrar en la sala se evaporaron igual que las nubes al otro lado de la ventana, diluidas por el sol matinal. Pensó en los carteles que se habían colgado en todas las calles de Pyongyang aquella semana: un enorme puño coreano aplastando el edificio del Capitolio.

Ya había tenido suficiente, estaba harto de oír la voz de O'Brien. Se levantó y apoyó los puños en la mesa. O'Brien levantó la mirada de sus notas, y su discurso se consumió en su cavidad nasal. Los estadounidenses miraron a Cho.

—¿Cree que a nuestro país no le importa su propia dignidad? —manifestó Cho con calma.

—No, señor, simplemente estamos...

—¿Nos están diciendo que no podemos vivir con nuestras propias reglas?

O'Brien abrió las manos, ese gesto de ecuanimidad otra vez, ahora con una objeción formándose en sus labios. No era el turno de Cho, pero las formalidades diplomáticas no le incumbían. Un revolucionario no tenía por qué someterse al protocolo. Con voz clara y controlada, afirmó su posición con fuerza. Les recordó la deuda de sangre que su país aún tenía con Estados Unidos. Movió el dedo para profetizar un mar de fuego que engulliría a sus títeres de Seúl si no dejaban de interponerse en los asuntos de su país.

O'Brien frunció el ceño en una muestra de comprensión. Al final de las observaciones de Cho, le dedicó una sonrisa incierta y se pasó las yemas de los dedos por el cabello.

—Vamos a tomarnos un descanso.

Cuando los estadounidenses abandonaron la sala, Cho vio que dos de ellos intercambiaban una mirada de perpleja diversión, como si acabaran de escuchar a un borracho dando un discurso en una boda.

El estadounidense con la mancha de café en la corbata permaneció sentado en su sitio. También era rubio y tenía una nariz larga y gruesa. Llevaba el cabello peinado con una raya en medio.

—Con el máximo respeto, coronel Cho, sabemos lo que está ocurriendo aquí, y estamos cansados de eso... —Estaba hablando en coreano, pero imprimía un ritmo americano a sus palabras, lo cual, por alguna razón atávica, a Cho le resultó profundamente siniestro—. Lanzan un cohete. Se muestran amenazadores. Elevan las tensiones al nivel de una crisis. No cejarán hasta ver los titulares que quieren, «¡Corea del Norte al borde de la guerra!», y entonces, de repente, nos pedirán que nos sentemos a hablar. El mundo lanzará un gran suspiro de alivio y les ofrecerá una lluvia de ayuda humanitaria y algunas concesiones. Las amenazas les han funcionado hasta ahora. Esta vez no ocurrirá. Nunca más. —Se levantó y, hablando en inglés, añadió—: No volverá a pasar.

Al final de la jornada, Cho preguntó cómo ir al lavabo de caballeros. Entró y comprobó que estaba solo antes de mojarse la cara y mirar su reflejo en el espejo. Contempló la forma de su mandíbula, su mirada perdida. En ocasiones no se reconocía, o no estaba seguro de ser realmente él. Notaba varios puntos de tensión en la espalda y el cuello, y también el familiar nudo de terror en el estómago. Los estadounidenses no habían concedido nada. Ahora tendría que informar a Pyongyang de su falta de progresos.

Cuando entró en el despacho de Corea del Norte en las Naciones Unidas, en la decimocuarta planta, el embajador Shin, el primer secretario Ma y los dos diplomáticos subalternos estaban sentados en torno al altavoz del escritorio. Uno de los diplomáticos hablaba con excitación, ensalzando los puntos más destacados del discurso de Cho y la cara de sorpresa de los yanquis. Los gruñidos de aprobación del viceprimer ministro pudieron oírse en el otro extremo. Cho dio un paso adelante y cogió el teléfono para hablar con su superior en privado. Tomó aire. No había forma de darle lustre a lo ocurrido.

—Camarada viceprimer ministro, los yanquis no aceptan.

—Calma, Cho Sang-ho. Por lo que acabo de oír, lo ha hecho muy bien... —Por detrás del silbido y el crujido de la línea, Cho oyó que el viceprimer ministro daba una calada a un cigarrillo—. Queda otro día. Mañana todo puede cambiar... —Alguien murmuró una palabra al fondo. Había alguien más escuchando—. Encontrará la forma.

Cho dejó el auricular con una sensación de mal presagio. El viceprimer ministro no le había preguntado nada de la sesión. Y tampoco le había dado órdenes ni facilitado ninguna estrategia para el encuentro del día siguiente. Se había comportado como si esas conversaciones cruciales, que el ministerio había preparado durante meses, no tuvieran ninguna importancia. Ese extraño énfasis en la palabra «mañana»... De pronto, el instinto de Cho para detectar un subterfugio se activó bruscamente.

Al regresar al hotel se sentía vacío y nervioso. Lo habían puesto en una situación imposible, lo sabía. Había llegado a Nueva York para aceptar tributos y reparaciones de un enemigo que debería haberse acobardado por la potencia y el alcance del cohete, pero los estadounidenses no parecían asustados. Se le ocurrió una idea casi herética que sin duda se usaría como prueba para incriminarlo: tal vez un enfoque más sutil, más amistoso, un enfoque que ofreciera compromisos, resultaría mucho más fructífero y contribuiría en gran medida a engendrar una actitud positiva de los estadounidenses hacia su país. Sin embargo, con ese pensamiento llegó la percepción de una verdad más oscura: que nada iba a hacer cambiar la posición de Washington. El Amado Líder había escrito:

Los yanquis son los eternos enemigos de nuestras masas.
No podemos vivir con ellos bajo el mismo cielo.

Cho se sentó en la cama y se aflojó el nudo de la corbata. La levantó un momento e imaginó que era una soga. Se moría de ganas de hablar con alguien normal, humano, con su mujer o con Libros, cuyo carácter era tan dulce que Cho lo consideraba incapaz de concebir un pensamiento malvado. En la escuela ayudaba a criar conejos, de los que se obtenía la piel para los gorros de los soldados, y escuchaba con asombro las leyendas de la infancia de Kim Il-sung.

Puso la cadena en la puerta y palpó en torno al televisor en busca del botón de encendido. Probablemente podía utilizarse sin el mando a distancia. Encontró el volumen y lo bajó. Un hombre gordo de color ladrillo, con una imagen de la Casa Blanca detrás de él, agitaba un dedo ante la cámara y vociferaba algo sobre el «socialismo oculto». Cho cambió de canal. Una voz entusiasta presentaba el Chevrolet Silverado, disponible con una financiación sin intereses en cuarenta y ocho meses, previa verificación de crédito. Cambió otra vez. Unas criaturas de peluche multicolores que no se parecían a ningún animal que Cho reconociera estaban cantando una canción sobre la importancia de lavarse los dientes. Apagó la tele y se quedó un rato tumbado en la cama, todavía vestido, con las manos entrelazadas en la nuca. Se dejó llevar por los sonidos de la ciudad, melancólico y deprimido, y pronto se quedó dormido.

Unas horas más tarde, se despertó sudando y desorientado en aquella habitación desconocida. No tenía ni idea de cuánto tiempo había estado durmiendo. Un brillo urbano desconocido se filtraba por una rendija en las cortinas, y los contornos de la habitación empezaron a materializarse a su alrededor.

El martilleo sonó otra vez.

Cho se levantó de la cama de un salto y abrió la puerta. Uno de los diplomáticos subalternos, completamente trastornado, pasó corriendo al lado de Cho, entró en la habitación y fue directamente al televisor hablando sin parar. Confundido por el sueño, Cho apenas podía entender lo que estaba diciendo. La pantalla mostraba imágenes de casas en llamas y una gasolinera explotando bajo el titular de «ÚLTIMAS NOTICIAS». Los carteles de la gasolinera estaban en coreano. La gente gritaba, presa del pánico. Una mujer corría como podía con dos niños en brazos. Las luces de un camión militar de bomberos parpadeaban. Su país estaba atacando Yeonpyeong, una isla surcoreana en el mar Amarillo, con fuego de artillería y cazas MiG a propulsión. Estaban matando a surcoreanos, tanto soldados como civiles.

De pronto, Cho estaba completamente despierto y buscando el teléfono.

16

Estación de tren de Hyesan
Provincia de Ryanggang, Corea del Norte

La señora Moon no podía oír ni sus pensamientos. El altavoz estaba transmitiendo a máximo volumen. La voz de un orador del Partido crujía de rabia, las masas cantaban. Cada pocos minutos, la emisión era interrumpida por un boletín desde el frente, dondequiera que estuviera.

En cierto modo, aquel sonido era una distracción bienvenida. Si su mente pudiera descansar por un momento y dejar de pensar en Rizos y Sun-i... No dejaba de imaginar adónde las habían llevado, qué iban a hacer con ellas... La ansiedad le atenazaba las tripas de tal modo que se sentía al borde del desmayo. No había dormido y había sido la primera en llegar al mercado esa mañana. Había contado lo ocurrido a todas las mujeres, una por una. Una atmósfera de miedo, mezclada con algo semejante al luto, se cernía sobre todas ellas.

La señora Moon había salido de la casa de Rizos por la puerta de la cocina justo cuando el Bowibu entraba a patadas para registrarla. De pronto, se había encontrado en un pequeño huerto de verduras, pero había conseguido colarse a través de un hueco en un corral y esconderse en una pocilga de un patio vecino. Luego se quedó allí unas cuatro horas, agachada sobre las heces congeladas, escuchando a los hombres que rebuscaban en la casa de Rizos, derribaban el falso techo, levantaban el suelo... Eran organizados, metódicos, aunque sin duda habían encontrado lo que buscaban enseguida: las cuatro biblias de bolsillo estaban en la estera. Cuando ellos se fueron, las nubes estaban borrando las estrellas una por una. La señora Moon se encontró en la oscuridad absoluta y tuvo que salir a tientas del patio del vecino. Había perdido el camión que la llevaría de regreso al pueblo, así que se metió otra vez en el pequeño huerto de Rizos, abrió la puerta de atrás y se sentó a esperar el amanecer entre los tablones destrozados del suelo. No pudo dormir.

Por enésima vez, se dijo a sí misma que debía calmarse. Trató de componer en su rostro su habitual máscara de optimismo. El miedo despertaba suspicacias. De hecho, no tenía sentido dejarse llevar por el miedo mientras no tuviera información, y cuando la consiguiera tal vez podría encontrar una solución. Sí, siempre había una solución.

Sin Rizos ni Sun-i para servir comida, Kyu se puso a trabajar entre las mesas, pero a los clientes no les gustaba que les sirviera uno de los *kotchebi*, y le ponían mala cara sin darle las gracias.

La señora Moon no dejaba de mirar al andén, atenta a la aparición del sargento Jang. Sería el primero al que pediría ayuda.

Incapaz de quedarse quieta, se dio cuenta de que seguía conmocionada y tal vez por eso no le sorprendió especialmente la visión que se materializó ante sus ojos.

El espíritu de una niña caminaba hacia ella entre el pasillo de esteras y los puestos. La señora Moon pestañeó dos veces.

Tenía unos doce años, se movía con lentitud y tropezaba de vez en cuando, como si fuera ciega. Llevaba la cara manchada de barro y estaba mortalmente pálida, con los ojos vidriosos y medio cubiertos por una cortina de cabello apelmazado. La ropa que vestía estaba destrozada y colgaba hecha jirones, e iba descalza. Ése fue el detalle que desquició a la señora Moon.

¿Qué mal presagio era ése? El temor sopló sobre ella como una ráfaga de aire nocturno.

Otros también se estaban fijando en la niña. Se quedaban mirándola y se apartaban de su camino. La señora Moon se pellizcó.

No era una alucinación.

De repente, la señora Kwon soltó un chillido, corrió hacia la niña y la cogió en brazos. La señora Moon salió de su trance. El fantasma era Sun-i.

Las mujeres apartaron a sus clientes. Abandonaron sus esteras. Formaron una piña en torno a la niña como si protegieran a un cervatillo herido y la llevaron debajo del puente, lejos de las miradas de los clientes y de los berridos del altavoz.

La niña arrancó a temblar con violencia. La envolvieron con una manta y pidieron té caliente. Sun-i tenía los ojos desorbitados y no parecía capaz de mirar ni de ver nada. La señora Lee intentó lavarle las mejillas con una tela húmeda, repitiendo «chis, chis», aunque la niña no había emitido ni un solo sonido. La señora Moon tomó la cara de Sun-i entre las manos y un destello de realidad volvió a los ojos de la niña.

—*Ajumma*...

Tenía unos labios preciosos en forma de arco, igual que su madre. Su voz era aire puro y estaba extrañamente desconectada, como si hablara dormida.

—¿Dónde está mi madre?

La señora Moon levantó la mirada hacia los rostros desconcertados de las mujeres.

Sostuvo la cabeza de la niña en su pecho y sintió la sombra de la muerte.

Una cabecita asomó entre los delantales de las mujeres. Era Kyu.

—Encuentra al sargento Jang y dile que venga ahora mismo —ordenó la señora Moon—. ¡Date prisa!

Más tarde, las mujeres lograron reconstruir lo que había ocurrido con los fragmentos que Sun-i pudo contarles. Fuera de la casa, la niña había conseguido zafarse de los oficiales del Bowibu que la retenían y había corrido hacia el río. Enviaron a un perro tras ella sobre el hielo. El perro la atacó y le desgarró la ropa. Dos hombres chinos que esperaban en la oscuridad del otro lado, probablemente contrabandistas o traficantes de personas, echaron al perro a golpes y la ayudaron a llegar a la otra orilla, pero Sun-i terminó huyendo también de esos hombres. No podía explicar cómo perdió los zapatos. Con la primera luz del día, cruzó otra vez el río congelado con los pies descalzos.

El sargento Jang se encontró acorralado por una pared de rostros pétreos.

—¿Rizos estaba distribuyendo biblias? *Ajumma*... por favor. —Su sonrisa se había congelado y sus ojos danzaban buscando una vía de escape—. Es un crimen político. Muy grave. Estás recurriendo a quien no debes.

Las expresiones de las mujeres no cambiaron.

—Tenéis que entenderlo. El Bowibu no comparte información sobre esos delitos con nosotros. No es asunto mío implicarme en...

La señora Lee cruzó los brazos.

—Diría que es un ratón si no fuera una sanguijuela tan grande. —Lanzó un escupitajo al suelo—. Siempre estirando la mano para pedir más, y cuando se necesita un favor...

—¿Cuánto hace falta para sobornar al Bowibu? —preguntó la señora Moon—. Para ponerla en libertad.

El sargento Jang reaccionó como si ella le hubiera gritado al oído. Miró a su alrededor, pero no había clientes cerca que pudieran oírlos. El altavoz estaba retransmitiendo un concierto victorioso. Un coro de masas cantaba *Vivimos en una nación poderosa.*

El sargento soltó una risita nerviosa.

—No puedes sobornarlos.

—Todo el mundo tiene su precio en esta ciudad. ¿Cuánto?

Los ojos del sargento Jang se ensancharon y negó con la cabeza. Cuando habló, lo hizo con un tartamudeo.

—Po... podrían escucharte por, ta... tal vez, diez mil yu... yuanes... pero no tienes tanto dinero. ¿Y qué pasa si se ofenden? No, no, no, no...

La señora Kwon se volvió hacia ella con los ojos abiertos de par en par.

—Diez mil yuanes...

Kyu captó la atención de la señora Moon y le transmitió una idea. Al encogerse de hombros dibujó un signo de interrogación.

El brasero proyectaba su luz ambarina en los pilones de hierro del puente. Las mujeres se sentaron en un corro alrededor del fuego. La señora Moon estaba de pie.

—Si usamos la cooperativa para conseguir la mitad del dinero entre todas nosotras, Kyu obtendrá la otra mitad en *bingdu*.

—¿Esto va a meternos en apuros? —preguntó la señora Yang.

—Yo os mantendré al margen —dijo sencillamente la señora Moon—. No tiene sentido que todas nos pongamos en peligro. Asumiré la responsabilidad de la oferta.

Un murmullo de protesta se extendió en el grupo.

—Por el bien de Rizos, ahora debemos actuar con rapidez... —la señora Moon miró a Sun-i y se contuvo— antes de que las autoridades tomen una decisión. Sun-i —dijo con suavidad—, aquí no estás segura. Vete con Kyu esta noche. Él te esconderá hasta que todo esto pase.

—Pero ¿quién se acercará al Bowibu? —preguntó la Abuela Whisky. Su rostro de tortuga amarilla asomaba a través de varias capas de pañuelos.

—El sargento Jang tendrá que armarse de valor —contestó la señora Moon—; si no lo hace, lo humillaré yendo yo misma.

17

Edificio del Secretariado de las Naciones Unidas
Calle Cuarenta y dos Este y Primera Avenida, Nueva York

Un equipo de Fox News filmó la caravana de vehículos cuando llegó al edificio de las Naciones Unidas. La puerta de Cho se abrió entre una andanada de flashes. Sorprendido de que no hubiera policía yanqui para impedirle hablar, el coronel reiteró la opinión de Pyongyang para las cámaras —«Mi país no tolera incursiones ilegales en sus aguas territoriales y actúa de manera contundente»— y accedió al vestíbulo. Iba bien escoltado, con sus diplomáticos subalternos a cada lado y el embajador Shin detrás. El primer secretario Ma no había aparecido, pero Cho apenas se había dado cuenta. Los ojos del Amado Líder brillaban sobre él desde el este y habían hecho que ocurriera eso sólo para ayudarlo.

No había rostros divertidos al otro lado de la mesa en las conversaciones de aquel día. De pronto, cada una de sus palabras llevaba el peso de un obús. A la hora de comer en Nueva York, Pyongyang le había enviado por fax los titulares de los principales periódicos vespertinos («Chacales yanquis acobardados por ofensiva diplomática»), junto con el comunicado de prensa de la Agencia Central de Noticias que describía a Cho como un «diplomático guerrero» e informaba de que los yanquis habían «vuelto arrastrándose a la mesa de negociación, aterrorizados de que el camarada Kim Jong-il sacara la preciada espada de la Revolución». Cho se deleitaba con su nueva autoridad. Expuso sus demandas.

En cuestión de horas, el equipo de O'Brien empezó a presentar ciertas concesiones que podrían ofrecerse para desbloquear la crisis. En un intento de conseguir algo más, Cho suavizó su tono. Era generoso en la victoria.

Una sola sombra le estropeó el día. ¿Dónde estaba el primer secretario Ma?

—Está ocupado con importantes asuntos consulares —le había dicho el embajador Shin cuando Cho preguntó por él.

¿Qué asunto era más importante que su negociación? Una vez más, el instinto de Cho le indujo a pensar en un subterfugio. Hacia el final del día, cuando los estadounidenses empezaron a firmar sus ofertas y el alcance de su triunfo ya se hacía evidente, seguía sin haber rastro del primer secretario Ma.

Cho comunicó las buenas noticias en una larga conferencia telefónica con Pyongyang desde el despacho del embajador Shin. Los estadounidenses estaban ofreciendo incluso más de lo que había esperado el viceprimer ministro: miles de toneladas de ayuda alimentaria y centenares de millones de dólares en efectivo. Cuando salió del despacho, Cho se aseguró de que nadie lo veía y dio un puñetazo al aire. Estaba exultante, emocionado y aliviado, y sonreía como un niño. Era hora de volver a casa. Pulsó el botón del ascensor y dio una vueltecita danzarina. Las puertas se abrieron y se encontró cara a cara con O'Brien.

—Coronel Cho, estaba buscándolo.

Cho entró en el ascensor y O'Brien pulsó el botón del vestíbulo. El coronel bajó la mirada y simuló ajustarse los gemelos. No tenía nada que decirle a ese hombre, y estaba pensando que el silencio sería lo más apropiado cuando O'Brien se volvió hacia él y le cogió del brazo del modo más familiar.

—Hemos preparado unos cócteles y una cena en... bueno, en un local de Manhattan que creo que le gustará. Se llama Club 21...

Su sonrisa era abierta y afable, como si la profunda hostilidad que Cho había mostrado en los dos días de conversaciones no hubiera tenido ningún efecto en el trato personal.

—Sólo una reunión relajada para ofrecerles un poco de la hospitalidad de Nueva York...

¡La grotesca farsa de los modales burgueses! Cho liberó el brazo con suavidad. Las órdenes de Pyongyang no podían haber sido más claras: la delegación no tenía que relacionarse con el enemigo bajo ninguna circunstancia.

—La delegación de la República Popular Democrática de Corea lamenta tener que declinar su invitación —dijo Cho con una inclinación de cabeza—. En otra ocasión, espero.

O'Brien pestañeó dos veces. Con un rostro que se enrojecía con el paso de cada piso, dijo que lamentaba oír eso y reconoció que no lo había esperado, y que por desgracia era demasiado tarde para rechazarla. Los dos diplomáticos subalternos de la delegación de Cho, que habían estado esperándolo en el vestíbulo, ya habían sido invitados a subir a los coches que los aguardaban en la entrada, y estaban de camino al local del que le había hablado. Les habían dicho que él, el coronel Cho, se les uniría enseguida.

Cho estaba desconcertado.

—¿Y no se le ocurrió preguntarme primero?

Dos días de frustración contenida asomaron de repente a los labios de O'Brien.

—Cielo santo, ¡es una cortesía, no un insulto!

Cho miró la cuenta descendente de los dígitos del ascensor, que ya no parecía ir tan deprisa, y a punto estuvo de gritar algo impropio de la dignidad de su país.

—Lo siento —murmuró O'Brien, alisándose y repeinándose el cabello rubio con los dedos—. Le pido disculpas.

Las puertas no se habían abierto del todo en la planta del vestíbulo, y Cho ya estaba corriendo por el inmenso suelo de mármol, atrayendo las miradas de los vigilantes de seguridad. Alcanzó la salida en cuestión de segundos y cruzó el amplio soportal inundado de luz mirando frenéticamente a izquierda y derecha en la avenida de las banderas, con su aliento formando nubecillas blancas en el aire nocturno. Una fila serpenteante de coches con chóferes aguardaba a los jefes de las misiones diplomáticas, embajadores y adjuntos. Pero no había rastro de su equipo. Se habían ido.

Se le pegaba la camisa a la espalda, empapada de sudor frío. ¿Acaso los estadounidenses estaban gastándole una broma letal? Levantó la mirada hacia el edificio de la ONU, que brillaba con las luces de todas las naciones, y maldijo a los yanquis en el lenguaje más vulgar del ejército. O'Brien se unió a él en la acera, jadeando. Llevaba la camisa por fuera de los pantalones y la corbata torcida.

—Este coche lo llevará —fue lo único que dijo, señalando un Lexus que esperaba.

Un chófer aguardaba con la puerta trasera abierta. Cho miró a O'Brien como a un enemigo que lo había superado. No tenía elección. Se metió en el coche.

Momentos más tarde, mientras descansaba la cabeza contra la fría ventanilla del asiento trasero y miraba los cruces repletos en Lexington y Park Avenue, se maravilló de las vueltas que podía dar la vida. Aquella tarde debían de estar aclamándolo en Pyongyang. Al día siguiente, a su regreso, podía enfrentarse a un despido o algo peor. Su triunfo, saboteado. Sintió una furia creciente hacia O'Brien, que no tenía ni la más remota idea del régimen al que servía Cho, un régimen que no toleraba deslices. Ni errores.

Tras la cortina de aguanieve que empezaba a caer cuando el coche giró en la calle Cincuenta y dos Oeste, los edificios de piedra marrón se veían oscuros y brillantes. Debajo de la marquesina del Club 21, en la acera, un portero con sombrero de copa estaba abriendo un paraguas mientras varios agentes de la policía contenían a una pequeña multitud. Cho buscó enseguida en su bolsillo el pin del rostro del Gran Líder y se lo colocó en el ojal de la solapa, su talismán contra el chamanismo estadounidense. Si esa muestra de hospitalidad estaba calculada para ablandarlo, les mostraría lo firme que podía ser.

El Lexus aparcó y su puerta se abrió. Los flashes de las cámaras centellearon y se oyeron gritos bajo la lluvia.

—¡Abajo Kim Jong-il! —gritó violentamente alguien en la multitud—. ¡Abajo Kim Jong-il!

Cho fue conducido a los escalones que descendían al club, todavía viendo estrellitas naranjas de los flashes de las cámaras, y llegó a una zona de recepción donde había cuatro hombres trajeados de complexión fuerte con auriculares de radio. El coronel tuvo la certeza de que pertenecían a la policía secreta estadounidense. Continuaron por un pasillo estrecho hasta un comedor privado, la puerta se cerró en silencio detrás de él y Cho se encontró en un mundo en el cual nunca había sido verdaderamente admitido antes, ni siquiera en sus misiones a Pekín.

La iluminación tenue de color rosado se reflejaba en las paredes de madera oscura, en las que colgaban varias pinturas iluminadas por apliques. Todas ellas eran de goletas y clípers navegando. Un suave solo de trompeta de jazz sonaba suavemente a través de altavoces ocultos. Junto a una chimenea de piedra situada en el extremo de la sala, más allá de una mesa de comedor larga con un mantel blanco y dispuesta con copas de vino y cubiertos de plata, había un grupo de hombres altos de cabello gris que hablaban con estridencia y gesticulando. La improvisada facilidad del poder. Se mantenían un poco apartados de los miembros de su delegación —los dos diplomáticos subalternos y los dos comisarios políticos—, que sujetaban las copas de Martini con el puño apretado como si fueran palas y parecían un grupo de refugiados. Todos los presentes se volvieron hacia él, y la conversación se interrumpió. Uno de los estadounidenses más altos hizo un comentario que provocó las risas de su grupo. Cho sintió que le ardía la cara.

La puerta se abrió otra vez detrás de él y apareció el cuerpo fornido de O'Brien, apartándose el cabello rubio mojado del rostro y sudando profusamente. Parecía molesto y nervioso, pero su cara enseguida se suavizó en una expresión más amable. Cuando condujo a Cho hacia el grupo de hombres altos y empezó a presentárselos uno a uno entre apretones de manos y miradas de intensa curiosidad, Cho comprendió la razón de la inquietud de O'Brien.

Entre los reunidos había un antiguo secretario de Estado famoso en todo el mundo, ahora encorvado y con la mandíbula flácida, un general del ejército con uniforme verde oscuro, un director general de Wall Street... y un ex presidente de Estados Unidos. Todos los reunidos allí lo saludaron a él, Cho Sang-ho, coronel del Ejército Popular de Corea. Tuvo que apretar los labios para contener una sonrisa. ¡Qué idiotas eran esos yanquis! Estaba viviendo en un hechizo. Por segunda vez en un día, su lamentable situación se transformó por completo. Aquello era la guinda del pastel de su triunfo. Fuera lo que fuese lo que pretendían los estadounidenses con aquel desfile de luminarias —exhibición de poder, intimidación, una muestra de su determinación a cambiar el rumbo de su país—, habían errado por completo el significado de una reunión como ésa para el público del general de Corea del

Norte. Simplemente por reunirse con él, esos hombres se rebajaban ante la grandeza del Amado Líder. Estaban rindiendo tributo. La máquina de propaganda de Pyongyang estaría acelerando.

—¿Cómo está, señor? —dijo el ex presidente con una voz brusca, y miró el pin de la solapa de Cho como si fuera una segunda cabeza.

Un fotógrafo levantó una cámara para capturar el apretón de manos. Cho adoptó una expresión fría. El ex presidente mostró una sonrisa cordial; la nariz bulbosa y la piel rosácea lo hacían parecer levemente depravado. Su cabello era de color blanco ceniza bajo el flash de la cámara.

—Señor Cho, cuénteme qué demonios ha ocurrido hoy en la isla de Yeonpyeong.

Cho recordó que el ex presidente había conocido al Amado Líder y había estado en su presencia, y respondió a la pregunta respetuosamente.

—Dígale al presidente Kim de mi parte que está desestabilizando toda la maldita región...

A la conversación se unió el ejecutivo de Wall Street, un hombre de nariz afilada que a Cho le recordó a un águila calva con gafas. Preguntó por qué Corea del Norte no abría su economía, como había hecho con tanto éxito la nueva China.

—La República Popular Democrática de Corea sigue fiel al camino del socialismo —contestó Cho, aceptando un Martini de una bandeja—. La felicidad de nuestro pueblo no depende de la rapaz persecución de beneficios.

—Claro, pero los beneficios llevarán comida a sus bocas.

Cho sólo se mostró cauto ante el general del ejército, cuyos ojos lo miraban con fría inteligencia. Se lo habían presentado como Charles Fisk.

—Coronel Cho, estoy aquí para persuadirlo de que las armas nucleares no son el camino correcto para su país.

—General —replicó Cho, revolviendo su Martini con el palillo y la oliva—, ¿qué otra cosa, si no las armas nucleares, conseguiría que invitaran a un pequeño país como el mío a un lugar como éste para tomar una copa con usted esta noche?

Fisk echó la cabeza atrás y rió. Una risa sencilla y sincera.

—No le falta razón.

En ese momento, Cho se distrajo al oír la estridente voz de uno de los diplomáticos subalternos, que estaba conversando con O'Brien. Captó la atención del diplomático y pudo advertirle justo a tiempo para impedir que el hombre aceptara un segundo Martini.

—Cuénteme —dijo Fisk, acercándose a Cho—. Esos misiles de largo alcance que han vestido y camuflado como cohetes de satélites...

Cho sintió que se le erizaba el vello de la nuca.

—¿Con qué piensan armarlos?

¿Qué pretendía ese hombre con aquella pregunta? ¿Acaso estaba provocándolo?

—Disculpe que le pregunte algo así —añadió Fisk—. Es pura curiosidad. —Sonrió a modo de disculpa, pero sus ojos eran fríos y había un aura de desprecio en su voz.

Cho se enderezó.

—Reivindicamos nuestro derecho absoluto a un programa espacial pacífico.

—Bueno... —Fisk dio un trago a su bebida y se volvió hacia la sala—. Quizá estoy preocupándome en vano. Tal vez lo que están preparando en ese nuevo laboratorio reluciente sea algo completamente inofensivo...

Cho miró a Fisk. Estaban tratándolo con insolencia. Y, además, no tenía ni idea de a qué se refería ese hombre.

—¡Ah! —Los ojos de Fisk estaban sonriendo por encima del hombro de Cho—. Por fin.

Una mujer delgada que llevaba un vestido de cóctel de terciopelo oscuro se unió a ellos. Por el color de su piel, Cho pensó que era afroamericana, y muy hermosa también, pero el cabello y los ojos eran asiáticos. Aquel vestido estrecho le sentaba de maravilla, aunque ninguna mujer coreana habría desnudado los hombros con tanta impudicia.

Fisk empezó a presentarla, pero ella ya había dejado caer una mano fría sobre la de Cho y había explicado, en un dialecto norcoreano perfectamente modulado, que trabajaba como consejera especial para el general Fisk.

—Soy Marianne Lee.

18

Club 21, calle Cincuenta y dos Oeste, Nueva York

Mientras los invitados se dirigían a sus asientos asignados a ambos lados de la mesa de la cena, Jenna percibió una momentánea turbación en el rostro del coronel Cho. No lo habían sentado al lado del ex presidente ni del ex secretario de Estado, sino hacia el extremo de la mesa, frente a ella, y lejos de su equipo. Jenna se quitó el bolso del hombro y le dedicó una sonrisa radiante, que él devolvió con una expresión desconcertada, como si dudara de si era un halago o un desaire.

De fondo sonaba una versión pianística de *Round Midnight*. Las luces se atenuaron y proyectaron un brillo suntuoso en el mantel y la cubertería. Un *maître* que llevaba un auricular de radio hizo pasar a las camareras —todas vestidas con traje pantalón negro—, y las chicas empezaron a servir vino en todas las copas de la mesa, inclinándose entre los invitados con una pose de *ballet*.

Fisk estaba convencido de que, cuanto más sociable fuera el ambiente, mayores eran las posibilidades de que los norcoreanos bajaran la guardia y revelaran las intenciones del hombre de Pyongyang que, con una sincronía brutal y brillante, había propiciado la entrega de centenares de millones de dólares del gobierno de Washington a cambio de poner fin a una crisis breve y manufacturada, tras demostrar una sorprendente voluntad de atacar sin previa provocación. El ataque sorpresa a la isla de Yeonpyeong había encendido las alarmas desde Tokio hasta Washington. A los cuarenta minutos de que saltara la noticia, en una reunión exasperante en la sala de emergencias de la Casa Blanca, Fisk se había visto obligado a reconocer el fracaso de la información de la CIA ante el comandante en jefe en persona, que había llegado de una recepción de gala, copa en mano, y lo había escuchado con una frialdad absoluta.

Ahora, la hospitalidad de esa noche en el Club 21, aunque preparada meses antes, tenía que aprovecharse como fuera.

—¡No me importa si tenemos que echarles algo en las putas copas! —había gritado Fisk—. Los tenemos para nosotros dos horas. Es nuestra oportunidad. Nos los trabajamos, les vendemos la moto y averiguamos lo que podemos.

La emergencia también había hecho que la otra cuestión, igualmente alarmante, ascendiera a las primeras posiciones en la lista de crisis de Langley: el descubrimiento de Jenna dos noches antes de un laboratorio secreto dentro del Campo 22. Los fisgones compartían su sospecha de que se trataba de una parte fundamental del programa de cohetes. Jenna había entregado un informe al director de la CIA en persona, y ahora las coordenadas se estaban monitorizando a diario desde el satélite.

Fisk había aplicado todo su tacto a intentar disuadir a algunos de los ex altos cargos de asistir a aquella velada. Su presencia difícilmente ayudaría a que los norcoreanos se relajaran. Sin embargo, mirando los rostros congregados alrededor de la mesa, Jenna se dio cuenta de que su jefe se había equivocado. Los norcoreanos estaban radiantes por el hecho de que el ex presidente estuviera allí, y con un par de cócteles incluso el hijo de perra de Cho se mostraba más abierto y abordable.

La asignación de asientos había sido planeada con mucho cuidado.

—Tendremos más ventaja si habla con él una mujer —le había dicho Fisk—. Lo pillaremos con la guardia baja. Haz lo que haga falta. Atráelo, engatúsalo, apela a su lado bueno.

—¿La mierda tiene un lado bueno?

Justo después de que todos ocuparan sus asientos, la figura regordeta y chulesca del embajador de Corea del Norte —Jenna recordaba que se llamaba Shin— entró en la sala. Supo que a Cho le desagradaba ese hombre por un leve endurecimiento de su mirada. Jenna continuó observando su expresión mientras les servían el vino. Había conocido a muchos desertores norcoreanos, pero era la primera vez que se encontraba cara a cara con un miembro orgulloso de la dictadura de Kim. Como un zoólogo que avista una especie buscada durante muchos años, Jenna no podía apartar los ojos de él.

La luz se concentraba en el tallo de la copa de Cho y le iluminaba el rostro: pómulos altos, cabello grueso y peinado hacia atrás, cabeza bien proporcionada... Jenna pensó que tenía algo propio de un cartel de propaganda. No estaba segura de si lo encontraba guapo. La mirada era arrogante y confería al rostro un leve aire de crueldad. No había pega que poner al atuendo. El traje a medida, la corbata y los gemelos bien escogidos. De no haber sido por aquella refulgente cara en miniatura en su solapa, podría pasar por un alto ejecutivo de cualquier corporación surcoreana, Hyundai o Samsung. Aquel pin era el extravagante recordatorio de que Corea abarcaba universos paralelos.

Jenna levantó la mirada del pin y descubrió que él también estaba observándola. Cho pestañeó levemente, como si fuera consciente de que podía parecer grosero. La sensación era la de una primera cita extraña. Algo iba a ocurrir, pero ninguno de los dos sabía qué.

—Lo siento —dijo Cho en inglés, dando un sorbo a su copa de vino—. Nunca había conocido a nadie de su raza que hable el dialecto del Norte.

—¿De mi raza?

Alguien golpeó su copa con una cucharilla.

—Señor presidente, honorables invitados, damas y caballeros...

O'Brien estaba de pie, dando la bienvenida a los visitantes de la República Popular Democrática de Corea. Jenna alisó su servilleta sobre el regazo para disimular su nerviosismo. Le sudaban las palmas de las manos. El delegado estaba hablando en su voz suave y nasal, restando importancia a lo sucedido en los dos días de conversaciones. Sonrió e hizo un gesto hacia el coronel Cho, cuyo rostro permaneció inmutable.

—Nunca en mi carrera como diplomático había sido descrito como «un enano político antisocialista que será aplastado por la fuerza de la unidad indivisible»...

Los presentes rieron por lo bajo, dudando de si O'Brien estaba tocando la tecla adecuada, pero justo en el momento oportuno añadió:

—Al menos, nunca me lo habían dicho a la cara...

Todos rieron, y la tensión existente en la sala se relajó un poco más. Incluso Cho parecía divertirse.

—Sean cuales sean nuestros desacuerdos... —prosiguió O'Brien, hablando entre las risas—, y hay muchos, creo que en ambas partes existe el deseo de una mayor confianza y comprensión en el nombre de la seguridad y, en última instancia, de la paz... —Se oyó un flemático susurro de «eso, eso» del ex secretario de Estado—. Una paz que espero que la hospitalidad de esta noche ayudará a construir. —O'Brien levantó su copa—. Por la paz.

—Por la paz —dijeron todos, solapando sus voces.

Entrechocaron las copas, y la afabilidad se extendió por la mesa cuando los estadounidenses se quitaron de encima el peso de aquella sórdida negociación en nombre de la paz.

Las camareras empezaron a colocar cestitas de panecillos en la mesa.

—La comida es un idioma que todos entendemos —dijo el ex presidente en voz alta, colocándose una servilleta en el cuello de la camisa.

—¿Le gusta Nueva York, coronel? —preguntó Jenna.

Cho partió un poco de pan y masticó, frunciendo levemente el ceño mientras pensaba.

—No he reparado en ninguna de las corrupciones que son comunes en una ciudad capitalista: tráfico de drogas, prostitución, comedores populares, etcétera, etcétera.

«Encantador», pensó Jenna.

Les pusieron delante el primer plato. Una sopa de almejas de Nueva Inglaterra.

—Supongo que Pyongyang está libre de todo vicio...

—En general, sí —asintió Cho, sin percibir la nota de ironía de Jenna—, aunque, por supuesto, como en cualquier ciudad, no falta el crimen.

La conversación se encalló. La formación de Jenna no la había preparado para esa situación. Probablemente, sólo tendría un par de oportunidades más antes de que la atención del coronel se desviara hacia cualquier otro; no había suficiente tiempo para trabajarlo, sondear sus dudas, conocer sus ideas. Si quería sacar algo de él, tendría que hacerlo mediante el halago o la provocación, y algo le decía que aquel hombre no era fácil de halagar.

Mirándolo por encima del borde de su copa, Jenna preguntó:

—¿Y cuáles son los crímenes típicos de una ciudad norcoreana? ¿Espionaje, sabotaje, tramas contrarrevolucionarias, críticas al Amado Líder y un largo etcétera...?

Los ojos de Cho se estrecharon, atentos a la burla.

—El socialismo se enfrenta a muchos peligros —contestó—. Estados Unidos también tiene enemigos que amenazan su forma de vida. —Se inclinó hacia delante con una expresión de cínico *savoir faire* en el rostro—. Y, según creo, los trata del mismo modo.

—No tenemos ningún Campo 22, si se refiere a esa clase de trato.

Aunque había hecho aquel comentario en voz baja, como el vino aún no había desatado la conversación, por un momento se hizo el silencio en la mesa. En su visión periférica, Jenna percibió que los rostros de los demás se volvían hacia ella.

—No conozco ese sitio. —La voz de Cho adoptó una nota de cautela—. Tratamos con los criminales a nuestra manera. ¿Cree que sus derechos son más importantes que el bienestar de toda una sociedad? Los imperialistas no pueden hablar de derechos humanos.

—Yo no he mencionado los derechos humanos —repuso Jenna, dando un sorbo a su copa de vino—. Pero me parece interesante que los mencione usted.

Cho siguió comiendo, pero parecía estar demasiado crispado como para disfrutar de la cena. Jenna había provocado su hostilidad casi sin pretenderlo.

Una tregua armada pareció abrirse entre ellos. Jenna era consciente del murmullo de las conversaciones a su alrededor, del repique y el tintineo de la cubertería en la porcelana... Intercambió una breve mirada con Fisk, al otro lado de la mesa, que la observaba inquisitivamente. Se volvió hacia el coronel Cho y cambió de tercio.

Había llegado el momento de pasar a un tema neutral. Sonrió.

—¿Tiene hijos?

El rostro de Cho se iluminó casi al instante.

—Un hijo de nueve años, está en los Jóvenes Pioneros. ¿Y usted? Supongo que es medio coreana. ¿Tiene familia en Corea?

—Una hermana gemela. —El corazón le dio un salto. Las palabras habían salido sin que pudiera contenerlas.

Pestañeó y sintió que se ponía colorada.

—¿En serio? —Cho miró distraídamente al embajador Shin, que estaba metido en una animada conversación con el ex secretario de Estado—. ¿En Seúl?

—No...

Jenna lo miraba fijamente. Era levemente consciente de estar perdiendo los papeles. Una bomba de relojería había liberado en su interior un repentino torrente de agravios. Le sorprendió la urgencia con que necesitaba explicárselos a aquel cabrón.

—Aunque espero poder reunirme con ella pronto... —Estaba desviándose peligrosamente del mensaje, pero toda su cautela, toda su formación se vieron superadas por una emoción tan intensa que no había manera de controlarla. Tal vez no volviera a tener la oportunidad de pronunciar aquellas palabras—. Si su gobierno le permite salir.

La cuchara se detuvo a medio camino de la boca de Cho.

—¿Su hermana está en mi país? —Bajó la cuchara y la miró.

Una sirena de alarma empezó a sonar en la cabeza de Jenna, pero era demasiado tarde.

—Se la llevaron. Hace doce años. De una playa de Corea del Sur. Su nombre es Soo-min.

Cho la miró durante lo que a Jenna le pareció un minuto eterno. Cuando finalmente habló, se pasó al coreano.

—Se equivoca. Si se refiere a la desafortunada cuestión de las personas secuestradas, mi gobierno ha rendido cuentas públicamente por todas ellas, vivas y muertas, y se ha disculpado. La cuestión está resuelta y forma parte del pasado. —Hablaba como si estuviera corrigiéndola en alguna cuestión legal—. Pero, aparte de eso, se equivoca por otra razón.

—Estoy segura de que está a punto de decírmela.

—La gente de mi país es racialmente... —buscó una palabra delicada— homogénea. Una hermana gemela suya no pasaría desapercibida. Me habría enterado.

Jenna sintió que la invadía una sensación de desmayo. Estaba segura de que las rodillas no podrían sostenerla si trataba de levantarse en ese momento.

—Occidente ha mentido mucho sobre este asunto —continuó Cho, terminándose la sopa—. Debería comprender que la mayoría de los llamados «secuestrados» vinieron voluntariamente a mi país... para vivir una vida más justa.

—Claro —dijo Jenna, tratando de eliminar el temblor de su voz—. No puedo imaginar por qué alguien pensaría que se los llevaron allí contra su voluntad...

—¿Qué le hace pensar que está allí?

Jenna apartó su silla.

—¿Me disculpa un momento?

«Oh, Dios. —Jenna se enfrentó a su reflejo en el espejo del tocador—. ¿Qué he hecho?» Sentía como si tuviera una bola de arroz caliente en el pecho; una bola que le apretaba el corazón y hacía que le costara respirar. «La estoy cagando...» Fisk la había reclutado con la esperanza de que esa cuestión, esa misma cuestión, potenciara su capacidad, en vez de socavarla. Volvió a aplicarse lápiz de labios y se repasó en el espejo con una dura mirada.

«Por Fisk, por Soo-min, haz tu trabajo.»

Cuando regresó, ya habían servido el plato principal. Hamburguesas, patatas fritas, maíz tostado, costillas y alitas de pollo, la suave propaganda cultural de la comida tradicional, aunque se fijó en que las patatas estaban marinadas con romero y sal marina, y los panecillos eran claramente artesanos.

—Señor Cho —el ex presidente hablaba con la boca llena—, este tipo de comida engrasa las ruedas de la diplomacia estadounidense.

—De hecho —replicó el coronel—, fue nuestro Amado Líder Kim Jong-il quien inventó el panecillo abierto con carne...

Los estadounidenses rieron de buena gana. El ex presidente dejó caer los cubiertos y aplaudió.

Jenna era la única que sabía que Cho no estaba bromeando.

La discusión quedó dominada por algunos de los presentes, que se dirigían a toda la mesa, y Jenna vio que no tendría otra oportunidad de hablar con Cho. Todo aburridamente masculino, pensó, aunque todos callaron con respeto cuando el anciano ex secretario de Estado expresó sus pensamientos de oráculo desde la cabecera de la mesa.

Con el postre y el café, los invitados cambiaron de sitio. El ejecutivo de Wall Street se estaba quejando de las restricciones federales sobre el control de recursos a una fila de rostros coreanos. Fisk y el ex secretario de Estado estaban metidos en una larga discusión con Cho, y Jenna se encontró sentada junto al alto y delgado Chris O'Brien, que le parecía un hombre demasiado gentil y amable para ocuparse de un gato de callejón que bufaba y arañaba como Corea del Norte.

—Un tipo curioso, ¿no? —dijo O'Brien, proyectando una mirada cautelosa hacia Cho.

Lo observaron mientras sermoneaba a los que lo escuchaban, otra vez muy tieso, con el puño posado imperiosamente en la mesa. A juzgar por la irritación mal disimulada del rostro de Fisk, Jenna supuso que estaba consiguiendo los mismos progresos que ella. Se fijó en que Cho no dejaba de mirar en su dirección, y lo hacía de un modo no demasiado sutil, como si no pudiera creer lo ofendido que se había sentido por el hecho de que lo hubieran sentado frente a ella en la cena.

—Es listo, eso se lo concedo —siguió diciendo O'Brien, hablando desde detrás de su taza de café—. Pero la máscara no cae. Se comporta como si fuera un verdadero creyente. Si yo fuera un miembro de la élite como el coronel Cho Sang-ho... con acceso a divisas y a viajes al extranjero... estaría tramando la forma de salir.

El ex presidente se levantó para marcharse, y las conversaciones en torno a la mesa se apagaron. La velada había concluido.

Los invitados se mezclaron cerca de la puerta durante unos minutos, mientras todos se despedían y se estrechaban las manos. El coronel Cho se acercó a ella y, para sorpresa de Jenna, dijo:

—Si sus deberes la llevan a Pyongyang, señorita Lee, estaré encantado de ser su guía.

La miró con una extraña sinceridad. Ella suponía que se trataba de una de las galanterías que se decían en ese tipo de ocasiones, pero el comentario tenía una nota nerviosa, ensayada. Le entregó una tarjeta de visita con ambas manos e hizo una leve reverencia.

Jenna la aceptó, también con ambas manos, y logró sonreír.

—Tal vez podría ver algo que no esté en la visita oficial o hablar con gente sin que esté presente el Bowibu —dijo.

Cho le ofreció una pequeña sonrisa dolida que quería decir: «No seamos aguafiestas.»

Jenna le dio su propia tarjeta, en la que simplemente figuraba su nombre, Marianne Lee, y su número de teléfono. Cho se inclinó otra vez y se marchó.

—¿Qué ha sido eso? —Fisk estaba a su lado, aflojándose la corbata. Parecía tan derrotado como ella.

Jenna miró el reloj. Eran las diez menos cuarto. Apenas habían tocado el vino en la cena.

—¿Una copa bien cargada en la barra? —dijo.

Fisk sonrió.

—Es lo más bonito que me ha dicho nadie esta noche.

En ese momento, se acercó uno de los hombres del servicio secreto.

—Llamada para usted, señor. —Le pasó un teléfono a Fisk.

El general todavía estaba sonriendo cuando se llevó el teléfono a la oreja. Entonces, lentamente, su sonrisa se apagó y se quedó con la boca abierta.

—Joder... Manténgalo allí... Vamos para allí.

Colgó. Por un momento pareció desconcertado, pero enseguida apareció un rastro de diversión en sus labios.

—Coge tu abrigo. Vamos a la comisaría 71, en Brooklyn. —Se volvió hacia Jenna con un brillo de excitación en los ojos—. ¿Quieres una oportunidad para reclutar a tu primer activo?

En cuanto Jenna y Fisk entraron en la sala, el hombre se levantó de un salto.

—¡No pueden detenerme! Soy diplomático ante las Naciones Unidas.

Tenía unos cuarenta años, era alto, con un rostro demacrado y ojos negros como el carbón de mirada inteligente. Una extraña verruga asomaba en su mejilla izquierda, con el aspecto de un pequeño escarabajo.

—Buenas noches, primer secretario Ma —dijo Jenna—. Es libre de irse, pero es importante, por su bien, que hablemos primero. Siéntese, por favor. Sólo será un momento.

Fisk la había informado en el coche, y el agente del FBI acababa de mostrarles las bolsitas con las pruebas. Jenna ocupó la silla situada frente a Ma. Fisk se quedó apoyado en la pared, como mostrando que no iba a participar. A pesar de que la noche era fría, el ambiente del despacho del comisario estaba insoportablemente cargado. Un ventilador eléctrico alborotaba el cabello de Ma. El fluorescente parpadeaba. Jenna se quitó el abrigo y observó que Ma miraba su vestido de cóctel y sus joyas como si se tratara de una broma ofensiva.

—¿Quién es usted? ¿Es de la CIA?

—Trabajo para el gobierno federal en asuntos de inteligencia.

—Esta conversación ha terminado. —Ma se movió para levantarse.

Jenna cambió al dialecto norcoreano, pero no utilizó ningún registro honorífico.

—Siéntese, joder.

Ma se quedó helado por la sorpresa, como si acabaran de abofetearlo. Sus ojos se movieron lentamente de Jenna a Fisk y otra vez a ella. Se sentó.

Ella continuó con calma y volvió a pasar al inglés.

—Saldrá de aquí con su dinero. Puede informar a Pyongyang de que su transacción de hoy ha ido sobre ruedas...

Pensó en el hombre de la gabardina al que acababa de ver en la zona de recepción de la comisaría, interrogando al agente de guardia. Un conocido reportero de sucesos de un diario sensacionalista.

—No saldrá ni una palabra de todo esto en los periódicos. Siempre y cuando quede clara una cosa... —Acercó la cara a la de él desde el otro lado del escritorio—. Ahora trabaja para nosotros.

Jenna observó atentamente la reacción de Ma. Los hombros se le hundieron, pero no mostró ninguna señal de cálculo en los ojos, nada que indicara que estuviera sopesando los riesgos, más bien una aceptación lúgubre, enojada, una especie de resignación, como un hombre en la flor de la vida al que le diagnostican una enfermedad terminal.

Jenna pronunció las siguientes palabras con cautela.

—Por supuesto, será remunerado. Abriremos una cuenta de depósito secreta...

Ma empezó a decir que no con la cabeza y Jenna entendió que lo que parecía una tos era de hecho una risa seca, carente de alegría.

—No tiene ni idea, ¿verdad? —dijo él, sosteniéndole la mirada—. Soy de un lugar en el que todos somos observados. Todos. Pyongyang tenía como mínimo un par de ojos observándome en ese aparcamiento esta noche. —Como si pretendiera burlarse de ella, él también acercó la cara—. Ya saben que estoy aquí. Y también que la CIA habrá aprovechado la oportunidad. —Sus ojos oscuros chispearon—. ¿Y sabe lo que significa eso, zorra estúpida? —Levantó la voz—. ¡Significa que estoy acabado! ¡Muerto!

Cogió el abrigo del respaldo de la silla y se marchó, dando un portazo al salir.

Jenna no se movió. Sentía que le temblaban ligeramente las manos.

Durante unos segundos, la sala permaneció en silencio, salvo por el zumbido del ventilador. Entonces Fisk dijo:

—Ha visto el farol.

De repente, Jenna se levantó y abrió la puerta. Los dos agentes del FBI estaban esperando fuera con el sargento de guardia.

—El caso es todo suyo —dijo.

—¿Y el otro tipo?

—Acúsenlo. —Jenna buscó su chaqueta.

—¿Y los medios?

—Creo que hay un periodista en el vestíbulo.

19

Hotel Roosevelt, 45, calle Cuarenta y cinco Este, Nueva York

El ambiente durante el desayuno era de celebración. Incluso el comisario político Yi parecía haber abandonado su vigilancia y ya no olisqueaba el aire en busca de trazas de heterodoxia. Todos habían felicitado a Cho la noche anterior, satisfechos de trabajar con él y contentos de que el brillo de su gloria se reflejara en ellos. Uno de los diplomáticos habló incluso de la condecoración que probablemente iba a recibir —la medalla Kim Jong-il o la Orden al Esfuerzo Heroico como mínimo—, ante lo cual Cho, levantando las manos y riendo, se mostró decorosamente modesto. El embajador Shin había dejado un mensaje en recepción en el que le comunicaba que, por desgracia, ni él ni el primer secretario Ma podían acompañarlos ese día al aeropuerto. Esperaba que perdonaran ese incumplimiento del protocolo y les deseaba un buen viaje de regreso a casa.

«Al infierno con ellos», pensó Cho. Pronto iba a disfrutar de un recibimiento con guirnaldas.

Cuando ya estaban terminándose el café, les informaron de que su chófer había llegado y de que un botones estaba cargando su equipaje en el monovolumen Toyota.

En la tienda de recuerdos del vestíbulo, Cho había comprado un pequeño termómetro metido en una reproducción de un rascacielos con las palabras «EMPIRE STATE BUILDING» en la base, una caja de caramelos variados y una camiseta de talla infantil del equipo de baloncesto de los Knicks de Nueva York. Todos esos regalos eran para Libros. Compraría perfume para su mujer en el aeropuerto, o tal vez una pulsera que ella podría mostrar discretamente a sus amigas. Estaba convencido de que, dadas las circunstancias, los comisarios políticos no pondrían pegas a que se llevara esos artículos a Pyongyang.

El monovolumen arrancó y Cho bajó la ventanilla. Los cláxones de los taxis, el humo del tráfico, el aroma a café y a *bagels* recién hechos... Con cuánta facilidad se había acostumbrado a los sonidos y los olores de una mañana neoyorquina. Echaría de menos esas cosas en casa. Había llovido durante la noche y las calles parecían barnizadas y brillantes. Masas de nubes que se desplazaban con rapidez causaban un efecto casi teatral y ponían de relieve los inmensos edificios, que reflejaban sus arcos de luz y sombra. Todos ellos y todo lo que los rodeaba parecían sumidos en una especie de superrealidad. Era mágico, una ilusión que se veía realzada más aún por las luces minúsculas y las decoraciones que habían aparecido por doquier en escaparates, restaurantes y vestíbulos como por un decreto repentino. Cho nunca había visto un árbol de Navidad.

«América.»

Qué falsa había sido la imagen que tenía de ella. De hecho, era lo contrario de todo lo que había pensado. Siempre se había considerado demasiado astuto para dejarse llevar por la propaganda. Ahora veía cuán profundamente estaba alojada en su psique, desde los dibujos animados antiimperialistas que veía de niño hasta su curso de inglés en la Universidad Kim Il-sung.

«Matamos americanos. Estamos matando americanos. Vamos a matar americanos...»

Todo lo que creía saber de Estados Unidos lo había aprendido de las fábulas escritas por el Partido. Ninguna de ellas coincidía con su experiencia, ninguna describía la realidad emocionante, vibrante y desordenada de una ciudad estadounidense.

Pensó en la mujer que se había sentado frente a él en la cena de esa noche, Marianne Lee. Y, una vez más, sintió una inquietud que no podía explicar. Sus labios en el borde de la copa de vino; la forma en que lo observaba, con una mezcla de burla, curiosidad y vulnerabilidad; sus hombros descubiertos... Era innegablemente hermosa. ¿Era eso lo que le molestaba? ¿Desearla? Era un pensamiento desleal, y no sólo con respecto a su esposa. El Líder se enorgullecía mucho de la pureza de la raza. La sangre extranjera, la sangre mezclada, era una mácula. Y aun así... no se sentía tan culpable como cabía esperar. ¿Le había dicho su nombre coreano? No estaba seguro. ¿Soo-min? No... Ésa era la hermana. Cho negó con la cabeza, ensimismado. Era una locura que pensara que su hermana estuviera viviendo en su país. Y parecía creerlo de verdad. Medio coreana, medio afroamericana... Extraordinario.

La velada también había dado otros giros extraños. El rostro se le nubló. Nunca había oído hablar del Campo 22, aunque no dudaba de su existencia. Simplemente sabía que era mejor no conocerlo. Pero ¿qué demonios insinuaba esa mujer? Y el general Fisk, susurrándole al oído lo de los cohetes. «¿Con qué piensan armarlos?» La capacidad de su país para poner un satélite en órbita sin duda tenía que haberlos alarmado. Era una demostración de su ingreso en la liga de las naciones técnicamente avanzadas.

Se puso a canturrear, tamborileando con los dedos en el reposabrazos de su asiento, mientras los dos diplomáticos subalternos y los comisarios políticos hablaban entre ellos en los asientos de delante. El semáforo se puso rojo en un gran cruce y el monovolumen se detuvo al lado de un taxi con la ventanilla del conductor bajada. El amarillo de los taxis parecía inusualmente brillante aquel día, un amarillo colza. El taxista ajustó su asiento, se rascó la nuca y desplegó el *New York Daily News* en el volante. Cho inclinó la cabeza para leer el titular.

POLICÍA FEDERAL DETIENE A UN DIPLOMÁTICO NORCOREANO
POR UN ASUNTO DE DROGAS

Cho no recordó nada más del resto del trayecto al aeropuerto. En cuanto el monovolumen llegó a la terminal, corrió a un quiosco, compró el *New York Daily News* y se alejó sin esperar el cambio. Pasó las páginas hasta que encontró el artículo.

Las autoridades afirman que un diplomático norcoreano delegado en las Naciones Unidas estaba traficando con narcóticos.

El primer secretario Ma Jae-kwon, de 41 años, fue detenido por agentes federales en Brooklyn después de ser hallado en posesión de drogas por un valor estimado en la calle de

2 millones de dólares. El alijo, al parecer, iba a ser entregado a una conocida banda criminal. Los federales, que tenían a algunos miembros de la banda bajo vigilancia, se sorprendieron al ver que el suministrador era un diplomático.

Ma se ha acogido a la inmunidad diplomática y se ha negado a cooperar, pero su contacto en la banda, Omar Calixto Fernández, de 32 años, ha reconocido haber recibido un paquete que contenía cristal de metanfetamina. Se cree que la droga, también conocida como «cristal» o «meta», fue introducida de contrabando en el JFK en una valija diplomática norcoreana.

Las páginas resbalaron de las manos de Cho. Miró a su alrededor, tratando de respirar y calmarse, pero de pronto sus pies parecían flotar y las luces de la sala de embarque eran como focos que lo cegaban. Todo cuanto lo rodeaba empezó a desdibujarse y girar.

—¿Coronel? —Uno de los diplomáticos subalternos estaba junto a él, mirándolo alarmado—. Se ha puesto muy pálido.

20

Oficina Regional del Ministerio de Seguridad
del Estado (Bowibu)
Hyesan, provincia de Ryanggang, Corea del Norte

Los fluorescentes del techo zumbaron y emitieron una luz amarilla brillante antes de atenuarse otra vez. El hombre que iba delante de la señora Moon tenía un desagradable forúnculo en el cuello. Lo llamaron al mostrador. Ella era la siguiente de la fila.

Había pasado tres veces por delante del edificio. Era una edificación moderna, achaparrada y gris, de tres plantas, sin ningún distintivo en el exterior, ninguna pista de la organización que lo ocupaba. Sin embargo, la señora Moon estaba segura de que no había nadie en Hyesan que no supiera lo que era ese edificio. El sargento Jang había conseguido averiguar el nombre del agente que había efectuado la detención, pero su valor no llegaba más lejos. La señora Moon estaba a punto de pasar una cuarta vez por delante cuando notó que las miradas de los guardias de la puerta la seguían. Tomó aire y entró, antes de que el temor pudiera con ella.

Los dos tenientes que estaban detrás del mostrador principal aparentaron no verla durante más de diez minutos. Ella trató de calmarse descansando la mirada en la única nota de color disponible —un retrato de cuerpo entero del Gran Líder en la cima del monte Paektu, con los faldones del abrigo levantándose por detrás y un brazo alzado señalando al amanecer— y pensó en Tae-hyon, al que había dejado durmiendo en la cama por la mañana. Si su marido llegaba a saber dónde estaba ella en ese momento, le daba un ataque. Con una punzada de arrepentimiento, se dio cuenta de lo poco que él participaba en sus decisiones últimamente. Un marido sin trabajo era tan útil como una farola a la luz del día. La señora Moon estaba ya lamentando haberse tomado una segunda taza de té con el desayuno, cuando uno de los hombres la llamó haciendo un gesto impaciente con un dedo.

Ella se acercó, sintiendo que se le aguaban las tripas.

—Quiero hablar con el inspector Kim.

—Hay cinco inspectores Kim —dijo el hombre sin levantar la mirada. Estaba limpiando algo con un trapo húmedo, la tinta coagulada de un sello de goma.

—El inspector Kim que hizo las detenciones por las biblias esta semana.

El hombre levantó bruscamente la cabeza.

—¿Tiene una cita?

—Tengo información.

Los ojos del hombre no se apartaron del rostro de la señora Moon cuando levantó el auricular del teléfono. Entonces marcó un número de tres dígitos y bajó la cabeza para que ella no pudiera oírle.

—Sígame —dijo.

El inspector Kim pasó las hojas del documento de identidad de la señora Moon sin mostrar mucho interés. La mitad del espacio de su estrecho despacho estaba ocupada por una hilera de relucientes archivadores. En su mesa había un teléfono con botones en lugar de dial, y una especie de televisor con algo parecido a un teclado. Aparte de eso, el único mobiliario del despacho era una silla metálica, en la que el inspector no le ofreció sentarse, y los retratos de Padre e Hijo.

—¿Qué sabes de esas biblias, abuela? —preguntó, lanzando su documento de identidad a la mesa.

Era un hombre bajo, bruto, de cuarenta y tantos años, con ojos pequeños y oscuros y la piel del color blancuzco de un gusano. Llevaba un uniforme marrón nuevo y hecho a medida. El cinturón de su revólver olía a cuero fresco.

—Nada, inspector. Sólo que detuvo a Rizos, la señora Ong, quiero decir. Es comerciante en nuestro mercado de la estación. Fue un golpe terrible para nosotras... quiero decir para mí y todas las mujeres, cuando nos enteramos de que estaba mezclada en semejante asunto. Los niños de la calle nos contaron lo que ocurrió...

El inspector Kim la silenció con una palma levantada. Parecía cansado.

—*Kotchebi*... —la corrigió, levantándose—. Esos niños son todo ojos y oídos. Lástima que no trabajen todos para mí.

Abrió un cajón en uno de los archivadores y levantó un expediente.

—Ong Sol-joo... —dijo, estudiándolo.

La señora Moon atisbó lo que parecía una hoja de cargos con una foto de frente y otra de perfil de Rizos. Llevaba su pañuelo puesto.

—También conocida como «Rizos». Cristiana. Miembro activo de un elemento subversivo criminal, una iglesia doméstica. Acusada de distribuir literatura sediciosa. Una hija, Sun-i, doce años. Huyó durante la detención. Todavía sin noticias... —Se recostó en la silla y abrió su libreta. Tenía el bolígrafo preparado. Estaba mirando a la señora Moon—. Adelante.

Sus ojos eran tan inexpresivos que la asustaron, como si estuvieran observándola a través de un depósito de agua estancada. No había en ellos ni el menor rastro de amabilidad.

—He venido a... —De repente, sintió que hacía calor en la habitación. Las palabras que había preparado se volvieron piedras en su boca.

El inspector Kim dejó el bolígrafo y se masajeó los ojos con los nudillos.

—Mira, abuela, pensaba que hoy podría tomar un poco el aire de la montaña y que una de esas bellezas de las termas me frotaría la espalda. Y en vez de eso he tenido que quedarme toda la noche de guardia y ahora estoy con otra campesina vieja que se está pensando a quién denunciar a cambio de unos cuantos cupones de comida extra. —Levantó la voz—. ¡¿Sabes dónde está la hija de esa perra o no?!

La señora Moon lo miró. En algún cuarto al fondo del pasillo sonaban los teléfonos y las operadoras transferían las llamadas.

Ah, sí, podía imaginarlo interrogando a Rizos en una celda, abofeteándola. Aquel cabrón inclemente y desalmado con manos de estrangulador...

La señora Moon echó la cabeza ligeramente hacia atrás. Su voz sonó fría.

—He venido a pedir la puesta en libertad de Ong Sol-joo.

Los ojos inexpresivos cobraron vida por un momento. Después de una breve pausa, el inspector cerró el expediente.

—¿Qué relación tienes con ella?

—Es una buena amiga y una buena socialista.

—¿Nada más? —Se recostó en su silla. Su cinturón de cuero crujió—. ¿O también has adoptado su religión?

—No, señor, quiero responder por su excelente carácter y pedirle que la deje en libertad.

Una expresión de aburrimiento había aparecido ahora en los labios del inspector.

—¿Y has traído una orden de puesta en libertad firmada por el camarada Kim Jong-il en persona? ¿O vas a decirme que es inocente y que se ha producido un terrible malentendido? Llegas un poco tarde. —Puso la palma de la mano en el expediente y soltó un susurro risueño—. Ha confesado. Ni siquiera hemos tenido que mostrarle los instrumentos.

—Enmendará su error.

—Largo de aquí, vieja. —Levantó la documentación de la señora Moon y se la lanzó al pecho. Las hojas cayeron al suelo—. Tienes suerte de que esté deseando irme a casa.

A la señora Moon le dolieron las articulaciones cuando se agachó a recoger su documentación. Justo en aquel instante, recordó la imagen del retrato del vestíbulo.

—¿Alguna vez ha visto al Gran Líder, inspector? —dijo, enderezándose—. Yo estuve en su presencia en una ocasión. Fue como mirar al sol.

El inspector Kim la miró desconcertado. La señora Moon no apartó la mirada.

—La mañana que visitó nuestra granja vinieron obreros desde muy lejos para verlo. Nos sentamos en el campo como niños, éramos centenares. Y cuando él habló sentí que hablaba sólo para mí, como si lo supiera todo de mí. Tenía un aura de gran... —tomó aire mientras elegía la palabra— dignidad. —Su voz se endureció—. Así que recuerde a quién representa.

La cautela brilló en los ojos del inspector antes de apagarse otra vez. No era prudente interrumpir un panegírico a Kim Il-sung.

—¿Sabe lo que decían los maestros de mi escuela? —La señora Moon sonrió y toda su cara se arrugó—. Nadie en la historia es más grande que Kim Il-sung. Ni Buda en bondad ni Cristo en amor ni Confucio en virtud...

Mientras decía esto, las manos de la señora Moon se desplazaron lentamente al cinturón del dinero que llevaba en el delantal. Siguió sin apartar la mirada del inspector Kim.

—Inspector, ¿no cree que un corazón tan grande como el suyo podría perdonar la locura de una mujer joven? —Empezó a abrir con cautela el cinturón-monedero. Los ojos del inspector se hipnotizaron por el movimiento de su mano—. No puede pensar que sus penosos delirios puedan hacer daño a nuestra Revolución...

—¿Qué estás haciendo, abuela?

—Le estoy mostrando cuánto lamenta Rizos su error. Cada día se nos recuerda que el Gran Líder está siempre con nosotros. En su clemencia... ¿no cree que la perdonaría?

La señora Moon extendió el brazo hacia el escritorio y abrió el puño. Los ojos de Kim brillaron cuando el rollo de billetes cayó de su mano. Billetes rojos de cien yuanes unidos con una goma elástica. Uno de los ojos y la verruga de la barbilla de Mao rodaron cara arriba, hasta que el rollo se detuvo. Fue como si una luz se hubiera encendido en el rostro del inspector Kim: sus rasgos de repente estaban brillantes y alerta. Se levantó y casi tiró su silla, caminó cinco pasos más allá de la señora Moon, hasta la puerta, y gritó en el pasillo:

—¡Que venga el sargento de guardia! —Se volvió hacia ella—. Deberías haberte ido cuando tenías oportunidad, vieja. Ahora...

La expresión del inspector cambió súbitamente. De pronto, parecía un hombre zafio, un tanto simple incluso. Al fin y al cabo, la señora Moon estaba tratando con un ser humano.

En el escritorio había un segundo rollo idéntico, y luego un tercero, y un cuarto. Finalmente, la señora Moon sacó una gran bolsa de plástico transparente llena de un polvo blanco cristalizado —cientos de gramos de *bingdu* que valían casi tanto como el efectivo— y la colocó al lado del dinero. Los ojos de Kim pasaron de los rollos de dinero a la bolsa. Se quedó boquiabierto, como si no diera crédito a lo que estaba ocurriendo y se preguntara quién era aquella mujer. Lentamente, cerró la puerta con llave, regresó a su silla y se sentó. Posó las manos en la mesa y contempló el soborno. Después de lo que pareció un minuto entero, levantó la cabeza y miró a la señora Moon.

21

O Street, Georgetown, Washington D.C.

El día anterior a Acción de Gracias, Jenna se levantó temprano para salir a correr, a pesar de que había llegado muy tarde de Nueva York, pasada ya la medianoche. Empezó a trotar a lo largo del camino junto al canal, sumido en la penumbra del amanecer, decidida a apartar de su mente al coronel Cho Sang-ho, al primer secretario Ma y toda esa maldita noche.

Si hubiera confiado en su instinto, habría deducido de inmediato que lo que le había contado la señora Ishido era cierto, y que todo lo que le había contado Cho era falso. El coronel era un simple funcionario, el rostro de un cartel de propaganda, un subordinado que seguía el guión del régimen. Su arrogancia era exasperante, y, sin embargo, estaba segura de que ni siquiera se hallaba en posición de averiguar nada sobre Soo-min. Jenna se dio cuenta de que estaba tan centrada en olvidarlo que no podía parar de pensar en él. Alargó la zancada hasta esprintar, satisfecha de su fortaleza, de la pura potencia física que le daba el entrenamiento. Nunca se había sentido tan en forma. Estaba acelerando el ritmo, llevando el cuerpo a su máxima velocidad, cuando de pronto sonó su teléfono. Jenna frenó y se detuvo. Jadeando, se soltó el teléfono del brazo, miró la pantalla y tuvo una repentina premonición. El número tenía el prefijo 82, Corea del Sur.

Tardó un momento en comprender de qué le estaba hablando la lejana voz al otro extremo de la línea. Un hombre le explicaba que era agente del Servicio de Inteligencia de Corea del Sur, en Seúl. La llamaba por su solicitud al Ministerio de Justicia, en la que pedía permiso para hablar con un preso de categoría A llamado Sin Gwang-su, que permanecía recluido en el penal de máxima seguridad de Pohang.

Jenna se quedó paralizada. En las cinco semanas transcurridas desde que había iniciado su formación, eso había quedado aparcado en un rincón de su mente. Había enviado aquella solicitud hacía más de un mes, poco después de su reunión con la señora Ishido, en Ginebra.

—¿Es consciente de quién es el prisionero? —preguntó el hombre.

Un agente norcoreano capturado que se mantenía en aislamiento.

—Sí, soy consciente.

Una larga pausa al otro extremo. Jenna calculó qué hora sería allí. Tarde, casi de noche.

—Me temo que no podemos concederle su petición, a menos que existan motivos de peso... ¿Puedo preguntarle cuál es su interés en este prisionero?

Jenna se volvió a mirar el agua negra del canal y su lenta oscilación, y vio la figura de Soo-min reflejada en ella.

—Creo que secuestró a mi hermana.

La llamada terminó con una promesa del agente: remitiría la cuestión a sus superiores. Sonó bastante escéptico y evasivo. Jenna se sentó en un banco y hundió la cara entre las manos. No le hacía ninguna falta un golpe así aquella mañana.

Jenna se acostó una noche suave y clara de otoño. Al despertar a la mañana siguiente, en el día de Acción de Gracias, ya era invierno. Las hojas de su arce estaban cubiertas de hielo; el suelo, duro como el diamante y centelleante. A través de la ventana de la cocina, *Cat* la observó desde lo alto de la pared del patio y bostezó. Las voces de la radio trinaban y reían hablando del frente frío que barría Virginia. La nieve estaba en camino.

Se preparó café, encendió el portátil y vio, en lo alto de su bandeja de entrada, un mensaje de correo del Servicio Penitenciario de Corea del Sur. Se le aceleró el pulso.

Su comunicación con el penal de máxima seguridad de Pohang había sido programada para el día siguiente a las 13.00 h. Terminaría de manera automática al cabo de quince minutos, o inmediatamente después de que se infringiera alguna de las reglas. A continuación, había una lista de temas de los que no se podía hablar con un prisionero de categoría A, entre ellos los explosivos o cualquier cosa de naturaleza lasciva o sexualmente explícita.

Las 13.00 h en Corea del Sur, mañana... «Eso será exactamente a las doce de la noche en Washington, hoy.»

De pronto, Jenna se sintió paralizada por el pánico al pensar en el individuo con el que iba a hablar. La abrumó tal sensación de vértigo que se quedó sentada sin moverse, respirando lentamente durante varios minutos hasta que se le pasó.

Llevaba tiempo temiendo la llegada del día de Acción de Gracias. Después de pasar varias semanas encerrada en el pequeño universo de la Granja, un encuentro familiar como aquél le parecía aterrador. Para ella sería una dura prueba. Miró a *Cat*, que todavía la observaba desde la pared del patio. ¿Cómo iba a sobrevivir a aquel día?

El olor de pavo asado se extendía por la pequeña cocina del apartamento. Por encima de los vítores y el ritmo del desfile de Macy's en la tele del salón, llegó el ladridito de la risa de su madre, seguido por el bajo aterciopelado de la de su tío y el tintineo de las copas.

Un chisporroteo grave se elevaba desde el horno. Jenna se secó las manos y releyó las instrucciones de la salsa. De hecho, ocuparse de cosas prácticas la había calmado. Había restaurado su sentido de la disciplina y le había dado algo en lo que ocupar la mente, y se dio cuenta de que en realidad estaba contenta de tener compañía y de poder desconectar un poco. A medida que había ido avanzando la mañana, mientras untaba el pavo con mantequilla y lo rellenaba, mientras cortaba las patatas y hacía el puré, había logrado dejar de lado sus pensamientos sobre la llamada telefónica de aquella medianoche, y la oleada de terror que había sentido ya era tan sólo un goteo de ansiedad.

Un parloteo de voces juveniles sonó en el patio: eran sus primos, que volvían de la carrera del pavo. Del negro ensortijado de sus cabellos salía vapor. Los dos hijos adolescentes de Cedric y

Maya entraron dejando tras ellos una estela de aire helado y el olor del sudor masculino.

—Qué pasa, tía Han.

Se sirvieron platos calientes. El tío Cedric descorchó una botella de vino y los chicos ocuparon sus asientos, hablando entre ellos por encima del zumbido del cuchillo eléctrico.

—Había un tío vestido de coronel Sanders. Llevaba el pollo de goma debajo del brazo...

—¿Ya estamos todos? —dijo Han en coreano, mirando por la ventana—. Pensaba que había oído un coche.

Jenna vio que había estado en la peluquería y que lucía una blusa nueva color carmesí. Se había pintado los labios del mismo color, y llevaba adornos de oro y joyas de perlas que le daban el aspecto de una extravagante decoración navideña. Era lastimosamente evidente que había alentado la esperanza de que si Jenna se ofrecía a hacer de anfitriona era para sorprenderlos con la presentación de un novio.

—Estamos todos, *omma*, y hoy hablamos en inglés.

Después de bendecir la mesa guiados por Han, todos se desearon un feliz día de Acción de Gracias. El tío Cedric le preguntó a Jenna qué había de nuevo en su vida: una red de camuflaje, sospechó ella, para la pregunta sobre el novio. La tía Maya le preguntó por su nuevo trabajo.

—Estoy... trabajando para el gobierno.

—Suena secreto y emocionante.

«Es emocionante», pensó Jenna con una sonrisa. Su trabajo sobre el laboratorio secreto había llegado al informe diario del presidente: era lo primero que leía con el café de la mañana. Después, la mente de Jenna se centró en la brutalidad de la Granja y en su encuentro con el primer secretario Ma —cuyo destino casi con certeza había sellado—, y su sonrisa se desvaneció.

Los chicos se comieron el pastel mirando el partido, y Jenna insistió en que todos se relajaran mientras ella recogía. Estaba llenando el lavaplatos cuando oyó que la puerta de la cocina se cerraba a su espalda. Han estaba frente a ella, apoyada en la puerta cerrada.

—¿Qué pasa? —preguntó su madre con una calma tensa.

Sus joyas brillaban y su rostro estaba parcialmente en la sombra, lo cual le daba cierto aire de melodrama.

—No pasa nada. —Jenna empezó a limpiar la encimera—. Ha sido un día maravilloso.

—Has bebido mucho vino, y eso no es propio de ti, y estás distante. Es como hablar con alguien que no está ahí.

—Sólo estoy un poco cansada —dijo, molesta. El sexto sentido de Han se estaba afinando con los años.

Su madre negó con una breve pero brusca sacudida de cabeza.

—Esto tiene algo que ver con Soo-min.

—No. —Jenna se esforzó por no apartar la mirada, pero su rostro la traicionó y la expresión de su madre se lo confirmó.

—Tengo razón. —Han no se había movido de donde estaba. Su voz sonó como un trueno distante sobre el océano—. ¿Por qué no puedes dejar que el alma de tu hermana descanse en paz?

—*Omma* —dijo Jenna, sabiendo que estaba siendo cruel—. Todos creímos esa historia del ahogamiento, pero ahora me estoy acercando a la verdad.

Por un instante, los ojos de Han centellearon, ofendidos. Luego se llenaron de lágrimas.

—Oh, vamos, *omma*... —Jenna sacó un pañuelo de papel y le secó los ojos a su madre. Se abrazó a aquella figura regordeta, su mamá, cuyas lágrimas olían a fresias y a alpinias—. Lo siento. —Y se echó a llorar también ella.

Después, cuando en la calle empezaron a caer grandes y sigilosos copos de nieve y el apartamento quedó en silencio y a oscuras, *Cat* se escabulló entre las sombras y Jenna se sentó en el sofá, mirando el teléfono que descansaba en la mesita.

El reloj de la sala de estar avanzaba inclemente hacia la medianoche. Medianoche en Washington, la una del mediodía en Corea del Sur. Sólo faltaba un minuto. Las luces del apartamento estaban apagadas, pero el brillo difuso del reflejo de las farolas en la nieve invadía el salón. Los copos se arremolinaban en un torbellino y luego se amontonaban en el patio, desde donde parecían contribuir a amortiguar su miedo, dejándola fría y con un sentimiento parecido al odio.

El minutero alcanzó la medianoche. Casi como un autómata, Jenna cogió el teléfono para hacer la llamada, y estaba ya a punto de marcar cuando un largo tono le hizo dar un salto. Procedía del portátil que tenía detrás. Se levantó y lo miró como si algo sobrenatural se estuviera materializando en su escritorio.

¿Una llamada por Skype?

Y fue entonces cuando recordó que había incluido su dirección de Skype en la petición a los surcoreanos.

Sonó dos veces, tres veces. Jenna se sentó ante el escritorio y respondió.

Hubo una algarabía de ruido y crujidos, de voces masculinas hablando, y apareció una cara demasiado cerca de la pantalla. La cabeza afeitada parecía monstruosa bajo aquella luz gris amarillenta. Al cabo de un segundo, su propia cámara se conectó y el rostro del hombre se fijó en el suyo. Sus ojos tenían una franqueza feroz. La boca hizo una mueca, mostrando sus caninos. Detrás de él podía verse un guardia de prisión sentado, hablando con otro que no aparecía en el encuadre.

—¿Quién eres? —dijo la cara, muy cerca, con la boca llenando la pantalla. La violencia crepitaba en torno a él como electricidad estática—. ¿Qué quieres de mí? —Tenía un fuerte acento del Norte.

A Jenna se le secó la garganta. Abrió la boca, pero se había quedado sin palabras.

—No hace falta que te escondas en las sombras —dijo él—. Enciende una luz.

Jenna se estiró lentamente, encendió la lámpara del escritorio y la colocó en ángulo para que le iluminara la cara.

Entonces el hombre entrecerró los ojos un momento y una expresión de confusión se extendió sobre su rostro, como si se hubiera producido algún extraño error. El reconocimiento brilló en sus ojos.

Jenna asintió y notó que sus dedos se clavaban en el asiento de la silla.

—¿Me ves ahora?

22

Estación de tren de Hyesan
Provincia de Ryanggang, Corea del Norte

Uno de los *kotchebi* de Kyu llegó con las anémonas que había pedido la señora Moon. Ella las arregló en una botella de cerveza y las colocó en el centro de una mesa rodeada de clientes, luego se echó atrás para admirarlas: rosa brillante con estambres naranjas, todo un estallido de color.

Kyu, que observaba la escena desde su puesto elevado encima de los sacos de arroz, echó la cabeza hacia atrás para exhalar una pausada bocanada de humo blanco. En un valle distante, una bocina de tren tocó una nota de barcaza funeraria. Apenas era media tarde y ya estaba oscuro.

El soborno al Bowibu había arruinado a la cooperativa. A las mujeres les quedaba muy poco dinero, lo cual haría la vida un poco más precaria durante un tiempo, y, sin embargo, el buen humor se había extendido entre ellas. Contaban historias que las hacían temblar de risa. Explicaban chistes sobre sus maridos que sólo las mujeres podían hacer. Después, Kyu iría a buscar a Sun-i a su escondite en la planta embotelladora. Iban a devolverles a Rizos aquella misma noche. Las flores eran para ella.

Rizos se hallaba en un campo de detención del Bowibu en las afueras de Hyesan. El rostro de Kyu se había oscurecido cuando la señora Moon se lo contó.

—Es donde meten a la gente que pillan huyendo a China —explicó el muchacho—. Una semana en ese sitio... y nadie vuelve a intentarlo.

Al extenderse la noticia de la inminente puesta en libertad de Rizos, la gente había empezado a saludar a la señora Moon con marcado respeto. Los rumores corrían por todas partes. Uno decía que una mujer del mercado había pedido favores a hombres poderosos de Pyongyang; otro, que tenía parientes millonarios en Japón o conexiones con las tríadas chinas, a las que hasta el mismísimo Bowibu temía. La señora Moon comprendió asombrada que esos rumores se referían a ella.

Durante el resto del día, hubo tanto trabajo en la Barbacoa de Moon que no tuvo que pensar en nada que no fuera cocinar y servir. Sólo el incesante ajetreo evitó que mirara el reloj de la estación a cada momento y que buscara el rostro de Rizos en el andén. Empezó a soplar un viento cortante del este desde las montañas de Changbai. La señora Moon tenía las articulaciones de las rodillas inflamadas y los dedos entumecidos, pero como siempre rechazó el ofrecimiento de la pipa de *bingdu* de Kyu.

Cuando la Abuela Whiskey, cuyo rostro era un pimpollo amarillo envuelto en bufandas, anunció que el gas para el hornillo se estaba agotando, la señora Moon se ató su arnés a la espalda y le dijo a Kyu que iba a la ciudad a comprar una bombona.

—Cuando llegue Rizos, la pones al lado del brasero y le das de cenar.

Al salir del mercado, la señora Moon miró otra vez el reloj de la estación.

23

O Street, Georgetown, Washington D.C.

Jenna observó que la confusión en el rostro del hombre se tornaba en incredulidad. Miró con rapidez por encima del hombro a los dos guardias que hablaban detrás de él, luego buscó a tientas unos cascos y los conectó.

—Pero... estás llamando desde Estados Unidos, ¿no? —dijo el hombre.

—Sí.

—¿Cómo?

Jenna centró toda su energía en presentar una expresión calmada. Notaba el pulso disparado en su garganta.

—No puedo hablar de eso. Lo entiendes, ¿no?

El hombre cerró los ojos y asintió.

—Entiendo.

La arrogancia del agente se había evaporado, y Jenna vio que era mayor de lo que le había parecido al principio. En los primeros momentos, la agresividad de sus rasgos había impedido que Jenna comprendiera que tenía al menos sesenta años.

La conversación se interrumpió. Jenna sintió pánico otra vez, y su mente buscó algo que decir sin delatarse. Los ojos estrechos del norcoreano estaban observándola, y de pronto Jenna recordó un truco de periodistas. «No digas nada. Deja que él llene los silencios.»

—Perdóname —dijo él, forzando una sonrisa nerviosa—. Soy un poco brusco. Pensaba que serías otra periodista entrometida...

—La señal de Skype se cortó un segundo o dos—. Si hubiera sabido que eras tú...

El hombre hizo una pequeña reverencia, de manera que ella vio la parte superior de su cráneo como de duende. Jenna sintió que la cabeza le daba vueltas, pero siguió sin decir nada. No tenía ni idea de cómo acabaría todo aquello. El hombre se llevó un puño al pecho.

—Soy leal hasta la muerte... —La señal se cortó otra vez y el rostro del agente norcoreano se congeló en la pantalla en una mueca de desafío—. Quiero que lo sepas. Estos cabrones me ofrecieron un trato —dijo en voz alta e inclinando la cabeza, de manera que los guardias pudieran oírlo—. No les di nada.

Jenna negó con la cabeza, empezando a disfrutar de su papel. Se maravillaba del poder que la confusión le estaba dando.

—Si nos has traicionado... No creas que estás a salvo en una prisión.

Los ojos del hombre brillaron con orgullo herido. Jenna vio que su interlocutor no temía a la muerte. Tenía que seguir arriesgando, improvisar.

—He sentido curiosidad por ti durante mucho tiempo, Sin Gwang-su.

—¿Por mí?

La señal se cortó y el rostro se congeló de nuevo, esta vez en una expresión de sorpresa. El retraso en reconectar fue más largo en esta ocasión, cuatro o cinco segundos, y el latido del corazón de Jenna se aceleró.

—Tengo una deuda de gratitud contigo... Por lo que hiciste al sacarme de esa playa. Es por ti que tengo un propósito, que tengo orgullo. —Hizo hincapié en las palabras, con la esperanza de darles un significado que no tenían—. Pareces sorprendido.

Sin Gwang-su negó con la cabeza, lleno de admiración.

—Tú... te resististe a nuestras enseñanzas con tanta firmeza... No aceptabas órdenes. Yo... perdóname. Por favor, perdóname. Sé que tuvimos nuestras diferencias... —Volvió a hacer una reverencia, para mostrar su respeto—. Estoy muy impresionado. No siempre es fácil cambiar a alguien con la Verdad.

Jenna sintió que la adrenalina fluía a través de ella. Sintió que se abría un camino.

—Entonces... no sabías que me fui... del centro.

—Sabía que te transfirieron a la Sección 915.

Los receptores del cerebro de Jenna echaban chispas. El esfuerzo por disimular su excitación era agotador. Consiguió negar con la cabeza suavemente, como si recordara.

—La Sección 915...

Sin Gwang-su soltó una risa nerviosa.

—El Programa Semilla no era un proyecto que alguien como yo llegara a comprender, ¿sabes?

—Las chicas de la 915 somos un grupo exclusivo...

—Te ganaste tus privilegios...

La señal se cortó otra vez, congelando una expresión de temor en el rostro de Sin Gwang-su durante dos, tres segundos. La señal regresó.

—... te ha mostrado un gran favor —murmuró con solemnidad.

Jenna sintió que empezaba a temblar y supo que no podría mantener la compostura un segundo más.

—Él te hizo una de las...

La señal se apagó y la pantalla se puso oscura. Jenna esperó un minuto, notando que sudaba como si hubiera hecho una larga carrera, pero la señal no volvió.

Cerró la tapa del portátil. De repente, se levantó de la silla, agarrándose la cabeza con las manos.

Todos sus pensamientos eran confusos y dispersos, como una baraja de cartas lanzada al aire. Abrió el ventanal y salió, desesperada por enfriar el incendio en su mente con el aire helado. Levantó la cabeza y respiró hondo. Los copos de nieve se fundían en su rostro. ¿Cómo era posible sentir tales extremos de emoción al mismo tiempo? Nunca había experimentado tanto horror y emoción, tanta esperanza y desesperación.

«¿Qué demonios es el Programa Semilla?»

En la distancia, en otra habitación, su teléfono estaba sonando. Jenna no le hizo caso, pero después de una pausa sonó otra vez y corrió a responder.

—Te recogeré mañana a las siete —dijo Fisk.

—¿Adónde vamos?

—El director de la CIA quiere vernos.

24

Aeropuerto de Hyesan
Provincia de Ryanggang, Corea del Norte

Empezaba a caer la tarde cuando la señora Moon llegó al almacén en el otro extremo de la ciudad. Normalmente, su contacto sacaba rodando la bombona de gas cuando su jefe no miraba, y ella le ponía el dinero en el bolsillo, pero, por alguna razón, aquel día el almacén estaba desatendido. Entonces le llamó la atención la luz de un foco que barría las nubes desde algún lugar situado detrás del edificio: el aeropuerto.

Pensó que el lejano ruido de arrastre que se oía se parecía mucho al del río después de llover en la montaña, hasta que recordó que aquel lugar quedaba muy lejos del río. Se volvió para escudriñar la oscuridad de la carretera que conducía a la ciudad, y se dio cuenta de que se trataba de los murmullos y susurros de una gran masa de gente. Remitía y crecía de nuevo, y entonces lo vio: se aproximaba una multitud, escoltada por soldados. Cuando se acercaron más, la señora Moon distinguió distintos grupos de personas: obreros de la fábrica con monos de color índigo, brigadas de construcción con sus cascos, funcionarios con sus trajes Mao, chicos de la Juventud Socialista con sus uniformes... Minúsculos y ennegrecidos *kotchebi* corrían y daban vueltas alrededor de la multitud. La señora Moon se ajustó el cinturón-monedero y se aseguró de que lo tenía bien escondido y con la cremallera cerrada.

¿Qué estaba pasando? Durante unos minutos, vio pasar a la inmensa muchedumbre. Madres con niños, vendedores del mercado, trabajadores del ferrocarril... Entonces localizó entre la multitud a la señora Lee y a la Abuela Whiskey y... ¡también a Kyu! ¿Quién estaba vigilando la cantina?

Pasó un grupo de mujeres elegantes con sus largos *chima jeogori*, camareras de algún restaurante de mandos del Partido, que se abrían paso a empujones por la carretera, con sus caras empolvadas rígidas como máscaras.

Poco después, un soldado enfocó a la señora Moon con su linterna y le hizo un gesto impaciente para que se uniera a la multitud. Se encontró en el mismo rebaño que todos los demás, moviéndose entre un enjambre de cuerpos que se volvía más denso a cada minuto que pasaba. Iban todos como el ganado, hacia el aeropuerto. Voces apagadas soltaban tacos y maldecían. Era como si los soldados hubieran hecho una redada con toda la gente que iban encontrando por las calles, como si hubieran vaciado de trabajadores todas las fábricas, tiendas y oficinas.

Un joven soldado señalaba hacia delante con la culata de su rifle.

—¿Qué está ocurriendo? —preguntó la señora Moon.

—Es un juicio popular.

Unos pocos centenares de metros más allá, entre las cabezas de la multitud, la señora Moon vio el edificio de una sola planta del aeropuerto, con su torre baja y un retrato sonriente del Gran Líder, y la pista, llena de viejos aviones de hélice. Había un todoterreno militar verde parado en medio de la pista de aterrizaje con dos focos enormes montados en el techo. El movimiento se frenó y la multitud se convirtió en una melé inmóvil al llegar a un cordón policial que mandaba a la gente distribuirse a lo largo del lateral de la pista, pero llegaban más todavía, varios miles de personas, de manera que la masa de espectadores repartida por los márgenes de la pista alcanzaba hasta doce filas de profundidad. Habían llevado a todo Hyesan. Los más pequeños —Jóvenes Pioneros con sus pañuelos rojos y *kotchebi* andrajosos— se escabullían para pasar a ocupar posiciones en las primeras filas.

Caía la noche como una nube de ceniza. La única iluminación procedía de los focos montados en el todoterreno y de una pequeña luz eléctrica encima del retrato del Gran Líder. Una tensión extraña, siniestra, recorría la multitud. Los nervios y el miedo se mezclaban con una anticipada sensación de horror, como si estuviera a punto de empezar una macabra función. Entonces, en la oscuridad, a la derecha, al fondo de la pista, se encendieron dos faros de color ámbar. Un camión, que sin duda había estado esperando allí a que todo se organizara, comenzó a aproximarse a marcha lenta. Al acercarse más a la luz, la señora Moon vio que en la parte de atrás iban guardias con cascos y ametralladoras, pero estaba demasiado oscuro para divisar a los prisioneros a través de los listones de madera. Las ruedas rebotaron en una grieta del asfalto y se oyó un tintineo de cadenas en el interior. El camión se detuvo en el punto donde confluían los haces de luz de los dos grandes focos.

La portezuela trasera se abrió y los guardias saltaron al suelo. Corrieron hasta la parte de atrás del edificio del aeropuerto y emergieron empujando una plataforma de madera larga y pesada. Un murmullo se elevó de la multitud, como la respiración de una bestia poderosa. La plataforma tenía una fila de ocho postes, de la altura aproximada de una persona, distribuidos a distancias regulares. Los guardias maniobraron con la plataforma hasta situarla en ángulo recto con la pista, de manera que quedó a la izquierda de la multitud y de cara al camión.

Sacaron al primer prisionero, un adolescente que se había orinado en los pantalones. Tenía los tobillos encadenados y una tela sucia le tapaba los ojos. Estaba temblando levemente. Se alzaron unos pocos vítores, pero la mayor parte de la gente permaneció en silencio, y la señora Moon vio que muchos miraban a otro lado. Al chico lo siguió una mujer que tendría la misma edad que ella y que sin duda trabajaba de obrera en alguna fábrica, y luego un joven y una mujer con ropa de buena calidad que la señora Moon supuso que eran marido y mujer. Las mejillas del marido estaban surcadas de lágrimas, y el rostro de la mujer, al menos lo que la señora Moon podía ver de él, amoratado de miedo. Por alguna razón, le pareció sorprendente que llevaran su propia ropa y no uniformes de prisionero. Después vino una mujer joven y delgada con un pañuelo en la cabeza, y un soldado joven al que le habían arrancado los galones del uniforme.

Los condujeron en fila hacia la plataforma de madera, arrastrando sus cadenas en el asfalto. Los últimos dos prisioneros eran hombres jóvenes con la ropa desgarrada y los ojos vendados, y la señora Moon vio que sus caras estaban ennegrecidas e hinchadas por los golpes. Uno de ellos tropezó y cayó, dos guardias lo recogieron y cargaron con él. Las cadenas y las puntas de sus pies se arrastraban por el asfalto.

Una vez en la plataforma, ataron a cada prisionero a un poste por la cabeza, el pecho y la cintura. A continuación, les ataron las manos y los pies detrás del poste. Toda la operación se completó de forma rápida y sincronizada. Los guardias se colocaron entonces delante de los prisioneros y les metieron algo en la boca: una especie de cepo metálico que les abría las mandíbulas y les impedía pronunciar palabra. Justo en ese momento los haces de los focos barrieron por completo la plataforma, iluminando aquella truculenta visión. Ocho condenados, atados a postes de madera como reses, con las bocas convertidas en grotescos agujeros en sus rostros.

Bajo las luces brillantes, el amarillo del pañuelo de la mujer joven brilló como un girasol, y la señora Moon sintió que se le helaba la sangre.

Sin pensar en lo que estaba haciendo, embistió a la multitud, empujando, golpeando, retorciéndose para llegar a la primera fila. Un solo pensamiento la llevaba a seguir adelante: se había cometido un terrible error y tenía que subsanarlo antes de que fuera demasiado tarde. Enseguida estuvo a un brazo de distancia de la parte delantera de la multitud, pero dos soldados, cuyas espaldas formaban una pared impenetrable de caqui y cuero, le bloquearon el paso. Con un impulso violento, la señora Moon los empujó a un lado y los hizo caer entre la gente, a izquierda y derecha. Se alzaron gritos a su alrededor.

—¡Ve con cuidado, perra!

Sintió que alguien la agarraba del codo, pero ella se liberó. Por fin llegó al borde de la pista de aterrizaje, donde los pioneros y los *kotchebi* estaban sentados con las piernas cruzadas. La conmoción llamó la atención de los muchachos, y uno de ellos se levantó del suelo justo delante de la señora Moon y la detuvo con una mano. Era Kyu. Sus ojos de chamán estaban mirando a los suyos con ferocidad.

—No podemos hacer nada —susurró.

La señora Moon miró con horror, primero a Kyu y luego a la plataforma.

—Oh, Sun-i... —susurró.

La cara de Rizos no traslucía ninguna emoción; tenía la piel blanca como la leche, con una marca amoratada en la mejilla. Los guardias que estaban detrás de los prisioneros les quitaron las vendas de los ojos al unísono, como si se tratara de una coreografía ensayada. Los prisioneros pestañearon, cegados por el brillo. Entonces, con un efecto teatral que la señora Moon reconoció como algo intencionado, la pequeña luz eléctrica que iluminaba el retrato del Gran Líder se apagó y la multitud ahogó un grito. El rostro de Dios quedó velado; más allá de los focos, la oscuridad se hizo completa.

La señora Moon había estado tan obsesionada con la visión de Rizos en la plataforma que no se había fijado en la fila de funcionarios del tribunal, vestidos con togas negras, que ahora se levantaron y miraron hacia la multitud. Se colocó un micrófono delante de los jueces, y un orador del Partido con una guerrera marrón subió a la plataforma. Permaneció inmóvil hasta que la multitud guardó silencio. Lentamente, empezó a leer los nombres de los condenados; su voz sonaba metálica al filtrarse por el sistema de sonido montado en el todoterreno.

—Estos hombres y mujeres que tenéis ante vosotros están acusados de conspirar para formar una facción criminal antisocialista, de distribuir literatura sediciosa y de traición en primer grado. Han confesado todos y cada uno de sus crímenes...

Señaló a los condenados, pero continuó mirando a la multitud. Era un hombre pequeño, de expresión dura, con una boca grande y una voz ronca.

—Estos acusados, estos criminales, todos ellos corruptos y de mentes enfermas, han conspirado para minar nuestra Revolución al practicar su maligna religión...

Se oyeron algunas exclamaciones de rabia entre la muchedumbre.

—Han conspirado egoístamente para extender un pernicioso veneno entre vosotros, el glorioso y puro pueblo de Kim Il-sung...

En la plataforma, los ojos del chico adolescente empezaron a ponerse en blanco. Su boca abierta salivaba como si estuviera sufriendo un ataque.

—Han dado la espalda a las enseñanzas y al amor de nuestro Líder... —El orador meneó lastimosamente la cabeza—. Se han recreado en su egoísmo, en su ingratitud...

Ante la brusca potencia de aquella voz, la multitud pareció agitarse y balancearse como si fuera un único organismo, e, igual que si el cielo se hubiera cubierto de un velo de nubes, la señora Moon notó que el ánimo de la gente se oscurecía.

—Tan infectados están por la enfermedad extranjera de sus creencias... creencias completamente ajenas a nuestra forma de vida —la voz del orador empezó a elevarse—, que ninguno de ellos, ¡ninguno de ellos, ciudadanos!, ha renunciado al cáncer de su fe cuando se les ofreció la benevolente clemencia de Kim Il-sung.

Un murmullo amenazador se extendió entre la multitud, acompañado de suspiros y jadeos de rabia. Alguien al fondo gritó.

—¡Fusiladlos como a perros!

—Estos hombres y mujeres están más allá de la reeducación. Están más allá de la redención. —Abrió los brazos—. ¡Camaradas! ¡Hermanos y hermanas! Cuando encontramos cáncer en un cuerpo, ¿acaso no lo extirpamos?

El murmullo se hizo más alto y los niños de delante prorrumpieron en un delirio de aplausos.

—¿No actuamos con firmeza, sin vacilar, antes de que se extienda?

—¡Sí, sí, sí! —respondió el griterío.

—¿No actuamos de la única manera que podemos, a la manera coreana, con rapidez coreana?

—¡Fusiladlos! ¡Fusiladlos!

El orador levantó las palmas de las manos con una expresión solemne en el rostro.

—Oigo la justicia que vosotros, el pueblo, exigís. El Partido obedece la voluntad de las masas, porque el Partido y las masas son uno.

Se elevó un aplauso creciente a su alrededor.

—En el nombre del Partido, la sentencia es: ¡muerte por fusilamiento!

Los vítores fueron ensordecedores y la señora Moon sintió náuseas. La multitud era presa de un éxtasis de venganza. Y, más adelante, lo sabía, nadie reconocería a las bestias rugientes en las que se habían convertido en aquellos instantes de enajenación.

Un pelotón de fusilamiento de tres soldados se agrupó mecánicamente delante del primer prisionero, el chico adolescente. Los soldados levantaron los fusiles. De la boca del muchacho emergió una especie de borboteo; miraba a la multitud con un terror animal en los ojos desnudos.

El traqueteo de los disparos —pam, pam, pam— resonó en el edificio del aeropuerto y provocó más aplausos entusiastas. El cuerpo del chico se contorsionó y se sacudió.

En algún sitio había un niño llorando. Los más pequeños se estaban escondiendo en los pliegues de las ropas de sus padres, pero las caras de los *kotchebi* sentados en el asfalto permanecían ansiosas, fascinadas, pendientes de cada detalle.

—Venga, *ajumma*, vámonos —dijo Kyu.

Pero la señora Moon se negaba a moverse. No pensaba mirar la siguiente ejecución ni la otra. Percibía en su visión periférica la luz del poderoso foco, que se desplazaba de un prisionero al siguiente a medida que el pelotón los iba ejecutando. Ella, en cambio, se obligó a mirar a Rizos con los ojos bien abiertos, a proyectar un rayo de amor hacia ella. Y, para su sorpresa, a la luz brillante de los focos, pudo ver que los ojos de Rizos estaban en calma y no mostraban ningún signo de terror, ni siquiera con aquel obsceno artilugio en la boca. Su respiración, una nube de vapor blanco en el aire frío, era firme.

Después, la señora Moon sería consciente de que lo había imaginado, pero, por unos instantes, como si fuera posible leer las palabras en los ojos de alguien, le pareció que lo entendía. Y, aunque la señora Moon no había pensado en esas palabras en décadas, todavía las reconocía.

«Aunque pase por un valle tenebroso, ningún mal temeré...»

El pelotón de fusilamiento se situó delante de Rizos y cargó otra vez, y los ojos de la joven adoptaron una expresión de profunda paz.

«...Tú preparas ante mí una mesa frente a mis adversarios; unges con óleo mi cabeza.»

Rizos observaba a los soldados, sosteniéndoles la mirada.

«Dicha y gracia me acompañarán todos los días de mi vida...»
Se oyó gritar una orden; los rifles se levantaron.
«...y habitaré en la casa del Señor por siem...»
Los disparos resonaron en el aire claro de la noche y las rodillas de la señora Moon ya no pudieron sostenerla más.

25

La «Ciudad Prohibida», complejo de élite
del Partido de los Trabajadores
Distrito de Joong-gu, Pyongyang, Corea del Norte

Cho llegó a casa el 25 de noviembre, al atardecer. Sólo había estado fuera cinco días, pero tenía la sensación de que había pasado mucho más tiempo. Abrió la puerta y encontró su apartamento en silencio y a oscuras. «Qué extraño», pensó mientras se quitaba los zapatos y llevaba su equipaje al recibidor. Todavía le zumbaban los oídos con la *Canción del general Kim Jong-il* que había interpretado la banda a los pies de la escalinata del avión. Invitado a pronunciar unas palabras por el comité de bienvenida, Cho había alabado la ayuda inspiradora del Líder de Todos los Pueblos Socialistas y había posado para las fotografías de rigor. Pese a aquella recepción, propia de un héroe, no podía sacudirse el viejo temor que sentía siempre que al regresar a casa encontraba el piso vacío. Fue hasta el salón, notando una mezcla de olores de comida. En ese momento percibió un leve susurro en la oscuridad y pulsó el interruptor de la pared.

Al encenderse las luces estalló la ovación.

Su esposa, su hijo y sus padres formaban un pequeño coro delante del armario lacado. Se les habían unido algunos de los vecinos del complejo: dos hombres del Comité Central y sus esposas. Todos reían como niños por la broma y aplaudían. Un gran cartel pegado al aparador decía «BIENVENIDO A CASA, *APPA*» en la caligrafía infantil de su hijo. Libros enseguida se adelantó y levantó el brazo haciendo el saludo de los Pioneros. Cho se agachó para abrazarlo y, por unos instantes, pudo hundir su rostro en el abrazo de su hijo, respirar el cálido olor de su piel, sin tener que mirar a los demás. Su mujer y su madre se habían acercado también, con los rostros radiantes de orgullo, tratando de abrazarlo y plantearle preguntas al mismo tiempo.

—*Appa*, ¿cómo son? —preguntó Libros.

—¿Los yanquis? —Cho se quitó la gorra de oficial y la puso en la cabeza del niño—. Como en las películas.

—¿Olían mal?

El padre de Cho, que tenía el pelo canoso, se acercó a él arrastrando los pies.

—¿Cómo podías sentirte a salvo en un sitio como ése? Estábamos preocupados.

El corazón de Cho era un pantano de emociones. En el largo vuelo desde Nueva York, dormir, incluso el más fugaz de los descansos, le había resultado imposible. Durante trece horas su mente se había llenado de sombríos pensamientos. En el tramo final, de Pekín a Pyongyang, en el Tupolev oxidado que apestaba a letrinas y a combustible, los diplomáticos subalternos y los comisarios políticos habían empezado a refrescarse y a peinarse, preparándose para la recepción de bienvenida, mientras él apoyaba la cabeza en la ventanilla de la cabina, mirando la cordillera de montañas blancas, afiladas como dientes, y los barrancos de sombras abisales. No les había dicho nada del artículo del *New York Daily News*. El primer secretario Ma sería llamado a Pyongyang para afrontar su destino, probablemente al día siguiente. Ya era un paria, ya había dejado de existir.

Cho sujetó las manos frágiles de sus padres, sonriéndoles con aire ausente, e hizo una reverencia a su esposa. Su padre lucía sus medallas de veterano. Las mujeres llevaban las caras empolvadas y maquilladas; se habían vestido con sus largos y coloridos *chima jeogori*, que normalmente reservaban para el cumpleaños del Líder. La mujer de Cho pareció leer algo en su mirada y su sonrisa desapareció.

—Sang-ho —dijo en voz baja, tomándolo del brazo—. Ven a ver los regalos.

Se lo llevó lejos de los reunidos, a la habitación de al lado.

213

En la mesa del comedor había seis o siete ramos de flores, una cesta de fruta, donde incluso había piñas y plátanos, una caja de distintos tipos de carne enlatada, un televisor de pantalla plana chino en su embalaje y dos cajas de madera, una de vinos de Burdeos y otra de coñac Hennessy Black, su favorito. El ramo más sorprendente estaba formado en su totalidad por kimjongilias de color rojo sangre. Cho abrió la tarjeta.

Para el respetado camarada Cho Sang-ho, quien habló por nuestro país en el verdadero espíritu del socialismo y la revolución.

De sus agradecidos colegas
en el Ministerio de Asuntos Exteriores

—Los vinos son del Comité Central del Partido... —dijo su esposa.

—¡Y la tele es del Politburó! —gritó Libros, tirando de la manga de Cho—. ¿Podemos abrirla?

—Espera, lo mejor está por llegar —dijo una voz atronadora desde el pasillo.

Yong-ho entró en la habitación con su gorra y su gabán entre los vítores de los demás. Su rostro se abrió en una enorme sonrisa para su hermano. Dio un paso adelante para abrazar a Cho, cuyos brazos se mantuvieron flácidos como los de un maniquí.

—Hermano menor, debes prepararte —dijo, apretando los hombros de Cho.

Cho ni siquiera lo miraba, pero su hermano no pareció reparar en ello. Encaró a Cho hacia la ventana, abrió las cortinas y señaló a alguien con la mano.

Abajo, se encendieron las luces. En el centro del patio, aparcado entre los gingkos, había un sedán Mercedes Benz plateado con las ventanillas tintadas. La tapicería aún tenía las cubiertas de plástico. Un chófer uniformado enfocó con la linterna a la matrícula de tres dígitos 2★16.

Cho acercó la cabeza. Los coches con esa fecha en particular como número de matrícula eran escasos. Dieciséis de febrero, el día de la Estrella Brillante, el cumpleaños del Amado Líder.

—De...

—... ¡el gran hombre en persona! —gritó Yong-ho, dando otro violento apretón al hombro de Cho—. ¡Ningún control se atreverá a parar ese coche! Las chicas del tráfico cerrarán las calles para dejarte pasar.

La familia y los vecinos habían seguido a Yong-ho al comedor y empezaron a aplaudir y reír otra vez, irradiando pura felicidad por Cho. Él sonrió como un bobo y se rascó la nuca, sintiendo el peso de las nuevas expectativas como un yugo.

Mientras las mujeres retiraban los regalos de la mesa y empezaban a poner platos de *banchan* y copas para cenar, Yong-ho repartió paquetes de cigarrillos entre los hombres: Marlboro americano. Además de su hermano y su padre, estaban los dos vecinos con sus uniformes marrones del Comité Central —ambos de mediana edad— y otro hombre en el que Cho se fijó por primera vez, un extranjero que permanecía en un rincón del salón, separado de los demás: una figura diminuta vestida con traje de lino para climas tropicales. Tenía los ojos un tanto más redondos y piel color resina, y llevaba el pelo blanco muy corto, exponiendo un cráneo irregular, con algunas manchas del sol. Cho captó su atención y el hombre hizo una reverencia con una sonrisa.

Yong-ho se llevó una mano a la frente.

—Estoy olvidando mis modales. Hermano menor, espero que no te importe que haya invitado a mi socio. El señor Thein es un consejero industrial de Birmania. Será nuestro vecino en el complejo durante unos meses.

«¿Un extranjero en la Ciudad Prohibida?»

El hombre estrechó la mano del coronel durante el más fugaz de los momentos, y Cho atisbó la serpiente tatuada que se enrollaba en su muñeca, con su cabeza azul asomando debajo de los gemelos.

—Felicidades por su triunfo —dijo el hombre en un inglés con mucho acento.

Yong-ho sirvió *soju* en vasitos para todos los hombres.

—Mi hermano menor, un héroe de la Revolución —dijo, levantando su vaso—. *Man-sae!*

—*Man-sae!* —gritaron y brindaron todos.

Cho se lo bebió de un trago y adelantó el vaso para que se lo rellenaran. Todos le sonreían, deseosos de oír sus experiencias. Se tomó el segundo vasito, tratando de reunir un poco de valor, pero su mente permaneció lamentablemente sobria. Se obligó a sonreír y llamó otra vez a las mujeres a la sala.

Durante la siguiente media hora, y para entretenimiento de los invitados, contó su noche en Manhattan y el ardid de los yanquis al llevarlo al Club 21. Exageró grotescamente la indumentaria inmodesta de sus anfitriones y su hábito de comer como los perros, los modales indignos del ex presidente y la capitulación servil y cobarde de Chris O'Brien. Describió la tez rosada del delegado y lo imitó aturullándose y alisándose y realisándose el cabello rubio con nerviosismo, mientras protestaba con su voz estrangulada. La sala se convirtió en un vendaval de risas.

—¡Rubio trigueño! —gritó Libros, riendo.

—Pero todo fue mérito de nuestro incomparable Líder —dijo Cho, provocando asentimientos de admiración a su alrededor—. Supo cómo engañar a esos yanquis. Yo sólo fui su mensajero.

Mientras hablaba no dejó de fijarse en el pequeño birmano, el señor Thein, que miraba por toda la habitación, con su sonrisa amarilla encendiéndose y apagándose como la luz de un faro mientras los invitados exclamaban y reían con la historia de Cho.

Cuando terminó su relato, todos brindaron otra vez y Cho se dio cuenta de que había omitido a cierta estadounidense de su historia. La mujer cuyo rostro no dejaba de aparecérsele en el cielo púrpura del anochecer, a través de la ventana del avión. «¿Le gusta Nueva York, coronel?»

En la cena, las mujeres sirvieron sopa de trucha y *mandu* picante. Las maquilladas esposas de los dos hombres del Comité Central sonreían con recato, hablaban poco y comían poco, como mujeres *kisaeng* imperiales, pensó Cho, sufriendo estoicamente la charla alimentada por el *soju* de los hombres y el velo nocivo del humo de los cigarrillos que flotaba sobre la mesa. Su mujer condujo a Libros a lo largo de la mesa para que se despidiera con una reverencia de cada uno de los invitados y les diera las buenas noches, pero, cuando el niño fue a inclinarse ante su abuelo, el anciano estaba tan concentrado en una pregunta que le estaba planteando a Yong-ho que ni siquiera se dio cuenta de la presencia de su nieto. Cho sintió al momento que algo iba mal.

En los ojos de su padre, bajo aquellas pobladas cejas de pelos blancos, Cho percibió miedo.

Yong-ho tenía el cuello abierto y la cara colorada y brillante de sudor. Estaba casi borracho.

—No —dijo en voz alta, estirándose para tirar su ceniza en un plato de *banchan* en el que todavía quedaban pepinillos—, pero lo anunciarán cualquier día. Más malditas formalidades que aclarar. La cuestión ha subido a esos raritos del DOO...

Cho lo miró, consternado. El torrente de resentimientos no formulados que había estado albergando hacia su hermano se concentró de repente en una sola garra de miedo. ¿El nombramiento de Yong-ho aún no se había anunciado? ¿La investigación del historial de su familia real todavía no se había cerrado? Casi se había olvidado de eso. ¿Y por qué las cosas habían llegado al Departamento de Organización y Orientación? Una gota de sudor frío le resbaló por la espalda. El Bowibu, como cualquier otro órgano del Estado, incluso el ejército, rendía cuentas ante el Departamento de Organización y Orientación, el turbio cuerpo a través del cual el Amado Líder ejercía su poder. Si las cosas habían llegado a ese nivel, había surgido alguna cuestión que estaba más allá del juicio del Bowibu... Observó a Yong-ho soltar una risita cómplice ante algún comentario obsceno que uno de los hombres del Comité Central le susurraba al oído.

Comprenderlo fue como un golpe en la nuca para Cho.

«Hay un problema en nuestro historial familiar.»

Sintió que palidecía. «La cuestión ha pasado al Departamento de Organización y Orientación porque Yong-ho es uno de los Admitidos y no se le puede tocar sin permiso de las más altas instancias...»

Cho se miró las manos. Las tenía pegajosas y adormecidas, como si le hubieran cortado los tendones. Apenas podía sostener los palillos. Tuvo la sensación de que estaba a punto de derrumbarse, como un hombre que ha ido al médico con una indigestión y le dicen que tiene cáncer de estómago. Los Admitidos eran la élite de la élite: nadie podía considerarse uno de ellos hasta que el Líder hubiera solicitado conocerlo en privado y hubiese pasado más de veinte minutos hablando con él a puerta cerrada. Y el Bowibu nunca habría referido el asunto al Líder en persona a menos que hubieran descubierto un problema extremadamente serio y estuvieran muy muy seguros de su versión...

Una boca se abría y se cerraba con restos de pescado grasiento en la lengua. Cho tardó un segundo en darse cuenta de que uno de los hombres del Comité Central estaba hablando con él. Haciendo un gran esfuerzo, se obligó a simular interés y a escuchar. Pero pronto aguzó el oído. El hombre estaba comentándole con total naturalidad que el apartamento de debajo del de Cho había quedado vacío; el mando del Partido que vivía allí había sido sentenciado a seis meses de reeducación a base de trabajos forzados en la montaña, junto con su familia. El señor Thein estaba viviendo allí temporalmente, idea de Yong-ho. El hombre del Comité se limpió la boca con el dorso de la mano y soltó un eructo por lo bajo.

Durante el resto de la cena, Cho habló poco y se dedicó a perseguir trozos de pescado y *kimchi* en su cuenco. Se sentía ansioso e inquieto, pero tenía que sonreír y aparentar que disfrutaba de su brillante triunfo. Sólo su mujer se dio cuenta de que algo iba mal. Cuando todo el mundo hubo terminado de comer, anunció que su marido estaba exhausto después del largo vuelo y que necesitaba descansar antes de presentar su informe al día siguiente. Los invitados se despidieron, y todos fueron marchándose. Sus padres dieron las buenas noches y lo abrazaron y felicitaron otra vez, y los hombres del Comité Central y sus mujeres hicieron lo mismo.

Sin embargo, antes de que el peculiar invitado de Yong-ho se marchara, Cho le preguntó en inglés:

—Tengo curiosidad por saber a qué industria se dedica, señor Thein.

La sonrisa se encendió otra vez. Puso la misma cara que si le hubieran planteado un enigma intrigante.

—Asesoro a su gobierno sobre productos de consumo sintéticos, podría decir.

—¿Por casualidad alguno de esos productos de consumo no será cristal de metanfetamina? —Se volvió hacia Yong-ho—. Aquí lo llamamos *bingdu*, ¿no?

La afabilidad desapareció del rostro del señor Thein. Su expresión se convirtió en algo más frío. Todo fingimiento había desaparecido.

Yong-ho intervino, con voz grave y furiosa.

—¿Qué demonios te pasa?

—Sácalo de mi casa —dijo Cho con calma—. Tú y yo tenemos que hablar.

26

Cuartel General de la CIA
1000 Colonial Farm Road, Langley, Virginia

Aún no había amanecido cuando Fisk recogió a Jenna y la llevó a Langley por calles silenciosas. Cualquier observador desinteresado habría encontrado a Fisk tan calmado y tranquilo como de costumbre, pero Jenna lo conocía bien e identificó algunas señales de nerviosismo: una leve irritabilidad en sus movimientos; un corte en la mejilla al afeitarse demasiado deprisa... El director había convocado a Fisk a una reunión a las ocho en punto de la mañana el día después de Acción de Gracias, y eso significaba que se encontraba en una situación delicada.

En el aparcamiento subterráneo del Original Headquarters Building, un miembro del servicio de seguridad del director los esperaba junto al ascensor privado. Subieron con él en silencio hasta el séptimo piso y, una vez allí, los escoltaron a través de una planta desierta. El sol empezaba a encaramarse a las copas de los árboles, proyectando haces de luz dorada sobre la moqueta.

En el despacho de paredes de cristal del fondo, el director estaba sentado trabajando en mangas de camisa.

—¿Cómo se lo explico al Congreso, Charles? —dijo en voz alta, levantándose y rodeando el escritorio cuando los vio acercarse. Fulminó con la mirada a Fisk desde detrás de sus pobladas cejas, apuntándolo con su gran nariz—. El loco de Kim lanza un ataque contra Corea del Sur, un buen aliado de Estados Unidos, en una clara estrategia para recibir más ayudas... —alzó la voz hasta casi gritar— ¿y le funciona?

Abrió los brazos y empezó a pasear en torno al escritorio. A Jenna le pareció que se volvía más y más italiano a medida que se iba enfadando. Le cayó bien.

—Y esto ocurre sólo semanas después de una prueba con misiles intercontinentales de la que tampoco sabíamos nada. —Se dio un golpe en la mano con el papel del informe—. ¿No hubo rumores antes de ese ataque?

—No, señor —contestó Fisk—, nada.

—¿Ni una brisa? ¿Un susurro?

Fisk bajó la mirada, como un escolar.

—Dirán que nos han pillado otra vez echando la siesta; sin embargo, tenemos el descaro de justificar un presupuesto mayor que el de la NASA.

El director se detuvo un momento, de espaldas a ellos, mirando el cielo azul dorado a través de un cristal laminado.

—El presidente ha enviado el *USS George Washington* al mar Amarillo como exhibición de fuerza, pero quiere combinarlo con alguna misión de paz. El palo y la zanahoria. También pide ideas frescas para abordar a Kim, y no se lo está preguntando precisamente al Departamento de Estado. —El director se volvió y lanzó los papeles a su mesa—. Nos lo pregunta a nosotros.

Fisk empezó a hablar.

—Señor, nos vamos a...

—Específicamente, se lo pregunta a usted, doctora Williams.

—¿A mí?

—Nuestro presidente es un hombre reflexivo y un ávido lector. Parece que su informe sobre el laboratorio secreto de Corea del Norte le impresionó. Felicidades. Me gustaría tener un borrador de recomendaciones al final del día.

Simms permitió a Jenna usar su despacho, una de cuyas paredes era una enorme pizarra blanca cubierta de fotografías y capturas de pantalla conectadas con líneas de rotuladores de colores.

Jenna tenía los dedos en el teclado. Estaba concentrada, con la cabeza despejada. Sentía el zumbido de los nervios, la excitación.

«Ideas frescas, ha dicho...»

Jenna sabía que lo que pretendía decir era radical. Pondría patas arriba décadas de política. En un arrebato de inspiración, escribió:

Igual que muchas dietas para perder peso pueden tener el efecto opuesto a largo plazo, también aislar y castigar a un tirano por su agresión puede empeorar su conducta. No podemos esperar cambiar un régimen aislándolo del cambio...

Jenna expuso sus razonamientos en una prosa sencilla y brillante, a partir de todo lo que había pensado a lo largo de los años sobre Corea del Norte. Trabajó durante todo el día, parando sólo para comer algo de las máquinas expendedoras. Estaba tan absorta que incluso logró dejar a un lado los pensamientos sobre la llamada de Skype de la noche anterior con el secuestrador de su hermana, aunque también eso contribuía a su excitación.

Concluyó con una lista de recomendaciones, consciente de que provocaría más de un arqueo de cejas. Utilizando el *software* de encriptación de la CIA, exclusivo para los archivos de acceso restringido de alto secreto, envió el informe al director y a nadie más. Lo más probable es que acabara tirándolo directamente a la trituradora de documentos.

Algo más la inquietó todo el día, pero sólo al salir del edificio vacío por la tarde recordó lo que era: el director había mencionado algo sobre una misión de paz.

27

La «Ciudad Prohibida», complejo de élite
del Partido de los Trabajadores
Distrito de Joong-gu, Pyongyang, Corea del Norte

Cho cerró la puerta al último invitado y se volvió a mirar a su hermano. Yong-ho tenía la cara roja de rabia y le goteaba como si estuviera sudando alcohol puro.

—El señor Thein era nuestro invitado —soltó Yong-ho, sin lograr controlar del todo la voz, luchando por reprimir un grito—. ¿Se te han pegado los modales de los yanquis? ¿Así le hablas a...?

—Todo ha terminado para nosotros, ¿no?

Yong-ho se detuvo. Abrió y cerró la boca como un pez fuera del agua. Era como si la fría calma de la voz de Cho lo hubiera hecho descarrilar por completo. La rabia se evaporó de su expresión y fue reemplazada por una fatiga desganada. Después de una larga pausa, dijo:

—¿De qué estás hablando?

Cho sirvió dos vasitos de *soju*. Empezaba a sentirse conectado y despierto, aunque ya era casi medianoche. Su cuerpo seguía en la hora de Nueva York. El piso estaba en silencio, salvo por algún crujido del suelo, que empezaba a enfriarse, y aunque mantuvo la voz muy baja, cada palabra fue terriblemente clara.

—Sea cual sea el delito que hayan descubierto en el pasado de nuestra verdadera familia, nuestra sangre lleva la culpa. Tarde o temprano tomarán medidas, y nuestro rango no nos protegerá. Lo sabes.

El temor chispeó en los ojos de su hermano y al apagarse dejó en ellos una expresión vacía y oscura.

—Estás sacando conclusiones precipitadas.

Cho negó con la cabeza muy despacio y le entregó la copa.

—Es probable que no haya ningún juicio. Simplemente nos harán desaparecer.

Cho estaba rompiendo un tabú, y eso lo hacía sentirse extrañamente sereno. Nadie hablaba de la realidad oculta detrás de la fachada del Estado. Para evitar incluso pensar en ello, era necesario mantener dos relatos mentales, uno público y otro secreto: la capacidad de saber e ignorar al mismo tiempo. Cho había hecho eso toda la vida. Era la única forma de reconciliar las contradicciones diarias entre la propaganda y las pruebas que ofrecían los propios ojos, entre la ortodoxia y la clase de pensamientos que podían hacerte aterrizar en el gulag si alguna vez los expresabas en voz alta. El relato secreto nunca se reconocía, porque no había ninguna emoción o idea, ningún aspecto de la vida, pública o privada, que pasaran desapercibidos a la autoridad del Estado. Al Bowibu le bastaba un comentario desleal para detenerte. En ocasiones, una simple mirada.

Cho se volvió hacia la ventana y contempló el Mercedes Benz plateado en el patio —regalo de Kim Jong-il—, envuelto en una penumbra monocroma.

—No creo que detengan a mi mujer. Como hija de una familia heroica, está protegida. *Omma* y *appa* están a salvo, porque no son nuestros padres verdaderos. —Se bebió el *soju* de un solo trago y se estremeció—. Pero tú y yo, hermano mayor... —sintió que se le cerraba el pecho— y mi hijo... estamos en peligro real.

—Se te olvida algo. —Yong-ho se estaba secando la frente con una servilleta de papel; no dejaba de sudar—. La lealtad. El Líder me ha dado las gracias en persona por mi trabajo. Me ha abrazado. —Se llevó la mano al corazón—. ¿Sabes en qué me convierte eso? —La voz le temblaba, pero Cho no sabía si era por orgullo herido o por miedo—. Me convierte en uno de sus hombres de confianza, en uno de sus más leales. Y él valora la lealtad por encima de todo. No nos abandonará por algún error cometido... quién coño sabe cuándo. —Hizo un movimiento con el brazo—. A lo mejor hace generaciones.

Yong-ho se derrumbó contra la pared.

Cho se apoyó en el alféizar de la ventana con los brazos cruzados. Detrás de él, una media luna iba dejando un velo plateado a lo largo de la ciudad.

—Cuanto más cerca de la cúpula se llega, más violenta es la caída. Esto funciona así. Y en cuanto a ese trabajo que has hecho por él... —Cho negó con la cabeza vagamente. Le hacía gracia comprobar que ya casi había olvidado sus agravios contra Yong-ho. Los billetes falsificados. Las drogas en la valija diplomática. Nada de eso parecía importar ya—. Eso podría significar que estamos en una situación aún más peligrosa de lo que podíamos imaginar. Ya sabes lo que dice *appa* de nuestro Amado Líder. Si te alejas demasiado de él, te congelas, si te acercas demasiado, te quemas. Creo que tú, hermano mayor, has estado demasiado cerca.

Por un instante, el silencio flotó entre ellos, hasta que el vasito de cristal se hizo añicos cuando resbaló de la mano de Yong-ho. Su cuerpo pareció perder toda su fuerza y se deslizó por la pared. Doblado en el suelo, con las rodillas pegadas a la cara, parecía un animal derrotado, vulnerable. Su alta y arrogante estatura se había reducido a la nada. Los trocitos de cristal lo rodeaban en el parquet, y Cho lo oyó gemir como si fuera un buey herido. Por primera vez en su vida, estaba viendo llorar a su hermano mayor. Se sentó en el suelo junto a él y puso un brazo en torno a sus hombros para consolarlo, pero el gemido se convirtió en un sollozo plañidero, sólo roto por los jadeos que buscaban aire. El muro defensivo que había levantado a lo largo de toda su vida se estaba resquebrajando y desplomando en el interior de Yong-ho. Cho acercó la cabeza de su hermano a la suya. Lágrimas con aroma de *soju* resbalaron por las mejillas de Yong-ho.

—Siempre he sido leal...

Sus hombros se sacudieron otra vez en un sollozo tan ruidoso que amenazaba con despertar a todos los vecinos del edificio.

Cho se echó el brazo de su hermano en torno al cuello y cargó con todo su peso para levantarlo.

—Vamos a tomar un poco el aire.

• • •

Se sentaron en el Mercedes, debajo de los pinos del Parque de la Colina Moran. Las patrullas de la policía militar pasaban cada cuarto de hora, pero la matrícula 2★16 del coche era un amuleto poderoso. Nadie se acercó a ellos. El aire era limpio y frío por el viento procedente de Manchuria. A la luz de la media luna, Pyong-yang se extendía por debajo de ellos como una ciudad de muertos. Apenas estaba iluminada, salvo por las luces llameantes de cristal rojo de la Torre Juche, al otro lado del río, y por el coloso ilumi-nado de Kim Il-sung en la colina Mansu, con el brazo de bronce señalando a la oscuridad, el destino de la nación. El cielo estrellado se extendía hasta el horizonte. Yong-ho abrió el techo solar unos centímetros para fumar, y Cho contempló el firmamento. La Vía Láctea dejaba una estela brillante en dirección oeste hacia el mar Amarillo, y las ramas de los pinos se adivinaban negras y afiladas.

—¿Recuerdas que veníamos aquí a buscar chicas? —dijo Cho, dando un trago de la botella de *soju* que tenía en el regazo. Se la pasó a Yong-ho.

Años atrás, en sus días en la Juventud Socialista, en verano subían allí con un radiocasete y se sentaban entre las familias que hacían pícnic.

Una sonrisa se dibujó en el rostro de Yong-ho.

—Tú siempre bailabas con la chica más guapa, y yo tenía que hacer turnos con su madre y su abuela.

Se encendieron un cigarrillo, aunque Cho apenas fumaba. Tomó una mano de Yong-ho entre las suyas. Era como si se estu-vieran reuniendo por primera vez desde aquellos días lejanos.

Cho miró la punta brillante de su cigarrillo. Había tanto silen-cio que se podía oír el crujido del papel al arder.

—¿Por qué me dejaste viajar a Nueva York con una valija di-plomática llena de drogas y dólares falsos?

Yong-ho se llevó las manos a la cara.

—Hermano menor...

La vergüenza brotaba de él como un gruñido suave. Pero, en cuanto empezó a hablar, su confesión pareció salvarlo y cobró un impulso propio. Hablaba tan deprisa que a Cho no le daba tiempo a asimilar lo que estaba oyendo. Cada revelación se veía eclipsada por la siguiente, como una exhibición de fuegos artificiales. Los secretos del trabajo de Yong-ho salieron en cascada.

La primera sorpresa fue enterarse de que su hermano era el subdirector del Departamento 39 del Partido; en la práctica, el jefe de la organización más secreta del país y uno de los mandos de más alto rango. Llevaba cuatro años en el cargo e informaba únicamente a Kim Jong-il. Yong-ho miró a Cho, esperando que dijera algo, pero Cho se quedó boquiabierto.

El Departamento 39, explicó Yong-ho, se había creado en los años setenta para gestionar la riqueza personal de Kim Jong-il y para proporcionar una base de poder secreta separada de su padre. El Gran Líder estaba entonces en pleno esplendor, disfrutaba de la generosidad de sus protectores, la Unión Soviética y la China maoísta, y saboreaba el creciente culto a la personalidad que su ambicioso hijo estaba creando para él. El Departamento 39 se encargaba de recoger fondos para costear las extravagancias de ese culto: las estatuas de bronce y oro, los retratos repartidos por todo el país, las palabras grabadas en granito y mármol... Pero también financiaba la construcción de palacios privados para Kim Jong-il, y los coches y relojes de lujo que regalaba para mantener la lealtad de su círculo íntimo.

Yong-ho echó la cabeza hacia atrás para soltar una bocanada de humo a través del techo solar.

—Cuando el Gran Líder murió en el noventa y cuatro, el mundo pensó que nos alejaríamos del viejo bloque comunista y seguiríamos el camino de la historia: liberaliza, moderniza, occidentaliza... Pero el Hijo no tenía esa intención. Adoptó el título de Amado Líder, y entonces fue cuando realmente empezó la locura. La parafernalia de la deificación de su padre se volvió más elaborada que la de la Iglesia ortodoxa, y todos los magros recursos de nuestro país se destinaron al ejército... —Yong-ho negó con la cabeza y un nuevo poso de amargura le invadió la voz—. Nuestros campesinos araban los campos con bueyes y los niños se morían de hambre en las calles, pero ¿qué importancia tenía eso? Disponíamos de armas nucleares y un programa espacial. —Se frotó los ojos—. El mundo nos dio la espalda. Nuestro país se congeló en el tiempo. Nos convertimos en el Estado más aislado de la tierra. Embargos, sanciones... No podíamos recaudar dinero a través del comercio normal, pero, de una forma u otra, teníamos que mantener a un ejército con millones de soldados y comprar los componentes de armas cada vez más sofisticadas.

»Así que las atribuciones del Departamento 39 crecieron drásticamente. Empezamos a invitar a organizaciones criminales a Pyongyang. La *yakuza* de Tokio, la mafia de Taiwán, los traficantes de heroína tailandeses... Necesitábamos su experiencia en narcóticos y falsificaciones. Les dejamos instalar fábricas y laboratorios por todo el territorio. Imagínate. Yo organicé banquetes para esos degenerados en el Gran Salón del Pueblo.

»En los primeros tiempos, nos centramos en el cultivo de heroína, pero las plantaciones de amapola fracasaban en cuanto llegaban los monzones. Una droga sintética como el cristal de metanfetamina, el *bingdu*, resultaba mucho más conveniente y lucrativa. Nosotros proporcionábamos la inversión y la protección, y las mafias se encargaban de producirla con una elevada pureza. Compartían sus beneficios con nosotros, y nosotros nos manteníamos al margen de sus guerras territoriales. En poco tiempo, los adictos al *bingdu* de toda Asia se estaban colocando con una sustancia producida aquí, y el Departamento 39 pasó a dirigir la industria más grande del país, que aportaba miles de millones de dólares al año.

Cho estaba desconcertado. ¿La principal industria de su país era el delito?

De pronto, el interior del coche se llenó de luz. Los faros de un todoterreno que patrullaba la zona se estaban acercando por detrás. Cho estaba ya bastante mareado por el alcohol y apenas se dio cuenta, pero Yong-ho permanecía vigilante y observó al coche patrulla por el retrovisor lateral. El vehículo bajó las luces como si se disculpara, dio marcha atrás y se alejó.

Yong-ho apagó su cigarrillo en el cenicero.

—Por supuesto, aprendimos de las bandas y empezamos a producir nosotros mismos, y no sólo drogas. Exportamos cigarrillos de marca falsos, productos farmacéuticos falsos, Viagra, de todo. Diversificamos el blanqueo de dinero usando compañías comerciales como tapadera en decenas de países... —Una nota de satisfacción se filtró en su voz—. Nuestro Líder estaba orgulloso de nosotros. «¿Por qué una raza pura debería acatar los dictados de un mundo impuro?» Ésas fueron sus palabras. «Todo lo que pueda hacer daño a nuestros enemigos está justificado.»

»Pero exportar esos productos sin que los detectaran no era nada fácil. Así que nuestros diplomáticos se convirtieron en piezas clave. Podíamos pasar los productos de contrabando en bolsas que no se registrarían... y por eso nuestro Líder quería una nueva raza de diplomáticos. «Despiadados, como guerrilleros en las montañas», dijo. Nuestras embajadas se convirtieron en negocios. Recibieron órdenes de ganar dinero vendiendo narcóticos y productos de marca falsificados a las mafias locales... y, por supuesto, también se les pidió que pusieran en circulación nuestros billetes de cien dólares. Ah... —Yong-ho soltó un suspiro melancólico y dio otro sorbo a la botella de *soju*—. En realidad, estoy orgulloso de esos billetes. Los hemos usado para pagar de todo, desde putas hasta componentes para los cohetes.

Su risa emanó vapores de *soju* que llenaron el coche, y Cho se echó a reír también por lo absurdo que le parecía todo. Su bochorno por el incidente a las puertas del restaurante de Manhattan de pronto le pareció ridículo.

—¿Sabes cómo empecé en el Departamento 39? —Yong-ho ya iba lanzado—. Dirigí una operación desde una pomposa oficina en Macao, contratando pólizas de seguro en las principales compañías de Londres, Nueva York y Tokio, ofreciéndoles primas tan elevadas que los cabrones ambiciosos no podían decir que no. Enseguida estuve recolectando millones de dólares en reclamaciones por accidentes fabriles, choques de helicópteros, hundimientos de ferris, explosiones menores... Todo inventado. Todo imposible de verificar porque no dejábamos entrar en el país a sus investigadores. —Sonrió tristemente—. Se dieron cuenta, por supuesto. Pero cuando ya nos habíamos forrado... Hace cinco años, estaba en esa oficina una noche, tarde, metiendo veinticinco millones de dólares en efectivo en mochilas. A la mañana siguiente, se enviaron a Pyongyang como regalo a nuestro Líder por su cumpleaños.

Cho se acordaba de aquello.

—Te envió una carta de agradecimiento firmada de su puño y letra... —Toda la familia se había reunido para leerla, resplandeciendo de orgullo y palmeando el hombro de Yong-ho—. Nos la entregaron con una caja de naranjas...

—...Y un reproductor de DVD y una manta eléctrica.

Cho frunció el ceño. Entonces empezó a reír en silencio.

—¿Eso es lo que recibiste por darle veinticinco millones de dólares?

Yong-ho asintió.

—¿En efectivo?

Su hermano también empezó a reírse. De repente, los dos se estaban riendo con tantas ganas que el coche se agitaba. Rieron hasta que corrieron lágrimas por sus mejillas y les dolió el estómago.

Después se quedaron callados, sumidos en sus propios pensamientos mientras la ciudad empezaba a despertarse ante ellos. Un morado profundo estaba iluminando el cielo y las nubes se incendiaban en el horizonte. El saludo de un día frío y brillante.

Cho se sintió mareado por la sorpresa y el asco. Se dio cuenta de que estaba sonriendo como si lo hubieran engañado con la estafa más extraordinaria, una de esas sonrisas que significan: «No hay quien se lo crea, joder.» Kim Jong-il estaba dirigiendo un chanchullo mafioso y usaba el programa de cohetes para chantajear al mundo. Y él, Cho, formaba parte de una pequeña élite sobornada con baratijas, mientras el resto de la población —sobre la cual, ahora que lo pensaba, sólo tenía la más vaga de las ideas— trabajaba en la oscuridad... ¿Quiénes eran las masas? Sin duda, no eran los trabajadores y campesinos de mejillas rosadas que mostraba la televisión estatal... De repente, tuvo la sensación de estar viendo un paisaje pintado en un lienzo inmenso, detrás del cual, al partirse y desgarrarse, aparecían millones de almas retorciéndose de dolor. Él los había visto desde las ventanillas del coche en las ocasiones en que salía de Pyongyang. Figuras delgadas como palos partiendo piedras en campos distantes o dobladas para plantar arroz. Viejas *ajumma* en sucios mercados al pie de la carretera. Niños con cabezas grandes y estómagos hinchados...

Notó que se le llenaba la boca de saliva.

Yong-ho lo miró y luego desvió la mirada, como si le hubiera leído el pensamiento. Parecía estar meditando sobre algo, dudando.

—Lo que estoy a punto de decirte, hermano menor, lo saben muy pocos...

Como en un presagio repentino, Cho supo de qué iba a hablarle su hermano: los secuestros.

—Nuestro Líder dijo que, si queríamos conocer a nuestros enemigos, teníamos que entrar en sus mentes. Lo llamó «localización». La mayoría de las víctimas, como sabes, fueron raptadas de Japón y Corea del Sur...

Yong-ho lanzó su cigarrillo por la ventanilla y se quedó observando la estela de un rastro naranja.

—Bueno, el programa fue un fracaso. Sacamos alguna información útil de ellos: cómo hablan nuestros enemigos, su jerga, sus costumbres capitalistas y todo eso, pero el esfuerzo no valía la pena. De los centenares que trajimos aquí, sólo unos pocos fueron reeducados con éxito.

—¿Con qué éxito?

—Se convirtieron en espías y los enviaron de vuelta a sus países de origen. Pero la mayoría de ellos tenían recuerdos tan firmemente arraigados de sus vidas anteriores que fue imposible «reacondicionarlos». Incluso los más jóvenes se resistían a nuestras enseñanzas. Eso nos dejó con el problema de qué hacer con ellos. No podíamos soltarlos. Así que se tomó la decisión de hacerlos desaparecer: algunos en accidentes, otros en los campos.

—Pero... —El rostro de Cho cedió, horrorizado—. El Líder reconoció los secuestros. Yo estaba allí cuando se disculpó con el primer ministro japonés. Las víctimas fueron repatriadas.

—Cinco víctimas... —Yong-ho le lanzó una mirada significativa—. Cinco. Los japoneses nunca descubrieron a cuántos habíamos traído. Las familias de la mayoría de ellos creían que estaban muertos o desaparecidos, y nunca imaginaron lo que les había ocurrido.

La saliva de Cho sabía a bilis: tenía la lengua hinchada, podrida. Quería cambiar de tema.

—El programa terminó.

Yong-ho negó con la cabeza.

—Los secuestros terminaron... pero el Programa de Localización no. De hecho, se volvió más ambicioso... —Lanzó a Cho una mirada vacilante que parecía decir: «¿Seguro que quieres saberlo?»—. Empezamos a enviar mujeres espías al extranjero para seducir a hombres de razas distintas a la coreana.

Cho no lo comprendía.

—¿Seducir?

—Su misión era quedarse embarazadas de ellos y dar a luz a sus bebés aquí, en Pyongyang. Al mismo tiempo, persuadimos a hombres no coreanos para que vinieran aquí. Hombres de piel blanca, negra o morena para dejar embarazadas a ciertas mujeres coreanas.

—¿Qué?

—Ésa ha sido la solución de nuestro Líder al fracaso de la localización. Recibió el nombre de Programa Semilla. Estamos creando espías y asesinos que parecen extranjeros (algunos tienen los ojos azules y el pelo rubio), pero todos ellos han sido educados y criados en las enseñanzas juche del Gran Líder Kim Il-sung y el Amado Líder Kim Jong-il.

El respingo ahogado de Cho sonó a media risa, como si alguien estuviera tratando de contarle que el Sol giraba en torno a la Tierra y no al revés, o que la realidad era una fantasía en el sueño de un chimpancé.

—Pero nunca he visto a nadie de ninguna otra raza viviendo aquí como un corea...

Cho se detuvo. El proceso sináptico de su mente había entrado en plena ebullición. Lo que su hermano le contaba...

Sintió cómo la bilis le subía desde el estómago.

—Y no los verás —dijo Yong-ho simplemente—. Viven en un complejo secreto que nunca abandonan. Está al norte de Pyong-yang, no muy lejos. De su formación y de todas sus necesidades se encarga la Sección 915 del Departamento de Organización y Orientación. Los mayores ya se acercan a los veinte años y están casi listos para el servicio activo en el extranjero. El Líder los ha visitado muchas veces. Los han animado a verlo como su padre. Les lleva dulces y regalos...

La presión en el estómago se le disparó. Cho bajó la ventanilla y respiró una bocanada de aire fresco.

—Estás pálido, hermano menor...

Cho abrió la puerta, se tambaleó y se encaminó, medio corriendo, medio saltando, hacia el pino más cercano. Vomitó con unas arcadas desgarradoras, casi agónicas.

Al cabo de unos segundos, se enderezó y apoyó la cabeza contra la áspera corteza, observando el hilo de bilis que le colgaba de la boca y brillaba a la luz del amanecer, y se preguntó si se congelaría ante sus ojos. El aire olía a pinaza y su mente había adquirido una extraña claridad. Miró atrás, hacia el coche. Una luz ambarina centelleó cuando Yong-ho encendió otro cigarrillo y la sinapsis en la memoria de Cho encontró por fin la conexión que buscaba.

«Se la llevaron. Hace doce años. De una playa de Corea del Sur.»

La voz de su hermano sonó amortiguada.

—Vuelve, que te vas a congelar.

Cho entró y cerró la puerta.

—¿Qué pasa con las mujeres de otras razas?

—¿Eh?

—Has dicho que persuadieron a hombres de otras razas a venir aquí para este... Programa Semilla. ¿Hicieron lo mismo con mujeres de otras razas?

Yong-ho se encogió de hombros, distraído.

—Es posible... —Su humor se había agotado con el último *soju*, y tenía un aspecto desolado—. Entonces, ¿qué vamos a hacer, hermano menor? —Soltó aire y apoyó la cabeza contra la ventanilla—. Supongo que me queda la salida del soldado... —Imitó con dos dedos el cañón de un revólver apuntado al velo del paladar e hizo clic con la lengua.

Cho dejó pasar varios minutos. El primer trolebús bajaba por la calle Chilsongmun, dejando un rastro de chispas en la catenaria. En el río, una barcaza de carbón abría su estela en las aguas lentas, que se teñían de madreperla a la luz del amanecer. En el otro lado de la ciudad, la Estación Eléctrica Número Uno escupía una columna de humo rosado al cielo, y más allá se empezaba a materializar entre la neblina la primera hilera de colinas, luego la siguiente y, muy tenuemente, la más lejana.

—No, hermano mayor —dijo Cho, girando la llave en el contacto. El poderoso motor arrancó con suavidad—. Vamos a escapar.

28

Estación de tren de Hyesan
Provincia de Ryanggang, Corea del Norte

Abatidas, las mujeres extendían sus productos. Igual que la señora Moon, probablemente no habían dormido. No había ni una brizna de brisa. El mercado se estaba despertando con una lúgubre calma, y el ambiente en la estación y en las calles de la ciudad era de duelo y de miedo. La señora Yang, la señora Kwon y la Abuela Whiskey se entretuvieron elaborando un plan para Sun-i: pasarían ilegalmente a la niña a la otra orilla del río después de que oscureciera, donde se quedaría con unos parientes lejanos de la señora Yang en Changbai.

La señora Moon se sentó con aire ausente en sus sacos de arroz, dejando que su mirada vagara por el andén. Su mente merodeaba en algún lugar entre la pesadilla y el reino de los espíritus. Cualquier cosa en la que posara la vista —una cerca, un pañuelo para la cabeza, un uniforme— de repente se reorganizaba de manera tortuosa en su mente y le mostraba el cuerpo de Rizos atado al poste.

Tae-hyon le había rogado que se quedara en casa, en el pueblo, durante unos días, y que no se acercara a Hyesan. Pero esconderse no cambiaría nada. Al tratar de salvar a Rizos, una criminal condenada, se había dado a conocer al Bowibu. Ya era una mujer marcada.

Kyu estaba montando la mesa y la señora Moon debería estar empezando a cocinar, pero era incapaz de llevar a cabo ni la tarea más sencilla. El sargento Jang pasó a pedir un poco de *bingdu*. Ella le dio cinco gramos sin ni siquiera tratar de solicitar un favor a cambio.

Miró por el pasillo vacío hacia el edificio de la estación. Después de las ejecuciones, todo el mundo intentaba pasar inadvertido.

Un grupo de jóvenes de la Brigada de Mantenimiento del Orden Social estaba despejando el andén de mendigos. La señora Moon vio cómo le daban una patada a una anciana a la que le costaba ponerse en pie. Luego le dieron otra patada para obligarla a marcharse. La mujer había dejado atrás una taza de lata y también le dieron una patada a la taza, que repiqueteó en el andén. Era una escena de la que la señora Moon había sido testigo muchas veces, pero esta vez la fascinó. No podía apartar los ojos de la mujer, con sus andares dificultosos y el cabello apelmazado y sucio, ni de los jóvenes de rostro pétreo y brazaletes rojos. Sintió que en el fondo del estómago se le incendiaba la rabia y se elevaba. Una rabia que ardió brillantemente durante unos instantes y luego se apagó. El ánimo de la señora Moon se oscureció aún más. Vivía en un mundo al revés donde lo bueno era malo y lo malo era bueno. No tenía sentido, pero ella sabía que no estaba bien.

«Un cordero avanza, resignado...»

Apenas reaccionó cuando uno de los policías fue a decirle que se le ordenaba presentarse en la comisaría de la policía local a las cinco de la tarde. Con motivo de las ejecuciones, descubrió la señora Moon, un equipo de investigadores especiales del Bowibu había llegado a la ciudad para arrancar de raíz todo rastro de sedición y elementos subversivos.

Su nombre estaba en una lista.

Aquel día, La Barbacoa de Moon no serviría comidas. Con la ayuda de Kyu, vendió su hornillo y todas sus existencias. Con el dinero que consiguió, compró una nevera china nueva que ofrecería al jefe del equipo que llevaba a cabo la investigación, para que eliminara su nombre de la lista. Podía aceptar la nevera o ejecutarla. A ella le daba igual. Ya no le quedaba nada.

29

La «Ciudad Prohibida», complejo de élite
del Partido de los Trabajadores
Distrito Joong-gu, Pyongyang, Corea del Norte

Cho volvió al apartamento poco antes de que su mujer y Libros se despertaran. Llevaba dos días sin dormir y había comido poco, pero la rabia y el terror se mezclaban en sus venas como combustible y oxidante en un propulsor de cohetes.

En su mente centelleaba el plan de fuga que él y Yong-ho habían empezado a elaborar en el coche. Acordaron volver a hablar de ello esa misma noche.

Se duchó, se puso una camisa blanca limpia y se abrochó los botones con dedos temblorosos.

¿Habría alguna manera de superar la jornada sin convertirse en el protagonista de una farsa exagerada? Tenía una reunión informativa con el viceprimer ministro a las diez y se iba a pasar el resto del día rindiendo cuentas de sus encuentros con los yanquis.

Gran parte del plan dependía de Yong-ho: esa misma mañana, redactaría una orden urgente solicitando dos pasaportes chinos para él y para Cho, con visados falsificados para Taiwán y Macao. Yong-ho podía hacerlo sin levantar sospechas, porque el Departamento 39 a menudo requería documentos de viaje falsos. También se llevarían billetes de cien dólares y, si por alguna razón esas falsificaciones eran detectadas y no podían usarlas, una vez que alcanzaran China, Yong-ho accedería a las cuentas secretas de la familia Kim en el Banco Delta Asia de Macao —a Cho se le erizaba el vello de la nuca sólo de pensarlo—, donde regularmente hacía ingresos y retiradas de fondos en nombre del Líder.

¿De cuánto tiempo disponían? Era imposible saberlo a ciencia cierta, pero en pleno ajetreo mental Cho se dio cuenta de que la fortuna podría haberles concedido una mínima oportunidad: aquel día, el Líder partía en tren para llevar a cabo una visita oficial a Pekín. Él mismo había organizado la logística con la Guardia Suprema. El gran hombre regresaría a Pyongyang al cabo de cuarenta y ocho horas, y el instinto de Cho —curtido en años y años de cábalas sobre la mente del Líder— le decía que, en un caso tan sensible como aquél, no emitiría su dictamen hasta su regreso a casa.

Contaban con menos de cuarenta y ocho horas para huir del país.

Yong-ho solía viajar para cerrar algunos de los negocios del Departamento 39, y con un poco de suerte aún podría escapar de Pyongyang al día siguiente tomando un vuelo regular, pero Cho no podía pedir un billete de avión sin más. Tendría que llegar al norte por sus propios medios y cruzar el río Yalú hasta China. Una vez en el país vecino, usaría su pasaporte falso para reunirse con Yong-ho en Taiwán, y desde allí buscarían asilo en Occidente. Yong-ho había descartado Corea del Sur. Dijo que en el Sur había demasiados espías y asesinos del Bowibu. Sin una buena seguridad, los liquidarían a los dos y los matarían en cuestión de semanas.

Aun así, llegar a la frontera con China era sólo la primera de las preocupaciones de Cho. ¿Cómo iba a sacar a su mujer y a su hijo? ¿Con qué documentos?

¿Y cómo iba a contárselo?

No había forma de obtener pasaportes para todos ellos sin mostrar sus cartas. Y él nunca había estado en la frontera. Sólo conocía esas montañas por las leyendas que había oído: el «infierno blanco» donde el Gran Líder había derrotado a los japoneses. Incluso si conseguía llegar en tren, en un viaje que podía durar días en la chirriante red ferroviaria del norte, no tenía ni idea de cómo o por dónde pasar a su familia al otro lado del río. Sabía que había gente que cruzaba en plena noche, pero no tenía contactos allí, ningún intermediario que pudiera ayudarlo.

El pánico se apoderó de él y las piernas se le volvieron de papel. Se sentía como un hombre que huía de un monstruo en una pesadilla. Todas las hipótesis que imaginaba terminaban en catástrofe. No sin desesperación, comprendió que la única forma segura de salvar a su mujer era dejarla allí. Ella podía argumentar que había sido engañada por un elemento subversivo, y sin duda la creerían. Su propio estatus como hija de una familia heroica la protegería.

Pero su hijo...

Alivió la tensión del rostro, se puso la chaqueta del uniforme y, sonriendo de oreja a oreja, entró en la cocina.

—Buenos días —dijo su mujer, echándole una mirada de soslayo al servir el desayuno—. Estás pálido como un pez.

Cho se encontró con que era incapaz de abrir la boca. Sentía que si intentaba decir algo se desmoronaría. Cogió su té y percibió el temblor de la superficie del líquido. Se levantó otra vez y se excusó. Se encerró en el cuarto de baño y trató de pensar y pensar, pero no se le ocurría nada. Apoyó la cabeza en la fría superficie del espejo y empezó a murmurar por lo bajo hasta que su respiración empañó el cristal. No sabía a quién le estaba murmurando, pero, si los espíritus de sus antepasados podían ayudarlo, era el momento de hacerlo.

Entonces oyó la voz de Libros en la cocina diciendo que no quería su *kimchi* porque le dolía la garganta. Cho apoyó la oreja en la puerta del cuarto de baño. Su mujer estaba diciendo algo sobre amígdalas inflamadas y un poco de fiebre.

—Creo que es mejor que no vayas a la escuela hoy.

Cho se mojó la cara con agua, intentó sosegarse y regresó a la cocina.

—Lo llevaré al médico para estar seguros —dijo con la máxima tranquilidad de la que fue capaz.

Cinco minutos más tarde ya había puesto el cinturón a Libros en el asiento del pasajero del Mercedes nuevo y estaba conduciendo al Hospital Universitario de Tonghung-dong, donde imaginaba que el personal estaba peor pagado que en el hospital especial para familiares de los mandos. Todavía era temprano... Tenía tiempo de sobra.

Los dirigieron a una sala de espera oscura que apestaba a lejía, y los dos se sentaron en una hilera de sillas de plástico. Libros sacó un librito de acertijos y apoyó la cabeza en el hombro de Cho. Poco después, una joven enfermera con una cofia blanca los hizo pasar a una sala de consulta. Cho llevaba a Libros de la mano y un pesado maletín en la otra. La sala era pequeña. Había media docena de lámparas de queroseno agrupadas en el suelo para cuando fallaba la electricidad. La mujer se sentó, preguntó al niño su nombre, le puso un termómetro en la boca y le palpó la garganta.

—Se pondrá bien. —Sonrió a Cho—. Es una infección viral leve.

Las palabras de Cho fueron deliberadamente frías.

—Quiero ver al médico más veterano que haya aquí.

—No creo que sea necesario —dijo la joven, sorprendida—. Se sentirá mejor...

—Haz lo que te digo... —Adoptó las maneras de un alto oficial del Partido que se sentía provocado—. O a partir de ahora pasarás a fregar suelos en la sala de disentería.

La joven se puso colorada y salió.

Su hijo miró a Cho con los ojos como platos.

—¿Estoy mal?

—No, no —dijo Cho, apretándole la mano y tratando de mantener la voz firme.

Pánico otra vez. «Combátelo.»

Apenas un minuto después, entró un hombre alto y de cabello gris con bata blanca. Su rostro tenía profundas arrugas y sus ojos reflejaban un pragmatismo endurecido.

—Soy el doctor Baek —dijo de mal humor.

Cho se levantó.

—Me preocupa la inflamación en la garganta de mi hijo.

El doctor auscultó el corazón del niño con un estetoscopio, le miró el interior de la boca e, igual que la enfermera, palpó la garganta del pequeño para comprobar la inflamación de las amígdalas. Entonces Cho le dijo al niño:

—Espera al lado del coche.

Veinte minutos después, Cho se puso al volante y se abrochó el cinturón. En su maletín tenía un informe médico con la cabecera del hospital en el que el doctor Baek afirmaba que la causa de la inflamación de la garganta no podía determinarse, y recomendaba un examen urgente en la unidad especializada del Hospital Materno-infantil de Dandong, donde se había concertado una cita para el día siguiente. Le había costado mil euros y dos botellas de coñac Hennessy Black.

Su mente estaba acelerando en modo piloto automático. Temía que, si perdía la perspectiva, aunque sólo fuera por un segundo, le fallarían los nervios y su cuerpo se derrumbaría. Y entonces estaría solo, como un preso en una celda, con la pregunta que no podía responder:

«¿Cómo puedo abandonar a mi mujer?»

Miró el cuentakilómetros del coche y redujo la velocidad, de nuevo presa del pánico. Había policía de tráfico en todos los cruces.

Había cumplido su misión en sólo cuarenta y cinco minutos.

«Pero si eso significa salvar a nuestro hijo...»

No pudo mirar a su mujer a los ojos. Ella levantó las cejas cuando él se lo contó.

—¿Tenía que recibir tratamiento en «China»?

Cho le mostró el informe y trató de tranquilizarla: probablemente se trataba de una falsa alarma, pero no le haría ningún daño asegurarse, y en Pyongyang no tenían el equipamiento necesario. El sudor le estaba traicionando. Irradiaba culpa. Sabía que ella no le creía, pero no dijo nada y se volvió hacia la ventana. Estaba aterrorizado.

Después usaría el informe del doctor Baek para solicitar los permisos de viaje que necesitaba para pasar la frontera, y si eso requería otro soborno en divisas para que se los rellenaran enseguida, que así fuera.

—Ha llegado el coche del ministerio —dijo su esposa—. Ése no es tu chófer, ¿no?

Cho se acercó a la ventana. Un hombre grueso al que no reconocía paseaba junto al coche del ministerio en el patio, levantando la mirada hacia el edificio y buscando su apartamento. Estaba hablando por radio.

Cho sintió que el estómago se le convertía en piedra. Pero entonces lo invadió de nuevo aquella extraña calma, una resignación, casi una aceptación. Era como si no estuviera del todo allí, como si aquello le estuviera sucediendo a otra persona.

Dejó escapar un suspiro silencioso y casi sonrió. Los ginkgos se habían convertido en una hermosa llama ocre.

«Va a ocurrir. No hay nada que hacer.»

Quizá a su mujer la desconcertara el largo abrazo que le dio, el roce de un beso en el cuello y su forma de apretarle la mano, sin querer soltarla, pero Cho se dio media vuelta para ocultarle su desolación. Libros había vuelto a la cama y él se pasó un minuto observando el reposo inocente de su rostro, su respiración ligeramente congestionada por el resfriado, su sueño sin inquietudes porque sus amados padres estaban cerca y lo mantenían a salvo.

—¿Jung-gil no ha podido venir hoy? —preguntó Cho mientras se sentaba en el asiento de atrás.

—Lo han reasignado, señor.

El coche oficial avanzó hasta las puertas de la Ciudad Prohibida y la barrera se levantó. Cuando pasaron ante el hotel Koryo, Cho se volvió para mirar atrás y vio un monovolumen negro brillante con los vidrios tintados. Tras un parpadeo del intermitente, se puso a seguirlos a unos treinta metros de distancia, llamando la atención en el escaso tráfico del bulevar. Estaba siguiéndolos. Tenía una matrícula blanca cuya numeración empezaba por 55, un vehículo del ejército.

El chófer de Cho no giró a la derecha hacia la plaza Kim Il-sung, su ruta habitual al ministerio, sino que continuó por la calle Sungri.

—¿Adónde vamos? —preguntó Cho con calma.

Los ojos del chófer se encontraron con los suyos durante un segundo en el espejo, pero no dijo nada. Un tranvía rechinó a su lado por un momento, con las ventanillas llenas de rostros cansados y miradas vacías, como peces en una pecera.

Cho se miró las manos. No había ningún temblor en absoluto; ahora ya sabía que su suerte estaba echada. No temía por lo que pudiera ocurrirle. Estaba pensando en Libros, durmiendo apaciblemente en su habitación. Se preguntó cuándo se lo llevarían. Lo peor de todo sería que se lo llevaran delante de su clase, en la escuela. Si al menos fueran a buscarlo a casa... ¿Y su mujer cómo reaccionaría? ¿Gritando, suplicándoles, postrada en el suelo, agarrándolos de las botas cuando salieran o tratando de arrancarles a su hijo de los brazos? ¿O estaría demasiado desconcertada y conmocionada para moverse siquiera? Pensó en Yong-ho, en lo cerca que se había sentido de él la última noche en el Parque de la Colina Moran, sentados en aquel Mercedes, y se preguntó si habría conseguido llegar al aeropuerto.

El coche hizo un brusco giro a la izquierda y descendió por una rampa de cemento estrecha hacia las entrañas de un profundo garaje subterráneo. Cho había estado demasiado perdido en sus pensamientos para fijarse en el edificio. El todoterreno negro estaba justo detrás de ellos ahora. Paró cuando el coche de Cho se detuvo, y sus faros se encendieron a plena potencia. El motor bramó antes de detenerse y el humo que salía por el tubo de escape le dio el aspecto de un tanque demoníaco. Se abrieron todas las puertas al mismo tiempo y cuatro hombres uniformados con las viseras bajas descendieron del vehículo. Bajo aquella luz tenue de tungsteno, Cho no podía leer sus rostros ni ver si alguno de ellos sostenía unas esposas. Cerró los ojos, saboreando sus últimos cinco segundos privados antes de que todo lo que le pertenecía, su vida entera, desapareciera sin más. Suspiró, abrió la puerta del coche y salió. Le pesaban las piernas como si fuera un condenado a punto de subir al patíbulo.

Los cuatro oficiales se pusieron firmes en un saludo sincronizado.

Detrás de ellos, una cuña de luz se proyectó en el suelo de cemento cuando se abrió una puerta subterránea y se acercaron dos mujeres. Eran jóvenes y bellas, y llevaban la gorra con la estrella y el uniforme de la Guardia Roja, con botas negras brillantes.

Saludaron con firmeza y al unísono. Una de ellas dijo:

—Respetado coronel Cho, es un honor escoltarlo.

Cho estaba perplejo, su mente daba vueltas.

Unos segundos después, se hallaban en un ascensor con paneles de madera y botones de latón pulido. Una de las mujeres le dedicó una sonrisa tímida mientras ascendían, antes de bajar la mirada. Cho observó las luces con los números de los pisos. Estaba en uno de los grandes edificios del Estado. La puerta se abrió a un inmenso vestíbulo con columnas coloreadas por la luz de un techo alto de vidrio tintado. La Asamblea Popular Suprema.

Más escoltas de la Guardia Roja lo esperaban ante dos enormes puertas de madera de palisandro taraceadas con flores de loto de filigrana dorada. Abrieron las puertas y se oyó un rugido como el del mar al romper en la orilla.

Al entrar en el gran salón de plenos, Cho vio a los centenares de diputados de la Asamblea Popular Suprema de pie en sus escaños, todos mirándolo y aplaudiendo con desenfreno. El sonido llegaba en oleadas atronadoras. Se le estaba fundiendo el cerebro. Los flashes de las cámaras le iluminaron la cara. Un equipo de televisión se agrupó de pronto detrás de él, siguiéndolo mientras la Guardia Roja lo conducía a través de la platea hacia la tarima principal, donde Cho reconoció al alto y calvo presidente del Presidium, que extendió una mano para darle la bienvenida. Detrás de él había una enorme estatua de Kim Il-sung bañada en una luz azul rosácea y flanqueada a ambos lados por guardias de honor armados con Kalashnikov bañados en plata. Le indicaron que subiera por los escalones del estrado hasta una silla orientada a la asamblea.

Sonó una campana. El aplauso remitió de inmediato y los diputados se sentaron. El presidente empezó a hablar en tono ceremonial, pronunciando las vocales con solemnidad.

—Señores diputados, hoy abrimos la sesión honrando a un héroe del ideal juche, Cho Sang-ho. Como muchos de ustedes habrán oído, se enfrentó con los chacales imperialistas como un verdadero diplomático-guerrero, encarnando el espíritu partisano alentado en todos nosotros por nuestro Amado Líder Kim Jong-il...

Los presentes prorrumpieron otra vez en aplausos. Cho hurtó una mirada fugitiva a la estatua de su derecha. El vientre de Kim Il-sung se hinchaba suavemente debajo de un traje Mao de piedra. El rostro era severo.

—Los yanquis han encontrado la horma de su zapato en el coronel Cho. De hecho, estoy autorizado a informarles de que hoy nos han rogado entablar más conversaciones de paz, aquí, en la Capital de la Revolución, dentro de tres semanas...

Exclamaciones de sorpresa y triunfo se alzaron entre los diputados, que aplaudieron otra vez. El presidente se volvió y Cho se puso en pie.

—Camarada coronel Cho Sang-ho, por el valor mostrado ante el enemigo y por su servicio ejemplar, se le concede la Orden de Esfuerzo Heroico de Primera Clase.

Los flashes de las cámaras se dispararon otra vez. De espaldas a la asamblea, el presidente colocó la medalla en el pecho del coronel. Cho miró sus pronunciados y céreos rasgos. Los ojos del hombre buscaron los suyos con un destello de puro veneno. Y Cho lo comprendió al instante, inmediatamente y sin ninguna duda.

«Me necesitan para negociar con los yanquis.»

Con la medalla colocada en el pecho, Cho se encaró a la cámara mientras los diputados se levantaban de nuevo para aplaudir acaloradamente. Trató de poner una expresión de orgullo, pero la boca le pesaba como si estuviera forjada en hierro.

Le habían concedido una prórroga. Tres semanas antes de que cayera el hacha.

«Esto es el poder», pensó, mientras el aplauso continuaba llegando hasta él en oleadas. El equipo de televisión se había situado debajo del estrado para conseguir una imagen clara. Las cámaras lo enfocaron y una brillante luz lo iluminó. «Se me confiere el más alto honor del Estado, para luego hacerme caer en desgracia, matarme y borrar todo recuerdo de mí.» Miró las caras de los diputados que aplaudían desde la primera fila, satisfechos de sus galones e insignias de rango. «Así es como el Líder os vacuna, permanentemente, contra cualquier ambición de poder. Así es como os enseña la única verdad que importa. La pureza conlleva recompensa, la impureza conlleva la muerte.»

Al descender los peldaños hasta la platea y mientras la salva de aplausos todavía retumbaba a sus espaldas, se fijó en algo extraño. Unas cuantas filas más atrás, había un hombre de cabello plateado de unos cincuenta años que no estaba aplaudiendo. Tampoco llevaba el uniforme ocre de los diputados, sino una guerrera lisa negra abotonada hasta la barbilla. Su rostro era severo y de líneas firmes, pero su expresión era amable. Cuando los ojos de Cho encontraron los suyos, un mensaje inequívoco pareció transmitirse desde ellos, como una sensata garantía de alguien que se preocupaba por él y lo conocía bien. Era totalmente insólito. Las mujeres de la Guardia Roja acompañaron a Cho fuera del salón de plenos de la Asamblea. Cuando se volvió a mirar otra vez, la figura del hombre apenas se adivinaba entre los diputados que seguían de pie, aplaudiendo.

. . .

Cho sabía que sería vigilado en todo momento: iban a grabar cada llamada que hiciera, a leer cada nota que enviara. Tendría sombras del Bowibu y agentes de calle siguiéndolo adondequiera que fuese. Obligarían a sus vecinos y a sus colegas a ser cómplices de la vigilancia. Ya podía ir olvidándose de llevar a Libros a China. Toda esperanza de fuga había desaparecido. Ahora era un prisionero. Aquella misma tarde le pediría el divorcio a su mujer. Tal vez de ese modo su hijo podría escapar del castigo reservado a los descendientes de un elemento criminal.

Cuando llegó a su despacho en el ministerio, un hombre vestido con mono de electricista estaba cambiando la bombilla de encima de su escritorio. Un agente del Bowibu, tan claro como el día. Lo hizo salir, cerró la puerta y llamó al teléfono móvil de Yong-ho. Respondió una voz grave, desconocida.

—¿Quién es? —preguntó Cho—. ¿Dónde está mi hermano?

Hubo una pausa y un cambio en el sonido de fondo, como si hubieran pasado la llamada al modo altavoz.

—Soy un amigo de su hermano —dijo la voz.

Cho colgó.

Habían arrestado a Yong-ho.

SEGUNDA PARTE

«Nada es imposible para un hombre de voluntad fuerte. La palabra "imposible" no existe en la lengua coreana.»

Kim Jong-il

30

Espacio aéreo sobre el mar de Ojotsk
Tres semanas más tarde
17 de diciembre de 2010

Jenna abrió los ojos en una cabina inundada de luz ártica. La vista al otro lado de la ventanilla era cegadora: un mar congelado partido en hexágonos, impecable como azúcar glas. Mucho más abajo, un rompehielos resoplaba humo negro, despejando una senda de agua a través de la nieve virgen. A Jenna le escocían los ojos. Habían salido temprano desde la base de la fuerza aérea de Elmendorf, en Anchorage.

El ambiente en el avión era un tanto melancólico; había algunos portátiles abiertos, pero la cabeza blanca del gobernador estaba caída hacia delante. Dormía a pierna suelta.

Jenna tenía la boca seca. Buscó una azafata, pero entonces recordó que no había servicio a bordo.

—¿No va a hacer ninguna llamada antes de entrar en el espacio aéreo enemigo?

Jenna se volvió en su asiento para ver al hombre rubio de aspecto atlético que le había hecho un guiño al subir a bordo, y otra vez tuvo la vaga sensación de que lo conocía de algo. Dio por hecho que estaba trabajando en su portátil, hasta que oyó los ruiditos de un juego de ordenador.

—Chad Stevens —dijo el hombre, cerrando la pantalla y tendiéndole la mano—. Corresponsal en Asia de NBC News. Supongo que usted es Marianne Lee.

Ella le estrechó la mano con reticencia; estaba demasiado adormecida para entablar una conversación.

El tipo se inclinó hacia delante y apoyó los brazos en la parte superior del asiento.

—Bueno... Una misión de paz sin ningún itinerario oficial, sin protección diplomática, sin seguridad y sin ninguna comunicación con el mundo exterior. Supongo que puede ocurrir cualquier cosa. —Tenía una fuerte y penetrante voz de tenor; instintivamente, Jenna adoptó su tono más grave.

—Supongo.

—¿Tiene sed? —Levantó una botella de Coca-Cola llena.

—Oh... —Jenna se apartó el pelo de los ojos y sonrió—. Gracias.

La abrió, tomó un trago y casi lo escupió por toda la cabina. El líquido debía de tener alrededor de un cincuenta por ciento de bourbon.

Stevens soltó una risita aguda y seca, y golpeó el respaldo del asiento de Jenna.

—¡Para armarse de valor!

Al otro lado del pasillo, la ayudante ejecutiva del gobernador, una gran dama salida de la peluquería con joyas de perlas y gafas de media luna, miró por encima de su *USA Today*.

—¿También ha picado?

Jenna le devolvió la botella.

—Eh... es un poco pronto para mí.

—Esta noche invito yo. Y tal vez pueda ofrecerme una pequeña declaración...

—Las opciones de vida nocturna en Pyongyang sin duda serán un tanto limitadas, señor Stevens, pero sus opciones de una conversación privada conmigo todavía lo son más.

—Siempre nos quedará mi habitación.

Jenna rió con desgana.

—Allí pondrán el primer micrófono. —Se volvió en su asiento.

—Vaya, tiene razón.

Jenna ya recordaba quién era. Alguna vez lo había visto informar con falsa solemnidad ante la cámara, y normalmente cambiaba de canal de inmediato. Nada en sus análisis de Corea del Norte sugería originalidad o perspicacia.

Todavía estaba inclinado sobre ella, invadiendo su espacio personal.

—¿Sabe?, uno de nuestros espías me contó que en nuestro hotel no hay quinta planta. Los botones de los ascensores pasan del cuatro al seis. Es porque allí tienen una estación de escucha secreta oculta. Por lo visto, hay una en todos los hoteles para extranjeros...

Jenna cerró los ojos. «Colega, a ver si pillas la indirecta.»

Decidió bloquear a Stevens escuchando el zumbido de los motores, imaginando ballenas que se deslizaban bajo el mar helado y la capa de ozono que se arremolinaba en el azul estratosférico, pero no pudo volver a dormirse. La mención del espacio aéreo enemigo la había devuelto inevitablemente a los pensamientos sobre Soo-min. La ansiedad le anudó de nuevo las tripas. Lo que el secuestrador de su hermana había revelado de manera involuntaria en aquella llamada de Skype la había electrificado. Era una prueba definitiva de que Soo-min había sido secuestrada. Sin embargo, una vez aposentada la euforia, Jenna se había dado cuenta de lo difícil que sería encontrarla. Era como si le dijeran que había ganado la lotería, pero que su premio estaba en una isla fuertemente custodiada de la cual no podía sacarse nada. Lo único que podía hacer era pasar navegando por delante. También se preguntaba adónde habría ido a parar el informe de «ideas frescas» que le había enviado al director de la CIA.

Al otro lado de la ventana, el cielo se había nublado y el hielo parecía de un gris paloma.

El coronel Cho iba a estar presente en las conversaciones de aquel día. Jenna no tenía ni idea de cómo hacerlo, pero era crucial poder estar un momento a solas con él. No sería fácil. Todo el mundo estaría vigilado y acompañado a todas horas.

¿Y si no la ayudaba...?

En ese caso, lo haría público. Pondría todo el escándalo al descubierto. Contaría al mundo que su hermana gemela había sido secuestrada y llevada a... la Sección 915... el Programa Semilla... No tenía ni idea de qué podía ser eso, aunque su instinto le decía que era algo temible y siniestro y no tenía nada que ver con la jardinería.

Sin embargo, incluso mientras lo pensaba, se le iba desvaneciendo la determinación. Hacerlo público era demasiado arriesgado. El régimen negaría todo conocimiento de Soo-min. Cerrarían las persianas del todo y la última esperanza de Jenna se habría extinguido para siempre.

El tren de aterrizaje descendió acompañado de un sonido hidráulico. Un paisaje marrón, desnudo, desfilaba a su lado y se alzaba hacia ella. Ni un solo árbol en ninguna parte.

Las ruedas golpearon el asfalto y oscilaron por una pista llena de irregularidades. Sacos de tierra. ¿Trincheras de defensa antiaérea? Vallas de espino. Sin luces, sin tráfico de aeropuerto... El avión frenó y pasó junto a dos Tupolev oxidados con el logo de Air Koryo.

El avión viró lentamente y Jenna sintió un cosquilleo de excitación cuando el edificio de la terminal entró en su campo de visión. Encima del edificio había un enorme retrato de un sonriente Kim Il-sung. Parecía un anuncio de salud dental para ancianos.

«Han tendría un ataque al corazón si supiera dónde estoy.»

Jenna había dedicado años a estudiar Corea del Norte, pero era su primera visita. Pocos estadounidenses habían entrado en aquel país, con el cual estaban técnicamente en guerra. Miró a todas partes, ansiosa por retener cada detalle.

Fuera de la terminal vio a varios hombres de aspecto serio alineados para recibirlos. El ministro de Asuntos Exteriores y unos tipos que, a juzgar por su aspecto, eran de algún cuerpo de seguridad ministerial: abrigos militares aleteando al viento, caras de cera... Sus ojos buscaron al coronel Cho, pero no estaba entre ellos.

—Esto es hospitalidad —oyó decir a Chad Stevens.

Jenna se fijó en que había vaciado la botella de Coca-Cola y que las pupilas le bailaban como las de un niño.

La misión de paz se preparó para desembarcar, con el gobernador encabezando la comitiva. Al salir del avión, dos agentes de seguridad de la CIA con cazadoras tacharon sus nombres de la lista de embarque.

—Vienen con nosotros, ¿no? —preguntó Jenna.

—Nos quedamos en el avión, señora. Demasiado material sensible a bordo como para dejarlo aquí toda la noche sin vigilancia. Volveremos a buscarlos a las seis de la mañana.

Jenna siguió caminando, sintiendo un escalofrío de ansiedad.

Apenas había amanecido y hacía un frío atroz. La luz del sol se inclinaba teatralmente por el asfalto de la pista y, al respirar, Jenna dibujaba formas de vapor blanco. Y, sin embargo, era un día distinto de cualquier otro que hubiera conocido. No era sólo por el aire, fresco y sin contaminar, con apenas un leve y melancólico aroma a fuego de carbón. Ni por las hileras de suaves colinas que parecían materializarse, como en un sueño, una tras otra. Era por el silencio. Nada de tráfico, ningún avión sobrevolaba la pista, ni siquiera se oía el canto de los pájaros.

Los mechones blancos del cabello del gobernador ondearon al viento mientras saludaba con un fuerte apretón de manos al primer hombre de la comitiva de recepción.

Aunque ya podría haberse jubilado y aún le quedaban dos años de servicio en la capital de uno de los estados del noroeste, el gobernador, como respetado ex embajador de Estados Unidos ante la ONU con larga experiencia sobre Corea del Norte, había sido el candidato obvio para dirigir la misión de paz. El objetivo era calmar la tensión que siguió al ataque a la isla de Yeonpyeong, y ofrecer más ayuda a cambio de concesiones claras. El presidente había proporcionado un avión militar de la Casa Blanca. El papel oficial de Jenna consistía en hacer de intérprete. Su papel real, más sensible, se lo había comunicado Fisk, magullado aún por el fracaso del espionaje con respecto a Yeonpyeong. Decidido a aprovechar la iniciativa, había insistido en que la misión sólo tratara con una entidad conocida: el coronel Cho.

La monitorización diaria del satélite espía había revelado que la construcción del complejo del laboratorio en el interior del Campo 22 parecía casi completada. La velocidad con la que lo habían levantado, utilizando una inmensa cantidad de mano de obra esclava desechable, había sido asombrosa. El nerviosismo de Fisk, que estaba convencido de que el complejo tenía una relación directa con el programa de misiles intercontinentales, se extendía por toda la comunidad de defensa. Jenna tenía órdenes de vincular cualquier oferta de ayuda posterior a la exigencia de abrir el laboratorio a los inspectores. Eso se había convertido enseguida en el objetivo primario y tácito de la misión, y a Jenna le daba mucho que pensar. Estaba convencida de que el régimen norcoreano rechazaría esas exigencias, dejándola sin ninguna opción.

Los miembros de la delegación siguieron en fila india al gobernador: una comentarista política del *Wall Street Journal*, conocida por sus mordaces opiniones de la política exterior del presidente; la ayudante ejecutiva del gobernador, que llevaba la insulina de su jefe en el bolso; dos miembros del Departamento de Estado expertos en política del Este de Asia, ambos asiático-estadounidenses de cuarenta y tantos años que llevaban gafas de sol Tom Ford idénticas, y un cámara de la NBC asignado a Chad Stevens. Hasta el momento, sólo Stevens, al que Jenna no confiaría ni el helado de un niño, se había mostrado amistoso.

Los escoltaron a través del edificio desierto de la terminal para una somera revisión de aduanas, cuyo único propósito era retirarles los teléfonos móviles y todos los mecanismos de comunicación, que les serían devueltos cuando partieran.

A través de la ventana de la terminal, Jenna observó el brillo del Gulfstream IV de la fuerza aérea. La puerta de la cabina se había cerrado y sus turbinas estaban empezando a girar.

—Creo que deberíamos permanecer juntos... —dijo, sin apartar los ojos del avión.

—Me parece una buena idea. —No se había fijado en que Stevens estaba a su lado—. Yo odio viajar solo.

—*Jipís.*

Un agente de aduanas uniformado estaba señalando con el dedo el portátil de Stevens dentro de la maleta Samsonite.

—*Jipís.*

—Cree que lleva un GPS —dijo Jenna.

—Dígale que es sólo un maldito portátil y que lo necesito para mi trabajo.

Un cortejo de vehículos los esperaba en el exterior de la terminal. Un sedán Lincoln negro clásico con las banderas de Estados Unidos y de la República Democrática Popular de Corea en el capó encabezaba la comitiva. Al gobernador lo llevaron al sedán. Los guardaespaldas de la seguridad interna, que Jenna suponía que eran del Bowibu, se mantenían cerca con sus chaquetas de cuero negro. Luego vio cómo acompañaban a Chad Stevens al coche de detrás del de ella, y el resto de la comitiva subió a los siguientes vehículos situados más atrás.

Un instante después, Jenna estaba sola en la parte trasera de un Nissan Maxima con un chófer y un agente de seguridad sentado delante. El cortejo partió a ritmo de funeral, detrás del Lincoln.

«Estoy sola en tierra hostil y sin ningún tipo de protección.»

Mirando atrás, pudo distinguir la gran cabeza de Chad Stevens en el coche que seguía al suyo. El periodista la saludó con la mano. Por increíble que pudiera parecer, en ese momento sí que habría aceptado un trago de ese bourbon con Coca-Cola.

Jenna preguntó a los dos hombres de delante si podía escuchar la radio.

La pareja intercambió una mirada. El agente de seguridad giró el dial. Una entusiasta voz de mujer llenó el coche: «...se anunció ayer en el Complejo de Acero de Kangsong, donde los trabajadores mismos encendieron la antorcha de una nueva rebelión revolucionaria que se está extendiendo por toda la nación...»

La carretera no era más ancha que un camino rural. El cortejo pasó por un pueblo de cabañas blanqueadas con tejados a cuatro aguas con gablete, que tenían un aspecto pintoresco desde cierta distancia, aunque de cerca eran miserables, como si los habitantes compartieran sus hogares con el ganado. En la entrada del pueblo había un enorme monumento a los Kim, padre e hijo, en un mosaico de piedras de colores. El mismo retrato que había visto en el edificio del aeropuerto. Jenna apenas llevaba media hora en el país y ya sentía la presión constante de la presencia del Gran Líder allí adonde iba.

La comitiva aceleró al llegar a las afueras de la capital y recorrió un largo bulevar flanqueado por árboles entre interminables edificios calcados de viviendas. Parecía uno de los escenarios de cine de Kim Jong-il, o una visión del futuro de la era de los cosmonautas. A su lado pasaban trolebuses eléctricos con un zumbido; aquí y allí se veía algún Mercedes-Benz con chófer militar, vidrios tintados y una matrícula de tres dígitos.

A ambos lados del bulevar, las multitudes se estaban reuniendo en las aceras delante de cada edificio. Centenares de ciudadanos con ropa anodina empezaban a formar en filas de cinco o seis hombres para partir bajo el sol del amanecer, marchando a trabajar en largas columnas detrás de sus jefes de sección, que sostenían banderas rojas.

Algo extraño estaba ocurriendo con la voz de la radio. Se estaba amplificando y repitiendo, como un eco que parecía atronar más allá del coche, en el aire gélido que soplaba entre los edificios. Jenna tardó unos segundos en darse cuenta de que la misma voz se estaba radiando desde altavoces situados en farolas a intervalos de unos cien metros.

«...y una nueva batalla de máxima velocidad para la producción, camaradas. Hagamos todos una demostración de solidaridad socialista con los héroes del Complejo de Acero de Kangsong trabajando las mismas horas extra...»

Jenna apoyó otra vez la cabeza en el respaldo.

Bienvenida a Pyongyang.

31

Estación de tren de Hyesan
Provincia de Ryanggang, Corea del Norte

Había algo en el aire, pero la señora Moon no podía explicar qué era exactamente. Un corte eléctrico había silenciado los altavoces y el silencio parecía aumentar la tensión en todas partes. Lo sintió en las articulaciones, como sienten los reumáticos que se avecina una tormenta. La mañana estaba encapotada. Nubes de gasa oscurecían el sol, dando un tinte sulfuroso al cielo. Los sonidos de la estación parecían amortiguados, como si la gente caminara de puntillas.

Había veinte pastelitos de arroz colocados en el bol de níquel. La señora Moon tenía el trasero entumecido de estar sentada en el suelo. Se había visto obligada a empezar de nuevo, desde abajo de todo, pero de una forma u otra volvería a levantar cabeza. El equipo de investigadores del Bowibu había aceptado su soborno de la nevera y había eliminado su nombre de la lista, aunque ella sabía que sólo era un indulto temporal. Volverían. Con suerte tendría la cantina otra vez en un año o dos, y podría permitirse sobornarlos de nuevo. Esos pensamientos se encendían y apagaban en su mente, como bombillas defectuosas, agitándola. Aunque tal vez todo aquello se debía a aquella tensión antinatural. Deseaba que ocurriera algo que le pusiera fin.

Kyu estaba sentado frente a ella, en un cajón. Acababa de encender el mechero de plástico debajo de su pipa. Inclinó la cabeza, como un perro que oye un ladrido lejano.

—¿También lo ha notado? —dijo.

32

Ministerio de Asuntos Exteriores
Plaza Kim Il-sung, Pyongyang, Corea del Norte

Cho se sentó en un sillón del despacho del viceprimer ministro, con su impecable uniforme nuevo abotonado y la medalla en el pecho. Se sentía como un falso actor en una película de guerra. Los miembros de más alto rango del ministerio estaban agrupados detrás de él como extras, todos con sus mejores galas. Zapatos embetunados, relucientes condecoraciones...

El viceprimer ministro paseaba con una taza de té en la mano.

—Nuestra principal oportunidad se presentará durante el banquete de esta noche, después de varios brindis de *soju*. —Una risa cómplice se extendió por la habitación—. Será entonces cuando serviremos a nuestros yanquis un entrante de amenaza, un plato principal de desinformación y un postre de dulces promesas. Mandemos al viejo a casa pensando que tiene la paz en el bolsillo...

Hasta donde sabía Cho, la estrategia no consistía en absoluto en reducir la tensión, sino en mantenerla bien controlada. No es que nada de eso le importara ya. Los yanquis iban a pasar veintidós horas en el país. Dudaba que el Bowibu esperara tanto. Sospechaba que lo detendrían aquella misma noche al salir del banquete, una vez cumplido su papel.

El viceprimer ministro hizo una pausa para tomar un sorbo de té y miró solemnemente a través de las altas ventanas de la plaza Kim Il-sung.

—Debemos envolver al enemigo en una niebla para impedir que adivine nuestros planes...

«Niebla, mentiras.»

La mente de Cho, como una brújula que busca el norte, volvió a centrarse en su familia.

Se lo había contado todo a su esposa y aún se sentía profundamente afligido. Vivían la vida privilegiada de la élite. Ella nunca había conocido la desgracia. Para ella, Cho no era más que un marido fiel y un padre que adoraba a su hijo. A partir de ese momento, él tendría que vivir sabiendo que su mujer conocía la verdad: que su linaje estaba manchado, que su sangre acarreaba un crimen tan grande que él sería purgado de la sociedad, aunque no tenía ni idea de cuál era ese crimen. La reacción de su mujer había pasado de la incredulidad al asombro, y acabó en un llanto interminable en el dormitorio. ¿Estaba seguro? Ella no dejaba de preguntárselo, y aunque Cho no tenía ninguna prueba que ofrecerle, estaba absolutamente seguro. Repitió una y otra vez lo mucho que lo sentía, pero no tenía palabras para reconfortarla. El problema era él.

Al día siguiente, se dio cuenta de que su mujer había cortado el vínculo que los unía. Dos días después, se mostraba ya fría y distante. Sentimientos de traición y arrepentimiento aparecieron en su rostro. Lo miraba de una forma diferente, como a alguien completamente distinto. Cho no podía soportar aquella mirada. El estigma se había transmitido al hijo que ella había parido. Le pidió a su mujer que llevara a Libros a la dacha de sus padres en Wonsan, en la costa este, mientras él pedía el divorcio. Y cuando ella comprendió por fin el grave riesgo que corría Libros, se desesperó por romper el matrimonio. Empezó a apremiar a Cho, enfadada, diciendo que su familia pagaría el soborno que hiciera falta para acelerarlo. Ella y Cho se aferraban a una última esperanza: que el divorcio y las conexiones de su familia salvarían a su hijo.

Cho preparó de inmediato los permisos de viaje para su mujer y su hijo. Ése había sido el peor momento: ver a Libros por última vez, diciéndole adiós desde el andén de la estación de Pyongyang como si *appa* fuera a reunirse con ellos al cabo de unos pocos días para unas vacaciones de invierno. Su hijo le había pedido que se acordara de llevarle su libro de acertijos, y Cho se había dado media vuelta para ocultar sus emociones.

Su vida había terminado y le sorprendía haberlo afrontado con tanta facilidad. Examinó ese sentimiento, la ligereza y la ausencia de miedo ante la muerte. ¿De dónde procedía esa fortaleza? Tal vez, de alguna manera, siempre había sabido que eso podía llegar. Que ocurriera era un alivio y le daba un valor inesperado. Y ese valor estaba convirtiéndose en una oscura nube en su interior, en un deseo irrefrenable de cometer un acto de venganza.

Había pasado días dándole vueltas, pero al presentarse la oportunidad no lo había dudado.

Se lo debía a la verdad, al futuro. Se lo debía a Marianne Lee.

El día anterior, habían llamado a los colegas de Cho a una reunión en la planta superior que no estaba en la agenda. Él no estaba invitado. En cuanto sus colegas se fueron, se asomó a la puerta de su despacho y comprobó que no hubiera nadie vigilándolo. No vio por ninguna parte a ninguno de los agentes del Bowibu que habían estado controlando sus idas y venidas, vestidos de limpiadores, oficinistas y empleados de intendencia. Disponía de un minuto, dos a lo sumo. El despacho de al lado pertenecía a un colega llamado capitán Hyong. Cho se coló en él y cerró la puerta.

El corazón le martilleaba en el pecho; trató de calmar su respiración.

Sección 915, había dicho Yong-ho. El Programa Semilla.

Cogió el teléfono de la mesa de Hyong y llamó a la centralita principal del ministerio. Tenía la boca seca.

—Páseme con la Sección 915 del Departamento de Organización y Orientación.

Un oficial respondió al teléfono de inmediato y dijo su nombre y rango.

—Teniente, soy el capitán Hyong del Ministerio de Asuntos Exteriores —dijo Cho, tratando de sonar relajado y altivo—. Necesitamos datos de una mujer de nombre Lee Soo-min, coreanoestadounidense, traída aquí en mil novecientos noventa y ocho.

Un gruñido de pausa llenó la línea.

—No compartimos información sobre un programa clasificado con otro ministerio, a menos que...

—Esto podría suponer una ventaja crucial en nuestras conversaciones con los yanquis mañana. ¿Necesito hacer llegar este asunto al Líder en persona?

Nueva pausa en el otro extremo.

—Un momento.

Cho oyó una discusión murmurada al fondo.

El teniente volvió a ponerse al teléfono.

—¿Una coreano-americana, dice?

—Ya me ha oído. Mestiza. Afroamericana y coreana.

Cho oyó que tecleaban algo en un ordenador.

«Vamos, vamos...»

Sin soltar el teléfono, volvió a mirar al pasillo y vio a dos de los vigilantes del Bowibu hablando al fondo. Evidentemente, acababan de darse cuenta de que no estaba en la reunión con los demás. Uno de ellos empezó a acercarse.

«Vamos, por favor...»

Justo en ese momento, un documento en lo alto de la pila de la bandeja de entrada del capitán Hyong captó su atención. Era la relación de los miembros de los delegados de la misión de paz, con unos pocos detalles de inteligencia de cada uno. De inmediato, el nombre de Marianne Lee le llamó la atención. Vio las palabras... «es casi con toda seguridad la antigua académica de la Universidad de Georgetown, Washington D.C., cuyo verdadero nombre es Jenna Williams, doctora en...».

El teniente volvió a la línea.

—He encontrado a Williams Soo-min, el único nombre que encaja con ese perfil racial... El nombre se cambió a Ree Mae-ok. Entró en el país en un submarino en la base naval de Mayangdo el veintitrés de junio de mil novecientos noventa y ocho, junto con un varón surcoreano de diecinueve años.

A Cho le daba vueltas la cabeza. «Así que era cierto...»

—Deprisa, por favor, ¿dónde está retenida?

—Complejo Paekhwawon, justo al norte de la ciudad. Es una zona de estricta invitación...

Cho estaba a punto de colgar cuando el teniente añadió:

—¿Hemos de enviar el expediente?

El coronel salió de la oficina del capitán Hyong con toda naturalidad y a plena vista de su escolta del Bowibu, jugando con la grapadora de Hyong como si acabara de pedirla prestada.

Esa noche, en su casa, Cho pasó un buen rato sentado a oscuras en su estudio, imaginando a la Soo-min de dieciocho años, desorientada, aterrorizada al llegar a su país, observando su nuevo entorno, convencida de que estaba viviendo una pesadilla. ¿Cómo daría esa información a Marianne Lee, que en verdad era la doctora Jenna Williams? Jenna... Era una cuestión de orden, de encontrar la oportunidad...

¿Y eso era todo lo que iba a hacer? ¿Contarle lo que había descubierto? Notó que empezaba a sudar. «Cho Sang-ho, no eres ningún cobarde. Seguramente puedes...»

—¿Alguna pregunta?

Cho se sobresaltó y volvió a centrarse.

El viceprimer ministro estaba examinando los rostros de su personal a través de sus gruesas gafas. Posó la mirada en Cho.

—Coronel, después de las conversaciones esperará a los yanquis en el hotel Yanggakdo y los escoltará al banquete. Y recuerden —dijo, dirigiéndose a los presentes en su conjunto—: si un yanqui pregunta por la presencia de seguridad reforzada en la ciudad, tienen que responder que es sólo un «ejercicio anual rutinario».

«¿Qué seguridad reforzada?»

Cho regresó a su despacho para coger su discurso. Ésa era la parte más vergonzosa de todas: iba a ser un mero ventrílocuo de las palabras escritas por el Partido. Al llegar al pasillo pasó junto a una de sus sombras del Bowibu, que simulaba limpiar un cristal. Por alguna razón, varios miembros del personal avanzaban apresurados en la dirección opuesta. De repente, su hombro chocó con uno de los diplomáticos subalternos y los papeles del hombre cayeron por el suelo.

—Camarada, más despacio —dijo Cho.

—Lo siento, señor.

Todo el mundo estaba inquieto. ¿Era por la visita de los yanquis? Ya había percibido ese nerviosismo en la reunión. Incluso el viceprimer ministro parecía mirar con cierta ansiedad por las ventanas que daban a la plaza.

Se sentó ante su escritorio y empezó a leer el discurso una última vez, pero lo interrumpieron unos gritos en el pasillo. Un agente de la comandancia de policía de Pyongyang se acercaba seguido por dos subalternos con unas cajas.

—¡Todos los portátiles, teléfonos móviles y memorias USB!

Los colegas iban dejando sus móviles en las cajas.

Se detuvieron ante la puerta de Cho.

—¡Todos los portátiles, teléfonos móviles y memorias USB!

Cho tiró su teléfono en la caja.

—¿Qué está pasando?

—Todos los dispositivos de comunicación deben ser registrados por el Bowibu. Forma parte de las medidas de seguridad reforzadas —dijo el oficial, al tiempo que le pegaba una etiqueta adhesiva con el nombre de Cho al teléfono—. Los devolverán mañana.

Un tanto desconcertado, Cho se dirigió a la zona de recepción de la planta, cerca de la escalera, donde había un expositor de periódicos con los diarios y semanarios. Examinó las páginas del *Rodong Sinmun*. No mencionaba ningún refuerzo de la seguridad. Lo único que captó su atención fue una noticia curiosamente neutral en primera página sobre las «medidas económicas necesarias» que se anunciarían a mediodía.

Aguzó el oído. El edificio parecía sumido en una calma siniestra. Los teléfonos de mesa estaban en silencio. Cho volvió caminando hacia su despacho y se detuvo. De pie, en el otro extremo del pasillo, vio la figura de un hombre que lo miraba fijamente. Tenía el cabello plateado e iba vestido con una guerrera negra lisa. Cho lo reconoció enseguida: era el mismo hombre que había visto entre los diputados en la Asamblea Popular Suprema. De manera instintiva, echó a andar hacia él, pero el hombre se dio media vuelta y desapareció por un pasillo a la izquierda. Pensó en ir tras él, pero en ese momento lo distrajo otro alboroto.

Las sirenas de la ciudad empezaron a sonar, alzando su alarido primero en un distrito, luego en otro. Vio el miedo y la alarma en los rostros de sus colegas. Todas las miradas se habían vuelto hacia las ventanas. Cho se había mantenido en calma hasta ese momento, pero esa figura de negro lo había puesto nervioso. Empezó a sentir una incomodidad informe y extraña. Entonces un ruido del exterior hizo que todos se movieran en masa hacia las ventanas. Al otro lado del amplio espacio de la plaza Kim Il-sung corrían en formación tropas armadas y policías. De repente, se dividieron y se dispersaron hacia los laterales como dos bandadas de golondrinas, despejando un camino en el centro, y desde la izquierda un enorme cañón de color verde oscuro fue asomando lentamente, seguido por el repiqueteo y el zumbido de ruedas de oruga. Estupefacto, Cho contempló la maniobra de un tanque T-62 para posicionarse en el centro de la plaza.

Levantó el auricular de un teléfono en el escritorio más cercano. Sin línea.

Detrás de él sonaron pisadas apresuradas. Se volvió y vio al viceprimer ministro en el pasillo con otros diplomáticos del equipo de negociación tras él. Señaló con impaciencia a Cho.

—Los yanquis están aquí.

33

**Ministerio de Asuntos Exteriores
Plaza Kim Il-sung, Pyongyang, Corea del Norte**

Con *jet-lag* y desorientados, los miembros de la misión de paz estadounidense fueron conducidos en fila india más allá de las cámaras de la televisión estatal de noticias, que los esperaban fuera de un gran edificio con columnata cerca del río Taedong. Era un acceso lateral, y no la entrada principal a la plaza Kim Il-sung. Un desaire calculado, pensó Jenna.

Stevens estaba a su lado.

—Me siento como un criminal al que pasean para la prensa.

Jenna olió el alcohol en su aliento.

Los condujeron a través de dos largos pasillos hasta una espaciosa sala enmoquetada y los invitaron a sentarse a un lado de una larga mesa de caoba. Había una inmensa escena marina en la pared de la izquierda: olas de un azul verdoso rompiendo, salpicando contra las rocas. Jenna se echó atrás para asimilar la imagen. La pintura ocupaba una pared entera. Decidió que simbolizaba la firmeza del régimen en tiempos tempestuosos.

Ni el gobernador ni nadie en el grupo tenía idea de qué esperar. Los norcoreanos estaban ejerciendo un control total sobre la visita. La periodista del *Wall Street Journal* sacó su espejito e hizo una mueca mientras se inspeccionaba el lápiz de labios. El cámara de Chad Stevens se estaba hurgando la nariz con la punta de un bolígrafo. Sólo los dedos del gobernador tamborileando en la mesa y el aullido distante de las sirenas rompían el silencio.

Sin previo aviso, se abrieron las puertas dobles en el otro extremo del salón y entró una gran delegación que mantuvo el paso al acercarse. El gobernador se levantó y rodeó la mesa arrastrando los pies para saludar, pero los norcoreanos fueron directos a sus asientos, en formación. Unos cuantos se sentaron en un movimiento sincronizado y el resto se quedaron de pie, detrás de sus jefes. El gobernador, que parecía ridículo ahí en medio, dejó caer la mano y volvió a su asiento, atrayendo todas las miradas de la sala. Justo frente a él se había sentado el coronel Cho, con una guerrera militar blanca y una gorra caqui. Le habían dado una medalla en forma de estrella. Jenna trató de captar su atención, pero la mirada del coronel permaneció fija en la media distancia. Sus pómulos parecían un tanto más marcados que la última vez que lo había visto, y tenía unas profundas ojeras.

Un panorama de rostros severos se había desplegado ante los estadounidenses. No se había ofrecido ningún saludo, ninguna sonrisa. El silencio comenzaba a emponzoñarse. El gobernador se quedó con la boca abierta, desconcertado. Era obvio que había esperado unas palabras de bienvenida.

Justo detrás de Jenna, Stevens resopló.

—¿Aquellas conversaciones con la URSS en plena Guerra Fría? Fiestas de *swingers* comparado con esto...

Imperturbable, el gobernador sonrió con cordialidad, sacó su discurso y se puso las gafas. No era precisamente la primera vez que le tocaba dirigirse a un público al que había que estimular. Sin embargo, justo en ese momento el coronel Cho puso su propio discurso en la mesa y empezó a leerlo con solemnidad. Su voz resonaba en la sala, pero lo más extraño de todo era que el discurso estaba impreso en un periódico, en lo que parecía ser el editorial del *Rodong Sinmun*.

Inclinándose hacia el oído del gobernador, Jenna tradujo la intimidatoria prosa: «¡El injusto bloqueo yanqui a Corea, un obstáculo para la paz! ¡El único camino para los lacayos que venden naciones es la destrucción...!» El gobernador apretó los labios y asintió con la cabeza, escuchando con atención durante los primeros minutos. Sacó su bolígrafo y tomó alguna nota que otra, pero su expresión se tornó en creciente desconcierto cuando el coronel Cho pasó una página y su voz se elevó un punto para condenar la corrupción yanqui y la vacuidad moral de los occidentales hasta que, transcurridos unos veinte minutos sin que Cho diera señal alguna de apuntar una conclusión o acercarse al cierre, el gobernador levantó una mano e hizo un movimiento exasperado para indicarle que parara.

Cho levantó la mirada.

—Señor —dijo el gobernador—, soy un hombre mayor. Me temo que no tengo tiempo para esto, porque podría estar muerto antes de que llegue al final de ese artículo.

Jenna lo tradujo. Siguió otro silencio, y todas las miradas se apartaron de ella para posarse en el gobernador.

Entonces el hombre que estaba a la derecha de Cho reaccionó. Llevaba unas gruesas gafas con montura de acero que le agrandaban los ojos como si fuera un pez y una guerrera marrón sin insignias. Soltó una risa profunda, lenta, y Jenna comprendió por fin la ambigüedad de toda la escena. La dinámica establecida era incorrecta. Cho era un simple portavoz. El de la risa era quien ostentaba el poder en la sala. Los otros siguieron su ejemplo y empezaron a reír de buena gana, llenando la sala de risas masculinas. La expresión del coronel Cho, sin embargo, permaneció inmutable. Durante el más fugaz de los instantes, sus ojos se encontraron con los de Jenna antes de posarse en su propio reflejo en la madera pulida de la mesa. Cuando las risas continuaron y se hicieron más ruidosas, Jenna percibió el trasfondo de su crueldad: para ellos, era como si ese anciano de cabello enredado, el gobernador, fuera la encarnación de la fortaleza de su enemigo.

Más tarde, condujeron al gobernador y su ayudante a sus alojamientos en una casa de invitados del Estado —«Aquí es mucho más fácil espiar nuestras conversaciones», murmuró el gobernador— y los otros miembros de la misión se instalaron en habitaciones de la planta treinta y uno del hotel internacional para extranjeros Yanggakdo, con vistas a la ciudad a través del río Taedong. El hotel estaba situado en una isla del río, cuyo único puente de acceso estaba fuertemente vigilado. No había ninguna oportunidad de escabullirse sin ser visto. Guardaespaldas y guías estarían a su lado desde el momento en que salieran por las puertas del vestíbulo, y los informadores infiltrados entre el personal del hotel y los chóferes vigilarían todos sus movimientos. Sus habitaciones eran el único espacio en el que podían disfrutar de cierta intimidad, pero Jenna ni siquiera estaba segura de eso, y echó la cadena de su puerta.

Se quedó de pie junto a la ventana durante un buen rato, escuchando el resoplido del motor de una barcaza oxidada que dragaba esquisto del lecho del río y el sonido ondulante de las sirenas, como si la ciudad estuviera preparándose para un ataque. Un perfil oscuro de altos edificios se extendía hasta un horizonte de colinas fantasmales. No había color ni luces de comercios, ningún alboroto o bullicio. Las luces de los pisos apenas brillaban en las ventanas sin cortinas: un bosque de hormigón.

La exasperación del gobernador en aquella primera reunión había resultado en una victoria menor para la delegación estadounidense. El hombre que había iniciado la risa, presentado a continuación como el viceprimer ministro, había hecho una seña al coronel Cho para que dejara el discurso. Durante media hora, el intercambio a través de la mesa había transcurrido como una conversación casi normal, hasta que el gobernador, abriendo el informe que Jenna había escrito para él y levantando una foto de satélite, aseguró que aquel complejo secreto que a todas luces parecía un laboratorio constituía una grave preocupación de seguridad. El viceprimer ministro se mostró perplejo. Entonces un ayudante le susurró algo al oído y la atmósfera en la sala cambió en un instante. «Nadie habla de los campos», pensó Jenna, al ver que los rostros que tenía delante se endurecían de nuevo. Era como si se hubiera cruzado alguna enigmática línea roja. «Lástima», pensó. Se aseguraría de que la cuestión se planteara de nuevo en el banquete.

Las sirenas seguían sonando y estaban empezando a ponerla nerviosa. Encendió el viejo televisor Toshiba para enmascarar el sonido. Niños de preescolar con maquillaje y caras de exagerada alegría estaban ejecutando una pequeña danza, levantando las manos en el aire y cantando: «Vamos a recoger una cosecha de alubias abundante...»

Cho se había quedado sentado en silencio durante el resto de la reunión. Algo le había ocurrido desde su viaje a Nueva York. Sólo le había sostenido la mirada un segundo, y en sus ojos Jenna no percibió arrogancia, sino algo completamente inesperado, una especie de vulnerabilidad. Había visto pena, vergüenza y lamento. Estaba segura, y el hecho de que no participara de las risas de sus camaradas no hizo más que confirmarlo. Sin embargo, le había sido imposible cruzar una palabra a solas con él. Eso sólo le dejaba el banquete de aquella noche...

Deshizo su maleta, colgó la ropa y se tumbó en la cama. Estaba agotada. En cuestión de minutos, se quedó dormida con los niños cantando en el viejo Toshiba, vagando en un sueño inquieto e intermitente en el que el televisor la observaba, el pomo de la puerta de su habitación giraba y la cadena de la puerta tintineaba.

34

Estación de tren de Hyesan
Provincia de Ryanggang, Corea del Norte

Era justo mediodía en el reloj de la estación. La señora Kwon lo oyó primero. Después, lo oyeron todas las demás y levantaron la mirada de sus esteras. Provenía del otro extremo de la ciudad, un grito semejante al bramido del viento en los aleros de las casas durante una tormenta, o a los aullidos de los espíritus malignos en las montañas. A medida que se acercaba el sonido, entendieron que era producto de muchos silbatos que sonaban a la vez.

El mercado se detuvo a escuchar.

De repente, vieron a Cara de Pala, sin el sargento Jang, corriendo hacia ellas por el pasillo y sujetándose la gorra con una mano. Tenía el rostro colorado como una ciruela. Les hizo una seña para que se reunieran.

—Si algunas de ustedes, señoras, tienen teléfonos ilegales, desháganse de ellos ahora. Y no se lo he dicho yo.

Los silbatos se elevaron otra vez, cientos de ellos al unísono, y a continuación se sumó a ellos el ulular de las sirenas que daban la alarma en caso de ataque aéreo. Las mujeres se volvieron en dirección al sonido, con los ojos brillantes de puro miedo.

—¿Qué ocurre? —dijo la señora Yang, pero Cara de Pala se había ido ya.

—Estamos en guerra. —La señora Kim ahogó un grito, tapándose la boca con los mitones.

La señora Moon escuchaba desde su estera. Eso era lo que se había estado preparando durante toda la mañana. Lo que había tensado la atmósfera como la piel de un tambor. La electricidad no había vuelto, y sin los sonidos de cobertura del altavoz o los trenes, las notas de los silbatos parecían subir y bajar como ondas de un aullido fantasmal.

Entonces, un chirrido en la plaza de la estación atrajo la atención de la señora Moon. Entrecerró los ojos y, a través de la valla, vio un gran objeto rojo que se movía en su línea de visión. El líder de una tropa de adolescentes estaba dirigiendo a un grupo de la Juventud Socialista que empujaba un enorme cartel con ruedas hasta la Oficina del Partido. En letras de un metro de alto, se leía: «¡DEFENDAMOS A NUESTRO CAMARADA KIM JONG-IL CON NUESTRAS VIDAS!»

Desde el otro lado de la plaza llegó el gruñido de un motor: un camión del ejército que circulaba a toda velocidad. El vehículo se sacudió cuando los frenos lo detuvieron con un chirrido, y las tropas saltaron de la parte de atrás. Empezaron a sacar más carteles del camión. El oficial gritaba y señalaba las distintas posiciones alrededor de la plaza donde tenían que fijarse los carteles.

Los silbatos sonaron otra vez, como gritos, más cercanos ya: notas agudas detrás de un violento martilleo de clavos en las paredes.

El primer cartel estaba colocado, y un terror negro se extendió sobre la señora Moon. Las letras se habían escrito apresuradamente en pintura blanca.

«¡AL PAREDÓN LOS QUE DIVULGAN RUMORES!»

Los martillazos resonaban en el aire. Los clientes de las dos cantinas del mercado dejaron de comer, se dieron la vuelta en los bancos y se quedaron mirando fijamente. Parecía que estuvieran viendo matar a alguien a palos. Se alzó un segundo cartel, luego un tercero y un cuarto.

«¡AL PAREDÓN LOS QUE DIVULGAN CULTURA EXTRANJERA!»
«¡AL PAREDÓN LOS QUE ORGANIZAN REUNIONES ILEGALES!»
«¡AL PAREDÓN LOS QUE ABANDONAN EL SOCIALISMO!»

Sin mediar palabra, las mujeres reunieron sus productos y empezaron a recoger. La señora Moon buscó a Kyu. Se sentiría más segura con él y, sin duda, el muchacho sabría lo que estaba ocurriendo. El puesto de divisas frente al edificio del Partido estaba echando a sus clientes; el salón de belleza estatal ya se había vaciado; la farmacia estaba cerrada.

«Una suma máxima de cien mil wones», dijo una voz férrea desde los altavoces.

El volumen era explosivo, casi rompía los tímpanos. Había vuelto la corriente. Las luces de la estación se encendieron. La ciudad estaba mareada, no se sabía si era de día o de noche. El zumbido de los altavoces era alto y constante.

«Repito: en dos días, hasta un máximo de cien mil...»

Las mujeres se quedaron paralizadas.

Escucharon el anuncio hasta el final:

«Todas las escuelas y universidades permanecerán cerradas hasta nuevo aviso; todos los teléfonos móviles y lápices de memoria deben entregarse sin más dilación a representantes del Ministerio de Seguridad del Estado...»

Con el alma en vilo, las mujeres estaban mirando al suelo, esperando a que el anuncio se repitiera desde el principio.

La noticia osciló a través del mercado como una bola de derribo.

«Se emitirá una nueva moneda más valiosa. El nuevo won vale mil wones antiguos. Todos los ciudadanos disponen de dos días para cambiar los billetes viejos por nuevos, hasta un máximo de cien mil wones. Repito...»

La calma era similar a la que se produce tras una explosión. Cuando el humo se despejó, la devastación los miró a la cara.

El Estado iba a arrebatarles los ahorros que les quedaban.

La señora Kwon se sentó en cuclillas como una campesina y empezó a gemir, tapándose la cara con las manos; otras siguieron concentradas, escuchando el anuncio de nuevo, estupefactas, como si lo hubieran oído mal o las palabras pudieran cambiar.

Todas sus iniciativas, todas sus largas horas, todo su duro trabajo...

En los primeros minutos, las mujeres permanecieron perdidas en sus pensamientos. Entonces la señora Lee gesticuló, enfadada, dirigiéndose al altavoz:

—¡Lo único que me queda está en wones! —gritó, y la consternación se convirtió en rabia, como cuando la leña húmeda empieza por fin a arder.

Unos instantes después, todas estaban hablando entre ellas. ¿Cuánto habían ahorrado en wones? ¿Cuánto en divisas seguras, yuanes, euros, dólares?

—¿Por qué hacen esto? —gritó la señora Yang.

Había cuestionado lo incuestionable, pero nadie se sorprendió. Sus palabras sólo parecieron alimentar la rabia que se extendía a través del mercado.

«Porque el comercio es libertad», pensó la señora Moon, y bajó la mirada a su regazo.

Los silbatos se elevaron otra vez al unísono, ahora como un ruido de fondo en el barullo de voces enojadas.

Un hombre joven que sostenía a un niño en brazos llegó corriendo por el pasillo. Se fue acercando a todas y cada una de las comerciantes que vendían ropa; y todas ellas le dijeron que no con la cabeza. Llegó hasta las mujeres que estaban cerca del puente y dijo suplicante:

—Por favor, he estado ahorrando para comprar un abrigo a mi hijo.

En su mano libre sostenía un fajo de wones que pronto no valdrían nada.

Sus palabras parecieron activar un interruptor y el ambiente febril del mercado cambió otra vez. El pavor siguió a la estela del hombre por el pasillo, como si fuese una ráfaga de viento repentina que levantara hojas a su paso. De pronto, el pánico atenazó a las mujeres que rodeaban a la señora Moon y se extendió a los clientes. En cuestión de segundos, el mercado estaba rugiendo. Todo el mundo intentaba gastar sus wones en algo que luego pudiera revender.

—Un día de mala fortuna, *ajumma*. —Kyu apareció de pronto a su lado.

Sin dudarlo un instante, la señora Moon puso un puñado de sucios wones en manos del muchacho. Era todo lo que tenía.

—Compra cualquier cosa que puedas revender —dijo—. Date prisa, ¡vamos!

Se hundió en una pila de sacos de arroz, dejando caer la cabeza en las manos, sin hacer caso de los gritos y las discusiones que surgían en torno a ella. Se sentía como si estuviera sentada en la orilla de una inmensa superficie de agua plana y oscura que se extendía sin fin, fría y eterna. Durante mucho tiempo, años tal vez, había preferido ignorarlo. En aquel momento lo afrontó y lo aceptó. Siempre estaría allí. Nunca cambiaría. «No hay futuro», pensó. La melodía que recordaba a medias se coló a través de alguna puerta en su memoria, que se abría hacia un pasado remoto, y la visión, desdibujada, se le llenó de brumas.

«Un cordero avanza, resignado, cargado con la culpa de todos los hombres.»

La melodía llevaba consigo la imagen de una mujer joven con un vestido *hanbok*, sentada entre pétalos a la sombra moteada de un cerezo en flor. Su canto era dulce y amable, y estaba repleto de esperanza. Era su madre, muerta mucho tiempo atrás. La señora Moon tiró de dos de los sacos de arroz hacia ella, los abrazó contra el pecho y apoyó en ellos la cabeza. Sus bebés, que sólo se llevaban trece meses. Cómo habían llorado y sollozado, qué sanos habían estado, qué ruidosos y llenos de vida. Perdidos para ella, como todo lo demás.

Cuando Kyu regresó, el cielo se estaba tiñendo de oro y unas amenazantes nubes rojas se alzaban en las cumbres de las montañas. Kyu dejó caer un pesado saco de lona a su lado. Tenía la cara sucia, con marcas de haberse frotado en torno a los ojos, y llevaba el abrigo rasgado. Se sentó junto a la señora Moon en la estera sin decir una palabra, sacó una papela de *bingdu* y preparó su pipa, llevando a cabo su ritual con sus dedos delgados. No necesitaba contárselo. El ruido del campo de batalla había hecho erupción en torno a ella. La gente peleaba pujando por cualquier cosa que pudieran revender. La señora Moon levantó el borde del saco de lona con un dedo. Kyu había logrado comprar un oso de peluche, una sudadera usada y una cabeza de cerdo. Había gastado dos mil wones en artículos que apenas le habrían costado unos cientos aquella misma mañana. Le devolvió los tres billetes que le habían sobrado.

El muchacho soltó el humo blanco como el hielo y ofreció su pipa a la señora Moon.

Ella la miró. En la mano pequeña de Kyu, brillaba como un objeto sagrado. Con un ceremonioso gesto, la señora Moon se la llevó a los labios y chupó. La droga no le quemó en la garganta ni la hizo toser. Era suave y limpia, más como neblina que como humo. La frente se le relajó y, unos instantes después, todo le preocupaba menos todavía. Se volvió hacia Kyu y le echó un brazo a la cintura. El muchacho la miró con esos ojos de vidrio ahumado cargados de conocimiento, luego apoyó la cabeza en su hombro.

—¿Cuál es tu apellido? —Nunca se le había ocurrido preguntárselo.

—No lo recuerdo.

—¿No lo recuerdas? ¿Te llamas sólo Kyu? —Eso no estaba bien. Todo el mundo tenía un apellido. Una persona no era nada sin un apellido—. Toma el mío —le dijo ella.

Él sonrió con timidez, como si acabaran de ofrecerle un regalo raro y de gran valor.

—Moon —susurró Kyu.

Los silbatos y sirenas eran ahora como una música de fondo. Habían perdido el poder de asustarla. Dio otra chupada al *bingdu*. Kyu tenía razón. Se llevaba el dolor. Se llevaba el miedo y la preocupación.

Estaba viendo a la gente que vagaba hacia la plaza de la estación y se reunía a hablar en grupos delante del edificio del Partido, ajena a las sirenas. La voz del altavoz continuó su gemido constante y marcial:

«Por orden del Ministerio de Seguridad del Estado, se declara el toque de queda en toda la ciudad al caer el sol. Cualquier ciudadano que se encuentre en las calles después del atardecer será detenido...»

Los últimos rayos de sol estaban iluminando la parte inferior de las nubes de un profundo carmesí, pero el número de personas en la plaza parecía doblarse, triplicarse. El *bingdu* hacía que la señora Moon viera cosas que no estaban ahí: una multitud creciente que no tenía miedo.

Entonces se fijó en la cara de Kyu, también cautivado por esa visión, y en las mujeres que salían del mercado y se dirigían a la plaza como atraídas por un hilo invisible.

La señora Moon se levantó, muy tiesa. No eran imaginaciones suyas. La multitud estaba creciendo.

Entró en la plaza sosteniendo la mano de Kyu. Reconoció algunas de las caras —comerciantes y vendedores que también la conocían a ella—, pero se les estaba uniendo un número creciente de ciudadanos. Parecía que toda la ciudad se estuviera reuniendo allí, abandonando fábricas y viviendas, atraída por el tirón gravitacional de lo que estaba ocurriendo, fuera lo que fuese. La tensión que había sentido a lo largo de toda la mañana se había roto. Lo que había percibido era como una especie de electricidad estática, pero eso era otra cosa. La señora Moon no podía explicarlo. Era una fuerza, un magnetismo. Alguien llevó el brasero *yontan* desde el mercado hasta la plaza y lo colocó justo delante del edificio del Partido, y la gente se reunió a su alrededor, soplándose las manos para que el frío no les cortara la circulación.

Cuando llegó un convoy de cuatro, cinco camiones del ejército con sus faros amarillos encendidos, la multitud observó en silencio. En lugar de dispersarse, la concentración siguió creciendo. La gente olvidaba toda precaución; la tensión en sus rostros parecía anticipar lo que iba a suceder. Las tropas saltaron de los camiones, decenas de soldados, pero, al verse enfrentados a una inesperada y muy numerosa multitud, sus silbatos permanecieron en silencio. El punto muerto duró unos instantes, hasta que el cordón de las tropas se separó para dejar pasar al capitán. El oficial caminó hasta el brasero *yontan* en el centro de la plaza, mirando a izquierda y derecha y apartando a la gente de su camino.

Todas las miradas de la plaza se centraron en él.

—¡¿Qué está pasando aquí?! —gritó—. ¿Acaso habéis perdido el respeto a nuestra Oficina del Partido? ¿Está a punto de empezar un toque de queda y os quedáis todos aquí, como gentuza?

Ninguno de los congregados se movió.

—¡Esto es lo que ocurre cuando se extiende el veneno del capitalismo! Desorden. Falta de respeto. Egoísmo. Y como veo a tantos capitalistas aquí... —Inclinó sardónicamente su gorra de plato hacia la Abuela Whiskey—. Os voy a decir algo: a partir de mañana por la mañana, el mercado de la estación abrirá sólo durante tres horas, de ocho a once...

—¿Por qué? —preguntó una voz.

El capitán se alejó del fuego. Se llevó la mano a la cartuchera y de repente el rostro se le puso blanco de asombro.

—¿Quién se ha atrevido a replicarme?

La señora Moon avanzó entre la multitud hasta la luz del fuego y se situó frente al capitán, al otro lado del brasero.

—¿Cómo te atreves a desafiarme? —Estaba mirándola, respirando profundamente—. Me preguntas por qué... ¡pues te diré por qué! —Miró a su alrededor, en dirección a la multitud, y una ligera aprensión se abrió paso en su voz al ver el creciente número de rostros que lo miraban—. A partir de ahora, los precios de la comida, combustible y ropa los fijará el Estado...

Entre la multitud se alzaron exclamaciones de rabia.

—¡El gobierno no sabe qué demonios está haciendo! —La voz sonó como la de la señora Lee.

—El sistema de racionamiento volverá a funcionar mañana, ¿no? —El sarcasmo provenía de la señora Kwon.

—¿Y qué se supone que hemos de hacer con nuestros inútiles wones? —La señora Yang se asomó al frente y se dejó ver, con una expresión tan dura como la del cobre a la luz del fuego—. ¿Quemarlos para calentarnos?

—¡Las cantidades que superen los cien mil wones deben ser depositadas en el banco estatal! —gritó el capitán.

Una risa despectiva recorrió la multitud. El capitán sacó su pistola, levantó el brazo y disparó al aire, obligándolos a agacharse. El disparo resonó en los edificios de la plaza, acallando a la multitud al instante.

—¡Los mercados son una fuente de todo tipo de prácticas no socialistas! —gritó—. El Partido está reafirmando la economía del pueblo...

—Nosotros somos el pueblo.

La señora Moon no había levantado la voz. Había hablado en su tono habitual, pero sus palabras parecieron incendiarse y estallar en cuanto fueron pronunciadas.

Dio otro paso hacia la luz de la hoguera.

—¿No dijo el camarada Kim Jong-il en persona que el pueblo es el dueño de la economía? Nosotros somos el pueblo.

La multitud empezó a murmurar y a susurrar. La fuerza invisible pareció hincharse y consolidarse. La señora Moon se dio cuenta de que sus palabras adquirían poder al salir de sus labios. No sentía ningún miedo, sólo una euforia que se acumulaba y crecía en su interior. Lo que dijo a continuación era algo tan simple y natural como si se dirigiera a unos niños.

—Tendrá que darnos arroz o dejarnos comerciar.

Tiró de los tres billetes que quedaban en su cinturón de dinero. Parecían patéticos, y uno de ellos cayó al suelo. Estrujó los otros dos en una bola de papel, alargó el brazo y los dejó caer en el brasero.

La multitud se quedó paralizada. Aquellos billetes que centelleaban entre las ascuas llevaban la imagen del Gran Líder. El asombro recorrió los rostros de los congregados. Había cometido un acto del cual no podía haber marcha atrás ni perdón. La noche estaba cayendo desde las montañas, los rostros refulgían de ámbar y oro a la luz del fuego; ojos negros y chispeantes. El capitán abrió la boca, pero no dijo nada.

La señora Moon vio movimiento a izquierda y derecha. La señora Lee y la señora Yang se acercaron al fuego. Las dos alargaron los brazos y dejaron caer sus inútiles fajos de billetes al brasero. Las tropas esperaban órdenes sin hacer nada. Todo el mundo parecía demasiado sorprendido para moverse, como si alguna ley universal estuviera viéndose alterada ante sus ojos. Entonces, la señora Kwon hizo lo mismo. Después, la señora Kim. Después, la Abuela Whiskey. Cientos de miles de wones arrojados al fuego. La tinta de los billetes creó llamas delicadas de azul, lima y fucsia que se reflejaban en las caras de las mujeres. Luego el papel se consumía en llamas brillantes y soltaba virutas de ascuas naranjas hacia el aire.

De la multitud surgió un murmullo de mal presagio, como si fuera un rebaño azuzado y provocado.

—¡Dispersaos todos ahora mismo! —gritó el capitán—. ¡Dispersaos ahora o seréis detenidos!

Una mujer gritó desde la parte de atrás de la multitud:

—¡Dadnos arroz o dejadnos comerciar!

Otra voz, más joven y más cerca de la parte delantera, repitió las mismas palabras:

—¡Dadnos arroz o dejadnos comerciar!

El capitán hizo una seña con la mano a las tropas y sopló su silbato. Durante unos segundos, los soldados no hicieron nada.

Estaban siendo testigos de su primera revuelta. De repente, cargaron contra la turba, embistiendo a los reunidos para apartarlos, dándoles patadas y puñetazos, tirándolos al suelo con las culatas de los rifles... La violencia desatada era brutal. La multitud rugió, pero el clamor había calado y se extendía como un incendio en el bosque, y cada individuo nutría con su energía a los demás.

—¡Dadnos arroz o dejadnos comerciar!

—¡Dadnos arroz o dejadnos comerciar!

Todos los ciudadanos de la plaza lo gritaban a pleno pulmón, agitando los puños al aire. Ningún silbato podía ahogar aquel canto. Una piedra voló por los aires y golpeó un camión del ejército, luego otra rompió la ventana superior del cuartel general del Partido. La plaza entera estaba cantando al unísono.

La señora Moon nunca había visto nada semejante. El mundo se estaba poniendo patas arriba. El hierro se fundía, se disolvía la piedra. Cualquier cosa parecía posible.

De repente, un grito de asombro se extendió entre la multitud como la onda expansiva de una explosión. Tan rápidamente como había empezado, la revuelta se calmó y los cantos se detuvieron. La gente miró con incredulidad. El pequeño brasero proyectaba su débil luz en las columnatas en sombra de la Oficina del Partido, pero fue suficiente para que se viera que habían pintado el gran cartel rojo erigido delante del edificio aquella misma mañana. La multitud estaba tratando de aceptar lo imposible.

En letras negras apresuradas, se había escrito una palabra sobre el nombre del Amado Líder.

ABAJO

KIM JONG-IL

La única cabeza que no se volvió hacia allí, la única figura que siguió mirando al lado contrario, era la del capitán. Por un momento, su rostro permaneció en las sombras, hasta que la luz de la hoguera reveló su expresión. Tenía los ojos desorbitados; la cara, trastornada. Estaba escudriñando a la multitud como un láser: buscaba a la señora Moon.

Ella empezó a retroceder, despacio, paso a paso, sin atraer su atención. Hasta que él la vio. Un instante después, estaba cargando hacia ella, gritando a la gente para que se apartara de su camino. Levantó la pistola, sosteniéndola por el cañón, con la culata preparada para golpear.

La señora Moon levantó las manos para protegerse la cara.

De pronto, inesperadamente, una pequeña forma oscura se lanzó contra las piernas del capitán y lo derribó, haciendo que su gorra saliera volando. El capitán cayó a plomo de costado, se golpeó la oreja con el suelo y aulló de dolor. Antes de que pudiera ver a su asaltante, Kyu había desaparecido. El capitán se levantó, se tocó la oreja y vio que tenía los dedos pegajosos de sangre.

La señora Moon se dio la vuelta e hizo algo que no había intentado en años: echó a correr. El *bingdu* le había eliminado la rigidez y el dolor de las rodillas. El corazón le latía con calma y tenía la cabeza despejada. Eso, por supuesto, no alteró el hecho de que era una mujer artrítica de sesenta años. Había llegado hasta las vías del ferrocarril cuando un porrazo la alcanzó en la espalda, dejándola sin respiración. La gravilla suelta le golpeó el rostro.

A lo lejos, oyó el traqueteo de una ametralladora. Cuando le aplastaron la cabeza en la gravilla oleosa y cubierta de excrementos de las traviesas y le esposaron las muñecas a la espalda, la señora Moon pensó en lo contenta que estaba de haberle dado un apellido a Kyu.

35

Planta 31, Hotel Internacional Yanggakdo
Pyongyang, Corea del Norte

Cuando Jenna se despertó, un anochecer naranja se había posado sobre la ciudad. Las sirenas se habían detenido, dejando tras ellas un silencio siniestro. En las calles no había tráfico ni transeúntes. Jenna miró el reloj. Sólo tenía unos minutos para prepararse.

Las cañerías del cuarto de baño emitieron un rugido fantasmal antes de que saliera agua ardiendo de la ducha. Jenna se lavó y se secó el pelo con rapidez, se puso su vestido Givenchy negro y, después de una mirada fría y apreciativa en el espejo, se aplicó algo de maquillaje y se puso unos pendientes de zafiro. Sacó la cadena de plata de Soo-min del bolso, se la colgó cuidadosamente en torno al cuello y tocó el colgante con la yema del dedo. Una dama del Renacimiento, señalando una joya.

Era tentador dejar que Chad Stevens se quedara dormido, pero caminó por el pasillo en busca de su puerta porque había quedado en pasar a recogerlo. De pronto, las luces zumbaron y parpadearon antes de apagarse por completo, dejándola en la más absoluta oscuridad. Un instante después, distinguió la tenue luz de la salida de emergencia. Aquel hotel estaba empezando a aterrorizarla. Todo el edificio transmitía una calma profunda, como si la suya fuera la única planta ocupada. Esperaba que al menos los ascensores funcionaran.

Jenna llamó a la puerta de Stevens. Ninguna respuesta. Llamó otra vez y, al ver que no contestaba, abrió lentamente y vio a Stevens de espaldas a ella, encorvado en el suelo sobre su portátil con los auriculares puestos. A su lado estaba su Samsonite abierta de par en par y media botella de bourbon. Un cable se extendía desde el ordenador hasta una pequeña antena satelital cuadrada y plana, desplegada en el alféizar de la ventana. En la pantalla del portátil se veía un estudio de BBC World News.

—Stevens, ¿qué demonios...?

El periodista cerró el portátil de golpe y se levantó como si lo hubieran pillado viendo porno.

—¡Joder, qué susto me ha dado!

Jenna lo miró, desconcertada.

—¿Qué está haciendo?

Levantó las manos.

—Relájese, haga el favor. Y hable en voz baja. Algo gordo está pasando...

—¿Cree que esto es un juego? Estamos en Corea del Norte, Stevens. ¿Tiene idea del peligro en el que nos ha puesto a todos al traer ese...?

—Lo siento, ¿vale? Nadie tiene por qué enterarse...

Jenna miró por la habitación, fijándose en los múltiples escondites en los que podrían haber ocultado una cámara o un micrófono, sabiendo que podrían estar en ese mismo momento escuchando a ese estúpido mientras confesaba su delito con su propia bocaza.

Stevens hizo un gesto hacia el portátil.

—¿Es que no me ha oído? Tenemos un notición...

Jenna suspiró y cruzó los brazos como una maestra de escuela que escucha una excusa lamentable.

Stevens le echó una medida de bourbon en una taza de café y se la pasó. Su rostro perdió aquel aspecto apagado de chico de la fraternidad. Sus pupilas estaban encendidas, su mente funcionando. Jenna aceptó el trago. Stevens volvió a sentarse en el suelo, abrió la pantalla y le mostró una imagen pixelada en *stop-motion*. Los subtítulos que se veían en la pantalla decían «VENDEDOR CALLEJERO TUNECINO DESATA UN LEVANTAMIENTO». Una turba enfurecida marchaba a través de un bazar, gritando en árabe. Un coche volcado en llamas iluminaba a la multitud. Centenares de puños al aire... La señal no dejaba de cortarse. Stevens quitó el audio. Entonces la filmación pasó a una foto de un joven con el pelo rizado y largo con ojos castaños y tristes.

—Este vendedor callejero se quemó a lo bonzo ayer, en protesta contra... todo. Está empezando una puta revolución. Ya hay multitudes en las calles de El Cairo. Esto podría extenderse a cualquier parte...

Jenna observó una imagen aérea nublada, temblorosa, tomada desde un helicóptero. El gas lacrimógeno dejaba un rastro de humo blanco cuando la policía lo lanzaba, creando de repente un círculo vacío en la multitud, como un iris que se dilata de pronto. Los comentaristas estaban hablando sin sonido desde Londres, Estambul, El Cairo...

—Puede apostar a que todos los dictadores árabes impondrán toques de queda esta noche. Están en alerta máxima...

—Una razón más para apagar eso ahora mismo. Joder, Stevens, recuerde dónde está.

Sus palabras lo hicieron reaccionar. Como si de pronto estuviera sobrio, cerró el ordenador y guardó la antena.

—Tiene razón. —Luego mostró su sonrisa de vendedor—. Pero es emocionante. —Se bebió el bourbon de un trago.

—Ni siquiera se ha vestido.

—¿Por qué no se adelanta? La veré en el vestíbulo con los otros.

Jenna ya estaba saliendo cuando él añadió:

—Está muy sexy hoy, por cierto.

No vio cómo ella entornaba los ojos en un gesto de hastío.

En el pequeño vestíbulo de la planta treinta y uno, los otros miembros de la delegación estaban esperando el ascensor. Los dos expertos en política del sudeste asiático del Departamento de Estado llevaban corbata negra, y Jenna no estaba muy segura de que eso transmitiera la imagen adecuada; la periodista del *Wall Street Journal* era la pura imagen del poder, vestida como una candidata presidencial, con amplias hombreras y peinada con laca. El cámara de Stevens, en cambio, llevaba los mismos tejanos y chaqueta con los que había llegado.

Se abrieron las puertas de uno de los cuatro ascensores, pero dentro iba un grupo de hombres asiáticos extremadamente altos vestidos con chándales con las palabras «GIRA AMISTOSA DE BALON-CESTO. MONGOLIA». Había espacio para algunos más.

—Adelántense ustedes —dijo Jenna.

Los demás entraron y las puertas se cerraron. Las luces volvieron a parpadear, se atenuaron poco a poco y finalmente se apagaron. Jenna se preguntó si eso afectaría de algún modo al ascensor, pero el indicador digital de las puertas mostraba que seguía descendiendo con suavidad hacia el vestíbulo. En la oscuridad del pasillo, Jenna se fijó en un pequeño halo de luces de color rubí enfocadas hacia ella: una cámara de seguridad. Se acercó a la ventana, fuera del campo de grabación de la cámara, y miró hacia el este, el lado residencial de la ciudad. Había grandes franjas sumidas en la oscuridad. Los únicos charcos de luz, como iconos en una catacumba, eran los retratos de Padre e Hijo, que daban a la oscuridad un extraño aspecto enjoyado. Hermoso, pero de un modo siniestro.

La mente de Jenna estaba reproduciendo la escena que acababa de presenciar.

Una muchedumbre enfurecida en un bazar de Túnez, la tenaza dictatorial del poder debilitándose hora tras hora bajo el foco de los medios internacionales.

«Sin duda, esto pondrá en alerta al régimen norcoreano...»

Comprenderlo la impactó con la fuerza de una revelación.

Kim Jong-il sólo era poderoso en la medida en que tenía capacidad de controlar las noticias. Si éstas se filtraban en su país, si se extendían rumores de revolución, la chispa más pequeña... La chispa más pequeña...

Las sirenas. Las calles vacías. Las tropas en todas partes. Jenna se llevó una mano a la frente. La ciudad estaba en estado de emergencia.

A su espalda sonó una campanilla.

Se abrió la puerta de uno de los ascensores. No estaba ocupado. ¿Dónde demonios estaba Stevens?

Entró. Las puertas se cerraron. Observó los dígitos que descendían y recordó lo que le había dicho Stevens en el avión. Por supuesto, el panel de acero a su lado tenía un botón de ascensor para cada planta desde la treinta y cinco al vestíbulo, pero no para la quinta planta.

Se ajustó el cinturón del abrigo. El aire dentro del ascensor estaba congelado. Jenna se volvió al espejo para mirarse el pelo y el maquillaje. El ascensor empezó a descender lentamente. Poco después, se detuvo y las puertas se abrieron con una campanilla.

En el espejo, Jenna no vio el vestíbulo detrás de ella, sino una oscuridad absoluta.

Un tanto confundida, levantó la mirada al dígito iluminado encima de la puerta. El número del piso que mostraba era el cinco.

Una corriente gélida llegó hasta ella, arrastrando una ola de puro vacío. Ante sus ojos, un pasillo largo y oscuro como el cañón de un arma. La lucecita del ascensor zumbó y luego se apagó.

Unas manos entraron en la cabina y agarraron a Jenna antes de que pudiera gritar.

36

Quinta planta, Hotel Internacional Yanggakdo
Pyongyang, Corea del Norte

La mano le había tapado la nariz y la boca, ahogando su grito. Jenna se debatió y se retorció, pero entonces una voz siseó en su oído.

—Ni un solo ruido si quiere volver a ver a su hermana.

Jenna se puso rígida al instante, con los ojos muy abiertos. La sensación que experimentó era más poderosa que la sorpresa.

Cho suavizó poco a poco su presión, inseguro, temiendo la reacción de Jenna. Cuando sus pupilas se acostumbraron a la oscuridad, ella vio un pasillo donde se sucedían puertas y paredes de cristal ahumado. Un ruido leve, como un zumbido, llenaba el espacio, y con ese ruido llegaba el olor de cables calientes de los servidores de ordenador.

Jenna contuvo la respiración, con el corazón como un puño apretado en el pecho.

La voz de Cho era una minúscula exhalación de aire, menos que un susurro.

—No tenemos mucho tiempo. El banquete empieza en treinta y cinco minutos. ¿Está de acuerdo en hacer exactamente lo que le diga?

—Sí.

—Hay un precio. Asilo en Estados Unidos. Me voy en su avión a las seis de la mañana.

«¿Quiere desertar?» La mente de Jenna se tambaleaba. Ella no tenía poder para aceptar semejante propuesta, y Cho debía de saberlo. Entonces percibió la magnitud de lo que eso implicaba. Los norcoreanos que desertaban eran gente miserable y hambrienta. Las deserciones de gente de su rango eran extremadamente raras, apenas se producía una cada década...

—No podrá acercarse al avión... —repuso Jenna.

—Podré hacerlo si usted me ayuda.

Estaba perpleja. Cho la había soltado, pero ella le cogió las manos y se volvió hacia él en la oscuridad, muy cerca de su rostro, consciente de que el tiempo se iba agotando.

La voz de Cho sonó tensa y desesperada.

—¿Trato hecho?

Jenna habría dicho cualquier cosa con tal de recuperar a su hermana, lo que fuera, y el coronel debía de saberlo.

—Sí.

Cho se quedó unos instantes en silencio, examinándola, deseando creerla.

Ella notó que los ojos del coronel escudriñaban los suyos en la oscuridad.

—Diríjase rápidamente al final del pasillo. No mire a izquierda ni a derecha. Espéreme al otro lado de la puerta. Y prepárese para correr.

Jenna sintió una mareante inyección de miedo y euforia. Le temblaban las piernas. Empezó a caminar por el pasillo. Incapaz de resistirse, miró a un lado. Detrás de un cristal ahumado vio a varios hombres uniformados sentados de espaldas a ella. Llevaban cascos y observaban largos paneles llenos de pantallas que mostraban las imágenes de las cámaras de vigilancia. Atisbó algunas en directo: invitados durmiendo en las camas del hotel, invitados esperando ascensores... En una de las pantallas vio a una mujer duchándose. «Oh, qué estúpido has sido, Chad Stevens, lo han visto todo.»

Pero ¿acaso ella era menos estúpida? ¿Qué riesgo demencial estaba corriendo?

Después de un centenar de metros, llegó a la puerta. Era una salida de incendios. Miró atrás y vio vagamente al coronel metiéndose en el ascensor y pulsando un botón. Las puertas se cerraron justo cuando él salía de un salto. Entonces dio un fuerte codazo en un pequeño panel de la pared y rompió el cristal.

Se alzó un clamor ensordecedor de las alarmas de incendio y Jenna se llevó las manos a los oídos. Cho ya estaba corriendo hacia ella. Una de las puertas de cristal se abrió. Luego otra. Varios hombres salieron de ellas.

Jenna se coló a través de la puerta antes de que la vieran. Oyó que el coronel gritaba:

—¡Fuego!

Luego más cerca.

—¡Fuego! ¡Evacúen el edificio!

Cho cogió del brazo a Jenna, y los dos bajaron apresuradamente por la oscura escalera, iluminada sólo por los paneles que anunciaban la salida de incendios. Llegaron a la cuarta planta, luego a la tercera, que ya se estaba vaciando de gente. Personal de limpieza, guardias de seguridad y huéspedes extranjeros se dirigían a la escalera. La gente sólo podía concentrarse en huir de aquel ruido ensordecedor. Nadie se fijó en Jenna y en el coronel. Cuando llegaron a la planta baja, se unieron a la lenta fila de camareras, animadoras de karaoke, crupieres, asistentes de bolera, bármanes, cocineros y más invitados. Su fuga avanzaba a paso de tortuga.

Siguieron a la multitud por una puerta de incendios hasta el frío aire de la noche, manteniendo la cabeza baja. Justo a su izquierda estaba la parte trasera de un Mercedes-Benz plateado con matrícula 2★16, aparcado lo más cerca posible de la salida de incendios.

—Suba —dijo el coronel, pulsando la llave para desbloquear las puertas.

Subieron. Cho cerró su puerta con fuerza y le dio al botón de encendido, mirando por el retrovisor.

A menos de tres metros de ellos, al otro lado de la puerta de emergencia, los faros de un coche que esperaba estaban encendidos. El vehículo, sin embargo, tenía el paso bloqueado por las densas filas de personal e invitados que evacuaban el hotel, pasando por delante de sus faros como un código de barras. Cho quitó el freno de mano y pisó a fondo. Las ruedas chirriaron y el Mercedes empezó a circular a toda velocidad mientras el coronel hacía sonar el claxon en un *staccato* urgente. Estaban atrapados detrás de la multitud y los bocinazos se perdían en la cacofonía de la alarma de incendios.

Jenna se volvió hacia Cho. Iba surcando una ola de pura adrenalina cuando se dio cuenta de que su formación había tomado el mando de sus acciones. «Permanece calmada y atenta.» El rostro del coronel estaba concentrado en la carretera sin iluminar, con las manos agarradas al volante como si se tratara de un salvavidas. «Concéntrate con él.» El coche frenó cuando alcanzaron el puesto de control en el puente Yanggak, que conectaba con la ciudad. Los guardias encendieron sus linternas, pero, para sorpresa de Jenna, dieron un paso atrás y saludaron. La barrera se levantó sin que Cho tuviera que detenerse siquiera. Un minuto más tarde, estaban al otro lado del río Taedong, acelerando por inmensos bulevares vacíos, más allá de la estación de Pyongyang, más allá del hotel Koryo.

Era una sensación extraña, inquietante, ver aquellas moles de torres oscuras y edificios estatales sin iluminar. Una ciudad en una pesadilla, o una ciudad bajo asedio en tiempo de guerra, que un cielo tachonado de estrellas volvía más surrealista todavía. Sólo los retratos de Padre e Hijo estaban iluminados por faros alimentados por una corriente que nunca se cortaba. Sin tráfico y sin semáforos, Cho pasaba los cruces sin apenas mirar a izquierda o derecha. Jenna volvió a sentir una oleada de excitación nerviosa.

Por lo que podía adivinar, estaban dirigiéndose al noroeste, lejos de los monumentos y del río. Cruzaron un paso elevado y Jenna vio ante ella un muro de oscuras viviendas en cuyas ventanas apenas se distinguía la débil luz de las lámparas de queroseno.

Iban a toda velocidad y, unos minutos después, los grandes edificios empezaron a quedar atrás. La ciudad se transformó en una serie de barrios miserables de chozas con cubierta de tejas, las partes de la capital que nunca se enseñaban a los visitantes. La carretera se deterioró al alcanzar la periferia poco poblada, y el coronel tuvo que frenar de repente para esquivar un socavón lleno de agua. Cuando los límites de la ciudad dieron paso a colinas y tierra de labranza, Cho rompió el silencio y habló en coreano.

—Hay toque de queda en la capital. No sé por qué. La red telefónica ha caído, así que al menos eso significa que el coche que me sigue no puede dar la alarma de inmediato.

—¿En qué lío se ha metido?

—Los guardaespaldas que escoltan a su grupo al banquete pensarán que está atrapada en ese ascensor. Tenemos... —miró el reloj del coche— veintitrés minutos antes de que empiece el banquete, antes de que empiecen a sospechar.

—¿Va a decirme adónde vamos?

—No puedo prometerle que la vea. —Miró al frente, preocupado—. En el camino de vuelta a la ciudad, le contaré lo que debe hacer para meterme en el avión.

De repente, Jenna sintió que la sensación de peligro le ponía los pelos de punta. La invadió una ola de culpabilidad. No tenía ni idea de cómo iba a ayudarlo y, aunque pudiera hacerlo, sin duda pondría en peligro a los demás. No había forma de contactar con Langley para pedir órdenes... A menos que... «¡La antena de satélite de Stevens!»

—¿A qué hora llegará el avión? —preguntó él.

—Supongo que... sólo unos minutos antes de que salgamos a las seis de la mañana, y entonces despegará de inmediato. Es un avión militar de la Casa Blanca. No estará en ese aeropuerto ni un minuto más de lo necesario.

Cho se refugió en el silencio otra vez y ella se preguntó si tenía algún plan o si aquel inesperado estado de emergencia simplemente le había ofrecido una oportunidad.

El coronel había conducido tan deprisa que ya estaban en el campo, y a Jenna le pareció divisar el océano desde la cima de una colina. El coche redujo la velocidad una vez más al seguir el alto muro de piedra de un enorme recinto cerrado.

—Túmbese en el asiento.

Se estaban acercando a una puerta con barrera. Dos garitas bajas de hormigón armado se alzaban a ambos lados del portón, flanqueadas por alambre de espino.

Jenna se agachó y el coronel le echó una manta encima.

El coche se detuvo. Oyó botas que se acercaban por la gravilla y, una vez más, le pareció que se retiraban y repiqueteaban en un saludo. Tal vez el coronel había mostrado una identificación, pero ni siquiera había abierto la ventanilla. Algo en el coche en sí —¿el número de matrícula?— le estaba abriendo todas las puertas y barreras, superando cualquier formalidad.

—No se mueva —ordenó Cho. Al cabo de un momento, se detuvieron en una segunda barrera. Otra vez un saludo y el coche avanzó—. Ahora ya puede levantarse.

Estaban recorriendo una pequeña carretera flanqueada por hileras de arces coreanos, cada uno de ellos iluminado por minúsculos focos instalados en el césped. A la izquierda había un gran lago ornamental, en cuyo centro una fuente profusamente iluminada convertía el agua en una cascada de chispas blancas. La silueta de un pavo real arrastraba sus largas plumas, y Jenna atisbó el *green* bañado en luz de un campo de golf. La transformación era sorprendente, como si hubieran cruzado una frontera de Mogadiscio a Beverly Hills.

Ante ellos, en la cresta de una colina baja, había una mansión de dos plantas rematada con tejas rojas, iluminada por pequeños focos situados en los senderos de alrededor. Altos cipreses daban al lugar un aire a la Toscana, y las ventanas proyectaban franjas de luz dorada en las lomas de césped. Rodearon una pista de tenis y pasaron a una zona cubierta donde había lujosos coches deportivos occidentales y motocicletas Suzuki, que parecían completamente nuevas. El coronel estaba a punto de parar cuando una lámpara de seguridad se encendió, iluminándolos de pleno. Siguió conduciendo un poco más y encontró un lugar sumido en las sombras junto a un seto de hayas.

—¿Qué es este lugar? —preguntó Jenna.

—Sólo unos segundos —susurró—. Luego nos vamos, ¿entendido?

Los ojos de Jenna estaban captando todos los detalles. Vio una especie de campo de tiro con dianas en forma de siluetas de soldados. Se preguntó si había visto ese sitio antes en las imágenes de los satélites espía.

—¿Ha oído lo que he dicho?

—Sí.

Salieron y caminaron por el borde del seto. El aire era tan frío que le quemaba las fosas nasales. Los tacones de Jenna se hundieron en la hierba y ella trastabilló; estiró el brazo y Cho le sujetó la mano.

El coronel siguió adelante y, poco después, se detuvo al acercarse al final del seto, haciendo un gesto para que ella se quedara en las sombras. Se oía música y risas y el sonido de muchas voces conversando —voces infantiles— procedentes del lado de la mansión con vistas al lago. Cho le indicó a Jenna que se acercara y la sujetó por el hombro. Los dos miraron por el borde del seto.

Dentro de la mansión había una fiesta infantil. El participante más pequeño tenía ocho o nueve años, pero la franja de edad parecía extenderse hasta la primera adolescencia, trece o quince años, tal vez. Estaban sentados en el suelo a lo largo de unas mesas bajas que formaban un cuadrado en la sala. La música, que sonaba como una canción patriótica soviética, procedía de un conjunto de cuatro niños que tocaban el acordeón. Todos iban vestidos con ropa occidental —tejanos, zapatillas, sudaderas...—, aunque había algo singularmente no occidental en ellos. Tenían una actitud curiosa, demasiado respetuosa, pero no se trataba sólo de eso. Jenna tardó un momento en darse cuenta. Algunos de los niños eran rubios; otros, de piel oscura y cabello oscuro. Algunos tenían ojos azules; otros, cabello castaño oscuro. De hecho, el único rasgo unificador era la forma de sus ojos. Todos esos niños eran medio coreanos. Mujeres sonrientes con vestidos *chima jeogori* estaban sirviendo comida y charlando con ellos en tono amable. Pasaron unos segundos más, hasta que Jenna advirtió que la persona sentada a la cabeza de la mesa, con un vestido suelto de seda tradicional coreano, era... ella misma.

En el lugar reservado al cabeza de familia se sentaba una mujer que era su réplica exacta. Sostenía un abanico de seda y llevaba el cabello peinado al estilo clásico norcoreano de la década de 1950, igual que las otras mujeres. Estaba inclinando la cabeza para escuchar a uno de los chicos mayores —un joven con rasgos del este de Asia y un sorprendente cabello color maíz dorado—, que le susurraba algo al oído. La mujer soltó una risa educada y le alborotó el pelo.

Soo-min. Tan clara como el día. A sólo unos metros de distancia.

Jenna notó que le faltaba el aire. ¿Podía confiar en lo que le mostraban sus ojos? Era como si estuviera viendo a un animal mágico, a una criatura mítica. Dio un paso involuntario hacia delante, pero el coronel la echó hacia atrás tirándole del brazo.

La comida que se estaba sirviendo también era inusual: no era comida coreana, sino pizza, Coca-Cola y ensalada. Comida que ningún norcoreano corriente había visto nunca, y mucho menos probado.

Colocaron un plato delante de Soo-min, pero ella lo rechazó negando con la cabeza a modo de disculpa. Entonces se levantó y la charla y la música se silenciaron. Los niños se levantaron también. Soo-min puso una cara animada y dijo algo que los hizo reír a todos. A continuación, los niños hicieron una reverencia profunda, como si ella estuviera a punto de marcharse.

Jenna se lanzó hacia la ventana con el brazo extendido, pero el coronel la sujetó con fuerza. Ella se resistió y trató de empujarlo.

—Nos vamos —susurró Cho—. Ahora.

Jenna se olvidó de susurrar. Se olvidó del resto del mundo.

—¡No me iré sin ella!

37

Complejo Paekhwawon
13 kilómetros al noroeste de Pyongyang
Corea del Norte

Cho estaba suplicando con un dedo en los labios, temblando, pidiéndole que no hiciera ni un solo ruido.

«¡Teníamos un trato!» Estaba agarrando el brazo de Jenna con fuerza, consciente de que le hacía daño.

Con el brillo de las ventanas, vio que los ojos de ella centelleaban con una fuerza indómita. Las emociones que la embargaban eran demasiado grandes para ser sometidas, y menos aún por alguien como él. Se había convertido en algo irrelevante para ella. Jenna movió el brazo violentamente para zafarse de su mano y, antes de que Cho pudiera impedirlo, salió corriendo por el sendero de piedra.

Se detuvo justo delante de la ventana. Su cuerpo pareció relajarse y derretirse ante la escena.

Soo-min todavía estaba hablando, con un leve reflejo de luz dorada en su vestido *hanbok* de color rosa. Los niños habían vuelto a sentarse. Su hermana estaba dirigiéndose a ellos como si les contara un cuento. Los niños escuchaban, embelesados.

Jenna levantó la mano despacio para saludar. Una niña fue la primera en verla y soltó un grito de sorpresa. Entonces las cabezas de todos los niños se volvieron al unísono hacia las ventanas.

Y, durante tres largos segundos, las miradas de las dos hermanas se encontraron.

Al principio, el rostro de Soo-min se mantuvo inexpresivo; luego pareció abrirse como una flor, como un capullo que abre sus pétalos de miedo e incredulidad, de estupefacción y alegría, y Cho tuvo la sensación de presenciar una conexión de un poder inmenso, un arco de pura energía que pasaba entre las hermanas.

Entonces Jenna tocó el cristal con las yemas de los dedos... Y todo se fue al infierno.

Se encendieron unas luces blancas, cegadoras, en todas las direcciones, y una sirena ensordecedora atravesó el aire con prolongadas pulsaciones electrónicas. Los niños se levantaron y salieron corriendo de la sala, pero la mirada de las hermanas no flaqueó. Cho fue el primero en detectar la expresión de terror que apareció en el rostro de Soo-min.

Un perro ladró muy cerca.

Desde el otro lado de la esquina de la casa, a unos veinte metros, una forma negra atravesó la luz.

Jenna se volvió y vio al perro listo para atacar. Con una velocidad asombrosa, el animal saltó sobre ella mostrando los dientes. Sin embargo, antes de que Cho pudiera siquiera reaccionar, Jenna dio un paso adelante y golpeó el morro del animal con la mano plana. Luego se revolvió dando un paso atrás y le lanzó una patada con tal fuerza que lo hizo rodar por la hierba. El perro aulló y salió corriendo.

Cuando Jenna se volvió hacia la ventana, la habitación estaba vacía. Soo-min se había ido.

Se oyeron voces de hombres que gritaban desde la zona del lago y un repiqueteo de botas que corrían hacia ellos por una senda de piedra. Jenna seguía allí, intentando forzar el cierre de la ventana corredera.

—*Capsida!* ¡Vámonos! —gritó Cho.

De pronto, Jenna retrocedió. Dos guardias armados habían entrado en la sala y sus miradas se dirigieron de inmediato a las ventanas. Cho aprovechó el momento. Levantó a Jenna en volandas y se la llevó corriendo por detrás del seto que rodeaba la mansión. Para su sorpresa, ella no se resistió, y Cho notó el suave aliento de su respiración en la mejilla. El Mercedes brillaba como si fuera de plata bajo aquellas luces deslumbrantes, y los árboles despedían una blancura lunar. Cho tenía las llaves en la mano.

Desbloqueó las puertas y metió a Jenna en el asiento. Su cuerpo apenas se resistía, como si hubiera sufrido una conmoción o estuviera borracha. Cho quitó el freno de mano y puso la marcha atrás. El coche retrocedió derrapando por la gravilla hasta la zona cubierta de coches y motocicletas nuevas. Notó que el parachoques golpeaba la motocicleta más cercana con un crujido metálico, haciéndola caer contra la siguiente y derribándolas todas como fichas de dominó. Dio un volantazo y el Mercedes giró sobre sí mismo y salpicó grava hacia los otros coches. Cho aceleró hacia la salida por el camino flanqueado de árboles que discurría junto al lago.

Ya no tenía sentido esconder a Jenna. De hecho, si tenían alguna oportunidad de salir de allí se la deberían precisamente al rostro de la mujer.

Se acercaban a la primera barrera. Las luces de las linternas iluminaron el parabrisas tintado. Esta vez no iban a dejarlos pasar.

Un joven suboficial les hizo una señal para que se detuvieran. Cho bajó la ventanilla. La sirena de alarma estaba sonando en la caseta del guardia.

—Lo siento, señor, nadie sale del centro hasta que tengamos el visto bueno.

La cara de Cho se puso dura como una roca. Levantó un carnet con la insignia grabada en oro del Partido de los Trabajadores, la identidad de un mando de élite del partido. Si había una cosa que hacía bien era jugar el mezquino juego de las jerarquías de Pyongyang.

—¿Sabes con quién estás hablando, escoria?

—Señor...

Cho movió la cabeza significativamente hacia el asiento del pasajero, y el suboficial se agachó para escudriñar a Jenna. Ella mantuvo la cabeza al frente, sin mirar al guardia. Parecía calmada, casi seráfica, como alguien que acabara de experimentar una visión.

Una expresión de confusión apareció en el rostro del suboficial.

—Abre la barrera —ordenó Cho.

El suboficial buscó su teléfono móvil en el bolsillo, antes de recordar que todos los teléfonos móviles habían sido confiscados y la red estaba caída.

—Tengo órdenes de...

—Mi pasajera debe estar en la ciudad en cuestión de minutos. No me hagas decirte a quién tiene que ver. Créeme, no querrás ser responsable de estropearle la noche.

El suboficial se quedó paralizado, indeciso, y miró a sus subordinados, que se mantenían de pie junto a la barrera. Sólo entonces Cho se fijó en que llevaba el uniforme planchado de la Guardia Suprema. No era una unidad de tropa ordinaria.

Se oyó un teléfono, de los antiguos, que empezó a sonar con urgencia en la garita del guardia. El complejo debía de contar con su propio sistema interno de comunicaciones.

—Tú decides, sargento —dijo Cho bruscamente, sacando la libreta que llevaba en el bolsillo de la guerrera—. ¿Tu nombre?

El temor se asomó al rostro del joven. Después de otra pausa agónica en la cual el teléfono continuó sonando, el guardia hizo una señal a los dos de la barrera.

Cho pisó a fondo el acelerador y pasó sin esperar a que la barrera se abriera por completo. Miró a Jenna, pero su rostro era tan inescrutable como un Buda de piedra. Los arces que bordeaban la carretera dieron paso a unos abedules que destellaban en blanco y negro a la luz de los faros. La entrada principal del complejo se alzaba ante ellos. Oyeron las sirenas de alarma antes de ver las dos garitas de guardia de cemento armado, el muro alto del recinto y la puerta principal. Estaba seguro de que ya los habrían advertido por la línea interna. Se encendió un foco y recortó la silueta de una fila de cuatro guardias con capa y casco que bloqueaban la carretera, con las metralletas levantadas.

Cho pisó el freno y redujo la velocidad hasta que el coche avanzó apenas al ralentí. Dando por hecho que se detendría del todo, dos de los guardias se separaron para abrir las puertas de ambos lados. Cho pisó a fondo. Las ruedas del coche derraparon. Un guardia se lanzó como un portero de fútbol para esquivar al Mercedes. El retrovisor lateral golpeó al otro y lo hizo caer hacia atrás. Se oyeron gritos. El coche rugió en una marcha corta, acelerando derecho hacia la salida.

El impacto fue intenso: un destello ferroso de chispas y las verjas se abrieron del todo.

El estruendo pareció sacar a Jenna de su trance. Se volvió hacia él.

—Pare el coche. Déjeme conducir.

—No voy a parar ahora.

El coche viró a la izquierda, tomó velocidad y salió lanzado hacia una oscuridad casi total. Un velo diáfano de nubes había borrado las estrellas y hacía que la luna pareciera tenue y sedosa como el capullo de una polilla. No había luz suficiente para distinguir el paisaje. Los faros del coche hendían el negro vacío, con giros y curvas repentinos en la carretera que sólo se revelaban en el último segundo.

Las venas de Cho bombeaban adrenalina. Miró el reloj. El banquete en honor de los estadounidenses estaba a punto de empezar. En uno de los bolsillos de su guerrera llevaba el discurso escrito para él por el viceprimer ministro. Pisó a fondo el acelerador y agarró el volante con todas sus fuerzas. Los baches y saltos de la carretera eran tremendos.

—¡Se lo voy a decir! —gritó Jenna, con su voz distorsionada casi hasta lo ininteligible por el temblor—. ¡Voy a decirles que la he visto! ¡Mañana me la llevo!

—¿Quiere que la maten? —gritó Cho—. Si dice algo, la pondrá en peligro. Negarán conocerla siquiera, y su hermana correrá un riesgo terrible. Confíe en mí. No tiene ni idea de...

—¿Que confíe en usted? —gritó ella—. ¡La última vez que nos vimos era uno de ellos!

Jenna apenas podía contener la rabia. Se cruzaron las miradas en el mismo instante y Cho tuvo la sensación de que entre ellos saltaba una chispa de algo, y deseó que fuera de confianza. Era la primera vez que estaba a solas con una occidental, y en la oscuridad apenas los separaban unos centímetros.

—Mañana, cuando el avión...

Algo captó su atención en el retrovisor. ¿Acababa de ver una luz? Jenna se volvió en su asiento para mirar. Ahí estaba otra vez: dos luces, amarillas como luciérnagas, coronando una colina detrás de él.

Entonces Cho los oyó: el rugido iracundo de dos motocicletas aproximándose. Cho bajó una marcha para controlar mejor el coche y aceleró.

—¡Cuidado! —gritó Jenna, y alzó los antebrazos para protegerse la cara.

El coche golpeó el enorme socavón en la carretera que habían pasado antes, levantando una columna de agua estancada. Las ruedas delanteras rebotaron y a Cho casi se le escapó el volante de las manos; la parte trasera del coche derrapó en el húmedo asfalto.

La carretera era cada vez más lisa y más recta. Las nubes se abrieron y la luz de la luna reveló una visión oscura de Pyongyang, que se extendía ante ellos como una enorme formación geológica.

Las dos motocicletas estaban acercándose cada vez más. Cho vio un destello procedente de una de las motos. Al instante, la mitad del parabrisas trasero se convirtió en un laberinto de grietas que conformaban una telaraña. El impacto del disparo reverberó a través del metal. Cho bajó la cabeza y pisó a fondo, justo cuando el arma se iluminaba otra vez. Se oyó otro estallido cuando una bala impactó en la ventana trasera y los duchó con una granizada de cristal. El coche se sacudió y los faros se apagaron, pero Cho continuó acelerando.

Por encima del ruido del viento, Jenna gritó:

—¡Nos están alcanzando!

—Sólo necesitamos llegar hasta... —Cho apretó los dientes y el motor rugió. Estaban precipitándose sin luces por una pendiente. Las siluetas negras de los álamos que la bordeaban pasaron a su lado, reflejando el tenue brillo de la luna—. Allí.

El coronel señaló con la cabeza hacia la oscuridad. Cuatro o cinco linternas se encendieron y vieron lo que parecían garitas de centinelas a ambos lados de la carretera. Cho miró una vez más el espejo retrovisor. Las motocicletas habían reducido la velocidad.

Jenna se volvió otra vez a mirar.

—Están parando.

—Estamos entrando en Pyongyang. La Guardia Suprema no tiene jurisdicción aquí. Éste es el territorio de la comandancia de policía de la capital. —Empezó a reducir la velocidad—. Esperemos que las comunicaciones sigan caídas.

El Mercedes frenó lo suficiente para que los centinelas vieran la placa de la matrícula. Decenas de haces de luz brillaron en el Mercedes destrozado, sin faros, pasando por los rostros del oficial que lo conducía y de una mujer, una visitante occidental mestiza que viajaba sin los dos guías exigidos por la ley. El impulso de aquellos policías de parar aquel coche y detener a sus ocupantes tuvo que ser extraordinario, pero el Mercedes estaba protegido por una magia poderosa. Cuestionar al conductor de un coche 2★16 equivalía a cuestionar al Amado Líder en persona. Se hicieron a un lado y el coche entró en la ciudad.

38

Casa Internacional de la Cultura de Pyongyang
Distrito Central, Pyongyang, Corea del Norte

En el esplendor de mármol del gran salón, el cuerpo diplomático del Ministerio de Asuntos Exteriores de Corea del Norte estaba correspondiendo a la buena voluntad de los estadounidenses con un banquete de categoría imperial. El anfitrión en persona estaba presente, pero sólo en la forma de una enorme pintura al óleo, con su figura regordeta representada de manera poco creíble: de pie encima de un jeep, conduciendo a un ejército a través de una tormenta de nieve.

Todos los presentes se volvieron cuando Jenna entró en el gran salón. Llegaba tarde, pero, antes de que ella pudiera murmurar siquiera una palabra, dos de los diplomáticos subalternos del ministerio estaban a su lado presentando exageradas disculpas por el «simulacro de incendio» en el hotel Yanggakdo, que se había llevado a cabo en un momento tan inconveniente. Cho la había dejado en su hotel, donde sus frenéticos guardaespaldas no habían parado de buscarla por todas las plantas.

Con sus uniformes llenos de condecoraciones, los norcoreanos presentaban una imagen inmaculada. Los estadounidenses parecían extras de una película distinta que por alguna razón se habían mezclado en el mismo estudio. Chad Stevens le dedicó una sonrisa lasciva. La ayudante ejecutiva del gobernador miró con envidia su vestido. Jenna tomó asiento, sintiendo que le temblaban las piernas. Se recogió un mechón de pelo detrás de la oreja y oyó que un trozo de cristal de la ventanilla caía al suelo.

Tres mujeres empolvadas entraron sosteniendo *kayagums*, instrumentos de cuerda similares a las cítaras, y empezaron a tocar una melodía suave.

El viceprimer ministro hizo una señal a Cho para que se dirigiera a los invitados en inglés. El coronel estaba ahí de pie, sonriendo, copa en mano, y Jenna se maravilló de su capacidad de mantener la compostura, sin que su expresión lo traicionara dando alguna señal de la experiencia cercana a la muerte por la que acababan de pasar, aunque cabía suponer que desde la cuna le habían enseñado a ocultar lo que pensaba y lo que sentía. De todas las voces que debían de resonarle a gritos dentro de la cabeza, Cho había elegido el tono de un pirata genial y magnánimo que acababa de saquear el barco del tesoro de los yanquis, pero se alegraba de ofrecer a sus víctimas un festín y... ¡pelillos a la mar! Los estadounidenses levantaron sus copas para brindar por el precario nuevo entendimiento que, si no llevaba a la amistad, al menos debía traducirse en el espíritu de una tregua temporal.

A Jenna le temblaba la copa de tanta rabia acumulada.

Cuando empezaron a servir la cena, apenas logró tragar nada. ¡Estaba cenando con los hombres que habían secuestrado a su hermana! ¿Cómo podía? Y, tras esa farsa de hospitalidad, aquellos extorsionistas, aquellos secuestradores se estaban riendo del viejo gobernador, de todos ellos. Se suponía que Jenna tenía que hacer de intérprete para el viejo, que estaba sentado a su lado, pero el simple hecho de mantenerse centrada en aquella sala le suponía un esfuerzo sobrehumano: lo único que podía ver ante sus ojos era la escena que había presenciado en la mansión.

Soo-min en carne y hueso. ¡Soo-min viva y real!

Se había acercado tanto que casi había estado a punto de hablar con ella. No tenía ninguna intención de permitir que se sumiera de nuevo en la oscuridad. Sin duda, aquél era el momento, su única oportunidad para arreglarlo, para poner fin al ultraje.

Dejó la copa y notó que le transpiraban las manos. Estaba sudando como si acabara de salir de una sauna. La furia que sentía le daba el valor que le faltaba. Maldición, sí, iba a montar una escena allí mismo. ¡Quiénes eran ellos para negarle a su propia hermana! Respiró profundamente y echó la silla hacia atrás para levantarse.

Cho captó su atención durante un milisegundo que aprovechó para comunicarle una advertencia, y fue como si el ímpetu de Jenna se sometiera a una ducha fría de terror.

«¿Quieres que la maten?»

¿Iba a arriesgarse a eso? ¿Y si el coronel tenía razón...? De pronto, Fisk irrumpió en sus pensamientos. Fisk contaba con ella, y ella estaba abrumada por una agonía de vacilación y culpa.

En algún momento, mientras esos pensamientos se agitaban y batallaban en su cerebro, se dio cuenta de que el viceprimer ministro estaba mirándola con curiosidad a través de sus gafas de montura de acero. Jenna no estaba comiendo ni conversando. Apenas podía contener sus sentimientos, que debían de percibirse en su rostro como agua que hierve detrás de un cristal.

Miró otra vez a Cho. ¿Para qué? ¿Para tranquilizarse?

El coronel estaba enzarzado en una conversación con Mats Foyer, el único occidental no estadounidense de la mesa. Como Estados Unidos no tenía relaciones diplomáticas con Pyongyang, Foyer, el embajador sueco, era el único testigo que podía proteger la misión estadounidense con su poder. Una figura alta, angulosa, con cara de santo y una sonrisa encantadora, a la que Cho iba rellenando generosamente la copa. ¿Formaba parte del plan de fuga del coronel? Cho no le había explicado cómo planeaba llegar al aeropuerto cuando el avión partiera al amanecer; sólo le había pedido que, si no lo veía, tratara de retrasar el despegue hasta el último momento posible.

De repente, todas las caras se volvieron hacia las ventanas. Por encima de la afilada música de las cítaras, las sirenas de la ciudad habían empezado a sonar otra vez, subrayadas por el rumor del desfile de botas.

—Hay un montón de actividad ahí fuera... —comentó el gobernador.

—Un ejercicio anual de toda la ciudad —explicó el intérprete del viceprimer ministro.

Las puertas altas se abrieron y un mensajero se apresuró a cruzar el salón para entregar una nota al viceprimer ministro, que miró el mensaje y lo abrió.

Los estadounidenses observaron cómo el rostro del hombre se oscurecía. Trató de ocultar la expresión de su boca dándose unos golpecitos con una servilleta, y de alguna manera Jenna supo lo que ocurría: la partida había terminado para Cho. Sus colegas parecieron captar el cambio de humor. La atmósfera en torno a la mesa se heló como si una fría niebla marina hubiera entrado de pronto en el continente. Cho se quedó muy quieto.

El viceprimer ministro se levantó e hizo una seña a los músicos para que dejaran de tocar, sólo se oyó el sonido de las sirenas, amplificado de modo siniestro en el cavernoso salón.

—Tenemos...

El hombre abría y cerraba la boca. Parecía incapaz de encontrar las palabras, hasta que la urgencia del momento lo obligó a abandonar la etiqueta por completo.

—Estimados huéspedes, lamento informarles de un cambio de agenda. Su avión ha sido convocado y ahora está esperando su partida inmediata. Nos hemos tomado la libertad de colocar su equipaje en los coches que los esperan fuera. Los llevarán directamente al aeropuerto.

Algo grave había sucedido. El temor en las caras de los norcoreanos era contagioso. Jenna evocó la imagen de aquel vendedor callejero tunecino. Las llamas de su cuerpo se extendían por todo el continente.

Los estadounidenses se miraron, estupefactos.

—¿Qué está pasando aquí? —preguntó el gobernador.

La cara del viceprimer ministro se congeló en una sonrisa falsa. Uno por uno, los estadounidenses se levantaron. Las puertas altas se abrieron desde el exterior.

—¿Nos están echando? —dijo Stevens—. Me estaba gustando la comilona. —Cogió un par de *mandu* de un plato y se los metió en el bolsillo.

Los norcoreanos acompañaron al grupo hasta lo alto de la escalinata. El viceprimer ministro, pálido de vergüenza, intentó murmurar una excusa al gobernador y le tendió la mano. El gobernador lo saludó brevemente con la cabeza y empezó a bajar la gran escalinata. Los demás se apresuraron tras él.

Jenna cerraba la comitiva. Al pie de la escalera, se volvió para mirar por última vez a sus anfitriones, que los observaban desde arriba. Cho le dedicó una leve sonrisa a modo de despedida. Parecía inconmensurablemente triste y resignado. Había corrido un enorme riesgo personal para mostrarle a Soo-min, y Jenna se sintió conmovida. Tal vez ya era consciente de que no iba a tener ninguna oportunidad.

Las puertas principales se abrieron antes de que la comitiva llegara hasta ellas. Del frío exterior llegó un estrépito de acero y el retumbo de las botas a la carrera. Dos columnas de tropas armadas entraron en el edificio, pasaron corriendo por su lado y subieron por la gran escalinata, empuñando sus fusiles con las bayonetas caladas. En la última fracción de segundo antes de perder de vista a Cho detrás de la melé de uniformes y armas, a Jenna le pareció que gritaba su nombre.

39

Casa de Huéspedes Secreta Maram
Distrito Yongsung, Pyongyang, Corea del Norte

Entró un guardia a cada lado de Cho, en la parte trasera de un todoterreno del ejército, y cerraron las puertas. Cada uno le tomó una mano, le colocaron las esposas y lo encadenaron a dos aros metálicos situados a ambos lados de su asiento.

Su detención tenía un aire de irrealidad, como si fuera una escena de un sueño. En lo alto de la escalera, a las puertas de la sala de banquetes, habían rodeado a todo su grupo: él mismo, el viceprimer ministro y todos sus colegas. Los soldados se habían separado para dejar pasar a un capitán del Bowibu, que se había dirigido a él sin mencionar su rango.

—Cho Sang-ho, tengo una orden para proceder a su arresto.

Extendió la orden y Cho oyó que sus colegas respiraban tranquilos. Al pie del documento se hallaba la firma de Kim Jong-il. Cho no podía mirar a sus compañeros a la cara, no podía soportar ser testigo de sus expresiones de sorpresa y traición. En ese momento, rodeado por bayonetas brillantes, se sintió como una figura en el centro de una pintura histórica. El gran desenmascaramiento de un traidor.

Los crímenes de sus antepasados finalmente lo visitaban. Por fin descubriría cuáles eran. Y, después de su escapada de aquella tarde, no podía decir que su detención no tuviera motivos... salvo que hubiera logrado su propósito, lo cual, en el caos del bloqueo de la ciudad, también era posible.

Un tercer guardia se sentó en el asiento del copiloto. Cho no tenía miedo, sólo una extraña sensación de alivio: la adversidad que tanto había temido por fin se presentaba. Ya la estaba superando. Durante las últimas semanas, la tensión de tener que mantener una fachada lo había llevado hasta el límite de su capacidad de resistencia.

Con una curiosidad rayana en la indiferencia, trató de pensar si lo fusilarían esa noche o esperarían al amanecer. ¿Lo harían en un sótano, con un balazo en la nuca? ¿O lo atarían a un poste delante de un pelotón? Quizá estuvieran preparando algo más público, lo cual requeriría varios días. No le importaba, si eso significaba que su mujer y su hijo no sufrirían ningún daño... Se aferró con todas sus fuerzas a la esperanza de haber hecho lo suficiente para distanciarse de ellos. Lamentó no poder explicárselo todo a Libros y decirle lo mucho que lo quería; también le hubiera gustado poder tranquilizar a Yong-ho y decirle que nada había sido culpa suya. Lo único que le inquietaba era saber dónde se encontraban, saber si estaban a salvo, y se le ocurrió una idea enfermiza: sus torturadores no le contarían el destino de su familia, y ese desconocimiento lo atormentaría hasta la hora final.

El guardia del asiento del copiloto sacaba la mano por la ventanilla para señalar cada puesto de control que pasaban, y Cho vio que en todos ellos había policía motorizada. ¿Todo eso era por él? ¿Por si los despistaba otra vez? Le daba una relativa satisfacción.

Al llegar a un distrito del este de la ciudad, entraron en el patio de un complejo de edificios grises, de dos plantas, que estaba rodeado de pinos. No parecía una prisión, más bien una especie de cuartel. Le quitaron las esposas y le ordenaron salir. En las escaleras de la entrada principal, bajo la luz tenue de una farola, estaba el hombre de cabello plateado y la guerrera negra lisa.

—Bienvenido a la Casa de Huéspedes Maram —dijo, y para sorpresa de Cho, le estrechó la mano—. Me llamo Ryu Kyong. Estaba deseando conocerte.

Tenía un apretón de manos fuerte y un rostro paternal, con arrugas en torno a los ojos y con dos surcos profundos a ambos lados de la boca, como un paréntesis. Llevaba el cabello peinado con la raya a un lado. Despidió a los hombres del coche con un simple movimiento de cabeza.

—Pasa, por favor.

No había usado una fórmula de cortesía al dirigirse a él, sino el tono familiar que uno usaría con los niños, pero su voz transmitía tanta autoridad que, lejos de sonar irrespetuoso, hizo que Cho se sintiera como un niño en su presencia, o como un estudiante, y se preguntó si ese hombre, Ryu Kyong, había formado parte de los primeros años de su vida de alguna manera.

Con un guardia a cada lado de Cho, el hombre lo guió por un tramo de escaleras y a lo largo de dos pasillos hasta un pequeño cuarto. Estaba limpio y sobriamente amueblado con una cama, una lámpara y una silla delante de una mesa de madera, sobre la cual colgaban los retratos de Padre e Hijo. En un rincón había una jofaina. Las paredes de ladrillo estaban pintadas de un verde pálido, como en un manicomio... Eso provocó una conexión en la memoria de Cho. Casa de Huéspedes Maram... Era el lugar donde se purgaba a los miembros de la élite. El suelo era de madera oscura pulida y proporcionaba una calidez agradable. En la mesa había hojas de papel en blanco en una pila ordenada y varios lápices afilados. Al pie de la cama, Cho vio un mono azul doblado, que le pidieron que se pusiera. Lo observaron mientras se cambiaba. Los guardias se llevaron su cinturón, los cordones de sus zapatos y su uniforme con la medalla. No lo lamentó.

—Quizá tengas hambre... —dijo Ryu Kyong.

Cho acababa de salir de un banquete.

—No.

—Ponte cómodo, entonces. Duerme un poco y, cuando estés listo, escríbelo todo, desde el principio, con el máximo detalle posible. Tómate todo el tiempo que necesites.

—¿Qué es lo que tengo que escribir?

—Tu confesión. —Ryu Kyong sonrió como si pudiera ponerse en su lugar. Sus ojos miraron profundamente a los de Cho, sopesándolo, y Cho vio empatía e inteligencia en ellos—. Confiesa el crimen que te ha traído aquí.

Antes de que Cho pudiera elegir una de las preguntas que se arremolinaban en su cabeza, Ryu Kyong salió de la celda y cerró la puerta tras él con un clic.

40

Espacio aéreo sobre el mar del Japón

Un ambiente triste invadía la cabina. La visita había supuesto un bochorno mayúsculo para el gobernador, y en ese momento Chad Steven estaba describiendo la humillación sufrida en el banquete, tecleando en su portátil entre tragos de bourbon, con una sonrisilla en el rostro, iluminado por la tenue luz de la pantalla. Jenna sabía que todos estaban preguntándose cómo demonios iban a explicar lo sucedido cuando llegaran a Washington al día siguiente, y ella debería estar tratando de ayudar, pero su mente no dejaba de reproducir los hechos de las últimas horas en un bucle que giraba a toda velocidad.

Ver a su propia hermana gemela, conectar con su mirada, desgarrarle el corazón con una mezcla de dolor y alegría, le había dejado un extraño regusto de júbilo y ansiedad. Se sentía inquieta, como si una corriente eléctrica estuviera atravesándola. Finalmente, en un intento de calmarse, le pidió a Stevens que la invitara a un trago de bourbon.

Sabía que Stevens estaría encantado de charlar con ella mientras bebían, pero Jenna no confiaba en sí misma. Un pequeño estímulo, un empujoncito, y toda la historia de Soo-min saldría a borbotones. Por un lado, sentía una urgente necesidad de desahogarse, pero por otro temía por su hermana, por las consecuencias de hacer pública su historia. En toda su vida, Jenna nunca había estado tan cerca de un momento de intuición psíquica, sentía la convicción de que su futuro y el de Soo-min habían vuelto a entrelazarse poderosamente. De una forma u otra, cuanto hiciera o dejara de hacer a partir de ese momento también afectaría a Soomin.

Se volvió hacia la ventana y vio la luna en cuarto creciente brillando en un cielo sin nubes y, muy por debajo, los pastos oscuros y nevados de Hokkaido.

Soo-min parecía gozar de buena salud y no se la veía infeliz, pero ¿quién sabía qué máscara tenía que ponerse para sobrevivir en un lugar así? El recuerdo de su huida de la mansión se desdibujaba.

De pronto, se le ocurrió una idea que hizo que el bourbon se convirtiera en bilis en su boca.

¿Y si esos cabrones de Pyongyang habían establecido la conexión entre ella y su prisionera secreta que nunca salía del complejo...? Si ellos lo sabían, si tenían la más leve sospecha de que lo habían descubierto... Jenna cerró los ojos. Estaría comprometida, sería un fallo de seguridad estrepitoso. Tendría que explicárselo todo a Fisk y renunciar a su puesto de inmediato. No podía exponerse al chantaje ni permitir que ese despreciable régimen tuviera una ventaja sobre Washington. Se sintió de nuevo invadida por la ansiedad.

Lamentaba no poder quitarse el vestido de noche y ponerse algo más cómodo, pero, con las prisas del despegue, habían tirado su equipaje en la bodega. Abrió el bolso para buscar algo con lo que desmaquillarse, y de pronto se quedó paralizada.

En el bolso había un rollo de papeles doblados y atados con una goma elástica.

Entonces recordó que Cho le había entregado el bolso al dejarla en el hotel antes de salir a toda velocidad hacia el banquete, probablemente cuando ya sabía que sus posibilidades de escapar en el avión eran casi nulas.

Jenna sacó la banda elástica y desplegó el primer papel. Estaba ligeramente curvado, como si alguien se lo hubiera llevado escondido en torno a un antebrazo o una pantorrilla. Se había humedecido un poco por el sudor y se había vuelto a secar. El papel era una fotocopia de tan mala calidad que la tinta apenas se distinguía entre el borrón negro de la exposición a la luz. En la parte superior figuraba el emblema del Partido de los Trabajadores y el membrete.

310

Departamento de Organización y Orientación
*Informe de progreso de la Sección 915 del Mando Estratégico
del Partido sobre Localización y Programa Semilla
Año Juche 98*
ALTO SECRETO

Jenna empezó a leer, desconcertada al principio, pero luego pasando las hojas con creciente asombro. Al llegar a las últimas páginas, encontró una especie de apéndice con fotografías de pasaporte de decenas de niños. A pesar de que la reproducción era tan oscura que apenas podían verse sus caras, supo con certeza absoluta que aquéllos eran los niños mestizos medio coreanos que había visto en la mansión. Debajo de cada foto había un número, una fecha de nacimiento y el nombre de un país. Ahí estaban Alemania, Rusia, Irán, Pakistán... pero la mayoría de ellos, al menos dos tercios, estaban destinados a Estados Unidos.

Jenna tomó un trago de bourbon, dejó caer la cabeza en el reposacabezas, abrió la boca y respiró profundamente.

«Ay, Dios mío...»

Su mente estaba en llamas. No tenía ni idea de cómo sería capaz de soportar un viaje de nueve horas a Anchorage, y luego otras nueve hasta Washington.

Miró el cabello blanco y alborotado del gobernador, que apoyaba la cabeza en la ventanilla con aspecto abatido. Jenna deseó que hubiera alguna forma de hacerle saber que la misión no había sido un fracaso. Todo lo contrario. Habían dado con una mina de oro.

Había una última página en el paquete, casi indescifrable por lo oscura que estaba. Mostraba fotos de pasaporte de tres adultos de uniforme que no sonreían: dos hombres y una mujer. Sus títulos eran director, subdirector y subdirectora segunda del Complejo Paekhwawon. El nombre de la subdirectora segunda era Ree Mae-ok. El corazón de Jenna dio un vuelco.

Era Soo-min.

41

Casa de Huéspedes Secreta Maram
Distrito Yongsung, Pyongyang, Corea del Norte

Cho se despertó antes del amanecer. La ventana con barrotes de su habitación daba a un patio en el que se alzaba un enebro que tal vez luciera magnífico en primavera, pero en diciembre ofrecía un aire triste. Una fina capa de nieve se había acumulado durante la noche y relucía en un tono amarillento bajo las luces de seguridad. Cuando Cho levantó la mirada, las estrellas tenían un resplandor gélido.

Se tumbó otra vez en la cama, que era mullida y caliente, atento al ritmo de su respiración, y sintió una claridad mental que no había experimentado en años. Era como si estuviera de pie en una cumbre contemplando un amanecer frío. Podía ver su pasado en perspectiva como un valle extenso y boscoso. Se levantó, se mojó la cara con agua fría y, después de pasear por la habitación un rato —seis pasos de la puerta a la ventana, cuatro pasos de pared a pared—, se sentó ante la mesa y empezó a escribir. Sus trazos parecían atenazados y dubitativos al principio, pero pronto las palabras empezaron a fluir y sus frases se convirtieron en un río que discurría por el lecho del valle. A pesar de que le rugía el estómago, le costó dejar el lápiz cuando, poco después, un guardia entró en la celda con un cuenco de fideos, un huevo hervido y una taza de café caliente en una bandeja. Devoró la comida y continuó escribiendo.

Algo en la amabilidad de Ryu Kyong había animado a Cho. Ese hombre le gustaba, y no sólo porque le sorprendía el contraste entre sus maneras civilizadas y el papel que cumplía allí, como carcelero de los enemigos del Estado, sino porque en ese rostro arrugado y humano veía una profunda comprensión, como si lo conociera bien. Era el rostro de un pariente, un tío en el que podía confiar.

A medida que las páginas se llenaban, Cho se vio poseído por un pensamiento que lo consumía todo: que cada palabra que escribía era cierta. Había consagrado su vida al Gran Líder y al Amado Líder. Había trabajado con tesón y había seguido sus enseñanzas. Había brillado con la más apreciada de todas las virtudes: la lealtad. Incluso había adquirido esa virtud revolucionaria que nunca se mencionaba, pero que era igual de importante: el autoengaño. ¿Qué tenía que confesar? Su carrera era intachable; su vida, inmaculada. Por supuesto, acabarían absolviéndolo, y también a Yong-ho. De alguna manera, Ryu Kyong lo comprendería. Cho no podía ser considerado culpable por el crimen de algún antepasado desconocido, del mismo modo que no podía cambiar la forma de sus orejas.

Se detuvo un minuto. ¿Cuál era el crimen que había arruinado su vida décadas después de que se cometiera? No tenía ni idea, pero casi con toda seguridad se había producido antes de que él naciera. Trató de buscar alguna pista en sus primeros recuerdos.

Recordaba el aura de amor que rodeaba a la enfermera que había cuidado de él en el orfanato, en Nampo, una gran mansión que había sido la vivienda del adinerado propietario de una naviera antes de la Revolución. Recordaba que cantaba *Somos felices* de corazón. Las primeras palabras que había aprendido a escribir eran «Gracias, Gran Líder Kim Il-sung, por mi comida». Se había inclinado ante el retrato del gran hombre antes incluso de saber caminar. Había crecido a la luz solar de aquella sonrisa. Y tan profundo como el amor a su Líder era su odio por el enemigo mortal de su país: Estados Unidos. Sus maestros podían dar testimonio de ello.

Mientras escribía, recordó vívidamente el día en que su vida cambió para siempre, cuando todos los niños se apiñaron en las ventanas para contemplar un Volga negro reluciente que llevaba a un hombre y a una mujer de Pyongyang. Él tenía cuatro años. A Yong-ho y a él los hicieron salir de clase y los invitaron a recitar un poema para los visitantes en la oficina del director. La pareja se rió de buena gana y los trató con gran afecto, dándoles caramelos y zumo, y el director se puso en cuclillas para quedar a su altura y les dijo que habían sido bendecidos por la fortuna: «Este hombre y esta mujer son vuestros padres. Han venido para llevaros a su casa.» Cho recordaba su confusión y su felicidad. A partir de ese día, su vida había sido venturosa. Su nuevo hogar era una casa grande en el barrio de la colina Mansu de Pyongyang, donde él y Yong-ho tenían cada uno su propia habitación. Su padre, profesor de idiomas en la Universidad Kim Il-sung, y su madre, instructora política de la fuerza aérea, habían obedecido el llamamiento del Gran Líder para adoptar huérfanos. Pero fueron también generosos y amables, porque no tenían niños, y trataron a Cho y Yong-ho como si fueran sus hijos. Poco a poco, sus recuerdos del orfanato se nublaron e incluso olvidó que había estado allí. Sólo se acordó de ello en momentos extraños de la adolescencia, cuando su curiosidad por el mundo se agudizó. En cierta ocasión, le preguntó a su madre sobre su origen, y ella se convirtió en una completa desconocida: «El pasado es el pasado —le dijo en un tono que nunca había utilizado con él—. No vuelvas a hacer esa pregunta.»

A los once años le afeitaron la cabeza y entró en la elitista Escuela Revolucionaria Mangyongdae. Alentado por su padre, Cho destacó en mandarín e inglés, y también en fútbol; Yong-ho sobresalió en baloncesto, física y matemáticas. En la universidad, Cho estudió mucho —aprovechar los estudios era un acto de devoción al Líder— y disfrutó del servicio militar, que casaba bien con su sentido de la jerarquía y la disciplina. El momento del que más se enorgullecía era el día en que fue aceptado en el cuerpo diplomático, donde enseguida destacó como negociador; la mezcla de tacto y dureza que exhibía en las conversaciones cosechó valiosas concesiones comerciales para su país y facilitó una sucesión de rápidos ascensos.

Cho escribía exhaustivamente, sin darse cuenta del paso del tiempo.

Se le enfrió la cena en la bandeja. Ni siquiera se había dado cuenta de que había entrado un guardia con ella. Al otro lado de la ventana, el sol había empezado a ponerse, llenando la habitación de una luz anaranjada. Las lámparas de seguridad del patio volvieron a encenderse.

Estaba describiendo cómo había conocido a la que sería su esposa en un baile de masas en el estadio Primero de Mayo. Ella le había dado la flor que llevaba en el pelo, para escándalo de sus amigas. La familia de su futura esposa tenía un amplio historial revolucionario, y su belleza lo había cautivado. Formar una buena pareja desde el punto de vista político era una fortuna; enamorarse ya suponía una bendición excepcional. Hasta la llegada de su hijo, después de dos años de intentarlo, sus sentimientos mutuos no cambiaron. Después, fue como si todo el amor de ambos se transfiriera al recién nacido. Su mujer se ocupó de la educación ideológica de Libros, y algo en esa tarea acabó endureciéndola y la volvió fría...

A Cho le dolía la muñeca. Hizo una pausa y se tumbó un rato en la cama. En el patio, un guardia solitario caminaba de un lado a otro con un rifle, sin variar nunca el paso, y cuando Cho se sentó de nuevo a escribir pareció encontrar el ritmo de los pasos del guardia. Se estaba acercando al final de su testimonio, concluyéndolo con su triunfo en Nueva York. ¿Cómo podía haber tenido éxito en esa misión sin valerse de su odio de toda la vida por los estadounidenses, sin valerse de las reservas del amor ilimitado que sentía por su país?

No se atrevió a escribir más. No podía poner en palabras la profunda desilusión que había comenzado en Nueva York, los sentimientos que Jenna despertaba en él —que ni siquiera se reconocería a sí mismo—, los secretos que le había revelado... Y aun así... no descartaba hablar de ellos con Ryu Kyong.

Cuando llegó un guardia con su desayuno en la segunda mañana, Cho le dijo que había terminado. Poco después, apareció Ryu Kyong.

—Espero que hayas descansado —dijo.

—Sí. —Cho se irguió como un novicio en presencia de un abad sabio.

—Bien. Tenemos muchas horas de trabajo por delante, tú y yo.

Volvió a mirarlo de aquella forma, como si estudiara el rostro de Cho, y un conocimiento íntimo se transmitió entre ellos. «Estás en buenas manos», parecían decir esos ojos.

Cho le entregó las páginas escritas con una profunda reverencia.

Pasó un día, luego otro, y Cho empezó a perder la noción del tiempo. Durmió mucho, soñando con su mujer y con Libros, haciendo pícnic con ellos a la luz del sol debajo de los árboles del Parque de la Colina Moran. Tomó tres buenas comidas al día y sintió que recuperaba peso. Cada día lo sacaban al patio a hacer media hora de ejercicio, y él miraba con curiosidad a los otros dos internos que hacían ejercicio, hasta que un guardia le ladró para que mantuviera la cabeza baja.

Después de tres, tal vez cuatro días, un guardia lo despertó sacudiéndolo. Por la calma del lugar, Cho se dio cuenta de que era después de la medianoche. Lo condujeron por un tramo de escaleras, luego por otro, y después recorrieron un largo pasillo en un sótano de hormigón con puertas de acero a ambos lados. Al final del pasillo, lo hicieron entrar en un cuarto tan oscuro que no pudo calibrar sus dimensiones. Dos focos de luz iluminaban una silla de madera, donde le dijeron que se sentara, y una mesa con una lámpara. Las paredes húmedas de cemento y el hierro oxidado de la puerta emanaban un frío que hizo temblar a Cho. Aún estaba medio dormido y un poco grogui, y tardó un momento en darse cuenta de que Ryu Kyong estaba sentado a la mesa, leyendo. Cho reconoció su propia letra en el papel. Durante lo que le pareció una eternidad, los dos permanecieron sentados en silencio, mientras Ryu Kyong pasaba las páginas bajo el pequeño círculo de luz, asintiendo de vez en cuando. Cuando llegó al final, entrelazó los dedos en la mesa y se sentó tan recto que su rostro se sumió en la sombra. Su voz resonó en la cavernosa oscuridad.

—Cho, para llegar al fondo de esta cuestión necesito tu ayuda. No puedo hacerlo sin ti. ¿Estás dispuesto a trabajar conmigo?

—Por supuesto —dijo Cho, sintiendo de pronto que aquello no auguraba nada bueno.

—He estado observándote durante las últimas semanas. Quería conocerte. —Cruzó los brazos y se echó hacia atrás, de manera que su rostro quedó oculto por las sombras—. Éste es un caso muy grave. Veinte hombres del Grupo de Misión Especial recibieron órdenes de investigar a tu verdadera familia, hombres elegidos por el Líder en persona. Yo soy uno de ellos. Hasta ese punto nos hemos tomado en serio todo este asunto, Cho, pero merecía la pena. Tú merecías la pena. Tuvimos que escarbar mucho, pero al final descubrimos la verdad.

—¿La verdad? —La voz de Cho era casi un susurro.

—Mira, nada de lo que has escrito aquí explica cómo tú y tu hermano, los dos nietos de un espía estadounidense ejecutado...

«¿Qué?»

—...llegasteis a medrar y mentir para alcanzar posiciones de tanta confianza.

Ryu Kyong se levantó y se sentó en el escritorio, delante de él.

Cho estaba demasiado conmocionado para hablar. Su mente hurgaba para recordar lo que Yong-ho le había contado de su verdadera familia. Cuando por fin reaccionó, sólo logró decir:

—Yo... no conocí a mi verdadero padre ni a mi abuelo.

Ryu Kyong sonrió con pesar y bajó la mirada, casi como si se sintiera avergonzado por Cho.

—Según vuestras partidas de nacimiento, pertenecéis a una estirpe heroica, sois nietos de un veterano condecorado. Hasta eso podría haberos salido bien, de no ser porque nosotros contactamos con la familia del veterano para que pudierais tener una pequeña reunión. Sus nietos dijeron que no sabían nada de vosotros. Entonces fue cuando empezamos a investigar en serio y, claro está, resultó que vuestras partidas de nacimiento eran falsas.

Cho tuvo un presentimiento. La esperanza que había depositado en la confesión se estaba derrumbando como un castillo de arena.

—Dimos con el agente del registro civil que había falsificado el documento y le sacamos la verdad muy pronto. Al parecer, tu madre biológica lo había sobornado generosamente para que pareciera que tu hermano y tú erais hijos ilegítimos, y que vuestro padre tenía sangre de clase A. ¿Por qué crees que hizo eso?

»De hecho, el Bowibu ya tenía un expediente sobre tu madre. Hace treinta años la pillaron tratando de cambiar el historial de tu padre, de tu padre verdadero, para que dijera que había muerto en un accidente laboral. Por eso fue condenada a trabajos forzados a perpetuidad. Una mujer con coraje, tu madre. En dos ocasiones corrió un gran riesgo para proteger tu futuro, para darte una nueva vida. Pero ¿qué pretendía encubrir?

»Su expediente nos condujo al de tu padre. Tu padre biológico era... —Ryu Kyong se inclinó para sacar un expediente de un maletín que tenía a su lado en el escritorio, y se puso unas gafas de lectura—. «Ahn Chun-hyok. Detenido cuando trataba de huir del país en una barca a motor en octubre de mil novecientos setenta y siete. Sentenciado por un tribunal popular. Ejecutado en su puesto de trabajo, el Astillero Chollima de Nampo, delante de los trabajadores, en noviembre de mil novecientos setenta y siete...» Eso es un mes antes de que tú nacieras. Tu madre omitió mencionar eso en el orfanato, cuando os abandonó a ti y a tu hermano.

La mente de Cho estaba en plena ebullición. Se llevó las manos a la cabeza.

Ryu Kyong habló en voz baja.

—¿Te hemos dado permiso para moverte?

Sorprendido, Cho se quedó quieto.

—Ah, Cho, pero esto mejora... El expediente de tu padre nos condujo a la identidad de tu abuelo, Ahn Yun-chol. —Ryu Kyong cruzó los brazos y empezó a pasear en torno a la mesa—. Según se cuenta, era un sinvergüenza extravagante. Una especie de sanador y chamán itinerante, un pequeño capitalista que vendía sus servicios místicos a lo largo del paralelo treinta y ocho durante la guerra. El ejército yanqui lo reclutó para llevar mensajes a sus unidades de avanzada, cerca de Pyongyang, probablemente a cambio de dinero. Su traición se descubrió después de nuestra victoria sobre los yanquis. Fue ejecutado por espionaje en mil novecientos cincuenta y cuatro.

»Abuelo y padre, ambos traidores ejecutados. Es un linaje impresionante, Cho. Es uno de los peores casos que he visto nunca. Puedo decirte que el Líder en persona estaba muy disgustado. Ha ordenado que tu departamento en el Ministerio de Asuntos Exteriores sea sometido a una prueba revolucionaria de tres semanas para quedar limpio de tu infecciosa influencia. Tus antiguos colegas han sido degradados. —Movió la mano como si apenas mereciera la pena mencionarlo—. La cuestión que nos interesa es cómo tu hermano y tú os habéis salido con la vuestra durante tanto tiempo.

Ryu Kyong apoyó las manos en lo alto de la silla. Estaba observando intensamente a Cho, observando la agitación interna que se reflejaba en su rostro, dándole tiempo para sincerarse. Pero lo único que dijo Cho fue:

—Soy inocente. No había oído hablar de ninguno de esos hombres hasta ahora.

El interrogador movió la cabeza vagamente, como si Cho fuera un niño empeñado en negarlo todo de un modo patético, pese a que lo habían pillado robando.

—Hemos establecido tu linaje de traidores más allá de toda duda. Lo que debemos saber ahora... es cómo se te transmitió la misión de espionaje de tu abuelo, y cuáles eran sus instrucciones.

Cho miró a Ryu Kyong.

—No puede hablar en serio...

—¿Cómo tu abuelo, un espía norteamericano, pasó su misión a tu padre, y cómo éste la pasó a ti? ¿Fue una instrucción por escrito?

Como un virus, la desesperación y la incredulidad iban minando a Cho.

—¡Esto es absurdo!

Ryu Kyong esbozó una pequeña sonrisa y suspiró. Entonces lanzó una mirada a la oscuridad, detrás de Cho, y éste fue consciente por primera vez de que había alguien más en aquella celda. Una silla se deslizó hacia atrás, arañando el suelo. Oyó el crujido del cuero. Le agarraron los brazos y lo esposaron con fuerza al respaldo de la silla. El estómago de Cho se convirtió en hielo.

El interrogador encendió un interruptor y varios focos iluminaron tenuemente una pared de cemento manchada en la cual colgaban grilletes oxidados y ganchos de un riel de hierro.

El hombre volvió a sentarse con las manos entrelazadas ante él, encima de la mesa. En el tono propio de quien hace gala de una paciencia infinita, preguntó:

—¿Cómo te pasó su misión tu padre, un espía de los yanquis? ¿Cuáles fueron sus instrucciones?

Cho se sintió atrapado en una dimensión que no tenía ningún sentido. La verdad, la lógica y la razón se habían dado la vuelta. Lo que antes estaba fuera ahora estaba dentro. ¿Podían creer sinceramente que él había actuado por órdenes de un abuelo y un padre a los que no había conocido, ambos muertos antes incluso de que él naciera?

—Nadie me dio instrucciones. No tengo nada que decir. Nunca conocí a mi familia bioló...

El golpe le impactó en la oreja derecha. Se le nubló la visión y un sonido agudo resonó en su cerebro. Se dobló, tratando de poner la cabeza entre las rodillas. Nunca había sentido un dolor tan desgarrador y explosivo. Jadeó entre dientes, al borde del desmayo. Su cerebro estaba paralizado. Cuando levantó la cabeza, respirando con dificultad, estaba llorando a mares.

Ryu Kyong ya no estaba en la mesa. Se encendió una cerilla que iluminó brevemente un rincón oscuro de la habitación, donde el interrogador se encendía un cigarrillo.

—Si esperas convencerme de que no eres un espía yanqui, ahórrate la saliva.

Su postura era relajada, no había nada agresivo en él, y sin embargo se había convertido en el dueño absoluto de la situación, como si Cho fuera un perro atado a una correa, ejerciendo un control absoluto y letal. Tras el golpe en la oreja, aquellas palabras le sonaran como el zumbido de pequeños insectos.

Ryu Kyong cogió las páginas del testimonio de Cho de la mesa con las yemas de los dedos, las quemó con un mechero y las arrojó a una papelera metálica. Por un instante, las llamas revelaron una sala grande con paneles deslizantes remachados.

—El mes pasado, durante tu visita a Nueva York, uno de nuestros diplomáticos, el primer secretario Ma, fue detenido por los yanquis mientras llevaba a cabo un importante negocio para el Partido. ¿Fuiste tú quien lo traicionó?

—¡No! —Los ojos de Cho se ensancharon.

Ryu Kyong pareció no advertir su sorpresa.

—Hace cuatro noches, justo antes del banquete estatal para los chacales yanquis, pasaste cuarenta minutos a solas en compañía de una de las visitantes yanquis. ¿Estás seguro de que no le mostraste ni contaste nada?

Cho sintió que le ardía la cara. No podía decir nada.

—Entonces, ya está. Vamos a dar por hecho que eres un espía de los americanos y un traidor. Pero eso todavía nos deja el asunto de tu confesión.

A Cho lo invadió una sensación de impotencia, de profundo cansancio. Estaba atrapado en una pesadilla en la que empezaba a perder toda sensación de realidad, pero el proceso tenía una lógica demencial y extraordinaria.

Ryu Kyong apagó su cigarrillo y miró a Cho como a un hijo que, después de años de conducta disipada, estaba recibiendo la mano dura que siempre había merecido.

—¿Un poco de agua?

Cho asintió.

Ryu Kyong hizo una seña para que le quitaran las esposas y alguien puso un vaso de agua en la mano temblorosa de Cho. Se la bebió de golpe y le quitaron el vaso.

—Volveremos a hablar —dijo Ryu Kyong—. Piensa cuidadosamente en tu confesión.

Salió de la sala y Cho oyó otros pares de botas, tal vez hasta cinco, que entraban y se reunían a sus espaldas, fuera de su campo de visión. Estaba demasiado asustado para mirar alrededor.

Le pusieron la capucha en la cabeza tan deprisa que ni siquiera pudo gritar. Lo tiraron de la silla y le llovieron patadas por todos los lados. En el estómago, en las piernas, en las costillas, en la cabeza... Cho estaba sin aire y aquella áspera capucha apenas le dejaba respirar. Rodó en el suelo, tratando en vano de proteger su cuerpo, de esquivar golpes que no podía ver. Las patadas eran una lluvia de monstruoso salvajismo, en la espalda, en los testículos, en la cadera, en los tobillos... Gritó para que pararan, cualquier cosa con tal de hacerlos parar. Una patada seca en la sien le hizo ver las estrellas, y perdió el conocimiento.

Cuando volvió en sí, estaba en el suelo de cemento de una celda minúscula, iluminada por una bombilla eléctrica que zumbaba detrás de una rejilla. Sólo tenía metro y medio de largo y sesenta centímetros de ancho, era imposible permanecer de pie o tumbarse. A sus pies tenía un cuenco de sopa aguada y salada, con unos pocos granos de maíz flotando en la superficie, que se había enfriado hacía mucho. No tenía ni idea de cuánto tiempo había estado inconsciente ni de qué hora era, ni siquiera sabía si era de día o de noche. Empezó a temblar de forma incontrolada por la temperatura, sin duda por debajo de cero grados, pero ni siquiera pudo cruzar los brazos en torno al pecho para calentarse. Su cuerpo era como un parterre en flor de sufrimiento, desde la coronilla hasta las plantas de los pies.

La mirilla de la puerta se movió y apareció un ojo. Cho oyó que un guardia hablaba con un compañero; la puerta se abrió y dos hombres lo agarraron por los tobillos y lo sacaron a rastras, y en ese momento fue consciente de que lo que había ocurrido hasta entonces no había sido más que un rutinario preludio para ablandarlo.

Su verdadera pesadilla estaba a punto de empezar.

42

O Street, Washington D.C.
Nochebuena

Jenna metió los regalos en el coche y llamó a su madre para decirle que iba para allá. La Navidad era un momento del año difícil para las dos, un inhóspito recordatorio de que eran media familia, y eso no hizo más que acrecentar el mal humor de Jenna.

Una semana antes, al regresar de Pyongyang con la delegación a la base aérea de Andrews, se había encontrado a Fisk esperándola. Era pasada la medianoche y ella agradeció que se ofreciera a llevarla a casa. Sin embargo, cuando montaron en el coche y Jenna dijo «he visto a mi hermana», él se quedó tan sorprendido que en lugar de llevarla directamente a su casa permanecieron sentados en el aparcamiento vacío mientras Jenna le contaba el drama vivido con Cho, le hablaba de los niños mestizos que había visto en aquella mansión y le daba algunos detalles del dosier que le había pasado el coronel.

—Tenemos una amenaza para la seguridad nacional.

Fisk se quedó con la mirada perdida mientras asimilaba aquellas palabras. Luego giró la llave de contacto y murmuró:

—Sinceramente, nunca pensé que tu hermana seguiría viva.

Jenna apoyó la cabeza en el frío cristal y cerró los ojos. Estaba agotada y lo único que le apetecía era tumbarse en la cama. Entraron en la autovía desierta en dirección a Georgetown, y el coche aceleró cruzando los charcos de luz que dibujaban las farolas.

—¿Alguno de los espías del Programa Semilla podría estar activo?

—Los mayores tienen diecinueve años, según el dosier.

—Perfecto. Así que ya podrían estar aquí. En los campus de nuestras universidades.

—Es posible.

Fisk soltó un bufido de incredulidad.

—Cielo santo... Pruebas con misiles de largo alcance, laboratorios de armas secretas, niños adoctrinados que parecen extranjeros...

El *jet lag*, la fatiga y el hambre se combinaron en el ánimo de Jenna para producir un destello de rabia. ¿Qué esperaba Fisk? La Corea del Norte de Kim Jong-il era una casa embrujada. «Abre la puerta y encontrarás un horror en cada habitación, desde la bodega hasta el desván...»

Fisk tomó O Street. En un tono más suave, preguntó:

—¿Qué quieres hacer con Soo-min?

Jenna miró asustada la calle vacía. Como con todo lo relacionado con Corea del Norte, no había demasiadas opciones.

—No lo sé.

Estaba ya saliendo del coche cuando Fisk dijo:

—Lo siento, pero todo lo referente a esa mansión y al programa es información clasificada.

Sólo cuando estuvo dentro de su apartamento, Jenna comprendió por qué había dicho eso: para que no dijera ni una palabra a su madre, para que no pudiera ofrecerle el regalo de Navidad que deseaba darle con desesperación: la noticia de que ella, Jenna, había visto a Soo-min con sus propios ojos. La noticia de que su hija estaba viva.

Al día siguiente, Jenna informaría en Langley y se sentaría a traducir el dosier.

Había hecho las maletas y estaba lista para conducir los dieciocho kilómetros hasta Annandale. Ya estaba cerrando la puerta de su casa cuando oyó que dentro sonaba el teléfono. Normalmente sólo cogía las llamadas del móvil, pero esta vez algo la hizo detenerse. La absoluta extrañeza de los últimos acontecimientos estaba haciendo que incluso los sucesos más triviales parecieran cargados de significado. Abrió la puerta, corrió hacia el teléfono y lo descolgó justo antes de que saltara el contestador.

Una mujer del personal de la Casa Blanca le advirtió, con voz suave, que iba a recibir una llamada de larga distancia.

«¿La Casa Blanca?»

Jenna oyó un clic cuando la conexión se transfirió, luego hubo una larga pausa. Y, de repente, experimentó una extraordinaria sensación de predestinación, un trascendental alineamiento de las estrellas.

—¿Señora? —Ahora era un funcionario quien estaba en la línea, y Jenna supo lo que iba a ocurrir a continuación—. Voy a pasarle con el presidente de Estados Unidos.

Lo único que fue capaz de hacer fue reprimir el instinto de lanzar el teléfono al sofá.

Un instante después, oyó la familiar voz de barítono hablando con ella, Jenna Williams, en su propia casa.

—Doctora Williams, acabo de leer su informe...

Jenna se quedó con la boca abierta. La mente se le aceleró, buscando el recuerdo. «¿Qué informe?» Estaba sudando a mares, clavada en medio del salón con el abrigo y la bufanda.

—Tengo que reconocerlo: no hay muchas recomendaciones que me llamen la atención, pero la suya lo ha hecho.

La voz de Jenna sonó como un susurro.

—Gracias.

«Está hablando de... —la mente se le aclaró y fue capaz de aso-ciar las palabras del presidente con sus recuerdos— las ideas fres-cas para acabar con Kim.» El informe que el director de la CIA le había pedido que escribiera un mes antes.

—Debo preguntárselo... ¿todas estas ideas son suyas?

—Sí, señor.

—Me intriga su razonamiento. Va a contracorriente.

De nuevo sintió que apenas se sostenía en pie.

—Son un poco... particulares, supongo.

El presidente se echó a reír y, por un momento, ella captó su carisma, propio de un predicador.

—Yo más bien dirías «radicales». Bueno, escuche, puede que no salga nada de esto, porque nunca conseguiré convencer al Congreso, pero quiero explorarlas más. Voy a compartir el informe con el Departamento de Estado. Ya se pondrán en contacto con usted. ¿Pasará estas Navidades con su familia?

—Con mi madre, Han.

—Que pasen las dos unas felices fiestas.

La conversación sólo había durado unos segundos. Jenna miró el auricular un momento, como si estuviera en trance, sonrojándose y con el corazón acelerado, pero ya podía sentir que la alegría le subía por el pecho como burbujas de gaseosa, y lanzó un grito repentino. Tenía algo que contarle a su madre, después de todo.

Más tarde, cuando vio las noticias en la tele, en casa de Han, en Annandale, se dio cuenta de que el presidente la había llamado desde Hawái, donde estaba de vacaciones. Tres días después de Navidad, cuando regresó a sus sesiones de preparación en la Granja, algunos veteranos de la Agencia a los que no conocía empezaron a saludarla en la cafetería, mirándola a los ojos, cediéndole el paso, como si un aura de luz la iluminara. Como pronto descubriría, sus ideas estaban corriendo como la pólvora entre los círculos de Washington y aún más allá, alterando todos los planteamientos comúnmente aceptados.

43

Casa de Huéspedes Secreta Maram
Distrito de Yongsun, Pyongyang, Corea del Norte

Una nueva cara se plantó ante Cho en la oscura sala de interrogatorios, un oficial más joven que él, sentado muy tieso con un uniforme perfectamente planchado. Cuando el hombre se movió, la correa de cuero que iba desde el hombro hasta el cinto del revólver crujió. Su cabeza, lisa y brillante, parecía tan pálida y redonda como la luna. Sus ojos observaron a Cho, inexpresivos. Su gorra de plato, con una visera negra brillante, estaba sobre la mesa.

—¿Cómo te pasó su misión tu abuelo espía americano? ¿Cuáles fueron sus instrucciones?

Cho se sentía superado por la debilidad y el hambre. Dijo que no vagamente con la cabeza.

—No conocí a mi abuelo ni a mi padre...

—¿Cómo te pasó su misión tu abuelo espía americano? ¿Cuáles fueron sus instrucciones?

Cho bajó la cabeza hasta el pecho y no dijo nada. A su espalda, alguien dio un paso hacia él, y Cho llegó a ver con el rabillo del ojo algo que oscilaba momentáneamente en el cono de luz, como la cola prensil de un mono. Un cable de acero que se desenroscaba.

Algunas veces le pegaban con cables, otras, con palos de madera, y él se retorcía en el cemento sobre charcos de su propia sangre y orina, aullando como un animal. Si perdía el conocimiento, lo despertaban tirándole un cubo de agua por encima. La primera vez que ocurrió, volvió en sí con su ropa empapada completamente helada y la boca llena de sangre y fragmentos de dientes mellados. A veces, unas manos firmes lo sujetaban en el asiento para continuar el interrogatorio. Otras, lo azotaban con una correa de cuero, pero tenía las piernas y los brazos tan bien atados a la silla que no podía mover ni un músculo para protegerse.

De vez en cuando, le parecía oír a Ryu Kyong detrás de él deteniendo la paliza desde la oscuridad, pero la pregunta del joven oficial era inclemente y nunca variaba. Una o dos veces perdió la paciencia y abofeteó a Cho en la cara con las manos, golpeándole la herida abierta de la oreja y haciendo que en su oído zumbara una aguda campana metálica.

En ocasiones, el cuerpo de Cho se sumía en una especie de entumecimiento y, en esas pausas en las que le concedían un momento para absorber y saborear el dolor, le desconcertaba darse cuenta de que no estaban preguntándole nada sobre sus cuarenta minutos de huida con Jenna, antes del banquete: para los interrogadores, eso era simplemente la prueba de su culpa. Lo que era crucial para ellos, el impulso que guiaba el interrogatorio, era su deseo de conocer cómo su estirpe de sangre traidora había logrado permanecer oculta, y cómo él y su hermano habían conseguido engañarlos a todos y abrirse camino hasta una posición de tanta confianza que podía pasar mensajes a sus jefes yanquis cara a cara u obtener acceso a los asuntos personales del mismísimo Amado Líder en persona.

Poco a poco, entre golpes, Cho empezó a comprenderlo. Para una traición de esa envergadura, no bastaba con matarlo. Se requería una confesión con toda el alma, que suplicara perdón antes de que lo fusilaran, una declaración de sometimiento y amor al Líder. Todo dependía de eso. Después, su muerte sería un detalle administrativo.

No estaba seguro de cuántas veces lo habían torturado cuando empezaron a provocarlo con el destino de su familia.

—Tu hijo ha sido desterrado a un pueblo en las montañas del norte... Por ti, Cho. Tu mujer eligió ir con él.

Y algo murió en su interior cuando oyó eso. ¿Su familia, su mujer y su hijo, como parias en un duro pueblo montañoso? Durante unos largos minutos, el interrogador lo observó sollozar abiertamente.

—Si confiesas ahora —dijo el hombre con suavidad—, podrán volver a Pyongyang. Tu hijo podrá volver a la escuela.

Pero Cho conocía el sistema lo suficientemente bien para saber que el interrogador estaba mintiendo. De hecho, ocurriría todo lo contrario. Si él confesaba, Libros sería condenado a un destino mucho peor, un campo de trabajo, una zona de no retorno...

Hijo de un espía estadounidense confeso.

Y, cuanto más comprendía Cho esa realidad, cuanto más largas y más brutales se volvían las sesiones de interrogatorio, más se fortalecía su voluntad de no confesar. Su determinación se convirtió en algo casi sobrenatural. Era la perla que nunca se formaría, el tesoro que no iban a conseguir. De todos modos, tardaría poco en morirse allí mismo. No le arrancarían la confesión antes de morir.

Ésa era su única arma, su única oportunidad de proteger a su mujer y a su hijo.

El interrogatorio continuó día y noche. En ocasiones, era el oficial joven con la cabeza afeitada. Otras veces aparecían otros, todos ellos jóvenes. Sólo ocasionalmente participaba Ryu Kyong, pero Cho estaba seguro de que a menudo estaba presente en el fondo de la sala, observando. En dos, cuatro, quizá seis ocasiones, no podía estar seguro, las palizas se detuvieron de repente y alguien arrastró una mesa hacia su silla. Las hojas de papel en blanco y el lápiz aparecían ante él, y una y otra vez, cada vez de un modo más errático, Cho escribía las mismas palabras que había escrito antes o un resumen de las mismas. El interrogador las leía en busca de un resquicio, una fisura a través de la cual poder quebrarlo, y luego rompía las páginas ante sus ojos.

Y, en cada una de aquellas ocasiones, Cho sintió odio, como una antorcha que llameaba a través de su cuerpo.

Pronto empezó a delirar por la falta de sueño. Las palabras de los interrogadores sonaban como si las hubieran pronunciado bajo el agua. Perdía el hilo de las preguntas y sólo era capaz de murmurar:

—No lo entiendo.

Entonces lo abofeteaban y golpeaban más fuerte.

Aparte de una vaga sensación de que los días se estaban convirtiendo en semanas, no tenía ni idea de cuánto tiempo llevaba en la cámara de tortura de la Casa de Huéspedes Maram. Un día lo dejaron en aquella celda minúscula y le ordenaron sentarse con las piernas cruzadas y con la cabeza inclinada todo el tiempo. Si un prisionero movía aunque sólo fuera una ceja, los guardias abrían la puerta y lo golpeaban con varas de abedul. Los carceleros caminaban de un lado a otro delante de las celdas, observando la más leve infracción. El suicidio, en el que Cho pensaba a menudo, era imposible. Después de diez horas sentado en esa posición, apenas podía caminar.

Al día siguiente, lo arrastraron a la sala de interrogatorio por los brazos. Ryu Kyong lo esperaba. Se sentó muy quieto ante la mesa, mirando a Cho con su rostro benigno y meditativo, como si fuera un venerable erudito.

Claramente decepcionado, respiró hondo antes de hablar:

—¿Por qué te haces esto, Cho? ¿Esperas salvarte?

Cho estaba alerta, el corazón se le aceleraba mientras trataba de oír algún movimiento detrás de él, pero aquel día daba la impresión de que estaban solos en la sala.

—Es usted quien me lo hace.

—Todo esto puede terminar en un minuto, si quieres, y puedo ayudarte. —Las hojas de papel blanco estaban en la mesa. Ryu Kyong levantó un lápiz—. No te salvarás, pero salvarás a tu hijo, que es inocente de tu crimen. Ahora, ¿por qué no lo escribimos juntos?

Las palabras «cabrón mentiroso» nublaron la mente de Cho como gas venenoso. Después de una pausa interminable, en la que Cho no apartó en ningún momento la mirada del suelo, Ryu Kyong se marchó.

Aquel día lo colgaron por las manos de la barra de hierro. Los dedos de sus pies apenas tocaban el suelo, las esposas le cortaban la carne de las muñecas y sentía como si le hubieran arrancado la cintura del torso. Los guardias le pegaron tantas veces en las piernas que se le hincharon como troncos de árboles. Ni siquiera entonces había soportado lo peor. Lo pasaron a una celda tan pequeña que tenía que agacharse, con el cuerpo medio sumergido en agua fría. Lo dejaron allí dos días. Cuando perdió el conocimiento, lo sacaron a rastras y lo despertaron otra vez para darle papel blanco y lápiz. La celda de agua era incluso peor que las astillas de bambú que le clavaban bajo las uñas para arrancárselas una a una mientras, entre un grito y el siguiente, lo instaban a confesar, a veces con una mera insinuación, otras aullándole en los oídos.

No confesó.

Una noche lo sacaron al exterior por primera vez en semanas y pudo respirar un aire frío y claro. Le ordenaron que se arrodillara en la nieve compactada del patio y se quedara quieto. Los copos de nieve le caían en el pelo y en la cara. Cho permaneció arrodillado allí durante horas como un adorno de piedra. Después de la primera hora, la violencia de sus temblores remitió y el dolor desapareció. Se sentía extrañamente sereno, mientras los guardias iban y venían con gruesos abrigos de piel de conejo. Fue incapaz de ponerse de pie cuando le ordenaron levantarse, y tuvieron que llevarlo adentro a rastras.

Poco a poco, las sesiones de tortura se volvieron irregulares. Algunos días lo dejaban en su celda pasando hambre, o le daban sopa salada y nada que beber, para que la sed se volviera insoportable y la lengua se le hinchara. Después de tantos días sin comida, sus brazos eran tan delgados como sus muñecas, pero sus piernas estaban tan hinchadas que apenas podía sentarse. En una ocasión, cuando creyó que lo devolvían a su celda, se sorprendió al encontrarse de pronto en el calor de la cantina de los guardias, sentado en una esquina. Lo obligaron a ver cómo comían arroz blanco y cerdo humeante y estofado de setas de una gran olla de barro cocido. Tuvo un dolor de estómago atroz y los guardias se rieron al ver su expresión. Le llevaron papel y lápiz y un cuenco de arroz y estofado que dejaron justo fuera de su alcance. Colocaron un trozo de pan fresco junto al cuenco.

Cho apartó la mirada y las lágrimas le resbalaron por las mejillas.

Horas después, entró en su celda un hombre con una sucia bata blanca, le tomó el pulso y le palpó los huesos. Luego le dijo que se quitara el mono, que ya no era más que un montón de sucios harapos apestosos, y le frotó un ungüento frío en las heridas que se habían infectado y estaban supurando pus. Limpió su cuerpo destrozado con toallitas antisépticas, le dio ropa limpia, sacó una jeringuilla y le inyectó algo que le provocó una leve sensación de euforia, antes de hacerlo caer en un sueño exhausto. Un opiáceo.

Cuando se despertó, vio el rostro de Ryu Kyong ante él. Lo rodeaba con un brazo, sujetándolo como si fuera un niño moribundo al que adoraba. Su torturador habló con voz suave e íntima. Estaban en un cuarto brillante, iluminado por el sol, con las paredes tan blancas que cegaron a Cho. ¿Cuánto tiempo llevaba allí? Al otro lado de la ventana, las hojas nuevas asomaban relucientes en los árboles. Vio pasar nubes blancas, flotando como aeronaves.

—El Amado Líder es el cerebro de nuestro gran movimiento —dijo Ryu Kyong—. Suya es la mente que nos mantiene infaliblemente en los raíles de la historia. Lo sabe todo y nunca se equivoca. ¿Estarías de acuerdo con eso, Cho?

Cho sintió que lo invadía la felicidad. Qué sabiduría, qué tolerancia brillaba en los ojos de Ryu Kyong.

—Sí —dijo, sintiendo que una sonrisa se extendía en su rostro.

—Y si el Líder es el cerebro, entonces el Partido es el corazón latiente del movimiento y el ejército es su fortaleza y su músculo, ¿no es cierto?

Cho asintió, como un niño al que le explican la aritmética más simple.

—Las masas... los obreros, los campesinos, los constructores... son los órganos y el sistema nervioso. Son las células del movimiento y su sangre vital. Están liberados de la carga de pensamiento independiente, porque el cerebro asume esa poderosa responsabilidad. —El dolor apareció en los ojos de Ryu Kyong y su rostro se llenó de empatía—. Pero si se descubre que alguna de las células del cuerpo está enferma, si se encuentra un tumor, aunque esté separado por tres generaciones, no se puede permitir que permanezca allí o que siga creciendo. Lo comprendes, ¿verdad, Cho? La deslealtad debe arrancarse de raíz, debe eliminarse por completo, de manera que el cuerpo pueda permanecer inmortal y no perezca nunca.

Cho cerró los ojos, sin querer estropear la belleza de la lógica de Ryu Kyong.

—Si no lo arrancamos de raíz, cometemos un crimen contra nuestro propio futuro. Sé que lo entiendes. Hazlo ahora y ahórrate más sufrimientos innecesarios. Hazlo por amor a nuestro pueblo. Escribe tu confesión y el Líder te perdonará. Muere en paz, con su gratitud en tu corazón, y tu hijo estará a salvo...

Ryu Kyong ayudó a Cho a sentarse en una cómoda estera en el suelo. No pesaba nada. Su cuerpo era piel y huesos. Le llevaron un humeante cuenco de caldo de pasta de alubias en una bandeja, y Cho lo devoró como un perro famélico bajo la mirada atenta de Ryu Kyong. De alguna manera, sin que Cho se diera cuenta, las hojas de papel en blanco y el lápiz habían reaparecido, colocados con cuidado en el suelo al lado de la estera.

—¿Qué han hecho con Yong-ho? —preguntó Cho.

—Lo confesó todo enseguida. Murió con la conciencia limpia.

Ryu Kyong salió y cerró la puerta.

Cho observó el paso de las nubes blancas y oyó a un arrendajo graznando en los aleros. Observó cómo las sombras se alargaban en el patio a medida que el sol se desplazaba hacia el oeste. Vio que el enebro estaba empezando a florecer en el patio y había nubes de mosquitos alrededor. El aire olía a primavera.

Cuando Ryu Kyong regresó, muchas horas después, Cho estaba sentado con las piernas cruzadas, con la espalda apoyada en la pared.

El papel continuaba en blanco y sin tocar.

Cho observó el rostro de su inquisidor y vio cómo volvía a aparecer esa expresión de comprensión. De pronto, se dio cuenta de que no había rabia o frustración en sus ojos... sino miedo.

Durante dos días, mantuvieron a Cho en una celda ordinaria con una ventana y una manta, y le dieron de comer sopa de col y gachas de maíz. Los guardias apenas lo vigilaban. Cho cayó en un estupor profundo y se perdió entre sueños y ensoñaciones. Pensaba a menudo en Libros. Una vez se sentó muy tieso, viendo a su hijo agachado delante de él en el suelo, tan claro como la luz del día, con su pañuelo rojo de pionero y leyendo su libro de la escuela. «En una batalla de la Gran Guerra Patria de Liberación, tres hermanos valientes del Ejército Popular de Corea eliminaron a treinta cabrones imperialistas americanos. ¿Cuál fue la ratio de soldados que combatieron?» Libros levantó la mirada hacia él, mostrando su bonita sonrisa. Las lágrimas de Cho fluyeron libremente, pero cuando los ojos se le aclararon no había nadie delante. Otras veces pensó en el Amado Líder, trabajando en su mesa hasta altas horas, firmando órdenes de detención, dando órdenes por teléfono a través de nubes de humo de cigarrillo, organizando cada detalle de las vidas personales de su círculo íntimo. Recordó las pocas ocasiones en que había visto a Kim Jong-il. Sus maneras al mismo tiempo extravagantes y pedantes. La forma en que te miraba con esa extraña expresión de ironía.

Al tercer día fueron a por él, y Cho estaba listo. Ya no sentía ningún miedo. Había hecho las paces consigo mismo. Le cerraron las cadenas en torno a las muñecas y los tobillos. Pero en el patio no vio ningún poste ni pelotón de fusilamiento, sino un camión ruso con una lona verde. Le ordenaron subir a la parte de atrás y los guardias subieron con él. Antes de que pudiera preguntar adónde iban, atisbó la culata de un rifle. Perdió el conocimiento.

Cho no tenía ni idea de dónde estaba. El camión había circulado durante muchas horas. Era el único prisionero. Estaba muy oscuro; faltaban horas para el amanecer. Le ordenaron salir y le dijeron que se arrodillara. A la tenue luz amarillenta de los faros vio un complejo carcelario achaparrado y gris que se extendía ante él. Oyó perros ladrando. Los focos brillaban al barrer la zona del patio delantero desde las altas torres de los guardias. Los muros estaban coronados de alambre de espino. Se encontraba en la zona de llegadas de un enorme campo de trabajos forzados.

Eso no se lo había esperado en absoluto. La única razón que explicaba que estuviera allí, la única razón de que no estuviese enterrado con una bala en el corazón, era que no había confesado.

No había forma de saber lo grande que era aquel lugar más allá de las luces cegadoras, pero tuvo la sensación de que estaba entrando en otro universo, donde las leyes de la naturaleza eran distintas.

—¡Mirada al suelo! —gritó uno de los guardias.

Aterrorizado, Cho inclinó la cabeza. Oyó acercarse a alguien con un perro que ladraba. Por el tratamiento que usaron los guardias para dirigirse a él, Cho supuso que era un oficial veterano de la prisión, tal vez el subdirector en persona. Al hombre le entregaron un formulario para firmar y rió como si le hubieran dado un regalo sorpresa.

—¿Un espía estadounidense? —La sombra de su cabeza hizo una reverencia hacia Cho con fingido respeto—. Bienvenido al Campo Veintidós.

Cho casi rió en voz alta por la ironía. El campo cuya existencia había negado a Jenna durante la cena en Nueva York —qué distante e irreal parecía ese mundo— abría ahora sus negras fauces para tragárselo.

Le soltaron las cadenas de las manos y de los tobillos. Justo cuando estaban haciéndolo pasar por las puertas sonó un rugido distante, un bajo grave, como un fuego pesado de artillería, que procedía de algún lugar a lo lejos, a su derecha. Supuso que eran truenos, hasta que vio un ardiente brillo anaranjado que se elevó hacia las nubes y dejó como estela una columna de humo, convirtiendo la noche en día. Se dio cuenta de que era una prueba de cohetes. Los guardias se detuvieron a mirar.

Lo encerraron en un calabozo para los recién llegados, desde donde podía oír a los guardias cenando en la habitación de al lado, hablando con el acento brusco de la provincia de Hamgyong del Norte.

Poco después, le dieron un plato con restos de comida y le mandaron ponerse un uniforme azul de nailon basto que apestaba a cadáver y a pus coagulado. Entonces el mismo oficial que lo había recibido entró en el calabozo, proyectó una mirada taimada hacia él, como si memorizara su rostro antes de que se estropeara para siempre, y miró un expediente abierto. Dio una orden a los guardias:

—Sector familiar, pueblo Cuarenta, cabaña Veintiuno.

El corazón de Cho se contrajo y sintió que le fallaban las piernas.

«Mi familia aquí? ¿Mi mujer y mi hijo?»

¿En aquel infierno espantoso? ¿Qué palabras de odio tendrían para él por haber propiciado todo aquello, por haber arruinado sus vidas? Sintió tanto dolor y desesperación que estuvo a punto de desmayarse. Si al menos hubiera confesado... Nada habría cambiado, pero ¡al menos podría haberles dado la satisfacción de su propia muerte!

Nada escapaba al Estado. Su brutal mecanismo lo reuniría en aquel campo de trabajo con sus familiares, sin considerar las consecuencias.

Oyó el ruido antes de saber siquiera qué era. Un aullido demente se había elevado desde su interior. Empezó a golpearse la cara.

—¿Qué demonios le pasa a éste? —dijo el guardia, y le dio una fuerte patada en la rodilla que lo hizo caer al suelo.

En la parte trasera de otro camión, lloró lágrimas de amargura. Estaba decidido a poner fin a su vida en cuanto tuviera oportunidad. No le importaba cómo. Esa decisión lo calmó un poco mientras imaginaba a qué tendría que enfrentarse. El reproche y la rabia de su mujer... La incomprensión y el trauma de su hijo... ¿En qué estado físico se encontrarían? Su esposa era una mujer hermosa. Estaría a merced de los guardias, que la usarían para lo que quisieran.

Ah, no podía soportar vivir ni una hora más.

El trayecto por pistas de tierra accidentadas y bacheadas duró al menos treinta minutos, lo suficiente para que Cho pudiera calibrar la inmensidad de aquel campo de trabajo. Finalmente, le ordenaron salir. A la luz de las linternas de los guardias vio una fila de toscas chozas que se desmoronaban, construidas con ladrillos de barro y techumbre de paja. Un olor a excremento impregnaba el lugar. Ya no había grilletes ni esposas; nadie las necesitaba en aquel nuevo universo. Le mostraron una choza semiderruida, parcialmente construida con cañas de maíz, con el número 21 pintado en la pared. En la única ventana, en lugar de cristal había un plástico gris. Ondeaba en el aire gélido. Uno de los guardias lo empujó hacia la puerta de su nueva casa familiar, y Cho la abrió sintiendo que el corazón se le encogía.

Una única vela en un tarro proyectaba su brillo por un suelo de tierra compactada, que estaba inesperadamente caliente. Un montón de harapos ocupaban un rincón y, para sorpresa de Cho, el montón de harapos levantó la cabeza. La mujer tenía unos sesenta años y el cabello plateado, y lo miró con ojos suspicaces y duros como el pedernal. A la luz de aquella frágil vela, Cho vio una cara llena de surcos y sombras.

Estaba demasiado confundido para hablar.

El guardia lo empujó hacia dentro.

—¿Qué pasa contigo? ¿No te alegras de ver a tu madre?

44

Campo 22, provincia de Hamgyong del Norte
Corea del Norte
Agosto de 2011

—¡Moved el culo, zorras! ¡Daos prisa o habrá problemas!

Aunque nadie hablaba, el ruido en la cocina era ensordecedor. Los guardias ladraban órdenes, la radio reproducía el mismo discurso en un bucle interminable y, a través de las nubes de aquel vapor acre y agrio, llegaba el clamor constante de cucharones metálicos, ollas y bandejas.

Las chicas trabajaban al ritmo infernal del campo. Ninguna de ellas remoloneaba, porque se arriesgaban a perder su privilegio tan deprisa que ni siquiera tendrían tiempo de tirarse al suelo y suplicar a los guardias. En el universo del gulag, un puesto en las cocinas era lo más deseado. Podías robar granos del suelo y bazofia de las pocilgas, no tenías que deslomarte en un campo o en una mina, y hasta podías conseguir hojas de maíz para limpiarte el culo. Pero las chicas pagaban un precio. A algunas les habían dado ese puesto por delatar a otros prisioneros, y llevaban como podían la etiqueta de chivatas. O, aún peor, se habían ganado la protección de un guardia, que podía hacer con ellas lo que quisiera en el almacén, detrás de las pocilgas, en el bosque... A las que se quedaban embarazadas se las llevaban de allí y no se las volvía a ver.

La señora Moon evitaba el contacto visual con ellas. Había conseguido un puesto en la cocina porque su informe policial decía que su ocupación era «cocinera», y como preparaba comida para los guardias, no para los prisioneros, le daban detergente y agua caliente para lavar, y no iba sucia y cubierta de harapos como la mayoría de las chicas. Se comía las sobras de los guardias y podía sacar algo para que su hijo estuviera fuerte.

«Mi hijo...»

Se había pasado treinta años llamando a sus hijos en sueños. En ocasiones, en el breve lapso entre el sueño y la vigilia —al amanecer, cuando el canal que la comunicaba con el mundo espiritual estaba despejado—, sentía su presencia con tanta fuerza que podía alargar el brazo y sostenerles las manos si mantenía los ojos cerrados. Nunca se había atrevido a alentar la esperanza de volver a verlos en este mundo.

Y, sin embargo, ay, qué cruel y caprichoso giro había dado la fortuna, llevándole a uno de ellos precisamente allí.

Aquella noche, al verlo plantado en la puerta de su cabaña, había necesitado unos segundos para pasar del desconcierto al reconocimiento. A la luz de aquella miserable vela, había visto su propio rostro en el de él. Al entender quién era, había recibido una de las impresiones más fuertes de su vida. Se habían quedado mirándose como si los separase una extensión de décadas. Finalmente, ella dijo:

—Soy Moon Song-ae. Soy tu madre.

Él enmudeció por la sorpresa, pero, a medida que esa nueva realidad se abrió paso, su rostro se llenó de emociones contradictorias. La señora Moon se levantó y trató de abrazarlo, pero él le dio la espalda. Se le encogió el corazón con un dolor tan profundo que podría haber caído muerta ahí mismo.

Durante días, Cho no pronunció ni una sola palabra, a pesar de que se veían obligados a compartir la única manta de la cabaña. Se esforzaba muy poco por ocultar la repugnancia que ella le producía. Ella lo temía, pero aún era mayor la culpa que sentía. Una culpa que estaba devorándola. Él estaba allí por ella. Era la única explicación. No había conseguido ocultar el pasado de la familia. Le había fallado. Qué cuervo de mal augurio tenía que ser para él: una desconocida de un pasado que había condenado su vida. Sin embargo, como eran parientes, se veían obligados a compartir una cabaña. Al Estado le importaba bien poco que fueran completos desconocidos.

Así que decidió dejar en paz al hijo del que había permanecido separada tanto tiempo. No lo avergonzó intentando hablar con él. Ni siquiera sabía cómo se llamaba. Le daba la espalda y se hacía la dormida cuando él regresaba a la cabaña bañado en polvo de carbón, temblando de hambre y fatiga, y le dejaba comida calentándose en la olla de acero. Se estudiaban mutuamente cuando el otro no estaba mirando. La señora Moon podía notar su mirada clavada en ella.

Se dio cuenta de que no estaba acostumbrado al trabajo duro en cuanto lo vio el primer día, y enseguida empezó a preocuparse. ¿Cómo sobreviviría al trabajo en aquel campo, a cavar túneles minúsculos, a empujar aquellos carros cargados de carbón, a la brutalidad de los guardias? ¿Cuánto tardaría en aceptar que tenía que comer ratas, serpientes y gusanos para sobrevivir? Se preocupaba más incluso que cuando pensaba en Tae-hyon tratando de alimentarse en casa sin ella. Los hombres eran inútiles sin sus mujeres.

Así que empezó a correr riesgos por su hijo. Era fácil llevarse hojas de col y mondaduras de patata de la cocina, escondidas entre las capas de la ropa. La carne era más peligrosa porque los perros de los guardias podían olerla, pero de vez en cuando lograba sacar algún trozo de cerdo, pequeño y cartilaginoso, para hacer un estofado que dejaba en la olla para él, antes de acostarse.

Alrededor de una semana después de la llegada de su hijo, la señora Moon se despertó a medianoche al oír sus gemidos. Era a principios del verano y el cielo ya estaba iluminado. Él estaba tumbado de costado, de espaldas a ella. Se inclinó sobre su hijo y vio que tenía los ojos hinchados y amoratados y el cuerpo magullado y lleno de cortes. Los guardias siempre recibían así a los recién llegados. Sin decir palabra, la señora Moon encendió el hornillo para calentar agua y puso un brazo en torno a su hijo. Él no la apartó, y ella empezó a lavarle las heridas y a limpiarlo con el borde del delantal. Cuando se quedó dormido con la cabeza apoyada en su regazo, las lágrimas de la señora Moon cayeron en el cabello de su hijo.

Por la mañana, él la miró a la cara por primera vez, y la señora Moon vio en sus ojos el brillo de la aceptación, aunque aún no se había convertido en un vínculo real.

Al cabo de unos días, él recibió otra paliza y ella lo cuidó otra vez y le curó las heridas lo mejor que pudo. Le dio su propia comida, diciendo que no tenía hambre. Aquella noche, cuando ella se estaba acostando, él empezó a decirle algo, pero se atragantó con la palabra «*omma*». La señora Moon oyó que empezaba a llorar en silencio. Le daría tiempo. No tenía ninguna prisa.

La noche siguiente, él se dirigió a su madre por primera vez. Con mucha rigidez, preguntó:

—¿Serías tan amable de hablarme de mis orígenes?

Y así, durante las siguientes noches, ella le contó su historia. Así fue como Cho supo que había nacido en el puerto occidental de Nampo, y que su padre era constructor de barcos y su madre, cocinera. Su nombre de nacimiento era Ahn Sang-ho.

—Tu padre era un hombre amable —dijo la señora Moon—. Y guapo. Te pareces mucho a él. Tenía talento con los barcos y reparaba la flota pesquera en Nampo. Justo después de casarnos, lo nombraron trabajador ejemplar. El astillero celebró una ceremonia en su honor. Poco después nació tu hermano, y nuestro futuro parecía seguro y feliz. A los trabajadores ejemplares se los instaba a ingresar en el Partido, así que tu padre se presentó. —Los ojos de la señora Moon se desviaron hacia el hornillo—. Entonces hicieron la revisión de historial, que tardó meses. Tu padre había nacido durante la guerra, cuando muchas partidas de nacimiento se perdían o se traspapelaban. Cuando por fin encontraron la suya, el impacto fue tremendo. Lo habían separado de su familia durante la guerra. Sólo tenía un vago recuerdo de su padre. ¿Un espía americano? ¿Quién sabe si era verdad o no? Estaba en el registro, así que no había nada que hacer. No podía haber sido peor. Despidieron a tu padre del astillero. De la noche a la mañana, caímos a la casta más baja. No teníamos ningún futuro. Él sabía que sería un desclasado que haría trabajos menores durante el resto de su vida. Lo vigilarían día y noche. Así que tramó un plan para robar una barca de motor y llevarnos al Sur. Era octubre. Esperamos a una mañana de niebla densa, una de esas nieblas que duran todo el día, para colarnos entre las patrullas marítimas. Íbamos a hacer ese viaje de ochenta kilómetros hacia el sur sin una brújula siquiera, pero tu padre era un marinero experto. Cuando llegó la mañana, la niebla era como una sopa. Era perfecta. El puerto estaba completamente en calma. Él iría primero; yo lo seguiría por separado con tu hermano en brazos, para que pareciera menos sospechoso... —Suspiró y su expresión se ensombreció con el recuerdo—. Cuando llegamos al puerto, vi a cinco agentes que salían corriendo de la niebla y lo detenían al lado de la barca. Lo habían tenido bajo estrecha vigilancia durante todo aquel tiempo. No tenía ninguna posibilidad. Si yo hubiera salido unos segundos antes, me habrían detenido a mí también. Lo colgaron al cabo de un mes en un juicio popular, delante de la misma gente que lo había honrado como trabajador ejemplar. Yo estaba embarazada de ti de ocho meses, pero me obligaron a presenciarlo en primera fila. Para protegernos, conté al Bowibu que mi marido me había engañado sobre su historial de clase, y les dije que no me había contado nada de su plan de fuga... —Soltó un resoplido de puro asco—. Siempre están predispuestos a creerse esa clase de explicaciones. A partir de ese día, viví bajo una nube y me enfrenté a una decisión terrible. Si me quedaba contigo y con tu hermano, os esperaba una vida en la casta inferior, sin ninguna posibilidad de concertar un buen matrimonio o de conseguir un trabajo satisfactorio. Y a mí me costaba mucho salir adelante. Así que intenté cambiar vuestra partida de nacimiento, y lo conseguí. Soborné a un funcionario del registro en Nampo para que pareciera que vuestro verdadero padre era de una familia local heroica, la familia de un veterano al que conocíamos desde mucho antes del juicio de tu padre. Entonces os llevé a tu hermano y a ti al orfanato de Nampo... —Hizo una pausa. Las lágrimas le rodaban en silencio por las mejillas—. Es lo más duro que he hecho en mi vida...

Cho pasó un brazo en torno a los hombros de aquella mujer, su madre, y absorbió su suave temblor.

—Pero vuestro futuro dependía de eso... Tenía que ocultar vuestro origen. Para asegurarme doblemente, esperé cuatro años y entonces intenté cambiar la causa de la muerte de vuestro padre a «accidente» y eliminar los detalles más escabrosos. Supuse que, para cuando tu hermano y tú llegarais a la juventud, si a alguien le daba por comprobarlo, haría tiempo ya que nadie recordaría la verdad. Esta vez, sin embargo, el funcionario del registro me denunció y me desterraron a las montañas del norte, a una granja penal en el condado de Baekam, donde viví veintiocho años.

Lloraron juntos cogiéndose de las manos, con las caras bañadas en lágrimas.

Durante un tiempo, a la señora Moon le resultó un poco más soportable la vida en el Campo 22 gracias al milagro de su hijo. Así como la mayoría de las familias regresaban a sus cabañas después de trabajar, agotadas y sin ninguna esperanza, ella y Cho se quedaban despiertos durante horas. La señora Moon supo de su nuera y de su nieto. Se maravilló de que su hijo hubiera viajado a Estados Unidos. Cho descubrió que tenía un padrastro, Tae-hyon, un minero al que su madre había conocido en el condado de Baekam y con el que se había casado.

La señora Moon le contó que sus padres habían fallecido poco después de que a ella la desterraran. Creía que eran cristianos y que se reunían en secreto con otros creyentes, un recuerdo que ella había enterrado durante décadas.

—Aquí hay cristianos —murmuró—. Les prohíben mirar al cielo y deben mantener la cabeza baja.

—¿Y tú, *omma*? —dijo Cho—. ¿Miras al cielo?

La señora Moon miró las paredes. No tenía una respuesta para esa pregunta.

Gracias a Cho volvía a sentirse como un ser humano, aunque en el Campo 22 sentirse como un ser humano podía resultar fatal. El prisionero se volvía vulnerable. Ella había aprendido pronto que, para sobrevivir en ese lugar, debías olvidar que eras humano. Tenías que convertirte en un animal. De pronto, en aquel infierno, los sentimientos de la señora Moon ya no estaban entumecidos, su conciencia estaba despertando de nuevo y, cuando julio dio paso a agosto, sintió que se deslizaba en una profunda depresión. Al principio se lo escondió a su hijo intentando mostrarse alegre, pero pronto se le hizo imposible ocultarlo y se convirtió en una preocupación para él. Hablaba de morir mientras dormía, de terminar con su vida. No comprendía por qué su cuerpo continuaba viviendo cuando ella no quería. Cho le dijo:

—No pierdas la esperanza y sobreviviremos. Nos tenemos el uno al otro. ¿Qué voy a hacer yo si te mueres?

Esa pregunta le partió el corazón.

Pero no eran las privaciones, ni la suciedad, ni siquiera la brutalidad lo que estaba deprimiendo a la señora Moon.

Revolvió las hojas de col en la olla, imaginando que veía algo diabólico en las burbujas del agua hirviendo, y las escurrió con calma mientras las chicas de la cocina pasaban a su lado, ajetreadas.

Igual que las chicas, la señora Moon también pagaba un precio por su trabajo en la cocina. Y lo que ella hacía era peor que un mero chivatazo.

Antes de Cho, su voluntad de vivir había aniquilado todo sentimiento. Ahora el horror se cernía sobre ella para tocarla en las sombras, la seguía, susurraba su nombre, le rozaba la nuca y desaparecía en el momento en que ella volvía la vista atrás por encima del hombro.

Acompañada por un guardia armado, sacó la olla de col hervida de la cocina. Cada vez la escoltaba un guardia diferente. Les había oído echarse a suertes esa labor en el comedor.

Recorrió el breve tramo a través del huerto hacia el nuevo complejo del laboratorio, situado en la cabecera del valle. A la derecha crecía una fila de manzanos, y otra de ciruelos a la izquierda, pero ella siempre evitaba mirarlos, incluso cuando estaban en flor y dejaban su fragancia en el aire. Las tumbas de los presos ejecutados yacían bajo aquellos árboles a escasa profundidad, y el suelo que fertilizaban daba una fruta que era célebre. Manzanas enormes y dulces que alcanzaban un elevado precio en Pekín. Ciruelas tan tiernas y aromáticas que se exportaban a Japón.

Detrás de la verja, un breve sendero de cemento conducía a la entrada principal del complejo. El guardia marcó un código en el teclado que había junto a la entrada, la puerta se abrió automáticamente y accedieron a otro mundo. Superficies limpias, pulidas, suelos blancos y relucientes, luces brillantes en el techo, aire filtrado. Un grupo de científicos con mascarillas y monos azules los adelantó en el pasillo.

Llegaron a la zona de recepción del enorme laboratorio, que estaba al otro lado de un cristal grueso y de una puerta cerrada herméticamente, frente a la cual había una máquina especial que los trabajadores tenían que atravesar para eliminar los contaminantes de su ropa. El guardia preguntó al recepcionista por el oficial jefe científico Chung. Al cabo de unos minutos, apareció el doctor Chung, un hombre de maneras bruscas, calvo, de rostro y labios blandos. También llevaba una mascarilla colgada al cuello.

—Hoy necesito a tu prisionera. —Su voz era aguda y clara, casi femenina—. ¿Esperará?

El guardia dudó.

—Señor.

La señora Moon sostenía la olla de hojas de col hervidas con ambos brazos estirados y la cabeza baja. El doctor Chung le cogió la olla.

—¿Cómo te llamas, abuela? —Se lo preguntaba cada vez.

La señora Moon levantó los ojos.

—Moon, señor.

El hombre clavó en ella una mirada impropia entre dos seres humanos.

—Vamos, prisionera Moon.

45

Chilmark, Martha's Vineyard, Massachusetts

Los hombres del servicio secreto apostados al otro lado de las ventanas llevaban polos oscuros y Ray-Ban, como entrenadores de un club deportivo pijo. Un hombre delgado con un auricular de radio asomó la cabeza.

—Evergreen acaba de salir del club, señora. Esperamos la llegada de los coches en unos minutos.

«Evergreen...» ¿A quién se le ocurrían esos nombres?

Jenna contuvo las manos en su regazo. Le habían advertido de que tendría ese hueco en la jornada para relajarse, y ella había captado la indirecta y se había presentado sin papeles ni portátil.

Recorrió con la mirada el estudio repleto de libros, en silencio salvo por el tictac de un reloj náutico de bronce. Volúmenes de historia antigua, filosofía, un busto griego... La casa, alquilada para la temporada, pertenecía a un multimillonario de la industria tecnológica poco mayor que ella. Al otro lado del gran ventanal, la luz trazaba formas que se desplazaban y se columpiaban a lo largo del césped, entre las sombras de los pinos escoceses. En el otro extremo, Jenna divisó un embarcadero privado, un tramo de playa de arena amarilla y las aguas azul oscuro del estrecho de Nantucket, que centelleaban como una moneda al girar. Las gaviotas se lanzaban en picado y chillaban.

En el exterior, el crepitar de una radio se adelantó al rugido de los motores de una pequeña caravana. Jenna prestó atención al sonido de los pesados vehículos blindados circulando por el patio de grava: se abrieron las puertas de los coches, una voz grave de mujer saludó en voz alta, un perro ladró. Jenna se levantó, se encaró hacia la puerta y se alisó las arrugas del vestido. Un perro pequeño de color canela llegó correteando, saltó para saludarla y se puso a olisquearla afanosamente. Tenía un pelaje de rizos pequeños y lustrosos, como los de una peluca de comedia de la Restauración.

Justo al otro lado de la puerta, la voz de la misma mujer llenó el pasillo oscuro.

—Demasiado calor hoy en el campo de golf.

—Sí, señora.

La secretaria de Estado entró en la sala, le dirigió su exagerada sonrisa y le tendió una mano.

—Lamento mucho haberla hecho esperar, doctora Williams. Mi marido está jugando al golf con el presidente. Nosotras, las mujeres, hemos ido a verlos salir del *tee* —dijo, adoptando por alguna razón un acento sureño.

Jenna sonrió con educación.

—Bueno... —La mujer cerró la puerta e hizo una pausa, tomándose unos segundos para localizar en su mente saturada de información la nota mental que buscaba. Llevaba un blusón de lino suelto color verde lima, como si acabara de estar delante de un caballete o de un torno de alfarero—. Es de agradecer que nuestro amigo de Pyongyang celebrara el Cuatro de Julio. Aunque fuera con una prueba de misiles de medio alcance... —Se quitó los zapatos y se acomodó en el sillón frente a Jenna—. Lo cual ha devuelto su informe a mi escritorio.

Esbozó una sonrisita amarga, y a Jenna le bastó para comprender que sus ideas habían provocado algún desacuerdo en las altas esferas.

—Parece que se ha vuelto muy influyente.

Sus grandes ojos azules estaban clavados en ella, cargados como escopetas.

—Lo entiendo. Las sanciones no funcionan. Si Kim tiene que apretarse el cinturón, el presupuesto de los cohetes y bombas nucleares será lo último que recorte, ¿verdad? —Chasqueó los dedos para llamar la atención del perro, que saltó a su regazo.

Entró una sirvienta con una bandeja con una jarra de té helado y dos vasos. Jenna esperó hasta que se hubo marchado.

—No es simplemente que no funcionen, señora —aclaró—. Las sanciones juegan a favor de Kim. El aislamiento que causan aumenta su poder en vez de disminuirlo, y hace que el pueblo se una más a él, en una especie de reacción nacionalista defensiva. Cuanto más lo aislamos, más peligroso se vuelve.

La secretaria de Estado hizo una pequeña mueca de frustración.

—Claro, bueno, pero lo que usted ha recomendado revierte de pleno décadas de política. ¿Ha pensado cómo voy a vender eso? —Sujetó las patas delanteras del perro, convirtiéndolo en una marioneta que se movía cuando ella hablaba—. ¿Un levantamiento completo de todas las restricciones bancarias y de comercio con Corea del Norte? ¿Establecer relaciones diplomáticas? ¿Tratar a una tiranía totalitaria y brutal como un país normal, como Canadá?

—Con el debido respeto, señora secretaria, está claro que lo hecho hasta ahora no ha funcionado. Creo que la única manera de cambiar el régimen es sacarlo de su aislamiento. Empezar a hablar. Hacer todo lo que podamos para ayudar a construir su economía. Dar poder a esos pequeños comerciantes y convertirlos en creadores de riqueza.

—Eso podría llevar décadas...

En ese momento, Jenna supo con absoluta certeza que aquella mujer tenía la mira puesta en un cargo mayor.

—Al final, señora, será la prosperidad lo que barrerá a ese dictador, no el aislamiento.

La secretaria de Estado dejó el perro y dio un trago al té helado, observando a Jenna por encima del vaso.

—La última vez que nos vimos —dijo con dulzura—, sugirió matarlo.

Jenna no pestañeó.

—Si no quiere hacer esto, es la segunda mejor opción.

La secretaria de Estado se volvió hacia la ventana. Una sucesión de pensamientos pareció atravesar su rostro como si fueran las sombras veloces de las nubes de otoño, y Jenna supo que estaba pensando en las exigencias del poder: el fuego de artillería que recibiría del Congreso, la reacción de los medios, el coste que supondrían esas medidas para su reputación, el toma y daca que empezaría en las Naciones Unidas, el brutal desgaste psicológico de todo ello... Y, por un breve instante que le provocó un escalofrío en la espalda, mientras respiraba el olor de aquellos libros, consciente del reloj que marcaba el tiempo, Jenna sintió que estaba en el límite de un poderoso alineamiento cósmico que podía cambiar el futuro.

La secretaria soltó un pequeño suspiro, como si acabara de tomar una decisión que llevaba tiempo posponiendo. Dedicó una sonrisa formal a Jenna.

—Me han dicho que se graduará pronto. ¿Se siente lista para el servicio activo?

Jenna estaba en la fase final de su formación en la Granja. No se moría de ganas de que llegara la hora de tirarse en paracaídas por la noche.

—En realidad, he solicitado un puesto como enlace de la CIA con Seguridad Nacional. Sin salir de Washington.

La secretaria de Estado le lanzó una mirada burlona, pero nada en la expresión de Jenna traicionó la imagen que se desataba en primer plano en su mente, como una fotografía al fijarse en el papel en un cuarto oscuro: Soo-min rodeada por una clase de niños medio coreanos.

46

Campo 22, provincia de Hamgyong del Norte
Corea del Norte
Primera semana de diciembre de 2011

El día había empezado mal en la Mina Número 6. Había nevado aquella noche, lo cual significaba que tendrían que prescindir de algunos de los hombres que se dedicaban a despejar las vías para las vagonetas de carbón, y la unidad de trabajo ya estaba suficientemente reducida. Cho condujo a los hombres en fila india entre las montañas de pedregal, pensando que apenas faltaba una semana para el aniversario de su detención. Recordó la impresión de su primer día en la mina, cuando se creía en una pesadilla que desbordaba su imaginación: esqueletos ennegrecidos de hollín y tullidos que supuraban pus; un valle profundo y sin sol con pozos mineros que ventilaban vapor; cuervos que trazaban círculos en lo alto, sin parar de graznar...

—No pienses —le habían dicho—. Actúa. Con el tiempo, se hará más fácil.

Al entrar en el túnel, los hombres empezaron a susurrar sus plegarias. Cho nunca preguntó a quién susurraban: a los espíritus de sus antepasados, al Gran Líder, a Dios mismo. Sabían que tal vez no estarían vivos al terminar el día.

La Mina Número 6 se hallaba en lo alto de la ladera. Se adentraba en la montaña, más que perforarla hacia abajo, siguiendo la magra veta de carbón a través de una larga galería sin soportes que terminaba en un pozo vertical. Este pozo se conectaba con la siguiente galería larga siguiendo la falda de la montaña, descendiendo en una serie de niveles poco profundos. Cho comprendió que sólo en un lugar donde la vida no valía nada podía construirse una mina así. El movimiento natural y el asentamiento de las rocas hacían que aquellas largas galerías fueran sumamente inestables. Había perdido la cuenta de las veces que había sacado cadáveres con las manos desnudas después de un súbito derrumbe, o que los hombres habían salido abriéndose paso a zarpazos después de quedar atrapados.

Esperó al pie del primer pozo mientras los hombres bajaban la escalera. Los había organizado en equipos de cavadores, operadores de polea y carreteros, y rotarían las funciones después de comer. El aire rancio y fétido salió a recibirlos. Cho ya apenas lo notaba. Aquélla era la parte más fácil de su jornada laboral. Se le ocurrió que el trabajo duro sin pausa y la batalla diaria para obedecer órdenes, evitar palizas y no morir de hambre le habían salvado. De haber tenido tiempo libre para pensar en su situación, llevaría meses muerto.

Pero ¿a quién estaba engañando?

Era su madre quien lo había salvado. Su verdadera madre. Sin ella, habría muerto en la primera semana. De todas las sorpresas que había experimentado en la vida, ella era la mayor de todas. Nunca antes había creído en milagros.

Ella había llegado al Campo 22 sólo tres meses antes que él, pero sus años de trabajo en una granja penal la habían preparado bien. Se había aclimatado mucho más deprisa que la mayoría de los que llegaban. De ella había aprendido el funcionamiento interno del campo, cómo rotaban los equipos, en qué problemas se metían los guardias cuando no alcanzaban las cuotas... Aprendió a explotar el sistema de control, en el cual algunos prisioneros actuaban como asistentes de los guardias. Adquirió un sexto sentido para los chivatos. Aprendió qué palancas mover para seguir vivo. Y, cuanto más aprendía, menos impotente se sentía. Había aceptado lo que le había ocurrido, y eso le daba una especie de paz. Muchos prisioneros no sobrevivían a las primeras semanas, el período de transición crucial, porque el impacto era demasiado grande. Él había sobrevivido gracias a su madre. Por ella ya no quería morir.

Cho siempre había creído que su madre adoptiva lo había amado. Ahora ya no estaba tan seguro. Era una mujer devota y formal, consagrada al Partido. ¿Se habría preocupado por él, sin dudarlo, si hubiera estado tan sucio y degradado como lo estaba en ese momento? No lo sabía. Ahí estaba Moon Song-ae, en cambio, su verdadera madre: su sentimiento, se llamara como se llamase, era puro e incondicional. Apenas lo conocía, pero le entregaba su amor.

Sintió un estremecimiento de preocupación. Últimamente parecía como si el deseo de vivir de su madre se hubiera transferido por completo a él, dejándola vacía y con ganas de morir. No podía decir nada para sacarla de ese estado. Hasta se había ofrecido a rezar con ella. Había algo que la preocupaba, algo que la reconcomía como una enfermedad, pero se negaba a hablar de ello. Después de todo lo que habían compartido, sentía que aún le ocultaba algo, algo que estaba arrancándole el alma a mordiscos.

«*Omma*, no te apagues ahora, después de todo esto.»

Al final del tercer pozo alcanzaron una nueva galería que habían ido abriendo a lo largo de toda la semana. Era pequeña y estrecha, y se extendía unos treinta metros. No tenían travesaños para sujetar el techo, así que no se atrevían a hacerlo demasiado ancho. Cuando Cho entró en ella, algo lo hizo detenerse. Levantó la linterna y olisqueó. Los otros también parecieron notarlo. Durante la noche, el aire había cambiado. Se había vuelto mucho más frío... y era húmedo. Cho pasó la mano por la pared. Estaba brillante y húmeda al tacto, y exudaba el tenue olor a petróleo de la antracita.

—Esto no está bien —susurró un hombre llamado Hyun, en quien Cho confiaba.

—Probablemente se está filtrando agua de manantial —dijo Cho.

Los hombres se miraron entre ellos. Eso hizo que Cho se sintiera más inquieto aún, pero era demasiado tarde para reubicarlos.

—El carbón húmedo es más pesado —dijo otro—. Alcanzaremos la cuota antes.

Cho trabajó como un animal toda la mañana, golpeando con el pico la antracita brillante, arrancándola con las manos desnudas. A pesar del aire gélido, los hombres sudaban profusamente. A su espalda sonaba el repique incesante de los picos al golpear y las toses de pulmones obstruidos. Los hombres, negros como la brea, brillaban como gusanos. Era vital no bajar el ritmo de trabajo. Un contenedor cargado tenía que estar listo para subir por el pozo en el momento en que llegaba uno vacío, o el sistema fallaba. Si el sistema fallaba, la cuota era baja. Si la cuota era baja, las raciones de comida se reducían.

Descansaron quince minutos a la hora de comer y devoraron un puñado de gachas hervidas. Hyun había encontrado una serpiente blanca enroscada en una de las galerías, y la habían cortado y dividido entre ellos, arrancando la carne fibrosa y viscosa con los dientes, comiendo como poseídos.

Poco después, reanudaron el trabajo abriéndose paso con los picos en la veta, pero, cuanto más profundizaban, más humedad había. El agua estaba filtrándose por las paredes y acumulándose en el suelo. Cho percibió el temor de los hombres y decidió que había llegado el momento de abandonar la galería. Estaba a punto de pedirles que recogieran cuando algo le llamó la atención. Retorciéndose a sus pies había un pequeño pez, escuálido y brillante, de un blanco plateado a la luz de la linterna.

De repente, oyeron un grito. Cho pasó junto a los demás hacia la entrada del pozo. El miembro más joven de la unidad, un chico de diecinueve años, no había cargado suficientemente deprisa. Dos contenedores habían bajado vacíos desde la galería de arriba y uno de ellos le había aplastado la mano.

Cho apartó al muchacho. Trató de levantar el contenedor para engancharlo a la polea, pero el carbón húmedo era muy pesado y, después de estar trabajando toda la mañana, Cho se sentía débil y cansado. Le temblaban las piernas.

—¡Que alguien me ayude!

Justo en ese momento, oyó un sonido de agua en cascada procedente de la galería y los hombres se pusieron a gritar.

El cambio en la presión del aire fue instantáneo. Cho se volvió hacia ellos para gritar, pero, sin darle tiempo a emitir sonido alguno, la galería se derrumbó con un rugido atronador. Los gritos de los hombres se apagaron. Un inmenso chorro de agua estalló en el pozo y salió propulsión por la boca de la entrada; el impulso del agua derribó a Cho, que se golpeó un hombro contra la pared. La linterna se apagó y uno de los contenedores chocó con fuerza en su antebrazo. De alguna manera, Cho consiguió sujetar la cuerda de la polea, pero no podía levantarse a pulso con un solo brazo. El torrente se elevó por encima de su cabeza y lo devoró, y el mundo se volvió negro y silencioso. Sumido en la más absoluta oscuridad, empezó a sacudir las piernas, aferrándose a la cuerda con todas sus fuerzas. Se le llenó la boca de burbujas.

Después de lo que le pareció un minuto eterno, tuvo la sensación de que empezaba a elevarse deprisa, rascándose todo el cuerpo con el lateral del pozo. De repente, pudo volver a respirar. Una voz gritó su nombre, y el operador de la polea en la galería superior empezó tirar de él hacia arriba. El agua se había elevado al menos cuarenta metros en el pozo, pero ahora podía notar cómo descendía detrás de él. Lo tumbaron en el suelo y tomó varias bocanadas de aire antes de desmayarse.

Cuando volvió en sí estaba congelado y le castañeteaban los dientes. Quería toser, pero apenas podía moverse. Tenía el cuerpo tan entumecido y debilitado que no podía decir con seguridad si estaba herido, pero sentía que le fallaba el hombro y su antebrazo parecía estar en una posición antinatural. Cerró los ojos y gimió. Una voz que reconoció sonó a su lado en la oscuridad. El muchacho que había quedado atrapado en el contenedor también se había salvado.

—¿Dónde están los otros? —gruñó Cho.

—Sólo yo —dijo Hyun—. Los cinco que estaban dentro de la galería no han sobrevivido. —Se puso en cuclillas y se tapó la cara con las manos—. Estamos excavando debajo de un puto lago.

Cho cerró los ojos y se concentró en su respiración. Qué ironía. Los hombres habían bromeado a menudo diciendo que, si seguían cavando túneles, tal vez acabarían llegando al otro lado.

Una vez fuera de la mina, los compañeros de las otras galerías tumbaron a Cho en la nieve. Se había dislocado un hombro. Eso podría sanarse, pero no el antebrazo fracturado, a menos que un prisionero con formación médica pudiera inmovilizárselo en la enfermería del campo, que, como todos sabían, era la antesala de la muerte. De haber estado sano y fuerte habría sufrido un dolor insoportable, pero sólo sentía un ligero entumecimiento y una leve incomodidad. Ni siquiera le molestaba el frío. Lo más probable era que le pegaran un tiro allí mismo. Ya no era útil como minero. Cho miró con tristeza al muchacho, cuyo rostro estaba surcado por las lágrimas, y le hizo un guiño para decirle: «Quítatelo de la cabeza.»

Dos guardias estaban avanzando hacia ellos, y Cho sintió que se le helaba la sangre. El más grande, un hombre como un cerdo que llevaba un látigo en el cinturón, iba delante, pero el otro era uno de los guardias más veteranos. Cho había aprendido que los veteranos eran más flexibles, menos estrictos con las reglas. Hyun se quitó la gorra, se hincó de rodillas y bajó la mirada mientras empezaba a explicar lo que había ocurrido, pero, para sorpresa de los hombres, el guardia dijo:

—¿Éste está sano? —Estaba señalando al muchacho.

—Sí, señor —dijo Cho.

El guardia cogió al chico del brazo y lo condujo a un todoterreno con el techo abierto aparcado junto a las vías de las vagonetas de carbón, que discurrían entre las pendientes de piedras negras. Cho acababa de fijarse en él: en la parte de atrás iban sentados cuatro prisioneros. Al lado de ellos había dos hombres con monos azules, mascarillas y gafas de protección colgadas del cuello.

El guardia más veterano se inclinó hacia el rostro de Cho.

—Bueno, es tu día de suerte, ¿no?

A Cho le recolocaron el hombro dislocado y le vendaron y entablillaron el brazo en la enfermería. En cuestión de horas fue reasignado a un trabajo menos pesado, en un proyecto de construcción dos valles más allá de la mina. Casi sonrió cuando comprendió que su trabajo consistiría en empujar un carrito con mercancías, que, con suerte, podría manejar con un brazo.

Después de la mina, aquello eran casi unas vacaciones. Era última hora de la tarde. Sintió la luz del sol en la cara por primera vez en meses. En la entrada de la obra, un carro de granja que pasaba traqueteó en un bache y derramó rábanos en toda la carretera, lo cual provocó que la fila de prisioneros fuera adelante y atrás, lanzándose a coger las verduras para devorarlas allí mismo, a pesar de los gritos y patadas de los guardias. A Cho nunca le habían gustado los rábanos. En ese momento, le parecieron uno de los manjares más celestiales que había probado nunca.

Cho se enteró de que el edificio que se estaba construyendo, que se encontraba en la cabecera del valle y al final de las vías de ferrocarril que recorrían todo el campo, era un nuevo anexo del complejo de laboratorios. Sus compañeros de trabajo estaban más limpios y en mejor forma física que los mineros. Dio por hecho que no llevaban mucho tiempo allí. Lo asignaron a una unidad de cincuenta prisioneros, divididos en equipos de diez. Su tarea consistía en descargar materiales de los trenes que llegaban dos veces al día desde el puerto de Chongjin, y mercancías de los camiones que llegaban por carretera desde el norte, de China. Vio que de uno de ellos descargaban enormes centrifugadoras de acero, y de otro ordenadores de sobremesa, empaquetados en cajas con el logo de Apple. Fuera lo que fuese ese laboratorio, estaba claro que contaba con un presupuesto extraordinario.

Hacia el final del primer día en el complejo, el trabajo se detuvo al sonar un silbato.

—¡En fila y con la cabeza alta, escoria! —gritó un guardia. Un perro con bozal ladró a su lado.

Los prisioneros arrastraron los pies para formar una larga fila delante de los camiones, con la cabeza gacha y las manos a la espalda.

—¡He dicho en fila!

El guardia dio una patada a un prisionero de edad avanzada que iba demasiado lento. El cuerpo esquelético del hombre chocó contra el costado de un camión como un fajo de paja.

—No hace falta, sargento —dijo una voz ligera, clara.

Un hombre seguido por un guardia estaba inspeccionando la fila. Iba vestido con un mono integral blanco con la capucha cerrada que le enmarcaba el rostro. De su cuello colgaban unas gafas de protección claras y una mascarilla para respirar. Las botas de goma que llevaba también eran blancas.

—Soy el oficial jefe científico Chung —dijo, sonriendo con cordialidad—. Busco tres hombres sanos para que trabajen para mí dentro del complejo del laboratorio. No pasarán frío y estarán bien alimentados, a cambio sólo pediremos algunas muestras de sangre...

Cho sintió que una ola de desesperación recorría la fila.

El doctor iba mirando a cada prisionero de arriba abajo, como si estuviera en una subasta de ganado.

—Tú, profesor —le dijo a un hombre joven y alto—. ¿Qué edad tienes?

—Veintiséis, señor.

El doctor levantó el párpado del hombre con la punta de un dedo enguantado y le examinó el interior de la boca. Una señal de asentimiento al guardia y el hombre fue apartado de la fila de un tirón.

—Con suavidad, por favor —pidió el doctor Chung con una sonrisa reprobatoria.

Cho hinchó el pecho y enderezó la espalda, lamentando no poder lavarse la cara con nieve para que las mejillas y los labios cogieran color.

El doctor se detuvo delante del hombre que estaba a la derecha de Cho.

—¿Qué edad tienes, padre?

—Cuarenta y tres, señor.

El doctor dio un paso y se plantó delante de Cho.

Mientras lo examinaba, Cho imaginó su apariencia a ojos del doctor. No había visto su propio reflejo en un año, pero podía ver con claridad el fantasma amarillo de pómulos hundidos en que se habría convertido. Una ruina humana con el profundo hedor del prisionero de larga duración. El olor rancio y dulzón del Campo 22.

El doctor siguió adelante.

Un poco más allá, seleccionó a otro prisionero. Sacaron de la fila a un joven que no podía llevar más de unas pocas semanas en el campo.

El silbato sonó de nuevo y los no seleccionados volvieron al trabajo.

Después, Cho le describió la jornada a su madre en la cabaña mientras ella revolvía el arroz para la cena. Creía que ella se iba a alegrar de saber que tenía un trabajo más fácil, pero Moon se mantuvo de espaldas a él y no dijo nada, y Cho atribuyó el silencio a su abatimiento.

Cenaron sin hablar. La comida se reducía a apenas tres bocados. Cuando acabaron, ella apagó la vela y se metió bajo la manta.

Cho ya estaba casi dormido cuando su madre habló por fin. En la oscuridad, su voz sonó desconcertantemente calmada.

—Si el doctor viene otra vez, debes esconderte. Si no puedes, simula un ataque de tos. Los guardias pensarán que tienes los pulmones negros por la mina y no te seleccionarán.

—¿Qué quieres decir?

Cho se dio la vuelta y miró a su madre, pero ella se había refugiado de nuevo en el silencio.

47

Campo 22, provincia de Hamgyong del Norte
Corea del Norte

Después de trabajar una semana a la luz del sol y al aire libre, las heridas de Cho dejaron de supurar. Se sentía más fuerte. En vez de transcurrir en una oscuridad interminable, sus jornadas se dividían en días y noches. Ya no se encontraba en el perpetuo delirio de agotamiento que había soportado en la mina. Gracias a la improvisada tablilla, su antebrazo estaba sanando, aunque era dolorosamente sensible a cualquier contacto, y el hueso no estaba soldando recto. Para levantar pesos y cargar con ellos tenía que usar el brazo derecho.

Uno de sus compañeros, un hombre de unos treinta y tantos años que siempre parecía impasible y sereno, lo había puesto al corriente de los entresijos del trabajo en la construcción. Lo orientaba, le advertía qué guardias eran sanguinarios y crueles y cuáles hacían la vista gorda... A Cho le asombró que en un lugar como aquél pudiera haber alguien capaz de mostrarse bondadoso. El hombre se llamaba Jun. Iba siempre encorvado, de manera que tenía que levantar la cabeza para mirar a Cho. Su piel curtida se tensaba sobre los huesos —casi todos los prisioneros estaban igual de delgados—, pero, para sorpresa de Cho, tenía los ojos azules. Era el nieto de un estadounidense prisionero de la guerra de Corea, le explicó Jun. Había nacido dentro del campo y nunca había salido de allí.

Después de la mina, a Cho le costó mucho acostumbrarse a las bajas temperaturas del exterior, que casi paralizaban el corazón.

El sudor de la frente se convertía en hielo bajo el viento lacerante que recorría el estrecho valle. Le parecía que el aire cristalizaba en sus fosas nasales. La piel de los dedos se le quedaba pegada al carro de acero que empujaba. Su día a día se convirtió en una batalla constante para mantenerse en calor, pero, de nuevo, Jun le prestó ayuda. Le enseñó a robar sacos de arpillera vacíos cuando los guardias no estaban mirando y a envolverse con ellos bajo el fino uniforme de nailon de la prisión.

Una vez más, Cho se sorprendió de su buena fortuna. Las obras del nuevo anexo del laboratorio corrían tanta prisa que a los presos les daban dos tazones de comida al día, uno de cereales mezclados y otro de maíz hervido. Era el doble de lo que Cho había recibido en la mina, aunque en el suelo congelado de la obra era imposible encontrar larvas o ratas de las que obtener proteínas.

Los guardias nunca se arriesgaban a aventurarse a las galerías de la mina, pero allí se quedaban cerca de los prisioneros, con sus rifles en bandolera y sus sombreros de piel de conejo calados en torno a las orejas. Cho se dio cuenta de que estaba convirtiéndose en un prisionero veterano. Nunca miraba a los guardias a la cara, pero había desarrollado un sexto sentido para saber cuándo posaban sus miradas en él. Mantenía los ojos bien abiertos y el oído atento al menor detalle que pudiera darle una ventaja para seguir vivo.

Un día, mientras estaban sacando sacos de cemento del vagón de tren, Cho se fijó en algo muy curioso. Se acercó a Jun y le susurró:

—Los guardias... ¿por qué no entran en el complejo del laboratorio?

Su compañero apenas movió los labios.

—Tienen miedo.

Se quedó en silencio, porque uno de los chivatos pasaba cerca de ellos.

Jun bajó un saco a la carretilla de Cho, situándose lo bastante cerca de su rostro para susurrarle de forma casi inaudible:

—...El complejo estaba muy custodiado hasta hace un año. Entonces la mujer de un guardia dio a luz. El bebé no tenía ni brazos ni piernas. Otro niño nació ciego...

Jun le lanzó una mirada de advertencia. El cotilleo era un lujo peligroso en el campo.

Era domingo y estaba nevando mucho, pero seguían llegando trenes con materiales de construcción y otros partían llenos de antracita, había camiones que descargar... Los prisioneros trabajaban siempre bajo una andanada de insultos y golpes; los guardias los pateaban y azotaban como si fueran inferiores a los animales.

—¡Moveos, traidores hijos de perra!

Llevaban trabajando desde las seis de la mañana, y Cho no había comido más que un puñado de arroz para desayunar y algunas hojas de col que su madre había sacado a escondidas de la cocina en su delantal. Vio que Jun levantaba un pesado saco de cemento del vagón y se lo cargaba en su espalda encorvada con tanta facilidad como si fuera una almohada. Cho, que todavía llevaba el brazo izquierdo en cabestrillo, empujó el carro con el otro brazo, y sus chinelas de madera se deslizaron en el barro negro congelado.

De pronto, resbaló y aterrizó pesadamente en el hielo sobre el brazo herido. Sin darle tiempo a reaccionar, le pegaron un culatazo en el hombro. El dolor le recorrió la columna vertebral como un relámpago.

—¿Qué es esto? ¿Sabotaje? ¡Arriba!

A pesar del dolor, Cho se puso en pie como buenamente pudo, y cuando ya casi se había levantado una bota le pateó la base de la columna. Por un momento, el dolor le nubló la vista y se le llenaron los ojos de lágrimas. Llevaba todo el día temblando de frío, pero de repente sintió que un fuego ardía en su interior. Hasta sus dedos parecían estar calientes y sudorosos, pese al frío casi criogénico del hierro de la carretilla.

La tormenta de nieve se estaba convirtiendo en una ventisca, y la lluvia fina como las agujas caía con fuerza sobre su rostro y sus ojos. Apenas podía ver dos metros más allá de él. Los prisioneros llevaban su carga en fila india, y ya casi no podía distinguir la figura encorvada de Jun, con el pesado saco de cemento en su espalda. Se estaban acercando a la entrada del anexo.

De pronto, desaparecieron en la nieve. Visibilidad cero, una dimensión vacía. Oyó un grito agudo y, a través de un claro en los remolinos de nieve, vio que Jun perdía el equilibrio. El saco cayó de su espalda, golpeó el suelo y se abrió. El cemento gris pálido y ceniciento se esparcía por la carretera como si fuera ceniza. Jun cayó de rodillas, se quitó el gorro y se quedó muy quieto con la cabeza baja, esperando su destino.

Tres guardias corrieron hacia él, lo rodearon y se quedaron mirando el cemento derramado. Los prisioneros dejaron de moverse.

—¡Tú, hijo de escoria imperialista, ¿cuánto tiempo llevas aquí?!

Jun estaba temblando violentamente.

—Treinta y dos años, señor. Toda mi vida... Por favor.

El guardia se volvió a los otros.

—Treinta y dos años en el Campo Veintidós es tiempo suficiente, ¿no os parece?

Sacó su revólver y disparó a Jun a bocajarro en la cabeza.

El ruido resonó desde las empinadas laderas del valle, y el endeble cuerpo cayó al suelo como un juguete roto. La fila de prisioneros se convirtió en piedra y algo se rompió en el interior de Cho.

De pronto, todo pareció ocurrir a cámara lenta. Oyó una voz que rugía. Era la suya. Se estaba precipitando contra el guardia con el brazo sano extendido como una lanza. Captó la expresión de sorpresa en el rostro del guardia. Los otros dos se llevaron la mano a la cartuchera y Cho agarró la muñeca del hombre, que aún sostenía el revólver... Pero un prisionero hambriento y demacrado no era rival para tres asesinos alimentados y bien entrenados.

Sintió que lo arrastraban violentamente hacia atrás por las piernas. Lo siguiente que vio fue el cielo gris y blanco y las caras de tres guardias sobre él. Una bota cubierta de barro helado le presionó la tráquea mientras el revólver le apuntaba a la cara.

Cho cerró los ojos. Por un momento delirante, vio a su mujer y su hijo bañados en luz, en algún lugar lejano y venturoso. Vio a su madre como una mujer joven. Vio a Jenna al otro lado de la mesa de una cena a la luz de las velas, ofreciéndole una sonrisa radiante.

El revolver se amartilló con un clic ensordecedor. El dedo empezó a apretar.

—Vaya, vaya, quietos ahí —dijo una voz aguda y clara. Un golpeteo de botas de goma se estaba acercando a la carrera—. No tan deprisa, camaradas. Éste aún tiene fuerzas para luchar, ¿no?

Cho alcanzó a ver una bata de laboratorio azul y blanco que se acercaba, con la mano enguantada extendida hacia él.

—Vamos, deja que te ayude a levantarte.

48

Departamento de Seguridad Nacional
Complejo de Nebraska Avenue, Washington D.C.

El éxito de Jenna llegó por puro azar.

Había terminado su etapa como enlace entre la CIA y la Agencia de Seguridad Nacional, y en tres meses no había conseguido ni una sola pista, nada que pudiera vincular a un joven emigrante que hubiera entrado en Estados Unidos con los chicos del Programa Semilla o con aquella mansión de Pyongyang. Fisk le dijo que la CIA tenía otras prioridades.

—Mañana recoge lo que tengas allí. Tenemos que hablar de tu próxima operación.

Jenna empezó a descolgar las fotos de pasaporte y las copias de visados clavadas en el tablero. Todas ellas eran de adultos jóvenes medio asiáticos que habían sido retenidos brevemente por las autoridades de inmigración de Estados Unidos por alguna anomalía en sus historiales o documentos. Todos habían acabado obteniendo permiso para entrar en el país. Jenna había ido tachándolos uno a uno.

La desalentaba pensar que había perdido tanto tiempo con aquello, y a esas alturas era un suplicio renunciar. Sólo necesitaba una clave, una pista que completara el rompecabezas, pero no le había llegado.

—Te rajas, ¿eh?

El joven con sobrepeso del cubículo contiguo estaba haciendo una cadena de margaritas de papel. Al principio, ella había pensado que su olor rancio se debía a la falta de higiene, pero pronto empezó a pensar que era el olor que desprendía su desaliento. Parecía impregnar todo ese lugar.

Jenna puso las copias de visados y pasaportes en una pila ordenada y la miró reflexivamente durante unos segundos. Estaba segura de que, si alguno de los chicos de aquella mansión se había infiltrado en Estados Unidos, lo habría hecho con un pasaporte que nada tuviera que ver con su país de origen, y además habría viajado utilizando un país de tránsito. Pero ese país tenía que figurar en la lista extremadamente corta de los amigos de Corea del Norte en el mundo, países cuyos servicios de seguridad se hacían favores entre ellos. Cuba estaba descartada; casi ningún cubano llegaba por canales de inmigración normales. China también era muy improbable. Pekín no querría inmiscuirse en ninguna operación encubierta de Kim Jong-il. Sólo quedaban Siria, Irán, Pakistán, Malasia, Rusia y Vietnam. Las llegadas de inmigrantes de los cuatro primeros países estaban monitorizadas de cerca por el Departamento de Antiterrorismo de la CIA, que buscaba posibles vínculos con al-Qaeda y Hezbolá. Jenna había ido varias veces con agentes de la CIA a los aeropuertos de Washington, Boston y Nueva York para observar desde una cabina de visión unilateral a algunos estudiantes de ojos desorbitados mientras los interrogaba la Agencia de Seguridad Nacional.

Al principio, había dado por hecho que Corea del Norte usaría pasaportes falsos: al fin y al cabo, habían estado falsificando de todo, desde billetes de cien dólares hasta medicación para la disfunción eréctil. Jenna había hecho revisiones exhaustivas, cruzando datos de las distintas agencias, en busca de cualquier adulto joven pillado en inmigración con un pasaporte falso de un país de esa lista. Sin embargo, después de tres meses sin una sola pista, empezó a sospechar que esos chicos podrían estar entrando en el país con pasaportes de expedición fraudulenta, pero válidos. Y eso hacía su labor imposible. Con un pasaporte válido de Siria, Rusia o Vietnam, no había nada que impidiera a un joven solicitar visados legítimos de trabajo, turismo o estudios. Nunca sería detectado. Los archivos de historiales, mediciones biométricas y perfiles no tendrían sus datos. Parecía absurdo intentar resolver eso por su cuenta. La labor exigía un trabajo en equipo a escala internacional con los jefes de la CIA en todos aquellos países, y Jenna sabía que algunas figuras destacadas de Langley albergaban serias dudas con respecto al Programa Semilla. ¿Jóvenes adoctrinados con aspecto extranjero? ¿Preparados como espías y asesinos? Algunos días, Jenna incluso había renunciado a la tarea y había regresado a Langley para monitorizar el tráfico de satélites espías. Simms le mostró las últimas imágenes preocupantes del laboratorio secreto en el Campo 22, que parecía estar expandiéndose. Había un segundo edificio en proceso de construcción.

Sonó su teléfono y se llevó un chasco al comprobar que era Hank, de Antiterrorismo, un divorciado taciturno cuyas invitaciones a cenar había declinado ya en dos ocasiones. La había acompañado en sus visitas a los aeropuertos media docena de veces.

—Tengo otra en Dulles, ¿estás interesada? Llegada de Malasia.

Jenna proyectó una mirada triste a la pila de fotos de pasaportes que tenía en su mesa, listas para la trituradora, pero se oyó decir:

—Claro, Hank. ¿Por qué no?

Una joven agente de inmigración de aspecto duro que Jenna no había conocido en sus visitas anteriores los saludó en el Aeropuerto Internacional Dulles de Washington. Explicó que ella misma era de origen malayo.

—Nunca había visto nada semejante —dijo—. Es como si la chica... Es como una especie de fantasma.

Al ver la expresión de miedo de la agente, Jenna sintió un escalofrío y se le puso la carne de gallina.

En una sala de interrogatorios al otro lado de un vidrio de visión unilateral, se sentaba una joven en la que Jenna reconoció enseguida a una mestiza con sangre del sudeste asiático. Sus ojos eran almendrados y brillantes, su piel, bronceada; llevaba el cabello negro brillante atado en una larga trenza. Los detenidos que ella había visto en una sala como ésa invariablemente sudaban, estaban inquietos y exhibían un amplio abanico de muestras de nerviosismo. Aquella chica, en cambio, se sentaba tiesa en la silla y se mostraba completamente fría e inexpresiva. Había una curiosa neutralidad en su ropa: una sudadera nueva de Cargo, una gorra de béisbol nueva de Gap, zapatillas blancas impecables... la apariencia que los adultos de la generación anterior atribuían a los adolescentes.

—Se llama Mabel Louise Yeo —explicó la agente de inmigración—. Dieciocho años; habla un inglés americano perfecto; pasaporte de Malasia válido; visado auténtico de estudiante. Matriculada en la George Washington para estudiar física aplicada en septiembre. Dice que acaba de regresar de casa, donde ha pasado unos días por un acontecimiento familiar. Proporciona una dirección en Kuala Lumpur. Todo encaja, pero... hay algo extraño en ella.

—Su lenguaje corporal —dijo Jenna.

—En realidad, es su lenguaje. No habla ni una palabra de malayo. La he saludado y le he dicho que conocía su barrio... —La agente hizo el gesto de pasarse la palma de la mano por delante del rostro—. Y se ha quedado completamente en blanco. Así que la he interrogado en inglés. Pero es como si se ciñera a un guión. En cuanto me salgo del guión, se bloquea. No sé de dónde es esta chica... pero le aseguro que no es de Malasia.

—¿Puedo hablar con ella? —preguntó Jenna.

—Chica fantasma —dijo Hank—. Eso me gusta.

Jenna abrió la puerta. En cuanto la chica la vio, contuvo un grito de sorpresa y saltó de su silla. Antes de que ninguno de ellos pudiera reaccionar, se había lanzado a abrazarla.

Para su sorpresa, Jenna se encontró presionando la mejilla de la chica contra la suya, acariciándole el pelo, como si fuera una niña pequeña a la que habían separado de sus padres.

En dialecto de Corea del Norte, le susurró:

—Tienes que estar cansada después de un viaje tan largo.

49

Campo 22, provincia de Hamgyong del Norte
Corea del Norte

La señora Moon avanzó a través del huerto de frutales hacia el complejo del laboratorio, llevando la olla de hojas de col hervidas. El guardia que iba detrás de ella se había pasado todo el trayecto intentando encender un cigarrillo con su mechero. A su izquierda, la señora Moon vio una unidad de trabajo cavando en el suelo. Sus oscuras siluetas contrastaban en el blanco inmaculado de la nieve. «Otra fosa entre los árboles —pensó—. Pronto se quedarán sin sitio.» Luego, como siempre que pasaba por allí, imaginó una vez más las caras de los lejanos consumidores de esas frutas y se preguntó cuál sería su reacción si supieran por qué esas manzanas y ciruelas eran tan extraordinariamente deliciosas. Y, como en cada una de aquellas ocasiones, su pensamiento siguió el mismo hilo: el secreto estaba a salvo. Nadie salía del Campo 22, ni siquiera como un cadáver.

Una vez dentro del complejo, la señora Moon esperó mientras se llevaban las hojas de col para tratarlas. Ella pronto trabajaría allí, le había asegurado el oficial jefe científico Chung. El nuevo anexo, casi completado, contaría con un comedor, y ella dirigiría la cocina y sería responsable de los presos que trabajaran allí. Le darían un cupón para sopa y un juego de ropa nueva. Esa noticia, que garantizaba que sobreviviría al invierno y tendría suficiente para comer, simplemente la deprimió aún más.

El doctor Chung estaba de buen humor. La señora Moon podía percibir la creciente importancia del trabajo de ese doctor y de aquel complejo. Pyongyang estaba enviando inspectores cada semana. Una brigada de propaganda política había visitado el laboratorio y adornado los pasillos con eslóganes en largas pancartas rojas: «¡HAGAMOS DE NUESTRO PAÍS UNA FORTALEZA! ¡LA CIENCIA ES EL MOTOR DE LA CONSTRUCCIÓN DEL SOCIALISMO!»

Media hora más tarde, un científico enfundado en un mono blanco, con gafas y mascarilla de respiración, le devolvió la olla de hojas de col. La señora Moon ladeó la cabeza para no respirar los vapores y se puso de pie detrás del doctor Chung, que estaba en la entrada de la sala presurizada mirando al grupo de prisioneros. Los guardias no entraban en el laboratorio, de manera que el proceso se llevaba a cabo ordenadamente con un pequeño engaño.

—En nombre de la administración de este complejo, os doy la bienvenida. Igual que como científicos trabajamos para defender nuestro país contra sus enemigos, a vosotros se os ofrece una oportunidad de redimiros y contribuir al bienestar de una Corea más fuerte. Os alimentaremos y cuidaremos vuestra salud, y a cambio nos ayudaréis a probar nuevas vacunas. Antes de que tomemos las primeras muestras de sangre, por favor, comed estas hojas de col y digeridlas, porque han sido empapadas con vitaminas, hierro y glucosa. Si alguno de vosotros es diabético o no tolera el azúcar, hacédnoslo saber...

La señora Moon entró, sosteniendo la olla de hojas de col hervidas.

«¡Sonríeles, mujer!», le estaba diciendo el doctor Chung, haciendo mímica con los dedos e imitando una sonrisa.

La señora Moon no podía ni mirarlos. Estaban sentados desnudos en torno a un desagüe en el suelo de aquella sala de brillantes baldosas, vigilados por varias cámaras de seguridad. Ella sabía que no todos se habían tragado el engaño.

Los ojos desconfiados y hambrientos se volvieron hacia ella. La señora Moon pasó de uno a otro, poniendo mecánicamente una gran hoja de col en sus manos ahuecadas. Incluso el olor era ya advertencia suficiente. Aquella prueba contaba con once prisioneros, todos varones. Se sentaban en un banco de baldosas, con las manos en el regazo para cubrirse las vergüenzas.

La visión de un brazo entablillado le hizo levantar la cabeza y entonces se encontró mirando a los ojos de su hijo.

La señora Moon se quedó paralizada. Una de las cámaras de seguridad la enfocaba desde el rincón del techo. De repente, la olla se le escurrió de los dedos y cayó al suelo. El ruido del metal resonó en la pequeña sala. Ella murmuró una disculpa y la recogió. Tardó apenas unos segundos en enderezarse y en poner una hoja en las manos de Cho. Se obligó a volverse hacia el siguiente prisionero y centró todos sus esfuerzos en no mirar a su hijo.

Cuando el último prisionero estuvo servido, se apresuró a salir antes de que el proceso empezara. La puerta se cerró tras ella.

Cho observó al resto de los prisioneros, que devoraron las hojas en cuestión de segundos. Estaban demacrados. Sus cuerpos eran todo caja torácica y suciedad. Algunos incluso tenían calvas en el pelo. Y ésos eran los especímenes sanos del Campo 22. Tal vez desconfiaran de lo que les estaban dando, pero tenían demasiada hambre para que les importara. En cuanto su madre salió de la sala, la puerta se cerró con un silbido presurizado y un sistema de ventilación empezó a zumbar. Cho miró la hoja que tenía en la mano y se la metió en la boca. Era fresca y crujiente, y también un tanto amarga. Aquella hoja no estaba contaminada, su madre la había sacado de debajo del delantal en el momento de soltar la olla. La masticó y observó a los demás con el pecho lleno de presagios, pensando en lo vulnerable que se sentía un hombre cuando lo mostraban desnudo.

Empezó como un temblor de tierra. El primer prisionero que había ingerido la hoja de col, un hombre pequeño de treinta y tantos años al que le faltaban varios dientes, empezó a sacudirse. De repente, su ataque se hizo tan violento que cayó al suelo y se enroscó y se retorció, gritando como un animal mientras su boca y sus fosas nasales sacaban espuma de sangre. Le siguió el prisionero de al lado. Al cabo de un momento, cuatro de ellos estaban en el suelo con sangre burbujeando sobre los rostros y sacando espuma por la boca. Aullaban como animales conducidos al matadero.

Cho estaba demasiado anonadado para moverse. Sólo podía observar. Los otros se sacudían y pateaban en un charco apestoso de sangre y excrementos. La muerte trabajaba deprisa, de uno al siguiente, haciéndolos retorcerse hasta que se quedaban inmóviles. No habían tardado más de diez o doce segundos en morir.

Cho contempló esa visión durante unos instantes, solo en el banco, y entonces tuvo una arcada.

Casi en el acto, la puerta silbó y se abrió. Entraron dos científicos con trajes blancos de protección biológica y mascarillas. Uno sostenía alguna clase de cronómetro digital.

—¡Tú, cómete la col! —ordenó.

Cho estaba jadeando. Su voz era áspera.

—Me la he comido.

Los científicos pasaron entre los cadáveres como si fueran cojines, manchándose de sangre las botas blancas de goma.

—Abre la boca.

Cho abrió la boca y mostró minúsculos trozos de col verde en la lengua.

Lo agarraron de los brazos para sacarlo de la sala presurizada y cerraron la puerta del horror. Cho estaba de pie en una antecámara de un blanco cegador. Uno de los científicos se alejó gritando:

—¡Vayan a buscar al oficial jefe científico Chung!

Cho estaba desnudo, y entonces se dio cuenta de que se encontraba al lado de su madre. Tal vez fue por la desnudez o por una irresistible sensación de vergüenza, pero de repente se echó a llorar.

La voz de su madre a su lado fue un susurro:

—Eres fuerte, Sang-ho. Eres bueno. Encuentra una forma de escapar de aquí. Encuentra una forma. Hazlo por mí.

Cho lloró como no había llorado desde que era niño.

—No quiero estar sin ti —dijo.

Ella movió la cabeza a un lado cuando una cámara la enfocó.

—Mi vida ha terminado. He matado a demasiados ahí. Ni yo misma me permitiría seguir viviendo. Pero tú... Cuéntale al mundo lo que has visto. Cuéntale al mundo lo que ocurre aquí.

Sin mirarlo, la señora Moon tocó a su hijo con suavidad. Tomó su mano y la apretó ocultándola en su espalda, fuera de la visión de las cámaras. Cho comprendió que era una despedida. Tuvo que poner toda su voluntad para no volverse hacia ella. Entonces su madre le cerró la mano, y Cho sintió un objeto duro con forma de bola en su palma, del tamaño de una castaña.

—Usa esto para sobornos. —Su voz era más tenue que un susurro. Apenas la oía por encima del zumbido de la ventilación—. Vale al menos cinco mil yuanes.

El doctor Chung apareció por el pasillo. Iba escuchando con atención al científico que le explicaba lo ocurrido. Estaba tan nervioso que ni siquiera se había puesto la mascarilla. Cho oyó las palabras «posibilidad de inmunidad natural».

El doctor Chung apartó al otro científico a un lado.

—¿Inmunidad natural a la escitodotoxina X? —gritó—. Un microgramo de eso es más que suficiente. ¡Esa vieja perra tiene que haberlo ayudado!

Cho bajó la cabeza al pecho.

—¡A ver! —dijo el doctor Chung, mostrando los dientes—. ¿Qué tenemos que hacer con este tramposo?

Si los guardias hubieran sido testigos de lo ocurrido, los habrían matado a palos allí mismo. Pero no había guardias presentes.

Cho se hincó de rodillas y suplicó, entrelazando las manos delante del pecho.

—¡A la mina no, señor, por favor! ¡Haré cualquier cosa en el campo! ¡Vaciaré las letrinas! ¡Me ocuparé de los cadáveres! ¡A la mina no!

Una expresión de implacable felicidad se asomó al rostro del doctor Chung. Señaló hacia el final del pasillo.

—¡Id a buscar un guardia! —dijo en una cantinela—. Echad a esta basura otra vez a la mina.

A la mañana siguiente, Cho se sumó a la unidad de trabajo en la Mina Número 6. Hyun miró fijamente su brazo entablillado. Cho sabía lo que estaba pensando. No sobreviviría una semana en la mina con una fractura que todavía estaba sanando. Hyun le dio unos golpecitos en el hombro y le entregó una linterna.

El trayecto hasta la nueva veta duró unos treinta minutos. Estaba en la tercera galería y viraba bruscamente a la derecha, más allá del pozo que conectaba con la cuarta galería inundada, la tumba de agua de sus cinco compañeros de equipo. Cho arrastró los pies y se fue rezagando hasta que quedó el último de la fila.

Esperaba que lo que estaba a punto de hacer pareciera un suicidio. Prácticamente lo era. Incluso si su corazonada era correcta, sus oportunidades de supervivencia eran mínimas. Si se equivocaba, estaba muerto. No habría retorno.

Esperó hasta que el equipo hubo doblado una esquina del túnel y entonces se escabulló y retrocedió a toda prisa hacia la boca del pozo inundado. Inclinándose sobre el borde, sostuvo la linterna ante él. La escalera seguía en su lugar. Desaparecía bajo el agua, que brillaba como mármol negro. ¿De dónde salía el agua? Ojalá pudiera estar seguro. Apenas pudo contener un estremecimiento. Estaba aterrorizado. Aunque pudiera atravesar el agua, tal vez se encontrara en alguna estrecha caverna sin salida.

Cho se dio cuenta de que su respiración se agitaba y sintió el pulso de su corazón en las sienes. Aquel pozo estaba cargado de presagios de muerte.

Oyó unas pisadas que se acercaban rápidamente. Habían enviado a alguien a buscarlo. Cho dejó la linterna y notó el rugido de la adrenalina en el pecho.

Llenó los pulmones de aire y cerró los ojos.

«No dudes. Hazlo ahora.»

Saltó.

El tiempo pareció detenerse. Notó un zumbido de aire gélido en los oídos y cayó al agua como un dardo. Sintió la conmoción del frío en todo el cuerpo y el agua en la cara al precipitarse al fondo del pozo. Cuando su caída empezó a verse frenada, se agarró a los travesaños de la escalera y se propulsó hasta el fondo. Le ardían los pulmones. Ya no tenía nada a lo que agarrarse y sólo podía guiarse por el tacto. Estaba flotando en un vacío negro. Sus manos palparon las paredes al fondo del pozo, tratando de encontrar la abertura de la galería. Tenía que estar ahí mismo. Agitó los brazos mientras luchaba contra un pánico creciente. Extendió la mano lo más lejos que pudo, palpando con los dedos... y tocó la fría cara de un cadáver.

Las pupilas se le ensancharon. Gritó, perdiendo con ello grandes burbujas de precioso aire, y sintió una nueva inyección de terror. Apartó el cadáver con un empujón.

De pronto se golpeó la frente contra la roca y sintió un intenso dolor.

¿Estaba ahí la galería? Fue lanzando zarpazos a los costados, palpando el techo, y notó que sus pulmones estaban a punto de estallar. El techo estaba intacto. El derrumbe tenía que haberse producido más adelante. ¿A qué distancia? ¿Veinte metros? ¿Más? Cho arañó la roca con las uñas, propulsándose a lo largo del estrechísimo espacio. Las manos le dolían y le sangraban. De pronto, notó que el agua le entraba en los oídos, provocando un cambio acústico sepulcral que le permitía oír cada burbuja, cada remolino. Entonces rozó con la cara el cabello extendido de otra cabeza humana y de nuevo lo recorrió un estallido de horror.

El cadáver parecía bloquear lo que quedaba de la galería. Se notaba hinchado al tacto. Cho lo golpeó frenéticamente, tratando de empujarlo hacia abajo, y al hacerlo sintió que sus fuerzas empezaban a fallar. Sus pulmones ya no aguantaban más, estaban a sólo unos segundos de rendirse a la presión del agua.

«Se acabó, Cho Sang-ho —dijo una voz en su cabeza—. Aquí termina todo...»

En un impulso final desesperado, tiró del cadáver hacia abajo por los hombros. Una mezcla de voluntad, terror e intuición estaba dándole fuerzas más allá de lo humanamente posible. Y de pronto ya no estaba tocando carbón áspero, sino piedra lisa y resbaladiza, un montón de rocas que habían caído desde arriba. Y su oído interno captó el sonido del agua al moverse y fluir. Por fin podía apoyar los pies en las rocas para darse impulso. Arrancó con una patada, como los velocistas, y consiguió ascender por el agua. No podía contener la respiración más tiempo.

Un segundo, dos...

De repente salió a la superficie, y el aire y el sonido estallaron sobre él otra vez. Respiró a grandes bocanadas y el aire le provocó tal mareo que estuvo a punto de desmayarse.

Todavía se hallaba en la más absoluta oscuridad. Por las gotas que resonaban a su alrededor, supuso que se encontraba en una caverna estrecha, como había temido. El agua, sin embargo, se movía con rapidez.

Suavemente, la corriente arrastró a Cho mientras él jadeaba y recuperaba el aliento, pero pronto se puso a nadar y remar como un perro. La caverna se hizo más estrecha y la corriente más fuerte. Delante de él podía oír el estruendo del agua resonando en otra gruta. Se preparó y dejó que la corriente lo arrastrara con los pies por delante, pero de repente se quedó atascado en un pequeño hueco, con los dientes rechinando de terror y el agua rugiendo en torno a él. A la desesperada, se retorció para liberarse y logró colarse a través de un espacio por el que sólo podría haber pasado un esqueleto.

Fue a parar a otra laguna interna, y emergió del agua tosiendo y jadeando. En ese momento, sintió una corriente de aire fresco en la cara. Sin atreverse a dar crédito a sus sentidos, Cho vio la débil palidez de la luz del día. Braceó hasta notar que tocaba el fondo con los pies, y siguió caminando por el agua hacia la luz. Estaba exhausto y mareado, tenía cortes y magulladuras por todo el cuerpo y le sangraban las piernas y los brazos. Pero estaba vivo.

Ah, estaba vivo.

Se abrió camino a través de una abertura de la que colgaban hileras de helechos secos. Parpadeó. La luz del día era tan sorprendente como el frío. Un pino enorme había caído en la boca de la caverna y tuvo que trepar por él. El torrente de agua caía en una breve cascada hacia un río que rugía entre las rocas.

Jadeando, Cho caminó con precaución por encima de las rocas, al lado de la cascada, y se desplomó en un trozo de hierba seca, tosiendo y llorando. Casi de inmediato, empezó a temblar con tanta violencia que apenas podía mantenerse arrodillado.

Estaba en un profundo valle sumido en las sombras, uno de los muchos que descendían hacia la amplia cuenca en la que se situaba el campo. Miró las empinadas pendientes cubiertas por un grueso bosque de pinos. El cielo era de un blanco ártico. Los cuervos volaban en círculos por encima, pero no había ni rastro del campo de prisioneros.

Había atravesado la montaña y había salido por el otro lado. No veía ninguna torre de vigilancia, ninguna valla electrificada. Estaba fuera.

50

Provincia de Hamgyong del Norte, Corea del Norte

Cho apretó los dientes para impedir que le castañetearan y dejó que el tenue calor del sol le calentara la cara. El blanco torrente espumeaba a través de una estrecha hondonada, pero, por encima del ruido, Cho oyó el canto de pájaros por primera vez en más de un año. Su euforia sólo duró unos segundos. Algún reloj interno había empezado a sonar. Estaba helado y mojado. No tenía refugio ni comida. Se había concentrado tanto en atravesar la mina que no había pensado en lo que ocurriría a continuación, pero sabía que no disponía de mucho tiempo.

Se adentró en el bosque y empezó a avanzar a través de la maleza, subiendo por la empinada y rocosa pendiente. Su cuerpo estaba tan debilitado por el hambre que tenía que detenerse cada dos por tres. La cumbre del estrecho valle parecía increíblemente alta y mostraba un perfil dentado de rocas afiladas, pero Cho tenía que orientarse y decidir hacia qué lado ir. Conocía esa salvaje región sólo por el folclore y la leyenda.

Se detuvo otra vez al oír una especie de arañazo. Escuchó y, por encima del silbido de su respiración, se dio cuenta de que el sonido procedía de un peñasco musgoso a su izquierda. Miró con atención entre las grietas de las rocas y vio un ojo negro y brillante que le devolvía la mirada. Un conejo pardo, que había caído y había quedado atrapado. En un movimiento reflejo, Cho lo agarró por las orejas y lo sacó. Le retorció el cuello, le arrancó el pelaje y devoró la carne cruda a bocados voraces, sin siquiera masticar. Le supo tan dulce como el sirope. En cuestión de minutos no quedaba nada más que pelo y hueso. Cho se limpió la sangre de la boca y descansó un momento. Notó la diferencia de inmediato, a medida que el alimento se transformaba en energía dentro de su cuerpo.

Reanudó la escalada y trató de pensar.

Hyun no denunciaría su desaparición hasta el final de la jornada en la mina, hacia las once de la noche, cuando la unidad de trabajo regresara a la superficie para el recuento nocturno. La muerte por accidente era un hecho cotidiano en las minas, y a menudo los cadáveres no se encontraban. Los suicidios eran frecuentes... ¿Y si los guardias aceptaban sin más que había saltado al pozo inundado o que había caído en él accidentalmente? No, no lo harían... Cho había tenido un rango demasiado alto para que corrieran ese riesgo. Había causado demasiada inquietud en la cúpula. Pyongyang querría la confirmación de su muerte.

«Ordenarán una búsqueda inmediata del cadáver.»

Con gran remordimiento, cayó en la cuenta de que enviarían a Hyun y a sus hombres a buscarlo en el agua. Había puesto sus vidas en peligro.

Calculó que tenía veinticuatro horas a lo sumo. Veinticuatro horas antes de que el campo publicara una orden de búsqueda y alertara a los puestos de control y a las autoridades fronterizas. No podía perder tiempo ocultándose para recuperar fuerzas. Tenía que llegar a la frontera lo más deprisa posible.

Pero, aunque llegara allí, ¿luego qué?

«Paso a paso.»

A media mañana se estaba acercando ya a la cumbre del valle. Las nubes bajas cubrían el bosque. A pesar del frío y de la ropa húmeda, le escocían los ojos por el sudor y su cuerpo ardía por el esfuerzo. Una última zancada final y alcanzó las rocas de la cima.

Por un momento, no vio nada más que un remolino de vapor gris, pero entonces las nubes se abrieron y tuvo una perspectiva cenital del Campo 22, que se alzaba allá abajo y se extendía hacia la lejanía. Un reino de esclavos tan inmenso que no se podían discernir sus límites. Penachos de vapor se alzaban de las vetas de las minas abiertas. Vio centenares de cuadrillas trabajando en los interminables campos marrones. Desde las fábricas de ropa llegaba el martilleo distante de la maquinaria. Cho volvió la mirada hacia el sur, hacia los poblados de prisioneros que se extendían hasta donde alcanzaba la vista, y sintió que el corazón se le encogía al pensar en su madre. Podía distinguir el patíbulo y el humo negro que salía de los crematorios. Un fogonazo iluminó el horizonte, seguido por un rumor lejano, y un cohete salió disparado hacia el cielo por encima del mar del Japón.

Cho se miró las manos y vio que había apretado los puños. Estaba temblando.

Gente buena y leal sufría y moría en ese hoyo. Qué engañados habían estado antes de entrar por esas puertas. Qué completamente engañado había vivido él toda su vida. Los ojos se le llenaron de lágrimas. Eso era lo que se ocultaba detrás del decorado. Allí estaba el oscuro corazón de la causa a la que él había servido.

En lo alto, un cuervo volaba en círculos y graznaba, portador de mal augurio. Pero Cho no se sintió maldito. Por un momento, el sol atravesó las nubes para mandar un rayo dorado hacia el negro paisaje. Cho vio cercana la salvación. Vio el propósito de su vida al desnudo.

«Seré un testigo. Sobreviviré y daré testimonio al mundo.»

Trató de mantenerse a resguardo entre los árboles mientras descendía por la otra ladera, en dirección noroeste, pero en dos ocasiones tuvo que cruzar prados abiertos, donde su rastro quedaba marcado en la nieve profunda. Más abajo, vio algunas granjas y graneros dispersos. La nieve había empezado a caer con un gran revoloteo de copos. Si al menos bastara para cubrir sus huellas...

El primer granero se hallaba en un campo que lindaba con una tupida arboleda por la derecha, más allá de la cual había una pendiente densamente boscosa que conducía a unas vías de ferrocarril. Cho se detuvo a escuchar —silencio sepulcral— y empezó a examinar el exterior del granero. Estaba de suerte. Había un mono de trabajo colgado de un gancho en la puerta exterior. Lo habrían dejado fuera para que los piojos se congelaran. La tela estaba deshilachada y cubierta de parches. Cho lo descolgó y abrió la puerta. Dentro apestaba a estiércol y a paja mohosa. Un viejo buey marrón que yacía en el heno volvió su enorme cabeza hacia él con indiferencia y resopló. Cho entró y se cambió de ropa. Encontró un par de botas de goma que le iban un poco grandes. Antes de enterrar su mono de prisión bajo un montículo de forraje, arrancó el hilo con el que había cerrado toscamente el bolsillo y sacó la bola dura de celofán que su madre le había dado. La levantó y la examinó. La luz reflejada por la nieve, que se filtraba a través de las rendijas de la pared del granero, rebotó en los minúsculos cristales blancos cubiertos por el celofán.

Bingdu. Unos cuarenta gramos, calculó.

Buscó por el granero algo que pudiera servirle para cortar y encontró un fragmento de cristal roto en el suelo. Lo limpió y se sentó en una paca de heno. Puso el cristal en su regazo y empezó a desenrollar la bola, arrancando pequeños trozos de celofán.

¿Cuánto tiempo había escondido la droga su madre? ¿Por qué la había llevado al complejo del laboratorio el día anterior...?

Cho se detuvo con la mirada perdida.

«Para suicidarse. Cuando ella decidiera que había llegado el momento.» Sólo necesitaba una sobredosis. Tragárselo todo. Se le pararía el corazón. Se le humedecieron los ojos. No pudo obligarse a seguir hasta que pasaron unos minutos.

Con sumo cuidado, usó el fragmento de cristal para separar porciones del polvo en bolas más pequeñas envueltas en celofán, hasta que tuvo una decena brillando como perlas bajo aquella luz blanca. Guardó el resto de la bola en el bolsillo.

Algo que estaba en proceso de descomposición debajo del montículo de heno emitía un tenue calor. Cho se guardó las perlas de *bingdu* en el otro bolsillo del mono y, antes de darse cuenta, se había cubierto de heno y se había quedado dormido.

Abrió los ojos al oír el sonido de voces masculinas.

No tenía ni idea de cuánto tiempo había estado durmiendo. La luz a través de las rendijas se había convertido en un tenue neón azul, y él volvía a tener un hambre atroz. Tenía el rostro entumecido y congelado.

Las voces procedían de fuera y hablaban del mono de trabajo que faltaba. La puerta se abrió con un crujido y Cho se encogió en el heno cuando el brillo de una lámpara de queroseno iluminó el establo. Entraron un hombre y un muchacho. Llevaban la ropa y los gorros salpicados de nieve. Cho rezó a sus antepasados, suplicándoles que hubiera nevado lo suficiente para cubrir todas sus huellas, de modo que no fuera evidente que había entrado en el granero y que seguía allí.

—*Appa*, nadie se esconde en el estiércol —dijo el chico con un fuerte acento de Hamgyong—. El ladrón se habrá ido.

El padre se entretuvo un momento, como si se hubiera parado a observar el cristal roto que Cho había usado para dividir el *bingdu*. Luego salieron y cerraron la puerta.

Cho se quedó muy quieto, con todos los sentidos atentos. Esperó varios minutos antes de levantarse haciendo el menor ruido posible. Abrió la puerta con precaución y miró a su alrededor. Estaba nevando profusamente. Las huellas del granjero y de su hijo se alejaban hacia la izquierda. Había un espacio de unos treinta metros a campo abierto antes de llegar al bosque. Pisó en la nieve profunda y fría, y la pierna se le hundió hasta la rodilla. Sólo podía caminar dando pasos de gigante, exagerados. El perro de una de las granjas se puso a ladrar y desencadenó una docena de ladridos de otros perros valle adentro.

Echó a correr hacia el bosque, hundiéndose en la nieve crujiente.

Bajo los pinos, donde apenas había penetrado la nieve, había menos luz. Siguió avanzando, apartando ramas y serpenteando entre los árboles, ladera abajo hacia el ferrocarril.

Ésa era la vía que llevaba el carbón desde el Campo 22 hasta un destino que, si Cho acertaba en su suposición, sería Hoeryong, unos diez kilómetros al norte. Desde la cima, Cho había visto la pequeña ciudad a orillas del río Tumen, la frontera con China. Con suerte llegaría allí por la noche. ¿Cuánto tiempo había dormido? A juzgar por el cielo, parecía media tarde y estaba oscureciendo. ¡Qué estúpido había sido! El granjero o su perro encontrarían sus huellas y alertarían al Bowibu antes de que hubiera podido cubrir dos kilómetros. Sus opciones de huir se habían reducido drásticamente.

Cho oyó perros que ladraban a lo lejos detrás de él y sintió un estimulante arrebato de adrenalina. Echó a correr, tropezando y trastabillando entre las traviesas y la grava suelta.

• • •

Hoeryong permanecía a oscuras, salvo por unas pocas luces dispersas en torno a estatuas y monumentos. Cho estaba seguro de que una ciudad como aquélla contaría con un mercado informal donde podría comprar lo que necesitara. Como era de esperar, a lo largo del andén de la estación de tren vio varias docenas de *ajumma* recogiendo sus artículos a la luz azul de pequeñas linternas. Un brasero de carbón daba más humo que luz. Se acercó a una mujer que tenía la cabeza envuelta en harapos. Estaba guardando unas botellitas de licor de maíz casero y cartones de cigarrillos chinos, marca Double Happiness.

Cho habló lo menos posible al llevar a cabo la transacción. Un acento de Pyongyang lo habría hecho destacar como un cartel luminoso en un lugar así. La mujer se limitó a lanzarle una mirada fugaz en la que se mezclaban la avaricia y la sospecha. El estómago se le encogió cuando la mujer examinó la perla blanca de *bingdu* bajo el brillo pálido de su linterna. Rompió un trocito y esnifó una cantidad minúscula que puso en el borde de un llavero. Poco después, Cho se alejaba con una bolsa de plástico que contenía una botella de licor de maíz y diez cartones de cigarrillos.

Un grupo de trabajadores ferroviarios estaba tomando sopa caliente en una cantina improvisada en la calle, delante de la estación de Hoeryong, con las caras iluminadas por la tenue luz de una minúscula lámpara en la que ardía aceite de semilla de colza. El vendedor aceptó unos cigarrillos como pago por un tazón, y Cho se unió a los hombres en la mesa. Su único pensamiento era devorar la comida y largarse. Si alguien le pedía la documentación, no la tenía. Su mejor oportunidad para escapar a través del río se iba a dar esa misma noche. Sin embargo, en cuanto saboreó la sopa, que contenía cerdo marinado y fideos frescos y gruesos, se sintió abrumado. Era la primera vez en un año que probaba comida de verdad, y de inmediato sintió que recuperaba su condición humana. La vida de animal-esclavo que había llevado le parecía ahora irreal, una pesadilla. Miró a los trabajadores del ferrocarril. Tenían el rostro ennegrecido de aceite y hollín, pero, después de lo que Cho había presenciado en el campo de prisioneros, eran la viva imagen de la salud. Entonces pensó que no había visto su propio rostro en mucho tiempo. Estiró la cabeza y se miró en el cristal de una ventana oscura en el edificio de la estación. Incluso bajo aquella tenue luz, la visión le arrancó un grito ahogado, seguido de una sensación de profunda piedad por su cuerpo devastado. Su cabeza era un bulbo esquelético gris lleno de calvas. En el cráneo desnudo se entrecruzaban las cicatrices de las palizas. Tenía la cara cubierta de llagas y forúnculos provocados por la inanición y la falta de luz solar; la piel del rostro era un harapo tenso sobre el hueso, lo cual hacía que sus ojos se vieran enormes y oscuros. Era su cara, no cabía ninguna duda, pero había cambiado casi tanto como había cambiado él por dentro.

—¿De dónde eres, ciudadano?

El rostro del trabajador de ferrocarril era una máscara negra y adusta. Los otros habían dejado de comer y estaban observándolo. De repente, fue consciente de cuánto apestaba su mono de granja.

—De Chongjin —murmuró Cho, procurando disimular su acento—. He... estado muy enfermo. He venido al norte a comprar medicinas.

Algo se suavizó en los ojos del hombre, y Cho sintió que con su respuesta había superado una prueba: allí la gente estaba acostumbrada a recibir visitantes que esperaban escabullirse a China para comprar cosas que eran imposibles de obtener en Corea del Norte.

—¿Llevas tabaco? —preguntó el hombre.

Cho sacó un paquete de cigarrillos e invitó a todos los comensales.

—Double Happiness —dijo el ferroviario en tono elogioso.

Se guardó el cigarrillo detrás de la oreja y volvió a concentrarse en la sopa. Cho pensó que era el final de la conversación, pero entonces el hombre dijo:

—El río en esta zona es demasiado ancho para cruzarlo sin ser visto, y la capa de hielo es delgada. Ve al oeste, siguiendo la carretera que va a Musan, hasta que el río sea lo bastante estrecho y el hielo sea más sólido. Hay un lugar seguro a unas seis torres de vigilancia de distancia.

—Si te para un guardia, ofrécele galletas y cigarrillos —dijo uno de sus amigos.

—Y prométele que le traerás un regalo cuando vuelvas —dijo el otro, encendiendo el cigarrillo—. Una botella de Maotai bastará, o dinero chino. Diles que sólo estarás uno o dos días y pregunta las horas de su turno.

Cho sintió que la suerte le sonreía. Hizo una reverencia y les dio las gracias, y luego obsequió a cada hombre con un paquete de cigarrillos entero. Los aceptaron con sonrisas de marfil en las caras tiznadas de hollín. Cho se levantó y estaba ya haciendo otra reverencia cuando percibió un movimiento detrás de él. Se volvió a mirar y casi se le paró el corazón.

Una figura se iba alejando, cargada con un cubo y una brocha. En la misma ventana en la que había vislumbrado su reflejo, ahora podía ver su propia cara devolviéndole la mirada desde una octavilla en blanco y negro.

SE BUSCA POR ASESINATO
CHO SANG-HO

Y debajo de la imagen de su rostro:

¡PELIGROSO!
SI LO VEN, INFORMEN AL MINISTERIO
DE SEGURIDAD DEL ESTADO

¿Asesinato? Sintió que le flaqueaban las piernas.

Por un segundo, experimentó demasiado pánico para volverse hacia los hombres.

¿Tan pronto? ¿El Bowibu ya lo estaba persiguiendo? Hyun tenía que haber denunciado su desaparición de inmediato. Cho no podía culparlo si eso le había valido una ración extra de gachas de maíz. Estaba paralizado por la imagen de la octavilla, de la cual se sentía extrañamente desvinculado. Era la imagen de su antigua vida. Afeitado, con el pelo negro brillante, pagado de sí mismo, arrogante, poderoso. Una foto extraída de su expediente del Partido. Incluso se veían sus galones a ambos lados.

—Gracias, ciudadanos. —Se alejó deseándoles buenas noches.

Los hombres levantaron los cigarrillos a modo de despedida.

En cuanto se perdió de vista, echó a correr. «¿Buscado por asesinato? ¡Oh, por mis antepasados!» Recordó ese truco: los cuadros de alto rango eran acusados de crímenes horribles si desertaban, y su fuga se notificaba también a la policía china. Quedaba claro que estaban decididos a atraparlo; pero, al comprender que era así, prendió en él una determinación tanto o más poderosa, aunque de signo opuesto: no lo atraparían.

Sin embargo, tras echar a andar a toda prisa por la desierta carretera en dirección al oeste, repuesto por la comida y el descanso, se obligó a aminorar el paso. Él mismo había sido testigo de su transformación. Era imposible que alguien relacionara aquella foto con su cara.

En una estación de autobús del extremo oeste de la ciudad, su propia cara lo miraba desde todas las farolas. Encontró otro mercado improvisado y cambió más perlas de *bingdu* por yuanes chinos, galletas de arroz, un gorro de lana y más cigarrillos. A un vendedor que tenía varios aparatos electrónicos extendidos en una estera le compró un teléfono ilegal, un Nokia sin registrar con un cargador y una tarjeta telefónica de cincuenta yuanes de China Mobile. El vendedor le explicó cómo usar la tarjeta telefónica y añadió:

—Eso si encuentra un sitio donde cargar el teléfono, claro.

No pudo localizar a nadie que vendiera un cuchillo de cocina o algo que pudiera usar como arma. Se habría sentido más seguro con algo con lo que defenderse. El dinero que le quedaba lo usó para comprar una linterna, una cuchilla de afeitar y un paquete de papel de fumar. Con un esfuerzo tremendo mantuvo la serenidad y habló lo menos posible. Nadie pareció detenerse a mirarlo. Era un vagabundo, un don nadie, y apestaba como una cabra fétida.

Siguiendo la carretera que salía de la ciudad, Cho atravesó una zona industrial de chimeneas oxidadas y fábricas silenciosas. Después de una breve pausa para asegurarse de que no lo seguían, se metió en las sombras de un patio de carga y encontró un garaje en desuso. Se agachó en el aceitoso suelo de cemento, encendió su linterna y sacó cuidadosamente la más grande de las bolas de *bingdu* que le quedaban. Se le había ocurrido que al menos podría convertir el *bingdu* en una especie de arma. Manteniendo las manos firmes, abrió un cigarrillo Double Happiness con la cuchilla de afeitar y echó abundante polvo cristalino en el tabaco, para que el cigarrillo estuviera bien cargado de droga. Volvió a cerrar el cigarrillo con el papel de fumar y examinó el resultado de su labor. Era casi imposible detectar la manipulación. Cualquiera que aceptara ese cigarrillo y se lo fumara recibiría una sobredosis lo bastante grande para pararle el corazón. La muerte llegaría en una calada de euforia. Cho volvió a guardar con cuidado el cigarrillo en el paquete, poniéndolo boca abajo para poder identificarlo.

Pronto salió de la ciudad y empezó a andar por una sinuosa pista sin asfaltar que discurría junto al río Tumen, la frontera misma. Allí hacía mucho más frío. A su derecha, el río era un camino de hielo pálido y traslúcido, como si hubiera absorbido la luz de las estrellas. Estaba demasiado oscuro para ver la orilla china. Cada pocos metros había un cartel. «¡ZONA FRONTERIZA! ¡PROHIBIDO EL PASO!» Pero lo que lo alarmaba más era la ausencia de árboles que lo ayudaran a pasar desapercibido. En los puntos más estrechos, además, se alzaban torres de vigilancia de hormigón, donde podía ver la parte superior de los cascos de los guardias moviéndose detrás de los ventanucos.

Cho sintió una ola de pánico.

«Cruza ahora —dijo una voz en su cabeza—, antes de que te paren.» Estaba lo bastante oscuro para pasar sin ser visto. ¿Por qué no allí, delante de una torre de vigilancia, donde menos lo esperarían, y antes de encontrarse con una patrulla?

Abrumado por una agitación insoportable, comprobó que sus piernas lo llevaban hacia el hielo haciendo caso omiso del pánico que sentía. La otra orilla se hallaba a menos de cuarenta metros. Tardaría menos de un minuto en cruzar. Caminó por la orilla. Su pie derecho hizo crujir el hielo y notó la presión de la sangre en los oídos.

—¡Alto!

La voz provenía de algún lugar indeterminado. Cho se quedó paralizado.

—¡Manos arriba! ¡Date la vuelta! —Era un adolescente, a juzgar por la voz.

Lentamente, Cho levantó las manos y se volvió: ante él había un único soldado, muy joven, apuntándolo con un AK-74. Recién salido de la Liga de la Juventud Socialista. El soldado lo enfocó con una fina linterna fijada al cañón.

—¿Qué haces aquí? Es una zona restringida.

—Camarada, yo...

—¿Tienes algo para comer?

Sorprendido, Cho señaló la bolsa de plástico que llevaba y bajó las manos. Lentamente entregó un paquete de galletas de arroz al soldado, que lo cogió y se lo guardó en el bolsillo del abrigo. Animado, Cho le entregó un paquete sin abrir de cigarrillos y la botellita de licor de maíz. El muchacho se lo metió todo en los bolsillos. El chico llevaba un casco de camuflaje y un par de enormes botas de lona.

—Muéstrame tu identificación.

Cho levantó las palmas de las manos.

—Camarada, sólo soy un ciudadano corriente, he venido hasta aquí con la esperanza de que algunos parientes me den las medicinas que necesito. Volveré mañana por la noche a la misma hora, con un saco de arroz para ti y una botella de Maotai.

Hubo una pausa mientras el chico asimilaba sus palabras.

—¿Eres de Pyongyang...?

—Sí. —El asentimiento salió antes de que Cho pudiera contenerse.

El chico metió la mano en el bolsillo del pecho y sacó una octavilla. La luz de la linterna se dirigió al rostro devastado de Cho y luego otra vez al panfleto. Repitió la operación una vez más. Cho entrecerró los ojos al recibir el impacto de la luz brillante.

—¿Cómo te llamas? —Ahora en voz más alta, excitada.

No había pensado en un alias. Dudó y el chico hizo sonar su silbato antes de que Cho pudiera decir una sola palabra.

Para su sorpresa, se encendieron luces por todas partes, a lo largo de la orilla y en el techo de la torre de vigilancia. Las luces barrieron la zona y convergieron hacia él como si fuera un actor en el escenario.

Cho se volvió y echó a correr, corrió con todas sus fuerzas, resbalando y cayendo en el hielo, levantándose y corriendo de nuevo. Se oyó a sí mismo resoplando como un toro.

Oyó gritos detrás de él y una sirena empezó a sonar desde la torre de vigilancia. Cho sabía que la guarnición fronteriza no estaba autorizada a disparar en dirección a la orilla china.

—¡Alto o disparamos!

Cuanto más se alejara, más a salvo estaría... Segundo tras segundo, metro tras metro, iba acercándose y veía que China se perfilaba en la oscuridad: árboles, colinas y campos.

Algo silbó junto a la oreja de Cho. Esquirlas de hielo se le clavaron como cristales en los ojos cuando la primera bala impactó en la superficie congelada, seguida por el latigazo de más disparos.

Otra bala impactó en el tronco de un árbol por delante de él.

Estaba a punto de alcanzar la orilla cuando notó un fuerte impacto en la pierna izquierda, seguido por el sonido de más disparos. Cayó de cara, derrapando por el hielo.

En los primeros segundos no sintió ningún dolor, aunque sabía que le habían dado. Entonces el dolor lo atravesó como un rayo, cegándolo. Gritó. Le costaba respirar. Cuando la siguiente bala pasó tan cerca que casi le rozó el oído, se sintió propulsado por un impulso casi sobrenatural. Se levantó apoyándose en una pierna, sintiendo el arrebato de la adrenalina. Sin saber cómo, de pronto estaba agarrándose a unas raíces y unas ramas para elevarse a pulso desde el hielo y alcanzar la orilla.

Le pareció que los focos de la orilla norcoreana lo habían perdido, los haces de luz barrían de lado a lado penetrando en el bosque negro, proyectando las largas sombras de los árboles. Cho avanzó a gatas sin detenerse. Se abrió paso entre la nieve profunda, goteando sangre, protegiéndose la cara de las ramas peladas. Le pesaba cada vez más el cuerpo y se hundía en la nieve. Se dejó caer boca abajo y recuperó el aliento. El hielo le había arañado un lado de la cara y lo notaba ardiente y magullado. Le ardía la pantorrilla. Sentía la quemazón de la bala. La pernera del mono estaba ennegrecida de sangre. Los focos se apagaron y, por un momento, Cho quedó en la oscuridad más absoluta, pero sabía que los soldados de la torre de vigilancia ya estarían hablando por radio con la fuerza fronteriza china. «¡Emergencia! Ha escapado un asesino...» Solicitarían permiso para enviar agentes del Bowibu al otro lado para abatirlo como a un animal escapado del zoológico. Cho había perdido la bolsa con las galletas de arroz y las provisiones, pero aún tenía el paquete con el cigarrillo de droga en un bolsillo, y el teléfono móvil y el cargador, en el otro.

Parpadeando para quitarse las gotas de sudor de los ojos, se dio la vuelta en la nieve blanda. Improvisó un torniquete desgarrando un trozo de tela de la pernera y se lo ató con fuerza en lo alto de la pantorrilla, apretando los dientes, con el aliento silbándole en las fosas nasales. Se frotó la herida con nieve. ¿Era grave? Sí. Músculo rasgado, carne arrancada, nervios destrozados. Un agujero en la pierna causado por munición militar pesada. Tenía el pie dormido y apenas podría apoyarlo para caminar, pero la bala había esquivado el hueso por un milímetro. ¡Un rastro de sangre en la nieve! ¿Podía ponérselo más fácil a sus perseguidores? Sintió una repentina descarga de euforia y supuso que era una respuesta hormonal a la conmoción. Cogió una rama caída para utilizarla como muleta, logró levantarse y empezó a avanzar, tambaleándose.

Ante él, la arboleda se aclaró y le permitió ver una carretera en cuyos márgenes se había amontonado la nieve, formando altos muros. Más allá, a unos quinientos metros, se divisaban las luces de una casa de campo, detrás de la cual Cho alcanzó a distinguir la silueta azul pálido de una cordillera de colinas desnudas. Pese al dolor de la pantorrilla, que le hacía ver las estrellas, se forzó a subir por el muro de nieve amontonada, y ya estaba a punto de bajar a la carretera cuando oyó que se acercaba un vehículo. Lo pararía, decidió, y suplicaría ayuda. Tenía que confiar en su destino o dejarse morir allí mismo. No se sentía capaz de llegar hasta la casa de campo.

Fueron las luces las que le hicieron contener la respiración de repente. El destello zafiro y rubí de un coche de la policía. Se tumbó boca arriba y se quedó quieto como una piedra. No había tiempo para huir. El coche redujo la velocidad. El sonido de la radio policial crepitó detrás de una ventanilla cerrada. Pasó por su lado sin detenerse y Cho respiró aliviado.

Para cuando alcanzó la granja, Cho estaba jadeando y a punto de desmayarse por la pérdida de sangre. Llamó a la puerta. Lo asaltó un potente olor a cerdo. Un perro gruñó en el interior. Se oyeron unas pisadas y, al abrirse la puerta, una cuña de luz amarilla se proyectó en el suelo. Cho vio la silueta de la cabeza de un hombre.

—¿Quién es? ¿Qué quiere?

Cho se esforzó por mantener los ojos abiertos. La silueta del hombre quedó desdibujada y confusa. Ni siquiera podía verle la cara. Sintió náuseas de repente.

—Si ha cruzado el río, no puedo ayudarlo.

La cabeza empezó a darle vueltas. La puerta se cerró en sus narices. Lo siguiente que supo justo antes de perder el conocimiento fue que el suelo se acercaba hasta su mejilla.

Cuando volvió en sí, sintió que una nariz húmeda lo olisqueaba y le tocaba la oreja. Le dolía la pantorrilla y la sentía entumecida. Un rostro rudo, ajado por el sol, estaba mirándolo. Era un hombre de unos cincuenta años, que lo examinaba con los ojos suspicaces de un campesino. Un olor a desinfectante alcanzó las fosas nasales de Cho. Sus ojos trataron de asimilar el entorno. Estaba tumbado boca arriba en un suelo de cocina embaldosado delante de una chimenea que proyectaba un brillo rojizo. La estancia era sencilla, humilde, con un conjunto de sartenes de metal gastadas colgadas sobre una pila. Un perro se entretenía olisqueándolo, aspirando el hedor de sangre y suciedad.

—¿Qué le ha pasado en la pierna? —preguntó el granjero, hablando con la cantinela típica de un chino coreano.

Entonces Cho notó que alguien le manipulaba el pie, respirando hondo, y se dio cuenta de que tenía la pierna apoyada en un cuenco humeante, donde una mujer robusta de antebrazos colorados intentaba limpiarle la herida con desinfectante. Cada toquecito lo hacía estremecerse.

—Un accidente... cuando cruzaba el río —dijo Cho con voz débil. No tenía sentido negar de dónde venía—. Gracias por ayudarme.

—¿En qué lío se ha metido?

Cho cerró los ojos con fuerza.

—¿Tiene algo para el dolor?

El granjero se marchó y regresó con una botella de líquido ámbar.

—Lo hice yo mismo.

Le acercó la botella a los labios y Cho notó que el aguardiente le quemaba la garganta como si fuera lava. Tosió y, cuando habló, su voz era fina como el aire. En ese momento, el campesino y su esposa estaban de pie a su lado.

—Por favor. ¿Podría cargar mi teléfono...? —Cho tuvo que hacer un esfuerzo para sacarlo del bolsillo del mono de trabajo.

La pareja intercambió una mirada. A regañadientes, el granjero cogió el móvil.

—El enchufe está en la otra habitación.

—Me iré en cuanto pueda y no les causaré problemas.

—De momento, descanse aquí —dijo el campesino sin apartar la vista de él—. Hablaremos después.

La mujer le secó la pantorrilla y le puso una toalla debajo, y el campesino le dio otro generoso trago de aguardiente.

Cho se sentía sin fuerzas. Volvió a dormirse y fue perdiendo y recobrando la conciencia a intervalos, sin ningún sentido del paso del tiempo. Soñó con voces susurrantes que discutían en la habitación de al lado. Cuando despertó, el fuego del hogar estaba casi apagado y tenía la frente cubierta de un sudor febril. Sentía la espalda rígida y dolorida sobre el suelo duro. Levantó la cabeza y vio al perro observándolo desde una estera en el rincón. El campesino estaba hablando en mandarín en la habitación de al lado; entonces la puerta de la cocina se abrió un poco y por la rendija vio que el hombre lo miraba.

—Por favor —dijo Cho—. Mi teléfono...

—Descanse, descanse —dijo el hombre en un susurro.

Pero Cho repitió gritando:

—¡Deme mi teléfono!

El campesino entró en la habitación, fulminándolo con la mirada, y le entregó el teléfono móvil, que estaba caliente por la carga. Cho lo encendió.

Le temblaron las manos al introducir el código de la tarjeta telefónica, con su crédito de cincuenta yuanes. No tenía ni idea de si bastaría. Inmediatamente marcó el número que había memorizado hacía casi un año. No tenía fuerzas para calcular qué hora era en Washington.

La voz de Jenna sonó increíblemente distante, como si hablara desde otro mundo.

Cho no tenía ni un segundo que perder. Ni siquiera saludó: simplemente le dijo dónde estaba y, jadeando por el esfuerzo y hablando en inglés para que el campesino no lo entendiera, empezó a explicarle lo que había descubierto sobre el programa de experimentación humana dentro del Campo 22.

—He sido prisionero allí. Lo vi con mis propios ojos.

—Esto es una línea abierta... —dijo Jenna.

Estaba advirtiéndole. Las fuerzas de seguridad chinas espiaban cualquier llamada hecha desde un móvil a un número extranjero, y ésta en concreto levantaría al instante una bandera roja. El autor de la llamada estaba en una remota zona fronteriza hablando con alguien de Langley, Virginia. Pero en ese momento todo eso no le importaba.

—Escúcheme. Dentro de unos minutos estaré muerto de todos modos. Su amigo Fisk tenía razón. La amenaza nuclear de Kim Jong-il es una farsa, una pantalla de humo para algo peor, mucho peor... El objetivo de las pruebas con cohetes de largo alcance es atacar a Estados Unidos con un agente nervioso llamado escitodotoxina X, un arma de destrucción masiva que envenenará la comida y el suministro de agua y matará a millones de personas. La cabeza del misil está diseñada para llevar esa carga. He visto lo que un microgramo de esa sustancia puede hacerle a un cuerpo humano en sólo diez segundos. Ni se lo imagina.

Al oírle hablar en inglés, el rostro suspicaz del campesino se volvió abiertamente hostil.

—¿Es un espía? —preguntó el campesino.

—Ha sido agradable oír su voz —dijo Cho.

—Espere. —Por primera vez, la voz de Jenna sonó cargada de pánico—. ¿Cuál es su localización exacta?

Un vehículo estaba aparcando en el patio al otro lado de la ventana, y el techo de la cocina se convirtió en un caleidoscopio de luces rojas y azules.

—No serviría de nada. ¡Adiós, Jenna!

—¡Eh! —El campesino trató de arrancarle el teléfono de las manos, pero Cho sólo quería oír la despedida de Jenna.

Por encima de las interferencias, se oía el ruido de los teléfonos en el lejano Langley. La voz de Jenna era fría y controlada.

—Por favor, pásele el teléfono a la persona que está con usted en la habitación. Dígale que necesito hablar con ella.

51

Cuartel General de la CIA
1000 Colonial Farm Road, Langley, Virginia

—¿No es más valiosa la información que el activo...? —Fisk hizo una mueca con la expresión abochornada que solía adoptar cuando traicionaba sus principios—. ¿En serio? ¿Una operación sobre el terreno en China?

—Es la fuente más importante que hemos tenido en el interior de Corea del Norte —replicó Jenna, tratando de no levantar la voz—. Nos ha dado información de primer orden sobre no una, sino...

—Vale, vale...

—...sino dos operaciones encubiertas norcoreanas... Ni de broma vamos a dejarlo tirado en China.

—Pero el riesgo...

Después de una larga discusión en su despacho, Fisk había cedido.

—Necesitaré un piso franco en Yanji, un contacto local y un arma —concluyó Jenna.

Fisk recostó la cabeza en la silla y soltó un suspiro derrotado.

Se pidió la aprobación siguiendo la cadena de mando hasta llegar al consejero de seguridad nacional, y en cuestión de horas había una operación en marcha para que Cho pudiera viajar a Estados Unidos con un pasaporte estadounidense falso. A su llegada, recibiría el asilo que se ofrecía a todos los desertores norcoreanos.

—No tenemos tiempo para darte cobertura diplomática oficial —dijo Fisk, frotándose la cara—. Los chinos se lo olerían. Actuarás de forma extraoficial. —Viendo que Jenna se resistía, añadió—: ¿Estás segura de que vale tanto la pena para ti?

Actuar sin cobertura oficial suponía el máximo peligro para un agente de la CIA. Si la pillaban, estaría a merced de las fuerzas de seguridad chinas. No tendría ninguna protección ni inmunidad diplomática. Tendría que negar cualquier conexión con su propio gobierno.

—Si esto sale mal, Jenna —dijo Fisk, que de repente parecía enfadado con ella—, estarás sola.

52

Yanji, provincia de Jilin, China
Sábado, 17 de diciembre de 2011

El frío de Manchuria se llevó el aliento de Amy Miller en el momento en que cruzó las puertas de cristal del aeropuerto de Yanji. Afortunadamente, no tuvo que esperar. Un chófer que sostenía un cartel con su nombre la llevó directamente a su hotel, que estaba en la zona comercial, rodeado de letreros de neón y torres brillantes de cristal verde esmeralda. Incluso el centro de la ciudad parecía decadente y sórdido, pensó.

Sonrió al encargado cuando él apuntó el número de su pasaporte; en el formulario de registro, Amy Miller anotó que era agente de viajes y que residía en el distrito de Arlington Heights de Milwaukee, y preguntó en inglés si había otros delegados de la Feria de Turismo del Norte de China en el hotel. Dio una propina al botones, cerró la puerta de su habitación y se duchó con agua caliente: fue entonces cuando Amy Miller empezó a sentirse otra vez Jenna Williams.

Yanji, en la provincia de Jilin, en el noreste de China, era una pequeña ciudad situada a menos de cincuenta kilómetros de la frontera con Corea del Norte. Su amplia población de etnia coreana hablaba mandarín como segunda lengua. Jenna había visitado la ciudad varias veces cuando trabajaba en la universidad —había perfeccionado su dialecto norcoreano en Yanji— y en todas esas ocasiones había tenido la sensación de estar en una localidad fronteriza donde cualquier cosa podía pasar. El lugar era un hervidero, y no precisamente en el buen sentido del término. Agentes encubiertos del Bowibu tenían libertad para dar caza a norcoreanos fugados, se traficaba en sórdidos salones de masaje con niñas menores de edad a las que nunca se volvía a ver, y los beneficios del cristal de metanfetamina habían dejado a las autoridades de la ciudad en manos de violentas bandas de traficantes.

El jefe de la oficina de la CIA en Shenyang le había preparado un piso franco que quedaba a cinco minutos a pie del hotel, pero Jenna sabía que su seguridad era relativa. Sin duda, la policía estatal ya había reparado en su presencia en la ciudad, y las posibilidades de que estuvieran sometiéndola a algún tipo de vigilancia eran muy altas. Tendría que actuar con extrema precaución.

El piso franco era un apartamento en la octava planta de un bloque sórdido en cuyos rellanos olía a grasa de cerdo solidificada. Al llegar, después de dar un largo rodeo cambiando de sentido varias veces y rodeando varias manzanas para asegurarse de que no la seguían, Jenna se encontró a Cho dormitando en una estera con una manta encima y sumido en una deriva que lo desconectaba por momentos de la realidad ante la mirada preocupada de Lim, un joven agente de la CIA con gafas que trabajaba como programador de *software* para la Policía Armada del Pueblo. En el piso, también había un cirujano clandestino al que Lim había llamado para que tratara la herida de bala en la pantorrilla izquierda de Cho, que había empezado a enrojecerse y a hincharse. Lim mantenía a Cho narcotizado con oxicodona, porque el cirujano, de quien Jenna sospechaba que trabajaba para las bandas de la ciudad, se había negado a operar hasta que le pagaran una considerable suma en efectivo, que Jenna le entregó antes de quitarse el abrigo. Lim le dio un grueso sobre acolchado que contenía una Beretta 8000 compacta, su arma corta preferida, con un doble cargador lleno.

El granjero había hecho exactamente lo que Jenna le había pedido: el teléfono móvil de Cho seguía en la mano del hombre cuando éste abrió la puerta a la policía de frontera china. Jenna había oído toda su conversación en mandarín con acento coreano.

—¡Llegó aquí pidiendo ayuda hace dos horas! Le dije que se entregara. ¿Por qué han tardado tanto? Ahora podría estar ya en cualquier parte.

Ella había cumplido su promesa, y al día siguiente el granjero se había encontrado con una pequeña fortuna en su cuenta bancaria. A primera hora, Jenna había logrado enviar un coche para que recogiera a Cho y lo trasladara a Yanji.

Sabía que su desaparición en China ya no sería un asunto de la policía de fronteras, sino que habría ascendido al nivel de la seguridad del Estado, probablemente bajo presión política desde Pyongyang. No tenían mucho tiempo. Era vital que Jenna lo sacara del país en las siguientes doce horas. Llevaba consigo un pasaporte estadounidense para él. El jefe local de la CIA estaba preparando su vuelo desde Shenyang —un trayecto de ocho horas— con documentos de su seguro médico.

El cirujano era un chino bajito de la etnia han, de aspecto duro, que trabajaba de rodillas y en silencio. Jenna lo observó mientras el hombre limpiaba la herida, extraía minúsculos fragmentos de casquillo de bala con unas pinzas y cosía y cerraba los orificios de entrada y salida. Después, el hombre cubrió la herida con una venda limpia. Cortó y tiró el viejo vendaje que envolvía el antebrazo de Cho, palpó con suavidad el hueso que sanaba y volvió a vendarlo. Al final colocó en la mesa dos ampollas de cristal, que contenían un fuerte sedante y un paquete de jeringuillas desechables.

—Hay que mantener baja la presión sanguínea. Pónganle una inyección antes del trayecto a Shenyang. Y otra para el vuelo.

Lim acompañó al cirujano a la salida y luego se fue a comprar ropa y comida. Cho no tenía nada que ponerse y necesitaría alimentarse bien antes del largo viaje a Shenyang. Empezaba a preocuparle esa parte del plan: la policía tenía varios puntos de control a lo largo de la carretera, donde se examinaban rutinariamente los documentos de identidad de los ocupantes de los vehículos.

Jenna puso a hervir un cazo de agua en el minúsculo hornillo de la cocina, se preparó una taza de té verde y se sentó en el suelo con la espalda apoyada en la pared. Había empezado a nevar otra vez. Los copos se arremolinaban entre los edificios y el mundo al otro lado de la ventana se convertía en un blanco difuso, un espacio vacío. Eran las dos de la tarde. En cuanto Lim regresara con las provisiones, Jenna despertaría a Cho y valoraría su estado para viajar.

Mientras observaba el pecho del coronel, que subía y bajaba al ritmo de la respiración, se sumió en un estado meditativo. Se oía el tictac del reloj de la pared. El parquet calefaccionado desprendía un aroma de bosque químico. En la mesa que completaba el escaso mobiliario de la habitación estaban todas las posesiones mundanas de Cho: un paquete de Double Happiness con dos cigarrillos, unos pocos yuanes arrugados y un par de pequeñas bolas envueltas en celofán que contenían un misterioso polvo blanco. Nada más. Sin duda, Cho ya habría tirado el teléfono móvil.

Podría ser cualquiera, pensó Jenna, recogiendo el paquete de cigarrillos y haciéndolo girar en su mano. Un don nadie. Un hombre de la calle. Su cuerpo era sólo hueso y tendones, pero la tirantez de la piel daba una extraña serenidad a su rostro, como si fuera el de un niño. Le ajustó la manta, subiéndosela hasta la barbilla, y sintió un extraño deseo de rozarle la mejilla, de acariciarle la frente. Toda esa arrogancia que había visto en Nueva York había desaparecido. Jenna no era religiosa, pero le pareció que el alma del coronel se había aligerado y se había vuelto tan humilde y liviana que podía flotar a través de nubes de nieve. Aquello le hizo pensar en algo que había escrito Solzhenitsyn. Sólo tienes poder sobre un hombre mientras no se lo arrebates todo. Pero, si lo dejas sin nada, ya no está en tu poder. Es libre.

Cuando coincidió con el coronel en Pyongyang, Cho ya estaba metido en serios problemas. Había ido a parar al Campo 22, una zona de no retorno... ¿y había escapado? Jenna negó con la cabeza, asombrada. Tenía que haber ofendido gravemente al régimen. Trató de adivinar qué ley podría haber infringido, hasta que recordó que en Corea del Norte sólo había una ley que se respetara y cuya transgresión merecía el castigo más severo: la lealtad absoluta a la dinastía Kim.

—No los toque.

Jenna salió de su ensueño. Los ojos de Cho eran rendijas estrechas.

—No... no fumo. No los tocaré.

—Tírelos. Puse cristal de metanfetamina en uno... por si acaso necesitaba... matar a alguien con una sobredosis.

Jenna asintió en silencio y se guardó el paquete en el bolsillo de la chaqueta. Ya se desharía de ellos más adelante.

La voz de Cho era poco más que un susurro.

—Me ha salvado. ¿Por qué?

Cho se había puesto de costado y estaba observándola con la cara medio oculta por la almohada. Jenna se dio cuenta de que le incomodaba que ella lo viera así.

—Usted me mostraba dónde estaba mi hermana y yo lo sacaba a usted del país. ¿No era lo que habíamos pactado?

El silencio en el apartamento era tal que se oían las respiraciones.

—¿Por qué el Campo 22? —preguntó Jenna.

Cho la miró un buen rato antes de responder. Entonces esbozó una leve sonrisa y se dio la vuelta, mirando al techo.

—Podría decir que era mi destino... escrito en las estrellas antes incluso de que yo naciera.

—Sobrevivió —susurró Jenna.

Cho asintió muy levemente.

—Por el amor de mi verdadera madre.

Antes de que Jenna pudiera preguntarle qué quería decir, sus cabezas se volvieron hacia la puerta al oír que el ascensor se abría en el rellano. Jenna sabía que era Lim de regreso con las provisiones, pero se puso instantáneamente en guardia. Salió de la habitación de Cho y cerró la puerta tras ella, luego siguió el procedimiento establecido, empuñando la Beretta y sacando el seguro. Había verificado el cargador esa mañana y había limpiado el cañón y la corredera. Tenía quince balas. Esperó a la señal acordada: dos dobles llamadas a la puerta. Oyó la señal. Jenna descorrió el cerrojo y empezó a abrir. De repente, la puerta se propulsó hacia dentro y casi la golpeó en la cara. Jenna levantó la Beretta, apuntando con ambas manos.

Lim estaba fuera. Le temblaba el labio. Moduló las palabras «lo siento» en voz baja.

El hombre que apuntaba con la Glock 17 a la oreja de Lim llevaba la cabeza afeitada y una chaqueta de cuero negra. Detrás de él iban cuatro policías chinos de la seguridad del Estado con uniformes azul marino. El hombre de la chaqueta de cuero habló con calma en coreano.

—Suelte el arma.

Lentamente, Jenna dejó la Beretta en el suelo.

—Ahora dé un paso adelante.

Antes de que pudiera reaccionar, le colocaron una capucha áspera sobre la cabeza. Para advertir a Cho, gritó lo más alto que pudo, hasta que una mano le tapó la boca. Le sujetaron las manos y la esposaron.

—Ni una palabra más —dijo Chaqueta de Cuero—, y lo haremos por las buenas.

La escoltaron por el pasillo hasta el ascensor, más allá de las miradas curiosas de los vecinos, y le quitaron la capucha. A Jenna le temblaban las piernas. Tal vez su tapadera no fuera la mejor del mundo, pero aun así estaba sorprendida de que la hubieran encontrado tan pronto.

La puerta se cerró y el ascensor empezó a bajar con una sacudida. Jenna pensó en su madre y en cómo se lo explicaría. Pensó en Soo-min y en Fisk y su decepción. Qué forma tan miserable de terminar una carrera.

Chaqueta de Cuero estaba de espaldas a ella y tenía a dos de los policías chinos detrás. Los otros dos, supuso Jenna, habían entrado en el apartamento para detener a Cho.

—¿Adónde vamos?

Chaqueta de Cuero no respondió.

Al salir del edificio la hicieron subir a un Volkswagen Bora negro sin identificar. Los dos policías se sentaron a ambos lados de Jenna en la parte de atrás. Chaqueta de Cuero ocupó el asiento al lado del conductor, que estaba esperando.

El chófer accionó el intermitente y se incorporó al tráfico. Los limpiaparabrisas creaban un borrón de aguanieve y neón. Jenna no llevaba abrigo y se puso a temblar. Iba vestida con tejanos, zapatillas deportivas, un suéter ligero y un chaleco negro acolchado.

Trató de pensar y supuso que la llevarían a Shenyang, la ciudad grande más cercana. En el mejor de los casos sólo la acusarían de entrar ilegalmente en el país con documentación falsa, y la usarían como moneda de cambio después de que Pekín presentara una protesta diplomática ante Washington. En el peor, desaparecería en una prisión secreta, encadenada y abierta en canal. El coronel no tendría tanta suerte. Lo que le esperaba no era nada bueno, y Jenna descubrió en ese momento que no estaba preocupada por ella, sino por el destino de Cho.

Una calma extraña la invadió en ese momento crítico. Cuando otros caían en el pánico, el agente de operaciones calculaba. Seguramente podría negociar la liberación de Cho con la información que el coronel ya le había proporcionado... Los chinos estaban tan alarmados como Washington por la capacidad letal del régimen de Kim. Tenía que jugar sus cartas correctamente.

En la hora punta de la tarde, la circulación en el centro de Yanji se había colapsado, pero al cabo de media hora las calles se despejaron. El coche había dejado atrás todas las salidas hacia la autopista y ella ya tenía claro que su destino no era Shenyang. Supuso que se dirigían al sur. Los bloques de edificios eran cada vez más dispersos; dejaron atrás los barrios periféricos y se alejaron del entorno urbano, acelerando hacia el sur a través de zonas industriales y campos de cultivo vacíos, apenas visibles en la oscuridad invernal que iba cayendo con rapidez.

La calma de Jenna empezó a resquebrajarse. Tenía miedo.

Al sur de Yanji no había nada más que la frontera norcoreana.

Su respiración se volvió agitada; se notaba las axilas empapadas.

—Señor —le dijo a Chaqueta de Cuero—, ¿podemos hablar un momento?

Chaqueta de Cuero permaneció inmóvil en el asiento del copiloto.

—Podría ofrecerles algo sumamente beneficioso para todos ustedes —dijo Jenna, mirando a los dos policías—, si quisieran parar para que podamos hablar un minuto.

El coche aceleró.

Un sol rojo se estaba poniendo detrás de unas amenazadoras nubes de nieve y, ante ella, la carretera se extendía hacia el sur bajo los copos arremolinados..

«Oh, Dios mío, no...»

• • •

Los dos policías chinos miraron a Cho, que seguía tumbado en su estera de dormir debajo de una manta, con los brazos ocultos. Se oyó el crepitar de una radio.

—Levántese y vístase —dijo uno de los hombres en mandarín.

Encendió la luz del techo y buscó la ropa de Cho, pero no encontró ninguna prenda.

Cho los miró con interés. Su aparición en el cuarto no lo había sorprendido del todo. El grito de Jenna lo había alertado. Los dos policías eran jóvenes, apenas tenían veinte años. Caras inexpresivas. Ojos apagados. ¿Habían acabado su formación? Él estaba acostumbrado a tratar con asesinos expertos, dotados de una ferocidad que no había visto en ningún otro grupo de personas. En cambio, las fuerzas de seguridad del Estado chinas habían enviado a dos muchachos a detenerlo. A él, a Cho, que había escapado del Campo 22. Esbozó una débil sonrisa. Si hubiera sido el mismo de siempre, se habría sentido insultado. Cho estaba dispuesto a apostar hasta su último yuan a que esos chicos nunca habían disparado sus armas de servicio.

—¡Vamos, arriba! —dijo el mismo policía. Tenía acento pueblerino.

—No puedo moverme —repuso Cho en tono calmado, hablando en mandarín—. He sufrido una grave herida en la espalda. Si quieren sacarme de aquí, tendrá que ser en una camilla.

—¿De qué está hablando? Muéstremelo.

El policía se quitó los guantes y retiró la manta. Cho tenía las manos debajo del cuerpo, como si se estuviera sosteniendo la espalda para alejar la columna vertebral de la presión del suelo. El policía intentó dar la vuelta a Cho, pero se detuvo cuando éste soltó un grito de dolor.

Los policías se miraron.

La radio que uno de ellos llevaba prendida en la solapa crepitó.

—Vamos, Wang. ¿Cuál es tu situación? Cambio.

El agente que estaba de rodillas le dijo al otro:

—Trae la camilla de la furgoneta.

· · ·

El paisaje se estaba volviendo más desolado, convirtiéndose en un llano pétreo interminable, ondulado, surcado de rocas hasta donde alcanzaba la vista. De vez en cuando, algún ventisquero blanqueaba la vista. Jenna no vio ningún signo de vida.

Un poco más allá, la carretera empezó a discurrir en paralelo a una vía de ferrocarril. El sol casi se había puesto y, por un caprichoso fenómeno lumínico, las nubes exhibían un color melocotón y mandarina. El coche frenó y se detuvo en la cuneta. Estaban en medio de ninguna parte. Allí no había nada más que la carretera y la vía del ferrocarril. Jenna estaba sola, esposada, en territorio hostil. Sus temores empezaron a transformarse en un terror negro.

Una ejecución encubierta. Habían elegido el lugar adecuado.

Incapaz de contener el temblor de su voz, Jenna dijo:

—Señor, no sé lo que quiere de mí, pero lo conseguiré con una simple llamada telefónica...

Chaqueta de Cuero sonrió.

—Cállese.

Jenna trató de reflexionar, de planear una estrategia, pero tenía las manos inmovilizadas, no disponía de espacio para dar una patada y los cuatro hombres estaban armados. De repente, sintió una inmensa tristeza por sí misma. Por lo que nunca llegaría a ser. Por el futuro que nunca vería... Chaqueta de Cuero encendió un cigarrillo y bajó la ventanilla para fumar. El conductor encendió la radio... Peng Liyuan cantaba una balada patriótica con el fondo de un coro masculino. El conductor estaba tamborileando en el volante con los dedos y Chaqueta de Cuero miraba por la ventanilla.

Sin embargo, esa ejecución era muy extraña, carecía del aire furtivo y de la energía oscura que suelen preceder a toda acción infame. De todos modos, ¿quién era ella para buscar razones? Ocurriría. De lo contrario, ¿por qué la habían llevado hasta allí? Tal vez estaban esperando al verdugo.

El policía que iba a su derecha murmuró algo en mandarín a los otros y levantó el teléfono móvil. No había cobertura.

Chaqueta de Cuero se sobresaltó ligeramente y lanzó el cigarrillo por la ventana.

En el horizonte por el norte, aproximadamente a un kilómetro y medio, Jenna vio una forma de color verde oscuro que avanzaba despacio hacia ellos. Un tren.

Chaqueta de Cuero sacó algo de la guantera, bajó del coche y trepó por la pendiente rocosa hasta las vías del ferrocarril. De pie en las vías, sostuvo en alto una bandera naranja en una mano y una linterna en la otra. Estaba haciendo señas a un tren que se dirigía hacia Corea del Norte desde... ¿dónde? ¿Pekín?

Jenna observó la escena con atención. Los faros del tren centellearon una vez, reconociendo la señal. Ya había reducido la velocidad.

Poco después, el convoy se detenía delante de ellos con un largo silbido, una sacudida de los empalmes entre vagones y un chirrido de frenos. Un hedor a acero quemado alcanzó a Jenna a través de la puerta abierta del coche.

Era un tren inmenso y mucho más alto de lo normal. La parte delantera de la locomotora estaba adornada con una gran estrella blanca entre dos banderas rojas. Los vagones estaban pintados de verde oscuro. Algunos no tenían ventanas; otros sí, de cristal negro tintado. Dos de ellos estaban equipados con cañones antiaéreos: uno, cerca de la parte delantera; el otro, en la parte posterior del tren. Con unos trazos metálicos brillantes, en el lateral de la locomotora podía leerse el nombre en coreano: «ESTRELLA DEL NORTE.»

Se abrieron las puertas y bajaron decenas de soldados con cascos.

Chaqueta de Cuero abrió la puerta trasera del coche. Los policías chinos sacaron a Jenna del vehículo y, agarrándola por los brazos, la pusieron en la gravilla, de cara al tren.

Jenna no podía dejar de temblar.

Los soldados habían tomado posiciones a lo largo de todo el convoy, sosteniendo sus Kalashnikov en diagonal sobre el pecho. Por unos momentos, no ocurrió nada. Seguían cayendo copos de nieve. Una brisa helada levantó los faldones de los abrigos largos de los soldados. Finalmente, apareció un oficial en una puerta del tren e hizo una seña a Chaqueta de Cuero con un movimiento del dedo.

El hombre retiró las esposas a Jenna y, casi con cortesía, la condujo del brazo por el terraplén de rocas hacia el tren. El oficial le tendió la mano para ayudarla a subir al vagón. La pesada puerta se cerró con un chirrido detrás de ella.

Cho observó al policía, en cuyo rostro se reflejaba la pálida luz del teléfono móvil mientras comprobaba los mensajes con una mano y se hurgaba la nariz con la otra. Fuera estaba anocheciendo. Oyeron el ascensor. Había vuelto su colega.

—No hay ninguna camilla en la furgoneta —dijo.

El otro miró a Cho.

—Bueno. Lo levantaremos nosotros.

Cho volvió a hablar otra vez con voz calmada y firme:

—¿Qué creen que pasará si me devuelven a Corea del Norte paralizado del cuello para abajo? ¿Cómo lo explicará su capitán? —Les sonrió—. Será mejor que encuentren una camilla.

Uno de ellos soltó una maldición y le dijo al otro:

—Contacta por radio con los chicos de la comisaría de Onsong. A ver si tienen una camilla.

En el interior insonorizado del tren, Jenna oyó el sonido de su respiración entrecortada.

Por los altavoces sonaba una melodía folclórica coreana para instrumentos de viento. Apenas se oía. El oficial le señaló el camino, empujándola suavemente por la cintura a través de una serie de compartimentos: una sala de conferencias con una larga mesa bruñida, un salón amueblado con cómodos y abigarrados sofás y una barra con espejos, una sala de comunicaciones con una serie de pantallas planas y oficiales del ejército sentados hablando por radio. Uno de ellos la detuvo y la repasó de la cabeza a los pies con un detector de metales manual. Le quitó las llaves y el teléfono.

Cuando pasaron al siguiente vagón, el agente le ordenó que esperara. Jenna se hizo a un lado cuando alrededor de una docena de mujeres con largos vestidos de seda *hanbok* salieron del compartimento de delante. Varias caras empolvadas de blanco se volvieron fugazmente hacia ella, dejando a su paso una nube de dulce perfume. Sostenían instrumentos musicales: cítaras y flautas. El oficial reapareció. De nuevo hizo avanzar a Jenna, empujándola suavemente hasta lo que parecía un gran vagón comedor, donde sólo había dos soldados, de pie junto a la puerta del fondo, y un anciano de baja estatura vestido de beis sentado a una mesa, comiendo solo. La puerta de detrás de Jenna se cerró. La fragancia de las mujeres todavía flotaba en el aire.

—¿Doctora Williams? —dijo el anciano, llevándose una servilleta a la boca—. Gracias por venir. —Se levantó con cierta dificultad y le sonrió—. Por favor, únase a mí.

Como si estuviera en un sueño, Jenna no pudo hacer otra cosa que quedarse mirando a aquel hombre. Era Kim Jong-il.

53

Cuarenta kilómetros al sur de Yanji
Provincia de Jilin, China

Avanzó unos pasos como buenamente pudo. Con la mente bloqueada por la conmoción, parecía que las piernas funcionaran con piloto automático. No podía apartar los ojos de Kim Jong-il, que ahora se había recostado en su asiento, ya plenamente concentrado en la comida.

Había una docena de platitos extendidos ante él. Con unos palillos de plata, cogió un pequeño bocado de uno de ellos y masticó con lentitud.

Había un lugar reservado para Jenna, con una copa de cristal sobre el mantel.

—Por favor —dijo Kim, haciendo un gesto con los palillos para que Jenna se sentara.

En el lado de Kim, la cortina de la ventana estaba corrida, de manera que no entraba ninguna luz del exterior. Las lámparas del vagón tenían pantallas de cristal naranja, pero aquella tenue luz no lograba ocultar la fragilidad de aquel hombre.

Jenna se sentó.

De cara a ella, encorvado en su asiento, se hallaba la Estrella Guía del Siglo Veintiuno, el Amado Líder, un hombre cuya imagen había sido labrada en mármol, moldeada en bronce, pintada en óleos, serigrafiada sin fin, reproducida en inmensos mosaicos de cristal, mostrada por cien mil escolares que sostenían tarjetas de colores y proyectada en las nubes del cielo. Su nombre estaba grabado en ideogramas de seis metros de alto en la ladera rocosa del monte Paektu, sonaba temblorosa en los altavoces, lo cantaban coros del ejército, lo invocaban los niños al dar las gracias por la comida en la mesa, lo loaban los oradores ante las multitudes. Era un nombre que había firmado centenares de volúmenes sobre todo tipo de temas, desde la fertilización con nitratos hasta el arte del cine, un nombre adjudicado a infinidad de escuelas, universidades, fábricas, tanques y lanzacohetes. Era el nombre que gritaban los cuadros del Partido, en un acto de lealtad desesperado, cuando se enfrentaban al pelotón de fusilamiento, el nombre que acechaba a los desertores en sus sueños, por más que se alejaran de su reino.

Sin embargo, el poder absoluto no había detenido la decadencia de aquel cuerpo. El famoso cabello ahuecado escaseaba y parecía quebradizo; Jenna entreveía el cuero cabelludo. Unas arrugas profundas enmarcaban la boca y hacían que las mejillas se hundieran al comer; la piel era de un gris cremoso, con las manchas propias de la edad. Con las enormes gafas descansando en una nariz pequeña y femenina, no parecía tanto un hombre como un homúnculo, que se mantenía vivo por puro poder.

—Antes siempre tenía mucho apetito en estos viajes —dijo con vaguedad—. Ahora la comida ya no me sabe a nada. —Señaló un plato con los palillos—. El brote de helecho helado limpia el paladar. La gelatina de huevo de codorniz combina bien con el faisán asado, cazado en mi propio coto. Esto es pulpo frito con nuez de gingko, preparado por mi chef de *sushi*. Pero ¿sabe cuál es el mejor manjar de esta mesa? —Miró a Jenna con aire divertido—. ¡El pan! Me lo han traído en avión esta mañana desde Jabarovsk.

Su voz sonaba tenue y seca, quebrada por un leve tartamudeo. Le temblaba el brazo izquierdo y un lado de su cuerpo parecía inmovilizado, como si hubiera sufrido un ictus.

Jenna pensó que a aquel hombre le quedaban menos de cinco años de vida.

—No... tengo hambre.

Un hombre joven, de aspecto inmaculado con su chaquetilla blanca, apareció al lado de Jenna, le hizo una reverencia con la mano puesta en el corazón y le llenó la copa con aguardiente de una botella dorada que dejó en la mesa.

—Baedansul —dijo Kim Jong-il, volviendo la etiqueta hacia ella—. Destilado para mí por el Instituto de Ciencias Básicas. Tiene ochenta grados de alcohol, así que mis médicos no me dejan ni probarlo... —Soltó un resoplido sarcástico—. Cuando me atienden les tiemblan las manos. Pero si no les temblaran... entonces debería preocuparme.

Estaba bebiendo algo que parecía vino tinto rebajado con agua. Levantó la copa hacia ella en un brindis, pero Jenna no se movió.

—¿Por qué me han traído aquí?

Kim dejó de comer y su semblante experimentó un mínimo cambio, tornándose menos benigno.

Hizo una señal al joven asistente para que retirara los platos, luego levantó la mano y con un movimiento de muñeca mandó salir a los soldados que estaban detrás de él.

Dudaron.

—Gran General, nosotros...

—¡Dejadnos! —Cerró los ojos.

Levantar la voz lo había debilitado. Los soldados salieron por la puerta trasera. La boca de Kim adoptó una expresión neutral, pero sus minúsculos ojos brillaban como alfileres.

—El símbolo de Estados Unidos es el águila, ¿no? Un ave que planea. Y el orgullo de Corea es el paisaje montañoso que araña el cielo. No hay ningún obstáculo que no podamos superar si lo abordamos juntos.

A Jenna no se le ocurrió ninguna respuesta para ese comentario sentencioso.

—Si la gente me trata con diplomacia —continuó Kim—, me vuelvo diplomático, y ojalá me trate usted diplomáticamente, doctora Williams. —Removió un poco su copa y tomó un sorbo—. Durante años, mi padre fue un guerrillero que combatió a los ocupantes japoneses en Corea. Pasó inviernos enteros metido en cuevas de las montañas de la provincia de Ryanggang, con mi madre y una banda de rebeldes devotos. De día superaban a los imperialistas por pura pillería, de noche entonaban canciones en la nieve en torno a la hoguera. Era una vida sencilla, heroica. Entonces llegó la Revolución en el cuarenta y ocho, y mi padre ya no fue el líder de una pequeña banda de rebeldes, sino de un país de millones de habitantes. Así que nuestra nueva nación se convirtió en una extensión de la vida que él había conocido. Somos una nación guerrillera en conflicto con el mundo. Ése es el Estado que heredé. Es lo que somos. No hay nada que pueda hacer para cambiarlo sin que todo se derrumbe.

Suspiró como un hombre que, tras haber bebido profusamente de la copa de las experiencias vitales, se siente cansado. Posó el vino en la mesa.

—Usted y yo no somos muy distintos —dijo con una leve sonrisa—. Su vida, como la mía, se formó hace mucho tiempo a partir de la infelicidad y de varios sucesos que escapan a su control. Ninguno de nosotros ha elegido ser la persona en la que nos hemos convertido.

Jenna notó que le ardían las orejas al presentir, de forma vaga e imprecisa, que estaba a punto de ser chantajeada.

—Usted no me conoce —contestó. Una leve sensación de náusea estaba empezando a fermentar en su estómago.

Kim Jong-il apartó la cortina unos centímetros y miró al exterior. El Volkswagen negro que había llevado a Jenna hasta allí continuaba esperando en la carretera paralela a la vía. Chaqueta de Cuero estaba de pie junto al vehículo, desafiando al frío mientras fumaba. El soldado con casco apostado debajo de la ventana permanecía inmóvil como una estatua. Los copos de nieve se fundían en el cañón de su Kalashnikov. La última luz del día se había retirado al horizonte en una paleta de rojos y violetas amenazadores. Unas pocas estrellas perforaban el cielo entre las nubes.

—Hace un año, usted escribió un informe secreto para Panetta, el director de la CIA. En él sugería un cambio radical en la actitud de Estados Unidos hacia mí. Su idea consistía en eliminar todas las sanciones y los embargos a mi país, todas las restricciones relativas a los viajes, la banca y el comercio. Defendió nada menos que un cambio radical en la política estadounidense. Fue una propuesta valiente, audaz. La secretaria de Estado se opuso, pero por presiones de la Casa Blanca, según tengo entendido, compartió discretamente el contenido de su informe con los chinos y los surcoreanos, y después con los rusos. Estaba muy sorprendida, a juzgar por sus mensajes de correo electrónico, de que ninguno de ellos le hubiera dado una respuesta negativa. La semana pasada, en un correo enviado a su presidente, escribió que sus recomendaciones le parecían acertadas. Está lista para hacerlo público y para presionar en la ONU...

Jenna lo miró con frialdad. «O sea, que se trata de eso.»

—...y una vez que lo haya hecho público, el presidente le dará su pleno apoyo.

Kim Jong-il posó de nuevo su mirada en ella. Como la última luz del día se reflejaba en sus gafas, Jenna no podía interpretar su expresión, pero la voz se tornó fría.

—Usted dirá a la secretaria de Estado que ha reconsiderado su informe. Que, después de hacer un examen de conciencia, se le han planteado graves dudas. Y que, en su experta opinión, todas las sanciones y los embargos contra mi país deben mantenerse a perpetuidad.

Hubo una larga pausa antes de que Jenna respondiera con frialdad:

—Su país es pobre y está aislado por las sanciones.

—¿Cree que no sé lo que está haciendo? —Una corriente de rabia se había colado en su voz, pero entonces se obligó a mostrar una expresión más conciliadora, y Jenna captó la trascendencia de sus palabras—. Mi pueblo está formado por niños inocentes. Exponerlos a las tormentas de la economía global y a todas las influencias perniciosas del mundo moderno los... los sometería a tensiones que no podrían soportar.

Jenna murmuró, casi para sí misma:

—Y, además, mientras tengan hambre, sean pobres y estén desinformados, no podrán levantarse contra usted. —Sintió una punzada de puro desprecio hacia aquel hombre—. ¿Qué le hace pensar que yo haría algo así?

—Creía que era perfectamente obvio. —Presionó un botón en el lateral de la mesa.

Detrás de él se abrieron las puertas del fondo del compartimento, dando paso a una mujer vestida con un *hanbok* de seda azul pálido.

Jenna se levantó de un salto.

Su hermana llevaba la larga melena negra recogida a la espalda y la piel de caramelo maquillada con polvos blancos. Parecía una muñeca grotesca, con el rostro inexpresivo y la mirada vacía y vidriosa.

Sin siquiera mirarla, Kim Jong-il levantó un dedo para indicarle que se acercara.

Jenna observó a Soo-min, que avanzaba hacia ella como una vampiresa. Se puso a temblar y se dio cuenta de que estaba llorando.

Finalmente, habían conseguido una camilla. Los dos policías estaban de pésimo humor. El que había ido a buscarla relucía de sudor y no dejaba de maldecir, pero Cho permaneció como si no se diera cuenta, mirando al techo desde su colchón, sin mover un músculo. Dejaron la camilla a su lado, en el suelo.

—Con cuidado —dijo—, lo mejor será que se pongan uno a cada lado y me levanten muy despacio, y que uno de los dos me aguante la cabeza.

Se agacharon uno a cada lado de la estera y le pasaron las manos por debajo para levantarlo.

—Eso es —dijo Cho, haciendo una mueca—. Despacio, despacio...

—Soo-min... soy yo. —Las lágrimas surcaban el rostro de Jenna. Extendió los brazos—. Soy Jee-min.

Soo-min se detuvo al lado del dictador. Mantuvo la cabeza baja, evitando mirarla, pero Jenna pudo sentir las emociones de su hermana agitándose detrás de esa fachada como si fueran llamas detrás de un cristal. Kim Jong-il se inclinó ligeramente para tomar la mano de Soo-min y posársela en el hombro, en un gesto íntimo que a Jenna le revolvió el estómago.

—Me alegro mucho de ser el artífice de su reencuentro —dijo.

Ella se lanzó a abrazar a Soo-min, pero su hermana permaneció rígida e indiferente, como si Jenna fuera una desconocida.

—Por favor, dense un abrazo —dijo Kim Jong-il gesticulando—. Estamos en familia.

Muy despacio, Soo-min levantó los brazos como un maniquí y rodeó los hombros de Jenna, y notó que el corazón de su hermana latía violentamente. Tenían las mejillas juntas. El sonrojo calentaba la piel de Soo-min.

—Mi querida hermana... —dijo Soo-min con una voz extraña que parecía desconectada de su cuerpo, como si fuera una grabación. Su rostro se congeló en una sonrisa—. Te ofrezco mis saludos socialistas y te deseo éxito en tus esfuerzos por el bien de mi pueblo.

La fatiga había desaparecido del rostro de Kim Jong-il para dejar paso a una sonrisa astuta.

Soo-min soltó a Jenna. Le hizo una profunda reverencia a Kim Jong-il, susurrando «Gran General», y retrocedió lentamente hacia la puerta sin dejar de doblar la cintura.

Jenna empezó a seguirla, pero Soo-min levantó la cabeza y le lanzó una clara advertencia con la mirada. Desapareció con la misma rapidez con la que había aparecido.

A Jenna se le había secado la boca. Cogió la copa de cristal y tomó un trago antes de recordar que era un aguardiente de ochenta grados. Tosió y sintió que se le encendía la cara. Le temblaban las piernas, y decidió sentarse antes de derrumbarse.

Kim Jong-il rió suavemente.

—Ojalá yo también pudiera tomar una copa de ese licor... Ah, pero... —Se dio unos golpecitos en el pecho. Sus pequeños dedos eran blancos como larvas—. Espero que ahora lleguemos a un acuerdo. Yo garantizaré personalmente la seguridad de su hermana. —Su mirada se endureció—. Sin embargo, lamento no poder decir lo mismo del traidor Cho Sang-ho. Esta noche lo tendremos de nuevo a buen recaudo.

Jenna sintió que el alcohol se le subía a la cabeza. Una agitación insoportable le invadió el cuerpo. Como no sabía qué hacer con las manos, las metió en los bolsillos de su chaleco acolchado; al hacerlo, tocó el extremo de un paquete de cigarrillos.

«Los cigarrillos de Cho...»

En ese momento, se sintió poseída por una sensación extraña, como si de repente hubiera hallado una solución sencilla para una ecuación imposible.

—Temo haberla impresionado en exceso, doctora Williams. Está temblando. Tómese la bebida.

—Perdóneme... me fumaría un cigarrillo, si me lo permite.

—Por supuesto.

Sacó el paquete de su bolsillo.

—Double Happiness —dijo Kim con una nota de lamento—. La mejor marca de China. Otro placer que se me ha prohibido. —Pulsó un botón en el lateral de la mesa.

Jenna abrió el paquete y se llevó un cigarrillo a los labios, con un temblor en la mano. No tenía ni idea de cuál de los dos había sido manipulado por Cho. Estaba jugando a la ruleta rusa. El asistente masculino apareció con un grueso cenicero de cristal y un encendedor de mesa cromado, que Kim Jong-il tomó de sus manos.

—Una mujer hermosa no debe encenderse un cigarrillo ella misma.

Kim acercó la llama del encendedor al extremo del cigarrillo de Jenna.

Ella dio una breve calada, observando el color anaranjado de la punta del cigarrillo. Tenía el gusto inconfundible del tabaco, y sintió que su temblor empezaba a calmarse.

Entonces se centró en su actuación, plenamente y sin pensarlo dos veces.

Ofreció a Kim el segundo cigarrillo.

El conflicto se dibujó en el rostro del hombre al resistir la tentación.

—Lástima. Órdenes del médico.

—Una pena —dijo Jenna, reclinándose en la silla y soltando el humo—. Habría sido una buena anécdota para mis futuros hijos explicarles que compartí un cigarrillo con el hombre más poderoso de Asia.

Un deleite casi infantil surcó el rostro de Kim, como si la observación de Jenna le hubiera dado el permiso que necesitaba.

—En ese caso, sería una falta de educación rechazarlo.

Extrajo el cigarrillo del paquete y se lo llevó a la boca.

Sintiendo la fuerza del destino, Jenna encendió el pesado mechero de cromo y, al acercárselo a Kim, se fijó en que estaba grabado: «CON MI AMISTAD, DE V. V. PUTIN, 2001.»

Kim Jong-il dio una profunda calada y cerró los ojos con placer.

—Cuénteme —dijo, expulsando el humo mientras hablaba—, ¿de quién fue la idea de rescatar a Cho de esa desdichada orilla? ¿Suya?

—Sí.

—Es usted genial. —Rió de nuevo—. Su operación de la CIA fue tan rápida que pilló a los chinos echando la siesta...

Sin apartar los ojos de él, Jenna dio otra calada, esta vez más profunda. Llevaba años sin fumarse un cigarrillo. Había olvidado aquella sensación mareante. Aquel efecto calmante y estimulante al mismo tiempo. Miraba intensamente a Kim, en busca de cualquier señal de que el cristal de metanfetamina empezaba a hacer efecto. Una sobredosis, había dicho Cho. Lo bastante alta para matar.

—Adoro las historias de rescates —continuó Kim, dando otra calada—. Sobre todo en las películas. Son historias que cautivan al público y provocan su respuesta emocional.

—Salvo que este rescate termina con la muerte de Cho y la prolongación del encarcelamiento de mi hermana.

Kim pareció no oírla y se volvió hacia la ventana, súbitamente reflexivo.

—Desde luego, podría ser una película. —Sostenía el cigarrillo en ángulo cerca de su rostro, como una estrella de cine—. El tema sería la devoción por el deber y la bondad innata del alma coreana...

Jenna dio otra calada nerviosa. El escozor de la garganta no se parecía al que ella recordaba. De hecho, al exhalar se formaba una especie de neblina...

Se tocó la muñeca.

Se le estaba acelerando el pulso. Empezó a notar un leve sudor en la frente. La tenue náusea que había sentido desde su entrada en el compartimento se estaba intensificando, mezclada con un leve pero inconfundible acceso de euforia.

«Ah, mierda...»

Apagó el cigarrillo frenéticamente.

Kim Jong-il seguía hablando y mirando por la ventanilla. Jenna se notó el rostro caliente, enrojecido. ¿Cuánto había fumado? ¿Tres, cuatro caladas...?

—Por amor a su hermana, atravesó el mundo en busca de ella, y al hacerlo encontró su verdadera vocación: servir a la gente. Ése será el argumento. Usted no gozó de las ventajas de su hermana... Por supuesto, no pudo experimentar los beneficios del socialismo, la liberación de nuestra ideología, la emoción embriagadora de un movimiento de masas...

La droga empezaba a hacer efecto. Se le llenaban profundamente de aire los pulmones cada vez que respiraba. Sabía que tenía las pupilas dilatadas.

—... pero es la coreana que hay en usted la que triunfa sobre la raza inferior que lleva mezclada en la sangre...

Jenna sintió un hormigueo en la boca del estómago, una ardiente sensación de euforia que amenazaba con inundarle todo el cuerpo.

—Yo mismo orientaré a los guionistas. —Se volvió hacia ella—. Y me encargaré del mon...

Kim Jong-il se quedó paralizado, cautivado por la transformación de Jenna. Tenía los ojos iluminados, grandes y brillantes, y al respirar alzaba los hombros como una poderosa fiera. Le dio la impresión de que estaba creciendo ante sus ojos.

Jenna se dio cuenta de que la sensación de náusea se estaba evaporando, sustituida por una claridad mental muy estimulante y por una especie de hiperagudeza: sus sentidos estaban atentos al menor detalle. Casi podía ver el trabajoso latido del debilitado corazón de su interlocutor, oír las conversaciones de los soldados en la sala de guardia detrás de la puerta del fondo...

En voz baja dijo:

—Me ha preguntado si tenemos un acuerdo. —Empezó a levantarse lentamente de su asiento—. No lo tenemos. —Sus ojos permanecieron fijos en los de Kim—. No hay puente que no esté dispuesta a quemar, ni tierra que no vaya a arrasar... con tal de recuperar a mi hermana.

De pronto, Jenna se levantó ante él, y Kim Jong-il la observó con su cautela característica, que ahora había adquirido una expresión de alarma. Sus dedos todavía sujetaban el cigarrillo a medio fumar. De repente, su mano izquierda se movió para presionar algo oculto bajo la mesa. Un botón de emergencia.

La puerta del fondo se abrió de golpe y los dos soldados de la Guardia Suprema llegaron corriendo en auxilio del Líder con sus AK-74. Durante tres segundos, Jenna fue invisible para ellos. Sólo respondían a las necesidades de Kim. Ambos eran altos y de constitución fuerte, como velocistas de cien metros, pero eso no la preocupaba.

413

«En física newtoniana, la potencia de un golpe experimenta un aumento cuadrático con respecto a la velocidad del golpe, mientras que con respecto a la masa del objeto que golpea el aumento es solamente lineal.»

Kim Jong-il estaba señalándola. Ambos se volvieron hacia ella.

«En otras palabras...»

El que estaba más cerca se lanzó a sujetarla. Jenna giró su cuerpo noventa grados y levantó la pierna para soltarle una patada demoledora en plena mandíbula. El impacto del talón provocó el crujido de un hueso.

«... la velocidad genera más potencia que el tamaño.»

El hombre cayó como un árbol, desplomándose en la silla al lado de Kim Jong-il. El segundo soldado quiso desenfundar su pistola. Con la rapidez de un relámpago, Jenna agarró el pesado encendedor de cromo de la mesa y lo lanzó con toda la fuerza de su brazo. Le acertó en el ojo con tanta potencia que el encendedor se partió en dos y el líquido inflamable que contenía se derramó por la mesa y la cortina que tenía detrás.

Por un momento, sólo se oyó la respiración de Jenna y el aullido del soldado cuyo ojo acababa de aplastar. El otro estaba inconsciente.

Jenna sintió que un manto de poder le cubría los hombros. Era invencible.

Al coger el arma del soldado inconsciente, Jenna vio que era del modelo AKSU, la versión reducida del fusil de asalto AK-74, diseñada para disparar de cerca. Le gustó su agarre, su peso... Quitó el seguro.

Kim Jong-il tosió. Durante un instante irreal, Jenna casi se había olvidado de él. Estaba golpeando con los nudillos en la ventana, tratando de atraer la atención del soldado apostado en el exterior, cuyo casco alcanzaban a ver desde dentro. El cristal, sin embargo, estaba herméticamente cerrado y blindado, y ahogaba cualquier sonido.

Kim tosió de nuevo, una tos violenta, seca, y se desabrochó la cremallera del cuello de la chaqueta. Buscó su vaso a tientas. Jenna cogió su copa de Baedansul, se la entregó y observó con fascinación cómo tragaba el aguardiente de ochenta grados. La tos se convirtió en una especie de arcada brusca, y el rostro del dictador se puso de un color ciruela oscuro.

Jenna movió la cabeza. Se estaba distrayendo. Tenía que encontrar a Soo-min.

Estaba a punto de salir corriendo en la dirección que había tomado Soo-min, cuando de pronto la puerta se abrió tras ella. Entraron dos soldados más, mirando al compartimento con incredulidad. Tantearon torpemente las cartucheras.

Jenna los apuntó con el AKSU. El fusil corto, en modo automático, disparó una ráfaga fugaz. Tenía un gran retroceso. Heridas como amapolas se abrieron en el pecho de los hombres. Los dos cayeron hacia atrás. Otro soldado apareció tras ellos. Una nueva ráfaga, y Jenna también acabó con él.

Una onda de euforia la recorrió desde las puntas de los pies hasta la coronilla. Era Diana la cazadora, una diosa que disparaba flechas de plata. Apuntó con el cañón humeante del AKSU al otro extremo del vagón.

Un auricular de radio había caído al suelo, emitiendo un crujido de comunicaciones frenéticas.

Estaban a punto de converger todos los soldados del tren en aquel compartimento a menos que ella desviara su atención. El cigarrillo encendido del dictador había caído al suelo. Jenna lo recogió y lo lanzó al líquido inflamable del mechero, que goteaba desde la superficie de la mesa.

Una llama clara y brillante recorrió el fluido con un estallido sonoro. Al cabo de un segundo, una de las cortinas de la ventana se había encendido y desprendía un humo blanco y acre.

Enseguida sonó la alarma a lo largo del tren, ahogando cualquier otro ruido. En el exterior, los soldados echaron a correr desde sus puestos.

Jenna no estaba segura de por qué echó una última mirada a Kim Jong-il. Tal vez fue la conciencia de haber compartido un momento del destino, o la simple curiosidad. La desesperación de la tos del dictador quedó silenciada por la alarma. No podía respirar; se estaba ahogando, era como si respirara en el vacío, y se le habían empezado a hinchar los ojos como huevos. Qué poco hacía falta para acabar con la vida de su corazón enfermo. Una pequeña mezcla tóxica de alcohol, humo y terror. Se le habían caído las gafas en la mesa. Por un instante, sus ojos buscaron los de Jenna, como implorándole ayuda. «Muérete», pensó ella, mientras el cuerpo de Kim se sacudía por las convulsiones. La gran cabeza rebotó hacia atrás y luego, con un leve estertor, se derrumbó sobre el pecho.

Los dos policías estaban agachados a ambos lados de Cho. Se habían quitado los guantes, las gorras y las chaquetas y estaban totalmente concentrados en acercarlo hacia la camilla.

—Eso es —murmuró Cho entre dientes—. Adelante...

Sudaban profusamente. Cho les veía en el cuello el latido del pulso.

De repente, la manta se levantó. Con la rapidez de un lagarto, los brazos delgados de Cho se alzaron con los puños apretados hacia ellos.

Uno de los policías se volvió hacia él, con los ojos como platos de pura incredulidad. El otro cayó a cuatro patas. Un burbujeo le salió de la garganta.

Cada policía tenía una jeringuilla clavada en el cuello.

Uno de ellos forcejeó con Cho y se arrancó la aguja. La jeringuilla estaba vacía. Había recibido la dosis completa.

Jenna echó a correr, sosteniendo el AKSU en ángulo. Tenía una energía ilimitada y un único deseo: encontrar a Soo-min.

Corrió hacia las puertas del fondo y se metió en un pequeño cuarto de guardia, que estaba desierto. A su izquierda, la puerta del tren que daba al exterior se abrió y dejó entrar un viento gélido. Un soldado con casco estaba subiendo. Con dos fugaces movimientos, Jenna lo golpeó en la cara con la culata del AKSU y le soltó una patada en la parte superior del pecho que lo lanzó disparado hacia atrás. La puerta estaba blindada y era enorme, hecha de un grueso acero a prueba de explosiones. Jenna la cerró con los dos brazos y bajó el cierre.

Siguió adelante por un pequeño pasillo y dejó atrás un lavabo. El espacio cerrado amplificaba el sonido de la alarma. Jenna abrió la siguiente puerta con cuidado y la cerró a su espalda.

La escena que vio podría haberla desconcertado, pero en su alterado estado mental simplemente notó que una sonrisa radiante se extendía por su rostro.

Soo-min estaba sentada con un grupo de críos, unos siete u ocho niños y niñas con las caras ocultas en los pliegues de su vestido *hanbok* de seda azul o bajo sus brazos. Algunos se tapaban los oídos para protegerse del ruido. Las cortinas del vagón estaban corridas. La única luz procedía de una pantalla plana montada en la pared que reproducía una película infantil de animación. El espacio estaba dispuesto como una cómoda sala de estar, con sofás y sillones.

Jenna sabía que eran algunos de los niños medio coreanos que había visto en la mansión. Uno se volvió hacia ella. Era del sudeste asiático, pero tenía el cabello castaño, y de repente se vio a sí misma a través de sus ojos. Una occidental con tejanos y enloquecida por las drogas que era exactamente igual que la mujer que lo protegía.

Todavía con el AKSU en ángulo, Jenna tendió su mano izquierda y movió los dedos, apremiando a su hermana por encima del sonido de la alarma.

—¡Soo-min, vamos!

Se oyó un golpe tremendo en la puerta: una bota que pretendía derribarla a patadas. Los niños empezaron a chillar y llorar.

Los ojos de Soo-min centellearon de terror. Hizo que los niños se pusieran en pie y los llevó a la puerta del fondo del vagón, lejos de Jenna. Todos se aferraban con fuerza a ella mientras corrían.

Al otro lado de la puerta se oían gritos de soldados y un retumbo de botas.

Jenna siguió a su hermana, pero después de hacer salir a los últimos niños por una puerta al final del vagón, Soo-min la cerró, se dio media vuelta y apoyó la espalda en ella con actitud protectora.

Jenna cambió al inglés.

—Susie, vamos.

La salida que Soo-min acababa de cerrar era su única vía de escape.

Otro golpe tremendo impactó en la puerta por la que había entrado Jenna.

Su hermana estaba paralizada, con una expresión difícil de interpretar. Mostraba miedo, confusión y... algo más, algo que inquietó a Jenna, pero en ese momento la distrajo una repentina sacudida del suelo. El tren empezaba a moverse.

Cho se incorporó lentamente sobre los codos, observando a sus captores retorciéndose y jadeando en el suelo. Sus movimientos se estaban haciendo más lentos. Aquel sedante debía de ser potente. O también podía ser que sufrieran alguna clase de conmoción, lo cual, dada su juventud, era muy posible. Cho fue consciente por primera vez de que estaba completamente desnudo bajo la manta. Se puso de pie en la estera y apoyó la pierna herida en el suelo. No le dolía en absoluto, seguramente por el efecto de la oxicodona que Lim le había dado para el dolor. ¿Qué le habría ocurrido a Lim?

Oyó un ruido parecido a un borboteo que provenía del suelo, se volvió y vio que uno de los policías estaba intentando alcanzar su cartuchera. Cho se lanzó hacia él antes de que pudiera cogerla, sacó la porra antidisturbios de la funda que el hombre llevaba atada a la cintura y, sin perder la calma, lo golpeó en el cráneo. Un golpe para dejarlo sin sentido. El otro estaba noqueado por la droga. Cho esperó un momento con la porra levantada, hasta que lo oyó soltar un suave ronquido.

Sin perder un segundo, empezó a desnudarlo. Era aproximadamente de su misma estatura, aunque, después de su paso por el campo de prisioneros, el cuerpo de Cho era mucho más delgado.

Minutos después, un hombre con el uniforme azul marino y las botas de la policía de seguridad del Estado chino corría por el vestíbulo después de haber inutilizado los botones del ascensor con un fuerte golpe de porra. La acera estaba cubierta de aguanieve y la calle congelada brillaba como la sangre húmeda bajo los letreros de neón carmesí. Cho registró los bolsillos del uniforme que llevaba puesto. Encontró un teléfono móvil, que tiró a un contenedor de basura, y las llaves de un vehículo. Pulsó el botón de desbloqueo y oyó un campanilleo y vio parpadear las luces de una furgoneta BMW sin identificar, a diez metros de allí, en medio de la fila oscura de coches aparcados.

—Genial —murmuró Cho.

. . .

La puerta del compartimento se abrió de golpe de una patada y tres, cuatro soldados irrumpieron empuñando fusiles semiautomáticos. Jenna no dudó ni un milisegundo. Abrió fuego con el AKSU, derribándolos con una ráfaga de balas hasta que vació el cargador. Empezó a entrar un denso humo gris, que procedía del incendio del vagón comedor.

Un soldado yacía gritando en el suelo con una herida en el estómago. Jenna le quitó el cargador del arma y lo insertó en la suya. Entre los aullidos de la alarma y a través del humo, vio a dos hombres más que se estaban asfixiando, y dio por hecho que el fuego en el vagón comedor tenía que estar ya ardiendo con fuerza, lo que sin duda impedía la llegada de más refuerzos.

Levantó el AKSU otra vez y apretó el gatillo, disparando al humo del pasillo. Apenas podía distinguir ya las siluetas de los dos cuerpos bajo el brillo naranja intermitente de las llamas procedentes del vagón comedor.

Jenna retrocedió y agarró a Soo-min del brazo, tirando de ella a través de la puerta que habían derribado los soldados y llevándola hacia la pesada puerta del compartimento de guardia, sin soltar el arma que sostenía en la otra mano.

La puerta no se desbloquearía mientras el tren estuviera en movimiento. Jenna hizo un gesto para que Soo-min se apartara hacia atrás y disparó tres balas al cristal, que en medio de un estruendo ensordecedor se hizo añicos y estalló en un millar de fragmentos. Una ráfaga de aire helado dejó a Jenna sin aliento. El tren estaba ganando velocidad.

Jenna sujetó la mano de Soo-min con fuerza y gritó:

—¡Vamos a saltar!

—¿Adónde vamos?

—A casa.

Sus ojos se encontraron y, por un breve instante, cuando las estrellas y las llamas se reflejaron en las pupilas de Soo-min, Jenna supo que no había perdido a su hermana del todo.

Se acercaban a un ventisquero. Saltaron, y el tren en llamas rugió hacia el sur en la noche.

• • •

Cho se puso el cinturón de seguridad y accionó la llave de contacto. El potente motor se encendió con suavidad y el salpicadero se iluminó. Depósito lleno. La radio de la solapa volvió a crepitar.

—Wang, ¿me recibes? ¡Vamos! Cambio.

Cho dudó. El mandarín pueblerino no era tan difícil. Pulsó el botón.

—Eh, aquí Wang. Vamos a tardar un rato. El prisionero está herido en una camilla y el ascensor no funciona. Cambio.

—Recibido. Vamos a enviar ayuda. Cambio.

—¡No, no hace falta, ya nos encargamos nosotros! Ya sabes, tenemos que hacer ejercicio. Si no vuelvo a llamarte, es porque estamos cargando con el cabrón.

Arrancó del cuello de la chaqueta el clip de la radio, abrió la puerta y lo tiró por una alcantarilla. Se estaba inclinando sobre la guantera para buscar un mapa de carreteras cuando la consola del salpicadero llamó su atención. Unos caracteres en mandarín decían «INTRODUZCA DESTINO». Desconcertado, tocó la pantalla y tecleó con indecisión: S-H-E-N-Y-A-N-G.

La pantalla se configuró y le mostró una ruta por la autopista G-1212 Jilin-Shenyang y una gran flecha roja.

Distancia: 717 km.

Tiempo: 7h 44 min.

Cho negó con la cabeza. Increíble. Era como ser testigo de un truco de magia. Entonces una suave voz femenina que hablaba en chino casi le hizo saltar de su asiento.

«Cuatrocientos metros más adelante —le avisó la voz—, gire a la izquierda e incorpórese a la autopista G-1212.»

Jenna hizo salir a los hombres del Volkswagen Bora pidiéndoles a gritos auxilio. Caminaron hacia ella con las linternas encendidas: Chaqueta de Cuero, los dos policías chinos y el chófer. Ella sostenía a una tambaleante y temblorosa Soo-min, vestida sólo con un *hanbok* de seda suelto. En la espalda de Soo-min, entre los pliegues de su vestido, Jenna ocultaba su AKSU. Cuando los hombres estuvieron lo bastante cerca para verles la cara, levantó el arma y disparó por encima de sus cabezas. Los hombres se quedaron paralizados. Los faros del Volkswagen apuntaban en otra dirección, y las caras de los hombres estaban en sombra. El objetivo de Jenna era llegar hasta el coche. Ahora le castañeteaban los dientes, y a Soo-min le ocurría lo mismo. La temperatura estaba descendiendo muy rápido.

—¡Las armas al suelo! —gritó Jenna al viento.

Ninguno de ellos se movió, y ella se preguntó si alguno entendía el coreano.

Disparó otro tiro al suelo delante de ellos, levantando una nube de nieve. Todos se protegieron los ojos.

—Suelten las armas o el siguiente tiro destrozará una rótula y el siguiente agujereará un pulmón.

Lentamente, los hombres sacaron sus armas y las tiraron.

—¡Túmbense en el suelo! ¡Boca abajo!

Se pusieron de rodillas.

—Mi querida hermana —susurró Jenna, sin dejar de apuntar a los hombres—, por favor, recoge sus armas.

Los hombres debían de pensar que estaban en un sueño extraño. Una mujer norcoreana del tren personal del Amado Líder se había acercado flotando entre rocas y hielo como una dama de un cuento de hadas, y ahora estaba recogiendo sus armas, amedrentándolos, mientras el tren en llamas se alejaba hacia el horizonte.

Poco después, Jenna y Soo-min estaban sentadas en el Volkswagen, con los cinturones puestos y circulando a toda velocidad por el páramo en dirección a Yanji.

Jenna estaba bajando del subidón que había experimentado en el tren. El efecto de la metanfetamina empezaba a desvanecerse. Volvía a adoptar la actitud de una agente de campo, calculando probabilidades con calma, adelantándose a los peligros.

Sintió que la gran cantidad de preguntas que tenía para Soo-min aumentaba como la presión de un dique, pero podían esperar hasta que llegaran a Shenyang. Mientras conducía tan sólo podía mirar de reojo de vez en cuando el perfil de su hermana. No daba crédito al milagro de estar a su lado. Soo-min, Susie. Tanto que decirle y todo el tiempo del mundo para decirlo. Soo-min se limitaba a mirar a la carretera, con los ojos claros y vidriosos, sin decir nada, respirando con jadeos cortos y tenues. Jenna reconoció los síntomas de la conmoción.

En los aledaños de la ciudad de Yanji, tiró el AKSU y las pistolas en un campo y aceleró para incorporarse a la autopista. La policía seguiría el rastro del coche por el transpondedor en cuanto se diera la alarma, así que abandonaron el vehículo en la estación de autobuses de Changchun a las 23.15 h. Allí, por un precio generoso, Jenna contrató un taxi para el resto del viaje hasta Shenyang.

54

Autovía G-1212 Shenyang-Jilin
Noventa kilómetros al este de Meihekou
Provincia de Jilin, China

Cho llevaba unas dos horas conduciendo. Se sentía descansado y alerta, aunque tenía hambre. No había encontrado ningún tentempié en la furgoneta y no se atrevía a entrar en una estación de servicio. Su mayor preocupación era tener que parar en un peaje de la autopista, donde mayor era el riesgo de que lo detuviera la policía. Seguramente ya habrían dado la alarma en Yanji. Sin embargo, no había peajes en aquella autopista, sólo carteles amarillos de «COBRO DE PEAJE ELECTRÓNICO». Había apagado el navegador, y aun así no podía desprenderse de la sensación de que estaban siguiéndolo. En la cartera del teniente Wang había una pequeña cantidad de dinero en efectivo. Cho ya había decidido deshacerse del vehículo en Meihekou, adonde llegaría en aproximadamente una hora. Allí compraría un billete de autobús para el resto del viaje hasta Shenyang. Tendría que cambiarse de ropa. Estarían buscando un uniforme de policía.

«Ya te preocuparás por eso más adelante.»

Se dirigía al oeste a través de las estribaciones de las montañas Changbai. La autopista trazaba curvas y ondulaciones a través del paisaje, cruzando de vez en cuando un puente tendido sobre la profunda garganta de un valle. ¡Qué inhóspita era la provincia de Jilin en invierno! Lo único que quedaba de la luz del día era un turbio brillo naranja detrás de las montañas, a la izquierda.

Parecía una reacción química. Una gruesa capa de nieve cubría las cumbres, de un gris pálido en la penumbra. Cho vio a su derecha las luces y la llamarada de una enorme refinería de petróleo de esquisto y percibió su hedor tóxico.

La carretera se prolongaba sin fin en la oscuridad. Habían echado arena y sal, pero aun así había hielo en los márgenes. Cho sujetó el volante con más fuerza. El tráfico era escaso y rápido. Un camión gigante lo adelantó, meciéndolo en su estela y salpicándolo de aguanieve marrón. Cho no se atrevía a ir más deprisa, no quería dar a las patrullas de la autopista ningún motivo para pararlo.

Encendió la radio. La música lo calmaría. Una banda de chicas chinas tocaba una melodía aprobada por el Estado con cítaras y flautas. Empezaba a notar de nuevo una punzada de dolor en la pantorrilla. Sacó otra cápsula de oxicodona del bolsillo de la camisa, se la tragó sin agua y volvió a distraerse pensando en su hijo.

Durante los meses en que había estado en el Campo 22, no había pasado ni una sola hora de un solo día en que no hubiera pensado en él. Libros, su único hijo, su hombrecito. ¿Cuál era la broma que se escondía detrás del mote? Cho lamentó no recordarlo. Evocó su carita vuelta hacia él, su bonita sonrisa. El libro de acertijos que siempre llevaba en las manos. Un niño inocente que amaba a los animales... En el oscuro reflejo del retrovisor, Cho vio su propia sonrisa y sus ojos anegados en lágrimas. La sonrisa desapareció de su rostro. Daría cualquier cosa por saber qué le había ocurrido a Libros. Nunca, nunca lo sabría. La posibilidad de que estuviera muerto era demasiado terrible para considerarla siquiera, aunque lo había atormentado en sueños. En realidad, no creía que su hijo estuviera muerto, aunque era inimaginable que le hubieran permitido regresar a Pyongyang. ¿Le habrían dicho que renegara de su padre y lo condenara como traidor? Casi seguro. ¿Lo creería? Cho esperaba que no. Esperaba que su hijo mantuviera la verdad en algún rincón de su corazón que el Partido nunca encontraría, y eso lo reconfortó. Le parecía que su hijo lo conocía mejor que ningún adulto. De la madre del niño, en cambio, Cho tenía menos dudas. La intuición le decía que la habrían convencido enseguida. De hecho, Cho había empezado a perderla antes de caer en desgracia, y le sorprendió darse cuenta de que hasta entonces no había sido consciente de ese distanciamiento. Cuánto debía de despreciarlo. Cómo debía de maldecir el día en que lo había conocido.

Era curioso, pero cuando trataba de evocar la imagen de ellos tres como la familia que podrían haber sido, juntos y felices, ya fuera posando en verano para una fotografía junto al mar en Wonsan, o en otra vida, en algún lugar completamente distinto, en Nueva York, con la estatua de la Libertad al fondo, no era la cara de su mujer la que veía a su lado, sino la de Jenna.

Jenna, que había cruzado el mundo para rescatarlo a él, un miserable don nadie que lo había perdido todo. Una sombra de hombre... Jenna no sabía que él conocía su verdadero nombre.

Movió suavemente la cabeza. Tener la libertad de amar a una mujer como ésa... Ni siquiera se atrevía a imaginarlo.

Trató de pensar dónde podía estar ella en aquel momento y lo asaltó la preocupación como un ardor en el estómago. Esperaba que no le hicieran daño. Los chinos tenían prisiones secretas, agujeros negros invisibles para Occidente, donde no había reglas para interrogar a los espías. Pero recordó que ella era una ciudadana estadounidense. Y eso le confería una protección mágica. Jenna procedía de un universo gobernado por leyes y derechos humanos. No podían maltratarla como lo habían maltratado a él. Fuera como fuese, Jenna estaría bien.

Cho miró otra vez por el retrovisor. A cierta distancia vio los faros de un coche solitario que circulaba a la misma velocidad que él. ¿Estaban siguiéndolo? Hacía mucho rato que lo llevaba detrás.

Entre las nubes de nieve que se movían con rapidez, Cho distinguía de vez en cuando el brillo tenue de las estrellas. Una media luna brillante se estaba levantando, y su luz confería un tono azul apagado a la nieve. Tenía por encima el firmamento entero, girando, indiferente, y al pensarlo se sintió muy pequeño y le pareció que sus problemas eran irrelevantes. Su hermano estaba muerto. Su querida madre, que nunca había dejado de amarlo ni de creer en él, casi con toda seguridad también lo estaría. Él no era más que una combinación temporal de átomos, provisional y efímera, como casi todo lo demás. Le esperaba el mismo destino que a todos los seres. El mundo seguiría girando sin él. Nadie lo recordaría.

No había advertido en qué momento se había detenido el tráfico al otro lado de la mediana. Todos los carriles que discurrían en sentido contrario estaban vacíos. ¿Un accidente, tal vez?

Entonces algo destelló en su retrovisor y vio las luces, a unos dos kilómetros detrás de él.

Al principio no supo lo que era. Sólo veía luces multicolores que, como una siniestra atracción de feria, se mantenían a distancia, aunque iban acercándose poco a poco. Hasta que Cho comprobó que al coche solitario que lo seguía se le habían unido otros tres que avanzaban en paralelo, uno en cada carril, y varios más detrás, todos con las luces largas, los intermitentes encendidos y las luces rojas y azules rotando: un banco silente de luz que se acercaba.

No le sorprendió ni le dio miedo.

Apagó la radio. Sólo se oía el zumbido del motor, el rugido del viento y los rotores distantes de un helicóptero, que fue acercándose hasta que Cho pudo distinguir el ritmo de sus palas. Levantó la mirada, pero no alcanzó a verlo a través del techo solar.

Los pocos coches que tenía por delante en la carretera se estaban deteniendo en el arcén.

Al cabo de un momento, estaba cegado. Un faro blanco intenso lo enfocaba desde arriba y seguía su movimiento, iluminándolo en el interior de la furgoneta como el rayo de sol que la lupa concentra en una desdichada hormiga. Tenía la sensación de estar suspendido en una piscina deslizante de luz. Trató de mantener la vista fija en la carretera.

Esbozó una sonrisa para sí.

De modo que no iban a correr riesgos. Al fin y al cabo, había reducido a dos policías y había robado el cinturón y la cartuchera de Wang con su arma de servicio modelo 92. Era un criminal fugitivo armado.

Se sentía en calma. Respiraba con firmeza.

La autopista coronaba una pequeña colina. Pisó a fondo para acelerar. Los coches de la policía que lo seguían mantuvieron la distancia.

Al otro lado de la colina, Cho vio la emboscada. Al final de un largo puente había una barricada formada por decenas de coches de la policía, con las luces rojas y azules encendidas. El puente se extendía sobre otra garganta del valle. Cegado por el resplandor, Cho no podía ver lo profundo que era. Finalmente, levantó el pie del acelerador.

Se detuvo hacia la mitad del puente. Apagó el motor y se quedó quieto un momento. El batir del helicóptero era muy ruidoso, lo tenía justo encima. A su alrededor, el puente estaba bañado en un brillo blanco azulado, como un escenario. La falange de coches de la policía también se había detenido detrás de él, a una distancia de seguridad cerca de la entrada al puente.

Una voz metálica atronó desde el aire.

«Policía Armada del Pueblo. Salga del vehículo con las manos levantadas.»

La voz amplificada no rebotó ni resonó. Fue devorada por la oscuridad, y Cho percibió que la caída desde el puente era muy larga.

Soltó el aire despacio. Nunca se había sentido tan vivo, tan presente en el momento. Tan... en paz.

De todos los finales que había imaginado desde que empezaron sus problemas, sabía que ése era el correcto. El que estaba destinado a tomar. Tal vez nada de lo que había hecho en su vida podría haber cambiado ese final. Las casualidades no existían.

Despacio, salió del coche. Dio unos pasos por la carretera y levantó las manos débilmente. Las luces lo enfocaban desde arriba, desde atrás y desde delante. Vio las siluetas de los policías con cascos que se acercaban.

—¡Quédese donde está! —rugió una voz desde el cielo.

Se volvió y comprobó que también se acercaban por detrás.

Su respiración levantaba una amplia nubecilla de vapor blanco en el aire congelado.

Alzó la mirada para ver las estrellas por última vez, pero la luz del helicóptero lo cegó y la corriente de aire que producía le sacudió la ropa y el pelo.

«Estoy listo —pensó—. Hace mucho que lo estoy.» Bajó los brazos.

—¡Mantenga los brazos en alto!

Con cuatro largas zancadas, alcanzó la barrera de protección.

—¡Quédese donde está!

Con dos movimientos rígidos había pasado por encima de la barrera.

—¡Alto! ¡No se mueva!

Se había sujetado a la barrera y se inclinaba por encima de un abismo negro. El aliento de la noche aulló a través del valle, lacerándole el rostro, ensordeciéndolo, congelándole las lágrimas de los ojos. Debajo vio el vacío. Ah, sí, era lo bastante profundo...

Era el momento de saltar.

Mientras caía, con el viento alborotándole el pelo, Cho se sintió liberado de toda necesidad de comprender, de toda necesidad de saber. Y, en ese momento, lo comprendió todo.

55

Consulado de Estados Unidos
Shenyang, provincia de Liaoning, China

Las habitaciones de invitados del consulado de Estados Unidos en Shenyang —un extenso bloque severo de hormigón— parecían las de un hotel barato de Alemania del Este, pero a Jenna nunca le había importado que la cama fuera dura. Soo-min había estado durmiendo prácticamente desde que habían llegado, tensas y exhaustas, a las tres de la madrugada. Llevaban doce horas allí.

Le había dolido tener que decirle al jefe local de la CIA que había fracasado en su misión, que había perdido a Cho Sang-ho, el activo norcoreano más importante de cuantos habían intentado desertar. De no ser por él, tal vez nunca se habría descubierto la verdad sobre el programa de cohetes. Sin embargo, cuando describió lo sucedido en el tren de Kim Jong-il en un informe urgente enviado a Charles Fisk vía JWICS, el Sistema Conjunto de Comunicaciones de Inteligencia Mundial que usaba la CIA para las comunicaciones encriptadas de alto secreto, la reacción de Langley la sorprendió.

Había dado por hecho que le caería un rapapolvo por la carnicería que había causado, una reprimenda formal, una suspensión de servicio en espera de investigación, pero Fisk estaba impresionado.

—Te negaste a aceptar el soborno y recuperaste a tu hermana, una ciudadana estadounidense secuestrada.

El director de la CIA, que fue informado de inmediato, se alegró de poder comunicar al presidente que Kim había muerto antes de que saltara la noticia. De hecho, ya habían pasado dos días, y Corea del Norte aún no lo había anunciado.

—Siento mucho lo de Cho —dijo Fisk—, pero ahora, cuando vuelvas, nuestra prioridad absoluta será obtener información de Soo-min.

«¿Qué?»

Tal vez Jenna, cegada por el amor hacia su hermana, no lo había visto venir.

—Según lo que dijiste, puede que Soo-min haya formado parte del séquito de Kim durante años —arguyó Fisk—. Podría ser una mina de oro de información y conoce de primera mano el Programa Semilla. Conoce a todos esos chicos. Con su ayuda, los encontraremos.

«¿Y qué haremos con ellos?»

Jenna sintió un deseo inmediato y feroz de proteger a Soo-min. Estaba preocupada por ella. Su hermana gemela apenas había hablado durante el viaje a Shenyang. Ni siquiera le había preguntado por sus padres, y Jenna había decidido esperar el momento adecuado para decirle que Douglas había muerto. Sólo una vez había visto alguna reacción en su hermana. Fue al llegar a las puertas del consulado, cuando, ante la visión de los policías, Soo-min se había encogido de terror y había vuelto la cara hacia ella. Jenna le había apretado la mano y le había dado un beso.

—No tienes nada que temer. No eres una fugitiva. Eres ciudadana de Estados Unidos.

Soo-min todavía no había pronunciado ni una palabra en inglés.

—Me preocupa que mi hermana pueda estar sufriendo los efectos de un trauma severo —le dijo Jenna a Fisk—. Podría no reaccionar bien a un interrogatorio.

—Tenemos personal en Langley preparado para interrogar a activos con estrés postraumático —apuntó Fisk. Fueron sus últimas palabras antes de desconectarse. Fin de la conversación.

Después, tumbada en la habitación de invitados, Jenna observó a Soo-min, que respiraba con suavidad. Dormida, cuando su cara estaba apacible y en reposo, parecía ella otra vez. Pero Jenna sabía que, en cuanto su hermana se despertara, la máscara volvería a su lugar y de nuevo se mostraría cautelosa, vigilante, distante.

430

Un enigma. Parecía llevar algo en su interior, algo oscuro como un tumor. Jenna se había puesto el collar con el pequeño tigre de plata para que Soo-min lo viera, y esperó a que ella abriera los ojos con la esperanza de pillarla desprevenida.

—¿Quién es Ha-jun? —dijo en voz baja, hablándole en coreano.

Soo-min no se movió, y durante un rato Jenna pensó que su hermana prefería no oír sus preguntas.

—Has susurrado su nombre mientras dormías.

Soo-min se enderezó. El cabello le caía sobre la cara, pero tenía los ojos fijos en Jenna. Con una voz que era apenas un susurro, contestó:

—Mi hijo.

«¿Tienes un hijo?» Jenna sintió que algo cedía en su corazón.

—¿Era uno de los niños de la mansión?

Soo-min asintió de manera casi imperceptible, su rostro permanecía inexpresivo.

—¿Sigue ahí?

Después de una pausa tan larga que Jenna pensó que su hermana había regresado permanentemente al silencio, Soo-min dijo:

—Me lo quitaron... cuando tenía ocho años.

—¿Por qué?

—Por muchas razones.

Jenna se sintió abrumada al intuir la gran cantidad de temas inexplorados que tenían por delante, como nuevos continentes que emergían de la niebla.

Poco a poco, entrecortadamente, como si estuviera aprendiendo un nuevo idioma, Soo-min empezó a responder a las preguntas de Jenna. Era como si estuviera palpando en la oscuridad en busca de herramientas mentales abandonadas mucho tiempo atrás, y Jenna comprendió que aquel proceso no hacía más que empezar. El verdadero regreso al mundo de Soo-min llevaría tiempo, tal vez meses, incluso años.

Al principio, le desconcertó oírla hablar con el acento coreano típico del Norte. Durante más de un año, explicó Soo-min, ella y Jae-hoon, el chico de la playa, habían permanecido retenidos en un complejo residencial custodiado que compartían con cuatro parejas de japoneses secuestrados muchos años antes.

—Nuestros responsables nos obligaron a casarnos. Jae-hoon es el padre de mi hijo.

Jenna supuso que Sin Gwang-su, el secuestrador, había sido una amenaza constante para su hermana en el complejo. Pero, tras el nacimiento del hijo de Soo-min, madre e hijo habían sido trasladados a la mansión del complejo de Paekhwawon y, por razones que Jenna no acabó de entender, Soo-min no había vuelto a ver a Jae-hoon. Soo-min aseguró no conocer su destino. Era como si los recuerdos del tiempo anterior a su llegada a la mansión todavía conservaran el brillo de un camino que Soo-min podía describir, y cada vez que sus ojos conectaban con los de Jenna, ésta sentía que el magnetismo que siempre las había unido se activaba, intentando conectarlas de nuevo aunque sin lograrlo del todo. Sin embargo, en cuanto la historia llegaba a la mansión, todo se cubría otra vez de misterio. Fuera cual fuese el rol que Soo-min había desempeñado allí, no iba a contarlo, el secreto estaba oculto detrás de demasiadas puertas, pero Jenna había visto con sus propios ojos que Soo-min tenía un fuerte vínculo con los niños de la mansión. No debía de haber sido fácil para ella dejarlos atrás.

Entonces Jenna preguntó:

—¿Por qué estabas en el tren de Kim?

La luz se apagó en las pupilas de Soo-min; bajó la cabeza y no dijo nada más.

«Está prohibido hablar del General», pensó Jenna.

Soo-min no dio ninguna señal de reconocer el collar de plata.

Durante el desayuno, el cónsul le dijo a Jenna:

—Tiene usted amigos en puestos altos. Acabo de recibir un mensaje de correo de la secretaria de Estado en persona. A su hermana le darán un pasaporte provisional estadounidense. Mañana se irán las dos.

Después de desayunar, Jenna llamó a su madre y le dijo que la esperara en el edificio de llegadas del Aeropuerto Internacional Dulles de Washington. Le dio los datos del vuelo.

—¿Desde cuándo tengo que ir a recogerte al aeropuerto? —preguntó Han.

Jenna había fantaseado muchas veces con ese momento, se había imaginado dándole la buena nueva a Han, pero ahora se sentía

432

nerviosa, como si estuviera entregando un regalo tan frágil que podría romperse en las manos de su madre.

—Soo-min está conmigo.

La línea quedó en silencio. Jenna pudo percibir el impacto de sus palabras como una explosión debajo del agua.

Han trató de decir algo, pero su voz se entrecortó al pronunciar el nombre de su hija, y entonces ella y Jenna se pusieron a llorar en silencio; lágrimas calientes rodaron por sus mejillas a miles de kilómetros de distancia.

—Déjame hablar con ella —dijo Han.

—Todavía no se ha recuperado, *omma*. Mejor espera a verla.

Ese día, Jenna también pensó mucho en Cho. Si era sincera consigo misma, perderlo en Yanji había sido algo más que un fracaso profesional. No podía dejar de pensar en él, lo recordaba en aquella habitación del piso franco, mirándola tímidamente desde la estera de dormir, con la luz de las nubes de nieve reflejada en sus ojos, demasiado digno y avergonzado para que ella viera su cuerpo, su corazón con cicatrices de... pérdida, afecto, arrepentimiento. Jenna nunca había conocido a nadie que hubiera pasado por semejantes pruebas. Había leído suficientes libros de historia para saber que las condiciones extremas —como la guerra, el hambre o los campos de concentración— sacaban lo peor de los hombres; sólo a unas pocas personas muy especiales les sacaban lo mejor que tenían. El hombre que Jenna había visto en esa habitación no se había convertido en un animal ni en un monstruo. Había resplandecido de humanidad. Se había encontrado a sí mismo.

56

Aeropuerto Internacional de Pekín-Capital
Pekín, China
Lunes, 19 de diciembre de 2011

Sentadas una junto a la otra, las gemelas estaban tomando café en la zona de tránsito del Aeropuerto Internacional de Pekín. Llevaban botas de ante exactamente iguales, tejanos ajustados, camisetas Benetton y chaquetones de plumas. Años atrás, de niñas, nunca se habían vestido de forma idéntica. Jenna no estaba segura de por qué había comprado las mismas prendas para las dos, pero tenía una vaga conciencia de querer forjar de nuevo una identidad compartida con Soo-min, y el hecho de no haberla sentido de manera espontánea la inquietaba. A Soo-min le molestaban los tejanos y no paraba de rascarse las piernas. Una de las pocas cosas que le dijo en el aeropuerto fue que, durante años, sólo había llevado vestidos *hanbok*.

Jenna se dijo que, con la ayuda necesaria, Soo-min recuperaría poco a poco su antiguo yo. Si su hermana tenía problemas para afrontar las tensiones del mundo libre y la pérdida de su hijo, ella sería su roca y su guía. Haría lo que hiciera falta para que su Soo-min tuviera una vida normal y feliz.

Estaban a punto de salir por la puerta cuando la pantalla del televisor en la pared captó su atención. La noticia, emitida en directo en la cadena China Central Television News y subtitulada en mandarín, procedía de Corea del Norte. Habían dejado pasar tres días antes de anunciar lo sucedido. La presentadora iba vestida con un *hanbok* negro. Tenía los ojos enrojecidos por el llanto y el rostro letalmente pálido.

Jenna miró a la pantalla con una expresión impasible.

—Ahí está...

«Nuestro gran camarada... nuestro Amado Líder... el secretario general del Partido de los Trabajadores, jefe de la Comisión de Defensa, Comandante Supremo del Ejército Popular de Corea...»

La voz de la mujer se entrecortaba por la emoción.

—Han anunciado nuestro vuelo —dijo Jenna—. Debemos ir para allá.

«... Kim Jong-il...»

Soo-min estaba observando la pantalla con una expresión extraña en el rostro, una especie de embeleso.

«... Genio de Genios, Estrella Guía del Siglo Veintiuno, Padre de la Nación, Líder de Todos los Pueblos Socialistas, Sol Brillante de la Idea Juche, Amigo de los Niños...»

Soo-min parecía incapaz de apartar los ojos de la pantalla. Suavemente, Jenna la obligó a levantarse y la condujo en dirección a la puerta.

En la larga cinta mecánica, trató de distraer a Soo-min hablándole de las desastrosas y cómicas «citas» que Han le había preparado con varios hombres que a Jenna no le gustaban nada, pero Soo-min parecía no oírla. La noticia se estaba reproduciendo en todas las pantallas que encontraban a su paso.

«... sufrió un infarto de miocardio a bordo de su tren, causado por la excesiva tensión física y mental de toda una vida dedicada a la causa del pueblo...»

En la sala contigua a la puerta de embarque, Soo-min seguía cautivada por las pantallas. Se le había soltado un mechón del pelo y Jenna se lo recogió detrás de la oreja, pero su hermana ni siquiera lo advirtió. Estaba en trance.

«... en todo el país, surgen manifestaciones espontáneas de duelo cuando los trabajadores salen de las fábricas y de las oficinas. Su único pensamiento es unirse al pesar inconsolable de la multitud...»

Las imágenes mostraban masas de personas que lloraban y gemían en las calles nevadas de Pyongyang. Gente que se lanzaba al suelo y se daba puñetazos en la cara, gente que sollozaba y alzaba las manos al cielo.

Esta escena pareció electrificar a Soo-min. De repente, se tapó la boca con la mano para ahogar un grito agudo. Los pasajeros del vestíbulo se volvieron hacia ellas. Antes de que Jenna pudiera decir una palabra, Soo-min había salido disparada de su asiento.

Jenna la siguió de inmediato. Por un momento, tuvo la irreal sensación de que su gemela estaba huyendo de ella, pero entonces vio que sólo entraba en el lavabo.

Los pasajeros del vuelo a Washington habían empezado a embarcar. Jenna miró hacia el lavabo y luego se detuvo, al comprender que Soo-min necesitaba unos minutos para sí misma. El embarque casi había finalizado cuando Soo-min salió por fin. Tenía los ojos hinchados y enrojecidos, pero la agitación que acababa de experimentar ya se había contenido y extinguido. La máscara volvía a estar en su sitio. Se había recompuesto el rostro. Tenía una expresión fría, remota, plácida. Incluso logró sonreír a Jenna cuando ésta se acercó.

Ella la tomó de la mano.

—¿Estás bien?

Soo-min asintió.

El avión se elevó a través de una llovizna gris hasta quedar iluminado por el sol. Soo-min permaneció con la cara pegada a la ventana, mirando las masas de nubes de algodón blancas. Jenna empezaba a darse cuenta de que la mente de su hermana estaba muy lejos de allí, en un lugar extraño que ella no podía ni imaginar y del que no sería fácil hacerla volver. El avión se ladeó hacia el este, hacia el Pacífico, y la cabina se inundó de luz matinal. Jenna contempló el perfil de Soo-min y recordó que ella también había pasado por un infierno semejante al perder a su hermana gemela. El paso del tiempo la había curado y la había hecho más fuerte. El paso del tiempo haría lo mismo con Soo-min.

—En trece horas estaremos en casa —dijo, y entrelazó la mano de Soo-min con la suya.

Esto hizo que Soo-min se sobresaltara y mirara a Jenna. Por un instante —apenas una fracción de segundo— se desprendió de la máscara y Jenna volvió a ver ansiedad, desconcierto... y algo más, algo inflexible y decidido.

Jenna tuvo una intuición repentina y se decidió a hacerle una pregunta:

—¿Por qué saltaste conmigo del tren?

Finalmente, Soo-min se volvió en su asiento hacia Jenna y le cogió las manos. Por primera vez habló en inglés.

—Porque mi hijo está en América.

57

**Campo 22, provincia de Hamgyong del Norte
Corea del Norte**
Jueves, 16 de febrero de 2012

La celda era un cuadrado de cemento, apenas lo bastante grande para tumbarse. Dentro sólo había dos mantas finas y un cubo para las necesidades corporales. La señora Moon calculaba que llevaba retenida en la prisión interna del campo unos dos meses, pero era difícil estar segura. No tenía ninguna ventana. Cada día era idéntico al siguiente y las medidas normales de tiempo parecían haberse trastocado. Los minutos podían alargarse como si fueran horas; en cambio, las semanas volaban. La sacaban para el recuento por la mañana y por la noche en el enorme patio de prisioneros que quedaba junto al edificio de administración del campo, por eso sabía cuándo era de día y cuándo era de noche, y tenía una vaga sensación de que iban pasando los meses. Incluso había identificado señales —un olor más fresco de tierra en el aire, una bandada de somorgujos de alas grises— que le decían que la primavera no estaba lejos. Estos minúsculos detalles habían impedido que cayera en la locura.

Habían superado el recuento de la mañana sin incidentes. Pero sólo llevaba un minuto en su celda cuando la puerta se abrió otra vez y un guardia le ordenó salir. En otros tiempos, algo así la habría llenado de malos augurios —recibir un trato especial de los guardias siempre presagiaba algo malo—, pero ahora ya sólo sentía curiosidad. Hacía mucho tiempo que había perdido las ganas de vivir. Habitaba en una zona fronteriza que no podía llamarse vida, pero que, hablando estrictamente, tampoco podía llamarse muerte. Para su sorpresa, el guardia la condujo al edificio de administración principal, a una zona de recepción que no había visto antes. Estaba resplandeciente y olía a pulimento de suelos. En la pared de detrás del escritorio principal había un retrato fotográfico de un joven regordete al que no reconoció.

Había unos veinte presos reunidos allí, un grupo de hombres y mujeres desaliñados y sucios. Estaban rodeados por una docena de guardias que permanecían apostados a lo largo de las paredes de la recepción como si fuera a celebrarse algún tipo de ceremonia. Seis o siete de los prisioneros parecían incluso mayores que ella. Esqueletos de cabello blanco, tullidos y encorvados.

Así pues, no iban a matarlos de una paliza. No los habrían llevado allí para eso.

Un oficial con unas botas altas muy embetunadas salió de su oficina. Los guardias se pusieron firmes. Los prisioneros hicieron una reverencia de noventa grados.

—Prisioneros... —El hombre de las botas hizo una pausa, esperando a que levantaran la cabeza. Su voz era calmada y clara. Leyó un texto—. Hoy, dieciséis de febrero, Día de la Estrella Brillante, cuando nuestra nación recuerda la abnegada y milagrosa vida de nuestro Amado Líder Kim Jong-il, cuya muerte nunca dejará de ser una herida abierta en nuestros corazones y cuyo espíritu perdura eternamente, el Comité Central de nuestro gran Partido me autoriza a deciros lo siguiente.

El aire en la sala se tensó. Los prisioneros contuvieron la respiración.

—Para honrar la memoria de su difunto padre, nuestro nuevo líder, el Gran Sucesor Kim Jong-un —el agente pronunció las vocales con sonoridad—, en su infinita misericordia, ha concedido clemencia a diez prisioneros cuyas súplicas lo han conmovido, y a todos los presos del campo mayores de sesenta años.

Los ojos de la señora Moon se abrieron como platos. Algunos presos que estaban a su lado empezaron a llorar. La señora Moon miró a su alrededor. Los guardias parecían tan asombrados como los presos. Antes de que ella pudiera empezar a asimilar lo que significaba todo aquello, uno por uno los prisioneros empezaron a hincarse de rodillas.

Con gran esfuerzo y dolor, la señora Moon se arrodilló. Uno de los prisioneros de más avanzada edad perdió el equilibrio y cayó. Nadie acudió en su ayuda.

El hombre de las botas brillantes gritó:

—¡Larga vida al Gran Sucesor!

«Mierda de cabra y de pollo. ¿Así que voy a sobrevivir a este lugar?»

—¡Larga vida al Gran Sucesor!

«No tengo ningún derecho a vivir.»

Le dieron un hatillo doblado que contenía un mono de trabajo que le quedaba grande. Como nadie había sido liberado hasta entonces del Campo 22, la oficina de administración no guardaba las pertenencias originales de los prisioneros. Le entregaron un formulario.

—Léelo con atención y fírmalo —dijo el guardia. El texto indicaba que no podía revelar nada sobre el Campo 22, ni por escrito ni de palabra—. Abre la boca y volverás aquí en menos de lo que tardas en cagar maíz.

El grupo que avanzaba hacia la puerta principal del campo era variopinto. Como supervivientes de un naufragio, pensó la señora Moon. Algunos de ellos, pensó también, estaban demasiado viejos y destruidos para disfrutar mucho tiempo de su libertad. Sus cuerpos no se recuperarían, y el horror los visitaría en sueños. La señora Moon se tambaleó detrás de ellos vestida con aquel mono enorme, bajo la mirada de decenas de guardias que habían acudido a observar el espectáculo con una mezcla de desconcierto y desconfianza en el rostro. Lo que estaban viendo iba contra todos sus instintos, contra todos sus impulsos y su formación.

Era media mañana. El cielo estaba gélido y azul como flor de maíz, y los gorriones se reunían en bandadas y piaban en la hierba amarilla. La señora Moon no sentía ningún alivio en el corazón. ¿Adónde la iban a liberar? Sólo a una prisión más grande, del tamaño de un país. ¿Por qué no había muerto ahí, en un momento elegido por ella, olvidada para siempre, tan sólo un cadáver que nutre a un árbol frutal?

Al otro lado de las puertas esperaba un pequeño grupo de personas. Algunas saludaron y lloraron cuando localizaron rostros conocidos entre los prisioneros. Un niño corrió a los brazos de su padre. Un hijo se abrazó a su madre y se echó a llorar. Los guardias habían informado a las familias de antemano para asegurarse de que los recogieran y no se convirtieran en vagabundos.

La señora Moon vio a un hombre delgado y encorvado que permanecía apartado de los otros, y algo en su interior se fundió. El rostro del hombre se encendió como el de un niño cuando la vio. La ropa de Tae-hyon era un amasijo de harapos remendados. El abrigo le colgaba de los hombros delgados como una cortina, y había perdido tanto pelo que estaba calvo como un bebé. ¡Tenía un aspecto penoso! ¿Cómo se las había arreglado? Que un marido pudiera salir adelante sin su mujer era un milagro, en su opinión.

—Entonces, has sobrevivido —dijo la señora Moon.

Tae-hyon le había llevado una manzana verde. Y también algo más, algo que sacó de la chaqueta y colocó en la palma de la mano de su mujer en cuanto se alejaron del campo.

La señora Moon abrió la mano y el rostro se le arrugó en una sonrisa. Era la primera vez que sonreía en mucho tiempo.

«Benditos sean mis antepasados. Una Choco Pie.»

—De un globo —susurró él—. Cayó en el bosque ayer por la mañana.

Partieron cogidos de la mano por la carretera de tierra. No había llovido en toda la semana y los gorriones estaban aleteando y bañándose en el polvo que cubría la carretera. Cuanto más se alejaban de las puertas del campo, más dulce y más limpio se volvía el aire. La señora Moon dirigió el rostro hacia el tenue calor del sol y aspiró el aire. La primavera no estaba lejos.

Epílogo

El aire de la mañana, fresco y neblinoso, humedecía el cabello del niño que estaba subiendo por la senda. La pinaza formaba una alfombra bajo sus pies descalzos. La luz del amanecer empezaba a atravesar el bosque en rayos oblicuos, disolviendo lentamente las pequeñas nubes blancas que se aferraban a las laderas más altas del valle. En la distancia, al oeste, las montañas de piedra caliza se teñían de ámbar y oro.

El chico se detuvo un momento y escuchó. Era capaz de distinguir entre el canto de un arrendajo y el de un gorrión. De hecho, era capaz de identificar los cinco tipos de pinos locales, conocía el nombre de los afluentes que discurrían por el valle hacia el río Yalú, y podía distinguir los períodos geológicos en los estratos de las rocas que se extendían por el camino. Sabía que había más especies de escarabajo que de ningún otro animal en la tierra. Por la noche, reconocía las estrellas más brillantes de las constelaciones y recordaba su distancia en años luz, y sabía calcular su propio peso en función de las distintas gravedades de cada planeta. Pero todo eso se lo guardaba para él. En el pueblo se habían burlado de él por su acento, le habían robado los zapatos, le habían puesto motes que no sabía lo que significaban y le habían pegado con palos. Pero enseguida se volvió tan sucio y harapiento como ellos, hablaba con la misma brusquedad y tenía tanta hambre que se tragaba orugas vivas y les arrancaba de un bocado la cabeza a las libélulas.

Dejó su saco de leña y se arrodilló para inspeccionar su trampa mortal: una simple roca plana apuntalada con un palo. Si tenía suerte, habría atrapado un conejo o una ardilla... Pero esa mañana todas sus trampas estaban vacías.

De repente, una gran liebre marrón, muerta pero todavía caliente, aterrizó suavemente en el suelo a su lado. El niño se levantó de un salto, buscando su cuchillo de recoger setas. Sentada en la roca grabada con antigua caligrafía china, una anciana lo observaba.

—Parece que madrugo más que tú —dijo la mujer.

Llevaba el cabello plateado recogido al viejo estilo coreano, con una aguja atravesándole el moño, y vestía una chaqueta acolchada de estilo chino. Sus ojos estrechos centelleaban y su rostro tenía el aspecto demacrado de aquel que ha soportado una vida de penurias.

—¿Eres el jovencito conocido como Woo-jin?

El chico la miró y no dijo nada.

—Me dijeron que te encontraría en esta senda.

La mujer se bajó un gran hatillo de la espalda y lo desató. De su interior sacó una pequeña cesta de bambú que entregó al muchacho. Él la tomó sin hacer ninguna reverencia y, al levantar la tapa, encontró cuatro bolas de masa hervida rellenas de verdura, que se metió en la boca con voracidad.

—Llevo meses deambulando por esta provincia —dijo ella, mirándolo comer—. Buscándote.

El chico siguió comiendo sin apartar los ojos de ella, con el rostro inexpresivo.

—Esa cara de bobo no me engaña, jovencito. Sé que puedes leer lo que está escrito en esta roca. Y, cuando te miro, veo la viva imagen de tu padre.

El chico dejó de masticar. Sus ojos se abrieron sorprendidos.

—¿Conoció a mi padre?

—¡Oh, el muchacho habla! —El rostro de la anciana se arrugó en una sonrisa—. ¿Cuánto tiempo hace que nadie te llama Libros?

El bosque estaba en calma, salvo por el canto de los gorriones y el gorgoteo distante de un río de montaña.

—¿Quién es usted? —dijo.

—Me llamo Moon. Soy tu abuela.

Nota del autor

La idea para esta novela se me ocurrió durante una visita a Corea del Norte en 2012, cuando el pequeño grupo de viajeros del que formaba parte fue inducido a participar en alguno de los rituales diarios del culto a Kim. Durante todos y cada uno de los días que duró nuestra visita nos fueron pidiendo que presentáramos nuestros respetos poniéndonos en formación y haciendo una reverencia ante cualquiera de las innumerables estatuas de Kim Il-sung, el fundador del país, conocido como el Gran Líder. Si nos hubiéramos negado, habríamos corrido el riesgo de poner en aprietos a nuestros dos guías, un hombre y una mujer amables con los cuales habíamos llegado a establecer un vínculo sincero.

Para los extranjeros como yo, la mera extrañeza de la vida en Corea del Norte puede infundir una cualidad épica incluso a los sucesos más cotidianos. Salí del país decidido a aprender más sobre él. Mi investigación reveló que mi visita apenas había rozado la superficie y que la verdad sobre Corea del Norte era aún más extraña de lo que había imaginado. Lo que sigue a continuación es información fáctica relativa a los sucesos que se cuentan en la novela.

El programa de secuestros

En las décadas de 1970 y 1980, el Estado norcoreano secuestró a civiles en distintas playas de Japón y Corea del Sur. No se trataba de objetivos militares o políticos importantes, sino de personas escogidas al azar: parejas de adolescentes que contemplaban una puesta de sol, un divorciado que paseaba con un perro, una peluquera local, etcétera. El motivo de esta extraña empresa criminal nunca se ha aclarado del todo. A algunas de las víctimas las obligaron a enseñar la jerga y las costumbres locales a espías y asesinos que se preparaban para infiltrarse en Japón y Corea del Sur; a otras les suplantaron la identidad; a unas pocas les lavaron el cerebro y las enviaron otra vez a casa como espías, pero la mayoría de ellas no tuvieron ninguna utilidad obvia para Corea del Norte. Fueron alojadas en complejos aislados durante décadas y sólo se les permitió un contacto limitado con la población coreana, o murieron en circunstancias misteriosas. Durante años, estos secuestros fueron materia de leyendas urbanas y teorías conspirativas en Japón, hasta que en 2002, durante una visita a Pyongyang, el primer ministro japonés Junichiro Koizumi se quedó anonadado al recibir una disculpa de Kim Jong-il por el secuestro de trece ciudadanos japoneses (la verdadera cifra se elevaba, casi con toda certeza, a varios centenares). Fue la única disculpa pública que hizo Kim; confiaba en que, gracias a ello, Japón entregara miles de millones de yenes en concepto de reparaciones de guerra, pero el tiro le salió por la culata cuando la opinión pública japonesa reaccionó con indignación y exigió que se liberase a los secuestrados.

Además de japonesas y surcoreanas, se cree que existen víctimas de al menos doce nacionalidades más, entre ellas ocho países europeos. La investigación más detallada de los secuestros se muestra en el excelente relato de Robert S. Boynton, *The Invitation-Only Zone* (Farrar, Straus and Giroux, 2016).

El Programa Semilla

Al parecer, Kim Jong-il —quizá porque nunca pudo estar seguro de que los secuestrados estuvieran satisfactoriamente adoctrinados y fueran leales— decidió desterrar la campaña de secuestros en favor del Programa Semilla, que no salió a la luz hasta 2014, con la publicación del extraordinario libro de memorias de Jang Jinsung, *Dear Leader* (Rider, 2014). En un relato con reminiscencias de un episodio de *La dimensión desconocida*, Jang, funcionaria del régimen que trabajó como propagandista del Partido, describe cómo Corea del Norte envió a atractivas agentes al extranjero para que se quedaran embarazadas de hombres de otras razas: hombres de piel blanca, morena o negra. Al mismo tiempo, se secuestró a mujeres de otras razas y se las trasladó a Pyongyang para que mantuvieran relaciones sexuales con agentes norcoreanos. Sus hijos medio coreanos nacieron en Pyongyang, pero tenían aspecto extranjero. El objetivo era crear espías leales nacidos y criados en Corea del Norte y adoctrinados a conciencia. Estos niños viven hoy estrictamente segregados del resto de la población. Sus necesidades son atendidas por la Sección 915 del Departamento de Organización y Orientación, el oscuro órgano mediante el cual Kim ejerce el poder.

Diplomáticos mafiosos y el Departamento 39

En la década de 1970, al gobierno norcoreano le resultaba cada vez más difícil financiar embajadas en el extranjero y ordenó que éstas se autofinanciaran. Usando valijas diplomáticas, que están exentas de registros aduaneros, los diplomáticos norcoreanos empezaron a hacer contrabando de oro, marfil ilegal, dólares falsificados y productos farmacéuticos, así como de drogas duras fabricadas con gran pureza en Corea del Norte para venderlas a organizaciones criminales diversas. Guardias de frontera y perros antidroga han descubierto estos «alijos» diplomáticos en numerosas ocasiones. Algunas embajadas también han estado implicadas en el secuestro de ciudadanos locales, y otras han desviado dinero al Departamento 39, que recauda fondos ilegales para mantener el lujoso estilo de vida de Kim y comprar la lealtad de sus compinches. El mejor relato de la economía ilícita de Corea del Norte se encuentra en *North Korea Confidential*, de Daniel Tudor y James Pearson (Tuttle Publishing, 2015). Este libro también ofrece la explicación más convincente de por qué Kim Jong-un ordenó la ejecución de su tío Jang Song-thaek, el cerebro del Departamento 39.

· · ·

Cristianos

En Corea del Norte no existe la libertad religiosa, salvo, por supuesto, para adorar a Kim. Algunos desertores han asegurado que en las ciudades existen «iglesias caseras» cristianas secretas. Estas «cofradías» cuentan con pequeñas congregaciones que cambian de lugar de encuentro con frecuencia por temor a ser descubiertas, de manera similar a los primeros cristianos. Leen versículos de la Biblia y los copian a mano en trozos de papel. Quien es sorprendido en posesión de una Biblia se enfrenta a la ejecución o a vivir en un campo de trabajos forzados.

En ocasiones, a los visitantes extranjeros los llevan a dos grandes iglesias de Pyongyang, repletas de feligreses que cantan himnos. El libro de memorias de Jang Jin-sung, *Dear Leader*, confirmó lo que muchos sospechaban de esas iglesias: que son una farsa preparada para engañar a los extranjeros y obtener ayuda internacional. Están dirigidas por el Departamento del Frente Unido del Partido de los Trabajadores, y todos los miembros de la congregación son, de hecho, agentes de ese departamento.

El gulag norcoreano

En general, hay dos tipos de campos de trabajos forzados en Corea del Norte. En la primera categoría están los campos para las personas sentenciadas a «reeducación revolucionaria por medio del trabajo», desde los cuales, si sobreviven al castigo, los presos pueden ser devueltos a la sociedad y vigilados atentamente durante el resto de su vida. La segunda categoría, dirigida por el Ministerio de Seguridad del Estado, el Bowibu, la forman los campos extremadamente duros de la «zona de control total» para presos políticos. Allí, los internos tienen pocas esperanzas de ser liberados y trabajan hasta la muerte como esclavos en granjas, fábricas y minas. Se calcula que hay entre 80.000 y 120.000 presos políticos en los campos de la zona de control total, según el libro ya citado de Daniel Tudor y James Pearson.

En ambos tipos de campos, las condiciones son insalubres y dificultan la supervivencia. Las torturas, las palizas, las violaciones, los infanticidios y las ejecuciones públicas o secretas son habituales, como lo es el trabajo extremadamente peligroso sin equipamiento de seguridad ni protección alguna. La mayoría de los presos, sin embargo, mueren de enfermedad y desnutrición, porque las raciones de comida son ridículas y muchos acaban alimentándose de roedores, serpientes e insectos para sobrevivir. De la vida cotidiana en los campos dan testimonio varios extraordinarios libros de memorias de desertores, en especial *The Aquariums of Pyongyang*, de Kang Chol Hwan (Basic Books, 2001; *Los acuarios de Pyongyang*, Amaranto, 2005), y *The Eyes of Tailless Animals*, de Soon Ok Lee (Living Sacrifice Book Company, 1999). Ambos autores escaparon de Corea del Norte después de ser puestos finalmente en libertad. El relato de Soon Ok Lee es uno de los pocos que dan fe del trato brutal a los cristianos en los campos. Las descripciones de la tortura de Cho en el capítulo 43 se basan en el relato de la tortura que Soon Ok Lee soportó en prisión.

En raras ocasiones, un preso puede ser perdonado o liberado con antelación en una fecha especial, como la del cumpleaños del Líder, pero, como ocurre con la puesta en libertad de la señora Moon al final de la novela, eso es puramente arbitrario. A los presos también se les permite solicitar clemencia al Líder. Estas cartas pasan a través del Departamento de Organización y Orientación y, de vez en cuando, algunos individuos afortunados son milagrosamente liberados. Al parecer, en una ocasión Kim Jong-il en persona envió un reloj de oro a un preso cuya petición de clemencia lo había conmovido, pero no autorizó su puesta en libertad.

Algunos analistas se han preguntado por el propósito de los campos de trabajo. Los prisioneros muertos de hambre, raquíticos, son mucho menos productivos que los trabajadores sanos y bien alimentados. Desde el punto de vista económico, en función de su contribución a la riqueza del país, los campos no tienen ningún sentido. Por desgracia, su principal propósito es servir como instrumentos de control. Igual que una democracia que funciona debe tener elecciones libres, una dictadura totalitaria debe tener campos de concentración para mantener el control por medio del terror.

• • •

Culpa por asociación

A menudo se obliga a tres generaciones de la familia de un condenado, incluidos los niños y los ancianos, a sufrir el castigo con él. Las familias comparten la misma choza dentro del campo. Los niños nacidos en los campos —el más famoso de los cuales es Shin Dong Hyuk, cuya asombrosa historia se narra en *Escape From Camp 14*, de Blaine Harden (Viking, 2012; *Evasión del Campo 14*, Kallas, 2014)— cargarán con la culpa de sus padres y lo único que les espera es crecer, trabajar y morir allí dentro.

Los norcoreanos también cargan con la culpa percibida de sus antepasados por el sistema *songbun*. Este sistema de castas, exclusivo de Corea del Norte, divide a la población en tres clases: leales, dudosos y hostiles, en función de lo que hicieran los antepasados del padre justo antes, durante y después de la fundación del Estado en 1948. Si entre tus antepasados hubo obreros y campesinos que lucharon en el lado correcto durante la guerra de Corea, se clasifica a tu familia como leal. Si, en cambio, entre tus antepasados hubo propietarios de tierras, comerciantes, cristianos, prostitutas, cualquiera que colaborara con los japoneses durante el período de gobierno colonial, o cualquiera que huyera al Sur durante la guerra de Corea, entonces se clasifica a tu familia como hostil. A los miembros de esta clase —alrededor del cuarenta por ciento de la población— se los asigna a granjas, minas y trabajos de baja categoría. Sólo la clase leal puede vivir en Pyongyang y tiene la oportunidad de unirse al Partido de los Trabajadores y la libertad de elegir una carrera.

En la novela, lo que le sucede al coronel Cho está inspirado en las experiencias de Kim Yong, que, de niño, fue adoptado de un orfanato por una familia leal de Pyongyang. Cuando revisaron su partida de nacimiento en los procedimientos previos a un ascenso importante, Kim Yong descubrió que era hijo de un traidor ejecutado que había espiado para los estadounidenses durante la guerra de Corea, el peor historial imaginable. La pesadilla que entonces empieza para Cho le ocurrió en realidad a Kim Yong. Fue deportado al Campo 14, en la zona de control total, donde lo obligaron a trabajar en las minas, y después al Campo 18, menos duro, donde se reunió con su familia, una vez que sus antiguos colegas apelaron en su nombre. Su fascinante huida, descrita en *Long Road Home* (Columbia University Press, 2009), sigue siendo uno de los mejores libros de memorias de un desertor.

El Campo 22 y la experimentación con humanos

El Campo 22, también conocido como campo de concentración Hoeryong, es una inmensa zona aislada de control total en el noreste del país, donde la brutalidad de las condiciones supera cualquier imaginación. Al parecer, ningún preso ha conseguido escapar jamás del Campo 22. La descripción del campo que se ofrece en el capítulo 14 procede de la monitorización por satélite y de la información aportada por antiguos guardias.

Kwon Hyuk, ex jefe de seguridad en el Campo 22 que desertó a Corea del Sur, y Ahn Myong Chol, ex guardia, han descrito laboratorios que contenían cámaras presurizadas para llevar a cabo experimentos con armas químicas con seres humanos. En esos experimentos se bombeaba gas en la cámara por medio de un tubo y los científicos observaban a través de ventanas de cristal. Las pruebas solían llevarse a cabo con tres o cuatro presos al mismo tiempo, con frecuencia una unidad familiar. Lee Soon-ok describió un experimento en el campo de concentración de Kaechon en el cual cincuenta mujeres sanas fueron obligadas a comer hojas de col envenenadas. Las cincuenta murieron tras veinte minutos de agonía, sufriendo vómitos y hemorragias internas. Lee Soon-ok dio testimonio ante la Comisión de Derechos Humanos de las Naciones Unidas en Nueva York, en 2013.

El tren del Amado Líder

Kim Jong-il tenía miedo a volar, probablemente porque en 1987 ordenó poner una bomba en el vuelo 858 de Korean Air. La bomba, que mató a 115 personas, pretendía disuadir a posibles visitantes a los Juegos Olímpicos de Seúl en 1988. Desde entonces, siempre existió la posibilidad de una represalia contra él. La mayoría de los viajes los realizaba en su tren blindado privado, que tenía diecisiete compartimentos, lujosos aposentos y un centro de comunicación por satélite. Prefería viajar de noche, cuando los satélites espías estadounidenses no podían localizarlo. En 2001 incluso realizó el viaje de 7.200 kilómetros de Pyongyang a San Petersburgo (que él insistía en seguir llamando Leningrado). Tardó veintiún días. Viajando con un gran séquito, Kim el *gourmet* probaba platos locales y disponía de pescado fresco y caza que le llevaban en avión, e incluso vinos y quesos procedentes de Francia. En ese viaje estaba de tan buen humor que obsequió a sus cortesanos e invitados rusos entonando canciones patrióticas soviéticas. Fue quizá muy oportuno, pues, que muriera en ese mismo tren el 17 de diciembre de 2011, según los medios oficiales de Corea del Norte debido a un infarto de miocardio mientras llevaba a cabo una de sus interminables visitas de supervisión.

Cohetes y misiles

Los lectores más sagaces habrán reparado en que me he tomado ciertas libertades con las fechas de los lanzamientos de cohetes con satélites norcoreanos. Hasta la fecha se han lanzado cinco: en 1998, 2009, dos en 2012 y uno en 2016. Al parecer, sólo dos de estos cohetes lograron poner un satélite en órbita. Sin embargo, casi con total seguridad, el verdadero propósito del programa de cohetes es probar la tecnología necesaria para producir misiles balísticos intercontinentales de largo alcance capaces de llegar hasta Estados Unidos. Esos misiles tienen que salir de la atmósfera y volver a entrar sin que se queme la carga explosiva. Después de varias pruebas de lanzamiento de misiles en el verano de 2017, así como del lanzamiento del Hwasong-15, un misil balístico intercontinental de largo alcance, en noviembre del mismo año, parece que Corea del Norte ha conseguido, o está a punto de conseguir, esta tecnología.

Lecturas adicionales

No habría podido escribir esta novela sin leer los libros de historia, los artículos periodísticos y las memorias de diversos autores.

He disfrutado de la investigación tanto como de la escritura, y muchas de las obras en las que he encontrado los detalles para la novela tenían un nivel asombroso. Algunas ya las he mencionado. Lo que sigue es una pequeña selección adicional. Debo decir que cualquier libertad con respecto a la verdad o cualquier imprecisión histórica de la novela es sólo mía.

Nothing to Envy, de Barbara Demick (Spiegel & Grau, 2010; *Querido Líder: vivir en Corea del Norte*, Turner, 2011), es un brillante relato de fácil lectura sobre cómo las personas comunes encontraban formas de sobrevivir a la hambruna de la década de 1990, algunas de ellas desprendiéndose de décadas de aprendizaje ideológico para convertirse en comerciantes.

The Real North Korea (Oxford University Press, 2013) y *North of the DMZ* (McFarland, 2007), de Andréi Lankov, cuyo humor sarcástico es muy de agradecer, son dos soberbias introducciones generales a Corea del Norte, como lo es *The Impossible State*, de Victor Cha (Bodley Head, 2012), un veterano consejero de política exterior del presidente George W. Bush. Estoy en deuda con el doctor Cha por la escena del agasajo nocturno a los diplomáticos norcoreanos en el Club 21 de Manhattan, y la de la llegada de la delegación estadounidense a Pyongyang.

The Hidden People of North Korea, de Ralph Hassig y Kongdan Oh (Rowman and Littlefield, 2009), contiene algunas descripciones fascinantes del estilo de vida imperial de Kim Jong-il. En el extremo opuesto de la escala social, *Under the Same Sky* (Houghton Mifflin Harcourt, 2015) ofrece información de primera mano sobre la vida de los *kotchebi*, los niños sin hogar de Corea del Norte. Está escrito por un desertor que fue uno de ellos, Joseph Kim.

Y, finalmente, *Blowing My Cover*, de Lindsay Moran (Putnam, 2004), y *The Art of Intelligence*, de Henry A. Crumpton (Penguin Press, 2012), proporcionan perspectivas extraordinarias sobre las actividades cotidianas de un agente operativo de la CIA.

Me faltan palabras para recomendarlos tanto como merecen.

Glosario de términos coreanos
utilizados en el libro

ajumma
En ocasiones traducido como «tía», *ajumma* es un término para dirigirse a una mujer mayor casada. En algunos contextos es un término de respeto, en otros puede ser peyorativo. A menudo se utiliza para designar a mujeres mayores, mandonas, trabajadoras y pragmáticas.

appa
Padre (informal).

banchan
Pequeños acompañamientos de comida como pescado frito, algas tostadas o *kimchi*, que se sirven junto al plato principal.

bingdu
Literalmente, «hielo». Término del argot norcoreano para referirse al cristal de metanfetamina.

Bowibu
El Ministerio de Seguridad del Estado (Gugka Anjeon Bowibu) es la temida policía secreta de Corea del Norte, que también controla los campos de concentración.

bulgogi
Literalmente, «carne al fuego», el *bulgogi* es uno de los platos predilectos de los coreanos. Tiras delgadas de carne marinada que

se cocinan en una parrilla, a menudo en medio de la mesa de un restaurante, y se comen enrolladas en hojas de lechuga fresca.

capsida!
¡Vamos!

chima jeogori
Vestido tradicional coreano que consiste en una *chima* (chaquetilla), que se lleva sobre un *jeogori* (vestido largo envuelto en torno al cuerpo). Se usa comúnmente en Corea del Norte, pero por lo general sólo en ocasiones especiales en Corea del Sur.

Chollima
Caballo alado mitológico común a las culturas del este de Asia. En el régimen de Corea del Norte es el nombre dado al equivalente del Gran Salto Adelante de Mao o del movimiento estajanovista de la Unión Soviética. Pretendía dar energía y animar a la fuerza laboral a superar las cuotas.

dobok
Un vestido suelto que se lleva para practicar artes marciales coreanas como el taekwondo. *Do* significa «camino». *Bok* significa «ropa».

galbi
Carne a la parrilla, como costillas de buey cocinadas en una parrilla encima de la mesa, muy común en la cocina coreana.

hanbok
Término que designa el vestido combinado *chima jeogori*.

kisaeng
Un artista, músico o cortesano empleado por la corte imperial coreana para proporcionar entretenimiento, tradición que se extinguió a finales del siglo XIX.

kotchebi
Literalmente, «golondrinas florecientes», es el término dado en Corea del Norte a niños sin hogar que, como las golondrinas, están

constantemente en busca de comida y refugio. Los *kotchebi* se multiplicaron durante la hambruna de la década de 1990, cuando emigraron a las ciudades después de que sus padres murieran de hambre.

kwangmyongsong
«Estrella brillante» o «estrella guía», un nombre dado en ocasiones a Kim Jong-il, que también se utiliza para denominar el programa de satélites espaciales de Corea del Norte.

mandu
Bola de masa rellena de carne que se sirve caliente. *Mandu-guk* es una sopa de *mandu* servida en un caldo de carne o anchoas.

man-sae!
«¡Larga vida!» Gritado por las multitudes en Corea del Norte, es una expresión de victoria o deseo de larga vida al Kim gobernante. La frase se originó en China para desear al emperador diez mil años de vida.

naengmyon
Sopa fría con cerdo marinado y salsa picante de mostaza.

-nim
O *seonsaeng-nim*, comúnmente traducido como «maestro». Una forma respetuosa, honorífica, para dirigirse a una persona mayor, dotada de sabiduría y talento.

noraebang
Versión coreana del karaoke, en la que se disponen habitaciones privadas insonorizadas para alquilar a grupos de amigos.

omma
Madre (informal).

ri
Unidad de distancia coreana, equivalente a unos 400 metros.

sassayo
«Acércate y compra» (*Tteok sassayo*: «Acércate y compra pastelitos de arroz»).

soju
Licor tradicional coreano hecho de arroz, trigo, cebada o patatas, que normalmente se bebe solo.

soondae
Morcilla hecha con intestinos de vaca o cerdo rellenos de *kimchi*, arroz o pasta de alubias de soja picantes.

-yang
Fórmula honorífica para dirigirse a una mujer en ocasiones formales.

yontan
Bloque circular de carbón quemado para calentarse, presente en todo Corea del Norte.

Agradecimientos

He tenido la gran fortuna de contar con el apoyo y el aliento de un agente de primera clase mundial, Antony Topping, de Greene & Heaton, que mantuvo su fe en la novela desde un primer borrador, burdo y apenas esbozado, hasta que llegó a ser una historia acabada. Kate Rizzo, de la misma agencia, y Daniel Lazar, de Writers House, en Nueva York, también han trabajado de manera infatigable por el bien del libro. Mi más absoluta admiración por ambos.

Mis editores, Jade Chandler, de Harvill Secker, en Londres, y Nate Roberson, de Crown Publishing, en Nueva York, han sido asombrosos. Su lectura forense del libro me hizo darme cuenta de que estaba tratando con algunas de las personas más brillantes de la industria.

Mi máximo agradecimiento a una familia formidable que conozco desde hace muchos años: Claudia, que lee, en ocasiones múltiples veces, mis capítulos reescritos; Giles, que me enseñó las bases del taekwondo; Barret, cuyo conocimiento de neurotoxinas letales no habría podido encontrar en ningún otro sitio, y Nadia, que me invitó a su casa en Menorca, proporcionándome un entorno perfecto para pensar y escribir.

También mis padres me han facilitado en muchas ocasiones una casa apacible lejos de Londres para que escribiera sin distracción, en ocasiones durante semanas sin fin. Siempre me han apoyado en todo lo que he hecho, y en eso soy extremadamente afortunado.

He viajado mucho para escribir este libro. Estoy en deuda con mis anfitriones en Washington, John Coates y Ed Perlman, que me acogieron amablemente durante una estancia prolongada en pleno huracán *Sandy* en 2012, y con el doctor Josiah Osgood, de la

Universidad de Georgetown, por mostrarme el campus de Georgetown.

Estaré agradecido toda mi vida a mis anfitriones en Seúl: la señora Choi, Yoon-seo y Yang Jong-hoon, profesor de Fotografía de la Universidad de Sangmyung, que dieron a este zafio occidental grandes lecciones sobre etiqueta y cultura coreanas, e imbuyeron en mí un profundo amor por Corea.

Mi enorme agradecimiento a Kim Eun-tek, que me puso en contacto con la comunidad de desertores de Seúl y que hizo posible con su gran tacto organizar numerosas entrevistas con personas cuyas historias no eran fáciles de contar. También debo expresar mi aprecio profundo por el infinitamente paciente Keunhyun, que respondió a todas mis solicitudes online a cualquier hora del día o de la noche.

Lo más importante: me gustaría dar las gracias a Seth Yeung, una de las personas más maravillosas que he conocido, por lo mucho que tuvo que soportar mientras yo escribía este libro. Su vida ha cambiado la mía y la ha hecho inconmensurablemente más feliz.

Finalmente, me gustaría agradecer a la activista de los derechos humanos Lee Hyeon-seo, la única norcoreana a quien he tenido el honor y el privilegio de llamar amiga, por compartir su historia conmigo. Su valor, su inteligencia y su enorme fuerza de voluntad inspiraron muchos aspectos de esta novela.